KUWEI

酷威文化

图书 影视

名利场人

朝小诚 著

上

江苏凤凰文艺出版社
JIANGSU PHOENIX LITERATURE AND
ART PUBLISHING

Contents

目录

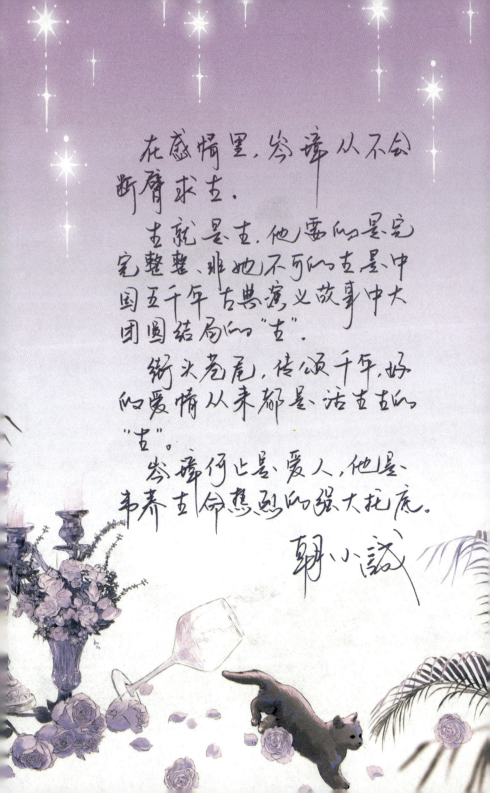

在感情里，岑璃从不会断臂求古。

古就是古。他要的是完完整整、非她不可的古，是中国五千年古典演义故事中大团圆结局的"古"。

街头巷尾，传颂千年，好的爱情从来都是活古古的"古"。

岑璃何止是爱人，他是韦荞古命炽烈的强大托底。

朝小诚

Ich liebe dich

第一章

岁月有痕

六月，申南城气候异常。

高温侵袭，气温直逼四十二摄氏度。老皇历上写着：今日夏至。徐达看到这页，顺手撕了下来。他怀疑自己买错了皇历，大暑都没这么热。

下午，热浪翻滚，徐达在保卫室穿好保安服。他个子不错，一米八三，很给他的气质长脸。他不像是保安，倒像是保镖。

刘淑君经过保卫室，叫了他一声："小徐啊。"

徐达站直应声："哎，园长。"

"这天太热了，这身衣服裹得严实，辛苦你了啊。"

"不要紧，园长，热几天没什么的。"

"好，小徐，快到四点放学了，那你忙啊。"

"哎，好的。"

刘淑君急匆匆地走了。

一场谈话，很好地谈出了"慰问"的效果。徐达高中毕业就去社会上混了，对身为幼儿园园长的刘淑君在这个时间点出现在保卫室的用意再清楚不过：既是对他的肯定，又是对身处重要岗位的他的监督。

徐达处在"阳山幼儿园保卫处日常管理岗"，其实就是"幼儿园大门保安"。

"工作岗位的重要性从不在于这个岗位是什么，只在于在这个岗位上的人怎么做。"徐达第一天赴任保安岗，有人对他这样说。

那时，徐达不以为然。他是混不下去了才来干保安，工资一个月到手三千二，公积金都按最低标准交，岗位的重要性和意义这类话题他听着着实有些缥缈。

直到两个月前，幼儿园放学时徐达豁出老命救下一个险些失踪的孩子后，才发现，岗位的重要性和意义这类话题，其实是可以谈的，也是应该谈的。

那件事后，徐达扎扎实实火了一阵。

教育部门、家长、园方、媒体，轮番宣传他，对他一通嘉奖。社交媒体还给他弄出了个网络标签：最美幼儿园保安。

徐达嘴上不说，心里美了好一阵。他又想起那句话："工作岗位的重要性从不在于这个岗位是什么，只在于在这个岗位上的人怎么做。"

说这话的人，是韦荞。

幼儿园四点放学，家长陆续来接孩子。有些与保安相熟的家长还会让保安帮忙看下孩子，自己先去隔壁菜场买个菜。徐达顶着"最美幼儿园保安"的荣誉，让自己在工作岗位以外多了一堆活。好在孩子可爱，一口一个"徐叔叔"，叫得徐达心里甜滋滋的，他也就把活都干了。

徐达换下保安服下班，已经快要六点。他站了两小时，饿得前胸贴后背，骑上小电驴直奔"铭记面馆"。

吴镇是申南城郊区的一座小县城，小县城最不缺的就是这类小吃店。十几个平方，五六张桌椅，一家数口人的生计全在里面。

在徐达眼里，韦荞是个另类。

两年前，面馆悄无声息地开张，门口挂个铁牌，写着"铭记面馆"，就算营业了。店是韦荞开的，老板和伙计都是她。也许是人手不够，店里只卖一种面：河虾汤面。徐达第一次来吃面，就觉得这店迟早要倒闭。

徐达停好小电驴后，听见门口有人找事。

"老板，你这菜单上就一种面啊？

004

"我想吃牛肉面，老板你给我做呗?

"我给钱还不行啊？一碗牛肉面又花不了你多少时间。"

徐达正要上前解围，就听见一声回绝："爱吃吃，不吃走。"

果然是韦荠的作风。徐达如此想。

找事的小情侣骂骂咧咧地走了，徐达笑着招呼："荠姐，我来吃面了哈。"

他最后那个"哈"字就很灵性，谄媚、讨好、卑躬屈膝，你很难想象一个曾经的社会混混也会用上这个语气词。

没错，徐达在做保安前，社会经历很不光彩，他在借贷公司干了好几年，专门在老板讨债时充当"门面"，狐假虎威吓唬人。

他在"门面"生涯里最后一个吓唬的，就是韦荠。

那几年生意不景气，借贷公司的人打起歪主意，看韦荠是个外地人，又开了家小面馆，就让徐达跟着一起去要点"保护费"。

去之前，徐达就听说过韦荠的古怪之处：她开店只卖一种面，用的还是死贵死贵的河虾，但是面卖得不贵，一碗十五块，怎么看怎么赔本。

刚开店那会儿生意不好，一天也没几个人上门，韦荠就坐在椅子上洗河虾、煮河虾，做好了面没人吃，就全送人。她这种搞法，颇有点"我活不下去谁都别想活下去"的架势，周围几家面馆在价格上没有干得过她的，反倒让她打出名声。

但徐达总觉得，韦荠并不在意赚钱。真正让他这么认定的，是那次收"保护费"的经历。

一群人被韦荠打惨了，这个看似清瘦的女人一巴掌甩过来，把徐达打得去县城医院挂了耳鼻喉科专家号。

徐达看得出来，韦荠是练过的，但练得不多，自保尚可，想要伤人还差点。她像是在苦等一个发泄的机会，久到这日子都将她煮透了，她才终于等来这个机会。一群混混让她有了最好的发泄机会：碰上我算你们倒霉！

徐达在那天看清了韦荞古怪之处的秘密：这是一个心怀恨意的女人。

她那种不要命的劲头，无一不透着她的恨。徐达不知道她在恨什么，但肯定不是他们向她收"保护费"这件事。他只觉得，她恨透了。

那天之后，公司再也不提收"保护费"的事，徐达也对韦荞莫名敬畏起来。

他隔三岔五就去吃面，韦荞像是压根不认识他，只收钱、卖面，一副甲方对乙方的态度。

两人第一次有交流，是在一个冬天的暴雨夜。

深夜，快递小哥在暴雨中送来一件快递，喘着气对她道："是韦荞吗？你寄往申南城中环大道 A 座的快递被对方拒收，所以我们按流程给你送回来了。"

破天荒地，韦荞追问："是收件人本人拒收吗？"

"这我不清楚，电话不是收件人接的。收件人未满十八岁，电话是由监护人接的。"

暴雨倾泻，浇灭了韦荞眼里的光。她拎起快递盒，走去垃圾桶。

"哎，荞姐！"徐达急于攀交情，一个"姐"字喊得顺口。他拉住韦荞，对方看他一眼，他又迅速收回手。

"荞姐，是这样。你想扔快递，行啊，但能不能轻轻放在垃圾桶旁边，我等你扔完再去捡，这总可以吧？"

韦荞不说话，盯他半晌。

徐达被她盯得不自在，尴尬地解释："你这快递盒里面装的是蛋糕吧？这快递外面都写着呢，听说这个牌子的蛋糕可好吃了。我妈爱吃蛋糕，这么贵的蛋糕她舍不得买，你不要的话我想给我妈带点回去。"

徐达是个孝子，吴镇人人皆知，所以大家都对他以前当混混的事睁只眼闭只眼。徐达当混混当得很水，拿着棍子在旁边自己舞，活脱脱一个气氛担当。徐妈是个药罐子，徐达挣的钱全给他妈治病了。

韦荞把蛋糕递给他。徐达大喜："谢谢荞姐。"

韦荞说："徐达。"

"哎？"

"明朝开国功臣六大将，第一将领就是徐达。你和他同名同姓也算缘分，就不打算学学徐家老祖宗的一身本事，就这么继续混日子下去？"

那晚回去，徐达失眠了。韦荞那句话，把他自欺欺人的生活戳破了。其实徐达何尝不想找份好工作出人头地呢？问题是，他能吗？

徐达睡不着，第二天就去找韦荞，开门见山求指教。

韦荞倒也爽快："阳山幼儿园贴了招聘公告，招一个保安，你可以去试试。"

徐达听了，并不意外。事实上，他早就注意到这个招聘消息。

"宇宙的尽头是男保安、女保洁"，徐达以前一直把这话当笑话来听，但当他二十五岁眼见着奔三时，他再也笑不出来了。

"荞姐，我只有高中学历，工作经历也不太好，我怕人家不要我。"

"人家要不要你，不在于人家怎么选，而在于你怎么做。"

"荞姐，什么意思？"

"用人看三点，一看精气神，二看人品态度，三看能力才干。保安的职责就是守护孩子的安全，那些都是四五岁的小孩子，遇到危险毫无还手之力。你守着幼儿园那道大门，能做到什么程度，看能力更看良心。徐达，你良心不错，所以我才建议你去试试。"

徐达悟了！具体悟了什么，他说不上来，总之他悟了！

很多年后，徐达才明白，他后来有的一切固然是他勤恳努力的结果，但如果没有韦荞的当日提点，他再怎么勤恳努力也是没有用的。

很快，徐达被幼儿园录取，成了一名幼儿园保安。

徐达在这个岗位上干得不错。一学期结束，刘淑君亲自给他发了张奖状。孩子和家长也都认同他，孩子叫他"徐叔叔"，家长叫他"小徐师傅"，这些话听着比刘淑君颁发的奖状还令他美。

学期结束，徐达拿了全勤奖，兴高采烈地去面馆，想请韦荞吃顿饭。

谁知，他刚走到面馆，就被门口一幕惊到了。一辆黑色宾利缓缓停在面馆门口。司机下车，戴着白手套，恭敬地拉开后座车门。很快，从后座上下来一人。男人摘了墨镜，往 T 恤领口一挂，纨绔子弟的气质拉满。

看到面馆里的四五张桌椅和一盏大吊扇，他笑了。两年里，多少人找她找得心急如焚，也只有她有这本事，还能在这郊区县城卖面，不问世事。

韦荞听到声响，从里间走出来，见了人，一时愣了一下。

尽管她这愣怔只有瞬间，还是令赵新喆很有成就感。他从她一瞬间的愣怔中找到了巨大的存在感，要知道，韦荞可是连辞任总裁、抛夫弃子这类事干起来都没愣过一秒，他赵新喆能让韦荞愣怔一秒，简直光荣！

赵新喆笑起来，露出一口健康小白牙，激动不已："荞姐！两年不见，我真的好想你啊！"

韦荞冷淡地转身，闭门谢客。

"滚——"

那天后，徐达去面馆吃面都有点不自在。那个赵新喆每次都在！

韦荞叫他滚，赵新喆非但没滚，还颇有"今后都不滚了"的架势。他早饭一碗面，中饭一碗面，晚饭一碗面。徐达见了，都佩服他：这么个吃法他还没吃吐啊？

赵新喆来吃面，韦荞权当不认识他。赵新喆就自己煮面，自己吃，吃完了付钱，一条龙自助服务。他一口一个"荞姐"，也没换来韦荞半句好话。一连七天，韦荞只叫他滚。

徐达认识赵新喆。不是徐达人脉广，而是赵新喆太不低调了。道森控股的"二代"董事，申南城有名的纨绔子弟，隔三岔五就上娱乐版头条，当红女明星有一半和他传过绯闻。他甚至成了娱乐圈风向标，没和赵新喆传过绯闻的女明星都算不得当红。

徐达不喜欢纨绔子弟，但并不妨碍纨绔子弟喜欢他。

赵新喆看徐达天天来吃面，心里就明白了。有一天赵新喆往徐达肩上一搂，热情地招呼他一声"小徐"，再请他吃碗面，这交情就攀上了。

"小徐，刚下班啊？

"工作辛苦不？

"面够吃吗？我再请你吃一碗！"

赵新喆把纨绔子弟泡妞那一套用在徐达身上，搞得徐达浑身不自在。他开门见山地说："赵先生。"

"叫什么赵先生？这么见外，叫我新喆就行！"

徐达当然是不会的，索性连称呼都省了："你缠着我到底什么事？"

"当然是因为我喜欢你啊。"

"哈？"

"开玩笑的啦。"赵新喆玩够了，不再逗这淳朴的农村青年，压低声音道，"我想找你给我点荞姐的情报。"

"什么情报？"

"就是她这两年，都在这里干什么了？"

"荞姐在这里开店，卖面啊。"

"废话，别跟我说这个。我是想问你，她平时有做过什么特别的举动吗？"

"特别的举动？"

"对。比如说有人来找过她，或者，她对什么人特别好之类的举动。"

"没人来找过荞姐，荞姐也没对什么人特别好，她挺冷淡的。"说完，徐达想起，自己现在这工作还是韦荞指点他的。他发自肺腑地感慨道："真要说起来的话，荞姐对我挺好的！我这工作还是她帮我找的，这算不算她特别的举动？"

赵新喆居高临下看他一眼，酸溜溜地挖苦道："当然不算，你算哪块小饼干？别往自己脸上贴金。"

徐达被他怼了一顿，不好意思极了。

"对了，我想起来了。"

"什么？"

"荞姐给人送过一个蛋糕。有名的牌子，挺贵的。"

"她送给谁的？"

"不知道。但对方拒收，快递又退回来了。"

赵新喆眼神一变："那寄去的地址你知道吗？"

"知道啊，申南城中环大道 A 座。快递员还说了，收件人未满十八岁，是监护人拒收的。"

赵新喆眉头渐渐舒展开，过一会儿，四肢也伸展开了。他把双手搭在椅背上，一脸靠得舒服的样子，惹得徐达看他好几眼。

赵新喆确实有底气好好舒展下。因为，他终于知道韦荞的秘密：她从未放下过一个人，这个人将成为赵新喆拿下韦荞的全部筹码。

周四，丽璞酒店。

一场商业竞标如火如荼，中标者将成为"东亚城市大会"官方合作伙伴。有官方背书的商机，申南城各方都不会错过。

晚上七点，一辆黑色保时捷稳稳停在酒店门口。刘驰见了，立刻上前。CZWITH522，这个车牌号刘驰记得很牢，是今盏国际银行董事会主席岑璋的车牌号。

司机下车，打开后车门，车里走下一大一小。大的就是岑璋，小的叫岑铭。父子俩身形相似，连下车后习惯性抬头看酒店名称的动作都整齐划一。

刘驰纵横酒店业十六年，有"申南城首席酒店总经理"之称。看到父子俩后，他亲自迎接："岑董，岑铭小朋友，欢迎光临。"

岑璋离婚两年，至今未再婚，对独生子的保护甚为严格。刘驰第一次接待岑璋，就聪明地省去奉承之语，一声亲切的"小朋友"令不苟言笑的岑铭破天荒地应了声"叔叔，您好"。隔日，今盏国际银行总裁助理黄扬来到丽璞，说岑董指示，把今后五年的员工疗休养和年会举办权全权授予丽璞。

刘驰给丽璞签下这单大生意，年终奖拿到手软，他从此对岑铭小朋友笑得格外礼貌。

刘驰陪同父子俩进大堂："岑董，您要的景观套房已经准备好了，需要我带您上去吗？"

"不用。"

"好的。岑董，有事您再叫我。"

顶级商业大佬最喜欢的，不是每时每刻围着他转的那种人，而是挥之则去但又随叫随到的可用之人。刘驰深谙这条规则，客套几句后迅速走了。

岑璋牵着岑铭的手，亲自带他到套房，开门进屋后，就对林华珺交代："林姨，晚饭我已经叫酒店准备了，等下会送来。岑铭八点还有节德语网课，我赶不过来，需要你在这照顾着。"

林华珺年过五十，在岑家做事做了半辈子，照顾过岑璋，本来已经是退休的年纪，现在却还在照顾岑铭。

两年前岑璋离婚离得很难看。岑铭那时才五岁，从此成了一个没妈的可怜孩子，林华珺觉得这孩子够苦。其实林华珺两年前提过一次退休，岑璋没给下文，等他离了婚，林华珺就再也不提退休的事了。

"我知道了，你去忙吧，这里有我看着呢。"

有林华珺在这，岑璋放心不少。

岑铭不愧是从第一天上学起就被老师评价为"情绪十分稳定"的选手，默不作声坐到书桌旁，按部就班打开书包，拿起课本开始写作业。

岑璋屈膝半跪，温柔问他："爸爸还有工作没有完成，现在要去工作了，你要不要给爸爸一点力量？"

这是父子俩的日常小游戏。岑铭刚会走路那会儿，岑璋就开始和他玩这个游戏，岑铭会摇摇晃晃地走过去亲他一口，给他"力量"。

最近，这游戏有玩不下去的趋势。

岑铭正写字，听了这话，拿着笔在岑璋脸上轻轻点了一下，算是给他"力量"，转而低头写作业。

岑璋笑了，宠溺又寂寞。孩子大了，已经不屑和老父亲玩游戏了。

门外，黄扬已经接了四通电话。

电话是竞标大厅打来的，华仁的老板黄亚南快要撑不住了，火急火燎地求救。

黄扬公式化地回应："岑董在忙，请稍等。"随后就挂断电话。

这就是岑璋的规矩：任何人、任何事都撼动不了岑铭在岑璋心里的地位。

十分钟后，岑璋步入竞标大厅。

场面焦灼，竞标已近天价，连主办方都没底，万一最终流标怎么办？

现场还剩两方在竞标，道森度假区和华仁集团。道森是申南城老牌企业，曾以乐园度假区的经营业态独霸一时，这两年历经风波有式微迹象，坊间传闻今天的竞标是道森最后的奋力一搏。

和道森不同，华仁是彻底的外来货。老板黄亚南是地道的马来西亚人，前些年靠出口贸易赚了大钱，之后把手伸向申南城，靠着马来人猛打猛冲的劲竟也闯出了一条道，站稳脚跟后大有和本地商圈叫板的气势。

今天的竞标有官方背景，谁中标就等于拥有官方背书，黄亚南一门心思要把标拿到手。

岑璋一出现，就引得各路人侧目。

现如今，流动性为王，银行就是财神爷。岑璋是财神爷的老板，

012

你说他分量几何?

岑璋踱步,在黄亚南的邻座不疾不徐地坐下。

会场内,一阵哗然。

岑璋坐在哪里,就代表今盏国际银行的资金会流向哪里。

黄亚南激动万分,一口普通话十分不标准:"岑董呀……"

岑璋看他一眼:"你慌什么?"

黄老板初来乍到,今晚被本地企业欺负得叫苦连天:"岑董呀,拿锅(那个)道森的许立帷,有点过分呀……"

岑璋轻笑了一下。许立帷亲自来,可见道森实在是没人了。

"黄总。"

"哎。"

"钱不是问题。"

"……"

黄亚南也算有钱人,但当他听到岑璋这样讲,还是立刻有了"我有钱不过他"的觉悟。

"但我有个条件。"

"您讲,您讲。"别说一个条件,十个都行啊。

岑璋转过头,眼神森冷至极。他开口,对黄亚南一字一句地道:"我要你,让道森消失。"

黄亚南一怔,但是很快听懂了。岑璋的意思是,不仅要他今晚让道森竞标失败,更要他得到标后,在申南城让道森查无此名。

一小时之后。

岑璋的条件他能不能达到,黄亚南不敢说,但至少这个标,黄亚南今晚做到了。

他高兴得很,看见许立帷起身要走,贱贱地叫了声:"哎,许特助,承让承让呀!"

许立帷在道森做事十年,输赢皆不改色:"恭喜黄总。我还有事,先走一步。"

原本和平收场的局面，偏偏迎来黄亚南的一记重锤："许特助，听说道森找到了韦总，赵新喆亲自去请韦总回来了？"

许立帷脚步一顿。这等道森内部机密，竟然落到黄亚南耳朵里，可见此人有两下子。

许立帷四两拨千斤："这是道森内部事，不劳黄总费心。"

黄亚南偏偏还要去激他："许特助，没有用的啦。你们道森就算请回韦总，也很难回到过去啦。我在马来西亚听说，你们韦总风评不好……"

许立帷听了，一笑。

黄亚南摸不着头脑，警惕起来。自己说得这么难听，他还笑得出来？

许立帷不疾不徐地说："黄总，你刚才说韦总风评不好，这件事我并不清楚，你有兴趣的话可以问岑董。"

"哈？"

许立帷看了一眼岑璋，态度斯文："韦总是岑董前妻，这件事他最清楚了。"

周六下午，正是客少的时候，一个散客都没有。韦荞在厨房洗碗，抬头看见赵新喆，没给他面子："你走。"

赵新喆走进来，对她的冷言冷语并不计较。他今天是来谈正事的，态度里有后辈对前辈的尊重和谦让。

"荞姐，我们谈谈。"

"我跟你没什么好谈的。"

"是，你跟我当然不用谈。你要谈的人，是赵江河，是道森。"

"我和这些人也没什么好谈的。"

"我爸病了，道森也病了。前天，东亚城市大会的冠名权竞标，道森输了。"

韦荞手里的动作丝毫没停下，洗碗的动作又快又好，一转眼她已经洗好一大摞。

"病了就去看医生。"

"荞姐,你就是医生,所以我来找你,对症开药。"

"我没那本事。"

韦荞扔下抹布,溅起一摊水,打湿衬衫衣角,活脱脱一副地道的农家主妇模样。这样一个人,说她能救申南城百年企业道森,能救道森董事会主席赵江河,谁信?

赵新喆信。别人没见过当年的韦荞,他是见过的。他和她认识二十多年,差不多是赵新喆一辈子的时间。"申南城第一首席执行官"的名号,正是媒体为韦荞开创的。

她沦落至此,赵家和道森有一份责任,不怪她今日无情。要请动韦荞,他不拿出些宝贝是办不到的。真金白银、权力地位,都不算宝贝,韦荞放在心上的,才是宝贝。

赵新喆沉默许久,缓缓开口:"岑铭经常来道森度假区玩,你知道吗?"

"砰!"一只碗被重重置于桌面,顷刻间碎了。

韦荞声音森冷:"你敢把岑铭拖下水试试。"

天下所有母亲,在面临威胁到孩子的事情时,都有一副"敢动孩子我跟你拼命"的架势。为了孩子,韦荞谁都可以负。

赵新喆心底震动。韦荞爱岑铭,是一个好妈妈。其实这些话说出去不会有人信,毕竟当年她伤害到岑铭是真的。

"我没有骗你。"赵新喆掏出手机,打开一段视频,递给她,"这是道森度假区的监控视频,这半年里,岑铭每周六都会过来玩。"

韦荞接过手机,听见岑铭喊了一声"妈妈",她的脸色刹那间变了。

视频里,岑铭正在追一位女士。女士一袭墨绿色长裙,正在同友人游园,岑铭追上去,情不自禁喊了一声"妈妈"。女士停下来,表情愣怔,当她看清身后的孩子时,当即明白这是个误会,笑着对他温柔地解释:"小朋友,你认错人了,我不是你妈妈哦。"

很快，一个男人快步上前，替岑铭向被打扰的女士致以歉意。女士很大方，表示没关系，随即和友人一同离开。岑铭被身旁的男人抱起，趴在男人肩头搂紧他的颈项，看不清表情。

韦荞认得那条墨绿色长裙，因为她也有一条。有一年夏天，她常常穿着这条裙子牵着岑铭的手在傍晚外出散步。回家时岑铭总不忘去咖啡店买一杯香烤坚果拿铁，因为韦荞爱喝。

那一年，夏天的晚风、路旁的小花、牵起的小手，都是香烤坚果的味道。

千般情绪萦绕心头，那些落泪嘶吼的日子早已固化，成为韦荞心底的一个疤。疤痕难除，心结扣死，韦荞痛苦地闭上双眼。

赵新喆看在眼里，都觉得她苦透了。

韦荞看向赵新喆，问："你们将岑铭骗过去玩的？"韦荞不是一个疑心病重的人，除非涉及岑铭。

赵新喆啼笑皆非："荞姐，你好好想一想，这种事可能吗？那孩子身边有岑璋啊，他寸步不离，谁能对岑铭下得了手？"

是。没人靠近得了岑铭，包括韦荞。连她送给岑铭的生日蛋糕，都被岑璋无情拒收。

韦荞拿着手机，循环播放这段视频。

她与岑铭已经两年没见，她走时他才五岁，如今已经七岁。他上小学了吧？他可交到好朋友？他还会像以前那样受人排挤，一个人坐着写作业吗？

单是想想，她的心就要碎了。

赵新喆及时递梯子："荞姐，你要不要和我去道森度假区走一趟？今天周六，岑铭会去玩。"

韦荞将手机还给他，擦干净手，一改方才拒人于千里之外的态度："等我五分钟，我换件衣服。"

赵新喆激动不已，这事成了！

他果然没看错，韦荞从来没有像外界传言的那样残忍地抛弃孩子。

岑铭一直在她心上，是她每时每刻都在挂念的宝贝。

赵新喆暗自琢磨出一条真相：韦荞"弃子"是假，"抛夫"倒像是真的。

周六，黄扬手持平板，在董事长办公室做工作陈述："和华仁的黄总已电话沟通，周日中午举行午餐会，届时黄总会拿合作的详细方案给您过目。周日上午十点之前，岑董您没有任何工作安排。"

"好的。"岑璋坐在办公桌后，签完文件递给黄扬，顺道问他，"野餐的东西准备好了吗？"

"准备好了。"七年工作经验，令黄扬足以在处理老板的公事和私事间游刃有余，"我清点过，没有问题。"

岑璋抬腕看表，下午三点四十，岑铭该到楼下了。他起身，拿起西服外套，离开办公室。

在育儿态度上，黄扬很佩服他的老板，他就没见过比岑璋更重视亲子关系的男人。岑璋从不令岑铭等待，哪怕他被公事缠身，分身乏术。

董事长办公室独占一层楼，出门左转就是电梯。岑璋刚到电梯口，就听"叮"的一声，电梯门开了。他的宝贝儿子今天心情不错，一步跨出电梯给他一个拥抱："爸爸。"

岑璋一把抱起儿子。

岑铭今天背了个小书包，书包是小恐龙造型，书包口袋上挂了个铃铛，他走起路来"叮当"地响，和他一贯的沉静作风十分不符。

岑璋捏了捏他肉嘟嘟的小脸："这只小书包是哪里来的？爸爸记得没给你买过。"

"班里一个同学送我的。"

"哪个同学？"

"季封人。"

"啊，就是上周的那个转校生？"

"是的。"

"那他送给你礼物，你有回送给他礼物吗？"

"有，我送给季封人一套《奥数竞赛一百题详解》。"

"……"

这孩子，审美异于常人，明显遗传了他母亲……岑璋及时收住思绪，他不允许自己想念一个抛弃丈夫、孩子的女人。

岑铭仍在兀自高兴："季封人说他很喜欢，这是第一次有人和我交换礼物呢，爸爸。"

确实是第一次。

在生理上，岑铭有一点小小的缺陷，岑璋作为父亲不会逃避和否认。但他明白，要其他人同样接受是不可能的，尤其是岑铭的同龄人。小孩子有趋利避害的本能，岑铭那一点缺陷，在大部分孩子眼中，都属于"害"。

所以岑璋对季封人小朋友充满感激。

"下次，你和季封人如果还想交换礼物，可以告诉爸爸。无论是什么礼物，爸爸都会给你准备。"

岑铭点头："好。"声音不大，但听语气岑铭显然是高兴的。

父子俩正说话，林华珺走出电梯，看了眼岑璋。岑璋敏锐地接住，主仆二人用眼神完成了一次对话。

"什么事？"

"你自己看。"

林华珺稍稍向后偏了下头，岑璋顺着她的视线扫过去一眼，明白了。岑铭的德语家教俞妍希正从电梯走出，款款朝他走来。低胸吊带，甚为吸睛，她的目标自然是岑璋。

林华珺抱过岑铭："刚才跑得太快，都是汗，林姨带你去休息室洗把脸，否则等下感冒了。"说着，她就带岑铭进休息室。

"岑董。"俞妍希在他面前站定，颇为自信，没有男人拒绝得了她，何况岑璋都单身两年了。俞妍希家世不差，标准的小富中产，按着家里对她的打算，她将来找个门当户对的小企业主结婚过日子没有问题。

但见过岑璋和他身后的今盏国际银行后，俞妍希怎么肯？几万个小企业主加起来，都敌不过一个岑璋。何况岑璋那张脸，生得万里挑一。近水楼台，俞妍希怎么肯放过？

"岑董。"她抬手挽住他手臂，"我来给岑铭辅导作业。这么巧，你们要出去？不如一起？"

岑璋将她的手指一根一根地拨开："不行。"

俞妍希脸上的表情挂不住，她撩了下长发："真的不行吗？晚上我还有一节课要给岑铭上。"

"你想去哪里给他上课？我家？"

"当然，如果可以的话。"

"我家哪里？"

"书房？或者卧室？岑董，随你喜欢。"

"俞小姐，你疯了吧？"他忽然变脸。

俞妍希一时接不住："什么？"

岑璋懒得跟她废话，拿出手机按下播放键。方才的对话已被他全数录音。

对付这样的女人，他有足够多的经验，有时他一天要对付好几个。

"俞小姐，这段录音我留下了，以后不要让我见到你出现在岑铭面前。如果你做不到，我会把这段录音发给你的父母、亲戚、朋友，甚至是学校、媒体。到时候，你别来求我。"

林华珺从休息室出来，发现方才那个婀娜多姿的德语老师已经没影了。

岑璋正将黄扬骂得体无完肤："我让你找一个德语老师，你就这么给我找的？这已经是第三个了，下一个还这样，你就辞职走人吧！"

黄扬被斥责得头都不敢抬。

林华珺叹气，直觉这事不能全怪黄扬。条件这么好，又离婚两年了，谁不想嫁他呀？

黄扬挨了老板一顿怒斥，战战兢兢，更为殷勤地鞍前马后，照料岑铭野餐。

对于岑铭忽然热衷野餐这件事，岑璋其实不太能理解。

岑铭性格偏冷，他从小对户外活动兴致缺缺。在男孩子最皮的那几年，岑璋和前妻为了让他多点户外运动没少费心。

岑璋把支票一开，以钱开路，家里谁能拉得动岑铭出去玩，他就给谁发钱。前妻对此颇有微词，却从未当面指责过他。前妻有前妻的办法，岑璋这些钱最后全流入了前妻手里，因为，只有她能把岑铭叫出去玩。后来她走了，岑铭就更少出去玩了。

半年前，岑铭忽然提出想野餐，岑璋意外之余全力支持。可没多久，岑铭就说了句令他的支持大打折扣的话。

岑铭说："我想去道森度假区野餐。"

道森，这个"凶手"，令他的婚姻一败涂地的"罪魁祸首"，他毁之尚来不及。

岑铭问："可以吗？爸爸。"

岑璋微笑："当然可以。"

岑璋从不是善类。当他说出那句"可以"时，在心里已经痛下杀手：他要让道森消失，消失得无影无踪。

夏日七点，道森度假区清幽安静。

岑铭做好三明治，招呼黄扬一起来吃。黄扬面对岑璋，胆怯的心态还未消，他连连客气："我不用哈。"

岑璋冷冷地盯他一眼，黄扬立刻改口："谢谢小铭！"

"不客气的。"岑铭脸上没笑，心里是高兴的。他正要再做一个，不经意抬头，整个人忽然定住。

岑璋正在切吐司，没察觉儿子的异样，随口问："岑铭，在看什么？"

"妈妈。"

岑璋一刀下去，切到了手。

鲜血直流，像极了他心里那道伤口。

韦荞今晚跟着赵新喆来道森，心里其实并没抱希望。以前，她连哄带骗，岑铭都不爱来玩。何况如今，岑璋恨透了道森。

未承想，上天竟可怜她，她刚踏入道森度假区，就看见了日思夜想的宝贝。

"岑铭！"韦荞丢下赵新喆，本能地跑向岑铭。

赵新喆想拉住她，根本来不及。

韦荞跑得急，差点摔倒。她浑然不顾，在离岑铭五米远的距离屈膝半跪，向他张开怀抱："要不要快快冲向妈妈，然后大声地喊一声——"

妈妈——

这是他们母子间的传统游戏。岑铭刚会走路那会儿，韦荞每天下班回家都会和他玩这个游戏。岑铭会摇摇晃晃地走向她，然后大声地喊一声："妈妈！"

如今，岑铭只是看着她，再也没喊出那两个字。他拉了拉岑璋的手："爸爸。"

韦荞知道，那是岑铭不知所措的模样。

一旁，岑璋已经回神。就在岑铭不知所措的那几分钟里，岑璋干完了很多事：找创可贴、包扎手指、收拾心情、准备战斗。

他和韦荞之间的战争，从未停止，只要她还为道森效力。

"黄扬，带岑铭走。"

"是，岑董。"

韦荞没有阻拦，也没有追上去。恩怨积攒已深，两人再次碰上难免伤及无辜。让孩子离开，是双方最后的默契。

岑璋拿手帕擦干净手上的血迹，投过去一眼。他的前妻，一别两年，近在咫尺。

岑璋甩下手帕，走向韦荞。天色暗透了，月光拖长影子，显得森冷至极。

韦荞没有站起来，许是屈膝半跪久了，腿有些麻。见他走过来，她敛了下神，撑住自己，想要站起来。一只左手制住她的动作。

岑璋挟住她右肩，力道全数压向她。男女力量悬殊，她敌不过他，就在这只左手的胁迫之下被他打败，她右肩撑不住向下一沉，整个人随之跪下去。

帝王权相，从来只接受臣服，对群臣如此，对感情更是。却偏偏，韦荞反骨。

她看向他，无畏无惧，像极了一败涂地的城池里，最后守城的名将，注定要以一己之力浴血开路，名留青史。

“放手。”

“不急。”

他制住她不放，居高临下，声音犹如冰冻三尺之寒：“听说赵新喆亲自去找你，费了两年工夫才把你找到。道森养着他这个废物，在关键时候却派上了大用处，赵江河的算盘打得可以啊。”

“住口。”韦荞向来义薄云天，听不得他这般评价朋友，“你心里有恨，不要迁怒旁人。道森没有惹过你，和你有过节的人是我。”

“呵，我要迁怒谁，轮不到你来管。”

离婚两年，他知道一别两宽是不可能了，能彼此不见已是最好。谁知她三言两语，还是能轻易激怒他。他恨透了她护着旁人的模样，恨透了她为护道森，连丈夫和孩子都能牺牲。

“躲不住了，想要回申南城？”

“道森如今身陷绝境。”

“和你有关系吗？”

他面对她，往日情分皆不见。

“两年前，岑铭身陷痛苦，你留下了吗？”

“……”

“我身陷痛苦，你留下了吗？”

“……”

"如今，道森身陷绝境，你倒是要留下了。不好意思，我不会肯。"

韦荞闭上眼睛，没有反驳。在世上为人二十九载，韦荞自认无愧于天地，除了岑铭。

岑铭是她一生之痛，因为她的一时疏忽，天真无邪的孩子从此落下残疾。岑铭被推入手术室反复做手术的那段日子，听着他喊"妈妈我疼啊"，韦荞的心碎了一次又一次。

"我承认，对岑铭，我终生抱歉。至于你 ——"她望向他，眼底情绪分明，她是真的不再恨他了，两年足够将她的感情消磨殆尽，"至于你，我们已经两清了。"

岑璋大怒。

"两清？你想都不要想。"

他怒不可遏："赵新喆开给你什么条件，让你这么等不及？如今的道森和赵江河，离身败名裂只有几步之遥，你就这么放不下？还要像当年一样放着岑铭不管，去做赵家的'英雄'？"

韦荞听了，没有反驳。

两人覆水难收，如今她心里那点属于女人的痛苦，也不宜令他知道。何况，那点痛苦和她对岑铭的愧疚比起来，根本无足轻重。丈夫算什么？前尘往事而已。

韦荞看向他，眼神清明："对，我已决定要回道森。你和今盏国际银行，想要对道森下手，先过我这关。"

岑璋没有应声。他忽然屈膝，身形款款半跪在地。韦荞有一瞬间失神，这个动作像极了七年前他求婚的模样。那天，他也是这样，屈膝半跪，眼神温柔得能将她化成水。

而今，斯人依旧，换了流年。

昔日恩爱，皆成往事。

她听见他不留情面地正面应战："好。韦荞，我们试试。"

韦荞再次出现，林华珺有些担心岑铭。他才七岁，身心受过那么大的伤害，又没了妈妈两年，林华珺实在不想看见这孩子再受苦。

事实却出乎她意料，岑铭尚可。反常得厉害的，是岑璋。

他晚饭都没吃，伤口不知怎么又裂开了。他自己心里明白，傍晚他挟持韦荞右肩时，她的体温令他失控，指节用力撑开了伤口。

林华珺急忙叫来家庭医生，给岑璋消炎，重新包扎。

一通折腾，时近晚上十点，岑铭要睡了。岑璋照例陪着讲睡前故事，今天岑铭很困，听完一个故事就揉着眼睛说"困了"。岑璋说了声"好"，把书放下，亲了亲他的额头，抬手关灯准备离开。

岑铭忽然叫住他："爸爸。"

"嗯，怎么了？"

"我想抱着'衫衫'睡，可以吗？"

"衫衫"是一件衣服，韦荞的睡衣。

岑铭从出生起就是个"睡觉困难户"，白天睡觉，晚上通宵。岑璋请了十几个育儿专家来指导，也没能纠正岑铭日夜颠倒的作息。而且岑铭谁都不要，只要爸妈抱着睡。

岑璋那年二十三岁，刚刚坐上今盏国际银行董事会主席的位子，父母的早逝令岑璋少了一层重要庇荫，位子坐得很不稳。岑璋白天在银行界同人厮杀，晚上通宵抱儿子睡觉，就算是铁打的身体，也扛不住。最后还是韦荞对他说："你忙你的，晚上我来抱他睡。"

其实韦荞也忙。

那时，她已是道森指定的下任首席执行官，考虑到她怀孕，这份任命书才延后了一年下达。韦荞通宵抱岑铭睡觉的时候，还没出月子。她仗着身体好，硬扛了四个月，腰疼的毛病就是那时候落下的。随着年龄增长，她腰疼越发严重，一到阴雨天，她连坐都坐不住。可惜，这是后话，岑璋也不知道。

岑铭要的"衫衫"，就是韦荞当年抱他时穿的睡衣。小孩子有感觉记忆，趴在妈妈背上，记得的都是这件睡衣的味道，心理学上称这件睡衣为"阿贝贝"。这件"衫衫"对岑铭而言，是救命的宝贝。害怕手术、疼痛难忍、被人孤立的时候，岑铭只要抱着"衫衫"睡一觉就好了。

岑璋知道，今天，岑铭难受了。只有当他难受时，才会向他的"衫衫"求救，借一点力量熬过去。

"好，爸爸把'衫衫'拿给你。"

在这件事上，岑璋展现了作为父亲的风度。他再恨韦荞，也没扔了她这件睡衣。

岑铭拿了"衫衫"，抱着就睡。

岑璋关门离开后在走廊里站了会儿，然后一个人去了地下二楼。深夜，他坐在家庭电影放映室里，忽然很想看电影。

很老的电影，《傲慢与偏见》。这是韦荞最喜欢的电影。

她曾经坐在这间放映室里，问身边的岑璋："我能相信你吗？"

岑璋说："可以的，我发誓。"

那年，他二十岁，情感汹涌而至，爱情和欲望他全都给了韦荞。他和她第一次坐在这间放映室里，电影只看了一半，剩下一半时间，两个人放肆痛快。

岑璋那时很疯，韦荞远不是他对手，总是在他手里生起诸多热情。他上瘾至今，欲罢不能。

男人坐着，鬼使神差。

一件隐秘私事，岑璋少年时初次尝试，激动、羞愧、冲动地探索。如今他三十岁，理智占据上风，完全清楚自己正在做什么。他正在失控越轨，想念不该想的人。

电影结束，岑璋靠着座椅，任由绝望吞没自己。

岑璋遇见韦荞，是在大二。

上东大学，高等学府，百年名校，尤以数学和金融专业见长。历届校友能人辈出，基金会捐款数额屡创新高，给足母校底气。其他学校不敢开的冷门学科，上东大学敢。

大二下学期，一门"石油经济与地缘政治"创下选修率新低。原因有二：其一，挂科率高；其二，学科内容十分边缘。第一天上课，无人缺课，满打满算十二人，他们被称为"敢死队十二强"。

韦荞即是其中之一。

教授刘光远翻开点名册，过目一遍学生姓名，亦对她感兴趣："数学系的，韦荞？"

第一排，一人坐直应声："是。"

刘教授兴趣盎然："另外选我这门课的十一人，皆是金融与经济系学生。课程规定要修满选修课学分，他们没办法。所以，你呢？数学系，为何来学？"

"听说挂科率高，我想试试。"

刘教授大笑。初生牛犊，到底不怕虎。他会让她知道，虎与牛犊，究竟孰高一筹。

几堂课下来，率先侧目的倒是刘光远。作为教授，他承认，韦荞是最受喜欢的那类学生。交作业，她总是又快又好；当堂提问，她亦从不闪躲。刘教授看得出来，在这背后，她一介数学系学生，必定得付出常人十倍的努力，来弥补专业差距。

一日晚课，刘教授点名韦荞："上周留堂作业，针对石油经济对地缘政治带来的负面作用阐述深度原因，想必各位已想好答案。韦荞，你来答。"

韦荞仍坐在第一排，她问："只说其一可以吗？"

"当然。原因众多，选你最想说的那一个即可。"

"我想说的是，银行。"

"哦？"

"推波助澜的世界级银行，堪称地缘政治恶化元凶之一。"

刘教授兴之所起，问："比如呢？"

"高胜、惠丰，甚至，国际间银行联盟——"

"那么，今盏国际银行呢？"

"算，其中之一。"

刘教授笑盈盈的，他掉转视线，饶有兴致地挑起"两军对垒"："韦荞的说法，你同意吗？今盏国际银行的，岑璋同学？"

其余人齐齐地看向最后一排。

岑璋坐最后一排，习惯使然。听到点名，他投过去一眼。

韦荞背影一怔。在上东大学，岑璋很有名。人人都知今盏国际银行姓岑。过去，是岑华山的"岑"；现在，是岑华桥的"岑"。至于将来，就是岑璋的"岑"。

韦荞无意接触顶级银行世家。一场学术讨论，她被迫对垒，略为不适。

只听岑璋道："事物天然具有两面性，银行不是例外。道森度假区和银行关系融洽，落地申南城的第一笔银团贷款，今盏国际银行亦有参与。"

刘教授看热闹不嫌事大，挑动情绪："韦荞，对他的说法，你认同吗？赵江河先生可能第一个就不会认同哦。"

年轻，心气高，尚未懂得男女碰撞的危险——过界和动心，往往一线之隔。人正因为不懂，所以才旁若无人地嚣张。

韦荞扔下钢笔，正面应战："商业贷款一旦落地，必定有你情我愿的合理性，共赢合作是基础，道森获现金流，银行亦得高额利息。用一桩寻常的商业合作来对抗特殊议题，本身就不具备逻辑合理性。"

岑璋毫不相让："石油经济，商业贷款，本质来讲都是资本的流动。资本没有对错，哪里需要，它流向哪里，这才叫市场主导。总有人想借资本盈利指责其冷血，本身就是一种幼稚的角度。"

"用人为手段操纵市场，也算市场主导？"

"你说的这些，属于商业犯罪的极端情况。你用并不具备法律基础的极端个例来揣测一家运行百年的综合性银行，不觉得冒犯吗？"

"哦？"韦荞微微偏头，余光向后一扫，"资本是没有对错，但，运用资本的人有。希望你不会是我想的那一种。"

那扫视转瞬即逝，她甚至没有真正看见岑璋，偏头一扫的动作更像她端出的一份态度：资本亦分正邪，而她已决定，今生只与正道为伍。

这一局，岑璋未应战。他盯着她的背影，眼神里有很多东西。

二十岁，将青春拱手相让，有人同他一样，一脚跨入名利场，思维模式已向最高执行官无限靠拢。这是他的同类，如同荒原狼，孤独、强大、目眩神迷。

一场火药味十足的对垒悄无声息地结束。挑事者刘教授甚为可惜，韦荞和岑璋，强手对强手，若二人皆不相让，场面必定痛快淋漓。

大学校园无秘密，消息不胫而走，人人都在传韦荞和岑璋硬碰硬的火爆场面。

连政治经济系的丁晋周都有所耳闻。听闻韦荞每周五会去食堂特色窗口吃河虾汤面，丁晋周特地前往，拉着岑璋问："哪个是韦荞？"

"许立帷旁边那个女生就是。"

丁晋周投过去一眼。

一男一女，正站在特色窗口前点菜，一人要了一碗河虾汤面，许立帷又多要了两个溏心蛋，顺手往韦荞的汤面里放了一个。

一个动作，宣告两人毋庸置疑的私人关系。

丁晋周兴致盎然，出声问："你打算抢许立帷的女朋友？"

"什么女朋友？"岑璋不屑，"青梅竹马，一起受惠于赵江河的助学基金而已。"

丁晋周看他一眼，懂了："你暗中已将他们两个调查清楚了？"

岑璋不置可否，迤迤然走去一旁，买了杯咖啡。丁晋周跟上去，笑着揶揄他。食堂周围吵闹，岑璋听不清丁晋周揶揄了什么，一把将他的咖啡拿走，丁晋周大笑着调侃他："这你就急了？"

食堂不远处，这一幕不偏不倚落进许立帷眼里。他和韦荞正面对面坐着吃面，许立帷想了想，出声提醒："岑璋对你有意思，你小心点。"

"谁？不认识。"

许立帷一愣，随即笑了。也是，这可是韦荞，油盐不进的一个人，谁都撼动不了她冷淡待人的底色。

论了解韦荞，许立帷是第一人。正如他所想，这不过是大学生活中的小插曲，韦荞根本不以为意。

过不去的，是岑璋。

又一个周二，韦荞再次走进教室上课，脚步不由得一顿——

岑璋正坐在第二排左起第三的位置，正前方正是韦荞习惯坐的座位。韦荞心里犯嘀咕：什么风竟将每次上课都坐最后一排的公子哥吹到了努力向上求进步的前排座位？

似有心电感应，岑璋望向她。四目相对，他忽地一笑。

韦荞从他的笑容里品出几分挑衅的味道。是挑衅就好，她从不畏惧。她走过去，坐下。拿起课本和笔，进行课前温书。

一支笔忽然从她肩头掉落，停在她左脚边。她被打扰，下意识回头，就这样和岑璋险些触碰。

韦荞："……"

他正倾身向前，等着她，一脸无辜地同她搭讪："钢笔掉了，能帮我捡一下吗？"

正当理由，韦荞说不出拒绝。她弯腰捡起，递给他。

"谢谢。"

"不客气。"

他接过钢笔，手指碰到她指尖，很坏心地，停留一秒。韦荞一怔，下意识地松手。她转瞬回身，没来由地紧张，拿起矿泉水喝一口。

岑璋的视线落在她喉间，清晰地看见她喉咙轻微地跳动。

青涩、单纯，美好得无可救药。

岑璋收不回视线。

学期结束，韦荞高分通过，岑璋屈居第二。刘光远带过无数学生，练就一双毒辣的眼睛。最后一堂课结束，刘教授笑着打趣："将来如果道森度假区和今盏国际银行拥有持续良性的合作，是否也该记我一份功？"

韦荞借低头写字将问题回避过去。她没有看见，身后，岑璋的视线再未从她身上抽离。

学期末，"学生市集"如约而至。

作为上东大学的文化符号，一年一度的学生市集备受欢迎。校方开明，引入市场经济与适度管理原则，鼓励学生成为市场主客体，在大学这一纯净之地提前感受自由竞争市场的魅力。

这学期，韦荞也申请参加。

"66"，这是她的摊位号。许立帷一见这摊位号，就说数字吉利，六六大顺，是招财神的好数字。韦荞不置可否，叮嘱他手脚麻利点。

生、化、环、材，四大天坑专业，许立帷占了俩。他主修材料科学与工程，辅修生物工程，本来泡在实验室沉浸式做实验，却被韦荞叫来打下手。他一心记挂实验数据，打下手打得心不在焉，被韦荞提醒好几次才热情营业，招揽生意。

"想要明年不挂科，就来六十六号买一个——"

朗朗上口的吆喝词，许立帷信手拈来。

韦荞特别喜欢许立帷的松弛感。他为人随性，似乎干什么都可以，在实验室做实验可以整日不说话，做起生意来又能立刻换一副热情脸孔。两人三岁相识，是真正的青梅竹马。

他们的摊位周围很快围了一圈学生。

韦荞今日卖的，是本学期的主课笔记。以"石油经济与地缘政治"这门课的笔记为主，韦荞重点推销，一时间吸粉无数。许立帷和韦荞一个吆喝、一个收钱，一晚收获不菲。

人群里，一只指节分明的右手伸过来，拿起一沓笔记。他翻开看，笔记字迹清秀、逻辑完整，当真算得上优秀。

他这才明白，韦荞为何总坐第一排，为何会那样说。

听说挂科率高，我想试试。

她岂止是想试试考试，她真正想试的，是在挂科率极高的条件下，贩卖商品的成功率。她在做笔记的同时，已构想完整今日要贩卖的商品。她是在学习的同时，完成了一桩完整闭环的商业策划。

"有意思。"来人拿着笔记，看向摊位上的韦荞，"今晚你打算卖多少货？我全要。"

周围一秒肃静。

韦荞看向来人，一时未作声。

倒是许立帷率先回神。他看看岑璋，又看看韦荞，最后用左肩碰了下她，低声道："我说什么来着？六十六，招财神。你看，你把今盏国际银行的财神爷都招来了。"

一番调侃，韦荞不予理会。她顺势想要抽走岑璋手里的资料："不卖。"

"呵。"岑璋看着精瘦，手里劲道却不小，韦荞一时不察，没将资料抽走，反作用力下反倒一个趔趄。

岑璋眼疾手快，一把将她扶住。两人咫尺，中间隔着一张长条摊位桌。他扶住她左臂，并未抽回手，在她耳边低声道："小心。"

韦荞被他扶着站稳，心里着实有点烦他。

她向来冷静，遇见岑璋后却每每失态。第六感告诉她，他对她有诸多过线举止，可她仔细再想，又说不上证据。她疑心自己敏感，误会他。

岑璋收回手，晃了下手中笔记本："多少钱？你算一下，我全要了。"

韦荞不予理会："我说了，不卖。"

"做生意，开门迎客，没有不卖的道理。"

"良性选择顾客的权力，总有吧？"

"理由呢？"

"你学过这门课，成绩不差，全班第二，没必要买我这些。"

"谁说我买你这些是为了这个？"

韦荞费解："那你为了什么？"

"字迹如人。"他看向她，一语双关，"我很喜欢。"

韦荞抬头："啊？"

她好好地卖个货，脑子里都是商品经济，他非要跟她整一出罗曼蒂克。他就不能让她先赚钱，等下再罗曼吗？

岑璋看着她，暗自揣度她这算什么反应？

一旁，许立帷都同情起他来，拿了本笔记本往岑璋胸口一拍，压低声音告诉他："你对韦荞来这套没用的。你不如拿本数独邀她一起做，韦荞可能还会有点兴趣。"

岑璋："……"

周围一阵不小的哗然，围观群众窃窃私语——

"是岑璋欸。"

"听到刚才他说的了吗？"

"嗯嗯，听到了。"

韦荞向来清冷，和八卦绝缘，十分不擅长成为话题中心。她冷不防抽走岑璋手里的笔记，不客气地赶人："东西不卖，收摊了。"

谁都不卖，怎么样吧？

岑璋尚未出手拦截，许立帷率先坐不住，一把截住她："收什么摊？卖给他啊。"

"我说了，不卖。"

"生意不是这么做的，想想本量利原则。"

金钱诱惑面前，许立帷向来比韦荞坚定——坚定地要把钱赚到手。他转向岑璋，用最热情的态度，行敲诈之实："你想买是吧？没问题，一本笔记两百块，一口价，不还价的哦。"

韦荞冷脸警告："许立帷——"

"这事你别管。"

这天的许立帷已充分展现日后任职高级管理的雏形，冷面黑心，对赚钱有着近乎病态的执着。他一面说，一面打包好全部资料，"啪"，放在岑璋面前，一手交货，一手交钱。

岑璋不愧是银行世家的公子哥，眼也不眨："不用算单价，直接开总价给我。"

"爽快。"许立帷艺高人胆大，信口开河，"六千六。"

岑璋嗤笑："抢钱不是这么玩的。"

"和今天韦荞的摊位号做个呼应。"许立帷活像个金牌销售，满嘴跑火车，"吉利的，好兆头。你要是想错过，我也不拦你。"

"OK。"岑璋日常迷信一回，拿起手机一通按键。

很快，韦荞的手机响了起来："微信到账，六千六百元。"

韦荞："……"

自那日后，韦荞心里就多了件事——她对岑璋还真有些过意不去。几本笔记才值多少钱？她拿了人家六千六。这要真放在生意场上，她现在恐怕已经被市场监督管理局以不正当竞争的罪名带去问话了。

钱反正是还不回去了。许立帷一句话，就断了她让他还钱的念头——"我寄给小松了"。

许立帷身为两大系的王牌学生，每年奖学金拿到手软，最终到他口袋的却没几个钱，原因就在小松。小松是许立帷资助的福利院孤儿，两年前，许立帷就包揽了小松从生活到学习的全部费用。

韦荞听了，没再追究。她到底做不到许立帷那样，假岑璋之手，行他人之惠。

韦荞想找岑璋，这才想起，两人一同上了一学期课还没加过微信好友。韦荞问了一圈同班同学，还是没加上。

流言倒是传起来了："数学系的韦荞正在苦追岑璋，要加微信好友。"

流言传到许立帷耳朵里，他一脸兴味：这泼天的富贵就看岑璋有没有能力接住了。

两日后，韦荞在网球场找到岑璋。

"泰利斯"大学生网球公开赛是上东城盛事，一年一度，吸睛无数。

上东大学向来是冠军争夺的大热门，岑璋作为网球社主力，风头正劲可想而知。

下周就是公开赛决赛场。临近比赛，岑璋每晚会在网球社练习。

傍晚，韦荞来到网球场时，天已微暗。球场灯光亮起，很快引来小飞虫，在夏夜盈盈翻飞。

岑璋正在打球，今晚最后一场练习由网球社社长丁晋周亲自陪练。一场比赛结束，两人酣畅淋漓。丁晋周笑着递给他一瓶水，顺手一指看台："韦荞来了。"岑璋水也没接，顺着指的方向看过去。

看台上，韦荞果然在。她显然已到了一会儿，没急着打断他比赛，在第一排看台找了个最边上的位置坐下，手里拿着一本巴掌大的德语单词书，她低头看得入神。

岑璋扔了球拍，径直走过去。

丁晋周还在身后喊："哎，给你的水，你不渴啊？"

岑璋置若罔闻。

他当然渴，可是他对她更渴。

岑璋径直走向她："来找我的？"

"啊……对。"

韦荞站起来，尚未来得及收手里的单词书，忽然被他的声音打断思路，单词书冷不防掉了。她低头去捡，岑璋也是。两人一同弯腰，他左手碰到她右手。运动过后的男生，掌心灼热，在她手背覆上又滑落，烫进她心底。韦荞下意识地抽回手，岑璋顺势捡起地上的书，还给她。

"谢谢。"又是这样，每每遇见他，她总是会出现诸多小意外，弄得她分神。

岑璋刚下赛场，满头的汗，发梢不断有汗水滴下，他也没去管，眼里都是她。

"你找我什么事？"

"哦，对了，我想加你微信好友。"

岑璋顿时就笑了，拿出手机，几乎没犹豫。

"你扫我。"

"好。加上好友之后，我就把上次的六千六百元还给你。"

"……"

就在韦荞打开微信扫一扫的同时，岑璋按黑了屏幕。

韦荞望向他："怎么了？"

岑璋说："不加了。"

韦荞的直线思维注定让她在岑璋那里要经受诸多磨难。

"微信不方便加好友是吗？"她猜测着，打开支付宝，"那支付宝也行。不用加好友，我直接转给你。"

岑璋笑了一声，不阴不阳的，掉头就走。

韦荞愣了下，追上去："哎。"

岑璋将她晾在一边，没再理她，慢条斯理地收拾好球拍，背起网球包就准备走。

韦荞一下子被他整不会了。刚才还好好的，他怎么突然就不理人了？

"上次是许立帷乱来，我想过了，那些笔记就算送你了，钱也还给你，我们两清。"

"谁跟你两清？"岑璋丢下一句话，甩下她就走。

韦荞紧追不放："你什么意思啊？"

岑璋忽地停住脚步。韦荞小跑追他，一时收不住，直直撞进他怀里。

好高。她直觉想。

因为从未和男生近距离接触过，她反倒镇定，既不羞涩也不慌乱。她抬头看向他，发现自己只够得到他肩膀。

岑璋微微偏头，顺势靠近她。她几乎下意识地测量：如果要接吻，他低头都够不到，要俯下身才可以。

韦荞瞬间定在原地——她在想什么？

岑璋看着她面色如常，耳根却偷偷泛红的模样，唇角有笑意涌现。

女孩子，倔强起来又拼命克制的模样，要命地好看。

他退一步："你刚才说，想加我微信好友？"

"嗯。"

"好，你先答应我一件事。"

"什么？"

"下周，网球公开赛决赛场，我的比赛在周三下午两点，你要来为我加油。"

"哦，好。"合理合情的请求，韦荞没有拒绝。

"那么——"他忽然俯下身，韦荞下意识向后倒退一步，却被他搂住腰。他单手搂她，松松地，放在她腰间那只手若有似无。她瞥一眼，看见他手臂上青筋暴起。韦荞收回视线，心跳有些快。一个男生为她而有的忍让和克制，远比冲动和表白更令她心动。

他在她耳边低声确认："说好了，下周三，赛场见。"

"嗯。"

岑璋放开她，落落大方地说："晚安，韦荞。"

"晚安。"她也想像他一样，试着叫一声名字。可"岑璋"两个字滚到喉咙口，又被她咽下去。到底还是生疏，她叫不出口。

因为这个约定，韦荞和岑璋还有了两次小聚。

一次，是在学生食堂。那天，她和许立帷正一起吃午饭，岑璋冷不丁出现在她身边，开门见山问她要身份证。韦荞说了声"哦"，当即给了。

又一次，是在材料系大楼。

韦荞站在实验室外等许立帷下课，岑璋不知何时出现在她身边，递给她两样东西：身份证和周三的网球决赛门票。

许立帷下课出来时，岑璋已经走了。许立帷低头看了眼她手里的票，认出那是特等景观位，一票难求。连垄断市场的黄牛都对外宣称，有些座位不是用钱就能买到的，尤其是特等景观位。

许立帷难得过问她私事："你和岑璋什么时候关系这么好了？"

"我们关系好吗？"

"嗯。他问你要身份证，你连理由都没问，就给他了。"

"哦，买网球决赛门票需要实名制，他帮我买票。"

韦荞神色如常，除了耳根有些红。

许立帷作为青梅竹马，对她的习惯了如指掌。韦荞只有在说谎的时候，耳根才会红。许立帷一笑，没有拆穿她。真是，她连说谎时脑子都这么好，能在一秒内想出正当理由。

韦荞忽然有些不好意思，转身先走："走吧，去食堂吃饭。"

许立帷在身后看了她一会儿，追上去："韦荞，在上东大学，男生间都知道——"

"什么？"

"岑璋家教森严，私生活很干净。"

韦荞脚步一顿，唇角下意识一翘，又很快被压下，她轻声道："和我有什么关系？"

许立帷点点头："对，和你没关系，我就说说而已。"

韦荞听出他话里尽是揶揄。四目相对，两人眉目间有心照不宣的意思。青梅竹马这么多年，谁都骗不了谁。

韦荞忽然就笑了。一地心事，在许立帷面前摊开，不算是个坏去处。一阵风拂过，她将额前的散发拢到耳后，许立帷顺势同她并肩，一同向前走。

韦荞问："为什么告诉我这个？"

"因为，你要被岑璋这个黄毛撬走了。"

韦荞说："许立帷——"

"不过。"许立帷不疾不徐，冲她笑了一下，"我替你看过了，这黄毛质量还可以。"

周三，韦荞按门票上的指示，在看台第三排坐下。

她看了一眼手里的门票，想起岑璋那日问她要身份证，她根本什么也没想就给了。她对岑璋无限信任这件事到底从什么时候开始的？

她正漫无目的地想着心事，场内一阵喧哗。

此刻，选手入场，两方啦啦队摆开阵势，锣鼓喧天。

韦荞的视线落在岑璋身上。

他今日穿了一身白色运动服，短袖短裤，左胸前印着"上东"的字样。他将网球包放在一旁长椅上，拿出网球拍，抬手抓网试力度，这个赛前小习惯被韦荞尽收眼底。他握得那样紧，对喜欢的网球是这样，对喜欢的人也会吗？

决赛场，精彩对杀。

岑璋对战蒋宗宁，两人在赛前隔网握手引起不小轰动。论公，两人分别代表上东和申南理工，两所学校皆为冠军热门；论私，东南亚银行界三足鼎立，岑璋手握今盏国际银行未来主事权，今盏国际银行与蒋宗宁的恒隆银行隔海对望，两人亦敌亦友。

强手对强手，厮杀在所难免。

韦荞不好运动，平日只练散打，主要是为防身。今天这场网球赛，她是第一次在现场观战，原本抱着"随便看看"的外行人心态来看比赛，甚至带了本德语单词书，打算趁比赛期间背完两页。谁想这一看，她的视线再未从岑璋身上移开。

一个男生拼尽全力去赢的模样，很动人。

决赛点，山呼海啸。

岑璋走到一旁喝水，教练滔滔不绝地说着什么，他听了，点点头，往蒋宗宁方向看了一眼，发现对方亦在看他。双方心知肚明，都在苦战。打到这等层面，技术已非第一要义，心理素质才是决定胜负的关键。

看台上，韦荞看着岑璋，目不转睛。他正背对着她，运动服湿透，精壮的后背在韦荞的视线里若隐若现。她手里拿着单词书，一页未翻，最后索性收起来，放进背包。好学生韦荞第一次在学习面前放弃了，选择看一个男生打球。

"岑璋不会输的。"身旁,丁晋周忽然说。

韦荞看向他:"什么?"

丁晋周朝赛场抬抬下巴,继续解释:"岑璋这么拼命的样子,你见过吗?反正我没有。他不是一个喜欢过度的人,用四分之三的力,留四分之一的后路,才是岑璋的行事风格。但今天,他破例了。"

"嗯。我听说,蒋宗宁是夺冠大热门,在波士顿亦打过美国大学生网球公开赛。"

"你认为,他是岑璋竭尽全力的原因?"

"难道不是?"

"呵,一个蒋宗宁,构不成压力。"

丁晋周做人讲情义,打算帮一把岑璋:"喜欢的人在看台,才对岑璋构得成压力。"

韦荞转头,与丁晋周四目相对,她忽然想起许立帷说的:岑璋私生活很干净,平时只和丁晋周那堆男生混在一起。

终局,一记发球,蒋宗宁失误未接,奠定岑璋今日的荣光。

看台上,观众纷纷站起,拍手欢呼,为赛场上二位带来的精彩赛点而致敬。韦荞跟着人群起身,衷心地为他喝彩。

岑璋正和蒋宗宁隔网握手,他那点心思瞒不过蒋宗宁,后者笑着问:"今天你这球是打给谁看的?"

岑璋一笑,未接他这话。

蒋宗宁意有所指:"不厚道哦。我都让你赢了,也不让我看看人。"

"这可以。"岑璋爽快,径直走向看台,大喊一声,"韦荞!"

他这一喊,把看台所有人的注意力都喊来了。韦荞不擅长成为话题中心,正在无语,岑璋一个动作,将全场气氛点燃——

他伸出右手食指,直指心脏部位,然后对准她的方向,高高举起右手,比了个"OK"的手势。

万人赛场,他对她当众表白。

完全是无声的，但无声才强势。

看台上，涌起一阵哗然。

"岑璋是在表白吗？"

"对谁？"

"他好像喊了一声'韦荞'。"

"韦荞是谁？"

"数学系的，横扫奖学金的那个。"

突如其来的表白，韦荞被声浪推着走，全无招架之力。

丁晋周大笑，拍了一下她的后背："韦荞，去吧。他那样拼命要赢，只为这一刻可以光明正大地喊你。"

一席话，让韦荞怦然心动。

青春年少才会发生此等浪漫的事。一个男生拼命要赢，没什么轰轰烈烈的理由，只为站在最高点，喊一喊心上人的名字。

"嗯。"平日的冷静全数不见，韦荞被气氛感染，不知从哪里来的勇气，她真就快步走向他。

两人隔着赛场隔离带，韦荞垂手放在外套口袋，语气有种古板的真诚："恭喜你，赢得冠军。"

"三言两语，不够意思。"岑璋长臂一捞，搂住她的腰用力一抱，转瞬间将人抱进内场。他将她高高抱着，韦荞一时不察，下意识地搂紧他的颈项。

岑璋满意至极："恭喜一个人，这才像样。"

"哎，你——"

他浑身湿透，高强度的比赛之后，他平日冷白的皮肤此刻一片通红，呼吸亦粗重，他伏在她颈间喘气，灼热的气息瞬间染红她的耳垂。

他天生会做生意，顺势向她提私人邀约："周六来我庆功宴，不能拒绝我哦。"

"岑璋——"

"傍晚六点，我来接你。"

"我有第二学位的晚课。"

"翘课。"

一场酣畅淋漓的比赛，令他有失重感，急需一场耳鬓厮磨的情感奔赴，释放体内燃烧的火海。

奈何韦荞做惯好学生，执意不肯："我七点下课，下课后我会过来，我保证。"

岑璋呼吸粗重，他调整不好失序的心跳："抱我。当作我对你让步的补偿。"

"不要。"

岑璋抱紧她，伏在她颈间，对她慵懒地撒娇："我好不容易赢，你连这点迁就都不肯。"

明明还未做情侣，两人已像相识了十年的恋人，岑璋看见她就没了冷静，炙热情话燎原不止，要将三生命定。

汗水顺着他的发梢淌下来，弄湿她的手指。赛场上那样要强的一个人，下了赛场对她却是百般诱哄。她忽然心软又心动，动作轻柔地将十指插入他发间，听话地搂紧。

韦荞第二学位修的是德语。

小语种，非常冷门的专业，这个专业的学生毕业即失业，除了考公考编没有更稳定的出路。连德语系教授都不解，数学系响当当的头号学生怎么会选这个辅修的专业。她如果去计算机系，踏上社会后，体面的高薪生活完全指日可待。

能理解韦荞的，只有许立帷。

"赵先生同意你的？"

"嗯。"

赵江河助学基金第十二章第四条：大学期间，第一学位拿到全系第一及全额奖学金，第二学位可任意选择。

受制于人，韦荞没有太多选择权，许立帷亦是。选择权能有一个算一个，旁人如何看都无所谓，自己喜欢最重要。

七点下课，韦荞惯常会留堂，询问教授考试难题。

下课铃声响，学生三三两两涌出教室，韦荞仍然坐着，对着板书写笔记。授课教授郝广美了解她的习惯，循例问一声："韦荞，今天有课后问题吗？"

"有。"韦荞迅速抄完笔记，拿起试卷走上讲台。韦荞喜欢德语的一丝不苟与严谨，略显古板的语系之下有令人心绪平静的力量。

郝广美拿起她递来的试卷，韦荞疑惑的是一道翻译题，郝广美正要解答，只听教室门口几声喊——

"韦荞！岑璋在楼下等你呢！"

"等好久啦！"

"哈哈哈……"

同班同学抱成团，冲她善意起哄。

传闻甚广，郝广美亦听说一些，不由得放下试卷，笑着问："韦荞，真的不急着走？"

韦荞犹自镇定："不急。"

走廊里，一众同学往窗外探去，朝楼下传话——

"岑璋！"

"韦荞说她不急——"

"你还要再等等。"

"哈哈哈……"

韦荞一时无语。

郝教授笑了一下，收拾好试卷，还给她："韦荞，试卷是做不完的，人生最重要的试卷不止你手里这一张，还有很多，但要靠你自己去答。而那些试卷，才难得多。"

在尚未踏入成人世界的少年心中，爱情拥有至高无上的地位，这是好事。花无百日红，人无再少年。人总有懂得的一天，会仰头望向辽阔天域，明白何谓爱情，何谓勇敢。

一生一次，磅礴大气。

韦荞走出教学楼，就看见等在楼下的岑璋。

他正靠着车门，身后是他常开的黑色保时捷。他显然等了有一会儿了，正值槐花开放的时节，车顶上，星星点点落满白色小香花，煞是好看。夏夜，槐花，安静等她的男生。

韦荞心里一软，涌起诸多柔情。她快步走向他："车子开进校园，不违反校规吗？"

"不会，我登记过车牌。"

"哦，那好。"

"你怎么不问我，什么时候来的。"

韦荞一怔："你几时来的？"

"五点半。"

五点半，她才刚上课，他整整等了她两节课。浪费时间实在心痛，她都有些为他不值："我告诉过你，我七点才下课啊。"

岑璋一只手揣在裤兜，声音温柔得不像话："等不及七点，我想见你，就来了。"

他也不知他是怎么了。事情就是那样发生了，他拿自己全无办法。两人周三才见过，周五他已熬得受不住。明明和她已约好时间，他还是嫌太晚。

昨日傍晚，他不住宿舍，回了岑家的壹号公馆，看一晚年报，却看不进去半个字，心里全是她。凌晨睡觉，鬼使神差，他想起她那日在赛场轻轻抱他的模样，灼热欲望汹涌而至。

爱意灭顶，他已失控，她还站在原地，置身事外。

怎么可以？

岑璋冷不防伸手，将她拉近身："其实，不去庆功宴，也可以。"

"什么？"

"都是借口。"

"……"

"都是，我想见你的借口。"

夏夜，一阵晚风拂过，槐花落在她肩头，又随着岑璋拥她入怀的动作掉落，掉在两人胸前，因受力而被挤压变形，弥漫开一阵槐花香，将青春年少的夜晚定格。

很多年后，韦荞想起岑璋告白的这一个夏夜，记忆里都是槐花香。

她在他低头亲吻的瞬间轻轻躲开。

"我不玩的。"她看向他，眼里坦诚，一片亮晶晶，"如果，你只是想玩，请不要找我。我没有那么厉害，玩不起这个。"

"那正好，我也不玩的。"他凑在她唇边，就要吻到。他还在克制，不经她同意，绝不失控。

"我没有过女朋友，你是第一个。如果你同意，也是最后一个。"他赌上人生，对她发出重磅邀约，"韦荞，你'不玩'的程度到哪一种？我可以告诉你我的。我的'不玩'，是想和你结婚的那一种。"

韦荞："……"

这个邀约太大了，韦荞一贯冷静，也禁不住有惊涛骇浪之感。

一眼定终生，他怎么敢的？

"韦荞，女朋友、未婚妻、岑太太，你都接着，好不好？我想和你，永远不分手。"

一直握在手里的手机，岑璋无心去管，任它掉在地上，一通电话被按下接听键。

电话那头声音嘈杂，丁晋周正在游轮宴会场催促他："岑璋，你还来不来？你自己的庆功宴，迟到一个半小时了！"

电话始终未挂断，也始终无人应答。

槐花花瓣陆续飘落在手机旁，一片又一片。一阵风拂过，星星点点的槐花翻着小卷，飘到韦荞脚下。脚步始终未落下，幸运的小槐花未被人踩，幸免于难。

那是韦荞踮起脚尖，承受接吻时未反抗的证据。

永远不分手——这一日，他发誓，她相信。

谁都未曾想过，人生这样长，世间一切永恒从来不作数，尤其是二十岁的誓言和信任。婚姻、名利、修罗场，蛰伏在人生后半程，无声无息，冷峻凝视。

韦荞回到吴镇，关店歇业一周。

她从不打无准备之仗，既然决定回道森，她就费了点时间，将道森近两年的资料过目一遍。

晚上，韦荞正在看文件，手机忽然振动。

她顺手接起："喂？"

电话那头没有声音，她追问："哪位？"

"妈妈。"

韦荞完完全全怔住。

午夜梦回时，这个声音，她想了无数遍。如今这声音真切地响起，她狂喜，感到无所适从，几乎要落泪。

"岑铭？"

"妈妈，明天上午九点，我还会去道森度假区玩。"

他说完，电话被挂断。

韦荞喜不自胜。她和岑璋的婚姻一败涂地，她后悔过很多事，后悔结婚、后悔爱他，唯一不后悔的，就是生下岑铭。

隔日，韦荞起得很早。她匆匆喝了碗粥，一顿早饭简单应付。这两年，很多事在韦荞这里都是被匆匆应付。生命中最重要的两件事——工作、婚姻，她曾经全力以赴对待，可无一不以失败而告终。人生这类严肃话题，她再拿不出力气郑重对待。

除了，岑铭。

她许久不化妆，粉底液、唇膏皆已过期。她不介意，拿来临时应对。二十分钟，她完成了一个清透通勤妆。她在道森担任首席执行官的那几年，对化通勤妆游刃有余，练就了五分钟上妆速度，如今到底是手生了。

七点，韦荞匆匆出门。道森度假区不远，仅需二十分钟车程。她心里挂了人，坐立不安，只有出门赴约能令她稍得宽慰。

　　买票，刷卡，她重回道森度假区，恍如隔世。她以为自己一辈子都不会再来。

　　"一辈子"到底是太长、太长的事，说不准。

　　她不安又紧张，在露营区来回踱步，微信步数增速惊人。她还没见到岑铭，步数已超一万五。

　　"妈妈——"

　　"在。"她连忙应答，满怀期待地转身，却发现应错人。她身旁经过一对游客母子，看她好似看神经病，那母亲搂过儿子赶紧走，生怕这个连孩子声音都会听错的女人精神不对。

　　韦荞神情恍惚。

　　这两年，她听不得小孩子喊"妈妈"，听见了，下意识地都想应一声。岑铭小时候喊"妈妈"，她常常在忙，不是回应慢了就是潦草敷衍。再后来，岑铭就不叫了。

　　湖边起风，吹皱一池湖水。这湖面像极了她心里的伤口，坏了好，好了坏，也不知是否还会有痊愈的那一日。

　　恍惚间，有人拉她的手，韦荞低头望去。

　　"妈妈。"岑铭叫了她一声。

　　韦荞心跳失序，她蹲下身，摸着他的脸，看了他好一会儿。她苦等两年，终于等来一个再次确认的机会。

　　"岑铭，妈妈在。"

　　韦荞和岑铭在湖边度过一上午。

　　母子俩都不是话多的人，寡言少语是常态。岑铭伸手，韦荞把果酱递给他，岑铭切好吐司，涂上果酱，韦荞尝一口。岑铭清浅一笑，韦荞会意，摸了摸他的头。岑铭好似受到鼓励，从口袋里摸出一个小挂件，挂在她的钥匙扣上。

　　韦荞定睛一看，是一个熊猫挂件。憨态可掬的大熊猫拿着竹叶，头顶一个小招牌，上面写着四个字：国富民强。

真是个非常正能量的小挂件。

韦荞很喜欢，拿在手里爱不释手："送给我的？"

"嗯。"岑铭一贯语气淡淡，那些辗转反侧想要把礼物送给母亲的失眠夜晚，他已学会压在心底，只字不提，"之前学校春游去北京看萌兰，在动物园买的。"

韦荞很喜欢听他讲生活中的小趣事，问："你喜欢萌兰吗？"

"喜欢，因为它好聪明。"

"嗯。"

"季封人最喜欢花花。"

"花花可爱，性格也好。"

岑铭扬起脸，问："妈妈呢？有没有喜欢的熊猫？"

"有。"母子俩并肩坐在草地上，韦荞双手交握，搁在腿上，两人不似母子，像多年未见的老友，"妈妈喜欢灵岩。"

中国大熊猫界顶流横行。

北有萌兰，南有花花，前有陈圆润女士率领的狗门家族，后有渝可渝爱活宝兄妹组。在这异军突起、强手林立的时代，偏居十八线山脚的灵岩在颜值、地理位置、曝光度都不占优势的情况下最终杀出重围，挣得一席之地，凭的就是中国人最常讲的一句古话：天行健，君子以自强不息。

岑铭会意："妈妈心中有理想。"

韦荞摸了摸他的脸，没有说话。

理想这些东西，曾经她是有的，甚至还很多，多到岑璋无法忍受的地步。后来，她就没有了。岑璋讲得对，她既要、又要、还要，要得太多了，满溢则损。

岑铭又道："'国富民强'，看到这四个字，我就想到妈妈了。"

她在孩子心里，竟是如此根正苗红，韦荞深感荣幸。韦荞将熊猫挂件牢牢握在掌心里，郑重以待："妈妈很喜欢，一定好好收藏。"

岑铭轻轻一笑，看样子是高兴的，他不由得多讲了一些事："我也送给爸爸一个了，挂件上的字也很适合爸爸。"

"哦？是什么？"

"我爱老婆。"

韦荞不知道说什么好，她还不晓得，不知从何时起，父母在岑铭心里已有清晰的画像。

在岑铭眼中，家国情怀、理想主义都和母亲相得益彰，而他的老父亲，纯纯就是一个恋爱脑。

林华珺看着母子俩，心里甚为安慰。

韦荞得了空，亦迫不及待要同这岑家明理人聊几句。

"林姨，这两年多谢谢你，没有离开岑铭。"

"韦荞，这是我应该做的。你走后，我也舍不得走了。若是我们都走了，叫孩子怎么办？"

"是，是我的错。"

"还有，岑璋。"

这回韦荞没有接腔。林华珺不避讳，将一席话说给她听："你那样走了，你得了救赎，可是把岑璋留下了，留下的人怎会好过？他日日面对岑铭，即便心里痛苦，也不能流露。"

韦荞听了，淡淡地开解："林姨，他会好的，他那样要强。"

"韦荞，你这样说，我就不爱听了。"

"好，不说了。"她懂分寸，不与对她有恩的老人起争执。

两人各自避开，缓解气氛。

十点，岑铭收拾好小书包，道："妈妈，我要回去了。"

"这么早？"

"嗯。"

韦荞端详他的脸，有很多很多的不舍。岑铭匆匆来，匆匆走。这孩子从小被岑璋带大，同他父亲一样，严格遵守时间观念。

林华珺走近，轻声对她道："今天上午岑璋有两个会，走不开。岑铭就是知道，才会这个时间约你来。"

韦荞听了，心如擂鼓。

林华珺证实了她的想法："孩子很爱你，特地避开岑璋，想办法来见你的。"

可不是吗？他才七岁，那么小的一个人，为了见妈妈，动用了多少心计。他要避开爸爸，在深夜打电话给她，想方设法与她独处一小时。七岁的岑铭做这么多，就是为了平衡他那一对分崩离析的父母，令自己既能见到母亲，又能不令父亲难过。单是想想，韦荞心都要碎了。都说苦孩子早慧，岑铭就是一个苦孩子。

"不过，"林华珺又道，"其实，岑璋知道这件事。"

"什么？"

"岑铭今天来见你，他是知道的。"

昨晚林华珺听闻屋外有声响，披了外衣出门瞧。她这一瞧，瞧见了深夜一幕。

凌晨十二点，岑璋站在儿童房门口，背靠着门，驻足良久。岑铭有再多心计，也还小，控制不好音量，偷偷同母亲讲电话时声音大了，被屋外的岑璋全数听去。

他没有反驳，没有表态，就那样站着，沉默地听。岑铭挂断电话很久了，他还站着，林华珺都不知他何时离开的。

"韦荞。"

"嗯。"

"这两年，他很想你。他再要强，还是想你。"

Ich liebe dich

第二章

没有赢家

　　申南城商界，独有赵江河被尊称一声"赵先生"。

　　"先生"这个叫法，总带着文人气质，将生意人那股商业厮杀之味减去不少。

　　赵江河确实不似寻常生意人。

　　赵家是商界名门，创立道森至今已有三代人。赵江河作为继任者，是赵家登台掌权的第二代。道森原本以电影业起家，"道森控股"的前身正是"道森影业"，赵家第三代赵新喆和女明星纠缠不清，和这层渊源脱不了关系。若是按着起家的这条路走，道森充其量就是个电影业巨头，远远撑不起"财团"二字的分量。

　　转折出现在赵江河登台之后。

　　赵江河天资聪颖，含着金汤匙出生却天生是块做生意的料子，纨绔子弟的那套作风在他身上半点没有。在豪门内斗的大戏里，赵江河一路平稳，赢得轻松。他十九岁入主道森董事会，三十二岁坐稳道森董事会主席之位，至今三十年不倒。

　　道森从"影业"转向"控股"，跻身全球度假区财团的奇迹，就是在赵江河手里完成的。

　　至此，赵江河被称一声"赵董"，不过分。然而，坊间对赵江河的一致称呼，却是十分斯文的"赵先生"。因为，赵江河做了一个影响社会的举动：成立助学基金会。

　　凡被列为赵江河助学基金资助的对象，赵江河一力承担其从幼儿园到硕、博毕业的全部学费，资助对象所受教育皆为精英教育。可以说，赵江河不仅是在救助失学儿童，更是以一己之力为社会输送了数量可观的行业精英。

赵江河助学基金声名赫赫，一度闹出不小风波。有中产家庭为让子女进入精英名校，不惜造假身世，试图令孩子成为助学基金资助对象，最后被基金审核委员会识破，孩子从名单中被除名。

一时间，舆论哗然。赵江河助学基金的社会影响力，可见一斑。

二十六年前，第一期名单公布，上面赫然列着一个名字：韦荞。

那一年，韦荞只有三岁。她是孤儿，赵江河第一次在福利院见到她，她正拿着饭盆踮起脚尖打饭吃。

那时的赵江河不会想到，二十六年后，这个只求一饭之饱的小女孩会成为日后声名赫赫的道森首席执行官，更在赵家垂死之际，以力挽狂澜之姿将道森重新拉回行业霸主的地位。

当赵江河明白这一点时，已是年过六旬的老人。

看着昔日的小女孩再次归来，且她面目沉静更甚从前，赵江河心怀甚慰，明白如今的韦荞看透世事，再无心敌。

他微微一笑："这两年，你清减不少。"

韦荞站着，垂手插在风衣口袋里，略一点头："还好。"

"听新喆说，你开了一家店？"

"是。"

"什么样的店？"

"一家小面馆而已。"

"有多小？"

"十四平方米，四张桌，最多可容纳八人吃面。"

"营收如何？"

"小本生意，稳赚不赔。"

赵江河大笑。一句"稳赚不赔"，尽显韦荞一身本事。

经济波动，小本生意最是难做，抗风险能力稍微差一点，今日开张明日关门。韦荞到底是韦荞，赵江河毫不怀疑那面馆她再开下去，不出几年非被她搞成连锁店不可。

两人认识多年，今日谈话所为何事，彼此心知肚明。赵江河开门见山，对韦荞郑重托付："道森有难，托赖你。"

"不会。"韦荞轻描淡写，将一桩生死攸关之事尽量拂去些悲剧意义，"做企业，输输赢赢，是常事。有今日的输，才有明天的赢。"

赵江河心怀大慰。危难关头有人搭救，是幸事，且这搭救之人还是他以独到眼光一力发掘出来的，意义更是不一样。

"韦荞，这些年，我多谢你。"

他承认，他有私心。当年他成立助学基金，原本只为给道森培养些赵家的"自己人"，等到赵新喆执掌道森那日就会有足够多的可用之人。

后来这层目的却变了。爱妻体弱，早早去了，但妻子生前对独生子无限宠溺。在名利场拼杀半生的赵江河比谁都明白，赵新喆被惯坏了，难成大器。他可以纠正，但不忍心。一个人要成长为千亿市值经济体的首席执行官，要吃的苦绝非常人可比。他就这一个宝贝儿子，将来道森的担子不给赵新喆，他还能给谁？

赵江河苦思良久，最终将目光对准助学基金。他要借助学之名，亲自挑选道森接班人！

五千年帝王史告诉他，天子门生制，存在即合理。慈善的皮骨之下，赵江河是用千古帝王权术，给赵家谋了一条险中求生之道。

这些，韦荞当然懂。从前她不懂，但做到首席执行官的位子，不懂都难。但她怪不了赵江河。若非他有一己私心，也不会有如今的韦荞。

"山近月远觉月小，便道此山大于月。若人有眼大如天，当见山高月更阔。"山月谁更阔？是千古难题。

"赵先生，您好好休息。"韦荞接下郑重嘱托，一诺千金，"我这次回来亦有我的私心。既然我回来了，道森的事，我来。"

赵江河喜静，偌大的赵宅除了管事之外，空无一人。韦荞是开车来的，她处事一贯冷淡，也不打算同谁告别。

她走下旋转楼梯，不期然被人叫住："韦荞。"

韦荞脚步一顿，她居高临下望去。许立帷长身玉立，正站在底楼大厅，看样子是在等她。一副无框眼镜衬得他异常斯文，减去不少平日杀性。

韦荞走下楼梯，淡淡招呼："好久不见。换眼镜了？很衬你。"

"嗯。"许立帷摘下眼镜，从裤袋里摸出手帕，擦了下镜片又戴上，"半年前换的，戴着也习惯了。"

"以前那副呢？"

"摔坏了。"

"你不像是会出这类小事故的人。"

"人都有情绪，那天没控制好情绪，把眼镜摔了。"

"哦？为什么？"

"那天，岑璋对道森正式下了封杀令，申南城没有银行敢贷款给我们。先前谈好的也都反水了。"

韦荞听着，随即懂了。许立帷到底是许立帷，铺垫这么多，就是要告诉她：岑璋动手了，你怎么办？

韦荞看着他："道森就是有你，才能活到今天。"

许立帷城府那么深，若不是他无心恋权只为报恩，恐怕道森的历史就要从此改写。

赵江河的助学基金，实在是高招。

一个韦荞，一个许立帷，当年赵江河从福利院看中的两个孩子如今再次联手，要从今盏国际银行这头沉默的巨兽口中救下道森。

许立帷想从她那里得一个确认："韦荞，下定决心了吗？即便岑璋反对，也不会再离开道森？"

"嗯。"

"为什么这么突然？"

"因为岑铭。"她不瞒他，"因为岑铭喜欢道森度假区，所以我不会让它轻易垮掉。"

许立帷莞尔。他们这样的人，入世太深，早已将人性染色，尔虞我诈是本能，他们要看透权谋，看透敌我，要在名利场中杀出重围，挣一个一席之地。唯独韦荞是例外，她身陷名利场，却总能置身事外。外界多少轩然大波到她这里，轻轻一句解释就过去了。

媒体头版头条——《韦荞强势回归，剑指道森董事席》。

谁说的？

她辜负媒体盛情，只为岑铭。

今晚正好见到了，韦荞顺便吩咐他："把道森这两年的资金流情况整理好给我，我这几天看一下。"

"好。"许立帷接着问，"然后呢？"

"你跟我，去找岑璋。"

许立帷沉默半晌，确定她不是在开玩笑之后，很不厚道地想撇干净这事："你一个人去行了，我就不去了。"

他们夫妻俩干架，他去干什么？

"不行，你一起去。"韦荞主意已定，她拖许立帷下水，"多个人，岑璋不敢乱来。"

许立帷想了想，也是。岑璋那种男人，和前妻单独相处，指不定搞出什么下作事来。许立帷点点头，算是同意了。

这两人很快就会发现，他们还是低估了岑璋下作的程度。岑璋对韦荞乱来那是本能，无论多几个许立帷都一样。

时近年底，岑璋的时间很难约。寻常商业伙伴想要约岑璋尚且不易，何况是他亲手封杀的道森。

但韦荞有韦荞的办法。

周五，岑璋飞赴外地参加银行界峰会，当天来回。晚上七点，岑璋结束当天行程，走出机场通道，赫然看见通道尽头站着两位重量级接机人：韦荞，许立帷。

岑璋看一眼，懂了。

"黄扬。"他声音不大，穿透力极强，将威慑的意思表达得很到位，"你胆子挺大，自作主张的事都敢做了。"

黄扬畏惧不已，心一横，决定装死："岑董，是您昨天吩咐，派一个司机到机场接您。荞姐说了，她正好有一个司机，开车技术很好，我就让他们过来了。"

岑璋冷冷地盯他一眼。

黄扬头皮发麻。很快，他听到老板发落："你这个月的绩效奖取消。"

黄扬表情沉痛，心里却不伤心。

还好，一个月绩效奖，也就五六万块钱的事。损失这点小钱，为荞姐办事，黄扬觉得特别值。

昔年，韦荞还是岑太太的时候，对他多有关照。那时黄扬初入职场，好几次办错事都是韦荞不动声色替他解决。他几次致谢，想送她礼物，都被她拒绝。那时的韦荞对他说："我不是在帮你，我是在帮岑璋，手下人得力，老板才不会累。"

黄扬一直相信，没有人比荞姐更爱岑董了。即使后来他们离婚，黄扬还是对此坚信不已。用潮流的话来说，他就是岑璋和韦荞的情侣粉丝头子。

事情已成，黄扬迅速溜了。

见岑璋走出来，许立帷特别自觉地上前替他拿行李箱，笑容热情，服务属性拉满，许立帷将今天的"司机"角色扮演得很到位。

"岑董，我帮你拿。车就停在 B1，我去开过来，你和韦总在这里等我就行。"

许立帷就是这点特别好，无欲无求、无牵无挂，不爱谁也不恨谁，能随时随地投入角色演起戏。

道森需要他与岑璋为敌时，他能说出"韦总是岑董前妻"这种话，气得岑璋三天没睡着；韦荞需要他为岑璋当司机时，他又能迅速投入新角色，活像给岑璋开了十八年车的老司机。

世界是一个巨大的戏台，许立帷无牵无挂。

岑璋盯着许立帷的背影："你为了堵我，不惜把你们道森的厉害角色拉来当司机，可以啊。"

韦荞难得有兴致："你对许立帷的评价这么高？"

许立帷在道森十年，给赵江河当了十年私人秘书，职位从没变过，职务也从没升过，他既不是高管也不是股东，和韦荞这类有正式首席执行官任命书、拿高管工资的人完全没得比。有意思的是，许立帷职位不高，名声却很大。

外界人人都知，道森除了韦荞，真正拿主意的人就是许立帷。

对这些，岑璋当然懂。深不可测的信息网，是今盏国际银行立于不败之地的第一道屏障。

"韦荞，我跟你之间的账还没算清楚，你就先拉上许立帷一起来堵我了？"

"没有堵你。"韦荞垂手插在风衣口袋里，端出一副无害之姿，"想和你谈点事，不得不出此下策。"

"你未免高看你自己。"

"我把许立帷都拉来了，这点诚意不够和你谈几分钟？"

"让许立帷来给我开趟车就算诚意？"

"嗯，他开车技术真不错的，你等下坐了就知道。"

韦荞来真的，岑璋拿她没办法。他根本不想坐他们的车，甚至连谈都不想谈。

很快，许立帷开车过来："岑董，上车吧。我送你，你去哪？"

行李箱已经被许立帷绑架上车，笔记本电脑和公司机密都在里面，岑董总不能丢了不要。道森的一二号人物联手，功力非常了得。

岑璋暂时只能妥协。他上车，对许立帷吩咐："去今盏国际银行。"

"好。"

韦荞跟着坐上车，和岑璋保持距离，两人一同坐在后座。

黑色轿车平稳发动，岑璋态度不算好："从这里到今盏国际银行，开车只需要二十五分钟。"

韦荞转头："然后呢？"

"你只有二十五分钟的时间，把你要和我谈的事讲清楚。"

"不用二十五分钟，五分钟就够了。"

"哦？"

"我回道森了，下周起会正式向申南城各大银行谈贷款事宜，希望你不要插手这件事。"

车内一阵沉默。

岑璋心底震惊：她这几句话，每个字都是朝他心上剜下去的，她怎么敢？

许立帷也震惊，不过他震惊的内容比较八卦。他朝后视镜里看了一眼后座二人，暗自权衡，像韦荞这样，上来就敢这么对岑璋，是不是证明他俩感情其实还挺好？否则，韦荞怎么敢？

岑璋哂笑："就这些要求？还有没有？你一起提。"

韦荞和《亮剑》里的李云龙一样，最擅长正面突围，当即点头道："有。"

有些话本来她是不想说的，既然他问了，她索性就大胆往前再冲一步了："如果可以的话，我希望今盏国际银行可以接受道森的贷款申请，额度至少在五十亿。"

又是一阵沉默，连许立帷都觉得韦荞疯了。

这个资金量，不是小数目，就算是道森如日中天之时，要得到这么大一笔放贷也绝非易事，更别说每况愈下的如今。

岑璋一笑："好啊，可以。你一定要谈这件事，我就跟你谈。"

韦荞转头看他，眼神戒备。岑璋的为人她比谁都清楚，他做生意讲究连本带利一起赚。他对蝇头小利从来没兴趣，岑璋有兴趣的从来都是"血赚"二字。

韦荞问："怎么谈？"

岑璋看向她："你先陪我一晚。"

黑色轿车急刹车，那是许立帷听不下去了。他在"把岑璋打一顿"和"夫妻闲事少管"的选项中权衡了一秒，果断做出一个明智选择："我有事，下车打个电话，不耽误两位。"

说完也不顾后座两人是什么反应，许立帷打开车门就走。

真是，他就知道他不该来。这对夫妻就算离了也腻得很，他来瞎掺和啥？想到这，许立帷头也不回地扔下韦荞走了。

韦荞坐着，不动声色。

其实她也听不下去，但和许立帷不同，她来之前就对岑璋有过全面预估，知道他没有下限起来大概是个什么样。难得她还能保持平静："你现在就这么跟人谈事的？"

"那倒不会。"岑璋作恶起来，坏得很彻底，"我跟别人从不这么谈，我就跟你这么谈。"

韦荞点头："好，我跟你去家里谈。"

岑璋冷笑，看穿她心里那点主意："想见岑铭是吧？别想了，他被二叔接去阳湖府邸过周末，这两天不在家。"

韦荞沉默了。玩算计，他俩向来棋逢对手，很难分出胜负。

岑璋不欲和她继续牵扯，抬腕看表，提醒她："还有四分钟，希望你快一点。"

"好，我跟你走。"

山雨欲来，她没有后路，只能前行。择机而行，这是首席执行官必须要会的一课。韦荞看向他，问："去哪？"

她顺着他的意，岑璋的脸色却越发冷。她的行为表明了她的心意，无论过去多少年，在韦荞心里，第一位永远不会是他，也不会是岑铭，只会是道森。

"为了道森，随便我怎样对你都可以，是吗？"

"不，我只想你对道森公平一点。"

对她也公平一点。但后面这些，韦荠是不会说的。

她和岑璋恋爱三年，结婚五年，这些日子不是白过的，他喜欢什么、遵守什么，她都一清二楚。

岑璋父母过世前，对岑璋家教森严，这令他成长为极具原则性的人。韦荠很喜欢坚守原则的岑璋，以前是，现在也是。华夏五千年，自古贤君英主无一不是极度自律、遵守原则之人，她在岑璋身上看到一些很古老的光，她欣赏，并且愿意守护。

即使如今，他的原则性令他无法原谅她，她依然认同。

"岑璋。"她将心底的秘密讲给他听，"我回道森，是为岑铭。"

"你够了。"如果说，刚才的岑璋尚抱着一丝同她客气的心态，那么在她说出岑铭的名字之后，岑璋彻底怒了。

她竟敢将岑铭拿来做商业对抗的理由。那是他的宝贝，是这两年里和他唇齿相依的亲人。两年前，从他在韦荠递来的离婚协议书上含泪签字的那刻起，岑铭就成为他唯一坚持下去的理由。

"韦荠。"他骤然警告，"你敢动岑铭试试。"

客观评价，岑璋性情森冷，近乎凶悍。

在今盏国际银行，人人畏惧他，黄扬给他做了七年特助，也没处出熟人感情，见了他依然有阴影。岑璋没什么朋友，也没什么生活。曾经的韦荠承受了他全部的热情，后来离了婚，岑铭和今盏国际银行就成为岑璋人生的全部内容。他的全神贯注令在他带领下的今盏国际银行一骑绝尘，反过来也令他的人生主题更狭窄。

这样一个岑璋，平日尚且不善，何况他有心威慑，更是山雨欲来。

但，韦荠不怕。他对岑铭，真的很好。这份好，足以令她对他做出任何让步。

"前几日，我看完了这半年来你带岑铭在道森度假区野餐的全部视频。"

岑铭真的长大了。

七岁的岑铭有着和年龄全然不符的模样，沉静、内敛、不张扬。

他几乎是不苟言笑的，像极了岑璋。和岑璋不同的是，岑铭眼中没有伤痛。岑璋尽到了一个父亲的全部责任，甚至将她作为母亲的责任也一并尽到。岑铭坚信：只要有爸爸，他的人生一定安然无恙。这份安全感给了七岁的小男孩独立抗衡世界的勇气。

天际微亮，视频播放结束，韦荞眼中隐隐有泪。

那一瞬间，她心里对岑璋的所有怨恨一并消散了。她曾经很恨岑璋，恨他将她的人生倍速往前，以致失控收场。直到那日，在道森度假区和岑铭重逢，她忽然发现，她对岑璋一点恨都没有了。

她自我救赎多年，也将岑铭"流放"多年，如果没有岑璋稳稳接住没有妈妈的岑铭，如今的岑铭会是何种模样，韦荞不敢想。她欠岑璋一份独属岑铭的恩情，在这份恩情面前，所有怨恨她都可以放下。

"岑璋，我想让道森度假区重回全球度假区的霸主地位，让岑铭每周六到道森度假区野餐时，看见的不再是景色凋零、游人寥寥，而是鸟语花香、安乐平和。"

这就是她作为母亲，如今能为岑铭做的事。

她对岑铭十分失职，除了孩子刚出生四个月里的悉心照顾，就再没有了。岑铭六个月大时，韦荞正式接任道森首席执行官，从此顾此失彼，重心失衡。

和岑璋的南辕北辙，也始于此。

岑铭从小是被岑璋带大的，在今盏国际银行，人人都见过岑璋带孩子的模样。岑璋开会，岑铭坐着玩玩具；岑璋加班，岑铭在他的私人休息室里睡觉；岑璋出差，岑铭在家发烧了，韦荞打电话给岑璋，岑璋知道了连夜坐飞机赶回来照顾孩子，等岑铭退烧之后再坐早晨六点的飞机回去。岑铭由此成为一个十分与众不同的孩子：他对母亲没有感觉，对父亲言听计从。

但其实，韦荞是努力过的。她努力平衡，努力不让岑铭成为道森的牺牲品。

她将会议时间压减到极致，将工作效率跃层式提升。她的一日三餐开始严重不规律，她只为了尽快处理手头的工作。可是韦荞依然没能改变她想改变的局面，早出晚归成为她的日常，她每天出门时，岑铭还未醒；每天回到家，岑铭已经睡了。

有一晚，韦荞累极，坐在车里抬腕看表，时间已是凌晨一点。她忽然失去回家的勇气，在车里坐了很久。许立帷取车回家时，路过看见她的车还在，走近一看发觉韦荞真的在，不由得轻敲车窗提醒她该走了。

就在那晚，韦荞承认自己的失败："岑璋做得到，为什么我不行？"

好的夫妻关系，总有一丝竞争意味在里面，两人暗自较劲，你追我赶。她和岑璋曾经在这一层夫妻关系中如鱼得水，怡然自得。她欣赏岑璋，岑璋同样仰望她。岑铭的出生，令看似牢固不破的婚姻轰然倒塌。

能明白她的，只有许立帷。

那天，许立帷坐在副驾驶的位子上，平静地劝她："今盏国际银行是岑璋一个人的，他做什么都行。而你在道森呢？韦荞，你比不过岑璋的，我们都比不过。"

那年，许立帷二十四岁，可心态已如古稀老人，看透的东西实在太多。上位者与下位者，即便有缘分成为恋人、结为夫妻，横亘在两人之间的本质也并不会因此而改变。

当岑璋抱着岑铭出现在今盏国际银行时，无人敢说三道四，他甚至会赢得一片赞赏，"父亲"的角色令岑璋在社会舆论中的名望与口碑扶摇直上。可韦荞不行，只要她抱着岑铭现身道森度假区，就会立刻引来董事会对她担任首席执行官专业性的质疑。

赵江河能保她一次，绝不会保她第二次。说到底，赵江河同她非亲非故，在她身上砸下多年培养成本，董事会对韦荞的质疑何尝不代表赵江河对她的质疑？

何况，她还是一个女人。

男人做到百分之百的成绩，女人需要做到百分之三百，才能在名利场上获得同等认同。

韦荞靠着椅背，觉得累，有一种用尽全力也没有回音的累。

许立帏安慰她："岑璋不会逼你在'妈妈'和'首席执行官'的角色中做选择的，他的教养那样好，不会对妻子做这种要求。"

许立帏说得对，岑璋不会，可是岑铭会。

韦荞对岑铭曾有一个十分天真的想法：孩子是她生的，就算她稍稍忽略他，他也一定会对母亲有别样的依恋。

事实证明，她错了。

她花了五年明白了自己错在哪里：所有的孩子都是独立的个体，"妈妈"这个角色对孩子而言并不是一个特殊的存在，所有能成为孩子心中特殊存在的妈妈，都是率先付出了巨大心血的妈妈。

生而不养非父母，养育之恩大过天。

曾经的韦荞，在道森无敌，对婚姻从容，却在母子关系这道千古难题面前，犯了天真的错误。

为此，她付出了沉痛代价。岑铭身上的残疾，就是她一手造成的。

这是一个彻底的没有赢家的悲剧。而将悲剧一力承担，以一己之力令之平稳着陆的，是岑璋。

韦荞对他是有感激的。

四下无人，只有他和她。要和今盏国际银行董事会主席单独相处，对如今的韦荞而言，这样的机会难如登天。她想对他做点什么，也许只有今天有机会。

"岑璋。"她忽然伸手，握住他的手。

岑璋一怔。

韦荞从不是一个主动的人，在婚姻中的那五年，她也很少主动，每次缠绵都是他开的头。以至于后来，他对她的那点小情绪了如指掌，她说"不要"就是"要"，她若是默不作声，就代表他可以彻底放肆。

韦荞看着他，真心地说："我很感激你，这七年将岑铭养育得这么好。"

她握在他手背上的左手，传出一股镇定的温柔，这是独属韦荞的温柔。他看着，喉咙隐隐发干，极为隐秘的灼热开始危险抬头。

岑璋用力反握住她的手。

韦荞一愣，想要抽回手，却已经晚了。不似方才她礼貌性地轻轻一握，岑璋的动作是她最熟悉的那一种：危险的、极具攻击性的，是某种序曲的抬头。

他看向她："说了这么多感激我，怎么也不见你有实质性的表示？"

韦荞怎会忘记，他早已不是上东大学的岑璋，眼前这人，分明已是今盏国际银行的岑璋。

岑董做了七年董事会主席，妥妥的行家生意人，最不屑精神表扬，他只要落袋为安的好处，其他一概免谈。

晚上，岑璋去岑华桥的阳湖府邸接岑铭。

因为和韦荞的那点意外，岑璋去接岑铭接晚了。他到的时候已是晚上七点，岑铭正在吃晚饭。见他来了，岑铭喊了声"爸爸"，迅速跑过去给他换拖鞋。岑璋这七年父兼母职，养孩子的那点苦没白受，如今得到了最好的回报：岑铭对父亲十分依赖。

岑璋弯腰换鞋，岑铭看见他侧脸上的巴掌印，惊呼："爸爸！你的脸？！"

他这一喊，一屋子人都迅速跑来围观，算是把岑璋那点私事看光了。

岑铭着急他的老父亲，还要刨根问底："爸爸！谁把你打成这样的？"

还能有谁？岑璋沉着脸，一声不吭。

岑华桥和温淑娴对视一眼，猜了个七八分。能把今盏国际银行的董事会主席打成这样还能让他不吭声的，只有道森的韦总。

温淑娴笑着打圆场，把岑铭带走："小铭，刚才剥的虾还没吃完，咱们先去吃，等下冷了就不好吃了。"

岑铭一走，成年人谈话就容易多了。

岑华桥笑了下，心照不宣："洗手台有冰块，去敷一下。"

岑璋点头："嗯。"

方才韦荞一点都没跟他客气，那一巴掌打得结结实实，被她打过的地方火辣辣地疼。他敷完冰块，脸上的巴掌印才淡下去。

岑璋从洗手间出来，对岑华桥点头致意："二叔，多谢你，这两天替我照顾岑铭。"

岑华桥摆手："真是，说这些干什么？"

这世上，对岑璋而言，除了父母，对他有恩的就只有岑华桥。

父母飞机失事那年，岑璋只有十八岁，离坐上今盏董事会主席之位的二十三岁还有五年。这棘手的五年，是岑华桥替他担下了。岑华桥不仅担下了照顾岑璋的重任，更担下了今盏国际银行最高执行权交接断层的危险局面。

和大哥岑华山不同，岑华桥无心恋权。他就像古代不争名夺利的王爷，醉心诗书曲艺，不问世事。这些年，岑华桥在今盏国际银行挂了个执行董事的头衔，每年靠分红过日子，生活平静悠闲。

岑华山的离去，打破的不仅是岑璋的人生，还有岑华桥的人生。

眼见人心不稳，虎视眈眈的管理层就要弄出集体夺权的丑闻，岑华桥一曲古筝弹罢，念了两句诗："山雨欲来风满楼，黑云压城城欲摧。"他的妻子温淑娴心下了然，明白丈夫这是要出山了。

很快，岑华桥接手今盏国际银行董事会主席之位。

人们这才发现，这位不问世事的执行董事，根本不是只会醉心诗书的悠闲王爷。出山坐镇的岑华桥，论手段、论能力，与岑华山不分上下。

坊间传言四起：

属于岑璋的时代还未开始就已结束，岑华桥没有理由做岑璋的垫脚石，白白让位给他。凭岑华桥的能力，在他带领下的今盏国际银行未必会输给岑华山时代。

然而，岑华桥再次令所有人意外。五年后，他亲手扶岑璋上位，将自己稳坐五年的董事会主席之位让予岑璋。

公告发布，舆论哗然。

岑华桥的威望一度甚嚣尘上，人们像敬畏神明一般敬畏这位岑家二叔。有决断天下的能力，却无心天下，他不是神，谁是？

但其实，岑华桥有自己的想法。能理解他想法的，只有温淑娴。

岑璋就任董事会主席那日，岑华桥陪岑璋喝了点酒。岑华桥回家后有些薄醉，温淑娴照顾他睡下，对他轻声道："华桥，对不起。"

岑华桥将妻子拥入怀中，安慰她："没有的事，你别乱想。"

两个人谁都没有把心里的话说出来，尽管他和她心知肚明：岑华桥无心恋权，并不是他不好权，而是他膝下无子，争回了权力又如何？

温淑娴早年生了一场大病，病好后就再也不能生养了。岑华桥和妻子伉俪情深，没有孩子诚然是两人的遗憾，但若要说因为这点事两人就过不下去，也不可能。

岑华桥早将世事都看透了。他夺得今盏国际银行又如何？等他老了，这些还不都是岑璋的？早一点给晚一点给，都是给，他不如做个顺水人情早些给了，还能令岑璋欠一份恩情，自己也博得好名声。

岑华桥这步棋走得十分高明。从此，他在岑璋心里的地位，与父母齐平。

今晚，岑华桥亦懂得为岑璋打圆场："说什么照顾，这么见外？我和你二婶平日也无事，冷清得很，有岑铭来陪我们，高兴还来不及。"

岑璋明白"冷清"两字背后的落寞。尤其他有孩子之后，更能体会岑华桥和温淑娴喜欢孩子却无子的遗憾。

岑璋果断把岑铭推出去当"工具人"，拍了下他的小屁股："坐到叔公身边去，爸爸还没吃晚饭，你陪叔公和爸爸再吃一点。"

"好的，爸爸。"岑铭这个"工具人"很好用，指哪打哪，立刻坐去岑华桥身边，埋头吃饭。

屋内，一个悦耳的声音响起："岑先生，您的血压还是偏高，我明日再过来给您做详细检查，今天我就先回去了。"

说话人是岑华桥的家庭医生，方蓁。

眉目姣好，身形款款，举手投足间尽显利落，方蓁是现代职业女性精英，而且十分年轻。二十二岁就从伦敦医学院学成归国，担任岑华桥的家庭医生，方蓁深得岑华桥的信任。

餐桌旁，岑璋正在给岑铭盛汤。方蓁见了他，微笑颔首："岑董。"

岑璋点头，算是回应，手里的动作丝毫未停。

方蓁笑容依旧，心里着实有些挫败：岑璋显然没把她放在眼里。方蓁年轻，气性高，甚至有点不服气。她这般万里挑一的精英女性，岑璋竟未给半分眼色。

那，什么样的女人才可以？

正值饭点，岑华桥留她："这个点了，你也没吃饭，一起坐下吃吧。"

突如其来的邀约，来头甚大。方蓁虽年轻，为人处世能力却不低，不由得暗自权衡：这是老板在跟她客气，还是给个机会，意有所指？

"方医生，坐下吃饭吧，今天你也辛苦了。"温淑娴拿碗筷来，及时给方蓁打圆场，又看了眼岑璋，笑容温和，"岑璋不会介意的，家里多双筷子而已。"

岑璋听了，借照顾岑铭吃饭的动作将对话回避，没有表态。

二十三岁就坐稳今盏国际银行董事会主席的烫手之位，顶级权谋家隔盏听音的能力，岑璋该有的都有。他明白岑华桥和温淑娴的心思，虽然他并不苟同，但也无意惹二叔、二婶不快。不表态，是岑璋最好的回应方式。

方蓁懂了。她是幸运的，暂时未入得了岑璋的眼，却已入了岑华桥和温淑娴的眼。

这就够了。有岑华桥和温淑娴这个近水楼台，她还怕和岑璋没机会？来日方长，慢慢来是为上策。

方蓁的位子极好，和岑璋邻座，她稍稍一抬手就能碰到他，而她也真的这样做了。

方蓁剥了一只虾，放入岑璋碗里，温柔地道："岑董，我帮你。"

现代女性，早已不信"等待爱情"这套旧理论。爱情是等不来的，顶级的伴侣更是万人争抢，她不主动，光靠等，怎么行？人在职场上要各凭本事吃饭，在婚姻中更是。

岑璋扫了一眼碗里的虾，把碗一起递给侍者，冷淡地吩咐："碗脏了，换一只过来。"

在场所有人一同沉默。

埋头吃饭的岑铭从碗里稍稍抬头，对他的老父亲感到十分疑惑："爸爸，不脏啊，方阿姨洗过手的。妈妈以前把掉在地上的虾放你碗里，你也没说脏啊，照样吃掉了。"

孩子的话令原本沉默的气氛更加尴尬了。

方蓁脸色难看，面子十分挂不住。她匆匆吃了几口饭，找了个借口，迅速失陪走人。

外人一走，自家人说话就不拘礼节了。

岑华桥一笑："看不上？"

岑璋没有立刻回答，拍了一下岑铭，让他吃完饭去客厅玩。等岑铭走了，他才没有顾忌，找了个借口敷衍："二十二岁太小了，不合适。"

"这好办。"岑华桥顺水推舟，"我再给你找个三十二岁的。"

"太大了。"

"那几岁合适？"

岑璋不说话。

岑华桥一眼看穿他那点心事："二十九岁，韦荞那样的年纪，就最合适了，是吧？"

被拆穿心思的岑璋再次把岑铭推出来："岑铭还小，对他影响不好，所以我不打算再结婚了。"

"那么，今晚你和韦荞是怎么回事？"

岑璋知道瞒不过二叔。作为申南城特色产业，申南城狗仔队之名冠绝全球。岑璋早婚早育，早年对韦荞爱得异常高调，后来他离了婚，感情动向一直是谜，谁也不信他能这么一直单身下去，因此狗仔对他格外关注。

谁想，今天下午，狗仔竟然跟到一个大新闻——岑璋和韦荞在一辆黑色豪车里独处整整两小时！

后来，岑璋下车，绕到驾驶座，亲自当司机送韦荞回去。这一幕被蹲守在街边的娱乐记者拍下，几乎被同步推送上了新闻。

一时间，舆论纷纷，大众颇为好奇。

岑璋哪怕离婚离了两年也是敢作敢当："今天，是我有事要跟她谈。"

"那谈出结果了没有？"

"没有。"

在跟韦荞相关的事上，岑璋和谁都是硬碰硬，连岑华桥都不是例外。岑华桥点点头，算是明白了。

"好吧，是二叔莽撞了。我们是看方蓁人不错，才想给你创造机会。以后这个事，我和你二婶不会再提了，你放心。"

"好。"岑璋给岑华桥倒了杯茶，算是和解。岑华桥对他不错，最多有点爱替他乱做媒，但年纪大了爱给人说媒，这是老年人的通病，也不能全怪岑华桥。

"岑璋，有个事，我还是想提醒你。"

"二叔你说。"

"听说韦荞最近为了道森的贷款，上门求了不少银行，都被拒之门外。这件事，你知道吗？"

岑璋沉默地听，没有表态。

城府深如岑华桥，也看不透此时他的沉默代表的意思。岑华桥斟酌再三，对他提点："岑璋，对韦荞，你留点心。"

岑华桥的担心并非空穴来风，他顾忌岑璋和韦荞的关系，将话说得很含蓄："如果是夫妻，今盏国际银行和道森互相扶持，没什么可说的。但如今你们离了，韦荞重回道森，如果她来找你，你自己要有考量。"

要说碰上韦荞的事，岑璋的思维就异于常人，还真不是说说的。

明眼人都听出了岑华桥话里"防着点韦荞"的意思，偏偏岑璋像打通思路，提出了新方向："我就知道，她没那么简单。"

岑华桥听了，心里甚为安慰，而后只听岑璋冷冷地下定论："她肯定是跟我离了两年，欲擒故纵，想我了。"

岑华桥无语半天，诚恳地劝他："以我对韦荞的了解，这倒不至于。"

岑璋今晚失眠。韦荞那一巴掌，没把他打痛，让他想了一晚韦荞倒是真的。

岑铭睡了，岑璋原本打算去地下二楼看电影，临了却改变主意，转身去了书房，一个人在深夜喝酒。

白兰地口感浓烈，像极了他当年飞蛾扑火的样子。

岑华桥接手今盏国际银行那天对他讲："五年后，今盏国际银行一定是你的，该学的你要学起来。"岑璋听得懂意思，岑家银行的家业已落到他肩上，这副担子他必须要挑得起，否则，将有无数人为他陪葬。

经济是支柱，金融是血脉，今盏国际银行在银行界举足轻重。他不仅是岑家的岑璋，更是将来坐银行界头把交椅的岑璋。

令他一往无惧的，是韦荞。

他从来没见过比韦荞更"冷定"的人。

没错，"冷定"，是他独独为韦荞创造的词汇。性格冷静、情绪稳定，韦荞是震场、控场的好手。

在上东大学，韦荞人缘很好。他曾经对此颇为不解，毕竟以她的性格，"广交朋友"这类事应该与她沾不上边。然而，韦荞用事实证明：她不交朋友，朋友也会主动去结交她。那时，他就隐隐明白，将来道森会有一位非常厉害的首席执行官。

他对她越来越有兴趣，总是借着机会同她搭话。

一日晚课后，他叫住她，递给她一沓资料，说是遇到课业难题，请她帮忙解答。韦荞点头，留了下来。对同学的课业求助，韦荞很少会拒绝。

五分钟后，她将手中的资料还给他，告诉他，她解不了。说完，韦荞再没有其他解释，背起书包就要走。

他拉住她，强势一回："不行，必须解。"

韦荞挣不开，索性摊牌："我不解。"

"别人的课题你都会帮忙解，为什么我的就不行？"

"因为我不想插手今盏国际银行的内部事。"

他听了，顿时就笑了。她看出来了，厉害啊。

是的，他拿给她的根本就不是课业题目，而是今盏国际银行的资金结构问题。昨晚岑华桥将资料发送给他，叫他仔细分析，要他提出解决今盏国际银行目前资金结构问题的对策。他看到凌晨，忽然心思一动，将资料中的"今盏国际银行"字样全数抹去，换成了普通作业题中常用的"A 银行"。他将这个问题摆在韦荞面前，很想看一看这位未来的道森首席执行官，对银行业了解几何？

岂料，他尚未得手，就被破局。

临走前，她不忘提醒他："以后别做这种事。被别人看去，今盏国际银行会有大麻烦。"

怎么可能会有麻烦？不可能。因为，他从此认定，能从他手里看到今盏国际银行内部机密的，只有韦荞。

他对她的感情如同旷野劲草，一场疾风悍雨之后，野蛮生长，完全失控。教室、食堂、操场，她在哪里，他的视线总会不自觉地跟过去。熙熙攘攘的人群中偶尔视线交汇，她转瞬撇开目光，独留他在原地怦然心动，暗自猜测她一瞬间停留的目光里有没有对他的一点好感。

两人成为恋人之后，失控越轨成为必然。上东城的壹号公馆成为两个人初尝云雨的禁地，古老的家族公馆，屋顶有神话浮雕。他握紧她的手，十指紧扣，手指的方向就是屋顶。他沉迷韦荞无力自拔，每次都是不受控制。

屋顶群神见证两人入骨缠绵，他在从背后拥有她的瞬间对她讲："我真的好爱你……"

八年后，书房里，岑璋放下酒杯。

第四杯了，今晚他喝得有点多，想得也过多了。

他深陷在沙发里不想动。酒精误事，他今晚过分想念韦荞了。反正醉了，他不妨做点醉事。他摸出手机，闭着眼睛，凭记忆按下一串数字。他如果按错了，就当他们没有缘分，挂了电话，结束今晚的荒唐；如果按对了……

"岑璋？"

他愣了会儿，缓慢回神。

他真的按对了。身体的记忆，何其恐怖。和她离婚两年，他依然能准确记得她的电话号码。

韦荞看了下电话，对方并未挂断，仍在通话中。两人僵持片刻，以沉默挥霍时间。到底是韦荞冷静，先退一步："这么晚，有事吗？"

他听着她的声音，想起覆水难收的今天，冷淡地回答："没事，打错了。"

韦荞足够了解他："你喝酒了？"

岑璋酒量不好，他平日滴酒不沾，偶尔喝醉，酒品却很好，醉了只干一件事：给韦荞打电话。他会不停地打，接通了又不讲话，只说打错了，又不允许她挂断，一定要她听着。就在缠绵的呼吸声中，两人一次又一次和解。

韦荞知道，这是岑璋的老毛病了。不那么严格来讲，他以酒精为借口，对她示弱了。

"太晚了，不要喝酒，对身体不好。"她同他客气几句，心里挂念的另有他人，"岑铭睡了吗？"

岑璋忽然恼火起来："你现在心里只有岑铭了？"

韦荞反问："不然呢？"

一场婚姻，以失败收场，令韦荞看清横亘在两人之间的天差地别。岑家是百年名门，银行世家，岑璋把今盏国际银行董事会主席的位子坐得名副其实。而她却不同，首席执行官只是一个要她卖命的称谓，她对道森再有用，也不过只是赵江河指定的"代理人"而已。

想起不久前同他的争执，她不欲再和他起冲突："没事的话，我挂了。"

"不准挂。你打了我，就没什么要说的？"

韦荞愣了下，反应过来他在记仇，挺无语地说："岑董，你自己检讨一下。说那些不三不四的话，被我打了，你冤枉吗？"

"不准叫我'岑董'，叫名字。"他无理取闹起来，像一个小孩子，韦荞不想迁就。

在韦荞一阵沉默后，他的态度软下来。好似喝了酒，他对喜欢的人就严肃不起来了："所以，你就下手那么重，把我打疼了你也不在意，是吗？"

"男人挨一下打有什么好在意的？"

这回，沉默的人换成岑璋。

离婚两年，岑璋对她冷淡的一面有所低估，韦荞本就欠奉热情，两年的小镇生活更是将她性子磨得不动如山。当然，他也不是没长进。离婚后的岑璋，编故事的能力也不弱。

"晚上，岑铭也看见了。"

"看见什么？"

"你打在我脸上的巴掌印。"

韦荞顿了一下。

"他都问了，是不是妈妈打的。我说不是，他不信，又问妈妈为什么打。韦总，你教我，我应该怎么回答？"

事关岑铭，韦荞被拿捏住，顿时失语："你可以告诉他，妈妈打爸爸是因为……"

"因为什么？"

"……"

"因为，你不够爱我，我可以这样回答吗？"

韦荞神色微变。

深夜温情，不合时宜。

她顾左右而言他，作势要拒绝："你喝醉了，早点睡。"

他不肯挂电话，执意缠她："你在干什么？"

"我看点资料，也准备睡了。"

"你还在道森？"

"不，我在道森附近租了一间公寓。上班近，步行就可以了。"

岑璋记起，当初离婚，韦荞什么都没要，连岑铭都没要，真正的净身出户。那时的韦荞特别冷漠，有一种近乎生死不见的刻薄。岑璋半哄不哄的，他们尚能维持表面的婚姻，后来，韦荞放弃和他沟通转向其他人倾诉，岑璋就再也不哄了。这段关系的主动权从来都是岑璋拿着，他放弃了，就代表一切无可挽回。

今晚，酒精给了他勇气，他想无视一切现实和伤害，对感情沉湎到底。

"租什么房？"岑璋半醉半醒，挥金如土，"租房不方便，也不安全。买房吧，我买给你。"

韦荞这下明白，岑璋是真的醉了。

她不同醉鬼计较，促狭他一回："兰生苑一号买不买？"这是申南城数一数二的高层住宅小区。

岑璋爽快点头："买。"

"那好，你给我买5栋11楼2号。许立帷就买在隔壁，有个照应，方便。"

"那不买了。"

"呵。"

跟他玩笑开够了，韦荞就当今晚做了一场梦。

韦荞摘下眼镜。她的近视度数不深，只有左眼有一百度，她平时不戴眼镜，重要场合才会戴。今晚，她看一晚资料，有些累了。

正想结束这通电话，只听岑璋问："你最近，是不是在和各家银行谈贷款事宜？"

这不是秘密，她无须瞒他。以岑璋在银行界的地位，她也根本瞒不住。

"下午，当着许立帷的面，是我意气用事了。其实，我没想过要你把这笔贷款批给道森。"她以为他要说的是这件事，既然他提了，她也不妨坦承，"以道森的现状，你不批是对的。今盏国际银行的放贷是出了名的严，面向的也不是道森这样的目标客户。你要是批了，我反而会比较担心你。担心你这个董事会主席的位子，坐得还像不像样。"

但凡是企业，最终目标都是利润最大化。在通往终极目标的道路上，诚然手法甚多，但有几个问题是企业家必须想清楚的，赚什么钱？赚谁的钱？怎么去赚？这三个问题想不明白，企业岌岌可危。

韦荞明白，今盏国际银行身为银行界巨头，跟它资金来往的皆为世界级企业，以道森如今的体量远不够格能和岑璋坐下谈判。要岑璋贷款给道森，就好比世界第一大行说要贷款一万块钱给小商品门店。不是同一重量级的对手，谈判也就无从谈起。

即便和他不再是夫妻，她也仍然愿意维护他的原则："岑璋，你还是你，挺好的。"

岑璋握着电话，声音喑哑："你说我好，那为什么你不要？"

韦荞一愣，杯子没拿稳，水溅了一手。

原本她以为，她已经完全放下岑璋。那些冷战和争执，耗尽了她的感情，差一点就夺走她的生命。她用远走的两年时间，治愈一身伤口。再次回到申南城，她无比坚信：岑璋已是她的过去式，同徐达、赵新喆、许立帷，甚至路边的匆匆行人一样，在她生命中别无二致。

她没有想过，事情会有一个转折。他方才那样问，她忽然涌起一丝心痛。她想抚平他话里的千疮百孔，不让他难过。

她控制住情绪，不再任由事态失控："岑璋，别说了。"

岑璋低头喝酒。

从前两人相爱时，她都一直被动；如今，岑璋没有指望她会在离婚后再对他的感情有回应。以后他要怎么办呢？他不知道。如果他知道，就不会痛苦至今，完全放不下。

"下周三，你要和苏市银行谈判是不是？晚上我来找你。"

"换个时间吧，那天我会很忙。"

"岑铭学校要开运动会，邀请父母观摩，你去不去？去的话要签一份文明观摩协议，下周三截止，你不要就算了。"

"当然要。"韦荞立刻改口，"你过来吧，我留时间等你。谈判没结束的话我会让许立帷留下，他搞得定的。"

"好。"这回岑璋没犹豫，迅速挂断电话。

鬼知道学校根本没发什么文明观摩协议，全是他临时编的。

岑璋醉得厉害，往书房沙发里一躺，扯了条毛毯搭在身上就睡了。睡梦里，他只剩一个念头：幸好，他还有岑铭。这个小"工具人"，他没白养，真的很好用。

韦荞重回道森，动作很低调，除了在核心管理层进行内部宣布，没有引起基层任何异动。

许立帷原本的意思是起码要有个任命仪式，让所有人知道如今道森谁说了算，这也是赵江河的意思。但赵江河的理由和许立帷不同，他是想做给岑璋看。如果岑璋肯看在韦荞的面子上放道森一马，含金量比什么都高。

最后，韦荞拒绝了。

做企业，韦荞反感很多东西，头一个就是形式主义。在她看来，基层员工自我发展能力并不差，你就算不对他进行各种教育，只要钱给到位，他也知道要好好干。

劳动力是过剩的，工作是不好找的，谁会和一份能赚钱的好工作过不去？

韦荞上任第一件事，就是搞定资金流紧缺的问题。换言之，她要拿个饭盆去向银行化缘了。

可是银行也不傻，如今道森的不良局面，人人有眼睛能看见，银行那帮精明狡诈之徒更是一副"有钱亲兄弟、没钱谁管你"的嘴脸。韦荞联系申南城几家银行，都吃了闭门羹。

事实证明，韦荞不愧是从福利院一路走向首席执行官位置的逆袭型选手，"从挫折中来，走向胜利的对岸"是她的看家本事。

韦荞想了一晚，很快拿定新主意：既然本地银行不肯，那她就找外地银行。

这是一个构思绝妙，但很疯狂的主意。

许立帷听了，摘下眼镜，捏了捏鼻梁，他也需要压压惊。

"韦荞，你认真的？"

"认真的。"

"太难了，你很难做到。"

一般来说，本地银行向本地企业放贷，才是常规操作。一来，两者之间有相互扶持的基础；二来，对经济发展促进效果明显，当地政府也会牵线搭桥，尽到"银—政—企"的桥梁作用。企业一旦去了外地贷款，这些优势都将不复存在。

但，所谓剑走偏锋，就是在劣境之处，逆风翻盘。

韦荞赌的筹码只有一个：外地招商引资的软肋——税收落地。

说起税收落地，但凡负责过招商引资的人，都会对这份工作敬畏有加。脸皮厚的企业，今天落地你这里，明天就落地他那里，骗两笔劳务费之后拍拍屁股就走人。年底税务部门一查，好嘛，零税收，责任全是招商引资部门的，负责的同志可谓苦不堪言。

但道森不同。虽然这两年道森发展得不怎么样，但老牌企业的门风还在，口碑还可以，混了个"老实本分就是没啥钱"的形象，韦荞赌的就是这点家底。

谈判当日，韦荞请来苏市招商引资部门，再加上当地两家银行，进行三方会谈。会议开始，韦荞就亮了筹码："如果银行首肯贷道森这笔款，道森新设的周边制造厂将落地苏市，为苏市的就业和经济发展贡献一分力量。"

此话一出，招商引资的同志们大为心动：纳税大户来了！招商部门亲自出面，向银行施压。一时间，韦荞压力大减。

一旁，许立帷猛喝三杯水压惊。韦荞用实际行动证明：只要你敢忽悠，就离成功近了一大步。只有许立帷知道，道森这两年周边销售情况非常惨淡，新设工厂即便落地，销量上不去，一样等于零。

但韦荞自有她的一套逻辑。

销量不好怎么办？搞贷款发展。贷款到手、发展起来、销量上升，道森的运行才能回到正轨。到时候，贷款怎么来的、用什么手段来的，还重要吗？

许立帷觉得，这才是韦荞坐稳首席执行官之位的根本原因：她和岑璋一样，都是胆量过人的天才型选手。

开会谈判、实地参观、磋商细节，双方一谈就是半个月。最后一步敲定合作条款，才最考验谈判功底。放贷多少、利率多少、期限多少，条款上的每一个字都关系着今后账面上的千万资金出入。韦荞和许立帷轮番上阵，和银行你来我往，谈判双方都在苦撑。

下午五点，会议暂停。

韦荞对秘书顾清池吩咐："去准备今晚和银行吃饭的事，招呼得周到点。"

"好的，韦总。"

许立帷和银行谈判大半个月，做梦都是那几张资本家的脸，打心底里不想再看见他们。他问："晚上的饭局你会去吧？你去的话我就不去了，我歇一晚。"

韦荞抬腕看表："我会去。"虽然岑璋说要来，但鬼知道他几点来，她总不能晾着银行的人。

她正说着,手机振动。韦荞接起电话,意外极了。

"你到了?"她的音调都高几分。

许立帷抬头看她,有不好的预感。

很快,韦荞挂断电话,对许立帷吩咐:"晚上的饭局你去吧,我不去了。我有点事,明天都不在,后天回道森。"

许立帷被她这突如其来的甩手掌柜之姿震晕了。他大胆猜测:"岑璋找你?"

韦荞纠正:"不是,是岑铭学校有点事,找我过去签个字。"

完蛋。

许立帷扶额。岑璋找她,事情还好办,许立帷就怕岑璋借着岑铭的名义找她,所有人在韦荞心里将毫无胜算。

许立帷笑笑。

可以啊,岑璋。时隔两年,他变聪明了。他再也不像当年那样为了从道森抢走韦荞而硬碰硬,已经学会钓鱼执法,用岑铭来钓走韦荞了。

韦荞匆匆交代:"和银行谈条件,道森的退让空间最多5%。晚上的饭局你担着点,和银行谈话尤其要当心,这帮人太会设局了。"

许立帷表情玩味:"这算是你和岑璋相处的经验?"

"你拿他和地方银行比?"

"是高了还是低了?"

韦荞抛给他一个眼神,意思是"你自己体会"。她说:"你不会想和今盏国际银行谈条件的。"

"哦?为什么?"

"岑璋下场,道森不会有任何退让空间。"

许立帷哂笑:"这么强势?"

韦荞不置可否,要他看清现实:"直接买下来,不是更省事?岑璋不差钱。"

许立帷无话可说了。

会议结束，韦荞径直回办公室，推门进去，空无一人。她放下资料，把顾清池叫来。

"岑董呢？"

顾清池脸色红润，音调都比平时高："韦总！岑董正在一楼大厅等您！"

韦荞看她一眼："你这么兴奋干什么？"

在道森，顾清池不算新人。韦荞在，她跟韦荞；韦荞不在，她跟许立帷。韦荞带出来的秘书很好用，她辞任那两年，许立帷捡了现成的便宜。韦荞重回道森，把顾清池要回来继续当秘书。许立帷这点道德还是有的，用得再顺手也放顾清池回去了。

这会儿，顾清池一脸亢奋："韦总，看见岑董来找您，我就高兴！"

韦荞懂了。顾清池和黄扬一个毛病。当年韦荞和岑璋离婚，顾清池哭得死去活来，把许立帷都看蒙了，好意安慰她："韦总只是离婚，又不是死了。"顾清池听了，哭得更惨了。

"晚上和银行的饭局，许立帷会去，你跟他一起去，照应他一下。"韦荞对顾清池交代，"我明天不在，后天回道森。公事一律推到周五，记住了？"

"记住了！"顾清池点头，飞速记下。见韦荞要走，顾清池送她到电梯，忍了又忍，终究没忍住，带着激动的小情绪对上司道："韦总，刚才我在楼下看到岑董，和他打招呼，岑董还记得我。看见您和岑董和好如初，我真的很高兴！"

能让韦荞无语的人很少，顾清池是一个。她本想纠正顾清池，她和岑璋没有和好如初，可话到嘴边她又觉得这话没滋没味，索性不讲了。

顾清池完全沉浸在幸福又激动的情绪中，憧憬地看着韦荞："韦总，我看得出来，岑董真的很爱你！"

对这种狂热的情绪，韦荞实在看不懂。最后，她礼貌地点头："知道了。"

顾清池满足了！她可以永远单身，但韦总和岑董必须在一起！

"韦总，不客气的！您和岑董，真的很好！"

真是看不懂现在的年轻人。韦荞被她吵得脑壳疼，迅速按下关门键。

电梯直达一楼，韦荞视线一扫——是岑璋。

他长身玉立，把双手揣在裤兜里，正在观摩观光走廊。

但凡企业做到一定规模，总部大厅一定会布置观光墙。内容无非那几样：叙述创业史、阐述企业文化、赞颂丰功伟绩。一来，彰显气势，给来往行人"我们是大企业！"的印象；二来，这也是宣传部门奉承拍马的好机会。

观光墙是门面，每任领导都会亲自盯，员工干好了这个活，还怕升职加薪没份？

但，韦荞是例外。

道森有韦荞坐镇，唯有低调与务实。

韦荞徐徐走向岑璋。两人并肩，谁都未转身，有志一同地将视线落在屏幕上。

"我能理解为，你对我们的观光走廊很满意吗？"

"不错，是你的风格。"岑璋大方肯定，"道森做的是度假区业态，'顾客至上'永远是第一要义。比起自我陈述的丰功伟绩，在社交舆论战场上掀起热议的正面新闻照片，更深入人心，也更能体现道森的企业价值和社会影响力。"

韦荞莞尔。

撇开婚姻不谈，论公事，最懂她的人永远是岑璋。一个眼神、几句谈话，足够令两人心意相通。韦荞很喜欢这种感觉。有时她会想，或许这就是当年她没能拒绝岑璋的原因。她是爱过他的，真真正正地动过心。

"要签岑铭学校运动会的文明观摩协议，对吗？"韦荞无心公事，一心记挂儿子，办起事来异常主动，"去我办公室签吧。"

"不急。"

岑璋说不急那是真不急，看完照片墙还看了一段宣传片，最后连宣传手册都没放过。他不像来签协议，倒像来考察。

韦荞颇有些看不懂："岑璋，你到底是来干什么的？"

"你会感谢我的。"

"什么？"

话音刚落，他拉过她的手，顺势搂住她的肩。

韦荞一怔："放开——"

"听我的，别动。"

"哎，你——"

韦荞哪里肯。

两个人，两双手，较劲得厉害。一个拼命挣，一个就是不放。

许立帷陪同苏市银行代表步出电梯，当即看见眼前一幕。那两双较劲的手，好似夫妻缠绵，引人遐想。

许立帷脚步一顿，心道：离了还秀恩爱，搞什么鬼？

一旁，几位银行代表面面相觑。很快，一行人精神一振，上前寒暄："岑董！"

岑璋在银行界的分量摆在那里，对商业银行的人而言，没有人会错过与岑璋打照面的机会。一阵商业寒暄后，岑璋言简意赅："我和韦总还有事要谈，不耽误各位时间。"

各银行代表互相对视，心照不宣。等上车后，他们才忍不住询问知情人："许特助，岑董和韦总这是？"

许立帷其实也不知情，但他临场反应一流，就着剧本演下去："这是？"

"许特助，你就别瞒我们了。"一位姓张的银行副总搓着手打探，"岑董和韦总不是离了吗？刚才看起来，可不像——"

许立帷笑了下，弦外之音，他听得一清二楚。

许立帷艺高人胆大，为了道森的贷款，不惜满嘴跑火车："他俩有孩子呢，离不了。"

"那韦总这笔贷款，今盏国际银行的态度是？"

"今盏国际银行的态度，看刚才岑董的态度就知道了。"许立帷是老演员了，演起戏来全无愧色，"他们毕竟是夫妻，这么大一笔商业贷款，总不好直接进行，多少双眼睛盯着呢。"

各位银行代表神情一震，各自心里一本账，盘算利得。

十分钟后，韦荞接到许立帷的电话。许立帷告诉她："银行的态度变了，让步得很爽快，连贷款协议条款都有的谈。"

韦荞顿悟。岑璋，是来帮她的。

他利用自身在银行业的地位，无形中为她、为道森，做了最好的背书。在今盏国际银行这类世界级银行面前，地方银行担心的贷款流动性问题将不复存在。在这些银行眼里，今盏董事会主席和道森首席执行官交好，就代表今盏国际银行会为道森托底。有这层背书，地方银行做道森的融资生意稳赚不赔。

上兵伐谋，岑璋是行家。

受他这么大恩惠，韦荞不是没有想法的。她追上他，问："为什么要帮我？"

"你就当我是为岑铭。"四下无人，他又变回冷淡疏离的模样，仿佛他真的只是为了岑铭，再没有别的。事情办完，他不欲停留，转身就要走。

韦荞记挂今天的要紧事，在他车前拦住："岑铭学校的那张运动会文明观摩协议呢？我现在签了。"

"没带。"

韦荞愣怔："你没带？"

"嗯。"

那你是来干什么的？她脸色阴晴不定，她将对他质问的那点心思全部放在了脸上。

岑璋左手搭在车门上，看样子他急着走，不欲和她有过多牵扯。他说："那张协议在家里，你要么就和我回去签一下。"

作为一位成年女性，韦荞下意识地回避同他单独相处的机会："那我就不——"

未等她说完，岑璋作势就要走："不要就算了，我去学校接岑铭。"

韦荞迅速改变主意："我去。"

岑璋看她一眼，态度谈不上热络，放开车门让她上车。

韦荞忽然想起一些事，脚步一旋想要回去："对了，你等我一下。"

人还没来得及走，已被岑璋一把拉住右手。方才态度还不算热络的人，见她要走，态度一变，手里的动作出卖了他心里那点心思，他根本不想放她走。

岑璋不冷不热地问："去哪？"

"回趟办公室，有些资料我要带走。"

"叫顾清池送下来。"

韦荞一整个无语。可以啊，这种时候，他还能想起她的秘书叫顾清池。

"好吧。"韦荞被他的紧迫盯视弄得很烦，挣了下手，"你放开我好吧？"

岑璋不放人。但他已经不会像两年前那样，和她硬碰硬顶一句"我就是不放"。他现在战术升级了，懂得曲线救国："你快点打电话，岑铭还在学校等着呢。"

韦荞一听"岑铭"两个字，立刻不和他计较，打电话叫顾清池把资料送下来。

很快，顾清池抱着一沓资料一路小跑地出现在大厅里。

"韦总，您的资料。"

"谢谢。"韦荞接过，转身打算走。

顾清池眼尖，她瞧见岑璋牢牢拽住韦荞左手臂弯的动作，一下子就激情燃烧了："韦总，你和岑董一定要狠狠幸福哦！"

韦荞很想问问，现在的年轻人脑子里都在想什么。

还是岑璋讲究，对顾清池回了个微笑："谢谢，我们会的。"

说完，他弯腰上车，迎面就迎来韦荞朝他额头轻轻推了一下，她语气颇有不满："你会什么会？小孩子面前不要乱讲话。"

岑璋揉了揉额头，不置可否，示意司机开车。

黑色轿车平稳地滑了出去，留下顾清池在原地幸福了很久："韦总叫我'小孩子'耶……"

岑璋和韦荞驱车抵达学校，岑铭正在操场上训练。他将在运动会上参加一个重要项目：四人组花式接力赛跑。

学校为了增加运动会的趣味性，将接力赛"花"得很彻底。前三棒接力跑，第四棒除了接力跑，还要在终点完成一幅指定的参赛图画，最终排名由小组完成比赛的速度和画作质量决定。

放学后，岑铭和季封人约好进行赛前的最后训练。组里还有两个队员——唐允痕和苏珊珊，是季封人从隔壁短跑组拉来组队的。他们四个人中，画画最好的是唐允痕，这孩子的妈妈在美术馆工作，所谓近水楼台，唐允痕的绘画水平虽然远不如妈妈，但在一众一年级小学生中已经称得上一骑绝尘了。唐允痕原本是第四棒绘画比赛的最佳选手，但他从小被家里养得比较精贵，很少跑步，所以跑步的冲刺速度不够，总体来看他接手第四棒就有点压力。

说到冲刺速度，最佳选手当属季封人。

他从小就懂事，和妈妈相依为命，五岁会买菜、六岁会颠勺，独立的童年生活练得季封人的身体格外扎实，小臂一摸全是肌肉，他的运动细胞相当发达。可是季封人也有弱点，就是他的绘画水平太菜了，完全是猛男画风，不忍直视。

至于苏珊珊，她是女孩子，做第四棒压力不小。三个小男生一致发挥绅士精神，让她跑第二棒。这样一综合，原本各方面都不算最突出的岑铭，就被突兀地安排到了最重要的位置。

岑铭长得像岑璋，性格却像韦荞，天生有一种稳定感。卷子简单，他考第二；卷子难如登天，他还是考第二。当季封人的月考成绩还在班级第一至倒数第二的范围内大幅波动时，岑铭已稳坐年级前三。

"岑铭，第四棒就拜托你了啊！"三个小同学齐齐对他说。

岑铭一脸蒙。

他只不过有一天放学走晚了，走出教室时被季封人迎面撞上，对方搂着他的肩说"来一下嘛"，岑铭就这样稀里糊涂地被搂去了操场。他不仅加入了比赛队伍，还成为了全队的希望！

季封人大言不惭："校运会的全场最佳组合，已经诞生了！"

唐允痕落落大方，对游离在外的新伙伴礼貌地邀请："岑铭，加入我们，一起比赛吧？"

苏珊珊作为唯一的女孩子，鼓励的角度与众不同："岑铭，你那么帅，赢不赢都没关系啦！一起快乐比赛就好！"

季封人顿时酸溜溜："喂，苏珊珊，帅的人就只有岑铭吗？"说完，他又觉得自己那点小心思太明显，于是强行拉上唐允痕，"你看唐允痕，帅成这样都不见你夸过一句，偏心了啊！"

唐允痕拨开他的手："你少来。"

被看穿心思的季封人挠了挠头，企图卖萌过关："啊哈哈哈。"

岑铭站在一旁，忽然开口："我没有接力赛跑的比赛经验。"

在场的其余三人："……"

季封人一颗心提到嗓子眼：听他话里的意思，是要拒绝参加比赛了？

岑铭继续说完后半句："所以，我会更加努力的。"

季封人、唐允痕和苏珊珊："……"

季封人一巴掌拍向他后背："岑铭！以后讲话讲快点，不要半句半句地讲啊！被你吓死了！"

最后一次特训，岑铭发挥稳定。眼见夺冠有望，四个小伙伴都满怀希望。结束特训，季封人提醒岑铭今晚好好休息，岑铭"嗯"了一声，心里则是打定主意，回家后还要画几幅速写练练手。

天色渐晚，唐允痕和苏珊珊先回去了。季封人住校，宿舍关不住他，今晚他要去学校对面的汉堡店吃顿好的，为明天加油打气。季封人拉着岑铭蹦蹦跳跳地走出校门，就听见一个温柔的声音："岑铭。"

两个小男生循声望去。韦荞和岑璋正并肩站着，站在学校门口，一起接岑铭放学。

季封人用力拍了一下岑铭的背："是你爸爸妈妈耶！"

岑铭当然知道眼前站着的，一个是他妈，一个是他爸，但爸妈一起来接他放学，他一时半会儿还有点蒙，不明白眼前这景象属于什么情况。自懂事以来岑铭就明白，爸妈离婚了，他用外人难以理解的漫长时间说服自己没关系，从此他会成为一个习惯只有爸爸的孩子。

今天，这个习惯被突然打破，岑铭有些无措。他不知道，面对关系紧张的父母，他该有什么反应才是正确的。

黑色轿车平稳地驶离学校。

后座，一家三口以微妙的沉默维持和平。

岑铭叫了一声"妈妈"，发出"平平仄仄"中的平声，跟智能机器对话一样，发音很标准，但欠缺些亲昵。看见岑璋，岑铭又立刻叫了声"爸爸"，这声"爸爸"叫得就放松多了，叫出了亲人的温暖。

岑铭习惯性地看向岑璋："爸爸，我刚才练习接力赛了，腿好酸——"完全是小孩子撒娇的口吻，谁亲谁疏，一目了然。

岑璋弯腰，将手掌放在他的小腿肚上轻柔按捏："这里酸吗？"

"嗯。"

"爸爸给你揉一揉。"

"好。"

父子俩聊着学校的事，韦荞插不上话，也就不说了。见着机会，她给岑铭喝水、擦汗，岑铭没有拒绝，韦荞又感到诸多安慰。

车子一路驶进明度公馆。

蒋桥穿着一身白色厨师服站在玄关处，等着眼前的一家三口。

韦荞下车，见到故人，不由得惊喜："蒋桥，好久不见，你怎么会在这里？"她快步走向玄关，蒋桥张开双臂同她浅浅拥抱。

"韦荞，好久未见你。你好吗？"

"嗯，好。"

旧友相逢，令人愉快。

韦荞看着他身上笔挺的厨师服，心下了然："你特地来明度公馆，一展厨艺？"

"嗯，受人之托。"蒋桥话里有弦外之音，他朝她身后的岑璋抬抬下巴。

韦荞会意，不由得责怪："不像话。你这样的大忙人，他还让你特地跑一趟。"

在申南城，蒋桥是名人。一手世界级的厨艺，成为蒋桥出入名利场独一无二的通行证。名流设私宴，无不以请得动蒋桥担任主厨为荣。

韦荞和蒋桥私交不错。当年韦荞孕反严重，吃不下任何东西，短时间内暴瘦，吓得岑璋把当时远在国外的蒋桥绑回来救急。蒋主厨临危受命，没令岑璋失望。一顿特制中餐，令韦荞重获胃口。

这会儿，岑璋带着岑铭先进屋。四下无人，蒋桥叹气。

"没办法，要做岑董生意啊。"蒋桥伸手朝后指了指岑璋，"他去年把员工疗休养的五年合同签给了丽璞，我爸知道后把我骂了半天，说我没给蒋家酒店拉成这笔生意。"

韦荞："……"

蒋桥冲她一笑，明目张胆地走后门："韦荞，你替我给岑璋带句话，下次可不准他这样了。看在你的面子上，也不能把生意给丽璞做啊。"

韦荞垂手兜在风衣口袋里，婉转地拒绝："我和岑璋，没在一起了。他的事，我插不上手的。"

"什么没在一起？那是你不要他。"蒋桥一摆手，把岑璋那点私事看得透透的，"韦荞，只要你一句话，岑璋连人带钱都是你的。"

韦荞听了没说话，抬手将额前的散发拢到耳后，借着这个动作将话题回避了过去。

今晚，明度公馆的晚餐很丰盛。

蒋桥的厨艺禁得起考验，岑铭从坐下起，手就没放下过筷子。他甚至异想天开："妈妈，你能不能不走了，每天都和我一起吃晚饭？这样爸爸就会每天都请蒋叔叔来做饭了。"

韦荞沉默了一下。到底童言无忌，她不好当面拒绝。

韦荞试图从另一个角度开解孩子："蒋叔叔身价很贵，他来给我们做饭，爸爸要付钱的。次数多了，爸爸付不起——"

岑璋打断她："爸爸付得起。"

韦荞："……"

岑铭看向老父亲，一脸高兴地求证："爸爸，你付得起，对吧？"

岑璋正在给岑铭盛汤，顺口"嗯"了一声。

韦荞一脸无语。教育孩子的时候，他就不能和她保持步调一致吗？他偏要扯她后腿。

岑铭爱吃虾，蒋桥今晚做了熟醉罗氏虾，韦荞坐在一旁给岑铭剥。

天下所有当妈的人都免不了有这毛病：特别爱看孩子吃饭，特别爱让孩子多吃点。岑铭喝完鸡汤，面前堆满了韦荞给他剥的虾。

岑铭转头看向她："妈妈，我够了，吃不了这么多的。"

"哦，好。"韦荞一时有些怅然。她以为，孩子见了她会高兴，吃饭也能敞开吃。

"他是真的吃不下，岑铭的胃口没那么大。"岑璋及时替她解围，拿起筷子夹掉一半的虾，对岑铭道："你吃一半，还有一半是妈妈剥给爸爸吃的。"

韦荞看向他，一脸不情愿：她就不能剥给自己吃吗？

岑铭单纯，下意识地追问："爸爸，你现在不喜欢吃别人剥的虾呀？上次在叔公家，方医生给你剥的虾就被你全扔了。"

屋内，气氛一时十分微妙。

一个董事会主席，一个首席执行官，都是稳得住情绪的人，谁都没有失了风度，莽撞开口。

韦荞到底无法视而不见，淡淡地反问："还是一位医生？"

岑璋没接腔。

韦荞懂了："医生，治病救人，挺好的。入得了二叔二婶的眼，恭喜你。"两位老人一向偏爱高学历精英，着急岑璋的个人问题，她可以理解。

岑璋脸色不算好，他照顾完岑铭吃饭，打发儿子去洗手。

韦荞起身，收拾碗筷。这些事她从前做得不算少。每逢周末，总是岑璋做饭，她收拾，岑璋总会在她洗碗的时候去闹她，抱着她不规矩，二人世界过得有滋有味。

那时，岑璋特别喜欢她穿连衣裙，尤其是后背带拉链的，几个相熟的高定品牌都接到过岑董指示，有新款就直接送到明度公馆，账都是提前付的，岑璋扫货向来爽快。韦荞那时不懂，后来懂了。她懂的时候，岑璋正低头一寸寸咬下拉链……

多久以前的事了？久得好似前半生。

韦荞想着心事，忽听岑璋道："当着儿子的面，你就这么着急把我推给别人，是吧？"

韦荞一愣，脱口而出："那下次我不当岑铭的面说。"

岑璋："……"

真是，鸡同鸭讲。他越想越气，转身就走，其实是等着韦荞来追他的。他走了好几步也没见韦荞追上来解释，她还在原地洗她的碗，好像她对那几只碗的感情都比对他来得多。岑璋气不过，一股无名之火顿起，脚步一旋又走了回去。

韦荞好端端地洗着碗，被他忽然抢走。

他什么毛病？

"韦总，有件事，我希望你稍微记得一下。"

"什么？"

"未经论证的事不要随便下结论，没事不要瞎恭喜。"

"啊？"

岑璋洗好碗，甩下毛巾，不冷不热地向她投来一眼："方医生入得了二叔、二婶的眼，跟我有什么关系？她又入不了我的眼。"

岑铭明天有接力赛，吃完饭后画了三幅速写练手，然后就很自觉地洗澡睡觉了。

韦荞看着他，有种陌生感。

那些彻夜不眠的日子，终究是过去了。孩子是她生的，又不像她生的。她知道，将岑铭一力培养成这般自律模样的，是岑璋。他花费的心力，远超她的想象。

她忽然很想做些什么，让自己看起来像一个"妈妈"。

韦荞站在门口，叫了他一声："岑铭。"

岑铭正在铺床。在岑璋的教育之下，岑铭的自理能力接近满分。听见妈妈叫他，他转身看向她。他虽然没有应声，但态度摆出来了：他在认真地听。

韦荞有些紧张，对他鼓励："明天的比赛，加油哦，妈妈会一直支持你的。"她想了想，又说，"输赢都不重要。"

说完，她又暗自懊恼，是不是不该加这一句？显得那么刻意。

岑铭听了，点点头，声音平静地对她说："晚安，妈妈，我睡了。"

"哦，好！"韦荞连忙退出去，关上房门。

她靠墙站着，需要缓一缓。自离婚后，这是她第一次做回"妈妈"。她做了一件很重要的事：对岑铭进行鼓励，参与他的成长。这是她一直想做却不知该如何去做的事，今天她终于做了一回。当岑铭对她说"晚安，妈妈，我睡了"时，她得到莫大安慰。那一声"妈妈"，就是岑铭对她最好的肯定。

韦荞低头，不自觉有了笑意。

"哦，对了——"陡然想起，今晚最重要的事还没办，韦荞匆匆去找岑璋。

岑璋正在书房。

身为董事会主席，岑璋没有太多私人时间。今盏国际银行业务遍布东南亚和欧美，倒时差开会对岑璋而言是常事。

韦荞敲门，书房里传来岑璋短促的应答："进。"

岑璋今晚有一场视频会议，对话东欧地区的业务负责人。东欧经济最近不太平，大宗商品价格飙升，能源价格持续上涨，导致通货膨胀率居高不下，东欧成为"高通胀"重灾区。今盏国际银行在东欧金融业态占据重要席位，如何应对外部环境恶化可能带来的经济风险，成为考验岑璋的难题。

金融有风险，对岑璋而言，这是日常，不值得大惊小怪。

见韦荞进来，他向她简单示意："你等我一下。"

施泓安是今盏国际银行东欧区总裁，亦是岑璋密友，他甚少见岑璋在公事时间分心，不禁试探："刚才招呼谁呢？"他压低声音，比岑璋都紧张，"如果被韦荞知道你深夜书房有新女友，你就完蛋了。"

岑璋纠正他："那是我太太。"

施泓安眼睛一亮："韦荞回来了？"

岑璋点头："嗯。"

他大言不惭，欺负韦荞听不懂俄语。

视频会议结束已是一小时后。

韦荞在看书，见他结束会议，她放下书，起身走向他："岑铭运动会的那张文明观摩协议呢？我现在签了。万一忘记，明天去不了，就不好了。"

岑璋将手里的钢笔往文件堆里一丢，向后一靠，不疾不徐地开口："你等我等到半夜，就为了签那份协议？"

不然呢？韦荞识趣地没有把内心的想法说出口。

她抱臂看向他，隐隐猜到七八分："你是不是……根本没有那张协议？"

猛地被质问，岑璋脸上丝毫不见慌乱："阴险狡诈，不守信用。韦总，你就是这么想我的，是吧？"

她确实是。韦荞紧闭着唇，没说话。

对岑璋，她没有太多好印象。他过往的不良记录太多，结婚那几年，在夫妻那些事上她没少受他折腾。岑璋对外言而守信，对韦荞则是完全反着来。他说"就一次"，韦荞以为"一次"就是"一次"，完全没想过在岑璋的概念里，"一次"就是"来完一次再一次"。

"如果你没有那张协议，那我就 ——"韦荞不欲和他深夜纠缠，作势要走，就听见一记轻微的声音，一份文件落在大理石桌面上。

"明天的运动会文明观摩协议。"岑璋放在她面前，很好地止住了她差点要走的动作，"你看一下。没问题的话，你可以签字了。"

她没想到，他还真有。

韦荞拿起协议，逐一细看。她做惯了首席执行官，审合同条款是本能。她带着审视的专业性态度看完，确实没有不妥之处。

韦荞莞尔："南城国小不愧是百年名校，连一份运动会的文明观摩协议都拟得这样完整。"

岑璋端起咖啡杯，喝一口。

他面上纹丝不动，手里的动作可一点没停。岑璋给人事部负责人发了条信息，吩咐他记得去给黄扬这个月的绩效奖翻倍。

没错，韦荞看见的这份协议，正是出自黄扬之手。

南城国小根本没有发过什么运动会文明观摩协议，全是岑璋临时编的。三天前，岑璋给黄扬的命令是，"马上拟一份协议，如果被韦总识破这份协议是假的，你就自动离职吧"。黄扬不愧是名校的研究生，文能写材料、武能做项目，顶住压力写了三天后，他真就写出一份"连韦总都识破不了"的协议，足够以假乱真。

韦荞签好字，将协议还给他·"好了。"

"慢着。"

"怎么？"

"你刚才那样冤枉我，就打算这样过去了？"

她就知道，岑璋最会秋后算账。

但，今晚她理亏在前，将他想得颇为小人，韦荞诚恳地道歉："抱歉，刚才是我失言，下次我会注意。"

岑璋不置可否，他对这类抱歉很免疫，缺乏实质性好处，不痛不痒。

"我不需要你的'抱歉'，我要一点补偿，不过分吧？"

韦荞看向他，无语至极。多大点事，他还真好意思要啊？

岑董做惯了大生意，用实际行动表明态度：他真好意思要，而且，要得还不少。

"我今晚在书房还有些事要做，你留下来帮我。"

"……"

韦荞怀疑自己听错了，问："什么？"

"纽约那边出了点情况，今晚的工作量会很大，短时间内我没办法一个人完成，你留下帮我。"

韦荞下意识地拒绝："不行。"

岑璋置若罔闻，将一摞资料交给她，径直吩咐："十分钟前，美国最新一组经济数据披露，包括非农和失业率，数值连续六次低于华尔街预期，外盘已经乱了。今盏国际银行在华尔街的资金量不低，所以，我需要你立刻把我要的数据整理好。"

"岑璋，我不能帮你这个。我在道森担任风险职位，对你而言是外人，今盏国际银行会有泄密风险。"

"所以，你会为了道森，出卖我泄密吗？"

韦荞看着他，眼里情绪阴晴不定。

他放下文件，向后一靠，噙着一抹不算善意的笑，从容不迫地说："没错，现在放在你面前的，都是今盏国际银行最高机密。你随便卖一条，媒体、资本、公众，都会抢着加价。所以，你会出卖我吗？"

"会。"她声音淡淡，好似她同他真就再无一丝情分，"做生意，只看价码。开的价码足够高，就不叫'出卖'，叫'机会'。"

"哦？"岑璋双手交握往桌面一搁，支着下巴，他眼神灼灼地看着她，要从韦荞一双好看的眼睛里看透古井下的暗流，"好啊，我给你出卖我的机会。你拿起手机，发一条给媒体，明天今盏国际银行就会迎来泄密风波。我会分身乏术，陷入危机，今盏国际银行从此也会日落西山。过不了多久，我和岑铭就会流落街头，相依为命，或许，还会收养一条流浪狗，取名叫'大黄'，从此两人一狗互相依偎取暖——"

韦荞："……"

两年不见，这家伙够可以的啊，信口开河编故事还能编出一条流浪狗，"大黄"是什么临场发挥的细节？

韦荞败给他了："恶趣味。"

岑璋顿时就笑了："怎么，舍不得了？"借着儿子的名义，他还要对她逼问，"你是舍不得岑铭，还是舍不得我？"

韦荞看着他犹如看一个智障："我是舍不得'大黄'，行了吧？"

岑璋大笑。韦荞有种浑然天成的古板的冷幽默感，他爱死了。

韦荞脑壳疼，她转身就想走。

她怀疑自己神经搭错线，半夜三更不睡觉陪他在书房里扯闲话。

岑璋倾身，一把拉住她的手。这是明度公馆，他的地盘，她是走是留，他都有绝对的话语权。

岑董非常满足，肆意地得寸进尺："所以，这么好的机会，我怎么能放过？道森的首席执行官亲自给我当助理，我有的赚。"

韦荞不再陪他闹："你真要我留下来帮你？"

"嗯。"

韦荞向来目标明确，既然今晚逃不掉帮他，那就要帮到最好。

两人一同忙至凌晨。

岑璋很忙，凌晨两点，找他的电话依然不断。手机暗了又灭，满格电池撑不够两小时。韦荞忽然对他涌起一阵异样的情绪。今盏国际银行董事会强手林立，岑璋在那个位子上，坐得未必风光无限。在外人眼里，岑璋独揽大权；在韦荞眼里，权力亦是风险。从前她亦为他有过不少担心。而现在，她也不是全然不担心他的。

是吗？韦荞收敛情绪，不愿细想。

"这里，什么意思？"

"什么？"她方才神思游离，未注意听。听到岑璋声音，她才回神，只见他用钢笔在一个数据下画了两道线，正看向她："这个数字不对。"

"是偏离值。"韦荞仔细看过，对他解释，"市场异动，所以偏离值脱离正常阈值范围。"

岑璋点头，接受这个解释。

他顺手端起咖啡杯，才发现已见底，随即起身走向咖啡机准备再做一杯，不期然被韦荞叫住："你等下。"

"怎么？"

"太晚了，喝太多咖啡对胃不好。"

"你管我？"岑璋不以为意，按下咖啡机，"这两年都是这样过来的，要坏早就坏了。"

韦荞眉心微皱。

她特别不喜欢听见他这样讲话。祸从口出，她不愿见他有祸。

她明明心里是那样想的，话到嘴边却变了样："随便你。"

做岑太太那几年，她的话，他都听。知道她是为他好，所以他从不拒绝，这是岑太太的权力。如今到底变了流年，同心圆不易得，阴晴圆缺才是常态。她同他，走到了"缺"位。

韦荞忙完他交代的事，一看时间，已是凌晨两点半。既然答应帮他，她不会晾他一个人，索性走到一旁看书。

岑璋的书房里有一面落地书柜墙，这里绝版书应有尽有，华丽非常。两人在上东城读书时，韦荞曾对他讲："将来结婚的话，我想在家里拥有一面落地书柜墙。人坐在那里，向前是世界，向后是书籍，这样就很好。"

"哪里好？"

"回头有力量，前进有天地，你说好不好？"

岑璋拥紧她，温柔地说"好"。

后来，他们迅速结婚、生子，矛盾也迅速而来，两人再也回不到当年相爱的日子。岑璋费心为她布置的书柜墙，也在两人日渐严重的冷战中被冷落。

多年后，韦荞站在这面书柜墙前，忽然觉得日子老了。

她从书柜中抽了一本书，陷进沙发里，静静地看。全然没看清一个字，因为她心里起了雾，隐隐作痛。

凌晨三点半，岑璋开完视频会。合上电脑，他抬眼望去，不由得一怔。

沙发上，韦荞不知何时睡着了，手里抱着一本书。岑璋走过去，屈膝半跪，小心翼翼地将书从她手里抽出来，是威廉·格雷德的《美联储》，页面停留在 122 页。

她一直是担心他的。所以，她还是像以前一样，明明不做金融，最爱看的书永远是世界金融类，为的就是岑璋需要时，她可以随时出手帮他。只是韦荞从来不说，岑璋也从来不知道。

她今晚有心事，睡梦中仍然皱着眉。岑璋伸手抚上她的脸，想抚平她眉心的褶皱。她眉头微皱的心事模样到底抹不平，他心里涌上一阵挫败感。他拦腰将她抱起，让她去主卧好好睡。

韦荞在他怀里觅得熟悉去处，紧皱的眉微微松开，她抓紧他胸前的衬衫，终于沉沉睡去。

Ich liebe dich

第三章

刺骨之痛

隔日，校运会如期举行。

南城国小校运会声名赫赫，每年两次，尤其以冬季校运会最为热闹。在一众冰雪运动比赛中，四人组花式接力赛能够脱颖而出，成为校运会明星赛事，其比赛规则的设置是重要原因。每年花式接力赛，最后一棒都是吸睛之笔，南城国小流传着无数"最后一棒传奇"的故事，为百年校史增添不少趣味性。

经过预赛，今年有四个小组进入决赛。上午九点四十五，决赛选手入场。十点，决赛开始。

韦荞抬腕看手表，九点四十八，她放下手。没过几秒钟，她又抬腕看时间，还是九点四十八。坐立不安，就是韦荞现在的心情。

赛场上，岑铭在第四跑道。他正在热身，拉腿、小跑，韦荞的心跟着他这几个热身动作上上下下。

岑铭拉完腿，第三棒的季封人跑来，两个小男生勾肩搭背，有说有笑。韦荞咬着下唇，生怕这两个顽皮的小男孩错过比赛时间。

岑璋倒是悠闲。他昨天稳住了今盏国际银行在东欧和华尔街两大区域的风险管理，还和前妻共度一晚，心情十分靓丽，他一晚没睡也不见疲态。

他递给韦荞一杯香烤坚果拿铁："你喜欢的。"

"谢谢。"韦荞接过，没有喝。

这点细节，岑璋看在眼里。他问："是不喜欢？还是戒了？"

"没有完全戒掉，只是喝得少了。"

"为什么？"

"失眠。"

岑璋一怔，追问："什么时候的事？"

他认识的韦荞，从不失眠。掌控睡眠和食欲，和掌控工作同等重要。一个首席执行官是否能长时间承受高压，首先看的就是其保持自我稳定的能力。而韦荞，无疑是这类人中的佼佼者。任何人、任何事，都撼动不了韦荞稳步向前的节奏。

岑璋严肃起来："睡不着多久了？是这两年开始的吗？"

"不记得了。"韦荞不欲在这个问题上与他探讨得太过深入，不动声色地结束话题，"忽然有一天，睡得就少了，后来慢慢地，也就习惯了。"

她三言两语，态度疏离，岑璋看得懂。

他不再追问，心里着实不大痛快。韦荞拒绝人的样子，他见过，就像刚才那样，态度疏离，三言两语就将人拒绝在千里之外。结婚那五年，她曾给他特权，从不将这一态度用在他身上。如今她收回特权，令他一尝和普通人别无二致的滋味。

岑璋仰头喝完咖啡，捏扁纸杯……

终于开始的比赛拯救了两人陷至冰点的气氛。

九点五十九，指令台处的人发出字正腔圆的声音："各位选手请就位，预备——"

"砰——"

一声令响，选手正式开跑。

四条赛道上，四位小选手手拿接力棒，飞速开跑。韦荞的心怦怦直跳，看孩子比赛要比她自己比赛紧张得多。单看岑铭全力以赴的模样，她就希望他赢。

第二赛道上，第二棒的小男孩摔了一跤，引起不小惊呼。韦荞眼神闪烁，她一下子没拿稳，手里的咖啡杯掉落在地，泼出的咖啡烫了她左手。

她吃痛地叫出声："啊——"

未等她反应过来，岑璋已迅速拿矿泉水为她冲手。

"疼不疼？"

"不要紧。"

韦荞抽手，视线始终没离开跑道。刚才那点疼也好似高温下的应激状态，此刻她心里装不下除岑铭以外的任何人，包括她自己。

岑璋沉默着，手里的动作没停下。他用矿泉水将手帕浸湿，包裹住她的左手。这几年，岑璋对儿子出了名地溺爱，这会儿有了前妻，他迅速把儿子抛之脑后，周围震耳欲聋的加油声都引不起他对岑铭比赛的兴趣。

第四跑道上，唐允痕的第一棒完成得非常棒，他和第三跑道的选手并列第一，同时将接力棒递给第二棒。苏珊珊虽然是女孩子，跑起来却不弱，把第三棒的季封人都看呆了。季封人幼儿园时就认识她，对苏珊珊的记忆都是公主裙、蝴蝶结，这会儿看她甩开两条大长腿跑得全无形象，季封人的小心脏怦怦直跳。她真不愧是他最要好的同学，世界第一可爱！世界第一飒！

苏珊珊把接力棒递给他："季封人，冲啊！"

季封人一把接过。这哪里是接力棒！这就是青梅竹马对他的信任！

在苏珊珊的炙热鼓励下，本来跑步就不弱的季封人更是超常发挥，好似一只小火轮，风驰电掣冲向第四棒。

韦荞的心跳到嗓子眼。

岑铭这一组，前三棒的小朋友都太棒了，在各自赛道上完成得无懈可击。这对于岑铭来说，是好事，但更是压力。他会有怎样的表现，韦荞完全无法想象。

第四跑道，岑铭弯着腰，摆好伸手接物的姿势。岑铭表情镇定，和平时别无二致，他仿佛不是在赛场上，而是在放学回家的林荫小道上。

韦荞忽然开口："我好像……从来没有好好认识过岑铭。"

完全是下意识的想法，她就这样脱口而出。

能理解她的只有岑璋："我也是，我从来不觉得我能完全了解他。"

都说孩子是父母生养的，父母一定最了解孩子，但其实，孩子在拥有"孩子"这个身份之前，首先是独立的个体。所谓独立，就是会有思想、有个性、不受控制、独一无二。很多父母意识不到这一点，剩下的那部分父母，就算意识到了，也是不愿承认的居多。

赛场上，岑铭的运气不算太好。

第三组的第四棒，是一年级有名的跑步之王：刘柏松。刘柏松的接棒和起跑是一绝，他在转身的一瞬间完成所有的接力动作。和他同时接到接力棒的岑铭，开跑就落后刘柏松两步之遥。

看台一阵惊呼："啊——"

韦荞一把抓住岑璋的右手。她抓得很紧，指甲掐进岑璋的掌心里，几乎弄痛他。

岑璋唇角一翘。他的私心，见不得光。

这是韦荞为数不多的坏习惯，结婚那几年被岑璋惯出来的。从前她紧张，总会掐自己的掌心，后来认识岑璋，他会在她紧张时紧紧握住她的手。慢慢地，韦荞真就变了习惯。

道森遭遇外资围剿的那一年，韦荞日夜颠倒，常常回到家已是凌晨三四点。因为焦心劳神，大脑异常活跃，韦荞躺在床上睡不着，岑璋从背后搂住她，十指相扣抱紧她，韦荞一切烦恼尽消，她总能沉沉睡去。

多久以前的事了？久到他都不敢提，以为她早已不在意。

原来，她也将习惯收着，没有忘。

岑璋低头，将她的左手悄然握紧。

赛场上，季封人以为胜利在握，没想到第四棒横刀杀出个刘柏松，把他拼死跑来的速度优势一下子全灭了。

季封人杀疯了，将接力棒递给岑铭，指天怒吼："岑铭！我们今天一起赢过刘柏松！"

他不说"我"，也不说"你"，他说"我们"。

同志的感觉，一下子就出来了！

要说季封人是个人才，还真不是说说而已。他天生有种领导力，做事从不用"兄弟们给我上"这一套话术，而是会用"同志们跟我来"这种话，和大家一起冲锋陷阵。岑铭听没听进去，韦荞不知道，但所有人都看出来，岑铭跑出了速度、跑出了水平，比他平时要快很多。

终点，最后一道难关等着他们。

考桌上放着若干材料，白纸、竹简、石头、玻璃等，而考桌右边静静放置着颜料和画笔。考官宣布考题："请任选考桌上的材料，按要求完成画作。"

刘柏松率先到达，揭开考题："遥知不是雪，为有暗香来。"

几秒之后，岑铭也到达终点，揭开他的考题："已是悬崖百丈冰，犹有花枝俏。"

虽然同为咏梅主题，但岑铭的难度显然更高。刘柏松只需画出雪景和梅花就可以了，而岑铭还要画出万丈悬崖百丈冰。

这是一个一年级小学生画得出的作品吗？

唐允痕的妈妈是美术业的业界中人，据说在学生时代她曾是备受关注的美术家新秀，因家中变故退学，从此音信全无。她再次出现在公众视线，已是被人好好爱着的唐太太。

看台上，唐太太莞尔，和丈夫咬耳交谈："俏丽的梅花容易画，坚强不屈的境界相较之下就更具挑战性，允痕和小伙伴遇到挑战了呢。"

"试试看，这学校敢让我儿子输——"

"你又来了，别乱说话。"

不远处，岑璋和韦荞："……"

这年头，孩子都很懂事，懂事的家长反而不多了。

看台上，韦荞很紧张。岑璋单手一搂，搂住她的肩："韦荞，无论什么时候，为岑铭，你都不需要紧张。"

"为什么？"

"如果你紧张，他会比你更紧张，因为他不知道你为什么紧张。至于鼓励，说你心里想说的话，不用太刻意，这样就够了。小孩子比我们想象中的要直白很多，尤其是男孩子，心理发育会比女孩子晚一点。所以，以你的评价标准看岑铭，会觉得他有时候显得有点'呆'。但其实，他都看在眼里，只是不说。"

赛场上，岑铭沉默着，一时间，颇有处于劣势的迹象。

刘柏松是罕见的全能型选手，这源于他优越的家世和严苛的精英教育。跑步快、画艺精，这没什么稀奇，稀奇的是稳定控场的心理素质。拿到考题后，刘柏松略一沉思，选择了最为安全的白纸作为答题材料，开始提笔答题。

一旁，岑铭杵在原地，毫无反应。

他看着题目，浑然不动。看台一片哗然，所有人都认为，选手即使想不出对策，也会先有所行动。画得好不好是能力问题，画不画就是态度问题了。

有人开始唏嘘——

"快看，第四组最后一棒那孩子，不会是被吓傻了吧？"

"哎，算他倒霉，刘总家的公子可是在幼儿园就参加各类奥赛了。"

"那心理素质确实不一样啊。"

连苏珊珊都开始担心小伙伴："岑铭……"

韦荞揪紧了心。她于心不忍，几乎就要移开视线，又舍不得错过孩子的成长时刻。即使是失败，也是一种成长。她看着岑铭孤独而清瘦的背影，强忍着内心的煎熬。

岑璋拍了拍她的肩："记得我刚才对你说的吗？无论什么时候，为岑铭，你都不需要紧张。"

她坦白承认："我做不到。"

岑璋声音很淡，却坚定："那么，你可以从今天开始，试试看。"

"你认为你说的这些，一定是对的吗？"

"不。"

"那你还……"

"韦荞，我只是比你先迈出'试试看'的那一步而已。我也有恐惧，我也有不安，我也不知道怎样做才是对岑铭最好的。但，我和你一样，没的选。做父母，就是没有后路的，只能往前去试，好的坏的、对的错的，都要靠自己试出来。"

韦荞心头一暖。岑璋顺势将她搂紧，她也未拒绝。

赛场上，岑铭忽然脱了上衣。

全场哗然。

岑铭脱衣服的动作很果断，"哐哐哐"，将衣服三两下甩在地上，帅得不行。可是，这是在赛场上，最后一棒是要按考题作画，他脱得再帅有什么用？

岑铭用实际行动回答了这个问题：有用。

他脱衣服，正是为了作画。他作画的地方，就是他的手臂。

而岑铭的手臂，是有残疾的。

这不是秘密，也是岑铭从小在校园不被待见的原因。小孩子是会对这些与自己不同的地方感到好奇的，而岑铭的手臂就是同龄人眼中的不同。

岑铭可以理解。在很长一段时间里，他也不能接受这样的自己。他的左手手臂被大面积烧伤，从手掌开始，烧伤后遗留的伤疤一直蔓延到手肘。

那几年，为这件事，岑璋和韦荞尽了自己最大的努力。

最好的医生、最好的手术，依然没能力挽狂澜。蜿蜒的伤疤扭曲了岑铭的皮肤，丑陋狰狞。岑铭康复出院回到幼儿园时正是夏天，有小朋友看见他的左手臂，被吓得当场大哭。从此，岑铭再未穿过短袖。

申南城四十二度的高温天，连成年人都难熬，岑铭依然穿长袖。

而今，七岁的岑铭提笔参赛，宣告自己的浴火重生：这是他的残疾，但他也可以令残疾变得很美。

岑铭的天才型学霸锋芒在这一天正式崭露头角，原本狰狞的伤疤在岑铭有意识地布局下，成为最好的作画背景。他稍稍勾勒，就画出了陡峭的悬崖、危险的融冰、肃杀的天地、叫嚣的风暴，一笔画完"已是悬崖百丈冰"。岑铭随即扔了笔，迅速拿起另一支毛笔，改用红色颜料，手法老练地画出"犹有花枝俏"。又是一笔画完，岑铭再度扔笔，一个箭步上前，按响完成比赛的铃声。

所有裁判同时举牌，揭晓胜负：第四组，决赛第一！

赛场上鸦雀无声。

没有人想过，一场小小的一年级花式接力赛，会如此惊心动魄。看客们开始相信，南城国小花式接力赛的"最后一棒传奇"是真实存在的。而从今天开始，又多了一棒传奇。

一时间，掌声雷动。

观众齐齐起身，为第四组最后一棒的小男孩热烈鼓掌。他不仅画出了"已是悬崖百丈冰，犹有花枝俏"的名场面，更用行动诠释了诗中的坚强不屈与乐观豁达。

刘柏松输得心服口服。

岑铭画完，他才刚画一半梅花；岑铭夺冠那一刻，他才全部画完。刘柏松放下笔，输得很无憾。他主动走过，第一个恭喜岑铭："岑铭，你好厉害，恭喜你获得第一名。"

"谢谢。"岑铭不愧是情绪稳定的老牌选手，在雷鸣的掌声中丝毫没有迷失自我，弯腰捡起地上的衣服，套在头上准备穿。

"岑铭！我的天啊！你要帅死我了呀！"季封人冲上来，给他一个热烈的拥抱，而后二话不说，一把扔了岑铭的上衣，"还穿什么衣服啊？你就这样！什么都别穿！这是军功章你知道吗？"

岑铭字正腔圆地解释："不行，我冷死了。"说完，又弯腰去捡衣服。

"那先拍个照再穿！"

季封人眼尖，他看见一大群校园媒体正浩浩荡荡地杀过来采访，立刻拉住岑铭，和唐允痕、苏珊珊一起摆好姿势。季封人热情地招呼小记者："来来来，冠军小组在这里，给我们拍帅一点啊！尤其是我们岑铭，给个特写知道吗？"

苏珊珊站在岑铭身边，对这个大功臣生起很多好感，由衷地赞扬："岑铭，你刚才扔笔的动作真帅。"

对方到底是女孩子，岑铭没好意思沉默太久，礼貌回应："谢谢。你第二棒跑得也好厉害，和你平时都不一样。"

苏珊珊高兴极了，捂嘴笑个不停。

季封人有一点小小的不服气。岑铭这家伙，平时闷不吭声，对女孩子说起话来原来这么温柔。但季封人又转念一想，连岑铭都认同苏珊珊，证明了苏珊珊就是很可爱。

想到这，季封人又来劲了，对着镜头说："耶！"

一看，身边的岑铭没跟上，他连忙带上岑铭："岑铭，跟我一起喊呀！"

"哦，好。"岑铭迅速跟上，"耶。"

季封人："……"

他这也太冷静了，做人灿烂一点不好吗？

季封人再次带动他："岑铭，不是这样，是'耶！'，这样子喊。要有热情，热情你懂吗？"

岑铭："……"

这也太热情了，他多少有点吃不消。

一旁的苏珊珊和唐允痕也加入聊天："岑铭，赢了比赛就是要高兴啊，把你的高兴传递给人家，来吧，耶！"

岑铭对着镜头，努力尝试："耶！"

看台上，岑璋十分笃定："现在你知道了，我刚才说的是否属实，对吗？"

他问的是韦荞，可是韦荞没给他回应。岑璋懂了，用力搂紧前妻，韦荞就在他怀里失声痛哭。

岑铭左臂的烧伤，是韦荞造成的。

她和岑璋的婚姻也在这件事之后，遗憾收场。

在这之前，韦荞的人生履历近乎完美：名校毕业，入主道森，赵江河将首席执行官之位授予她。韦荞行稳致远，羡煞旁人。

她的弱点不为人知。在成为"母亲"这件事上，韦荞一败涂地。

岑铭出事那天，韦荞彻底绝望。她痛彻心扉，终于明白自己错了。

恋爱、婚姻、孩子，她一步错，步步错，生养岑铭，不过是将原本就存在的问题放大了。

很长一段时间里，韦荞都不敢正视来自内心的拷问，她不确定岑璋和她的婚姻是否就是她想要的。

大二那年，岑璋对韦荞一见钟情，公开宣布他心有所属。在上东大学这个微型社会里，所有人心照不宣，明白今盏国际银行未来的主事人认定了韦荞，韦荞从此失去和他人恋爱的机会。

那时的岑璋已隐隐有了董事会主席的模样：他处事果断，说一不二，精神上有绝对的控制欲，能够牺牲任何短视利益以打造预见中的长远帝国。挪威人用"stormannsgalskap"来形容企业家的疯狂性格，在后来的韦荞眼里，岑璋无疑完全符合这个词的描述。

可是彼时，她并未了解。

岑璋对她的感情，掩盖了他在精神上对她垄断的事实。毕业后，两人回到申南城，岑璋迅速定下婚期，但韦荞觉得有些不妥。临近婚期，这样的想法越加清晰。人生被按下倍速快进键，她隐隐不适，想要纠正失控的速度。岑璋请来心理医生，说这是婚前恐惧症，韦荞信了。她没有想过，心理医生是岑璋付费找人扮演的。

定下婚期后，婚礼也是岑璋一手操办的，韦荞没费过心思。她抽空试了下婚纱，一问价格，岑璋眼睛也不眨地说了个数字。韦荞虽然觉得有点小贵，但考虑到岑璋在名利场上的社交需求，这个价格显然已是非常保守了。直到设计师说漏嘴，告诉她婚纱的真实价格，韦荞还是被震惊到了。

韦荞鼓起勇气，对岑璋提过一次反对。

"我觉得，太快了。"她这样对岑璋说。

岑璋像是受到不小打击，完全接受不了"婚期将近未婚妻反悔拒婚"的"生活悲剧"，他克制良久，认真地问她："不爱我了，是吗？"

韦荞："……"倒也没有那么严重。

他将两人谈话的调子起得那么高，韦荞难以招架。岑璋有着非常直线的思维：爱，就结婚；不爱，就不结。他被韦荞突如其来的犹豫弄得很痛苦：她说她爱他，又不想结婚，这算什么意思？

有一天，韦荞下班回家晚了，天已暗透。林华珺告诉她，岑璋回来了，晚饭还没吃，说是不饿，一个人上楼后就没再下来。韦荞点点头，轻声说"知道了"。自从那天她对岑璋提出婚期延后的想法，岑璋热情骤降，他做什么事都带着一种"人在魂不在"的消极态度。

韦荞上楼，岑璋正在衣帽间。

半年前，岑璋亲自改装二楼衣帽间，就为了给婚纱腾挪空间。婚纱是由宝彧高定当家人宋司彧设计制作，亲自送过来的。宋司彧叮嘱岑璋，这类高定婚纱都遵循一个原则：一次性，不能洗。所以在婚礼举行之前，对成品的保存非常重要。

韦荞就是在那天看见了岑璋还未结婚，却已在守护婚姻的模样。

婚纱被挂在衣帽间正中央，岑璋坐在地上，手里拿着宋司彧送来的特制纸巾，他正低头将婚纱摆尾上的碎钻一一擦拭。这件婚纱有精致的拖尾，镶嵌无数碎钻，不分白天黑夜，熠熠生辉。韦荞一句"延后"，令璀璨明珠一夜蒙尘。她想延后多久，岑璋没有问。其实，他在害怕。

韦荞忽然觉得自己很残忍。她拿着岑璋对她的感情，不给他答案，慢性折磨他。

就是在那一瞬间，韦荞心软，彻底妥协。

她走过去，在他身旁席地而坐，深深呼吸了一下，然后转头看向他，正式邀请："再过不久就要举行婚礼了，我穿一次婚纱给你看看，好不好？"

岑璋一怔，看向她的视线里有太多情绪，痛苦的、想要确认的、不敢声张的，韦荞都被他这道视线弄得心碎了。这可是岑璋，你几时见过岑璋被人欺负成这样还完全不还手的？

他低声问："还犹豫吗？"

"没有了。"

岑璋笑了，仿佛爱人对他提刀要落而他早已闭上眼睛不反抗。他从不示弱，除非真的被她伤了心。

韦荞无法承受这道目光，抬手搂紧他的颈项，忽然就哽咽了声音："真的没有了，你别这样。"

岑璋反客为主，用力抱紧她。

很快，婚礼如期举行。

岑璋单方面的热情，掩盖了所有问题。一张结婚证到手，韦荞尚未醒悟：婚姻不是终点，而是起点 —— 人生千难万险、重重考验的起点。而她一直被岑璋推着走，放弃了说"不"的机会。

婚后不久，岑璋正式入主今盏国际银行董事会，韦荞在道森成为众人默认的下任首席执行官。两人在白天各自忙得不可开交，在每一个深夜入骨缠绵。

有岑铭，是一个意外。

韦荞早出晚归，家成了旅馆，她睡几个小时就走，其余时间她都是和许立帷待在一起。岑璋在约定的餐厅又一次空等了韦荞一整晚，韦荞对他失约成了习惯，他已经好久没见到韦荞了。打电话给她又是许立帷接的，岑璋忽然情绪上涌，很想闹一闹。

他闹的方式很简单，就是深夜来找她。

冷落他多日，韦荞心有愧疚，在岑璋再次欺身缠上时没有太多抗拒，半推半就地顺了他的意。

一个月后，在医院确认有孩子的那天，韦荞脑中闪过"不要"的念头。

那年，她只有二十二岁，岑璋二十三，两个人半大不小，思维模式完全没有切换到"父母"的角色上来。这个孩子来得很不是时候，赵江河已有意正式任命她为首席执行官。赵先生资助她半生，将她从一介孤儿扶正为申南城首屈一指的首席执行官，这是大恩，她得报。

直到她看见飞驰赶来的岑璋。

他得知她来医院，一改平日的冷静。医院停车位紧张，他找缝隙胡乱一顿停，立刻吃了一张罚单。

韦荞看见他出现在医院，不由得一愣。

岑璋那天有一个很重要的竞选，金融管理局亲自下场参与申南城银行业联盟会长的选举事宜。三个月前，岑华桥顶住来自管理层的压力，一力将岑璋扶上董事会主席的位子，不出意料岑璋受到了各方考验，位子坐得很不稳。这次的会长竞选，亦是岑华桥的授意。岑璋明白二叔的良苦用心：他竞选成功，就相当于取得了官方背书，对他坐稳董事会最高掌权人的位子相当有益。

就在竞选前一刻，岑璋没有理由地忽然离场，引起全场哗然。

他拿着手机，飞车去医院，心里只记得林华珺刚才在电话里对他讲的：韦荞忽然回家，拿了病历卡去医院了，脸色很不好——

医院大厅，人群熙攘，岑璋眼里只有妻子，他向她径直跑来："韦荞！"

韦荞就是在那一瞬间决定要这个孩子的。

岑璋不顾一切飞奔来医院找她的身影，她放在心里很多年。她没有父母，没有亲人，没有被人好好爱过。只有岑璋，爱她爱到不能自已。这也是大恩，她也想回报。

可是她没有想过，并非所有恩情，她都有能力还；并非所有人，都会像岑璋那样迁就她，比如，岑铭。

日子一天天地过，岑璋对跟她聚少离多的介意尚可以在理智的约束下被他不动声色地转为夫妻间的相互理解，可是岑铭的介意，就是对韦荞毁灭性的打击。

刚出生那一年，岑铭很黏她。

岑铭是高需求宝宝，还是最令新手父母闻风丧胆的那一款，俗称"落地醒"，睡着要靠人抱着。那个时候，韦荞承担了大部分抱岑铭睡觉的任务，岑铭对妈妈十分依赖，对韦荞经常穿的那件"衫衫"的"阿贝贝"情结，也是从那时形成的。

韦荞虽然累，却非常满足。她以为，这就是母子关系的主旋律，会一直延续下去。

当工作和照顾岑铭间产生不可调和的矛盾时，韦荞违心地选择了道森。

其实，她也没得选。责任压在她身上，要想做好，牺牲岑铭就成为了必然。中国所有民营企业家几乎都面临这一选择困境，但几乎所有企业家都做出了相同选择：牺牲孩子。

人们经常在电视中见到身家千亿、功成名就的企业家面对镜头深情追悔：我这一生最大的遗憾，就是没有时间陪孩子长大……旁观者每每对此不以为然，但其实，这追悔未必是假的。一个事实大家心照不宣：孩子总是你的，不会跑，但机遇，尤其是能让企业做大做强的时代机遇，百年难得一遇，错过了就是再也没有了。

身在名利场，韦荞不得不如此。

直到她发现，她完全不能承受这一选择带来的恶性后果：岑铭开始疏远她，因母亲对他的冷落而冷落母亲。

岑铭的疏远是渐进式的。

最初，他只是叫"妈妈"的次数少一些，渐渐地，再少一些，最后，他再也不叫了。

韦荞心灰意冷。她从不理解到伤心，最后不可避免地变成愤怒。

她牺牲时间,在鬼门关走一圈,换来一个对母亲冷淡的孩子。

岑璋试图挽救。

"韦荞,你给我一点时间。"他用力保证,"我一定会教好他,让他明白你对他的意义。现在他太小了,很多大人的事情,你是没有办法和他讲道理的。"

韦荞点点头,鼓起勇气,决定再试一次。

可是事情并没有因此好转。

一次一家人外出吃饭,中途黄扬急找岑璋,岑璋走到餐厅外接电话,不到五分钟的时间,岑铭完全失控。他撕心裂肺地找爸爸,陌生的环境令岑铭完全不能接受身边没有岑璋。餐厅经理和服务生闻讯赶至,所有人下意识地哄他:"妈妈在这里,不要怕。"直到众人发现,韦荞对岑铭的安抚作用不是为零,而是为负时,几乎都带着不可置信的眼光看向她:你真的是这孩子的妈妈吗?

众人审判,对韦荞判处死刑。

她的心理状况出问题,大概就是从那天开始的。

深夜,韦荞在林华珺面前失声痛哭。

她才二十六岁,多么好的年纪,却已经被日子煮透了。她再也回不到无忧无虑的状态,像一个普通的二十六岁女孩那样,为工作而骄傲,为生活而快乐。她爱岑铭,又被他刺伤,她既不能丢弃他,也不能恨他。

林华珺生养了两个孩子,深知做母亲这一职的深渊之痛,她痛心地安慰,要韦荞相信一些未来:"会好的,韦荞。真的,会好的。他不是不爱你,而是孩子的情感发育远远没有达到那个程度,谁陪他的时间多,他就亲近谁,这是动物性的本能,几乎所有的孩子都是这样的。等岑铭再大一点,你会发现,他是爱你的。"

可是韦荞已经没有力气熬下去了。

"林姨,我后悔了。"深夜,眼泪夺眶而出,她是真的后悔了,"和岑璋结婚,生下岑铭,我后悔了。"

屋外，岑璋背靠着门，将一场深夜谈话全数听去。

他站着，听了很久，听见韦荞的后悔，和她崩溃痛哭的绝望。

岑璋低头，一行眼泪从他眼眶掉落，砸在地毯上，浸透了脚边一圈的地方。

岑铭出事那天，阴转小雨，天与地都灰蒙蒙的。

一早，林华珺送岑铭去幼儿园，岑铭忽然说："林奶奶，晚上我想吃蛋糕。"

林华珺若有所思。

岑铭口味清淡，他对蛋糕这类甜品兴致缺缺，每年生日也不见他多吃一口，他的兴趣全在吹蜡烛的环节上。

林华珺循循善诱，问："小铭，在幼儿园发生了什么想要庆祝的事吗？"

"嗯。"彼时，岑铭四岁，尚未学会像他的一对父母那样不着水墨地处理情绪。他高兴地说："前天手工比赛上，我和陈七七并列第一。昨天她说，爸爸妈妈给她庆祝拿第一，吃了一个小蛋糕。"

林华珺明白了。

送岑铭去幼儿园后，林华珺略做权衡，分别给岑璋和韦荞打电话，将这件事告诉他们。

岑璋那天很忙，坐了最早一班的飞机去出差，接到电话时人已落地上东城。韦荞也忙，林华珺这通电话还是她在会议间隙抽空接的。

林华珺听出两人略带为难的态度，当即冷下脸，教育这对年轻父母："今盏国际银行和道森度假区，少你们一天，就会难以运转是吗？如果不是，你们就没有理由犹豫。岑铭从不会任性提要求，你们作为父母，一起陪孩子吃一顿蛋糕都做不到吗？"

两个人被骂得讪讪，谁都不敢顶嘴。

岑璋给韦荞打电话商量："晚上六点半，我一定赶回来。你今天能早一点从道森走吗？先陪岑铭一会儿。"

韦荞："嗯。"

那时候，两人关系已不是太好，莫名其妙地冷战，没来由地厌倦。岑璋因妻子的冷淡越来越灰心，韦荞则对人生丧失了目标。两人开始聚少离多，林华珺看在眼里，甚是痛心。借着岑铭要他们回来，林华珺悄悄存了一份私心，希望两人能有机会，坐下来好好谈。婚姻不易，不好说散就散。

那晚，韦荞信守承诺，提早下班回家。

林华珺准备妥当，见韦荞回来，耐心地向她交代："晚饭已经准备好了，蛋糕是我亲自做的，都在厨房放着了。岑铭在屋里等你，你快进去吧。"

"嗯。"韦荞坐在车里熄火，抬头看见林华珺整装外出的模样，愣了一下，"林姨，你要出去？"

"是的。"

"这怎么行？不陪岑铭一起吃蛋糕吗？"

"再过半小时，岑璋就回来了。这是一个好机会，你应该和他好好聊一聊。"林华珺笑了下，对她轻声道，"岑璋一直都很在意你。你不断冷落他，宁愿睡在道森休息室也不愿回家，他不是不难过的。只是他要强，不愿对你承认。"

韦荞神色微动。

林华珺知道，她听进去了。林华珺拍拍她的肩，放心地走了。

岑铭出事的时候，岑璋已从机场开车回家。

噩耗传来，岑璋从未想过要韦荞负责。

看孩子不是一件容易事，他照顾岑铭长大，深有体会。无论是谁，都很难将一个孩子照顾得不出一点错。小孩子动作灵活，他们又常常有惊人之举，往往一转身的工夫就不知钻到哪个缝隙去了。岑璋始终相信，这是意外，和韦荞无关。

直到他得知一件事：从林华珺离开到岑铭出事，整整二十分钟，韦荞没有下车，她在车里接电话。

电话是道森的人打来的，采购部总监急着找她。供应商出事，无法按时交货，要紧急拟定替代方案，否则道森将面临巨额违约赔偿。韦荞不敢大意，临时接入电话会议。她尚未来得及拟订方案，就听见岑铭的哭声。

那是真正的哭泣，混合着四岁孩子的尖叫，撕心裂肺。

屋内，岑铭点燃蛋糕的蜡烛，没拿稳，掉下来，瞬间烧伤他的手……

火势迅速蔓延，短短几分钟，火光冲天。

韦荞那天也受了伤。一场大火起势甚快，她冲进屋里救岑铭，头发被烧焦，留了一段时间的板寸。韦荞和这发型一样，斩断长发，不复从前。

她酿成大错，岑铭左手被烧伤，留下一生的伤疤。

岑璋从此对道森恨之入骨。

赵江河给了韦荞什么了不起的责任感，令他岑璋失去妻子，令岑铭失去妈妈？

其实岑璋知道，他真正恨的不是道森，而是韦荞的"不爱"。不知从何时起，韦荞不再爱岑铭，也不再爱岑璋。或许她并非完全不爱，还是有喜欢的，但那点喜欢，远远够不上"爱"。

那晚之后，夫妻关系降至冰点。而真正让两人走到离婚这一步的，是韦荞的一通电话。

韦荞有一种自相矛盾的冷漠。岑铭入睡，她彻夜不合眼，通宵在医院守着；岑铭醒了，哭闹起来，她哄不住，又会将他丢给岑璋，她则是头也不回地离开。

岑璋不欲和妻子起冲突，始终忍着。直到他发现韦荞的冷漠背后，还有不为人知的脆弱，但韦荞的脆弱，是向别的男人展示的。

一日，岑璋跟踪她，看着她坐进车里打电话。电话很快被接通，一个男人温柔地喊她："韦荞？"韦荞握着电话，失声痛哭。

岑璋从未见过这样的韦荞。他疯了似的嫉妒：电话那头的男人，是谁？

很长一段时间里，许立帷都背了这个黑锅。当岑璋不依不饶，拦住韦荞一定要弄清楚时，韦荞冷漠地将许立帷的名字丢了出来。后来两人离婚，岑璋几次三番报复道森，尤其跟许立帷过不去，把许立帷整得够呛。

有一次许立帷被惹火了，反问岑璋："你离婚，心理扭曲了吗？"岑璋很坦然地说"是的"，反正韦荞跟他离了，他也不会放过许立帷。许立帷一头雾水，韦荞跟他离了关自己什么事？

离婚后，岑璋很悲观。他消沉很久，做错好几项重大决策，一度拖累今盏国际银行的年报表现。然而，他不知道，韦荞比他更悲观。

那时，她对何劲升透露一个秘密："不是二十分钟，是两分钟。"

何劲升不解地问："什么？"

韦荞带着平静的绝望，承认了一个滔天谎言："岑铭出事那晚，那通工作电话，我只打了两分钟。两分钟后，我就下车进屋了。"

何劲升骇然不已。他倾身向她，不忍至极："韦荞，为什么要骗岑璋？他信了你的话，以为你扔下孩子二十分钟。岑璋会恨你的！"

"有差别吗？"

二十分钟也好，两分钟也好，都改变不了她失手令岑铭陷入悲剧的事实。

"对不起，只有两分钟，这是意外，你原谅我。"这类说辞要她对岑璋讲，连她自己都觉得自己好恶心。

岑铭被推入手术室的那晚，在医院走廊，岑璋问她究竟发生了什么事。韦荞鬼使神差，忽然一个念头闪过，就这样告诉了他：自己打了二十分钟工作电话。

岑璋对她瞬间的失望，令韦荞如释重负。

婚姻、孩子，她陷入这摊沼泽太久了。好像他的恨反而能令她好受些，让她解脱。

反正，她也不打算原谅自己了。

那天，韦荞对何劲升说，她不会好了，她会永远活在对岑铭的愧疚中。何劲升劝她，会好的，在伤口面前，时间比岑璋更有用。但韦荞去意已决，她明白她和岑璋的婚姻时日无多，眼泪"唰"的一下子就下来了，完全止不住。何劲升一身冷汗，他不敢让韦荞知道，在他这个心理医生眼里，她要好起来也很难了。

两年。

行尸走肉的日子，韦荞过了两年。

她以为，她会这样过一辈子。她未曾料到，两年后，岑铭会令她重见天日。

曾经的小宝宝，长成了一个像样的男孩。面目沉静，性格稳定，他活脱脱是少年韦荞的模样，但又没有她那样沉默无声。岑铭的沉静才是真正的沉静，苦难教会他浴火重生。

赛场上，岑铭不动声色，以一己之力反败为胜，他直迎伤痛，以在疤痕之处画花的方式，治愈她多年痛苦，救赎她惨烈至极的人生。她看着岑铭在终点和同学击掌庆祝，笑容清浅，就像听见孩子对她的无声宣告：我很好，你也是吗？

她的失误还来得及弥补。

终于，她可以从"失职伤害岑铭"的自责中，放过自己了。

看台上，岑璋将前妻按向胸膛，韦荞没有拒绝，就在他怀里失声痛哭。

岑铭今天成为大红人，是南城国小的新招牌，一整天都在采访、合影中度过。

晚上，岑璋做东，宴请岑铭和同学们庆功。明度公馆热闹非凡，一群小学生叽叽喳喳地聊个不停，鲜少有笑容的岑铭，一整晚都在笑。

八点，庆功宴结束，岑璋安排司机送小朋友回家。遇到有来接孩子的家长，岑璋和韦荞都亲自招待，将小朋友安全无虞地交给家长。

季封人和岑铭聊得尽兴，最后才走。他住校，岑璋原本打算不送他回校了，让他和岑铭一起在明度公馆住一晚，没想到人家家长亲自来接了。

来接的是季封人爸爸。岑璋一看来人，顿了一下脚步。季封人这么皮实的小孩，没想到来头这么大。岑璋上前和对方握手，韦荞和岑铭将季封人送到门口。

季封人一见来人，脸色一冷。他往地上一坐，浑身写满叛逆："谁要你来接？我才不要跟你回去！"父子关系可见十分紧张。

男人看着他赌气坐地的小背影，一扬首："带他回去。"

"是，先生。"身后几个"黑西装"训练有素，捉季封人就像捉一只小鸡，上前就要将他抱走。

季封人脾气不小，他气得大叫："别碰我啊，我是未成年，祖国的花朵！"

场面僵持之际，停在门口的黑色轿车里，有人看不下去了。后座的人徐徐摇下半扇窗，传来一声威慑力十足的声音："谁敢带走我儿子？"

声音不大，威力无穷。

几个"黑西装"看看男主人，再看看车窗后那张若隐若现的女性脸庞，果断把季封人恭敬地放下了。这个家里谁说了算，他们还是清楚的。太太从不轻易发话，一旦她开口，那就是一锤定音，不容反抗。

唐律当年不信邪，非要跟季清规硬碰硬，两人大吵一架后他还没消气，季清规就已经带着孩子走了。唐律知道季清规能在他眼皮底下离开唐家，和霍四一定脱不了关系，可是后来他发现，丰敬棠、卫朝枫，甚至柳惊蛰也都脱不了关系，他这才明白，和季清规硬碰硬意味着什么。意味着，她会令他陷入孤立无援、全无反抗的境地。

季封人听到声音，一骨碌从地上爬起来，毕恭毕敬："妈？"

"季封人，上车。"

"哎，我来了！妈！"

季封人迅速跑过去，连滚带爬地坐上车，还不忘顺手拿一瓶矿泉水，一上车就拧开瓶盖递到母亲面前，一脸乖巧："妈，喝水！妈，我给你揉揉腿！妈，你这个垫子靠得不舒服，我给你折一条毯子靠，柔软！"他顺便指着司机，含沙射影，"你们怎么照顾我妈的呀？这点事都做不好！"

他那个"们"字骂得就很灵性，把他爸一起骂了进去。一家三口，两个都是按兵不动的高手，就他一个吵吵嚷嚷，除了他父母不怀疑他是亲生的，其他人见了都怀疑。

黑色轿车驶离明度公馆，季封人还在跟他的老父亲较劲——

"你不准坐我妈身边！

"你不许抱我妈！

"妈，我们还是像以前一样就咱俩过日子吧！不跟他过了——"

季封人一张小嘴还在那叽叽冒火，季清规伸手摸了下他的头。季封人忽然呜咽一声，闭嘴不讲了。加长轿车内空间宽敞，他乖乖趴下来，靠在母亲身边，勉强把心里最后一点不服气讲完了："妈，晚上我陪你睡，别让他进屋。"

岑璋目送这一家人离开，隔岸观火，暗自同情。

养儿子，真是家家有一本烂账，和季封人家比起来，他和韦荞这本账显然还不算太烂，还有救。

送走客人，明度公馆恢复往日宁静，林华珺带着保洁公司的人收拾屋子。眼见岑璋一家三口难得团聚，林华珺暗自命人动作快点，收拾好迅速离开。

岑铭拿了睡衣，进浴室洗澡。韦荞想帮忙，在浴室门口又止住脚步。生的是儿子就是这点不好，男女有别，当妈的在这点上要极有分寸。韦荞正要走，听见岑铭在浴室里喊："爸爸？"

"岑铭。"她连忙问，"你是想要爸爸进来一下吗？"

岑铭沉默了一会儿，才说："是的。"小男孩有小男孩的自尊心，岑铭五岁就学会自己洗澡，即使今天不得不让爸爸帮忙，也颇为不习惯。

韦荞应声："好，你等下，妈妈去找爸爸过来。"

岑璋正在客厅接电话，是上东城汇林银行的丁晋周打来的，两人要洽谈一宗大单合作。韦荞才不管他是不是在忙，儿子的事就是天大的事，别的事都要靠边站。

韦荞拉了下他的手，对他交代："岑铭找你，快点，别打电话了。"说完，她又跑上楼，去浴室门口给岑铭回复。

岑璋看着她的背影，明白她现在急需他的帮助。

这样的韦荞绝不多见，像一个小学生，岑铭一个指令她一个动作，暴露了她在做母亲这件事上的生疏。他用一段历时两年的错误明白了一件事：韦荞也是有弱点的。她也很恐惧、不安，只是她演技过人，用波澜不惊的外表骗过了所有人，包括他在内。

丁晋周听出他在走神，叫了他一声："岑璋，刚才我说的提案，你考虑得怎么样？"

"改天吧。"岑璋瞬间改主意，连理由都不瞒他，"我老婆找我，今晚谈不了了。"

丁晋周音调一高："韦荞回来了？"

岑璋："嗯。"

朋友一场，丁晋周很为他高兴，当即对他道："把电话给韦荞，我跟她聊两句。"

岑璋不置可否，不疾不徐地上楼，把电话交给韦荞，言简意赅："丁晋周找你。"说完，他就走进浴室陪儿子洗澡。

韦荞接过电话，站在走廊里，和老同学略做叙旧。

在上东城，丁晋周手握汇林银行主事权，和董事会主席费士帧之间的权力内斗和姑侄关系，历来是名利场热闻。韦荞和岑璋离婚那年，丁晋周特地飞了一趟申南城，对她道："我帮岑璋，也帮你，将来若有事需要帮忙，你记得找我。"这份情义，韦荞一直记得。

电话里，丁晋周唯恐天下不乱，怂恿她："韦荞，反正你今晚住明度公馆，跟岑璋多待一会。"

她戗了一声回去："我们没在一起，我只是暂住一晚，你别乱讲。"

丁晋周笑了，看透岑璋那点心思："明度公馆是岑璋的地方，这两年除了林姨，他就没让其他女人进去过。"

浴室里，岑铭正等着爸爸。白天，他画在左臂上的参赛作品炙手可热，被无数人挨着合影。伤疤深深浅浅，颜料干得太久，很难被洗干净。

岑璋走进浴室，将衬衫袖口挽至手肘处，笑着道："爸爸看一下，我们今天的大功臣洗得怎么样了？"

父子俩的笑声断断续续从浴室传来。韦荞听了，暗自羡慕。岑璋有很多种面孔，在岑铭面前的岑璋，无疑是最好的那一种。岑璋养孩子很有一套，他从不拒绝岑铭，总是能以巧妙的手段教育岑铭。在岑铭眼里，爸爸永远可靠。那么，妈妈呢？评价恐怕是负面的吧。

韦荞怅然若失。

洗完澡，岑铭跑去客厅喝水。岑璋湿了半身，顺手脱下衬衫，准备简单冲个澡。他看向韦荞，对她交代："给岑铭左臂涂点润肤乳，沾了这么久的颜料，容易痒。"

他交代完，一时没等来韦荞的回应。

岑璋追问："懂？"

"哦，好。"韦荞匆匆回神，头也不回地走了，把浴室门关得震天响。

岑铭在一楼客厅听到声音，都不禁抬头望向二楼，对妈妈道："妈妈，声音太大了，你要吓到爸爸了。"

韦荞心不在焉，胡乱找借口："不会的，你爸爸没有那么脆弱。"

"不是啊。"岑铭坐在沙发上，一边拿着小勺舀酸奶喝，一边对母亲告发，"爸爸可脆弱了，尤其是晚上。妈妈你对他关门声大一点，爸爸在浴室肯定要胡思乱想了。"

岑铭不知道，这会儿慌张的，不是他的老父亲，而是他的妈妈。

韦荞摸了摸自己的脸，很烫。方才没有心理准备，冷不防见到岑璋衣衫不整的模样，她还是会手足无措。她惯性使然，刚才看了一眼岑璋左肩。那几年她承受岑璋全部的热情，没少受他折腾，她在承受不住时会轻咬他左肩，轻轻痒痒的痛感每一次都会令岑璋更为失控。

韦荞不想承认，她在用力关门的瞬间，脑子里都是岑璋爱她的样子。

岑璋洗完澡，韦荞已经给岑铭涂好润肤乳。母子俩相处得不错，韦荞聪明地没有挑"讲故事"这种"高难度"的育儿任务，而是找了个简单的事，给岑铭讲德语卷子。

名词的阴性和阳性对岑铭来说是难点，韦荞刚讲了几道题，就勾起了岑铭的好奇心，他问她当年学德语是怎么记住单词的，韦荞说多读两遍就记住了。她说这话时的态度完全是实事求是，她当年确实读两遍就记住了，她完全没想到这样的实事求是对岑铭而言是妥妥的降维打击。岑铭像是第一次发现，他爸爸很厉害，但他妈妈才是真正的天才型学霸。

"岑铭，十点了哦。"岑璋站在门口，提醒岑铭。

岑铭作息规矩，早睡早起。韦荞虽然舍不得，也不好打乱岑铭的作息，起身为他关灯。

灯刚灭，她就听见岑铭喊："妈妈。"韦荞还没走，立刻"嗯"了一声。

岑铭问："卷子还没讲完，明天你还在家吗？"

"在。"

走出儿童房，韦荞很快醒悟，她刚才回答儿子的那句"在"，这个饼画得着实有点大。

她凭什么"在"？这是她家吗？当年岑璋求她不要走，她留下了吗？

刚才，韦荞飞速给儿子画大饼的时候，岑璋就在一旁。他没吱声，对岑铭说了声"晚安"，关上门就走了。他还是和昨天一样，把主卧让给她，对她说"早点睡"，转身就进了客卧。他既没让她明天一早就收拾包袱离开，也没留她再住一晚。

岑璋光明磊落地晾着她，一下子把韦荞整不会了。

韦荞在走廊上来来回回走了几圈。

韦总做惯了首席执行官，平时免不了给人画大饼，谈未来、谈理想、谈美好前程。她刚才回答岑铭的那句"在"，有一半是职业习惯使然：先答应再说，怎么做是另外一回事。当韦荞冷静下来，很快发现，她画大饼的对象是岑铭，她这个妈在儿子那里的印象分原本就岌岌可危，要是再加一条"不守信用"，这辈子的母子关系很可能就完了。

韦荞内心挣扎了一会儿。到底她没有忘记身份，这里是明度公馆，岑璋才是主人。她能不能"在"，决定权在岑璋。

想见儿子的心打败一切顾虑，韦荞径直走去客卧，抬手敲门。

"岑璋？"

屋内，无人应声。韦荞没有走。

五年婚姻，令她对他足够了解。岑璋从不早睡，十二点能睡觉已算表现良好，如果没有她的监督，他能像深夜动物一样精神到凌晨两三点。

"岑璋，我有点事想和你谈。"她站在门口，尊重他的隐私，没有推门进去，"很快的，五分钟就够了。"

屋内那人还是没理她。

韦荞心下了然。如今她无名无分，在岑璋那里恐怕得不到什么重要位置，他能留她住一晚已算客气。

情理之中的事，韦荞没有伤感。她做事向来目标明确："岑璋，是这样。我答应了岑铭，明天会给他讲完德语卷子。所以，明天下班后我想过来一趟。讲完卷子，等他睡了，我就走。你看这样行吗？"

韦荞等了等，没等来回答。她试探地问："那么，我就当你同意了？我明天不会留宿的，你放心。"

前因后果，她都对他讲了，应该没什么注意事项了。韦荞这样想着，举步准备离开。

下一秒，从屋内伸来一只手，一把扣住她的手腕，不由分说地将她拉进屋。

不容拒绝的力道，强势乖张，是岑璋的一贯作风。

韦荞比谁都明白，在深夜招惹岑璋，十分不明智。但，为岑铭，她愿意一试。

岑璋将她抵在角落里，表情阴晴不定："韦总，你凭什么认为，你对我提要求，我就一定会同意？"

韦荞沉默了一下，问："那你会不同意吗？"

岑璋："……"

韦荞完全没察觉到岑璋的小情绪，一心都挂在岑铭身上："如果你真的不同意，那我明天晚上就不来了。明天一早，我去对岑铭道个歉。"

岑璋气结。这人，就不会对他服个软哄一哄吗？三更半夜面对他那么明显的暧昧态度，她都端得出一副上谈判桌的态度。对就是对，她错就是错，也不懂和他模棱两可地说说话。

岑璋年轻时不信邪，相信韦荞是可以被改造的。

没生岑铭那会儿，两人有一次在今盏国际银行的办公室里小规模地吵了架之后，岑璋拉着韦荞的手，软硬兼施逼她跟他撒个娇。

那次是韦荞不对，韦荞认了，问他："你想怎么样？"岑璋顿时得意死了，往座椅上一靠要她坐上来。韦荞坐了，岑璋搂着她的背得寸进尺，要她服软喊声"老公"。

他没了理智，咬着她的耳垂对她说："喊一声，我什么都答应你。"

韦荞眼前一亮，她没想到天下居然还有这种好事，立刻喊了一声"老公"，跟着就接上一句："把今盏国际银行对道森的贷款利率再降两个点。"

岑璋："……"

韦荞完全不给他反应的时间，穷追猛打："今盏国际银行不是国有银行，不用经过'三重一大'会议集体审议决定，这就是民营银行的灵活性优势。岑董，你一句话的事，不准反悔哦。"

那天，韦荞一番话让岑璋含着一丝报复心态，要她记得不服软的深刻教训。他说："韦荞，你好欠。"

往事清晰浮现，岑璋想起来，一阵恼火，不想放过她。将人圈在一亩三分地里不放，他从容不迫地问："你知道现在是几点？"

"十点一刻。"

"原来你知道，已经这么晚。白天，你抱着我哭了一场，现在，你又敲我房间门，说要和我谈事情。韦总，你让我怎么想？"

韦荞瞥他一眼：白天不是你先抱我的吗？

但岑璋说得有理，韦荞还是感到些许理亏。离婚是她提的，儿子是她不要的，岑璋是她抛弃的。如今她说要留下来，即便是为岑铭，也在道德上有愧。

可是，岑铭值得。他没有计较母亲对他的冷落，没有埋怨母亲对他的放弃。这份不计较和不埋怨，令韦荞得以卸下两年的深度自责。她放过自己，痛快哭了一场。从岑璋抱紧她而她没有拒绝的那刻起，她就明白，她一并原谅了岑璋，不再恨他。

"这么晚找你，是我欠考虑。以前我对岑铭，有很多疏忽，现在我想尽力弥补，希望你不会反对。"

"可以。"意料之外，岑璋没有为难她，"我有两个条件，你答应的话，明天你就过来。"

"什么条件？"

"第一，你来这里给岑铭讲卷子，可以，但不能只讲一天，也不能想过来就过来，想不过来就不过来。这里是明度公馆，你随意出入，会对我造成很大困扰。"

"好，那你想我怎么做？"

"很简单，岑铭的德语老师前不久被我辞了，正好空缺，你来补上。岑铭一周有两节德语课，周五、周六晚上各一节课，每节课一小时。这两个时间段你固定过来，晚上住这里也可以。我会对岑铭讲清楚，每周这两天你会来给他上课。"

这确实是一个不错的提议。如今，对韦荞来说，能固定见到孩子，还能在学业上对孩子有所帮助，没有比岑璋的提议更好的机会了。

不知是否是首席执行官的直觉作祟，韦荞总有种"被他安排得明明白白"的感觉。岑璋方才那几句话，不像一个临时起意的提议，倒是很像岑董的作风：放长线，赚一票大的。

韦荞抱臂："岑铭之前的德语老师怎么被你辞了？"

岑璋没说话。像"她想嫁给我"这种理由他说不出口，韦荞以前也不是没听过，可是她听过就算了，也没有什么反应。

韦荞对岑璋是真正的"三不"：不主动、不拒绝、不负责。岑璋问她爱他吗，她说爱的。岑璋再严肃地追问她真的爱吗？爱多少呢？韦荞被问烦了就会干脆顶他一句"那不爱了"。

如今，岑璋已经不会再干当年那种蠢事了，他根本不指望韦荞会改。

岑董随意扯谎："因为那老师水平不行，误人子弟，把岑铭教得一塌糊涂。"

"哦。"韦荞点头，"怪不得岑铭的语法那么差。刚才我还纳闷，那么简单的题目都不会，这水平也太差了。"

岑璋："……"

那是因为你太强了好吗？不要因为自己是学霸就嫌弃儿子不行好吗？

韦荞爽快同意："好，下周开始，我来当岑铭的德语老师。我的第二学位就是这个，教材找都没扔，回去我备下课。"她接着问，"那第二个条件是什么？"

岑璋盯着她，眼里情绪阴晴不定，那是欲望汹涌的前兆。

韦荞得了"德语老师"这个好差事，心情很不错。她甚至想：会不会第二个条件是要她当岑铭的数学老师什么的，那她就有更多时间来看岑铭了。

岑璋低声问："你就只想当岑铭的德语老师？"

"数学老师我也能当。"

"……"

真是，鸡同鸭讲。岑璋被她噎得不轻，索性挑明了讲："我的意思不在课程，而在人。"

韦荞一时被难住："这里还有别人需要我教吗？"谁？季封人？那孩子背景那么强，根本轮不到她教吧？

岑璋抵住她的额头，声音喑哑："我。"

韦荞想象力匮乏，她干涩地拒绝："银行的事我不太懂，教不了你什么。何况，今盏国际银行如今那么强，我也没资格教你。"

岑璋轻轻笑了。真有她的，这种时候还能想到公事。

而他想的，只有夫妻间的私事。

"不是银行的事。"

"那是？"

岑璋对韦荞一向是敢想敢干的。揭开他斯文的面具，只剩下恶劣的内在。

他扣住她的右手，不容她拒绝，在她手心上来回摩挲，动作时轻时重，非常明显地暗示。他俯下身，在她耳边说："韦荞，我需要你……单独上课。"

周末，韦荞去了一趟东亚大厦。

东亚大厦第二十八层，尽归"法兰克"心理室所有。老板何劲升，中英混血，英文名就叫法兰克。何劲升念完心理学博士，从伦敦回国，定居申南城开了这家心理诊所。三年前，韦荞来到这里，成为何劲升无数患者中的一员。

起初，何劲升并未对韦荞特别留意。尽管助理递来的患者资料显示，这位韦小姐就是申南城声名赫赫的道森首席执行官。何劲升看了，也只是把资料放在一边。这几年，社会压力骤升，十个首席执行官中有八个是轻度抑郁，剩下两个是重度抑郁。何劲升见过世面，觉得不足为奇。

令何劲升对韦荞另眼相看的，是一件小事。

韦荞结束第二次治疗，忽然对他道："房东如果有卖房子的意思，就接下来。这是千载难逢的机会，错过可惜。"

何劲升愣了一下，视线抽离病历卡，看向她："什么？"

他桌上放着一份房屋租赁协议，韦荞看到了。她三言两语，就讲透了一桩日后有百亿升值空间的大生意："东亚大厦目前的资金周转出现问题，急需回笼现金，所有权人甚至想到把房屋按层卖的馊主意。这主意虽然馊，对买家倒是好事。二十八层是黄金地段，将来升值空间不说百倍，十倍左右一定是有的。何医生，机会难得，租不如买。"

何劲升心中震动。鬼使神差地，他被说服。

隔日，何劲升同房东签订购房合同，撕了先前的租赁协议。三年后，人口涌入，申南城中心区寸土寸金，东亚大厦身价暴涨，印证了韦荞的那句"十倍"预言。从此，韦荞的名字落在何劲升心底。

除了他，没有人知道，那时的韦荞已罹患抑郁症。

韦荞不懂，岑璋也不懂。两个人都是要强的人，作为首席执行官的韦荞，心情不好是可以理解的。岑璋也经常心情不好，事实上，对大多数企业家而言，一年之中心情好的日子通常没几天。

韦荞知道，岑璋对她有过一次怀疑。

他曾经低声央求她："我陪你去看心理医生，好不好？你不想去医院的话，我把心理医生请来明度公馆。"

那时，韦荞已和岑璋分居多日，把道森休息室当家住。听到他这样讲，韦荞反感至极："你觉得我有病？"

"我不是这个意思。"

旷日持久的争吵，令岑璋消极面对。到后来，他甚至不敢面对韦荞，不明白为什么当初爱他的妻子，如今对他会有这么大的怨恨。

其实，连韦荞自己也不明白。

她一次又一次地努力，尝试和自己和解，全都以失败告终。她牺牲人生中的重要时间，在鬼门关走一圈，换来一个与她并不亲近的孩子。岑璋代替了她的位置，取得了岑铭全部的信任。她走入情感牢笼，对岑璋一并怨恨。

连何劲升都差一点被她骗过去。彼时，韦荞冷静自持，工作能力强，甚至还能在接受抑郁症治疗的同时给他提出精准的房屋投资建议，谁能相信这是一个会在深夜崩溃的抑郁病人？

一日，韦荞深夜来电，问他："有药吗？"往日的安眠药剂量已无法令她入睡。

隔日，何劲升建议韦荞："退出道森，和岑璋离婚，以自己为中心，重新开始人生。"

天下没有密不透风的墙，何劲升不是不担风险的。如果有一天，岑璋知道离婚这个事是他撺掇的，一定会令他在申南城再无立足之地。对此，何劲升不是没有犹豫。但，三年后，再次见到韦荞，何劲升知道，他的冒险是对的。

空山无人，水流花开。韦荞勇者归来，再无心敌。

第一次，何劲升撇下心理医生适度接近患者的原则，用力拥抱她："韦荞，好久不见，别来无恙。"

韦荞感谢他，同他浅浅拥抱："一切都好，无恙。"

若不是当年何劲升坚持，要她做自己，恐怕她得不了救赎，如今早已不在人世。

韦荞抬了一下手里的保温盒："我亲手做的，拿来送你，趁热吃。"

何劲升笑道："让我猜猜，河虾汤面？"

"什么都瞒不过何医生。"

"是你韦总太有名了。"何劲升爽快接过，"赵新喆找到你的当晚，

'道森韦荞开了家面馆专卖河虾汤面'的新闻，就传遍了申南城。"

"呵，像是赵新喆这个大嘴巴会干的事。"

"但这次，他确实做了件好事。"

两人走进办公室，何劲升打开饭盒，一人一碗汤面，坐下一起吃。他递给她筷子，有劫后余生之感："其实这两年，我一直对你放心不下，生怕你忘了当日我对你讲的后半句。"

当日，何劲升建议她"退出道森，和岑璋离婚"，后面还跟着一句话：非逃避也，乃重新出发也。

他把话说得相当文绉绉，是怕韦荞反感：你又建议我离婚，又建议我以后回来，好坏都让你说了，什么江湖医生？就这点本事？

上天帮他，韦荞听懂了。

离婚不是终点，只是一种疗愈手段，和吃药、打针并无二致。等她痊愈，回来也可以，离开也可以，那时，才是她真正做出选择的时候。

这就是何医生为深陷抑郁困扰的韦荞开出的猛药良方。

"何医生，我一直记得你说的那些话。"

"前半句，还是后半句？"

"都记得。"

"那么，你今天来找我，恐怕是为后半句？"

"什么都瞒不过你。"

"人之常情。重大抉择，往往后半句更难。"

"是，我以为我已想得足够清楚，但我高估了自己，有些困扰并未消失。"

何劲升听懂了："你是指岑璋？"

韦荞犹豫着，没有回答。她心里明白，就是岑璋。

那晚，岑璋很疯，他扣住她的手，将她抓在墙边，无论如何不肯放。韦荞不欲与他深夜纠缠，急欲抽身，反而遭他禁锢。韦荞知道她可以反抗，可是她没有。或许她有，但那点不够坚定的反抗力道更像是欲拒还迎，彻底挑起岑璋的征服欲。

她鬼使神差，低声问他："这两年有没有过别的女人？"岑璋声音全哑了，说："没有。"

拉扯之间，岑璋想要得寸进尺，韦荞打了他一巴掌。不似前几日那重重的一下，那一晚的韦荞打得很轻，手掌轻轻拂过他的脸，他俩好似一对恩爱夫妻，将男女间那点似是而非的心思极限拉扯。

岑璋很吃她这一套。

明明强势占据主导地位的人是他，他还要在她耳边温言软语，攻心为上："韦荞，我想你爱我。"

岑璋软硬兼施，韦荞招架不住。岑璋惯会挑起她的热情，和她咬耳说话："抱我。"

韦荞犹豫不决，岑璋将她抬臀一抱，韦荞当即搂紧。这完全是旧日习惯，他没忘记，她也没忘，进退张弛都是独属夫妻俩的私人节奏。

他要用一晚缠绵，对抗被她冷落两年的滋味。

屋内汹涌之际，门口响起一阵稚嫩的敲门声："爸爸，你和妈妈在打架吗？"

"……"岑璋一贯有教养，也忍不住在心里狠骂一声。

他好不容易动摇了韦荞铁打的心，竟然又引来了头铁的岑铭。这母子俩有时候真的挺像，都有如磐石般不开窍的心，岑璋完全不想管门外那个小的。

韦荞迅速回神，一把推开他，穿好衣服就要开门走，岑璋不肯。见她见死不救丢下他要走，岑璋一股无名之火顿起，他将韦荞一把拉回来，低头俯身就咬了下去。

韦荞一时不防，低喘一声，被岑璋一把捂住嘴。他在她颈项上咬了一口，娇嫩的颈部肌肤承受不起人为的折磨，深色痕迹瞬间显现其上。从前这事他干得不算少，没有一星期时间，这类痕迹绝对不会退。他重操旧业，要她看清楚，以前、现在、将来，她都只能是他岑璋的人。

门外，岑铭带着关心的清脆嗓音响起："爸爸，开门，让我看看你们在不在打架。"

屋内，两个大人都有些喘，各自狼狈。

岑璋抵着她的额头，声音里有很重的不甘心："今天放过你，下次我不会再放过。"

韦荞一听到"放过"两个字就像得到了通关证，根本不考虑下次，先能逃过这次再说。她抬手就要拉开房门结束今晚的荒唐，岑璋从背后搂住她的腰，又在她耳边威胁似的加了句："韦荞，我是你的，所以，你也只能是我的。我没开玩笑，你记住我说的。"

岑璋最后那两句话，让韦荞失眠整晚。

事后，韦荞有很深的负罪感。从前，两人是夫妻，做什么都合情理；但如今，两人已经没有关系，她不仅没有拒绝他，反而浅浅迎合。

"何医生，同样的错误如果犯两次，我的结果会怎样？"

聪明如何劲升，一时也失语。

几千年以来，夫妻关系都是难题。上至帝王将相，下至寻常百姓，上上下下很多人都败在它这里。那些名垂青史的人物，你去数一数，多少人收服得了一座城池，却收服不了美人的心。

何况，韦荞婚姻中的对手，是岑璋。

岑璋懂进退、知深浅，会上手段，也有城府。他对爱人软起来，温柔如水，但狠硬的那一面，他也不是没有。

这是一个很难缠的对手，和当年上东大学的岑璋已完全不同。今盏国际银行是一头沉默的巨兽，岑璋是稳坐最高指挥官位子的权力角色，本身就是难缠的象征。

"韦荞。"何劲升站在医生的角度，以及朋友的立场上，给她肺腑之言，"我还是那句话。以你自己为中心，如何快乐如何来，其他一切皆不重要。"

周一，韦荞出席道森董事会会议。会议主题很硬：扬帆起航，道森度假区未来五年战略规划拟定。

韦荞拿起文件，视线落在"扬帆起航"几个字上。她拿笔画圈，在空白处打了个叉。企业精神面貌如何，看细节就可以。如今的道森早已驶入深水区，配不上"扬帆起航"四个字，不触礁翻船已是万幸。

赵江河缺席本次会议，理由是身体抱恙。这是个万能理由，谁不想出席、不便出席，都能用它。董事会为此传出颇多声音，最普遍的说法是赵江河在为韦荞让路。赵新喆这个纨绔子弟更是以实际行动加深这一说法的真实性，在媒体面前力挺韦荞："就是为荞姐让路，怎么了？"

一时间，满城风雨。

当晚，韦荞就把赵新喆叫去办公室，一通训斥。道森今非昔比，内部形势非常复杂，韦荞让他最好给她保持低调。赵新喆听了，讪讪地，又道歉又保证。他妈妈去世得早，韦荞虽然大不了他几岁，但很令赵新喆服气，他一直把她当半个妈供着。

"嚯，人都到齐了。韦总，来这么早？敬业啊。"大门被推开，郭守雄洪亮的嗓门先声夺人。

众人齐齐起身，一致招呼："郭总。"

"大家坐吧。韦总在这里，给韦总一点面子，不必客气，哈哈。"郭守雄身材魁梧，他年过五十更见跋扈。他直直走到会议桌另一头，在韦荞首座对面坐下，又吩咐秘书去拿雪茄来。秘书小声提醒他："韦总上周在道森实行了'禁烟令'。"郭守雄笑笑，说："既然是韦总下的'禁烟令'，那就支持一下。"

他一通摆谱，意思昭然若揭：如今的道森，到底是谁说了算，还不一定。

郭守雄敢摆架子，自然有他摆得起的道理。他是跟着赵江河打天下的人，赵江河接手道森那年，郭守雄还在基层做销售，靠"喝酒、敢吹、讲义气"三板斧把销售额做得迅猛增长，赵江河慧眼识英雄将他提拔进中层管理，从此他就成了赵董事长口中的"小郭"。

赵江河如日中天那几年，打前锋的郭守雄立下汗马功劳，等赵江河到了身体抱恙的岁数，小郭已经成为"郭总"，早在道森培植起相当可观的势力。

两年前，韦荞辞任首席执行官，郭守雄虎视眈眈。这两年郭守雄在道森干了不少王八事，赵江河宁可让位子空置两年也没任命他为代理首席执行官，这就等于和郭守雄撕破了半边脸。郭守雄培植的势力不小，又是老臣子，赵江河不敢轻举妄动，撂了他势必会动摇道森根基。

两年后，韦荞重返道森董事会。

郭守雄闻此消息，第一反应就是赵江河要黑他。事实上，他猜得八九不离十。赵江河风评好，不代表他就是个好人。好人是坐不稳道森董事会主席之位的，而赵江河一坐就是三十年，他轻易不出手，出手时比谁都狠。他找韦荞回来的意思很明显，就是要借刀杀人，铲除郭守雄。

今天的董事会会议上，郭守雄显然没把韦荞放在眼里，上来就挑明来意："各位手里拿到的，正是我会同道森中坚力量拟定的度假区未来五年战略规划。大家看一下，有意见可以提。我这个人很开明，有意见很正常，禁得起批评的规划才是好规划。"

话音刚落，在场数位董事立刻表态——

"郭总，这个规划我仔细看过，没问题，为道森指明了发展方向啊！"

"我也是，郭总。这两年道森实际上就是按您的这份规划来走的，继续走下去，有始有终才好嘛！"

"就是啊，郭总，我看这份规划没问题，实际操作已经证明其完全可行。"

郭守雄得意地挑了下眉。董事会三分之二都是他的人，韦荞敢和他摆场子，摆得起吗？

当然他嘴上还是客气一下："韦总，听听你的意见呢。"

韦荞没说话。

郭守雄向后一靠，姿态放肆，意思是"等着你来"。他说："不急，我们给韦总一点时间。离开道森两年，带带孩子、做做家庭主妇，再回来工作是需要时间适应的。"

韦荞还是没说话。韦荞这点特别厉害，情绪很少受人影响，你挑衅她、嘲笑她，甚至语言攻击她，她都不会有反应。岑璋在这件事上最有话语权，他是最大受害者。连岑璋都搞不定韦荞，郭守雄怎么可能影响得了？

韦荞不紧不慢地翻完文件，让秘书将一组数据投屏到立体投影上。

"各位，数据不会说谎。不妨看一下，如今的道森究竟是什么模样，是否配得起'扬帆起航'四个字？"

一众视线投过去，看到的是道森岌岌可危的未来。

"这是我拿到的内部数据，包括今年的业绩表现。从企业经营层面看，利润增速、利润率、回报率，连续三年大幅下降。从顾客层面看，客流量、周边销售量、酒店入住率，连续三年下降。从员工层面看，劳动合同签订率、薪水涨幅、福利制度满意率，连续三年大幅下滑。"

韦荞看向刘辉。他是郭守雄的首席秘书，也是本次规划书的起草负责人。韦荞当堂质问："刘秘书，这些数据摆在面前，你还敢写'扬帆起航'，是捧杀吗？"

刘秘书蒙了。如此重要的董事会会议，怎么他就突然成了会议中心？

韦荞合上文件："刘秘书，企业不是公益组织，坐在办公室里捧杀就能上位。你有这个心，不如另谋高就，找一个清闲岗位，去吃清闲饭好了。"

刘辉被吓得一身冷汗："不，不，韦总……"

郭守雄抬手示意，让他噤声。打狗还要看主人，韦荞上来就废了他的首席秘书，摆明是冲他来的。

"韦总，你想追究这个，恐怕还得从你自己开始。两年前甩手不干的人可是你，我们这帮老家伙临危受命接下道森，如今你回来，就反过来找事？"

"郭总，谈不上'找事'，就事论事而已。"

"好啊，那你就好好在今天的董事会上'论'一下，问题出在哪里。"

"郭总，承你的话，各位请看一下这份规划内容，好好想一想，道森这两年究竟做的是什么生意？"韦荞将文件甩在桌上，"啪"，掷地有声。

"道森放弃自有品牌，选择和美国沃尔什度假区合作，翻版引进沃尔什的度假区模式。IP（知识产权）、周边、经营模式，全部由沃尔什决定。郭总，你指的道森'扬帆起航'，就是这些吗？这种合作模式的本质是什么？是贴牌。"她盯着他，严厉质问，"道森度假区从道森影业承袭的品牌特色和文化，就这样被你全扔了。按照沃尔什的分成模式，道森不过就是它的加盟店，和街边那些品牌加盟的奶茶店、小吃店，本质上没有任何差别。郭总，我们敞开说话，今天的董事会会议，名义上是要通过道森度假区五年战略规划，实质是要和沃尔什续约五年。各位董事，这种丢弃本土度假区文化，乞求外资品牌分一杯羹的战略规划，有我韦荞在道森，这份文件上就绝对不会有首席执行官的签字。"

一室寂静。郭守雄脸都绿了。

韦荞一席话，凌厉地剖开问题表象，直抵核心实质，从企业经营层面上升到文化自信层面。这么高的站位，老辣如郭守雄也全然接不住。他像是被噎住了，一句辩驳都没有，剧烈咳嗽起来。刘辉赶紧拿来温水，让他喝了半杯。

韦荞无视他，接着问："王文彦人呢？"

负责主持会议的副总易储丰连忙回答："王主任在办公室。"

韦荞说："叫他过来。"

易储丰回复："好。"

在道森，王文彦是行政管理部的一个活招牌。王文彦年逾四十，坐镇道森行政管理部十年，将日常行政事务打理得井井有条。

五分钟后，王文彦出现在董事会会议室。

韦荞交代他："明天上午，举行学习研讨会，你负责准备会议材料，清楚了吗？"

王文彦重重点头，领命而去："清楚了，韦总。"

韦荞扫视众人，全面控场："明天的会议，今天在场的所有人都务必准时参加。在道森工作的我们每一个人，都需要好好学一学，什么是我们该肩负起的时代重任。"

形势突变，一众董事纷纷作壁上观，方才力挺郭守雄的几位董事后悔不迭，大有站错队伍的懊悔之意。

韦荞在道森的业绩有目共睹，她如今杀回来，道森上下，无一是对手。

很快，韦荞在董事会会议上正面克制郭守雄的新闻，传遍道森。

许立帷原本担心，因为韦荞此次回道森没有任何仪式，所以消息传输到基层恐怕需要一点时间。事实证明，他完全是多虑了。基层对韦荞的回归不是热烈支持，而是激情支持了。这两年，郭守雄在道森一手遮天，连赵江河都不敢完全动他，基层苦这一霸久矣，完全没想到这事落在韦荞眼里，都不算事。

许立帷对她调侃："是不是平时对付惯了岑璋那种狠角色，道森这点人对付起来都不够看了？"

韦荞说："想听实话吗？"

许立帷点头："嗯。"

韦荞："确实。"

许立帷："……"

他就知道，韦荞和岑璋做惯对手，眼界从一开始就被拉到食物链顶端那一层。顶端以下的对手，全都不够她看的。

经此一役，韦荞在道森的威信瞬间被拉至顶尖高度。

在道森总部，韦荞出现在哪里，哪里就会有一众热烈又克制的视线紧紧跟随，大部分是女生的。韦荞能力强、讲公平，放在申南城名利场上都是下属心中上级的理想模样。再加上她性格偏冷，不太容易有情绪波动，完全符合刚毕业的年轻人憧憬的对象的样子。

偶尔韦荞会听见有人用纤细紧张的声音大着胆子对她招呼："韦总早"，她听见了会往声音传来的方向略一点头，回一声"早"。她这一声"早"完全是首席执行官下意识的反应，其实她连人都没看清楚，但这丝毫不妨碍当她步入总裁专用电梯后，身后总会爆发出一阵迷妹呼声——

"韦总刚才理我了！"

"她对我说'早'！"

"啊，真羡慕顾清池，天天跟在韦总身边——"

移动互联网时代，这一效应很快呈现溢出状态。申南城名利场中，"道森韦荞效应"成为一个异军突起的热门话题。传媒记者下场，助一臂之力，连韦荞和许立帷在道森食堂一起吃饭都没被放过，随手一拍放在网上就是热门帖。

韦荞心理素质异于常人，她照常做事，但许立帷受不了了。

他在食堂吃饭再一次被拍时抬手示意："各位，不准拍了哦。"一众刚毕业的小姑娘红着脸讨饶："哦，好。不好意思，许特助。"

韦荞虽然比这群年轻人大不了几岁，但她生养过岑铭，心理年龄早已有了本质跨越，几乎没什么事能影响到她。

这会儿，她看了眼身旁不知从哪里涌出的越来越多的年轻人，朝他们略一点头："吃饭吧。"

"好的！"

"韦总！"

食堂很大，韦荞身边还有几个空位，众人"呼啦"一下子围上来，挨着她坐下，形成一个名副其实的"韦荞包围圈"。许立帷原本打算趁着吃饭的工夫跟韦荞谈一下新工厂的运营问题，这会儿也完全谈不了了。

他想了想，拿出手机"咔嚓"一声，拍了张照片，在微信上找到岑璋，点击了发送。

岑璋今天很忙，临近中午还没吃上饭，人还在今盏国际银行的高层管理会议上。手机振动，岑璋下意识地拿起来看，打开微信看到是许立帷发来的照片，不禁满脸不悦。

他迅速回复："什么意思？"

许立帷回复："给你看看，现在的道森，男的女的，都喜欢韦荞。"

岑璋一阵不爽，很快，许立帷又一条新信息发进来了："而且，都比你年轻。"

岑璋："……"

今盏国际银行的高层管理会议上，所有人都看见一向情绪稳定的岑董忽然暴躁地扔了手机……

"每周五、周六的晚上"，顾清池对这个时间记得特别牢。

一个月前，韦荞交代她："以后，这两个时间段都空出来，不要安排任何工作。"

顾清池有些惊讶，不由得确认："每周五和周六都是这样吗？"

韦荞说："对。"

顾清池很意外。在顾秘书眼里，现在的韦总和两年前判若两人。两年前的韦荞从没有私人时间，她一边想念丈夫、思念孩子，一边无能为力地被工作吞噬。那时候的顾清池经常见到等在道森总部门口接韦荞下班的岑璋，每次韦荞结束工作走向岑璋，顾清池比她还高兴。顾清池常常担心哪天岑璋就不来了。虽然韦荞不说，但顾清池看得出来，韦总很爱岑董。

周五，韦荞开车去明度公馆。她到得早，岑铭比她更早，已在书房等她。岑璋今晚有会议，还在银行。林华珺看见韦荞，笑着催促："快去吧，岑铭已经在等你了。"

韦荞惊讶："这么早？"

"是啊。"林华珺告诉她,"为了不耽误上课,他晚饭都只吃了平时的一半。"

这孩子追求效率的模样,和他的妈妈一模一样。

韦荞上楼去书房,岑铭在温书。韦荞推门进去,就看见岑铭伏案写字的背影。她心里一软,无限骄傲。这孩子只要在价值观上不出问题,这辈子在读书这块上是稳了。岑铭争分夺秒,求知欲旺盛,和韦荞年轻时不相上下。

"岑铭。"

"妈妈。"

母子俩互相招呼,有种知识分子间的客气。韦荞走过去,坐在他身边:"在看什么?"

"今天要讲的语法。"

"看得懂吗?"

"不太懂。"

"挺好的,发现自己看不懂,才会形成问题。带着问题上课,理解才更到位。"

"嗯。"岑铭又低头翻书,在笔记本上记下刚才想到的两个问题。

韦荞既欣慰,又怅然。

她就像天下所有的妈妈那样,最关心的永远是孩子的快乐、健康。她很想像一个普通母亲那样,在傍晚和孩子聊聊家常、谈谈学校里发生的事、听听孩子的心声。如果她能顺势给孩子一点人生建议,而他也认同,那就更好了。但不知为什么,每次母子俩聊天,一开口就能往"撸起袖子加油干"奔去。

岑铭写完笔记,抬头看向她:"韦老师,上课时间到了。"他连称呼都改了,仪式感非常足。

都说生孩子就像开盲盒,隔壁季封人还在为不想写作业这事和他爸大闹,这边的岑铭已经懂得"近水楼台"的道理,主动向学霸母亲学习,在态度上就已经赢了。

今晚，韦荞备课充分，全德语教学，逻辑缜密，板书漂亮，岑铭听得津津有味。

一小时课程很快结束，岑铭意犹未尽。他要求："韦老师，再上半小时课吧。"

"不行哦。"韦荞放下白板笔，"定了规矩是一小时，就要遵守规矩。"其实她心里另有打算，是在做长远计划。万一高强度学习把岑铭学吐了，她不能再来给他上课，那就亏大了。

岑铭沉迷在知识的海洋中，不肯上岸："再上半小时就好了，可以吗？妈妈。"

韦荞："……"

他这声"妈妈"叫得很到位，韦荞陡然心软，重新拿起白板笔。

德语课正式结束，已是晚上八点。

韦荞收拾好教具，给岑铭布置作业，岑铭一字不落地记下。明天晚上还有一节德语课，岑铭挺有压力。韦荞讲课不快，但很深，他课后不好好领会根本跟不上。

岑铭写着笔记，听见韦荞问："岑铭，现在还会看《西游记》吗？"

"会啊。"小男孩心无城府，回答得干脆利落。

韦荞若有所思。她站在书架前，抽出了一本《西游记》。这是岑铭三岁时韦荞给他买的，少见的幼儿版《西游记》绘本，绘本中只有十个孙悟空打妖怪的故事，到"巧斗黄袍怪"这个故事之后就没有了。

小时候，岑铭沉迷这套绘本不可自拔，每天挥舞着小扫把，学孙悟空的模样喊："我就是齐天大圣！"后来韦荞走了，岑璋给岑铭讲《西游记》，岑铭却不肯再听。他把绘本收起来，每天自己翻着看，能看好久，只是再也不会挥舞小扫把当齐天大圣了。

韦荞拿着书，走到他身边坐下："这套书后面的故事，你还想看吗？"

"想。"

"那妈妈给你讲，好不好？"

"好。"岑铭想了想，又道，"妈妈，这套绘本只有十个故事，后面没有了。"

"会有的。"

岑铭听得懵懂，而韦荞已有主意。

之前的董事会上，林清泉对她有一番质疑。林清泉是董事会的老人了，立场中立。他是最纯粹的生意人，在意的只有每年实实在在的股东分红。

"韦总，坚持发扬本土度假区文化，我当然是第一个支持的。"林清泉不疾不徐，抛出关键，"但，道森影业近年式微，影响力大不如前，度假区如果仍然承袭其文化特色，要如何保证盈利和增速呢？"

董事会会议上，韦荞没有正面表态。事实上，她有一盘大棋要下，棋谱已摆好，只等她一声令下。

这套《西游记》绘本是四年前道森和文化出版界联合推出的作品，目的在于配合道森影业的年度动画电影《大圣西游》做宣传。那个时候项目做得很不顺利，股东在盈利问题上吵成一团。那时韦荞深陷抑郁症，连自救都困难，遑论救道森。自她辞任后，这个项目就被无限期搁置了。

重启这个计划的想法，始终盘旋在韦荞心里。但，怎样重启、何时重启，她还需斟酌。

今晚看到这套绘本，她顺势与岑铭略做讨论，也算一次小小的摸底。岑铭对传统故事的热爱，令韦荞相信，未成年群体对传统文化的热情只要被正确引导，星星之火，就可燎原。

"听林姨说，你今天晚饭只吃了一半，妈妈陪你下楼吃消夜。"韦荞将绘本放回书架上，"想吃什么？河虾汤面可以吗？妈妈给你做。"

"好。"这是岑铭最爱吃的面，汤面上撒满鲜香可口的小河虾。岑铭从半岁吃辅食开始，到现在七岁了，还是河虾汤面的重度爱好者。

母子俩下楼，韦荞挽起袖子在中岛台忙碌着，岑铭坐在餐桌旁，还没从知识的海洋里游上岸，无缝衔接沉浸式学德语。

"妈妈，'很好吃'用德语怎么说？"

"Sehr lecker."

"'我的晚饭闻起来很香'，能用 aromatisch 这个词吗？"

"可以。"

"那，'我爱你'怎么说？"

韦荞正犹豫，岑铭已快她一步道："妈妈，这个我会，是 Ich liebe dich。"

"是爸爸教你的吗？"

"嗯。"

她就知道，岑璋那家伙没个正经，最会教这个。

岑铭又道："爸爸还教我了，这句话不能随便跟人说。"

韦荞点头，这一点他倒是教得好。

岑铭扬头，一脸单纯："爸爸说，他只会和妈妈说这句话。"

这回，韦荞没说话。

岑璋今晚的高层会议结束得很晚，黄扬按惯例给他定了晚餐，谁知岑璋看都不看，手一挥说不吃了。岑璋有所有精英人士的通病：胃不太好。黄扬对此十分清楚，尽忠职守地提醒老板按时吃饭，结果岑璋油门一踩开车就走。

他现在归心似箭，就像家里养的鸽子，天一黑就只想往家里飞。许立帷这阵子时不时给他发送韦荞的日常照片，围着她的人只见多不见少，给岑璋留下了巨大的心理阴影。

开车到家已近八点半，他有些胃疼。他停好车，推门进屋，看见梦中的画面——

韦荞站在中岛台煮面，岑铭在一旁等着，韦荞煮好面给他端过去，岑铭拿了筷子，一人一双地放好。

岁月温柔，不枉人间住百年。

岑璋站在门口看了许久，林华珺轻轻咳了一声，他才回神。

"林姨。"

"嗯。"

林华珺明白他的心事，拍了一下他的背，鼓励地道："快进去吧，他们母子俩刚吃上夜宵，你现在进去还能蹭上一碗面。能和韦总这样的大忙人一起吃夜宵，你就珍惜吧。"

岑璋笑了，颇有些被人看透心思的意外。三十岁的人了，做了七年董事会主席，回家见到妻子，还是会怦然心动。

餐厅里，韦荞和岑铭正在吃面。岑璋进屋，岑铭见到爸爸，立刻跑过去拿拖鞋给他换。这两年，父子俩相依为命，岑铭比同龄人早熟很多，对岑璋的关心很具体。岑铭从不说"我爱你"，但每个动作、每件事，都在表达这个意思。

有些不自在的，是韦荞。

岑铭拿了碗筷，岑璋脱下西服外套，走过来准备吃消夜。父子俩一唱一和，把气氛渲染得很到位，韦荞不得不打断他俩："我没准备你那份。"

岑璋："……"

韦荞也很无语："你没提前和我说，我不知道你还没吃饭。黄扬怎么回事？你开会这么晚也不给你订晚饭？"

岑璋眼也不眨，胡说八道："这种事连你都不见得会关心我，更别说别人。"

韦荞难得对黄扬生起一股不满。这七年岑璋对黄扬没亏待过，就算看在钱的面子上黄扬也不能这么不把老板放在心上。

韦荞放下筷子："下次有机会见到黄扬，我说说他。"

"算了吧。"岑璋坏人做到底，演戏演全套，"现在的年轻人懂什么？父母都未必放在心上照顾周全，还指望他照顾老板？"

韦荞想了想："嗯，也是。"

如果黄扬听见，可能会想抽他。

难得地，韦荞对岑璋升起"也是可怜"的同情心，起身给他准备："你等下，我给你煮一碗河虾汤面。"

"不急，我吃你这碗好了。"

韦荞顿了一下："这碗我吃过了。"岑璋洁癖那么重，她很怀疑他在儿子面前能装到几时。

岑璋用行动回答了她的疑问。他接过岑铭递来的筷子，端起她那碗面，坐下就夹了一筷子。没几分钟，半碗面全进了岑璋胃里。

岑铭吃得慢，还有半碗没吃掉。他孝顺，见岑璋饿得不行，立刻把自己这碗也推到爸爸面前："爸爸，我的半碗面也给你吃。"

岑璋拒绝："不要。"

韦荞和岑铭："……"

岑铭这个愣头青，被拒绝了也要问一个理由："爸爸，你是吃饱了，还是不喜欢吃我剩下的？"

"不喜欢吃你剩下的。"

果然是塑料父子情。

韦荞煮好面端来，递给他。岑璋看一眼，抬头问："我的醋呢？"

韦荞垂手插在风衣口袋里："没有。"

岑璋有个习惯，吃面加醋。他的胃一向不太好，医生告诫他戒酸戒辣，这些年他只戒了一半——戒辣，吃面加醋这个习惯他怎么都不肯戒，固执得很。

韦荞对他的担心不算少："吃什么醋，你还要不要你的胃了？"

岑璋不置可否："你这话拿去对许立帷说。"

韦荞一愣："什么？"

岑璋思路灵活，两人谈的早就不是同一瓶醋。中文的引申义再一次体现中华文化博大精深的精髓。有韦荞在身边，他心里明明恶狠狠的，可话到嘴边味道就变了："你那个青梅竹马不就给我找醋吃？"

韦荞："……"

作为这世上最了解许立帷的人，韦荞大概能猜到岑璋和许立帷针尖对麦芒的样子。许立帷跟岑璋不一样，许立帷是个喜欢过一阵折磨对方一点，从量变达到质变的人。很恶趣味的一个人，挺要命。

韦荞唇角一翘，她轻轻推了一下他的额头，连她自己都未察觉，她像极了一个妻子，声音里满是对岑璋的偏爱："少吃点醋，吃你的面。"

Ich liebe dich

第四章

爱在心里

一家三口难得一起吃消夜，吃完已经九点半，林华珺带岑铭上楼，洗澡睡觉。

　　韦荞收拾好碗筷，准备走。岑璋一双眼睛就没从她身上抽离过，他一把拉住她左手，把她抵在玄关处。

　　夜深人静，他声音暧昧得不像话："你走什么啊？"

　　韦荞显然已经习惯了他的紧迫盯人，连挣都不挣了："我明天一早还有两个会，晚上再过来给岑铭上课。"

　　岑璋黏黏腻腻，不肯放人。他还想说什么，韦荞的手机忽然响起来。她接起电话，岑璋听到电话那头有哭声，韦荞安慰对方，说"我马上过来"，接着就挂了电话。

　　她拿起车钥匙，对岑璋招呼："我有点事，先走了。"

　　岑璋本就不肯，那通夹杂着哭声的电话在他听来更是疑点重重，他圈着她的腰问："这么晚，你去哪里？"

　　"去趟吴镇。"

　　"去干什么？"

　　"有个朋友出了点事，我过去看下。"

　　"什么朋友？"

　　"普通朋友。"

　　"男的女的？"

　　韦荞顿了下，没说话——这就说明是个男的！

岑璋这下被触到底线，原本松松搂在她腰间的手一下子收紧了。韦荞的人际关系他很清楚，除了许立帷之外，韦荞完全没有异性朋友。

岑璋对感情的独断性在韦荞身上发挥得淋漓尽致，他甚至不否认，他在一定权限内，充分利用岑家在名利场上的世家影响力，让所有人明白对韦荞过线意味着什么。意味着，银行界头号家族的主事人不会放过他，岑璋身后代表的银行世家不会放过他。

而今，深夜一通异性的电话，就能立刻让韦荞甩下他和岑铭赶过去，这意料之外的人际关系，让岑璋猝不及防。

他俯下身，态度温和："这两年，你交到'好朋友'了？"

分手两年，韦荞对他阴暗的一面有所低估，不知道岑璋的温和有时候不是真的温和。

韦荞略一点头："不算好朋友，就是简单相处的朋友吧。"

岑璋："你还和他简单处过？"

韦荞："……"

韦荞低头，视线一瞥，看见岑璋撑在她身侧的双手，手背上青筋暴起。她对这种信号不陌生，岑璋大部分时候都是讲道理的，但他一旦不打算讲道理了，就意味着他会由着性子来，无法无天。

生活不易，韦荞叹气。她握住他的手，要他冷静："你要是不放心你就跟我一起去。"

岑璋的理智还在危险的边缘游移，他将她的举动视为另一种意思："韦荞，你是不是——"

"什么？"

"你是不是怕我对他不利，所以你想要安抚我，保护他？"

韦荞有种想要报警的冲动。

她终于受不了了，朝他打了一下。力道不轻不重，完全是妻子的模样，她动用两人之间缠绵的私密关系，将岑璋濒临失控的理智险险拉回。

"你每天都在想什么啊？我惯着一个你已经够要命了，哪有时间管别人？"韦荞抬手指了指二楼，"你自己看，我连岑铭都没办法管太多。"

她搬出岑铭来，很有说服力，岑璋表情松了松，他将方才的凶狠念头险险收拢。

两人许久未在深夜一同出行。车内气氛不算好，韦荞打开收音机。

温柔情歌，靡靡之音。电台主播声音温柔："有人说，爱情总是要失去一次才最好。尤其初恋，总是离散得多。这也是初恋特别刻骨铭心的原因……"

什么乱七八糟的？韦荞听得昏昏欲睡，抬手关了收音机。

岑璋忽然开口："还是听一会儿好了，夜路开高速容易犯困。"

"哦，那好。"

一个首席执行官，一个董事会主席，坐一起实在不适合听心灵鸡汤，还是听财经新闻好。专业对口，怎么也不会尴尬。

韦荞调频到财经节目，深夜财经新闻刚播出五分钟。

主持人徐徐播报一则新闻："本台消息，今天下午六点，今盎国际银行完成对上东城科技独角兽大域国际的股权收购，正式成为其实控人。这则甚嚣尘上的收购案历时一年，分析师评论，最终以今盎国际银行的胜利入局结束……"

车内一时安静极了。

饶是韦荞定力好，内心也颇为不平静。

两年不见，岑璋这家伙可以啊，不声不响地搞定这么大一宗生意，竟然按捺得住性子，若无其事地陪他们母子俩吃了一晚上面，这会儿还开车送她去吴镇会友。

于公于私，她都不允许自己保持沉默。韦荞看向他："恭喜你。"

"不用。"

岑璋倒不是在客气。这两年岑璋做大生意做习惯了，对赚钱这事感到很麻木，资金在他眼里不过是多几个零的事。

他想的还是今晚那通电话："那个徐达，和你到底是什么关系？你们之间，交往很多吗？"

能让韦总无语的人很少，岑璋是其中一个。

收音机里，主持人还在侃侃而谈着今盏国际银行的卓越业绩，特约嘉宾发表评价：时任董事会主席的岑璋居功甚伟，他的冷静与果决，为今盏国际银行赢得了宝贵的时代机会。

韦荞听着，唇边有笑意。

她喜欢的岑璋，有企业家最顶级的模样，永远有一往无前的勇气，在人生这片短短数十年的热土上守土有责，不留遗憾。

"对。"韦荞唇角一翘，她存心地，在他心上勾一勾，"徐达和我关系不错，我们相处挺好的。我帮过他，他也帮过我。"

岑璋没说话，车速一下子上去，手臂上青筋若隐若现。

韦荞看他一眼，掉转视线望向窗外，暗自笑了。

晚上十一点半，两人来到新华医院。

吴镇的医疗资源不算丰富，新华医院是镇上唯一的二甲医院，深夜依然灯火通明。岑璋停好车，和韦荞一道去住院部。

六楼住院部，603病房，韦荞推门进去，映入眼帘的是一张张病床。这是一间八人大通铺，每张病床旁配备了陪夜的躺椅。病房里住满了人，十六个人挤在一间屋里，有人睡了，有人醒着，鼾声此起彼伏，间或有窃窃私语。医院中的人处处不易，众生皆苦。

韦荞越过门口两张病床，在第三张病床前停住。

"徐达。"

床上的人睁开眼，见到韦荞的一瞬间，眼睛亮了。

除了这双依旧发亮的眼睛，这具身体的其他部分很难令人相信这会是徐达。他的头部被绷带包着，手脚都被吊着，看起来就像一个"绷带怪人"。徐达一向老实，韦荞见了他这副模样，心里就明白七八分：不是他打了别人，就是别人打了他。很明显，不会是前者。

"荞姐。"徐达声音沙哑，"你怎么来了？"

一旁，徐妈见了韦荞，立刻起身。她身体不好，起身的动作快了些，差点跟跄摔倒。韦荞一把扶住徐妈，叫她快坐。徐妈不肯，拉着她的手，心里的话终于有了一个去处："韦荞，你来了。"

"徐阿姨，你放心，我来了。"

"韦荞，你来了就好，来了就好啊。我打电话给你，也很难为情，知道家里这种丑事不该麻烦你。但是……徐达这孩子听你的，所以我只能麻烦你，快帮我劝劝他，千万别想不开啊。"

徐达听了，比他妈妈更难为情："妈！你怎么能去找荞姐呢？这好意思吗？！"

徐妈被他说得直抹眼泪。

韦荞沉声："徐达。"

徐达立刻不吱声了。可见徐妈找对了人，徐达确实听韦荞的话。

岑璋这个局外人，无事一身轻，不知什么时候飘了进来，站在韦荞身后一言不发地听。他动机不纯，主要是想过来看看是哪个不长眼的男的敢打他前妻的主意。听完徐妈一番话，岑璋立刻猜到七八分：徐家遇到了事，找韦荞求助了。

岑董暗自松口气：没事没事，稳住稳住。

"岑璋。"非常时期，韦荞用人也不挑了，把今盏国际银行董事会主席当顾清池用，"你带徐阿姨出去坐会儿，我和徐达说点事。"

"没问题。"岑璋这会儿确认了事情真相，耐心和爱心都处于巅峰，态度出奇地好，他立刻陪徐妈出去，还细心地扶住了老人家。

徐妈妈看了一眼这个年轻人。

刚才出门前岑璋和韦荞小小闹了一场，一身燥热，出门时连件外套都没拿，穿着衬衫出来了。徐妈妈半生苦难，练就一双识人辨色的眼睛，这件衬衫的质地和看不懂的商标都在告诉她，这是一个很"贵"的男人。而看他松松挽起袖口，扶她坐下时手肘处的衬衫蹭了灰也全然不在意的模样，徐妈妈就知道，这个人"贵"的程度一定远超她的想象。

人间多苦难，一个人能拥有漫不经心的松弛感，靠的不是自己，说到底，只能靠最世俗也最难得到的一些东西：钱、权和三代从商的积累。

徐妈妈微微有笑意，为韦荞高兴。韦荞是好人，值得这世间最好的感情。

"岑先生。"徐妈妈喊了他一声，认真地对他道，"我看得出来，韦荞一直被人好好爱着。"

一个人，无论男女，被人好好爱着，都会有无限勇气，与人世相处，待人接物，都会比旁人更多一份从容。这些勇气和从容是爱人给的，旁人给不了。连韦荞都不自知，无论是在道森，还是在人生里，身处绝境之地她总能端得起杀出重围的镇定，除了靠自身能力，还靠一份偏爱让她在面对敌手时，能自信地想：我连岑璋都不想惯着，你算什么，要我低头？

徐妈妈看着岑璋，希望他可以永远给韦荞不自知却已深度依赖的偏爱。

"岑先生，现在我知道了，原来韦荞离不开的人，是你。"

岑璋动作一顿：这是，自己人！眼前的这位老阿姨，哪里还是徐妈妈，这就是他和韦荞共同的娘家人！

"徐阿姨，手机给我一下。"

徐妈妈不明所以，把常用的老人机递给他。

岑璋迅速按下一个号码，点击保存，还给她："徐阿姨，这是我的私人号码，你收着。徐家有事，你尽管找我。在东南亚，各方都会给我面子，不会有摆不平的事。出了东南亚，我想要伸手过去，也不是不行，到时候具体事情具体办，我都可以。"

老人家震惊半天，差一口气就被吓得缓不过来了。过了好半天，徐妈妈才小心翼翼地对他讲："谢谢你啊。徐达惹的事，没那么大，都出不了镇……"

岑璋和徐妈妈离开病房后，韦荞找了把椅子坐下。

这会儿，只剩徐达和她两个人，韦荞没那么多顾虑，开门见山："说说吧，怎么回事？"

徐达眼眶一红。

这事说起来，诚然不光彩，但也不全是徐达的错。

事情的起因在于一个月前，阳山幼儿园来了一个转校生。据说，这个孩子的家里前几年发生剧变，孩子被吓抑郁了，治了两年多才治好，最近刚被医生开证明允许上学，阳山幼儿园就接受了孩子的入学申请。

没想到，入学第一天，这孩子在校门口就厉声尖叫，把幼儿园很多小朋友都吓哭了，严重影响教学秩序。而他尖叫的原因，并非因为病情，而是因为看见了站在门口的保安：徐达。

两年前，这个孩子的家庭剧变，徐达有参与。

这户人家是做生意的，借了高额贷款，利滚利还不上了，借贷公司几次三番派人上门催债，徐达就在这催债的队伍里。

坦白说，徐达是催债队伍里良心最好的那一个，当他的同事们在墙上泼油漆、画大字的时候，徐达什么都没干，就在一旁站着，实在被老板盯得紧了，就抬脚朝凳子上踢几脚，制造乒乒乓乓的紧张氛围。可徐达没想到，人一旦进了社会，就会被贴标签，即便他什么都没干，只要出现在那里，就已经被贴上"同伙"的标签。

闻此消息，家长们沸腾了！

阳山幼儿园竟然聘请这样一个人来当保安！这不是把祖国的花朵往火坑里推吗？查！一定要好好查！说不定这幼儿园从上到下都是黑的！

园长刘淑君顶不住群众压力，没几天就把徐达辞了。

那转校生的家里人这两年在生意上缓过来了，又成了大户人家，对催债的那帮人一直恨着，好不容易逮到一个徐达，当然要往死里打。于是当天，徐达刚被辞退，在路上就被人黑了。等他醒来，人已经躺在医院里，徐妈这个药罐子拖着病躯没日没夜地照顾他。

"荞姐，我没打过人。"徐达满腔委屈，见到韦荞，终于有了可以倾诉的人，说着说着就哭了。

"我知道。"韦荞递给他一包纸巾，不一会儿徐达就哭湿了好几张。

"荞姐，我以前在借贷公司做事，是不光彩。但我……找不到工作呀，我也是图一份工资，赚钱给我妈买药而已。他们怎么能把责任都推到我头上呢……"

这才是徐达内心最不能接受的事。他被人打了，遍体鳞伤都不要紧。他最不能接受的是他被打的时候，路过的家长没有一个人肯帮他。徐达觉得人生无望："荞姐，一个人没法选择自己的出身，是不是只要走错一步，后面的路就都没有了？"

韦荞没有回答。

她不会熬心灵鸡汤，安慰不了徐达。在人生这个问题上，她并没有找到答案，她也做得一塌糊涂。她走到现在靠的不是计划、目标，而是"走一步算一步"的无奈，以及"随便了，不然还能怎么样"的迷茫。

或许，对普通人而言，这才是人生真正的模样。一点也不美好，一点也不容易，处处是暗礁，遍地是陷阱，人怎样选择都会有遗憾。而人与人的不同，也并不在于有没有遗憾，而在于面对遗憾时的态度。有人从遗憾中看见遗憾之美，有人抱憾终生，更有人含恨而死。怎么看，全在你自己。

天地不仁以万物为刍狗。有时候，我们需要一点古人的豁达。

"徐达。"韦荞问，"你有勇气来申南城吗？"

徐达愣住："什么？"

"我的意思是，离开吴镇，离开出生、长大的地方，去申南城，见一见世界，然后想办法重新开始，把日子过下去。"

徐达摇头："我不能把我妈一个人留在吴镇，她身体不好，离不开我的照顾。"

　　韦荞迅速给他拿主意："那就把你妈妈带上。租一间房子，小一点没关系，你的首要目标是先将自己从泥潭里拉起来。"

　　"好，我去。可是，我去申南城能做什么呢？"

　　"还是做保安。这份工作你做了这么久，做得不错，完全可以继续做下去。"

　　"好，我去申南城找一找。"

　　韦荞拿出手机，转发一则招聘启事给他："道森度假区这个月在招保安，你可以按我给你的招聘信息去试一试。道森有严格的招聘机制和流程，我只提供给你一个试一试的机会，能不能抓住机会全看你，你明白吗？"

　　徐达精神一振。他有机会去申南城，去世界级企业道森了！虽然只是一个保安，但所有的新生活，都是从小事开始的。

　　"我明白，谢谢荞姐！"

　　两人又聊了几句。一个小护士走进来，对徐达道："3 号床的病人，叫徐达是吧？你申请的特护病房现在有空房了，我们用推车推你过去，家属收拾一下东西。"

　　护士说完，立刻引来无数道羡慕的眼神。

　　徐达纳闷："特护病房？"特护病房那么贵，资源又紧俏，他没有申请啊。

　　徐妈妈泡了一壶热水，端着走进来，高兴地告诉他："是岑董刚刚替我们向医院申请的。徐达，你快谢谢人家。"

　　岑璋跟在徐妈妈身后走进病房。他现在已经完全混熟了，态度热络，一改平时在银行的高冷："徐阿姨，叫什么岑董？叫小岑。"

　　韦荞："……"岑璋这个人，她以前就不怎么看得懂，现在简直看不懂一点。

　　病床上，徐达已经想开了，终于有精神打量周围的世界。刚才他悲秋伤春，根本没注意到今晚除了韦荞还有别人来看他。

　　徐达看向岑璋："请问您是？"

岑璋说："我是韦荞的丈夫。"

徐达立马说："哦！是姐夫！姐夫，您好！"

韦荞："……"

徐达那两声"姐夫"叫得岑璋通体舒畅。岑董心情一好，花钱花得眼也不眨，他对一旁的护士道："特护病房要条件最好的那一间，住院费提前算一下，我付了。"

徐达一惊，看向韦荞："荞姐，这不行，我怎么能花你和姐夫的钱？"

他连叫三声"姐夫"，彻底拿下岑董。

岑璋今晚本来没怎么想管闲事，但没想到撞上徐达这老实孩子，讲的话这么让他爱听。千金难买岑董高兴，他一高兴，什么事都干得出来。

岑璋摸出手机打电话，韦荞按住他的手："你干什么？"

岑璋唇角一翘，他就喜欢看韦荞紧张他的样子："我干什么？"

岑璋随心所欲起来，还是令韦荞很发怵的，她看着他，问："特护院区是私营合作的，你不会想打电话给梁文棠，把这里买了吧？"

岑璋顿时就笑了，一脸理所当然："也不是不行啊——"

韦荞心好累，她就不该让他跟来。

岑璋玩够了，一把搂住她的腰，打通电话还要她陪着，顺便对她解释："你放心，我不是打给梁文棠。今盏国际银行的资金调度压在他身上，他最近被我折腾得不行，放他休息一晚，让他睡觉。"

刚说完，他又像意识到什么似的，眼神有点小坏，盯上韦荞："你对我的财务总监记得这么牢？对他有兴趣啊？"

韦荞连抵抗的心都没了，把手机递到他眼前，心态稳如出家人："去吧，小岑，打你的电话。"

岑璋心情好得不行，他摸了摸她的脸："可爱。"

在申南城，岑璋关系通天，他一个电话就把关系通到院长那里了。没几分钟，院长就带着一群中层干部乌泱泱地集体赶至病房，亲自过问徐达的病情，送他去特护病房，然后向岑璋再三保证徐达在新华医院一定会得到最好的治疗，取得最佳治疗效果。

徐妈和徐达被这阵势搞晕了，一时间杵在病房里，也不知道该做何反应，尽忠职守地扮演岑璋想要的老实本分的亲戚角色。

对岑璋，韦荞还是比较了解的。他出手了，就代表事情结束了，岑璋不会给任何人干预他决定的机会。

韦荞转身，对徐达道："你都叫他一声'姐夫'了，就听姐夫的。"她又看向徐妈妈，劝说道："徐达的治疗要紧，岑璋会一手安排好的。"

一通忙碌之后，凌晨，徐妈妈亲自送两人离开。

老人衷心道谢，对韦荞道："韦荞，谢谢你，你是徐达人生中的贵人。这孩子将来如果能像你们一样，走正道、努力工作、夫妻恩爱，我这辈子就不担心他了。"

岑璋点头，感觉自己和徐妈妈很聊得来："对，夫妻恩爱很重要。"

韦荞一刻都不想待下去听他在那胡说八道了，和徐妈妈简单道别后，拎着岑璋的衬衫衣领就把他拎走了。

两人忙了一晚，高速回程已近半夜。

刚才在医院，趁韦荞和徐达谈话，岑璋也没闲着，他旁敲侧击，从徐妈口中问出不少事。

比如，韦荞离开他的这两年一直住在吴镇，孤身一人，不近世情。

徐妈讲的时候，岑璋听着，没说话。

他几乎能在眼前想象出那两年的韦荞，一副冷淡的模样，她刻薄别人，也刻薄她自己。有时岑璋会有一种感觉，韦荞瞒了他很多事。他并非不想追究，只是不敢。他不明白，他那样爱着的韦荞，为什么会忽然狠心，同他陌路。

"听徐阿姨说，'铭记面馆'已经被人整店盘下了？"

"嗯。"

"你不打算留着它，偶尔回来看看？"

"不用。"

"如果你怕麻烦，我来处理。"

"真的不用。"

他想同她搭话，却被她三言两语地挡回来。岑璋偏头，眼风略略扫过去，看见韦荞正靠着椅背，把头歪在一旁，闭着眼睛。

他收回视线。他希望她是累了，而不是别的。韦荞对人冷淡时的模样，岑璋并不陌生，她就会像现在这样，闭着眼睛装睡，将人晾在一旁，全然不想理。

事实上，岑璋猜对了。

今晚两人一起走这一遭，岑璋的很多表现，令韦荞不得不直面她一直在逃避的问题——岑璋，完全是把她当成妻子在相处。

只有韦荞自己明白，她早已不是他的妻子了。

两年前的那场变故，她险险过关，至今心有余悸。走过生死门，回望当初的自己，韦荞到现在都常常会在半夜惊醒，疑心当初的自己怎会变成那个样子：她爱岑璋，也爱岑铭，但她一点都不想看见他们，到后来，她也不想再看见她自己。

两年前，何劲升拼尽全力，甚至从逻辑理论高度要她理解："韦荞，产后抑郁可以持续数年之久，这不是你的问题。婴幼儿的高质量养育在世界范围内都仍是难题，再叠加你的工作，首席执行官的压力太大了，你不能把自己逼成这样。"

对解决情绪问题感到无能为力的原因就在此处。你明明知道该怎样做，就是做不到。绝望感扩散，多少人病入膏肓，放弃了自己。

她是幸运的，命运放她一马，用两年时间治愈了她一身顽疾。

每每想起，她都不会再有勇气面对岑璋。

上天放她一马，她怎好回头，再来一次？

方才从医院离开，两人上车，岑璋倾身替她绑安全带，完全是下意识的习惯，他养成多年，根本不打算改。韦荞心里沉沉，她明白岑璋对她、对感情，都始终像这个习惯一样，根本不打算改。

　　有好几次，她差一点就想对他说了：岑璋，我们能不能永远像现在这样，把岑铭养大就好，不结婚了？

　　她在心里想了好多次，始终未说出口，连她自己都明白，这种不负责任的做法，相当没有道德。这种关系很舒服，她既不用对岑璋负责，也不用对岑铭负责，她想来就来，想走就走，岑璋会永远等她，岑铭会永远爱她，明度公馆会永远为她留位置。

　　韦荞闭上眼，觉得自己很残忍。

　　所有舒服的关系，都是以一方的牺牲为代价的。舒服的是她，牺牲的是岑璋。她要的舒服关系，都建立在岑璋没有爱上别人的基础上。明度公馆一旦有了新女主人，哪里还有她韦荞的位置？

　　窗外，天幕沉沉，是永无止境的黑夜，唯有用刺痛人眼的晨光驱散黑暗，才能重获光明。韦荞睁开眼，眼底有点湿，她明白，她要去做那一道冲破黑暗的亮光，刺伤在黑暗中前行的彼此了。

　　"刚才，徐达问了我一个问题。"

　　不期然听见她讲话，岑璋顿了一下，转头看她："什么问题？"

　　"他问我，一个人没法选择自己的出身，普通人是不是只要走错一步，后面的路就都没有了。"

　　后方有车辆超车，岑璋让了一下。许是开车分心，他一时没有说话。过了半晌，他问："你是怎么回答的？"

　　"我没有回答。"韦荞声音平静，"因为，我也没有答案。"

　　岑璋听懂了："韦荞，你有话对我说？"

　　高速路上，车速一百二十码，仿佛人生路，最好可以一直在直线快车道上行驶，一旦转弯，稍不留神，就会酿成交通事故。人生何以残酷？原因就在此。

　　"岑璋。"她看向他，"当年你问我，为什么不要你、不要岑铭。你说你永远不会要求我做全职太太，只是想要有一个爱你的妻子、爱孩子的妈妈。岑璋，诚然原因有很多，我也瞒了你一些事，但有一个原因，身为男人的你，是没有办法理解的。"

岑璋听着，放慢车速。面对昔日的最大伤口，他也不是完全有把握在高速路上开车不被分心。

　　韦荞声音孤独："女人想要事业，本身就是一道单选题。很多人以为这是一道多选题，把家庭、事业、孩子全都选上，再把时间分成三等份，三者各给一份，就可以解决问题了。但其实，这是一个理想化的假设，是永远不可能做到的。女人想要把事业做好，就只有一条路：选择事业，然后牺牲家庭，从此做一个不合格的妻子，和一个不合格的母亲。"

　　她用了很多年，才明白这个道理。她也挣扎过，不愿相信，拼了命地想要平衡各方，寻找两全其美之道。但遍体鳞伤、头破血流之后，她终于愿意承认，世间安得平衡法？不过是二选一，有所牺牲而已。

　　夜色里，岑璋声音沙哑，对感情，他一向是服软的："韦荞，我从来没有不允许你做一个不合格的妻子。"

　　"是，你没有。所以岑璋，我也并不是为了这个，才离开你的。"

　　她是感激他的，明白这场感情里，他最大程度地对她做到了迁就和忍让。她年少时不懂，世界上有那么多爱情，为什么相爱的人在一起会不幸福。如今她二十九岁，爱过、生过、养过，终于懂了。经营婚姻不易，爱情太脆弱了，远远撑不起人世间最宏大的关系。在婚姻里，还有很多别的东西，比相爱更重要。

　　"岑璋，我是一个不合格的妻子和母亲，我没有把握再来一次。"

　　岑铭左臂的烧伤，还有岑璋对她的心碎，都是她选择事业之后的后果。她抱憾终身，至今未痊愈。

　　"既要，又要，还要"，本身就是一个伪命题。

　　全都要是不可能的，一个人一生就只有那么多能要的，怎么可能多拿呢？一件多的东西都不会有。

　　她高中学物理，沉迷帕斯卡定律，通读帕斯卡的著作，偶然翻到一句，"人是一枝有思想的芦苇"。她久念其意，不觉烦。在她看来，这世上写人写得最好的，竟然是一位物理学家。一句话写尽人的脆弱，像芦苇，那么脆弱，万物皆可欺负它。但，有了思想，人又能挺过来，变成一个很不一般的人。

多么像她，生来就是孤儿，本是芦苇，有千万种可能平庸一生。可是她幸运，遇见赵江河。赵先生让她有机会成为一枝有思想的芦苇。人受恩，必得报，其实她也没有选择。

"岑璋，你很好，没有错。而我，也没有办法改变自己。我们两个不能在一起，谁都没有错。我们之间，或许少了一些缘分。"这些话，她放在心里很久，始终犹豫是否应该讲给他听。她知道，一旦讲了，岑璋就真的被她亲手推开了。

韦荞转头，深深地看着他。

从二十岁到三十岁，他都做到了当日在槐花树下的承诺，一直在好好爱着她，好好爱着两人的孩子。许立帷说得对，岑璋是好人。许立帷是她的至交好友，连他都认可岑璋，不忍将她和岑璋这场婚姻的黯然收场归责于岑璋。两个人的婚姻，从来不是一个人的责任。所有人都知道，岑璋尽力了。

"岑璋。"她像从前那样叫他，这一次，声音无限温柔。韦荞知道，这是她在对他正式告别了。

"你适合爱一个没有太多事业心、愿意将时间放在家里的妻子，谈一场不那么辛苦的恋爱。将来，如果有这样一个人出现，我会为你高兴的。"

车内一时寂静无声。

车速很稳，岑璋脸色未变，他平静地问："说完了吗？"

"还有一点。"既然说开了，她不妨就将心里想了很久的事一次性都摊开说了。

韦荞看着前方，视线没有焦点。她也没有勇气在和岑璋结束的时候去看他的脸。她明白自己是爱他的，可是婚姻从爱情开始，并非因爱情长久。日子越过人越会明白，能走到最后的婚姻，和爱情的关系真的没那么大。

"如果将来，你有了新的妻子、新的家庭，我希望，你可以听听岑铭的意见。他想继续跟你，我一定不会反对；如果，他想跟我，我也希望你能同意。我不会再结婚了，只会有岑铭这一个孩子，我会努力养大他的，你放心。"

岑璋态度冷淡："还有吗？"

"没有了。"说完，韦荞等了一会儿，没等来岑璋的任何反应。他直视前方，车速一下子上去，再没有慢下来，他也再没有同她讲话的意思。韦荞看懂了他的态度，转头望向窗外，不再打扰他。

两人一路都无话。

时近半夜，韦荞在车里睡了会儿。她醒来时，黑色轿车已停在明度公馆的停车库里。岑璋正倾身帮她解安全带，像过去很多年一样，侧脸凑在她眼前，他稍稍抬头就能吻到她，可这次他没有，解开安全带后就松了手，径自下车走了。

韦荞明白，这一晚是真正的告别。

今后，她和岑璋，就只能这样了。

他们之间的问题是无解的，是全体男性和全体女性共同面临的问题。在当下社会，无解是最好的答案，比反目成仇、无可挽回，要好得多。

韦荞非常难过。岑璋是一个好男人，是她固执了，在人生这道单选题中放弃了他，她这一生无福承受"夫妻恩爱"四个字。

韦荞打开车门，缓缓下车。

半夜，起风了，温度低得不像话。她一时不察，咳嗽了一阵，扶着车门缓了一下，才渐渐平复。

关上车门，韦荞忽然转身回望。

恢宏的明度公馆矗立在夜色中，沉默无言，像极了岑璋和他率领的今盏国际银行，它如同一头巨兽，在黑暗中同她遥相对望。是挽留，是告别，彼此心中已有答案，实在不必宣之于口。

住了半生的地方，以后，她来不了了。

房屋是否也会有感情？庭院小灯忽明忽暗，像极了送别旧日女主人时在眨眼哭泣。

韦荞心里难过，如同旧伤复发，免不了会流血。她抱臂裹住自己，就当自己为自己再疗愈一次。

走进玄关，韦荞匆匆上楼。还好，她还有岑铭。无论她和岑璋如何陌路，都不会改变她和岑铭的母子关系。

韦荞推开儿童房的房门，看见熟睡中的岑铭。小男孩一切安好，睡得很沉。韦荞弯腰，在小床边坐了会儿。

如果说万物有灵，那么母亲的天性一定是这"灵"中最亮眼的存在。她单单是坐在岑铭身边，看着岑铭的脸，方才那么大的伤口竟就这样慢慢愈合了。似乎和岑璋结束也不再让她那么痛苦，只是人生中的一件事而已，中途发生了，过去了，就好了。

韦荞伸手，想要摸一摸孩子的脸，半途又犹豫了，生怕弄醒岑铭。她收回手，低声对孩子承诺："岑铭，妈妈不是一个好妈妈，但妈妈会努力地把你养大，绝对不放弃。"

韦荞陪了孩子半小时，时间已近半夜两点多。她也有些困了，起身走了出去，关上房门。

她身后，忽然传来一阵脚步声，速度加快，冲她来的。

韦荞尚未来得及转身，就被人从身后抱住了。

岑璋将她抱得很紧，用前所未有的力道收拢双臂将她整个人嵌进怀里，几乎令韦荞透不过气。

韦荞下意识地想要挣开："岑璋，松手——"

他不肯，反而收紧力道，将她完完全全地抱紧，他声音里有很重的不甘心："你刚才不是说，你不是一个好妻子，也不是一个好妈妈，你没有勇气，不想再回来了吗？那现在呢，你不是一个好妻子，所以把我甩得干脆利落；你不是一个好妈妈，却要将岑铭带走，爱他一辈子。韦荞，你有了儿子，就把我一脚踢开，只想带儿子走？我告诉你，不可能。"

韦荞："……"

他是怎么能把她那么伤感的一番话理解成这么离谱的意思的？

韦荞被他抱得透不过气："你先放开我。"

"不要把我推给别人。"他伏在她颈项间，忽然示弱，"韦荞，不要把一个心里只有你的男人，推向别人。"

韦荞一怔，明白今晚那番话过分了，下意识地道歉："对不起……"

岑璋不要。他今晚终于看清她的心意，原来，她根本不打算回来。她不仅没想过要回来，还要将他推给别人。她心里只有岑铭，而将他完全放弃了。

他怎么肯？

"你会为我高兴的？你怎么为我高兴？"他收紧力道，贴在她唇边讲话，"你能接受我这样抱别人吗？明度公馆四间衣帽间的连衣裙，壹号公馆我握着你的手指过的屋顶群神，还有书房里满墙的书柜，地下二楼放映室我抱你坐过的那张沙发，你怎么让给别人？"

韦荞完完全全地怔住。岑璋问得对：她怎么让给别人？

岁月有痕，两个人那样热烈地爱过，方寸之地都是相爱的证据。她一直被岑璋好好爱着，从未真正想过岑璋将这些感情送给另一个人的样子。那些云淡风轻的大度，无非她私心作祟，不想再承受失败的风险，她犹豫着犹豫着，就这样将岑璋都犹豫出去了。

"韦荞，你真的不爱我了，对吗？"

他问得语气平稳，只有韦荞清楚，岑璋平稳的声音里，藏有最彻底的放纵。他闭上眼睛，再也不想同她保持分寸，从她今晚亲口说要将他推向别人开始，他就想要这样了，堕落下去，不回头。

岑璋猛地将人压向扶手栏杆。

走廊上的雕花栏杆，高度有限，韦荞下意识地揪住他胸前的衬衫布料。本就亲密的两人，因她的动作而紧紧贴合。

"韦荞，你想推开我，你要想好了。如果要我在这里，像现在爱你一样爱别人，你就推开我。"

韦荞抵在他胸前，大口喘气。

岑璋在吻她。

情潮涌动，一个吻落在她颈项上，新婚之夜的岑璋就是这样的，从吻她开始，没有结束。她想起婚宴结束送宾客时，丁晋周冲她坏坏地笑，低声告诉她："岑璋这个人一看就是温柔至上，'服务型'的丈夫。"

她一时未懂，现在她明白了。

岑璋的确是。没有人拒绝得了这样的岑璋，她高估了自己，她尤其拒绝不了。

韦荞忽然揪住他的手，要他停下："岑璋。"

岑璋不肯："说你爱我。"

在灯火通明的长长走廊上，韦荞说不出口。她是守旧的人，对感情表达有自身认定的安全之地，和他的明目张胆相对，她不擅长讲这些。

韦荞放低姿态："今晚那些话，我收回，可以吗？"

岑璋摇头。她的那些话，触到他底线了，要他全然当没发生过，她收回去就好，怎么可能？

他固执地要一个说法："韦荞，我要听你说，你爱我。"

他对她的感情，从未冷却，始终热烈。

很久以前，他就想这样做了，狠狠逼她一回，也逼自己一回。他一直忍着，明白她犹豫，他等着她结束犹豫之后坚定地走向他的那一天。可是她没有，她犹豫多年，还是将他推出去了。

"韦荞。"他加重力道搂住她，"你看清楚，我爱你。你呢？你忘记你是怎么爱我的吗？"

他不停问她爱他吗，就像一场赌局，他上了赌桌，拿命在赌。

深藏多年的感情因他重见天日，韦荞真就勇气横生，重新做回岑太太："爱。"她望向他，眼底一片湿意，"可是岑璋，婚姻不易，我怕了。"

岑璋终于停手。

两个人都在拼命克制，都快要失去控制。

岑璋轻轻握住她的手，与她十指紧扣："韦荞，岑铭七岁了，他懂事了，不会再像当年那样伤你的心。除了岑铭之外，你都不用考虑。不用考虑家庭，不用考虑我。我可以接受你对我的不合格，可以接受我在你心里不是第一位。所以，你能不能考虑，重新和我在一起？"

韦荞一怔，握紧了他的手。

从前，他也不知道他能为韦荞做到这一步。后来他懂了，爱得深的那个人，没什么是做不到的。

爱在心里，死在心里。

一个人都要死了，哪里还管得上自己在对方心中是第一位还是第二位。他的爱情要活着，两人能在一起就是好的。山盟海誓比不过洗手做汤羹，豪情壮志比不过一室灯火。难怪以前的老人爱讲岁月静好，可不是吗？梦里全都是你，醒来发现枕边真的是你，多好的日子。

"就当是我玩不起。就算你已经那么明白地说了不要我，我还是舍不得和你分开。"

"岑璋——"

"韦荞，我一直在原地，没有走掉过。"

他轻轻将她拥入怀中，置于最重要的位置。他不断地喊她名字，想这样抱她好久了，他终于不用在每一个深夜辗转反侧地想她想到情不自禁地喊一声"韦荞"，却等不到妻子的一句回应。

韦荞落泪，人却笑了。

韦荞从前听人讲"喜泪"一生难遇，说遇到喜欢的人、喜欢的事，人在大喜之下会笑着流泪。那时她不懂，她半生清冷，无缘热烈，怕是会错过太多世间好情感。承蒙上天不弃，让她遇见岑璋，他的人、他的感情，都让她好喜欢。走散两年，她回头，他还在原地，不曾离开，多么好的感情，让她有幸一尝喜泪滋味。

岑璋抬手，轻轻拭去她脸上的眼泪："我知道，婚姻不易。从前我也做得不好，我也有很多问题，可是我不会放弃。这两年，就当作我们两个人的一次试错。试错过后总要有解决方案，而我的方案就是你，所以韦荞，我也绝对不会允许你放开我。"

经营婚姻多艰难，有人坚定，至关重要。

小时候总爱和人拉钩，说要做一辈子的好朋友；后来越活越明白，人与人走散是很容易的，哪有一辈子的关系？山一程，水一程，成年人的朋友都是一段一段的，你偶尔记起一个朋友，对方也记得你，已足够幸运。夫妻要走一辈子，更是要关关难过关关过。

在感情里，韦荞从来都是被动的，有时心里难过，就想算了吧。对她这样的人来说，"算了"是最简单的解决办法。就像壁虎断尾求生，即便鲜血淋漓，也总还有一丝生的希望。

是她幸运，遇见的是岑璋。岑璋有足够强大的底色，能够不动摇地站在原地等一个未知结果。在感情里，岑璋从不会断臂求生，他要完完整整、非她不可地"生"，要像中国五千年古典演绎故事中的大团圆结局那般地"生"。街头巷尾，传颂千年的美好爱情故事从来都是鲜活的。

对韦荞而言，岑璋何止是爱人，他是让她生命热烈的强大托底。她问："你现在，还是吗？"

"什么？"

韦荞抬手搂紧他，一抹浅笑代替了眼泪，满溢眼底："对太太，你还是'服务型'的吗？刚才那样，可不是了。"

岑璋顿时就笑了。他抬臂一抱，将她高高抱起。他仰头，盛情邀请："是不是，你要先试，才好评价的。"

林华珺听到屋外有声响，似乎有人在挣扎，她听了会儿，声音时高时低。林华珺不放心，披上睡衣打开门，悄悄地走出去。

她没走几步，立刻收住脚步。

走廊里，昏黄的灯光晕染一地，一对男女正在亲吻。韦荞似乎反抗过，脚下的地毯上有褶皱痕迹。岑璋将她抱起来，两个人抵着额头亲昵地说话。韦荞笑了，推了一下他的额头，岑璋顺势将人抱进主卧，一脚踢上房门。他们哪里像一对离异两年的夫妻，分明是热恋中的男女。

林华珺悄悄退后，小心翼翼地关上房门，嘴角的笑一直没停过。

一个月前，道森董事会会议不了了之，各董事约定一个月后再次召开。

时间很快到了。

周一，韦荞准时出席董事会会议。

韦荞来者不善，郭守雄有了上次的经验，对韦荞"不善"的程度有了质的了解，这次做足了准备，不迟到不早退，早早就坐在会议室了，一副老神在在的态度，意思是"就等着你来"。

"各位董事，早。"韦荞坐下，直奔主题，"各位手上现在拿到的，是我对道森度假区未来五年战略规划的征求意见稿。今天的会议主题只有一个，针对这份意见稿，听听大家的意见。"

郭守雄脸色一冷。韦荞开场就推翻他原先的全部计划，连个招呼都不打。

"韦总，你这样做事，不太上道吧？"

面对郭守雄强硬的态度，韦荞也不争辩，道："那好，简单做个决定好了。请各位董事现场举手表决，同意道森继续沦为沃尔什的贴牌工厂的，请举手。"

全场无一人举手。

郭守雄狠狠瞪了一眼张、宋两位董事。这是他的自己人，这几年三人搭档黑了道森不少钱，他没想到韦荞回来没几天，这两人就叛变了。张董和宋董的心理素质一流，被郭守雄瞪了两人也能端起茶杯喝茶。以前和郭守雄为伍只为利益，如今韦荞回来了，他们能不能赚钱先不说，保住自身才是第一要紧事。

韦荞看向郭守雄："郭总，你的战略规划，应该没有讨论的必要了。"

"韦荞，你可以的。"郭守雄愤然离场。

董事会会议继续进行。

商业竞争的本质一览无余，既简单又纯粹，一句"成王败寇"，足以概括千年商业史。

会议临近尾声，中立派的林清泉和韦荞展开一场不带个人感情色彩的辩论。

"韦总，我的态度还是和前次一样。只要韦总能保证道森度假区的盈利能力，我个人一定无条件支持韦总。"

"林董，企业存续的首要目标就是利润最大化，这一点我比谁都牢记在心。但我要说明一点，我无法保证道森的年盈利能力是一条平稳上升的线，我需要一个相对充裕的时间维度。也因此，我才会在董事会会议上争取各位董事的支持。"

"韦总，我可以给你一定的时间，但不能保证是不是你要的充裕程度。我可以等，但资金等不了。我把钱放在道森，和放在其他地方，所担风险系数大不一样。如果后者的利润率更大，我何必放在道森？"

"是，作为首席执行官，满足董事的这项诉求是基本要求，管理层不能不考虑。林董，请你相信道森的长期回报率。虽然这次的战略规划是以五年为期，但在我心里，这份战略的执行时间是十年、十五年，甚至更长。我相信我们自己的本土文化，相信它的力量。我们这个社会，每一次的飞跃式发展，都伴随着文化的历史性进步。无数艰难困苦，我们都挺过来了，其中重要的一个原因，就是我们有博大精深的文化。我们的企业是扎根、依赖于这片土地的，就像这片土地上的每一个个体，想要绵延发展、饱受挫折又不断重生，一定离不开文化强有力的精神支撑。所以，我想请求各位董事支持，以道森影业的文化 IP 为基础，将道森度假区做成文化事业和产业。我相信我们可以，道森可以。"

一席话，把林清泉说服了："韦总，我手上这一票，是你的了。今后，韦总的决定，我林清泉一定鼎力支持。"

韦荞郑重接下嘱托："谢谢。"

林清泉摆了摆手，意思是"不必客气"。他知道，董事会这一关还不算难过，关起门来到底还都是道森自己人，对韦荞来说，真正的考验在后面。

"韦总，你的战略规划我大致明白了。这个思路很好，当今世界最强的度假区集团——沃尔什、卡纳森，用的都是这套思路。但道森的问题是，道森影业近年式微，是否还能像多年前那样推出重磅文化IP，韦总心里要有点数。"

韦荞笑了一下。林清泉从这个笑容里读懂了很多东西。作为首席执行官，韦荞考虑的显然比他认为的要多。

韦荞说："我们可以向老祖宗借一点宝贝。"

"什么宝贝？"

"享誉世界的文化瑰宝。"

"比如呢？"

"传统神话故事。"

林清泉一愣，继而拍案表示了悟："我说呢，韦总，你怎会如此有信心。原来，三年前的计划，你一直放在心里呢。你在静候机会，准备重启？"

"我这点心思瞒不过林董。"

"心思不错，但是韦总，你的挑战可不小。"林清泉兴致盎然，将问题抛给她，"三年前，道森影业重押《大圣西游》，导演荣园却在最后反水了，导致项目被无限期搁置。如今你再想找他合作，他还会肯？"

岑璋今晚有两个会，都是重要的高级会议，一场开完接着另一场，时间很赶。两场会议的地点相距二十分钟车程，司机很紧张，不断地调阅导航，确保不出现交通异常。

第一场会议结束，岑璋走出酒店。黑色轿车等在门口，岑璋弯腰坐上后座，黄扬跟着上车。车子平稳驶离，黄扬将酒店送来的外卖放在后排餐桌上。这二十分钟，就是岑璋今晚见缝插针的晚饭时间。

这年头，打工人不易，但民营老板也不见得日子好过。工作干得不好，盈利上不去，全是老板的责任；干得好，盈利上去了，别人又指责你没有社会责任感，剥削劳动阶级。

今盏国际银行董事会主席这个位子，如果换你，你坐不坐？黄扬觉得，至少他不想坐。

对岑璋，黄扬十分尽责："岑董，这是您要的河虾汤面，蒋主厨亲自为您准备的。"

蒋桥是国际名厨，这几年回国发展，风头正劲。蒋桥今晚接了黄扬这单外卖。知道岑璋胃不好，基于国际名厨的同情心理，他对这单外卖做得颇费心思。配菜都是小而美的高级货，一道冰岛龙虾焗黄油，入口香嫩甘甜，回味无穷。

岑璋伸手一推，将花里胡哨的配菜推到一旁，径直打开一个保温盒，拿起筷子尝一口。

做河虾汤面，蒋桥的手艺自然要比韦荞高出好几个维度。但架不住岑璋从小锦衣玉食，成年后嘴巴就比较挑，吃饭不用味蕾，吃的全是感情。睹物思人之下他还是觉得他老婆的手艺好得不行，蒋桥那种卖得价格再高的一顿饭也只能叫人间俗物。

岑璋被公事缠身，时间很紧张。他吃饭间隙电话不断，几位分区总裁轮流找他。岑璋吃着饭，把手机往桌上一搁，开免提接听。

"行业口径当然要由今盏国际银行主导，但绝对不能从我们口中讲出这句话，以免落人话柄，后患无穷。

"让施泓安去找张正信，让他把表外的行业黑名单交给我们。

"张正信不肯？他当然不肯，得罪人的事换谁都不肯。肯不肯是他的事，要不要是我的事。你告诉他，上手段的事，我一般不做，他要想试试，我也可以做给他看看。"

涉及今盏国际银行的最高机密，岑璋态度森冷。黄扬在一旁默默地听，连呼吸都不敢太重。

三通电话打完，一点没耽误岑璋吃饭。一碗面见底，黄扬做事上心，立刻上前收拾，整理干净。

又一通电话进来，岑璋看了一眼屏幕，显示一个字——荞。

岑璋正拿着水杯喝水，顺手按下免提，撒个娇："喂？是老婆吗？"

黄扬："……"

小黄手一抖，打翻了两个外卖盒。他顿时一身冷汗，忙不迭地俯下身收拾狼藉，条件反射般地道歉："对不起，岑董，我不小心——"

岑璋看他一眼，不予置评。

倒是韦荞上心，在电话里问："是黄扬在旁边吗？"

黄扬一听韦总点名，一股荣誉感油然而生，顿时把一旁的岑璋全忘光。他放下手里的垃圾袋就走近两步，对着电话恭敬地道："韦总，是我。"

韦荞趁此机会，对他表达感谢："黄扬，这半年多谢谢你陪岑铭去道森度假区野餐。下次有机会你来道森度假区，记得给我打电话，我请你吃饭。"

黄扬心情雀跃，一股骄傲之情浮现在脸上。能被韦总挂心，黄扬深感荣幸："韦总，不客气的。我也一直很挂念韦总，下次来一定向您问好。"

岑璋放下水杯，手里带了点力道。玻璃杯清脆，被往桌面不轻不重地一搁，发出一声响，声音短促沉闷。

黄扬瞬间明白：这是老板对他的警告。他立刻乖巧收声，对韦荞道："韦总，那我先去忙。"

韦荞说："好。"

岑璋看了一眼黄扬，黄扬正俯下身收拾垃圾袋，明显有意将姿态放低。黄扬涉世浅，尚未学会像岑璋和韦荞这类顶尖级别的人一样隐藏情绪，心里一高兴，脸上的表情怎样都藏不住。这会儿，黄扬脸色红润，一抹傻乐的笑容一直挂在唇边。

岑璋看得懂这里面的意思。

无论是从前在上东大学，还是后来在今盏国际银行，喜欢韦荞但不掺杂男女之情的人，都跟黄扬一个表情。至于道森，那是韦荞的主场，岑璋想都不用想，完全可以料到韦荞平时在道森会受到怎样的追捧。

韦荞有能力，却不争。她要争，也是为道森。为自己，韦荞从不争。她没什么特别喜欢的，也没什么特别讨厌的，有时还会有一种冷幽默般的随遇而安感。能行就行，不能就随便。在申南城一众老奸巨猾的首席执行官群体中，她这个做派落在年轻人眼里，具有致命的吸引力。

韦荞打电话来是跟岑璋说正经事的。等了一会儿没声音，她在电话那头不禁叫了他一声："岑璋？"

岑璋拿起手机关了免提，对着韦荞声音就变了："叫我干什么？你就晾着我算了。"

电话那头，韦荞正在办理值机。

她现在百炼成钢，对岑璋动不动就情绪上头的样子见怪不怪。听他那样讲了一声，韦荞八风不动，按部就班地办理好登机手续，将行李托运，这才重新去顾一下电话那头的岑董。

对岑璋，韦荞还是比较了解的。岑璋吃软不吃硬，韦荞一句话就哄到他心底："哪里晾着你？早晨我不都等你了吗？"

不期然听见她提这个，岑璋脸色一软，果然很受用。

岑璋把儿子养得十分到位，作息规律，早睡早起。但他本人是反面教材，生活习惯一塌糊涂，晚上不肯睡，早上不肯起。韦荞在的时候全靠韦荞管着他，韦荞不在那两年全靠银行那摊重担压着他，他才不至于日夜颠倒。

没生岑铭的那几年，岑璋每次逮着韦荞折腾到半夜，第二天晨会迟到那是常事。

昨晚岑璋心思不纯，八点半就把岑铭赶去睡觉。岑铭扬起脸，眼神清澈地问他："不是每天九点半睡觉吗？爸爸你看错时间了。"岑璋

181

看着他，觉得他儿子那眼神里有一种清澈的单纯。

好不容易挨到九点半，把岑铭赶去房间睡觉，岑璋推门进了书房，关门落锁后就再也没出来。

韦荞昨晚很忙，在书房开完视频会议，一个人看文件到深夜。岑璋就耐着性子等到她结束。

书房里有张椭圆沙发，大得能当床用。岑璋发现自己在预知未来这块真是挺稳的，他在相熟的高定家居品牌馆里一眼看见这张沙发就知道，它日后一定能为他的夫妻生活做出不可磨灭的贡献。

他腻着韦荞折腾到半夜，主卧都不想回去了，随手扯过一条大毛毯搭在两人身上，搂着她就睡了。一觉醒来已是早晨七点半，他没指望韦荞还会在。韦荞向来早起，一夜过后晾着他就走是常事。正当他浑浑噩噩尚未清醒时，伸手一搂，身边那道温暖竟然还在。

韦荞正坐着看文件，身上套着一件岑璋的白衬衫。岑璋顿时清醒，哑着嗓音问："你上午还有董事会，怎么没走？"

韦荞看了他一眼，调侃地问："你也知道我今天上午还有董事会？"

"你还没回答我刚才的问题。"岑璋看似温柔，实则强势，不达目的绝不罢手。他会用各种手段在她那里得到他想要的。

韦荞顾左右而言他，答得文不对题："等你不好吗？那下次不等了。"

"呵，不坦诚。"他一眼看穿她那点心思，"是不是，我昨晚'服务'得太好了，你晾着我就走，道德上差点意思？"

他将她抱去洗手间，放在洗手台上，倾身就吻。

韦荞推着他的肩膀抗拒："我真要来不及了。"

"我开车送你，来得及。"岑璋心思完全飞了，他什么事都干得出来，"道森董事会那几个人敢为难你，我买下来算了。"

韦荞无语。

这会儿，想起今天一大早韦荞从抗拒到顺从地搂住他的颈项，岑璋的理智骤降，韦荞让他做什么都行。

"岑璋，是这样。"韦荞在电话里对他道，"我今晚八点的飞机，要出差，这几天都不回来了。"

岑璋的理智一下子又回来了。他什么都能接受，就是不大能接受韦荞动不动扔下他就走。

"你去哪里？"

"上东城。"

"去干什么？"

"道森机密，不宜外宣。"

岑璋放下水杯。他神色如常，却摘下婚戒，又戴上去，再摘下来，又戴一次。他来来回回戴了五六遍，把左手无名指磨得通红。

黄扬看在眼里，没胆将心里的话说出口：韦总又不会跑，你三十岁的人了，怎么会一天都离不开啊？

岑璋到底没忍住："你早晨怎么没跟我说？"

"临时决定的，中午才订的机票。"

"那你下午怎么没告诉我？"

韦荞看了一眼电话，不至于吧？就这点时间差，他还算那么准。

岑璋又问："你要去几天？"

"说不准，看办事进度吧，一周时间肯定是要的。"

一周，七天，168 个小时，10080 分钟，604800 秒。

岑璋心里一算，怎么都觉得一周就是个天文数字。

他有点小情绪，决定小范围地闹一下："以后让顾清池把你每天的行程发我一份。"

韦荞被他不知从哪来的奇思妙想冲击了下，不由得戗他一声："岑董，那你是不是也要让黄扬把你每天的行程都发我？"

"你怎么知道我没发你？我每天都发你，都发三年了。"

韦荞都被他这操作整愣住了："什么时候？"

"你在大学时注册的邮箱，我每天都把行程发你那里，你自己去看。"

韦荞低头，拿手机登上邮箱。

她在上东大学上学时注册过一个校内邮箱，毕业后几乎没再用。

她登录时连密码都输错两次，好不容易记起密码重新登上，迎面而来就是一条邮箱提醒：您的邮箱内存已不够，请及时清理邮件。

满满当当，都是岑璋定时发送的邮件。

韦荞："……"

虽然岑璋常常令她感到意外，但每个下一次，他都能突破过去的自己，给她创造新的意外和震惊。

岑璋还在电话那头不痛快："出差那么大的事，也不提前告诉我。"

韦荞扶额："出差而已，没有那么大……"

登机口传来提醒旅客登机的声音，韦荞迅速将岑璋抛在脑后，匆匆挂电话："不说了，就这样。"说完，她又想起什么，对岑璋道，"你马上要去金融管理局的闭门会议，是不是？今盏国际银行树大招风，听说有几个人特地冲你来的，你自己要当心，知道吗？"

岑璋被她这通安抚稍微顺了一下气："你还知道要关心我？"

没等他说完，韦荞已经挂了电话。

岑璋："……"

今晚，韦荞行程很满。

她八点登机，十点落地上东城。海港城市，亚热带季风气候盛行，空气潮湿，海平面吹着一股慵懒之风。

轿车一路行至铂骊酒店，韦荞下车，司机石方沅尽责地为她拿行李。韦荞接过，对他吩咐："我自己来，你可以回去了。"

石方沅跟了韦荞多年，明白她的心性，能自己经手的事绝不会假手他人。对这位雇主，石方沅非常敬佩，当即恭敬地道："好的，韦总，您有事再叫我。"

韦荞拖着行李箱步入酒店，酒店前台礼貌地递给她一张房卡："韦总，这是您的房间。2308，顶楼总统套房，手续已办妥，欢迎韦总入住。"

韦荞动作一顿，接过房卡："谢谢。"

搭电梯上楼时，韦荞有些不悦。回道森后，她一定要对顾清池做适当批评。全球经济下滑，道森现金流紧缺，能顶住压力不裁员已是不易，高级管理层出差一律收缩预算，这是她回归道森后一再强调的。顾清池哪儿来的奇思妙想，一掷千金给她订总统套房，真是不像话。

电梯到达顶楼。韦荞走出电梯，在走廊尽头停住，对了一下房间号，刷卡进屋。

"妈妈！"

韦荞以为自己累极，竟出现幻听。

岑铭拿着一本德语书，正站在客厅里。见她毫无反应，小男孩直直地跑向她："妈妈，今天你缺课，我还在等你上课。"

"……"

不是幻听。

韦荞一贯冷静，也被这意外弄得措手不及。她循声望去看见岑铭，手里的行李箱掉落在地。

"岑铭？"她屈膝半跪，一把将跑向她的儿子抱在怀里。母子俩拥抱半晌后，韦荞将孩子从头到脚摸了一遍。

"岑铭，你怎么会在这里？"

"爸爸带我来的。"

韦荞一怔："爸爸？"

"嗯，是我。"岑璋声音悠悠，不疾不徐地从浴室走出来。他刚洗完澡，一身居家服，手里拿着毛巾还在擦头发，一脸淡定地同她打招呼。

"算算时间，半小时前你就应该到了。怎么，飞机误点了？"

韦荞深呼吸。虽然这几年岑璋给她带来的冲击不算少，但每一次都能突破她的承受力，韦荞还是感到头很痛。

"你不是在申南城开闭门会议吗？怎么会在这里？"

"不是我要来的。"他现在开悟了，在各类场合都能灵活运用"不是我，是岑铭"的句式，甩锅甩得眼也不眨，"岑铭找你上课，我就带他来了。"

韦荞都被他气笑了："从申南城坐两个半小时飞机过来，找我上课？"

"没有这么久。"岑董财大气粗，将一宗挥金如土的行为讲得稀松平常，"我私人飞机带他过来的，一个半小时就到了。"

计划被打乱，韦荞头疼得厉害："你这个人啊，真的是——"

她还想质问，被岑铭打断："妈妈，你吃晚饭了吗？"

韦荞一时顾不上岑璋，弯腰半跪，认真回答儿子的问题："吃过了，妈妈在飞机上吃了盒饭。"

"盒饭吃不饱的，会饿。"说完，岑铭拿起客厅电话，熟练地打通送餐电话，径自为她叫晚餐。

岑铭小小年纪，已懂得如何照顾人。他在岑璋身边长大，耳濡目染，将岑璋照顾人的模样学去了七八分。

儿子这么能干，韦荞既欣慰又骄傲。

岑璋擅作主张过来，她原本打算好好同他说道说道。来日方长，他总不能动不动就跟着她。然而，看到岑铭对她的关心，韦荞那点"说道说道"的心思瞬间没有了。没有岑璋，就不会有岑铭，为了可以和岑铭相聚，她可以顺带接受一个岑璋。这可能就是"买一送一"的另一种意思……

长途飞行令人疲惫，韦荞绾起的发髻有些松了，额前散发凌乱。岑璋伸手拂过，替她拢到耳后："晚上冷，还穿这么少，耳朵都冻得通红了。"

"没事——"话未讲完，她忽然失声。

她耳后的那只左手，悄悄抚上她的耳垂，轻柔抚摸。

韦荞神色一变。这个动作，她不陌生。每一次他都能轻易得逞，将她温柔融化。

韦荞弯下腰，借着拿行李的动作，巧妙地回避了他："你陪着岑铭，我先去洗澡。"

她转身进浴室，却被人抵在转角处。

灯光昏暗，这里是视线死角。岑铭看不到他们，他们可以看到岑铭。

"不要乱来。"韦荞低声警告,"岑铭还在。"

"不管他——"岑璋搂过妻子,低头吻上去。

韦荞想要阻止,反而被他握住手。

不远处,岑铭还在打电话,同酒店交涉:"啊?焗烤蜗牛没有了?那前菜还有什么推荐的?蒜香牛油焗田螺有吗?"

韦荞心如擂鼓。

"你为什么总是这样?临到最后才给我一声匆匆交代。"岑璋发出质问。韦荞无语得很:"事从权宜,你不用太紧张。"

"从前你也是这样,先是一趟趟出差,再是很少回家,最后,就真的走了。"

可不是吗?他和她走散,就是从一次次的不告而别开始的。出差,在那几年里,是两人之间心照不宣的借口。

受过伤,应激是本能。当他今晚接到她的电话时,从前的一幕幕闪过眼前。他挂断电话后就决定了,绝不会再和当年那样,她说要走,他就真的说"好"。

韦荞都被他气笑了:"你要翻旧账到几时啊?"

"你也知道这是旧账。"

她忽然想起:"对了,今天晚上的金融安全理事会,你没去?"

"嗯。"

"这可是金融管理局张书记亲自召开的闭门会议。"

"没关系。"岑璋将她置于怀中,用力抱紧。这个念头他想了无数次,在两年里想得痛彻骨。他一遍遍问自己,为什么当初会那样意气用事,在她那么多次转身离开时没有用力抱紧她。

"从前你就是这样,临上飞机才给我打电话。我想留你,你就会以登机为借口,索性关机。"

而他以前也是真的天真,想要赌谁先舍不得。输了两年后,他得了教训:"所以现在,我才不上你的当。"

韦荞:"……"

韦荞洗完澡,岑铭已经睡了。

她轻声进屋,看见熟睡中的孩子呼吸均匀,心里软软的。她甚至感谢起岑璋来,如果没有他的临时起意,她这辈子都没有机会体会这样的美好。孩子出其不意地来到她身边,让她可以摸摸他的小脸蛋,听他喊一声"妈妈"。这就是人生中的美好,而且是,最好的那一种。

关上卧室门,韦荞走去客厅。

岑璋正在打电话。他今晚完全是扔下工作来她这的,两个工作手机轮番振动。岑璋很少任性,除非为韦荞。

客房送餐到了,韦荞走去开门。服务生送餐结束,岑璋给送餐的服务生递上一笔不菲的小费。服务生连声道谢,离开时恭敬地关上门。

韦荞站在餐桌旁,给岑璋盛了一碗海鲜粥。

岑璋今晚没怎么吃,蒋桥那碗河虾汤面华而不实,几口就见底。一路乘飞机过来也没时间吃饭,他靠一杯黑咖啡顶到现在。

韦荞把一碗粥放在他面前,岑璋视线一扫,不禁皱眉。他碰了碰韦荞的手,又指指面前的这碗粥。

韦荞问:"怎么了?"

岑璋还在讲电话:"站在今盏国际银行的立场当然不能退。我的议价空间?呵,不好意思,没有。"

他讲着电话,手里也没闲着,往她手里塞了把勺子。

韦荞懂了:"粥里不要香菜,也不要虾米?"

岑璋一边点头,一边忙着对付名利场上的人:"和暴雪控股谈条件最忌讳让步。卫朝枫有什么?他有小金库。叫他拿钱出来,我们再谈下一步。"

岑璋从小娇生惯养,公子哥的那点毛病岑璋该有的都有。结婚那几年,韦荞惯岑璋惯得厉害,倒不是因为感情深,实在是因为在韦荞眼里,岑璋纯属矫情得要死。每当他想发作,韦荞顺手就把他安排了,让他想发作也没有机会，韦荞也能得个清净。

韦荞重新把粥递给他："好了，吃吧。"

岑璋打完电话，倒也没再作天作地，就着几碟清爽小菜，喝完一碗粥。他在这方面特别会把握分寸，万一他作过头了把韦荞弄得不爽，一怒起来不理他，那就作得太没水平了。

"对了。"韦荞想起来，问他，"我今晚在铂骊酒店的地址，你是怎么知道的？"

"你的秘书告诉我的。"

"顾清池？"

"嗯。"

韦荞转头看他，匪夷所思："你什么时候弄到了顾清池的电话号码？"

"电话号码？这么见外。"岑璋一脸理所当然，"她是我的微信好友。"

韦荞："……"这又是什么时候的事啊？不是，岑董你的人际交往圈也太广泛了吧？他这是要挖顾清池吗？

岑璋喝完粥，胃里暖和了些，人也跟着舒服了，讲话的欲望都比平时高一点。他大方告知："你的秘书，人挺厚道。有一次你和我冷战，她在朋友圈发了十个大哭的表情，我还给她点赞了。"

韦荞一贯冷静，这会儿也有种当场石化的感觉。

岑璋摊手，一脸无辜："你看，你平时不看朋友圈，错过了多少有趣的新闻。"

韦荞："……"

岑璋喝了两碗海鲜粥，比喝了两瓶白酒还见效，人比平时活跃很多。韦荞越是不想听，他聊天欲望越是高涨。他双手环胸向椅背上一靠，从容不迫地和韦总夜聊。

"你这次来上东城，是为什么事？"

"我说过了，这是道森内部机密，不宜告诉外人。"

"我是外人？"

韦荞头都没抬，冲他拍了一下桌子："你买，你把道森买了算了。"

岑璋笑了起来。他玩够了，松松地搂住她的腰，声音亲昵："韦荞，你不远千里来找荣园，就没想过走我这条路？"

韦荞反应过来，脸色一冷："顾清池告诉你的？不像话，回去我一定让她把企业保密守则罚抄十遍。"

"不是顾清池。"

"什么？"

"是许立帷。"

基于商业道德，原本岑璋是不打算说的。但一听韦荞还会让泄密者罚抄十遍企业保密守则，这种好事怎么能让许立帷错过？岑璋当场就把许立帷卖了。

"我打电话给许立帷，他在电话里告诉我的。"

韦荞眉头一皱："等我回去一定让许立帷罚抄五十遍保密守则。"

许立帷动的什么心思，韦荞一清二楚。许立帷向来都是"有捷径一定要走"的人，最讨厌干累死累活、吃力不讨好的事。韦荞只身去找荣园，在许立帷看来就是标准的吃力不讨好。

岑璋和荣园什么关系，整个上东大学都知道。她放着岑璋不用，说到底就是不想和岑璋在公事上牵扯不清。许立帷觉得韦荞在这点上特别拎不清，夫妻之间牵扯不清才是正常的，算得太清的通常都做不了长久夫妻。再说了，她不借用岑璋，有的是人想用，与其让友商捷足先登，不如自己先找岑璋再说。

韦荞对许立帷很不爽：你看得那么清，那你倒是做啊，只会用嘴巴讲大道理，把岑璋甩过来剩下全是她的事。

"韦荞。"

岑璋抬起右手搂住她右肩，很有点"山不来就我，我就去就山"的潇洒："我人都追来了上东城，你真的不打算用一下？"

韦荞喝着粥，没说话。

她想了会儿，对他道："企业经营讲原则，道森度假区是重资产模式，贸然接受商业银行的服务体系配置，存在一定的错位风险。所以，我的原则是，在信息不对称、风险收益不匹配的情况下，第一要义永远是以自身能力配置资源，达到内生增长的良性循环。"

岑璋："……"

三更半夜，夫妻俩谈点什么不好，非要谈这种听不懂的人话。

幸好岑璋不笨，绕开韦荞的那套大道理，一下子就听明白了她的意思：她这就是在拒绝他的介入了。

岑璋耐心奇绝，并不急着生气："韦荞，我建议你，可以先试试看。"

"什么？"

"你可以打电话给荣园，看看你的诚意行不行得通。"

他讲得对，她试试也无妨。韦荞不信邪，打通荣园助理的电话。

电话接通，对方恭敬地告知："不好意思，韦总。荣园老师不接受任何商业合作，请勿扰。"

韦荞："……"

岑璋隔岸观火，给她点时间，让她自己去消化这残酷的结果。他喝完粥，感觉嘴里还是没味道，深夜拆了包薯片吃。岑璋是个零食大户，尤其爱吃薯片，明度公馆随处可见各类薯片。岑铭从小在这健康堪忧的环境中长大，反而让他长成和他父亲截然相反的模样。他一日三餐，定点吃饭，其余时间很少吃垃圾食品。

岑璋没舍得把老婆晾太久，吃了一半薯片，擦了擦手，拿起手机打电话。电话很快被接通，荣园亲自接的："喂？"

"师兄，是我。"

"岑璋？这么晚，有事吗？"

"我到上东城办点事，今晚刚到的。好久不见师兄，想顺道聚一聚，明天有时间吗？"

"你过来，我就算没时间，也要想办法有啊。"

岑璋接了这份人情："那好，时间、地点我定，等下发你信息。"

"怎么能让你破费？你到上东城，肯定是我请你。"

"不用，就这么定了。"岑璋连个反驳的机会都不给，一锤定音，"那么，师兄，明天见了。"

挂断电话后，岑璋看向一旁的人："你现在改主意，还来得及。"

韦荞迅速改口："我明天跟你去。"

不愧是韦总。什么"威武不能屈，富贵不能淫"，不存在的。

韦荞坐得稳道森首席执行官的位置，商业竞争的那套玩法她不会不懂。事实上，她不仅深谙规则，还是个高手，绝不会为"自尊"这类虚无缥缈的东西放弃实质性的利益。个体利益永远让位于公司利益，这是首席执行官必须精通的一课。

岑璋态度坦荡，得寸进尺："我帮你这么大一个忙，你不打算谢我？"

她就知道，和岑璋做生意没那么好做。岑璋向来有一分算一分，谁都别想从他手里轻易赚走超额利润。

"你想我怎么谢你？先说好，合情合理，我可以考虑，无理取闹的不行。"

"当然，合情合理。"他抬手，指了指左边脸颊，"老规矩哦。"

韦荞微微一顿。她当然知道这是什么意思。她和岑璋之间有一个心照不宣的"规矩"，源于很多年前岑璋教会她系温莎结。

二十二岁，韦荞刚刚学会系温莎结，就要在他身上实践。一根带子穿过来穿过去，就是不像样，她不服气，要解开了再来。岑璋也不恼，任凭她去弄，眼里兴味十足。年少轻狂，一道眼神也能燎原，她接不住，扔了手里的领带说"不解了"。他抓住她的手，要她补偿。怎么补偿？她踮起脚尖，在他脸颊上落下轻吻。岑璋笑起来时脸上会有一个小酒窝，韦荞莫名心动，总会悄悄地把吻落在那里。

那段时间，岑璋经常迟到上午的银行晨会。新婚燕尔，他眼里只有妻子，迟到都变成爱她的证据。

后来，韦荞的温莎结打得越来越好，岑璋也很少迟到了。说不上是两人日渐成熟，还是情浓转淡。偶尔的寂寞，渐渐就变成了长久的孤独。

岑璋嗓音低哑："还是，你已经忘记了？"

韦荞眼里有泪光闪烁，转瞬即逝。

她起身，伸手捏了一下他的脸："岑铭都没你这么皮。"

她匆忙离场，想要蒙混过关，被岑璋识破，一把拉住她的右手。她一时未有准备，掉入他的怀抱。

"不要想敷衍我哦。"岑璋抬起右手抚上她的背，用力按向自己。韦荞敌不过他的力道，就这样被他按在怀里。单人沙发，承受两个人，略显拥挤。

韦荞抬手挡在两人之间："你几岁了？"

"差两个月三十。"

"不小了，还玩这套。"

"二十岁没有得到满足的东西，三十岁也改不了，还是想要。"

韦荞静静地听，很快地，耳根有些热。她不知道这世上其他男女做久了夫妻是怎样的模样。她以为，浓情化为亲情，体面地结束爱情，会是每一对夫妻的必然结局。

可是岑璋，总是令她意外。岑璋不喜欢谈爱情，只喜欢谈韦荞。

"这两年，我好想念那段日子。"

"想念什么？"

"想念你，会守'规矩'。输了就是输了，愿赌服输。"他把嗓音低下去，跟着回忆走，"那个时候，你会勇敢承认喜欢我，不会口是心非，把感情都藏着。"

可不是吗？那是韦荞一生中最勇敢的日子。

她勇敢地和他结婚，勇敢地去爱他。每日清晨，两个人双双迟到都不怕，世间一切俗事都可为爱情让道。

后来，长大了，经历得多了，人就变了，变得更谨慎，更功利，更精致，更利己。顺应社会需要，人们第一个丢弃的就是爱情。爱情是当下社会最不被人看重的东西，媒体推波助澜，将它与依附、牺牲、庸碌等词汇画等号。韦荞承认，当自己的爱情与道森对立，她只能为一方尽责时，她犹豫了，最终选择放弃岑璋。

岁月如乱云飞渡，韦荞低声问："所以，你想要追责吗？"

"不。"岑璋温柔地吻她，"我只想你对我，再勇敢一次。"

Ich liebe dich

第五章

为你欢喜

在上东城，荣园是一个文化符号。

他出身不好，他母亲生他时难产而死，他父亲鲜少对他有好脸色。原本就紧张的父子关系，在贫寒家境的折磨下更是雪上加霜。拥有这样的原生家庭，荣园能闯出来，凭的只有一个条件：天赋。

他三岁自学手绘，五岁完成第一本连环画，十岁开始尝试创作动画电影，分镜、脚本、音乐皆自成一格。十七岁，荣园成为上东大学导演系最年轻的学生，仅两年就拍出了在"华森世界电影展"上一举夺魁的华语动画电影《奇山幻海》。此后，荣园用四年时间完成本硕连读，同时拍出了三部动画电影。电影结尾，制作表一栏十分震撼：导演、制作人、编剧、音乐监制、特效师，统统是他。

荣园的华语动画电影十分有特色，老少皆宜，小孩看了会高兴，大人看了会沉思，做到了真正的深入浅出。电影的个人特色十分明显，以中华传统文化为主线讲述故事，山海经、二十四节气、古诗、戏曲……五千年的璀璨文化，荣园取来一瓢又一瓢。他投身动画电影长河里不可自拔。

转折发生在三年前。

三年前，荣园反水。

他不仅终结了和道森影业的电影合作，更终结了他三十几年的电影人生。他一夜叛变，从此只字不提电影。上东大学痛惜才华，力邀他回校任职。荣园淡淡地表示：可以，但绝不再教人做电影。母校对他格外庇护，在文学院给他副教授职位。谁知他又拒绝，说担不起，自己做好一介讲师就好。从此，以天才之姿入世多年的荣导，正式避世，隐遁在大学里讲了三年世界文学课。

上东大学的学生都知道，想见荣老师，只能在他的课上。课后被碰见，荣老师不会有任何回应。他像是一夜之间丧失同世界交谈的欲望，每日只是在重复活着。然而他的课又实在是好，以至于他的那点"不愿交谈"，也成为他神秘人生的一部分。

如今，能令荣园有"谈点什么"欲望的人很少，岑璋是一个。

确切地说，不是荣园想和岑璋谈谈，而是他拒绝不了。因为，岑璋对他有恩。文化人，有一恩还一恩是本分。荣园到底是文化人，坚守本分。

隔日，荣园结束课程，开车去兰亭别苑。这是上东城数一数二的江南园林会所，荣园年轻时来得不算少。如今他三十五岁，已三年未曾踏入这里。

总经理见了人，亲自带路。

小径清幽，流水淙淙。总经理指着一道雕花木门，道："荣先生，请。"

荣园脸色沉静，伸手推门而入。

门开，他见到一幅温馨画面——窗明几净，岑璋和韦荞正在陪孩子吃晚饭。两人一左一右，妥帖地照顾小男孩。小男孩也乖，没有岑璋那样的张狂模样，也没有韦荞那样的冷漠态度，不挑食、不多话，小小年纪已有沉静之风。

温柔岁月，像水，容易软人心。

"你们两个福气好，有一个这么好的儿子。"男人说着，踱步进屋。

韦荞起身："荣老师。"

这声招呼落在荣园耳朵里，十分规矩。他听得出来，韦荞是在用母亲和妻子的双重身份，将她作为首席执行官的目的恰到好处地遮掩了。

荣园明白，他今晚会遇到一个很厉害的对手。

"韦总，千里迢迢从申南城来到这里，还带上了今盏国际银行董事会主席和儿子，你来堵我的阵仗未免有点大。"

他这下马威给得很直接，对来与他谈判的人而言不算一个好开端。面子薄一点的，已经有知难而退的心思。

岑璋喊他："师兄。"

荣园瞧他一眼。这家伙还是那么护短，对韦荞偏帮得很。外人对她说几句冷淡话他都听不得。

岑璋起身，亲自为荣园拉开座椅，请他入座："师兄，这顿饭不是韦荞请你，是我请，能赏脸坐下吗？"

"你都这么说了，我能说'不'吗？"两人对视一眼，同时笑了。荣园拍了拍岑璋的肩，意思是"这么多年你还是就这点出息"。他算是看透了岑璋。

岑璋端起茶壶，给他倒茶。

荣园轻闻茶味："碧潭飘雪？"

"嗯。四川峨眉山的茉莉花是一绝。"

"是韦荞喜欢，你才学会喝的吧？"

岑璋不置可否。

荣园接了他的茶，算是让步。

岑璋这个人，从小在名利场上游走，怎么看都和"专情"二字没关系，可他偏偏就是。把咖啡当水喝的人，为了韦荞也学会了喝清雅淡茶。

荣园端起茶杯，涌起诸多情绪。爱情，难道真是，真是可能永恒的吗？

对岑璋，荣园再清高也不会不给面子。岑璋叫他一声"师兄"，分量很重。

两人的这层关系来源于上东大学。荣园比岑璋高五届，岑璋入学时荣园早就是毕业的年纪。但架不住天才爱折腾的本性，为了拍电影，荣园故意申请延毕，所以岑璋进大学时荣园还在学校。岑璋那时有钱有闲，玩的爱好都是烧钱的那种，其中之一就是摄影。听说电影社团聚集了全校最顶尖的摄影爱好者，岑璋本着"去看看"的心态，从此认识了荣园。

也就是在那时候，荣园欠下岑璋一份人情：令他一举封神的动画电影《奇山幻海》，最大投资人就是岑璋。

注意了，是岑璋，而不是今盏国际银行。这意味着，这笔投资并非来自银行公款，而是走的岑璋的私人账目。

事实上，以当时荣园名不见经传的地位，想要拿到今盏国际银行的电影投资无异于痴人说梦。别说岑璋那时还没入驻董事会，就算入驻了，也过不了风控关。

荣园一度想要放弃。他甚至用"学生拍动画电影，可能确实太早了"的理由已经说服了自己。

他这么想着，几乎就要向命运妥协，直到银行的人找上他。

银行经理亲自致电，请他尽快去一趟银行，说有一笔大额转账需要他走一下流程。荣园纳闷：什么大额转账？经理告诉他确切数字后，荣园嗤笑一声，挂了电话。骗子！

很快，银行的人亲自登门，出示证件把他请去，荣园才发现，这事竟然是真的。

给他转账的人，就是岑璋。

岑璋对此解释得颇为简单："师兄，你的电影缺资金，我正好有，就这么回事。"

荣园听了，第一次体会到什么叫"家里真有钱"。

事实上，这件事对岑璋而言确实不算大事。他那时的大事全在韦荞那里。那一阵岑璋刚认识韦荞，喜欢得不行，但韦荞根本不理他。岑璋从男女关系的活动里抽身，抽空投了荣园两个亿。他思维很直线：一来，他看中荣园的才华，愿意帮他一把；二来，他也想借此试水，看看自己的眼光究竟如何。

他这一赌，很成功。荣园给岑璋带去了数倍投资收益，全进了岑璋的私人账户。钱的事还算不得什么，人情的事才最难。荣园知道自己这辈子欠下岑璋很大一份人情，他有预感，岑璋不是一个喜欢让人还人情的人，除非为韦荞。

多年后，他的预感应验了。

岑璋开门见山："师兄，三年前你和道森合作的那部动画电影，韦荞想和你重新谈谈。"

荣园表情很淡。韦荞看着，明白他的拒绝之意。岑璋替她用了人情，让她今晚有机会坐下和荣园见面，后面成不成，全看她自己。

韦荞敛了下神，道："荣老师，道森不是冲着这部动画电影来的，道森派我过来，是拿着五年战略规划来的。"

说完，她将一个文件袋放在桌上，递给荣园。

荣园看了一眼。透明文件袋下，"道森度假区五年战略规划"几个黑体字若隐若现。

但荣园没有接。

韦荞收手，文件袋停在两人中间。道森最高层的战略机密就这样在大理石桌面上尴尬地躺着。

"我离开道森两年，再回来，确实是因为有一点不甘心。"

"不甘心？"

"对。我在吴镇待了两年，看到一些事，滋味不太好。荣老师，你知道吴镇吗？一个小镇，离申南城不远。那里有连绵不绝的山，是爬山的好去处。这两年游客数量还可以，我开了家面馆，常常能接到游客的外卖订单。山脚下有很多民宿，我送外卖过去，看见那里常年有一群挑夫，有些为游客挑行李上山，有些抬轿送游客上山，干的是真正的苦力活。"

荣园若有所思："就像江城那样。"

1998年，彼得·海斯勒用钢笔将长江岸边的一座小城一举推向世界视野。人们跟随海斯勒的文字，赋予这座小城一个磅礴之名：江城。

世界透过江城了解东方大国，江城的人、江城的水。

"我想了很多。我们有那么多灿烂的传统神话故事，小时候看了会笑，长大后再看会悟。人情世故，这是中国人独有的。那么多道难关，关关不同关关过，看好了，学会了，一生受益。可是你看现在的孩子，有沉迷这些、谈论这些的吗？很少。他们谈蜘蛛侠、谈超人，为买一个国外的玩偶可以溢价二十倍、排队二十四个小时。我们能说是现在的孩子有问题吗？不能，有问题的是我们成年人。因为我们没有将我们灿烂的传统文化以尊重的态度告诉他们，他们听到'传统文化'四个字第一反应就是要考什么。这就是我们的问题。所以，我选择重回道森。道森有影业、度假区，这是最好的载体，我要用这个载体，告诉下一代人，什么是中华传统文化，什么是熠熠生辉了五千年的文明。"

人近三十，疲于事业、忙于家庭之余，还能有理想，实在不易。

韦荞要在尔虞我诈的名利场中坚守理想，要在顾及家长里短的三十岁里实现理想，很难的。荣园听着，都替她觉得难。

可是韦荞还是那么认死理，几乎所有的天才都是认死理的。从私心讲，荣园不希望韦荞成为这样的天才，因为天才的结局未必很好，他就是例子。可是当韦荞当着他的面说出理想，荣园终究无法坐视不理。

一时间，无人说话。

打破沉默的是岑铭。

小男孩吃饱了，坐不住，去旁边的水池边玩了起来。他叠纸做小船，组了一个船队，顺着水流开船。岑铭说这是"郑和下西洋"。船行到中途，不动了，小男孩求助："我的船怎么不动了？"

韦荞起身："妈妈帮你看一下。"

母子俩埋头研究，韦荞道："是船的受力点不对。"

不远处，岑璋看着母子俩，眼里满是温柔。

荣园看着，不禁揶揄："韦荞当首席执行官是可惜了，她理科那么好，埋头做研究的话一定会大有成绩。"

岑璋骄傲死了："她有哪门不好？四年全科满分。"

荣园一时也挺无语。别人家丈夫骄傲子女，只有他风格独特，骄傲前妻。

荣园放下茶杯，看向岑璋："道森这桩事，你入局了？"

"没有，这是道森内部的事，今盏国际银行没有资金进去。"

"韦荞赌这么大，出了事，你兜不兜底？"

岑璋听了，一笑。

谁说文化人只会风花雪月？荣老师精明起来，就没别人什么事了。他听得懂荣园的意思，荣园是要搞明白这件事的风险究竟有多大。

岑璋放下茶杯："我不兜底，我今天会过来？金融管理局的安全理事会我都没去。"

"呵。"荣园服了，"到底是你。"

有今盏国际银行董事会主席这句话，这事稳了。

他们这对夫妻——姑且算是吧，很难说是谁成就谁。关于这一点，坊间传闻不少，大部分更偏向岑璋成就了韦荞。大多数人认为，韦荞坐得稳道森首席执行官之位离不开岑璋自带银行背书的影响力。但荣园持不同见解。在他看来，受影响更大的是岑璋。

荣园初识岑璋，岑璋和那些顶级世家子弟没有差别，精致、利己、欠缺人情味。但现在，岑璋已全然不是那样。岑璋有原则，有坚守，有感情。教会他这些的，正是韦荞。韦荞的智慧和理想，都在道德的框架下熠熠生辉。

"你和韦荞亲自来，我就知道，我会被你们两个说服。"

岑璋放心了，荣园这就是点头同意的意思。岑璋说："师兄，谢谢。"

"不用。对了，韦荞不知道我三年前反水的原因，你也别告诉她了。"

"我明白。"

大抵悲伤过往，都是少一个人知道为好。

三年前，未婚妻遭遇车祸，猝然离世，荣园一夜白头。他不能原谅自己，没有见到未婚妻最后一面。彼时他正在申南城，潜心制作和道森合作的动画电影《大圣西游》。当他听闻噩耗赶回上东城时，未婚妻已不在人世。荣园的私生活很低调，岑璋是少数知情人。

　　"师兄，你能答应，我替韦荞说声谢谢。"

　　"不客气。一来，有你兜底，合作风险几乎为零；二来，我是被韦荞说服了。现在有理想的人太少，我们太需要让年轻一代人知道我们自己的文化，韦荞愿意去做这件事，她比我勇敢。我没她那么勇敢，但至少可以帮一帮她。"

　　岑璋眼神温柔。韦荞的好，他比谁都清楚，但从别人那里听一遍，还是会心动不已。

　　荣园觑他一眼，服了他。

　　岑璋当年追韦荞，他是见证人之一。岑璋的那种强势，别说韦荞，就连荣园这个旁观者见了都难免不适。荣园那时不太相信岑璋对韦荞的感情是真，在他看来更像是岑璋单方面的冲动。如果真的爱一个人，关键时候会牺牲自己。但冲动不会，这种情绪得到释放后，也就结束了。

　　十年后，荣园才明白自己当年的想法是错的。

　　岑璋对韦荞，是爱。你看他，牺牲自己牺牲得多快。为了韦荞的一个主意，他就能牺牲掉那么多。

　　想起韦荞，荣园难得过问他一句隐私："对了，韦荞三年前的病好点了吗？"

　　岑璋一愣，抬头看向他："韦荞什么病？"

　　荣园心里顿了一下。看岑璋的反应，荣园就知道他不是知情人。恐怕，其中还有不小隐情。

　　荣园入世深，不愿做坏人，打搅这对有情男女："没事，我记错了。"

一顿家常饭，几人相谈甚欢，结束时已近九点。

岑铭困了，韦荞抱着他睡。

岑璋看见，将儿子抱过去："你抱久了腰会疼，我来吧。"

"那你抱牢一点，他睡着了。"

屋外气温低，韦荞拿着他的外套，作势要给他披上。

岑璋心里受用，嘴上还是倔强的："我不用——"

话还未说完，他就看见韦荞将外套披在了岑铭身上。

岑璋："……"

人家韦总，心里根本没想着他。

韦荞照顾好儿子，许是感受到上东城降温后的刺骨滋味，这才想起来还有个岑董需要关心："冷吗？我让司机送一条毛毯过来。"

"我不冷。"岑璋扫了一眼儿子，嫉妒得很，"我没小孩子那么娇气。"

"……"韦荞随他去。

两人同荣园告别后，司机将车开至门口，夫妻俩一前一后地上车。

"去皇后大道，壹号公馆。"

"好的，岑董。"

韦荞动作一顿。他们昨天下榻住的是酒店。她没料到，今天岑璋会去那里。

壹号公馆，承载了她和他太多的第一次。第一次相爱，第一次亲密。十年了，韦荞依然记得二十岁那年岑璋牵着她的手走进壹号公馆的模样。她惶恐、不安，又隐隐期待，期待和他发生什么，又怕真的发生什么之后，她接不住后果。

十年后，韦荞坐在车里，想起公馆的那一道雕花大理石门，在心底自问：她有勇气再次迈入吗？

黑色轿车平稳地驶进庭院。

岑璋下车，对她道："我抱岑铭上去，今天晚上就让他先睡吧，不要吵醒他了，明天早晨等他醒了再洗澡。"

韦荞跟着下车，"嗯"了一声，人却站在原地，没跟上去。

很快，传来岑铭迷迷糊糊的声音："妈妈？"

岑璋摸着他毛茸茸的小脑袋，轻声安抚："是爸爸抱着你。我们到家了，放心睡吧。"

"那妈妈呢？妈妈来了吗？"

韦荞快步追上去："岑铭，妈妈在的。"

岑铭打着哈欠，眼皮耷拉下来，嘴里还在问："妈妈明天早晨也会在吗？"

"嗯，妈妈在的。"

"后天也在吗？"

"嗯，也在。"

"那大后天呢？"

"都在。"

岑铭不再讲话。他搂着爸爸的手，很快睡着了。

楼梯口，岑璋低声对韦荞道："我抱他去房间，你也累了，先去洗澡。"

"嗯，好。"韦荞看了一下岑铭，小男孩睡得正香，她松了口气。

她转身，准备去浴室，走了几步，忽然停住了脚步。她站在二楼，居高临下，临窗遥遥望去，正好能看见庭院外的那道雕花大理石门。

不知不觉，她就这样再一次走进来了。

岑铭一声"妈妈"，让所有的禁地都不再是禁地。

忽然，韦荞眼眶一热。十年了，不安和彷徨，瞬间瓦解。一身轻松的滋味，真好，真的太好了。那种感觉，是不再背负任何顾虑的感觉。岑璋用尽力气给了十年都没有真正给到她的安全感，岑铭一声"妈妈"就给到了。

韦荞抱臂，差点落泪。母子关系无可撼动，原来是这个意思。

岑铭今晚累了，睡前又被吵醒，闹了一会儿小情绪。岑铭的小情绪闹起来很有性格，他不哭不吵，只会不断地向岑璋提要求。

"爸爸，我要'衫衫'。

"爸爸，我要吃河虾汤面。

"爸爸，我要听你讲故事。"

岑璋不疾不徐，将小男孩哄好。他在这方面是专家，拥有丰富的实战经验。岑铭抱着被子睡着了，既没有拿到"衫衫"，也没有吃到河虾汤面，故事倒是听了一个，是岑璋临时编的。他把今盏国际银行最近上新闻的那宗收购案改编成了森林里小猫咪买下小狗狗杂货铺的故事。如果韦荞知道岑铭从小听的故事都是岑璋瞎编的，估计会想收拾岑璋。

岑璋带上房门走出去，低头咳嗽了两声。十二月的上东城气温很低，他一件衬衫穿一晚，有要感冒的迹象。岑璋走去主卧浴室，打算泡个热水澡，驱一驱寒气。人刚走进浴室，脚步一顿。

浴室里，韦荞正在给他放洗澡水。

作为银行世家的公子哥，岑璋泡个澡屁事很多：要香薰精油，要玫瑰鲜花，还要一杯红酒、一杯清水。

刚结婚那几年，韦荞对他这点毛病从没看得惯过。她是真正的惜时主义者，洗澡超过半小时就会有浪费人生的罪恶感。为此，岑璋特别喜欢在浴室里为难她，既打败她的主义，又得到她的人，获得双重快感。

今晚，岑璋帮了她大忙，韦荞难得放下价值观，把他那套属于享乐主义的香薰、玫瑰、红酒、精油都准备到位了。

她弯着腰，试了一下水温。水流声很好听，掩盖了岑璋走进浴室的脚步声。韦荞没发现身后有人，在浴池放满水后就准备离开。

转身，四目相对，韦荞一时也怔了一下。

岑璋不像是想要和她说话的样子，最后还是韦荞打破沉默："水温正好，你先洗吧。我听见你刚才咳嗽了几声，可能会感冒。我到厨房给你煮一碗生姜茶，你等下记得下楼喝。"

说完，她举步欲走。意料之中，岑璋没让她走。当她经过他身边时，被他一把拉住手。

韦荞习惯了他的不良嗜好，不以为意："今天很晚了，不要闹。"

"你三年前得了什么病？"

他问得十分突然，韦荞措手不及。

岑璋握紧她的手，力道很大，把她手腕握得生疼。他突然质问，韦荞毫无防备，需要一点时间说谎圆过去。

"那是……"她欲言又止的模样落在岑璋眼里就是证据。

岑璋心里一紧，死死盯着她，沉声问："是癌症吗？"

韦荞："……"

倒也没有那么严重。

见她不答，岑璋用力地摇晃她的肩，把氛围拉满了："你坦白告诉我，是不是？！"

韦荞终于受不了他这傻子了："我说，你差不多行了啊。"

韦荞一把拍掉他的手。真是，他还抓着她的肩膀摇她半天，她没病都被他弄得头晕了。

"我没事。你少看点乱七八糟的电影，知道吗？"

岑璋年轻时迷恋悲剧艺术，看了不少没头没尾的悲剧电影。现在他三十了虽说稳重许多，但碰上韦荞的事还是会脑筋短路，自动往悲剧艺术那方面展开华丽联想。

岑璋盯着她："真的没骗我？"

"没有。你能想我点好吗？"

"好，那你告诉我，三年前你发生了什么事？"

"荣老师告诉你的？"

"师兄没有，只是不小心说漏嘴。剩下的，我要听你自己说。"

韦荞在心里暗骂。

许立帷那个家伙，不知道对荣园说了什么。她患抑郁症的事谁都没告诉，除了许立帷。三年前她要辞职，许立帷不准，把她为难得很彻底。许立帷和岑璋不同，岑璋对她是表面强硬实质心软，许立帷则是看着好说话，其实是真正的油盐不进。

岑璋看着她，缓缓开口："许立帷知道这件事，是不是？"

韦荞："……"

岑璋知道，他猜对了。

"你和师兄的关系，远远没有达到推心置腹的程度，否则，今晚你和师兄谈合作，根本不会如此见外，还需要我出面帮你。但是，师兄却知道你三年前生病的事。那么，只有一种可能，就是别人告诉了他。那时，师兄正在道森合作动画电影。我查过，代表道森负责和师兄对接合作的就是许立帷。所以我猜，是许立帷告诉了师兄。"

全对。韦荞扶额。她不该小瞧岑璋的。她怎么会认为岑璋好对付，说点谎就能骗过去？

"这件事和许立帷没关系，你能不能不要扯上他？"

韦荞听过一些风言风语，大概知道许立帷这两年被岑璋弄得很不好过。许立帷那么宛如老僧入定的一个人，都能被弄得火冒三丈，可见岑璋下了狠手。今盏国际银行董事会主席存心想要整一个人，后果没人能承受得住。韦荞对许立帷十分过意不去，如今重回道森，她绝不会再让许立帷被无辜牵连。

"太晚了，我不想和你谈这件事。"

"韦荞，你承认了？"

"什么？"

"三年前你得了病，没有告诉我，却告诉了许立帷。"

韦荞逐渐不耐烦。她问心无愧，更不爱解释，往往别人越逼她，她越冷淡。过去十年，岑璋被韦荞冷处理的次数不算少。他学不乖，仍然对她一意孤行。

"是失眠症而已。"韦荞浅浅解释，想要结束今晚的谈话，"不是什么大事，有一段时间睡不着觉，后来就好了。那个时候也不适合告诉你。我和许立帷在道森一起做事，他看我精神不太好问起过，我顺势就和他讲了几句。就这么简单，没别的。"

韦荞拂开他的手，不欲和他纠缠："我去煮生姜茶，你等下记得下楼喝。"

她走到门口，身后那人却快她一步，用力关上门。"砰"，关门声惊天动地，震到韦荞心底。

"你小声点——"惊醒岑铭怎么办？

话未出口，她已遭他禁锢。岑璋将她抵在门背后，双手撑在她身侧，要她失去自由，动弹不得。这是夫妻之间才会有的矛盾，他像小孩子一样争强好胜，总是想在她心里多占一分位置。

"韦荞，你说谎。"

她那点敷衍的态度，根本瞒不过岑璋。她应付他的敷衍，对比她在许立帷那边的坦诚，天差地别的态度瞬间激起岑璋轻易不会有的报复心。

"那些传闻都是真的。"

"什么？"

"这两年，我让许立帷很不好过。那些事是真的，我做的。"

"岑璋你——"

"因为你只把许立帷当成自己人。"

岑璋声音很轻，很轻的声音里才会有很重的不甘心："韦荞，那我呢？"

韦荞和许立帷的关系有点复杂。

两人自幼时相识，是真正的青梅竹马。他俩三岁前一起在福利院排队打饭，后来同时被赵江河选中，成为道森助学基金的资助对象，从此读书、升学、工作，所有环节都被绑定。

许立帷性格偏冷，韦荞也是，相似的人生轨迹赋予二人相似的性格底色。但其实，在世界观上，两人有本质的不同。韦荞信规律，是乐观主义；而许立帷信命，是悲观主义。万事万物，细节是规律的，整体是命运的。韦荞相信"天若有情天亦老"，许立帷固守"人间正道是沧桑"。

在上东大学，人人都知韦荞和许立帷关系非常。

岑璋二十岁生日那晚在游轮上开派对，一众圈内好友纷至，韦荞却要提前走。岑璋看见她手里的保温盒，就知道她是为了许立帷。

那一年学期末，许立帷的主课遭遇挂科。学校传言，他因得罪教授而受到排挤。只有韦荞知道，传言是真的。许立帷拒绝论文数据造假，写出一份同教授立场相左的论文。教授按兵不动，以"理论功底相当肤浅"为由判定他这篇论文不及格。为修满学分，许立帷不得不另开论文选题，从头再来。

整个寒假，许立帷都留在实验室里做数据。韦荞记挂他，在派对喧嚣之际独自走去厨房要了一个保温盒，给许立帷打包了一份海鲜烩饭。

主厨尽心尽责，问她黑胡椒粉要多一点还是少一点。韦荞摇头，说都不用放，因为许立帷不吃辣。主厨将打包好的海鲜烩饭递给她，看见不远处在游轮甲板上尽情喧嚣的年轻男女，不由得对眼前这个淡定处事的女孩产生诸多好感。主厨不禁笑着感叹做她男朋友真幸福，有她这样记挂他。

韦荞笑了一下，浅浅解释："他不是。"

她拿着保温盒转身，就对上了岑璋的视线。

他正站在她身后，无声地看着她，既不认同，也不反对。

那时，韦荞刚成为岑璋女朋友不久，感情还不深，心里多少带着点"谁知道哪天就分手"的自嘲。被他撞见，她也不瞒他，告诉他许立帷还在实验室，等下她去给许立帷送饭。岑璋沉默半晌，没有拒绝，吩咐游轮靠岸，提前返航。韦荞连忙说不用，按预定时间返航也完全来得及。于是岑璋明白了，她在同意参加派对时就考虑到了许立帷，如果时间不是刚刚好，她未必肯来。

凌晨十二点，岑璋送韦荞去学校实验室，整栋实验大楼只有许立帷在的那一间通宵亮灯。岑璋目送韦荞的身影消失在楼道里，理不清情绪。他完全可以阻止，可是他没有。他知道以韦荞的价值观，要她在许立帷和他之间做选择，她一定会毫不犹豫地放弃男朋友。

爱情会产生背叛、会淡，友情不会。

岑璋很想告诉她，他对她的爱情不会。可是他从未这样说。他像是有一种傲气，不屑于将这些宣之于口。他要她自己发现、自己深信。

后来，许立帷还是唯一能同韦荞谈私事的人。

结婚前夕，韦荞和许立帷在清吧喝酒，各自要了一杯清水。酒保觉得这两人可能是来找事的，许立帷递上黑卡说"钱照付"，酒保立刻换上热情笑容。

就在那晚，韦荞告诉许立帷，她要结婚了。后者听了，对她说"恭喜"。

意料之中的事，许立帷并不惊讶。

韦荞又道，结婚是她做过的唯一没有把握的事，但她还是想试一试。于是许立帷明白了，韦荞爱上岑璋了。

他在一瞬间心软，清浅地笑说，岑璋挺好的，除了有时候有点幼稚。韦荞一愣，继而也笑了。她知道，许立帷在用他的方式鼓励她。

五年婚姻，岑璋固守骄傲，不肯承认对许立帷挥之不去的介意。直到韦荞递给他一纸离婚协议，岑璋落笔签字，忽然发现这些年的固守毫无意义。

十年了，孩子都有了，他还是过不去。

过不去的才是爱情，他的爱情从始至终都过不去"韦荞"这个名字。

"韦荞，你答应过我的。当年你拿着那张照片对我讲的话，不作数了是吗？"岑璋不爱翻旧账，意思是：他从不翻别人的旧账，他只翻韦荞的。

韦荞作风刚正，在媒体圈素来没什么黑料，硬要说有，那就只剩她结婚前那一桩。她和许立帷在清吧喝酒的照片被记者拍下，两人各自端着一杯水，轻轻碰杯，笑容清浅。隔日，照片见报，引起轩然大波。

那时，离她和岑璋的婚期只剩一周。在媒体的渲染下，她和许立帷的关系扑朔迷离。韦荞没有应对此等新闻事件的经验，天真地想要奉行"清者自清"原则，完全不懂她的沉默给了大众最好的想象空间。一时间满城风雨，坊间纷传岑璋已在考虑退婚。

最后，平息风波的是岑璋的一个动作。

明度公馆里，准新娘试穿婚纱，沿着旋转楼梯拾级而上，拖着精致摆尾。岑璋站在台阶最后一级上，单膝半跪，俯身整理婚纱缎带。现场的婚纱设计师拍下这一幕，发布在社交平台上，引起坊间哗然的同时瞬间平息婚变风波。

韦荞心里清楚，这是岑璋出手了。

若非得到今盏国际银行岑董的授意，区区婚纱设计师敢私自拍照发布？

她和许立帷被媒体纠缠多日，直到岑璋亲自下场，风波才彻底得到平息。韦荞向来坦荡，从不觉得欠他什么。这次却不然，尽管她自认无错但内心对他的抱歉始终真实存在。当晚，她去书房找他，拿着那张被记者偷拍的照片对他道："以后这种让你为难的事不会再有，我不会再和许立帷单独出去，我保证。"

韦荞言出必行，多年后，面对岑璋翻旧账，韦荞面不改色："我当然记得。那次之后，我从来没有和许立帷单独出去过。"

"前半句呢？"

"……"

"如果不是今晚师兄说漏嘴，我到现在也不会知道你三年前生了病。我一无所知，你还是只告诉了许立帷。"

一个人有心，心里有爱，生了嫉妒，怎样都很难不介意爱人对其他人比对自己特殊。

韦荞唇角一翘，存心激他："这笔账你要这么算，是算不完的。于公，我和许立帷是上下级；于私，我们一同长大。公私场合这么多，我很难做到你想要的完全分割。"

岑璋眉头一皱，果然上当："你不能——"语气又凶又软，像小孩子发脾气，他不管不顾地放狠话，又很快后悔，明白自己做错了事。

浴室实在不是一个谈话的好地方。韦荞先退一步："你先去洗澡，我等你。"

岑璋还在情绪高点，说话做事由着性子来，不管不顾："谈到许立帷你就要走？"

"不谈许立帷我也要走。"岑璋不肯放人，还想说什么，韦荞伸手摸了摸他的脸，"我走是为了谁啊？刚才听见你咳嗽，我才急着要下楼给你煮生姜茶。你真感冒了怎么办？今盏国际银行那么多事压在你身上，你不管了？"

岑璋很好哄，韦荞一个安抚就能哄好。

韦荞将他往浴池推："去吧，等下我来找你。"

岑璋不情不愿地，到底没再反对。

韦荞在厨房忙了半小时，将一壶生姜茶煮得很到位。

岑璋身体不错，偶尔生病，让他吃药就是个大问题。他是宁愿扛着难受也不想吃药的人，在医生眼里，岑璋是配合度最低的那类病人。在明度公馆当家庭医生不是一件好差事，如果不是岑璋开的年薪接近天价，恐怕没有医生愿意接手他这样的病患。

韦荞煮好生姜茶，站在中岛台旁，等它凉一会儿。

她不喜欢看见岑璋生病，即使是偶尔感冒咳嗽，也不行。岑璋在她心里就该永远热烈，一往无前。尽管她知道人生病吃药是多么正常的事，可是放在岑璋身上，她还是觉得不行。她没有家人，是岑璋让她有了家。岑璋在，家在，其实她比自己以为的更爱岑璋。

韦荞正想着心事，身后不知何时已站了人。岑璋抬手往她腰间一搂，出其不意地从身后吻她。韦荞一时不察，下意识地转身，就这样落入他的怀抱。岑璋刚洗完澡，头发还半湿着，可见他是胡乱擦了一通就跑出来找她。

他顺势加深了这个吻，韦荞没有拒绝。她看得出来，今晚岑璋失了冷静，吻得又凶又急，像极了小孩子被抢走了喜欢的人，拼命拉住她的手摇头不让她走。

爱情是一门失传的学问，她一直以为，只有她没学会，原来，他也没有。韦荞心里一软，抬手搂住他的颈项。一抹清浅的笑容浮现在她唇角，显得她很温柔。

"许立帷说你幼稚，真是没有说错。"她踮起脚尖，在他唇边轻吻。

很温柔的吻，如蜻蜓点水。她的唇没有离开，长久地停留在他唇间。岑璋身上有馥郁的香根草的气息，这是他习惯用的香水的后调。她没有告诉过任何人，她离开两年，怎样都没有忘掉这个气息。现在她才明白，她根本没有忘记过岑璋，她只是害怕承认。她知道，一旦承认忘不掉，她就拿爱情没有办法了。

"三年前，确实发生了一些事，但我并不想告诉你。"

"韦荞——"

"事情过去了就好，再提起，没有意义。"

岑璋低头："你有许立帷帮你渡过那些不好的日子，就够了，是吗？"

"不。"她摇头，"是因为在喜欢的人面前，每个人都会想让自己完美一点，我不是例外。"

岑璋听了，抬眼看她。

韦荞搂紧了他一点，无声鼓励。

"许立帷是不婚主义者，他不信有人可以令他的人生快乐起来，所以他从来没有等过这样一个人。可是我和他不同，我始终期待，会有这样一个人出现，令我可以和所有正常家庭的女性一样，好好爱一个人，也好好被一个人爱。后来这个人真的出现了，就是你。岑璋，这就是你对我的意义。"

如果没有岑璋，她的爱情大抵会很苦。现代人，直来直往，效率至上，连谈恋爱情也不是例外。爱情犹如快餐汉堡，成为工业时代的最后一件速食品，人们迅速咬一口，迅速吞下，然后再找下一个。老人说，爱情不能这样弄的，爱情这样弄迟早要被弄坏的。可是现代人说，在精致利己的时代，爱情的重要性还不如汉堡，爱情连肚子都填不饱，爱情算老几？

韦荞很怕遇上这样的现代人。

她是很古老的那类人。唐诗宋词中，有多少句都在写爱情，却没有一句直接写着"我爱你"。韦荞喜欢的爱情就是这般古老的模样。

二十岁，初识岑璋，她犹豫过。世家子弟，大都将爱情视为游戏，要征服，还要占有。初次听闻"岑璋"之名，她将他视为那类常见的世家子弟，甚至，将他想得更不堪。今盏国际银行的未来主事人，岑璋是顶级名门后代。

"岑璋，我对婚姻，其实没有很多信心。"

多奇怪，五年婚姻里，两人剑拔弩张，她竖起全部防备，对丈夫越来越冷淡。分开两年，她反而得了平静，愿意同他讲心事。

大抵最重要的东西，人们都是要失去一次才懂得珍惜。小孩子牵气球，弄丢了一只，漫山遍野地去找回来，觉得那被弄丢的旧气球比父母新买的气球都要好。

她和岑璋，就是如此。

"离开你的两年里，我想了很多。我不知道合适的婚姻是什么样子的，但我知道不合适的婚姻总会终结。所以当初，我没有想过要回来。"

岑璋声音哑下来："韦荞，不可以。"

当年，是他不好。

他太急了，以为夫妻恩爱、生儿育女，会像五千年来一直绵延而下的大江大河一样，水到渠成。他没有想过，社会、经济、文化的发展，如同江河奔流，汹涌万千，人类被裹挟其中，早已孕育出新的生存法则。旧日体系不适合新生时代，两人被急流卷入，像经历着一场灾难，凶险万分。

"韦荞，给我机会。我也是第一次爱一个人，我会学的。"

人，多奇怪，经历三年幼儿园、六年小学、六年中学、四年大学，有些人还要完成三五年的硕博学业。通过二十多年的学习之后，人们才敢颤颤巍巍、小心翼翼地投身职场。但大家对婚姻的态度截然相反。人们不学、不练、不反思，一句大人、小孩都会讲的"我爱你"，仿佛就是一道护身符。

发展了五千年的社会历来如此，做官、做生意，做什么都要门槛。偏偏做丈夫、做妻子、做父母，从无考核，从无门槛。

多可怕。

他们两个，亦是如此。

婚姻走到悬崖边，幸亏二人有慧根，同时镇定下来又反思，这才险险回头，得一次重新来过的机会。

这叫什么？这就叫，再世为人。

他要的机会，韦荞真的再给了。

她将他搂低一点，温柔吻他："对太太好，会发财。岑董，记住我的话哦。"

岑璋笑了。他听她的话，放下过去，朝前看："我会的。"

他轻轻拥抱她，世间文字无数他还是只喜欢喊组成她名字的两个字："韦荞。"

韦荞在上东城停留一周，和荣园达成初步合作意向。

岑璋打电话给班主任，替岑铭请了一周假期。

南城国小管理森严，班主任不惧他董事长的身份，在电话里仔细询问，认真落实请假制度。

小学一年级正是打底子的关键期，孩子落下七天功课会跟不上进度。岑璋没被班主任吓唬住，镇定地胡说八道，说是"亲戚结婚，参加婚礼"。班主任竟然也信了，大概认为他好歹是个董事长，总不至于说谎，根本没想到岑董在这方面的信誉完全不堪一击。

七天见不到岑铭，小伙伴们十分想念他。

放学后，几个小伙伴一起给岑铭打视频电话。

从校运会开始，苏珊珊就对岑铭很好奇。岑铭的沉默寡言落在这个年龄的小女孩眼里很奇妙。再加上岑铭成绩好，他那点沉默寡言更增添了他作为学霸的神秘感。

苏珊珊热情地问他："岑铭！张老师说你请假七天，你去哪了呀？"

岑铭还未回答，屏幕上就挤进了季封人的半张脸："岑铭！你怎么忽然去了上东城？还去七天！下周三数学竞赛就要开始了，刘柏松代表三班参赛。上次校运会，他已经放话在数学竞赛上等着你了！"

岑铭说："我没报名数学竞赛。"

季封人咧嘴一笑："我替你报的啊！"

岑铭："……"

季封人说："咱们一班什么时候怕过？！刘柏松都这么放话了，当然要接着！让他看看，什么叫作'一班一句话，就是当老大'！"

岑铭："……"

一班的荣誉确实很重要，但，为什么被推出去的人是他？

苏珊珊突然问："季封人，你怎么知道岑铭在上东城？"

岑铭又一次无语："确实。季封人，我在上东城，你怎么知道的？"

季封人大大咧咧地道："我问我爸的呀！我爸帮我查了一下，就告诉我了，我爸说你和你爸爸妈妈都在上东城。"

岑铭和苏珊珊听得懵懂：季封人的爸爸真厉害，什么都知道。

一旁，岑璋和韦荞听见这番话，顿时脸色各异。

韦荞抱臂，问："那个小孩的爸爸，什么来路？"

查人行踪，本就不是一件简单的事，何况是今盏国际银行董事会主席和道森首席执行官的行踪。

岑璋轻描淡写，有意避讳："来头很大，反正就别问了。"

韦荞："……"

儿子好不容易交到的好朋友，竟然是这种家庭背景，当妈的心情真是复杂啊。

岑铭拿了手机，跑去花园，和季封人说悄悄话。

季封人歪着头问："什么事啊？你刚才叫苏珊珊回避一下，她都生气了。"苏珊珊很不好哄的。

岑铭道："我有个事想问你。"

"哦，你说。"

"你爸爸妈妈是不是以前离过婚？"

季封人难得被问住。亏得他大度，不予计较："岑铭，你礼貌吗？"

岑铭一脸镇定："你先回答我。"

"我妈要离，我爸不肯。"

"最后没离成？"

"对。"

"哦。那我问你也没用，你的情况和我这边还不太一样。"

"什么不一样？"

"我爸妈是离成了的，他们离了两年了。"

"哦，所以呢？"

"所以，我本来想问你的问题，现在不用问了。情况不一样，没有可比性。"

"什么问题？"

"爸妈离婚了，还能一起睡吗？"

"啊？"季封人挠了挠头。这个问题太超前了，也不在他的知识范畴内呀。

他对岑铭直言："不知道啊。我爸妈就算没离，我妈也不和我爸一个房间。有好几次，我都看见我爸睡书房。但他半夜会去找我妈，挺烦的。"

岑铭："……"

其实，岑铭会问这个问题，主要是因为父母一起睡觉这件事给他造成了一个很大的困扰：韦荞没办法给他按时上课了。

今天一早，韦荞就没给他上课。

岑铭六点起床，刷牙、洗脸、吃早饭。他从六点半等到七点半，都没等到韦荞。他按捺不住，走去客卧找妈妈，推门进去发现没人。他脚步一旋去主卧，打算问问爸爸，结果刚进屋就被岑璋拎了出去。

昨晚岑璋很疯，他自给自足了两年，日子过得凄苦。他好不容易逮到韦荞，一晚"生理课"上得很扎实，半夜才下课。

岑铭一脸蒙："妈妈还在睡？"

岑璋信口雌黄："对。妈妈昨晚累了，让妈妈好好睡一会儿。"

"妈妈怎么会累了？"

"给你通宵备课。"一大清早，岑董就开始胡说八道，"所以你要不要认真学？"

岑铭心底震动，目光坚定："要。"

岑璋拿捏儿子向来容易，他想起一桩事，问："听说下周三，南城国小举行奥数竞赛，你报名了吗？"

"没有。"

"哦，那可惜。妈妈很喜欢奥数，还以为你要参加，昨晚才为你通宵备课。"

一阵荣誉感猛地涌上孩子心头。岑璋的三两下暗示，把岑铭激得热血沸腾。

"爸爸。"

"嗯？"

"我没有报名奥数竞赛，但季封人替我报名了。"

"哦，所以呢？"

"下周三，我会拿到奥数金牌，赢过刘柏松。"

岑璋唇角一翘，满意了。他毫无愧色，把儿子原本不多的胜负欲激到极限："好，爸爸和妈妈等着你的金牌。"

新年伊始，道森在首席执行官韦荞的带领下，正式开启"五年战略规划"。

韦荞用半年时间同步做完三件事：第一，道森影业和荣园携手，推出重磅传统神话电影《大圣西游》；第二，道森度假区改扩建计划正式实施，凡属贴牌沃尔什的部分全部被剥离，并同步建造"大圣西游"度假区；第三，依据《大圣西游》蓝本，推出道森度假区"特色品牌玩偶"。

三管齐下，韦荞名声大噪。

媒体评论：道森三步走，步步惊险，环环相扣，走错一步道森都会全盘皆输。第一步，韦荞就走得险峻万分。韦荞不是专业电影人，在《大圣西游》宣传期收到不少冷言冷语，说她想吃国风红利，完全是外行指挥内行。对此，荣园第一个不同意。韦荞不懂做电影，但她懂更重要的东西：市场和人心。

那天，荣园赶赴道森对接电影事宜，韦荞对他道："这部电影的重点，不可以放在传统的师徒四人身上，而要放在贴近年轻人性格的人物身上。"

荣园瞬间领会她的意思："齐天大圣就像现在的年轻人，浪漫、孤傲、拥有一身本领不信命。这群年轻人才是创造未来的群体。"

当代人早已不似过去的人那样只会稀里糊涂地跟着喊"外面的月亮更圆"。这一代人有足够的知识储备和思辨能力，对事物进行客观判断。

文化，就是这一群体思辨站位的重要课题之一。

文化兴国运兴，文化强民族强。如何将这一宏观理念以平等的姿态告诉年轻人，尤其是低幼群体，历来是难点。而韦荞做的，正是试图化解这一难点。

"《西游记》被全球传播大约有六百年的历史，被翻译十多种语言。西游符号及故事家喻户晓，享誉全球。甚至，《西游记》的跨文化改编成为海外受众认知中国文化的重要途径之一。我们有如此灿烂的传统故事，却没有创造出一条通道去供我们的孩子了解它。这对身处文化行业的成年人而言，不失为一种失职。而我想做的，就是尽责。"

当日，韦荞这番话，完全将荣园说服。

擅长讲传统神话故事的动画电影界天才正式归来，这部电影横扫市场就是必然结果。

《大圣西游》票房高开，让它一举坐稳国内最高票房的动画电影之位。荣园凭借《大圣西游》横扫各大电影节动画电影金奖，拿奖拿到手软。在发表获奖感言环节，人们以为惜字如金的荣导会用一句"谢谢，继续努力"结束全部，未承想，沉默寡言的荣园这次开了例外。

"我阔别动画电影多年，再站回领奖台，想感谢一个人，那就是道森的首席执行官，韦荞。月光千年未变，时代万象更新，我只是拍了一部动画电影，而韦总在做的，则是为年轻人、为低幼群体搭建一条通往文化自信的道路。传统故事里有我们五千年的灿烂文化，如何护文明之火种、保文脉之永续传承，这就是韦总在做的事。我希望韦总能做好她想做的事，不要被困难打倒，所以我贡献了绵薄之力，拍了这部电影，谢谢大家喜欢。"

一席话，让"道森韦荞"这一词条瞬间被拱上热搜，强势霸榜。

身处风口浪尖，韦荞一切照旧。她的情绪稳定能力是用动荡人生修成的，除了和岑璋的那点极限拉扯之外，其他事都影响不到她。

说到岑璋，倒还真有一件意外之事发生。

韦荞用《大圣西游》强势打开道森发展的新局面，另一边的岑璋也没闲着，被媒体曝出一个惊天大瓜。他的绯闻对象不是韦荞，而是岑华桥的家庭医生方蓁。

媒体拍到岑璋和方蓁在一家私立医院同进同出，岑璋陪到凌晨才走，几张照片拍得模糊又暧昧。

但实际上，岑璋连手都插在裤兜里，不给媒体任何生事的机会。但文字功夫了得的小报记者洋洋洒洒写了六千字，一篇雄文横空出世，直指岑璋和方蓁关系匪浅。文末还贴了张岑铭的侧脸马赛克照片，添油加醋地写道：岑家小少爷即将迎来年轻新妈妈。

韦荞只看了标题，将其余六千字一秒略过。文末，岑铭那张照片倒是让韦荞眉头一皱，她指了指，当即对顾清池吩咐："把这个拍给岑董。"

顾清池精气神十足地应了声："是！韦总。"

这篇新闻顾清池也看到了。昨晚她刚下班，在道森食堂吃饭，打开短视频软件，强大的互联网就把她平时最爱搜索的"韦荞岑璋"的相关新闻源源不断地推送给了她。

顾清池看了会儿，气得不行。韦荞这阵子在道森忙得三餐不定，常常在会议中途随便吃两口就算一顿，媒体竟然还用这样的假新闻伤害她。

顾清池愤愤不平，给岑璋发微信时一个没忍住就往夸张的方向去了：

　　岑董，不好了，韦总生气了。

　　韦总谁都不理，很伤心。

　　她好像都哭了！！！

岑璋都看沉默了。

韦荞原本的意思是把岑铭的照片撤了，不要让孩子在公众面前曝光。关于岑璋绯闻的那点六千字正文，她连看都没看，根本没往心里去。

韦荞没料到经过顾清池的传话，传到岑璋那里时意思完全变了。

一晚之后，新闻被全面压了下去。第二日，周刊首页登了致歉信，媒体为虚假报道向公众致歉。

顾清池高兴极了，她看一眼就明白，这是岑璋出手了。

韦荞很忙，根本无暇顾及八卦。

和电影上映同步进行的道森度假区改扩建工程竣工，韦荞代表董事会聘请国际审计事务所的人员，对工程进行投资项目群综合决算审计。审计结果十分惊人，单是竣工核减金额就达到 8.2 亿。

审计组召开审计结果会议那天，韦荞顺势解除了郭守雄的高级管理职务。

郭守雄大闹董事会，韦荞将审计报告往他面前一甩："审计底稿就在这里，要不要一起拿给你？8.2亿的竣工核减金额，其中4.7亿和你有关。贪污、受贿，你一个罪名都跑不了，这些证据已经同步移交经侦，郭总，接下去你会很忙，还是想想对策比较好。"

郭守雄跌坐在皮椅上，没坐稳，又跌落地面。他痛得哀号，韦荞吩咐人送他紧急就医。隔日，韦荞得到消息，郭守雄尾椎断裂，很长一段时间可能都要靠坐轮椅度日了。

韦荞听完，对顾清池交代："工会不用代表集团去医院探望，公安部门已经行动，我们尽力配合，记住了？"

顾清池回答："是，韦总。"

靴子落地，传言纷纷。

韦荞重回道森，不仅令道森起死回生，更是不动声色地解决了威胁赵江河数年之久的郭守雄。她这张道森王牌，赵江河打得实在好。

郭守雄很快被警方带走，媒体对韦荞围追堵截。猫和老鼠的游戏，韦荞玩得不差。她不仅数次令媒体扑空，还见缝插针地和许立帷约着一起在晚上吃了顿大排档。

大排档离道森总部不远，以港式面饭为主。一碗招牌猪扒煎双蛋饭，是韦荞和许立帷在道森做实习生的那几年最爱吃的晚饭。十年过去了，两人每隔一段时间就会来光顾这家大排档，还是同样的双蛋饭，外加两杯柠檬茶。饭还在，茶还在，朋友也还在，这样就很好。

韦荞今晚是带着公事来的。

两份热气腾腾的饭端上来，两人一人一份。韦荞拆了一双环保筷，一筷子下去，公事也没忘："让你和丁嘉盈联系，想办法让她签三年宣传片合作合同，你办得怎么样了？"

许立帷面不改色："黄了。"

韦荞："……"

亏得韦荞定力好，听到这么离谱的答案也只是手腕动作一顿，掉了半勺饭。但凡换一个老板，都不会接受手下人这种办事态度。

在道森，许立帷的办事能力是一绝，30% 的成功率他能拉到 90%。道森最难的那部分合同有 70% 都是许立帷亲自和人谈下来的。还有 30% 的合同是许立帷也谈不下来的，这些就是韦荞的事了。

韦荞过惯苦日子，啃惯硬骨头，谈合同比谁都狠。这会儿，她迅速不纠结许立帷的那句"黄了"。是既定事实，那她就直面现实。

她抬头问："丁嘉盈还有情绪，为你拒绝她的事而迁怒道森？"

许立帷眼也不抬："嗯。"

韦荞想了想，道："你这样。"

许立帷听着："嗯？"

韦荞说："你跟她谈个朋友算了，等她签了合作协议你再分手。"

许立帷一口柠檬茶呛出来，咳了半天。韦荞保持着最后一点良心，给他倒了杯温水。

许立帷仰头喝了半杯水，人终于缓过来了，一口回绝："不干。"

"觉得这种做法私德有亏，是吧？那也确实。"

许立帷皮笑肉不笑："你知道就好。"

韦荞点了下头，再做补充："办法总比问题多，你牺牲一点，陪丁小姐吃好喝好，哄哄她，不就平账了吗？"

许立帷在心里吐槽，韦荞这家伙，做生意狠起来，连他都能卖。

"我不干。"许立帷态度强硬，拒绝到底，"这件事你找别人做吧。我没那能力，干不了。"

韦荞吃着饭，沉默不语，为这点小事还能谈崩而感到费解。

两人正僵着，桌上的手机持续振动。韦荞看向屏幕：岑璋。

她若有所思，一时没接。岑璋这通电话打得很卑微，打了三次，韦荞都没接，他锲而不舍，又发了一条短信：

怎么不理我啊？

韦荞的手机就放在桌面上，短信进来的时候许立帷也看见了。虽然岑璋在韦荞面前的做派许立帷大概知道一点，但亲眼看见岑璋缠人的样子，许立帷还是鸡皮疙瘩掉了一地。想到平时岑璋对他都是强硬做派，对比之下，许立帷从心底觉得岑璋这人真割裂。

许立帷人品还是可以的，见韦荞不回短信也不接电话，他本能地就想为岑璋说几句："岑璋那桩绯闻，你还跟他认真了？那么假的新闻，不至于。"

见韦荞不说话，许立帷好意安慰："好了，别生气了，岑璋不敢。"

"我没生气，我在想别的事。"

"啊？"

说话间，岑璋又一通电话进来了。他在这点上特别看不开，韦荞平时淡淡的，他就不行，生怕她对他从此失去兴趣。韦荞要是不理他，岑璋一定会乘着私人飞机跑来问她一句"为什么"。

韦荞拿起电话，忽然对许立帷道："记住了，你欠岑璋一个人情。"

许立帷一脸问号："什么？"

韦荞言简意赅："你把事情搞砸了，我总要想办法把事情重新办妥才行。"

她拿起手机，冲许立帷晃了一下："你看，能办事的人不就来了吗？"

隔日，申南城星光电影节隆重开幕。

作为国内外最具分量的电影盛事，星光电影节红毯闪耀，明星、导演、资方，齐聚一堂，星光熠熠。

岑璋的意外出现，是当晚最大亮点。

岑璋出席电影节是临时决定的，给出的理由是为荣园捧场。获奖名单上有荣园和《大圣西游》，岑璋亲自站台并不意外。主办方得知岑璋要来，喜不自胜，供好了东南亚银行界的"财神爷"，有无限利益。主办方精心安排，将前排主位指定给岑璋。

这座位安排不知是有意还是乌龙，当红影星白思思的席位竟然被安排在了岑璋邻座的右手位。

白小姐又喜又惊。喜的是，岑璋名声在外，她一介娱乐圈女子竟有机会近距离接触，机会委实太好；惊的是，岑璋对外是出了名的冷漠，她赌上前程拉拢他，可有胜算？

最关键的是，她如今风头正劲。她所在的华业娱乐在业界一枝独秀，人脉势力盘根错节。老板曾伟业对一条铁律严格遵守：严禁旗下艺人用不正当手段接触资本，搅乱公司运行机制。

曾伟业一手捧红白思思，如今，她要为岑璋违反曾伟业定下的铁律，值得吗？

白思思犹豫半晌，瞟过去一眼。

岑璋正在接电话。

他今晚穿了一件灰色衬衫，没有打领带，领口处敞着两粒扣子，在一众西服正装的名导和演员中利落出挑。白思思明白，岑璋的出挑绝不在他今晚穿的那件衬衫，而在他背后深不可测的今盏国际银行。世家三代人的努力，将今盏国际银行推向世界私营银行阵列，这才是岑璋强大松弛感的根本来源。

岑璋讲电话的声音断断续续地传来。她听了几声，岑璋正对首席财务官梁文棠下指示："一期资金我们进去三十亿，二期等一等，施点压力过去，你代表我表个态度出来：钱当然有，但要拿出来，我未必肯——"

白小姐身上忽然升起一阵燥热。娱乐圈里鱼龙混杂，她一头栽进来，为什么？最初她也许是为理想，但现在绝对不是了。钱，这才是人人都想要的。赚大钱、赚快钱，更是娱乐圈区别于其他行业的本质特征。

而今，岑璋这位"财神爷"就在身边，她为何不试一试？她想逆天改命，除了靠赌，没有其他办法。

她倾身靠过去，决定赌一次："岑董，幸会。"

今晚，白小姐穿了一件低胸高定礼服，占尽风光。

男女间想要有点什么，委实容易。岑璋这样的精明人，白思思几个动作做出来，他一定懂。

白小姐很有傲气：放眼名利场，对美丽的女人端得稳自控力的男人，有几个？

岑璋接了三通电话，突然感到腿上有些沉，垂眸扫一眼，白思思好看的左手正搭在他右腿上。

岑璋烦不胜烦，决定结束今晚这场闹剧："白小姐，道森影业听过吗？"

"当然。"

"我提醒你，韦总是我太太。道森影业在韦总手里，她想要封杀一个人，易如反掌。"

"听说韦总和岑董婚姻不顺。如果是为岑董，我愿意一试。"

"好吧。"岑璋一脸平静，起身就走，"那你就等着被韦总封杀吧。"

当晚，华业娱乐公司的老板曾伟业火急火燎地找韦荞。

因为就在方才，韦荞忽然在道森影业内部宣布，永不和华业旗下的艺人合作。

曾伟业不知自己怎么得罪了韦荞，忙不迭地救场："韦总，有话好说。出什么事了？您说出来，看我们是哪里有误会。"

韦荞甩给他一沓照片，照片里，白思思左手撑在岑璋右腿上，对岑璋巧笑倩兮，低胸风光一览无余。

"我刚从记者手里买下的，花得不多，二十万。我要是不买，明天的娱乐版头条就是这个。"

曾伟业眼前一黑，有破口大骂的冲动。

他算是看错白思思了。她什么智商，敢去打岑璋的主意？这两口子哪个好惹？能把今盏国际银行和道森度假区做大做强的两个人，这点心思你玩得过吗？

曾伟业认了："韦总，对不住。这样吧，韦总你开个口，需要我如何弥补，你尽管说，我一定做到。韦总你一句话，我可以立刻将白思思从公司除名。"

曾伟业想着，这个赔礼道歉的程度不算小了吧？白思思是他一手栽培的影后，如今在市场上的吸金能力有目共睹，他能为今天这事舍弃白思思这棵摇钱树，够有诚意了吧？

意外地，韦荞拒绝了："这倒不用。你培养一个艺人也不容易，为这点事封杀了，也可惜。"

曾伟业感动至极："韦总说的是啊！"

"但是。"转折来了，"我儿子的爸爸平白被你的艺人占了便宜，还让我花了二十万摆平，我也不好就这样算了，你说对吧？"

"那，韦总的意思是？"

"用小提琴家丁嘉盈来换。"

"……"

韦荞态度强硬："道森度假区年度宣传片制作，音乐部分由你公司旗下的小提琴家丁嘉盈负责。而且，道森要求丁小姐全程出镜宣传片。"

曾伟业陡然面露难色："韦总，这个……"

丁嘉盈是身价瞩目的世界小提琴家，才华横溢。有才华的人多少带着点特立独行的傲气，再加上丁家在申南城有自带的连锁乐器行龙头背书。丁家就这么一个独生女，丁嘉盈有的是底气，从不为利益折腰。曾伟业把她当半个祖宗供着，从不敢随便让她接商业活动。

谁想，韦荞一提就提了个大的！

"韦总，嘉盈那脾气，我怕她的工作不好做——"

"曾总，工作好不好做，是你的事。至于怎么做，也是你该考虑的问题。我已经把条件开给你了，你接受呢，这件事就过去了。而且道森承诺，和丁小姐的商业合作价码绝不会亏待丁小姐和贵公司。如果你不接受，那我就按不接受的后果处理了。"

得罪一个丁家，还是得罪道森度假区，以及它身后如影随形的今盏国际银行？这道选择题，不难做。

权衡之下，曾伟业迅速表态："哎，韦总，你看你说的，我当然接受啊。你放心，嘉盈的工作我去做，我和她父母的关系还是不错的……"

一场风波，被四两拨千斤地翻篇。

韦荞匆匆现身电影节，与荣园打过照面之后，迅速离开。

台阶下，一辆黑色轿车安静地等着。韦荞走下台阶，后车门自动打开，显然是特地在等她。韦荞看了一眼，吩咐等在一旁的司机石方沅先走。她走向眼前这辆车，弯腰坐进去。

韦荞刚上车，就被人一把按在后车座上，强迫接吻。

岑璋今天下手一点没留情，压住她双腿令她动弹不得。韦荞只来得及做一个抬手的动作，剩下的推拒之姿全数被他扣在掌心。他牢牢握住她的手，与她十指紧扣，将全身的重量压向她。韦荞承受不住力道，下意识地推拒，岑璋深吻已至，将她吞没。

起头那么凶狠的动作，随着韦荞搂住他的动作，一丝丝软化下来。岑璋单手扶住她后脑，缠绵一吻。

韦荞感受得到他相当不爽的心情。换了是她，今晚被人利用，同样会如此。

岑璋在她唇角咬了一口，报复她今晚的胆大妄为。他说："韦荞，你做生意真是敢。主意敢打这么大，连我都被你拿来用作工具人——"

韦荞没有反抗，坐实了岑璋的猜测。

昨晚，岑璋一通电话打了四次后，韦荞终于接起来，开门见山地对他道："明天你去一趟星光电影节。"

岑璋："……"

今盏国际银行和影视圈关系淡淡，岑璋没有投资电影的兴趣。他和荣园之间的那点合作，也纯属私交。申南城的名利场上，岑璋就是一个符号，他在何种场合现身，就代表今盏国际银行的资金会流向哪里。

岑璋不置可否，多少觉得没必要。

韦荞不跟他废话，直接下通牒："你必须去。"

岑璋："……"

有意思。他倒要看看，韦总敢对他打什么主意。

今晚，韦荞没令他失望。她甚至还在他进场前算准时间和他打了个照面，把他原本只解了一颗纽扣的领口又多解了一颗。岑璋满脸问号，搞不懂她什么意思。韦荞摸了摸他的脸，很满意地肯定："不错，有点帅的。"她这么直白地表扬他，还是头一遭，岑璋当时就笑了。他面对韦荞就会变得特别纯情，笑着笑着脸都红了。

韦荞今晚格外温柔，对他嘱咐："你好不容易来一趟，待久一点，不要急着走，我结束了过来找你。"

韦总在心里把一把算盘打得噼啪作响。她原本想的是万一华业娱乐的人足够正直，连岑璋都动摇不了他们犯错误，那她就麻烦了。让岑璋待着的时间越久，动摇人心的几率就越大，无论如何韦荞也要想办法让岑璋待着不动。

谁想，这番话落到岑璋那里，就成了另一种意思：韦荞果然是在意他的，连下班都想一起走！

岑璋当即"嗯"了一声，乖巧得不像话："我今晚没什么要紧事，不会走的，我等你。"

直到白思思的手摸在他腿上，岑璋才发现，韦荞在他身上打的主意完全超过了他的想象。

她竟然把他当作诱饵！她怕鱼不上钩，还不让他走，死死地把他按在深水池里差点让鱼吞了他。

岑璋在反应过来的瞬间好恨韦荞，恨她为道森的那点生意连他都敢推出去利用。可是韦荞一顿利用又用得那么恰到好处，同为最高执行人，岑璋对她很有种惺惺相惜之感。想到这样一个难对付的女人竟然会是他老婆，岑璋还没来得及恨上一会儿，又已经好爱她。

他又爱又恨，下手的力道比平时重了不少。

后车座上，两人近在咫尺，韦荞被他紧紧压在椅背上，胸腔承受了他的重量，连呼吸也变重。她只听岑璋道："原来你一早就计划，要利用我，令曾伟业欠你人情，从而成为你的帮手，获得丁嘉盈的合作首肯——"

韦荞不否认。"利用，说这么难听。"她置换动词，"不过是借力而已。你有这个本事，我拿来一用，不好吗？"

"不好。"他带着点愤怒地控诉，迫不及待，要把刚才那点委屈对老婆全说了，"你有没有搞错？你知不知道，她刚才摸我——"

韦荞看了一眼横在她身侧的这条腿，觉得问题不大。她完全没顾上岑璋已经要炸的心情，还在复盘今天的计划："坦白说，我没想到事情会这么顺利。"

事到如今，她也不瞒他："曾伟业为人圆滑，在公司实行铁一般的纪律，带出来的艺人有样学样，漏洞很少。白思思会不会顺利被诱惑，事前我也不确定，我也在赌。不过现在证明，不错，岑董身价金贵，足够让白思思按捺不住。"

事情办完，韦荞心情不错，拍了拍他的后背，完全肯定他的功绩："岑董，你真的很有价值。申南城名利场上，找不出第二个人能和你抗衡。"

岑璋："……"

她这算肯定吗？她还是闭嘴吧！

两人推拒间，韦荞的拎包掉在地上，包里一沓照片洋洋洒洒地掉出来。岑璋弯腰捡起一张，看清照片上的内容，脸色一黑。

"这又是什么？"联想到今晚他被人又摸又搂的，岑璋猜测，"被记者拍到，你买下的？"

"买？花这个钱干什么？"事情办完，韦荞迅速坦白从宽，"是我找人拍的。没有这个，我怎么去跟曾伟业谈条件？他那个人可精明得很，没有真凭实据，他是不会认的。"

岑璋："……"

好好好，她好样的，算是把做生意无所不用其极的那套玩透了。

韦荞做那么绝，连岑璋都好奇了："那个丁嘉盈，什么来头？值得你这么大费周折？"

"丁嘉盈是近年市场上盈利能力最强劲的小提琴家。四年前，道森和她合作拍宣传片，回报收益率是历年最高。"

"既然合作愉快，为什么不继续？"

"你也说了，前提是'合作愉快'。四年前那宗合作，对丁小姐而言可不算愉快。"

"哦？怎么？"

"合作结束那天，她对许立帷表白，被许立帷二话不说拒绝了。从此，道森被丁小姐列入拒绝往来名单。"

岑璋一愣，回味过来，顿时火冒三丈："许立帷造的孽，你用我来还？"

"不是用你来还。"韦荞从容不迫，纠正他，"顶多，是用你破冰。"

有什么差别？岑璋觉得他今天不好好闹一闹，都对不起自己。亏他还在想之前那事。他说："我昨天打你电话，是想告诉你那篇新闻的事。今盏国际银行的法律团队已经对写假新闻的那家媒体提出诉讼，要求巨额赔偿，你还有什么要求，跟我一起提了，我来解决。"

韦荞问："昨天什么新闻？"

岑璋在心里暗骂：顾清池这个骗子！

看韦荞这个样子，她根本连新闻都没看，要不是文末有张岑铭的照片，韦荞理都不会理。亏他昨晚信了顾清池的话，出差在外一晚没睡着，一大早飞机赶回来，满脑子都是顾清池说的"她都哭了"以及后面三个震惊他一晚的感叹号。

一旁，手机振动，韦荞拿起来看，是许立帷打来的。她正要接，被岑璋一把夺过，他语出威胁："如果你想让许立帷听见声音，你就接。"

韦荞还没意识到事情的严重性："什么声音？"

下一秒，她就陡然收声。

韦荞今天穿的是套装，上半身是真丝衬衫，搭配一条利落窄裙，勾勒出十分漂亮的腰线。

岑璋的眼色瞬间就变了，他的吻落在她颈项处。

他对谁都没说过，连韦荞都不知道，她的腰部最令他疯狂迷恋。韦荞偏瘦，纤腰窄肩，岑璋单手一抱就能环住。

韦荞终于有了危机意识，扶住他左肩，想制止他。但岑璋一身反骨，她不警告还好，警告了他就只想往反方向行事。

刚才那点不爽，此刻全部成为他动手的前奏："好啊。那你想好回答，我被人占便宜了，你真的不介意？"

韦荞的大脑开始疯狂运转。她试图编造一个非常能令岑璋满意的答案，结束他今晚山雨欲来的报复性惩罚。

"那个事，我当然也是痛心的，非常不愿意看见的……"

当着岑璋的面说谎不是件容易事，韦荞本来就没什么真情实感，说得干巴巴的，一时还卡了词，不禁咽了一下口水。岑璋看见她喉咙轻微滚动，他最后一丝绷紧的理智被彻底拉断。

"不用讲了，省省你那些胡说八道，你的那些饼留着去对别人画吧。"

他直接用力吻上去……

暴雨夜，车窗上一片水帘，将街景模糊成斑斓的光晕。

在开车前，司机早已得到指令，绕着中心城区一直开，没有岑董的指示不要停。岑璋用的东西都是顶级品质，可是韦荞这会儿却对这辆加长轿车的隔音效果产生了严重怀疑。她心里有鬼，总疑心她一晚的声音都被司机听了去。

岑璋这会儿心情好了，哄着她："不喜欢啊？"

全身上下，韦荞骨头硬，嘴也硬。她瞥了他一眼，当即口是心非："不喜欢。"

岑璋点点头："看来是我没服务到位。"

他在这方面思路一向开阔，办法有得是，全看他想不想用。秉持着最后一点良心，他给她机会："真的不喜欢？"

在这方面，韦荞被岑璋惯坏了。岑璋是一个习惯伴侣至上的人，他掌握主动权，但并不要求以他的喜好来。男人在这方面的喜好通常都带点不可言说的暗黑性质，岑璋不是例外。

韦荞看不到他这一面，完全是因为岑璋对她的感情足够维持他忍让的边界，往往他下手稍微重点时韦荞眉峰一皱，岑璋下意识就心软了，以至于韦荞对岑璋有一个很深的误会：她以为，他永远只会是温柔服务型，而不会是其他。

韦荞仗着他的那点舍不得，亲手把岑璋最后一点良心泯灭了："不喜欢，以后也不会喜欢的。"

这一阵，韦荞有些走神。最先发现的是顾清池。

作为韦荞的私人秘书，顾清池每天清早有一项固定任务：整理当日重要新闻，在韦荞开始一天的工作前先向韦荞汇报。

韦荞每日八点到公司，会留十五分钟时间给顾清池。顾清池跟了韦荞多年，将这项工作完成得十分到位。

周五，顾清池一如既往在八点零五分向韦荞汇报。时政、经济、行业等方面的咨询，分门别类，逻辑清晰。韦荞是标准的理科思维，对数字极其敏感。往往顾清池报完一组数据，韦荞已透过数据看到本质，还能反过来检查顾清池的数据正确性。

顾清池熟知韦荞习惯，本着私心，在周五多报了一组新闻数据。

"韦总，岑董那件假新闻，最近两周内又有两家媒体报了。"说完，她递上附件。

两周前，岑璋动用今盏国际银行的法律团队向最先发布假新闻的媒体进行了巨额索赔。有了这个前车之鉴，后面陆续又拍到岑璋和方蓁进出医院的媒体，发布这类新闻的方式变得十分鸡贼，只放图片，用春秋笔法，留给大众无限遐想的空间。

顾清池原本的意思是让韦荞知道，因为韦荞知道就代表岑璋一定会知道，对这种无良媒体，岑董一定会告死。

岂料这回，韦荞的反应大不同。她接过附件，看了会儿，让顾清池出去了。

顾清池一愣，还未反应过来，反问："韦总，不需要我联系岑董吗？"

韦荞放下附件，抬头看她："以后在道森，不谈岑董。"

顾清池被驳了一声，再傻也听出了韦荞的批评之意。她连忙道歉，忙不迭地出去了。

韦荞埋头工作，再未有表态。

当晚，明度公馆的两人难得迎来二人世界。

岑铭被岑华桥接去阳湖府邸，和温淑娴一道过周末。林华珺这等会察言观色之人，一看岑铭被接走，立刻知会岑璋她也回家休息两天。岑璋看穿她心思，笑着说"好"。林华珺拍了拍他的肩，以过来人之姿要他珍惜和韦荞的独处时间。对成年人而言，最奢侈的是什么？是时间。

韦荞在卧室看了一晚资料。

公事千头万绪，她不拼命不行。现如今，很多人更愿意"求稳"，企业家的处境日益维艰。女性在职场上有天然劣势，更是雪上加霜。首席执行官不易做，全靠"拼搏"二字。

电脑屏幕闪烁，上面显示一系列数字。韦荞戴上眼镜，仔细看数字，拿笔做记号。韦荞的基础学科学得非常扎实，在首席执行官的岗位上，这个能力令她脱颖而出。成人世界，文字会说谎，但数字不会。这是基础学科给她的馈赠，从而令道森拥有了一位十分了得的首席执行官。

韦荞在代表固定资产投资回报率的数字下面画了两条线。她扶额，若有所思。今晚收获不小，她周一去公司，第一件事就是弄清楚这个异常数字。

她正想着，眼镜冷不防被人摘下。

韦荞一时未留意，看向来人。后者没有给她犹豫的机会，给她一记深吻，温柔缠绵。

"今晚家里就我和你，你把我晾在一旁不闻不问，一个人去弯道超车赚钱了，不合适吧？"岑璋说着，低头又要吻，韦荞转过脸，浅浅避开了。

不是吧？她坐怀不乱到这个程度，真能把他晾在一旁，自己弯道超车去赚钱啊？

岑璋正要得寸进尺，忽听韦荞问："你和方医生是怎么回事？"

韦荞问这话时，态度很淡，她甚至连头都没抬，是一边整理文件一边问的。她这个态度摆出来，很容易给岑璋一种误会，好像她是随便问的，用来表示她对他得寸进尺的拒绝，他回不回答都没关系。

岑璋被她拒绝了一晚，下意识就想皮一下："怕我跟别人跑啊？"

韦荞整理文件的动作顿了一秒。很快，她接上动作，手里又忙起来。将文件放进文件袋，有条不紊地扣好文件扣后，韦荞才看向他，态度平静："我随便问的，你不说也没关系。"

她起身，不再看他："睡觉吧，我去洗澡。"

今晚，韦荞淋浴的时间有些长。她一向惜时，进浴室不会超过半小时，今晚她却一反常态，不太想出去。

主要是她不太想见岑璋。

在男女之事这方面，韦荞对岑璋的误会很深，她以为他最多就那样，完全没想过岑璋该会的都会，只是从来不用而已。

当岑璋以另一种面貌徐徐地在她身上实践时，韦荞忽然发现，其实她真的，很爱岑璋。

男女两性游戏，轻重都好，她从来没有拒绝过他。

所以她才会在一早看见顾清池拿给她的新闻时，变得在意起来。

他令她在感情中陷得越来越深的同时，转身也会在深夜陪同其他年轻女性进出医院。韦荞很想对他说，至少不要在这种时候，在他逐渐对她收回温柔那一面而对她会有所迫的时候。这会令她很难受，就好像她的感情很廉价。

韦荞想了很久，终究没有说。认真算一算，她也没什么立场。和好那天她对岑璋说想慢慢来，一道复婚手续被她拖着，始终也没去办。岑璋什么都迁就她，还要他怎样？

冷不防，从她身后环来一双手，将她整个抱住。

韦荞一时没防备，被惊了一下。偏头看见身后的岑璋一身衬衫、西裤，连腕表都没摘，就这样穿戴整齐地走进来抱着她，韦荞又是一惊。

没等她问，岑璋快她一步，已经把错认了："刚才我开玩笑的。那个玩笑不好笑是不是？下次我不说了。"

他的认错态度很端正，他将事情和盘告诉她："方蓁是我二叔的家庭医生，之前她母亲生病，动了一场大手术。方蓁还有一个弟弟，才四岁，年纪太小帮不上什么忙，全靠她在医院照顾。她父母感情挺好的，当初二胎政策刚放开，就赶紧再要了个孩子。她母亲当时算高龄生产了，生完后身体很不好。这次手术，二叔和二婶让我照顾下，所以我过去了几趟，算是对他们有交代。"

韦荞方才那点情绪还没散，她不想看见他，下意识地顶了他一句："不想听。"

岑璋这回长脑子了，很听得懂韦荞的口是心非：她说不想就是想，她要是真不想了，会直接走，哪里还会给他这样抱着解释的机会？

岑璋将人抱得更紧了一些："方蓁的母亲就是林榆，你也认识的。"

听见这句，韦荞的表情终于松了下来。

林榆，韦荞自然是认识的。和岑璋刚结婚那几年，韦荞去阳湖府邸参加家庭聚会，见过林榆。林榆是阳湖府邸的主厨，厨艺了得，为岑华桥和温淑娴奉献了一辈子，深得信任。后来生了个儿子，身体大不如前，她就把工作辞了。夫妻俩向岑华桥和温淑娴告辞的那天，重感情的温淑娴都落了泪。

温淑娴深居简出，这些年就和林榆还能说上话。温淑娴难忍伤感，对林榆低声道:"辞了也好,好好照顾家里和孩子。我要是这辈子能有一个孩子,也会和你一样辞的。"

林榆明白她的心结,为她一辈子无子的事实感到难过。她逾越一回规矩,握住温淑娴的手安慰:"太太,您一定要保重自己。先生非常爱您,有没有孩子都不重要的。"

几年后,方蓁毕业回国,正好碰上一轮经济寒冬。裁员潮凶猛,工作很不好找。林榆为了女儿,拉下老脸致电温淑娴,想请她帮忙谋个差事。温淑娴很重情,当即将方蓁聘为家庭医生。岑华桥看了一眼温淑娴在合同上写下的年薪金额,没说话。这年薪明显是偏高的,但妻子喜欢,岑华桥从不反对。

前因后果,岑璋一番解释,也算合理。

私下里,韦荞的肢体语言不会骗人。她信了他,身体也随之放松,紧绷的模样瞬间松懈。

岑璋解释完,明显感觉怀里的人身体软了不少,他在心里重重地松了一口气。还好他脑子反应快,在韦荞进浴室三十分钟还没出来时,他果断察觉到了不对劲,仔细一想发现他刚才皮的那句话相当要命。岑璋当机立断,直接冲进浴室哄人来了。

这会儿气氛好了,他咬着她的耳朵大胆地问:"刚才要是我没进来,你一个人在这里,已经想到哪步了?"

韦荞说:"离婚,分家产,儿子归我。"

岑璋被打败了,伏在她颈项处求饶:"老婆,不可以的哦。"

喜欢韦荞不是件容易事,原因就在这里:很多时候,她可以对岑璋无所谓,但岑璋绝对不可以对她同样无所谓。韦荞会告诉你,她对你的无所谓里有信任、有爱,但你对她的无所谓里就只有不重视、不在意。所以她可以,你不行。岑璋这些年习惯了韦荞在这件事上的严重双标,竟然也没觉得有问题,就这样妥协了。

两个人黏黏腻腻,岑璋低头视线一扫,忽然看见韦荞双膝上的瘀红。

红痕未退，留在她膝上，惹眼得很。岑璋猛地弯腰半跪，伸手扶住她小腿仔细去看，很快闻到一丝药味。

岑璋这种人，名利场里混过来的，反应比谁都快，很快明白韦荞今晚那句"离婚"背后的全部意思：她是把他近日对她的两性游戏，和他被拍到的那些照片联系在一起想了。

岑璋一身冷汗，顿时明白今晚他皮得很不是个东西。

他倾身吻上去，薄唇碾过伤口，想要弥补对她下手过重的伤害。

"哎，你别——"韦荞一把将他拉起来，"我又没怪过你。"

"韦荞，我不会让自己在你那里再有误会。"他抵着她的额头，忽然旧事重提，"结婚那晚你对我说过的话，我从来没有忘记过。"

旧事打捞，从回忆上岸。

新婚之夜，她一身华服，和岑璋一道送完宾客，回到明度公馆，刚进屋就被岑璋堵在玄关处深吻。他像是受够拘束，将她一袭水蓝色送宾礼服用力扯下。韦荞没有拒绝，搂住他的颈项迎合他。

一轮明月，温柔笼罩，这么好的日子，她愿意同他一起疯一次。情难自禁之际，韦荞捧住他的脸，忽然说："有句话，我一直没对你讲过。"

"什么？"

"岑璋，你是我这一生，所有的非分之想。"

那一刻的韦荞，眼底漫上一层湿意。那是韦荞最勇敢的样子，她拿着真心，去换他那里不知是否存在的天长地久。

那一晚，岑璋说不出话，心甘情愿把一辈子都欠给了她。

"韦荞。"岁月有痕，他要她记得，"在我这里，没有人可以动摇你的位置。我会永远成全你，所有的非分之想。"

韦荞感受到他在吻她，温温柔柔地，从颈项一路向下，带着点不肯停止的缠绵。韦荞视线一扫，看见他一身衬衫正装，在水流下湿得透顶，性感得无可救药。这一面的岑璋，外人无法想象，只有她能看见，这才是韦荞专属感的真正来源。

她终于放软姿态："林榆那边的事，你办妥了吗？"

岑璋点头："嗯。"

"那，以后就不许去了。"她攀上他的颈项，宣示主权，"二叔二婶让你去，你也不能再去了。又不是人家女婿，三天两头跑过去照顾得这么好，像什么样子？"

岑璋一脸乖巧："好。"

韦荞到底是韦荞，心软的时候会伤心，心肠硬起来也是瞬间的事。她对岑璋软硬兼施，岑璋完全抵抗不了。韦荞同他小范围地算了一次账，就让岑璋把几辈子都欠了进去。

徐达从吴镇来到申南城，已有些日子。

他用两天时间，找中介租下一套房子。房子只有三十平方米，租金却不低，每个月三千。申南城寸土寸金，好在房东人不错，深谙"小面积、大格局"的装修原理，硬是将三十平方米的房子装出了一室一厅、独立阳台、厨房和卫生间。徐达付定金的时候，手没抖。房东见多了人，看一眼就明白这租客不算富裕，定金却付得爽快，可见是一块办事的好料。

房东笑着鼓励他："小徐，不是我自己夸自己，我这房子你住过就不会想搬走了。这地段虽然不是市中心，但全国最好的三甲医院离这就十五分钟路程。哪天你把母亲接来，老人家难免伤风感冒，到时候你就知道我这房子的好处了。"

徐达抬头看向房东："你怎么知道我会把我母亲接来？"

"你钱包里都放着老太太的照片呢。"

徐达一看，果然是，顿时笑了。

房东挺喜欢这小伙子，孝顺的孩子大多都坏不到哪里去。他说："这年头，钱包里放女朋友照片的小伙子多了去了，放妈妈照片的可就太少了。小徐，接妈妈一起来，好好干，日子一定会越来越好的。"

"嗯。"

徐达很快把徐妈接来了。

徐妈推开门，这三十平方米的小屋俨然不是徐达一周前刚租下时的模样。窗明几净，错落有致，客厅里还放了一盆徐妈最喜欢的铜钱草。

徐达将沙发垫子向外拉，道："妈，你看，这样就是一张床。以后你睡屋里，我睡客厅，都不耽误。"

徐妈笑着说"好"。

老太太放下行李，在客厅沙发上坐下，摸了摸那盆铜钱草，看向儿子："徐达，这铜钱草你买得不错。这东西命贱，给点水就能活，还长得那么好看。韦荞给你指了条明路，咱们要感谢她，但不能依赖她，要靠自己活，明白吗？"

"妈，我明白。"

一对母子，生长于寒门，心气却高。他们不求富贵齐天，但求干净赚钱，平安生活。

徐达很快接到道森度假区的保安面试通知。

他以笔试第一的成绩进入面试，表现良好。面试那天，徐妈给他买了件新西装，熨烫得很笔挺。徐达穿上，精气神都提了一个档次。徐妈让他好好表现，徐达点头说"会的"，信心满满地出门了。

两日后，徐达接到道森人力资源部的电话，通知他面试未通过。

母子俩消沉了好几日。还是徐妈率先振作，对他道："从今天起，你不能再去找韦荞，明白吗？"

徐达点头，明白妈妈的意思。韦荞已经帮了他，给了他珍贵的机会。是他能力不济，辜负了这份机会，他不能将之归因在荞姐身上。

对抗失败，徐达有丰富经验。他重新振作，揣上简历再次奔走于申南城各大企业间求职。

韦荞得知这件事，是在一周后。

道森度假区的财务报表的资金流支出项目中，特保业务历来占据很大部分。韦荞看了一晚财报，仔细对比附录文件，在特保业务的支出金额下画了两道线。

她忽然想起徐达，遂打电话给特保业务负责人何忠实。

何忠实名为"忠实"，人却油滑得很，将责任撇得一干二净：徐达性格内向，有明显缺陷，难以胜任道森特保岗位。

韦荞听了，没有反驳，让何忠实把当日面试的视频资料送到首席执行官办公室。她看完视频资料，又要来徐达的笔试资料，一并看完。

隔日，韦荞请来第三方会计师事务所的人，对道森度假区特保业务进行专项审计。内审部负责人高伟对此颇为不满，韦荞找来高伟，单刀直入问他特保业务是怎么回事，高伟闭口不言。

韦荞放下钢笔，道："内审在集团企业里带有天生的短板，我不为难你。相对的，我想知道的，高总最好也不要为难。"

高伟遂明白她的言下之意。

这位首席执行官还是和当年一样，十分不好惹。

高伟给了她一个名字："汤荣福。"

事务所专业过硬，一周后将专项审计报告交予她。韦荞通览报告，证实猜想。汤荣福身为首席安全官，位列高级管理层，全权分管特保业务。何忠实一介小小负责人，只是听汤荣福的话行事而已。道森的特保业务在汤荣福的授意之下，沦为敛财之地。审计证实，频繁更换特保人员的背后，实质是虚假上报出勤人数、套取特保费用的事实。

很快，韦荞亲自签署首席执行官行政令，开除汤荣福与何忠实，同时移送公安机关，对道森内部的贪腐现状正式宣战。

新闻公布，公众一片哗然。

大型集团企业反腐，在当下是极为敏感的议题。对以赢利为目的的企业而言，如何反腐、以何种形式反腐，十分考验首席执行官的管理智慧。韦荞的举动，无疑为申南城民营企业竖起了反腐先锋的标杆。

哗然过后，新一任首席安全官走马上任。朝天子一朝臣，原先的特保团队遭遇人员大换血。有人说韦荞冷血，有人说韦荞专横。连赵江河都亲自打来电话，过问内情。韦荞一一解释，按计划稳步实施。

她给徐达打去电话，告诉他道森度假区重启保安招聘的消息。徐达如约再次前来，笔试、面试之后，被成功录取。

韦荞处在风口浪尖上，岑璋亦有所耳闻。

周三，今盏国际银行和汇林银行签署合作协议，共同注资控股东南芯片公司。协议金额高达 120 亿，丁晋周亲自飞赴申南城。

飞机落地，双方见面。丁晋周迫不及待地问："听说韦荞最近动静很大？"

岑璋不欲将话题往韦荞身上引，不动声色地道："关于前天敲定的合作条款——"

丁晋周接着说："韦荞可以啊！你哪来的好运气，能让韦荞喜欢你？"

岑璋："……"

他到底是为了合作还是为了韦荞来的？

丁晋周随手一甩："你看看。"

"什么？"

"在机场书店买的《商业周刊》，新闻头条就是韦荞。"

岑璋拿起杂志。

对企业家而言，登上商业杂志并不能算新闻。但，"反腐"二字极其敏感，韦荞作为新闻当事人，收到了很多额外评论。

岑璋通览新闻，倒是看了许久。

丁晋周问："开始担心韦荞了？"

"还好。"岑璋扔下杂志，"真有事的话，今盏国际银行不会袖手旁观。"

隔日，岑璋和韦荞两人约晚餐，岑璋将地点定在"衡山荟"。这是申南城的顶级中餐厅，一道古法清蒸大黄鱼，深得韦荞喜爱。

岑璋先到，韦荞推门进包间，扫视一圈："丁晋周没来？我看新闻，他这几天和你在一起。"

"一小时前的飞机，他提前回上东城了。"

"走这么急？"

"汇林的外汇交易出事了，他赶着去救火。"

汇林银行的外汇交易资金量巨大，这在坊间不是秘密。若出事，必然是大事。能让丁晋周亲自赶回去救火，可见事态严重。

韦荞难得有兴趣："他打算什么时候废掉费士帧的董事长之位？"

闻言，岑璋挑眉，投过去一眼："这样讲话，可不像你哦。"

坊间都知费士帧独揽汇林董事长大权，和丁晋周有姑侄关系。说起来，他们到底是一家人，台面上的事总不好做得太难看。

韦荞不置可否，看透名利场人："属于费士帧的时代过去了，汇林将来能不能好好活，就是丁晋周一句话的事。"

岑璋边听边倒茶，没表态。

茶香四溢，余韵悠然。春夏秋冬，碧潭飘雪。

他端了一杯茶，放在她面前。韦荞抬手要喝，冷不防被他一把握住手腕。他用了劲，牢牢扣住她，她一时挣不开，也没想用力挣。就这样，他顺势欺近。

岑璋声音低回："你对丁晋周的评价这么高？"

韦荞回味过来，转过脸笑了："你对许立帷在意呢，我还可以理解，你对丁晋周都在意，你是不是没事找事？他有心上人的。"

"算了吧，他那个心上人逗他玩的。初恋碰上那种人，算他倒霉。"

韦荞听过一些风言风语，难得升起些同情。

她这个表情没能瞒过岑璋，他忽然在意起来："如果将来有一天，今盏国际和汇林成为对手，你帮谁？"

韦荞想也不想："帮你帮你。"

岑璋撇撇嘴："你就敷衍我吧。"

韦荞说："那我帮汇林。"

岑璋生气："你就气死我吧。"

韦荞："……"

在道森，韦荞安抚人的本事是一绝，平时那些盯在她身上的视线不肯散不是没理由的。连许立帷都佩服她。韦荞从不刻意为之，三言两语，几下动作，总能令年轻人服帖受用。只有韦荞知道，这些本事都是她在岑璋身上练出来的。有一次她跟许立帷闲聊时挑明了讲："你觉得有人作得过岑璋吗？"许立帷想了想，确实，没有！

这么多年，韦荞都习惯了，推了一下岑璋的额头："道森的事一大堆，我都管不过来，哪有时间去顾别人？"

她随手做出的私人动作令岑璋很受用。既然谈到道森，他顺势提醒她："民营企业反腐，你要当心。"

"当心什么？"

"一要方法得当，二要不损盈利。"

韦荞听懂他的言下之意。

岑璋给她端了一碗松茸竹荪羹，道："对道森而言，抓人只是开始。你现在急需做的，是对内部权力配置进行必要分散，在内部建立权力制衡机制，要让多个环节彼此制衡。否则这种事还会有。"

韦荞难得有兴致，反问："今盏国际银行有吗？"

岑璋不疾不徐："'靠金融吃金融'，听过吗？"

闻言，韦荞挑眉。

岑璋继续说："当权力和资本勾连，会产生什么样的新型腐败和隐性腐败，我见过，我不希望你同样看见。"

韦荞动作一顿，看他一眼。

只有见过血肉模糊的极致黑暗，才能习得云淡风轻的大气。三十岁的岑璋到底和二十岁不同，二十岁的岑璋举手投足间远没有一份"稳重"。男人稳不下来，总会欠些重要的东西。

她若有所思，又听岑璋道："徐达这步棋，你走得好。"

韦荞投过去一眼："被你看出来了？"

"还好。"

"什么时候看出来的？"

"那天陪你去吴镇，听你邀请徐达来道森面试，心里就存了疑问。

后来，你证实了我的猜想。徐达的资质完全符合要求，却未被录取，足以证明道森特保业务在招聘环节已满是问题。你用一个徐达，试出问题症结，顺势利用第三方审计将特保业务的腐败势力连根拔起。这步棋，走得极好。"

韦荞微微一笑。岑璋从不令她失望，这是同为最高执行官的人的心有灵犀。

"任何事，都需要引线。"

"换个说法，就是一个正当的'理由'。"

"对。"

帝王争天下，尚且要"师出有名"，何况是现代企业经营。历史从未被改写，五千年光影，无非是那些承转起合。

韦荞夹起一块 A5 和牛粒，放在他面前："你喜欢的，趁热吃。"

"这算对我的示好？"

"只是顺便。"

岑璋随她摆弄，不予追问。

吃完饭，岑璋结账，两人走出餐厅。

夜风微凉，他将外套披在她身上："穿好它。"

完全是习惯使然，这些年，他独独为她养成的。

韦荞握着外套，心里涌起一阵暖意。

"刚才，是示好。"

"什么？"

她走上前，踮起脚尖，在他脸颊上落下轻吻："现在，也是。"

Ich liebe dich

第六章

共渡难关

试用期结束，徐达转正，正式成为道森度假区的东门安保。

道森有严格的晋升机制，徐达刚入职，底薪加提成，一个月到手七千，三个月转正后提升到九千。徐达第一次明白"大企业"的意思，首先钱就给得极其阔绰！他在道森一个月的收入，在阳山幼儿园得干一学期。

徐达有丰富的保安经验，为人又踏实，很快被晋升为保安队长，负责道森度假区东门安保工作，月薪正式过万。年终分红，徐达拿了一份沉甸甸的年终奖，当晚就拉着徐妈出去吃火锅。徐妈拦下他，对他说，在家吃，干净又卫生。徐达说了声"哦好的"，转身就去菜场买火锅料。徐妈是个药罐子，徐达比同龄人懂事很多，这辈子都没有过叛逆期。

在道森，徐达见过几次韦荞。

韦荞很忙，有时会亲自陪同合作商参观道森度假区，徐达站岗时见到她，背挺得笔直，用行动为道森增光添彩。

有一日，徐达见到韦荞，韦荞也望向他，似乎还向他点了下头。徐达正高兴，很快收到韦荞短信：

> 制服领带歪了，扶正一下。

徐达低头一看，果然是。他脸上滚烫，这才明白韦荞方才不是向他问好，而是提醒。

徐达很喜欢这样的韦荞，首席执行官就应该是这样子，公私分明，不偏不倚。徐达希望他的荞姐，可以永居上风。

除了韦荞，徐达还见过几次赵新喆。

这个富二代平时很少来道森度假区，偶尔现身也是为活动站台。徐达总能见到赵新喆开着宾利载着女伴来参加活动。女伴也不带重样的，一次换一个，脸都长得差不多，在徐达看来就是同一个人。

徐达和赵新喆保持着"你热情、我冷淡"的平衡关系。每次见面，徐达总是恭敬地叫声"赵总"，赵新喆会冲他热情挥手，叫他"小徐！"，有时还会往他手里塞零食。徐达不肯收，赵新喆却摸到他命门，让他拿着带回家给妈妈吃。徐达当即心软，也就收下了。

直到一次小小的意外。

赵新喆结束活动，开着车驶离道森度假区，经过东门时热络地同徐达打招呼，顺便给他送打包好的蛋糕。女伴是个小明星，对打包这类事很看不上眼，不禁出言嘲讽。赵新喆二话不说，赶人下车。

小明星哭哭啼啼闹了一阵，赵新喆睬都不睬，没过几天就把人封杀得销声匿迹。徐达冷眼旁观，从此和赵新喆保持距离。赵新喆被徐达弄得浑身不自在。他再来道森度假区时徐达索性避而不见，连那声客气的"赵总"都省了。

这天，徐达上夜班。晚上十点结束一轮站岗，徐达有半小时休息时间。天冷，徐达钻进保安室，捧起保温杯仰头喝下一大杯热水，身体暖和了，人舒服不少。

有人敲了敲窗户："徐达。"

徐达忙去开门："荞姐！"

自徐达担任东门保安队长一职，韦荞每周会找他聊聊。徐达的岗位在一线，平日的所见所闻韦荞未必能了解。徐达心细，汇报的琐碎消息中不乏重要线索。总的来说，这个人韦荞用得很满意。

今天周五，岑璋亲自来接韦荞下班。

徐达恭敬地将韦荞送出保安室，同岑璋腼腆地打招呼。三人正道别，一道车灯由远及近。

远光灯扫过岑璋的车，赵新喆迅速灭灯。岑璋的这辆保时捷很低调，完全是为迎合韦荞的喜好。赵新喆不认得这车，但他认得这车牌。CZWITH522，韦荞的生日。在赵新喆眼里，这哪里是车牌，分明是代表岑璋在申南城独一无二的威慑性地位。放眼望去，你还见过谁的车牌能如此随心所欲？

保安室外，韦荞正同徐达告别："好好照顾徐阿姨，谢谢她亲手包的饺子，岑铭很喜欢。"

徐达搓着手："不客气的，荞姐。"

提到儿子，岑璋溺爱起来向来是没边的，他顺势接过话题，道："小徐，方便的话，我和韦荞想邀请徐阿姨来一趟明度公馆做客。岑铭爱吃徐阿姨做的鲅鱼饺子，我让主厨跟着徐阿姨好好学学。"

岑璋把调子定得那么高，徐达受宠若惊，讲话都有些紧张了："好的，没问题的。您和荞姐什么时候方便，知会我们一声就行。"

岑璋办事一向爽快："好，那就后天，我派司机来接你和徐阿姨。"

徐达礼貌回应："好的，岑董。"

岑璋抬了一下手："叫'姐夫'。"

徐达挠了挠头，虽然觉得不合适但也没敢反对："哦，好的，姐夫。"

一旁，赵新喆看得眼睛都直了。三更半夜，徐达这个小保安，和韦荞、岑璋站在道森度假区门口谈笑风生，这小子有点来路啊！

岑璋开车，和赵新喆的车擦身而过。

韦荞说："等等，停一下。"

岑璋不情不愿地将车停下，没什么好脸色。

其实他早就认出赵新喆，但完全不想浪费时间搭理，索性装没看见。岑璋对赵家没有一丝好感，对赵新喆这个游手好闲的富二代更是反感至极。在岑璋眼里，赵新喆连呼吸都是错。

他这个心态一点都没藏，全写在脸上。韦荞跟他离婚的那两年，岑璋对道森恨之入骨，连许立帷都没放过更别说赵新喆。只是赵新喆没许立帷那么扛打，岑璋稍微意思下就让赵新喆过得苦透苦透。这种毫无技术含量的欺负，岑璋做了几次也感到没意思，从此对赵新喆只剩下不待见。

赵新喆很有自知之明，对岑璋这种精英世家的继承人有种本能的敬畏。他迅速摇下车窗，讨好地打招呼："岑董，这么巧，来接荞姐下班哪？"

岑璋一听他喊"荞姐"就来气。那么亲热，他们赵家就是用这一套绑住韦荞一生。岑璋不给好脸色，理都没理他。

还是韦荞替他解围："这几日，赵先生关节炎又犯了，你多回去陪他，别整天和女明星纠缠不清，知道吗？道森的公开活动，再让我看见你带女明星过来，我就要跟你好好谈谈以公谋私这件事了。"

"好的，荞姐，下次我不会了。"

韦荞看见赵新喆那件吊儿郎当的碎花衬衫，又道："以后来道森，穿工作服。"

赵新喆态度良好："好的好的，荞姐。"

岑璋拿着手机回微信，等韦荞讲完再走。赵新喆被岑璋无视得很彻底，不禁有一丝小伤感，大着胆子套近乎："岑董，要不，以后我也叫你'姐夫'？"

岑璋头都没抬："我跟你熟吗？"

赵新喆："……"

岑璋冷脸对他，赵新喆讪讪，逆来顺受。岑璋对外有种生人勿近的气场，赵新喆见了就怕，岑璋对他再不客气赵新喆也没想过要反抗。

还是韦荞替他说话："我们准备走了，你还不和'姐夫'说声再见？"

赵新喆一听，立刻顺着杆往上爬："哎，好的，姐夫你慢点开车啊，路上小心。"

岑璋摇上车窗，根本不想听，头也不回地开车走了。

赵新喆今晚被韦荞说了两顿，一点都没往心里去。他从小没妈，

254

赵江河对他也不怎么管,只有韦荞会管他。赵新喆被韦荞管得服服帖帖,每次被她训,都会有些小骄傲,仿佛他也是有人管的孩子了。岑璋对他这点尤其看不惯,什么人啊这是?被韦荞骂两声还上赶着喜欢他老婆。

赵新喆想起徐达,心里颇不是滋味。他知道韦荞和岑璋是如何看待他和徐达的。在他们眼里,徐达除了家世不行,其他都行;而他除了家世还行,其他都不行。所以他俩全力栽培徐达。想到徐达那声"姐夫",还是岑璋主动让他喊的,赵新喆就更不是滋味了。那可是今盏国际银行董事会主席,徐达这就攀上一声"姐夫"的交情了!

一瞬间,赵新喆做出一个惊人决定。

他下车,直直走向徐达,对他挑衅:"徐达,我决定了,我也要向荞姐申请,调到东门来,和你一起做保安!"

徐达不解:"哈?"

道森半年度董事会会议,赵江河仍然没有露面。

赵江河身体不好,每况愈下,年内动了一次心脏手术,越发加速身体机能的全线倒退。韦荞知道他有心病,赵新喆就是他的心病,医生再怎么救,也总是好好坏坏。

董事会会议在赵江河缺席的局面下召开,韦荞迎面撞上一次难题。林清泉在会上提出议案,欲引入动物实体,打造亲子场馆。

韦荞态度鲜明,持反对意见。

大圣西游的 IP 之所以能成功,立意就是"虚拟人物、真实情感"。如果引入动物实体,就等于打破了这一个立意,逻辑会被破坏,和游客间的情感联结会出现问题,想要修复几乎是不可能的。

林清泉并未坚持,进退有度地表示,韦荞可以先和赵江河谈谈。

因为该项争议,原定为期一天的董事会会议,被顺延至两天后继续。韦荞独自奔赴赵家府邸,约见赵江河。岂料,她去了,人却没见到。

管家张怀礼亲自接待韦荞,待她分外客气,只说赵先生目前需要静养，无法见客。韦荞心下了然，恐怕她要无功而返。张怀礼又道："赵先生在医院就交代过，公司一切事宜委托董事会决议，他没有意见。"

是委托董事会决议，而不是韦荞。韦荞听懂了。

顺应趋势，这是赵江河的选择。韦荞选择尊重，赵先生一定有他的考量。

两天后，董事会会议再次召开，韦荞按照公司章程进行投票表决。这一次，命运没有站在她这边。八票对六票，林清泉的提案通过。韦荞心下坦然，时势如此，她尊重现代公司治理规则。

董事会通过提案，林清泉亲自挂帅，负责道森度假区亲子场馆建设项目。

韦荞在权力范围内将该项目与大圣西游现有 IP 充分割裂，取名"身临其境"，将项目定位在亲子教育范畴。

林清泉请来知名设计师，将场馆内打造成师徒四人西天取经的各类场景，用雕塑工艺将唐僧、八戒、沙僧三者形象嵌于其中。剩下的主角孙悟空则按照林清泉的意思，引入真实动物，让其在各类场景中自由穿梭。项目合作方正是林清泉此前接触已久的近江动物园。

建设期结束，场馆如期投入试运营。

周五，岑铭放学，韦荞正好有空，开车去接。

岑铭上了车，忙不迭地看向她说："妈妈，明天我想去道森度假区玩。"

闻言，韦荞一怔："你想去？"

"嗯。"

"是想要爸爸妈妈陪你去野餐吗？"

"不是，我想去新场馆玩。"

岑铭不是一个心血来潮的孩子。事实上，他能忍到周五再提要求，非常不容易了。因为，季封人已经对他狂热推销了整整一周。

上周末，季封人去了趟道森度假区，活像个金牌销售，当晚就在微信上对岑铭狂轰滥炸。

季封人：岑铭！我在道森度假区！太好玩了吧！

季封人：我和我妈一起来的！

季封人：还有我爸……

季封人：要是没他跟着，只有我和我妈就好了……

韦荞：……

岑铭把和季封人的聊天记录拿给韦荞看，韦总得以见识那位皮实的公子哥浮夸的聊天风格。

季封人发微信习惯断开发，韦荞翻了半天才翻完聊天记录。两个小孩其实没聊太多内容，翻来覆去就那点事，但架不住季封人话多。岑铭一向冷淡，能耐得住性子被轰炸一周都没拉黑季封人，可见是真把季封人当朋友了。

"季封人上周去道森度假区玩，新场馆还没有开放。听说明天是试运营第一天，妈妈，我也想去玩。"

韦荞没给正面回应，不动声色地将话题转移："妈妈明天要开会，不一定有时间，你让妈妈安排下时间，可以吗？"

岑铭不疑有他："好的，妈妈。"

岑璋最近身陷东南芯片控股项目，忙得焦头烂额。

这事原本不复杂，今盏国际和汇林入局，等于就是岑璋和丁晋周两个人之间的事。虽然各自有立场，但双方私交过硬，既然在台面上谈不拢，那就到台下谈。

谁想，中途杀出一个蒋宗宁。

蒋宗宁手握恒隆银行，盘踞四北城不动如山。四北城以芯片制造业闻名全球产业链。恒隆银行作为资金池，被坊间称为"供血池"，可见其雄厚的资金实力。四北城凭借芯片制造这张王牌在地缘政治中占据举足轻重的战略地位，恒隆银行顺理成章地成为各方忌惮的重要对象。

当今盏国际和汇林即将入局东南芯片的消息传出时，蒋宗宁自然不肯。恒隆银行和芯片制造业的关系可谓独一无二，如今岑璋和丁晋周要掺和进来，蒋宗宁第一反应就是怀疑这两人是故意联手的。

事实上，他的怀疑很正确，岑璋就是故意的。

芯片制造在全球产业链中的重要性日益突出，岑璋没理由放过。蒋宗宁的强行干预，令岑璋很被动。三十岁的岑璋早就过了对赚钱有感觉的阶段，他有感觉的，是垄断。

蒋宗宁令岑璋速战速决的计划彻底破灭，岑璋被逼得没办法，只能和他坐下谈。恒隆、汇林、今盏国际，东南亚银行界三巨头，正式在名利场上正面交锋。坐下和谈当日，开局一分钟，几百个心眼闪过去了。韦荞看到新闻，看着看着人都笑了，摇头感叹一句："岑璋不容易。"

周五，岑璋忙完已是半夜，洗完澡上床人都快麻了。他没开灯，在黑暗里精准找到韦荞的位置，一把抱过去。动作是强势的，声音是娇气的："我好累，我要抱。"

韦荞也不知是被他弄醒了，还是原本就没睡，顺势握住岑璋抱在她腰间的手，安抚他："睡吧，很晚了，我抱着你的手睡。"

岑璋累得话都没了，韦荞很快听见他均匀的呼吸声。

深夜，韦荞睁着眼，有点羡慕他。

都说男人至死是少年，岑璋就是。他用男人的那一面对付名利场，用男孩的那一面对付她以及他自己。岑璋再累也影响不到他睡觉，很有种"天塌下来明天再说"的想得开的心态。韦荞就不行，心里有事就失眠是常态。

她微微叹气。

岑璋问："有心事，睡不着？"

韦荞僵了一下，岑璋下一秒就把人拖进怀抱里搂得更紧了几分。

韦荞转过脸看他："你不是睡着了吗？"

岑璋眼也没睁："你把我的手来回摸了这么久，我已经考虑了五分钟是不是该给你上一次课了。"

韦荞动作一顿，反应过来，连自己都笑了。

夫妻相处久了，会产生出很多别的东西来。那些不经意的习惯，连她都不知是何时有的。岑璋洗完澡后身上会有一道桧木香，韦荞很喜欢。被他拥在怀里，她总能得到片刻安宁，与世间琐事隔绝。

韦荞转身，枕在他臂弯里，搂住他的腰埋进他怀里："岑铭说，明天想去道森度假区。"

"嗯，那去啊。"

"他想去新场馆。"

"就是明天试运营的那个？"

"嗯。"

岑璋听出些意思："你不想他去？"

"我不知道。"她声音有些沉，"那不是我负责的项目。"

岑璋懂了："权力真空地带。"

六个字，将韦荞心里所有的不愉快一起道尽了。

和岑璋谈公事非常舒服，他有足够的历练，懂得公司那点事、社会那点事、人与人之间的那点事。言不尽，意不止，她从此不用孤独地，一个人同世界周旋。

"董事会的决定，我没有插手的余地。明天试运行结果会如何，其实我也不清楚。"

"没关系。岑铭想去，就让他去好了。"岑璋安抚地道，"从现代公司定义讲，首席执行官由董事会任命，本质上它是高于你的。这些年，你在道森的影响力可以盖过董事会，无非是因为赵江河的默许。而今他缺席，你认为你受制于董事会，这显然并非绝对。首席执行官受制于董事会的现象并不少见，而是常态，你需要做的也不是推翻常态，而是平衡常态。"

韦荞听了，沉默半晌。良久，岑璋听见她浅浅地"嗯"了一声。

这一面的韦荞很不常见，岑璋听着那声"嗯"，心就软了。他低头吻她，只想她能高兴一点。

韦荞还没忘要紧事："明天的门票你还没买，软件上就能买，快去。"

岑璋："……"

她竟然想让他停下来先去买票，怎么想的？

岑璋理都没理："不买，你送我两张票。"

韦荞没想到会从财大气粗的岑董嘴里听到"不买"两个字，直觉就想跟他算账："一张周末票 350 元，两张就是 700 元，这么贵，你想让我送？我没让你把员工疗休养的地点定在道森度假区就很客气了好吗？"

岑璋："……"

夫妻之间，一定要算得这么清楚吗？就算要算，换个时间不行吗？

"韦荞，你很懂如何让一个男人不爽欸。"

韦荞一愣："什么？"她还想问，下一秒就皱紧眉峰，喉咙发出一声闷哼，原本松松搭在她背上的手，一下掐上去。

岑璋就是故意的。他的动作很突然，且不紧不慢地，他要她知道轻重："好啊，你算，你现在跟我算。"

他将她为难得很彻底，韦荞在这地界从来没有主动权，随着他越来越过分的动作逐渐沦陷。主卧室里，动静起伏，她最后仍是不服气，要顶他一声："我送岑铭也不会送你，你这个找骂的人。"

岑璋要的就是她这个态度，这让他下手起来可以尽情放开，百无禁忌。

"老婆，有骨气的哦。"他语气一变，动作一沉到底，瞬间听见韦荞完全属于他的声音……

周六上午的运营例会，韦荞差点迟到。许立帷看见她匆匆坐下的身影，不见平时的沉稳，下意识地多瞧了几眼。他这一瞧，正好瞧见韦荞将额前的散发拢到耳后，颈后肌肤有几处红痕，那是昨晚缠绵的证据。

许立帷懂了：岑璋那个家伙，东南芯片那么难搞的事压在他身上，晚上还那么活跃。

今天，道森度假区群星云集。

新场馆试运行首日，林清泉带着一帮亲信，大张旗鼓地搞了个剪彩仪式。林清泉费了不少心思，把活动办得很接地气，特地安排了陪同第一位游客参观新场馆的流程，将亲民的董事形象树立起来。

韦荞全程没有插手新场馆项目，剪彩仪式自然也跟她没关系。赵江河原本的意思是她也应该去一趟，以首席执行官的身份列席，算是助阵。韦荞不想沾这事，拒绝了，赵江河也没再坚持。

韦荞埋头集团日常运营事务，一场运营例会节奏很紧凑。议程过半，一个电话打断了整场会议。

电话是林清泉的私人秘书任子佑打来的，韦荞看向手机屏幕，动作一顿。

道森上下都知道，在亲子场馆项目上，韦荞和林清泉有绝对的分歧，这在大型民营集团中并不少见。随之而来的是必然结果：在各自的势力范围内，一定会涌现区分"你的人""我的人"的现象。

就像许立帷和顾清池是众所周知的韦荞的人，任子佑就是林清泉的人。任子佑任职道森六年，始终跟着林清泉做事。秘书这个位子坐好了，相当于心腹，董事地位飞升，任子佑也能跟着一起飞升。秘书一职的升迁途径，无一不遵循这条路径。任子佑深谙职场规则，因此对林清泉言听计从，平时和韦荞素无交集。

韦荞直觉，能让任秘书放低姿态亲自致电她，一定是出了不小的事。

韦荞暂停会议，接起电话："什么事？"

"韦总，不好了。"任子佑一改平日的冷静，语气慌张，"林董失踪了。"

韦荞其实不太能理解"失踪"的意思。

任子佑虽是林清泉的人，办起事来倒是好手，他迅速解释："昨天下午，林董行色匆匆地离开办公室，我问他要去哪，他没说。但我猜，林董是去和近江动物园的相关负责人会面了。因为，他是在接了一通电话后走的，这通电话正是近江动物园的管理层打来的。一直到现在，林董都未再露面。"

韦荞问："今天上午的剪彩仪式呢？"算算时间，仪式早就结束了。

任子佑说："副总裁张名企代表林董出席的。"

林清泉一手操办的新场馆项目，剪彩仪式他竟然缺席，韦荞瞬间懂了"失踪"的意思。

"你马上报警，把人找出来。"

许立帷原本在看文件，冷不防听见"报警"两个字，动作一顿，看向韦荞。

韦荞挂断电话，迅速和他目光汇合："你跟我去一趟林清泉办公室。这人可能出事了。"

道森总部，董事办公室独占三层楼。林清泉的办公室位于第四十八层，这是他指定的，"死发死发"，求一个荣华富贵。

韦荞打算破门而入，被许立帷拉住了："你想清楚了？"

韦荞用手抵着门把，没放开。

许立帷提醒她："林清泉是董事，你在没有任何证据的情况下，对他的办公室破门硬闯，如果事实证明他没有任何问题，那么你的行为不仅违反公司章程，更可能触犯法律，比如隐私权。"

韦荞说："知道了。"

话音刚落，她抬起一脚，就把门踢烂了。

许立帷："……"

好吧，这家伙这几年的散打没白练，踹个门完全没问题。

林清泉的办公桌上覆着薄薄的一层灰，可见许久未曾有人踏入这间办公室。韦荞吩咐任子佑打开电脑，她要查看所有工作文件。

许立帷边翻边问："亲子场馆项目的哪些部分是不需要你批复，而是由林清泉自己决定的？如果要出问题，一定是这些部分出问题。"

韦荞冷着脸回答："全部。"

许立帷难得惊讶："你给林清泉的执行权这么大？"

"不是我给的。"韦荞没有再说下去。

于是许立帷明白了，这个项目恐怕是经过赵江河首肯的。只有经过赵江河首肯，韦荞才不会过问。她有她的底线，赵江河就是她的底线。

"韦荞。"许立帷提醒她，"我们不能漫无目的地找。一个场馆项目从无到有，工程量巨大，你就算请专业审计团队来审，也起码需要一个月时间。我们现在唯一能做的，就是针对性地去查。贪污受贿这些都先放一放，说到底只是道森内部事。林清泉如果真出事，一定是大事，连道森都保不住他的那种。"

韦荞没有说话。

任子佑叫了声"韦总"，被许立帷制止。他伸手示意，任何人不准打扰韦荞。许立帷知道，韦荞绝不是没有主意的人，她的主意都在她的沉默中成型。

韦荞忽然道："任秘书，把外包给近江动物园那部分项目的材料给我。"

"好。"

局面混乱，韦荞拨开迷雾："项目外包一向是风控重灾区，林清泉将一部分项目内容外包给近江动物园，我极力反对过。但他提出他是项目负责人，会全权负责，所以我没有坚持。"

"他外包了什么？"

"动物饲养和安全防控。"

许立帷脸色一变。

道森度假区是公共场所，一旦出现卫生安全方面的意外事件，会因为人流聚集效应，迅速演变成公共安全事件。

兹事体大，许立帷异常严肃："道森没有动物饲养和安全防控方面的任何经验，一旦出问题，我们将非常被动。"

"是。当初林清泉就是用这个理由说服赵先生，让具有业内专家资质的近江动物园接手外包项目。现在看来未必好，反而可能引火上身。"

任子佑匆匆递上文件："韦总，资料在这里。"

韦荞接过去，快速审查。

许立帷不得不庆幸，韦荞在道森任职的时间足够长。她十八岁就成为道森实习生，二十岁进入道森决策项目组，是真正从基层成长起来的实干派。这在平时或许没什么特别，紧要关头却能救命。十几年的时间，足够让韦荞熟悉道森的每道程序，任何事项到她手里，都能被她洞穿背后意图。

韦荞翻完资料，脸色一变。

风雨欲来，谁都难逃其身。

"许立帷。"

"怎么？"

"马上报警。还有，打电话给政府部门。"

韦荞明白她已站在风暴中心，即将迎来职业生涯的最大考验。

"许立帷，做好心理准备。我们可能要面临，道森度假区创立以来最严重的公共安全危机了。"

二十分钟后，顾清池健步上前汇报："韦总，市政府的成部长到了，在总裁办公室等您。"

"知道了，把道森度假区亲子场馆项目的基础资料先给成部长过目。"

"已经送到成部长手里了。"

"好。"

一行人快速步入专用电梯，直达顶楼总裁办公室。韦荞推门进去，和屋内的男人正式会面。

成理站在落地窗前，手里拿着一份资料，正是顾清池方才给他的道森度假区亲子场馆项目的基础资料。这份资料在他心里激起的波澜甚大，超出他的掌控范围。他有预感，韦荞和道森即将给他一个前所未有的难题。

韦荞恭敬致意："成部长。"

男人转身。

成理很高，人也壮实，一米八九的身高衬得整个人器宇轩昂。白衬衫、黑西服，是公门中人最不会出错的模样。

他看向韦荞，并未接话，对秘书吩咐："你们出去等我。"

秘书点头称"是"，迅速退出去，将总裁办公室的门关紧。

成理看向许立帷。

韦荞懂他的意思，出声解释："许立帷是自己人，不要紧。"

成理接受了这个说法。

屋内只剩三人，成理单刀直入："韦荞，现在没有外人，道森的问题有多严重，你直说吧。"

他直呼其名，动用两人不算生疏的私人关系。

韦荞和成理有点交情。两人同岁，在学生时代交过手。韦荞在上东大学攻读数学系，成理在港北大学同样攻读数学系。大三，在全国数学奥赛总决赛上，韦荞和成理初次交手。最终胜负结果出炉，成理惜败，总分第二，屈居韦荞之下。两人以为就此别过，殊不知，在紧随而来的世界数学锦标赛上，他们将正式成为莫逆之交。

那时，成理以为韦荞会成为世界级的科研人员。他在数学竞技场上和人交手，佩服的人不多，韦荞是一个。当他后来知道，韦荞不只代表上东大学参加了世界数学锦标赛，还参加了物理锦标赛，成理就认定，韦荞若是扎根科研界，一定会大放异彩。

然而，她没有。

两人再次见面，已是五年后。在申南城政企新春年会上，一个是官方代表，一个是道森首席执行官，彼此遥遥一见，笑容清浅。

真好，不是吗？

年少时的初相识，令而立之年的交手少了很多世俗之味。因为见过少年时的你眼里的光芒是如何明亮，此后的人生都愿意守护这道光芒。

"我今天没有带任何人来。"他秉持私交，不是给道森机会，而是给韦荞机会，他始终相信，韦荞值得，"韦荞，对我，你可以讲实话。我只有真正了解事态，才能和你一起想对策。"

韦荞点头。她甚至忘了尽地主之谊，请他坐下。于是成理明白，韦荞要讲的事，必不会小。

"成理。"她动用私人情分，将一桩如泰山灭顶般的危机缓缓告诉他，"道森的亲子场馆，出事了。"

"什么事？"

"我有理由相信，目前在道森亲子场馆内的四只恒河猕猴，其中有一只，进出过医学实验室。"

成理脸色剧变。公门中人，经受过风浪，但猛地听闻此等事件，还是瞬间失声。

韦荞硬着头皮汇报："近江动物园在外包项目中欺骗了道森，用一只医学实验猴充当了亲子场馆的饲养猴。"

成理怒斥："荒谬！"

他上前一步，尽力压抑怒意。除了怒意，还有恐惧——涉及上万人的公共安全事件，谁不恐惧？

"医学实验动物废弃物的处理，有极其严格的规章制度。一般来说，实验结束，动物也是需要专业人士专业处理的。怎么可能会流向公共区域？！"

"是，一般说来，是不可能的。但是，为了利益就可以。"

成理眼神森冷。

韦荞迎上他的目光。她扎根商界多年，见惯人性。在巨额利益的诱惑之下，人性的脆弱不堪想象。从这个意义上讲，她比成理更能接受这一悲剧事件的发生。

"近半年来，实验猴身价飙升，目前市场上真正的状态是'有价无猴'。"

"韦荞,你的意思是——"

"有人抗拒不了诱惑,没有将实验猴进行无害化处理,而是让其重新流入市场,进行二次贩卖,谋取利益。恐怕近江动物园,就是一处交易基地。只是不知在过程中,哪一环节出错,将原本要二次售卖给实验企业的实验猴,错误地运送进了道森的亲子场馆。"

成理脸色煞白。

这样的事实一旦成立,将是极其严重的公共安全危机,远不是他能控制的。

"申南城的医学实验用动物都有芯片植入,独一无二,和人类拥有身份证无异,断不会弄混淆。道森怎么会让这样的事发生?"

"是,道森有责任。"韦荞掀开权力内斗的冰山一角,"我和林清泉之间,有利益冲突。这是林清泉负责的项目,所以我没有过问。"

事已发生,责难未必有用。成理最懂人与人之间那些事。韦荞说得委婉,他已听得分明。事从权宜,坦然面对才是上策。

一旁,许立帷并不认同:"这只实验用猴究竟用于何种医学实验,是否具有传染性,目前都是未知数。贸然从公共安全事件定性,等于要从最坏的角度让道森承担一切责任。到时候,如果这只实验用猴并不具备传染性,就算真相大白,道森也将失去辩驳的机会,死无葬身之地。"

他顿了下,看了一眼在场二人:"这对道森不公平。"

成理悍然打断:"群众安全高于一切。我必须从最坏角度考虑,将事件危险性控制在最低范围内。为这个目标,十个道森都能牺牲!"

许立帷看向韦荞:"你的意思呢?"

韦荞声音平静:"如果能百分之百保证群众安全,那么,牺牲道森,应该的。"

许立帷懂了。个体利益让位于企业利益,而企业利益,永远让位于群众利益。这是底线,绝不能破。

"按这个推论,事情已经闹大,无法收场了。截至目前,道森度假区的在园人数已达 32187 人。"

冷静如许立帷,手心也已一层冷汗:"韦荞,道森赌不起。"

韦荞迎向他的目光:"赌不起也要赌,我们没的选。"

许立帷冷笑,被她不怕死的理想主义弄得很火大:"一道政策下来,道森要烧进去多少钱,你算过吗?你来告诉我,钱从哪里来?"

一时间,屋内三人一齐沉默。

都是习惯拿主意的人,此刻全都缄口不言。心里的主意太大,谁都不敢轻易将之摆上台面。

还是韦荞打破沉默:"这件事就这么定了,有问题我来想办法。"

成理乐见其成:"关于这类公共安全事件,我们是有严格的防护流程机制的。我会让相关负责人立刻到场,像道森这种状况,三天是必需的。"

其余两人没有辩驳。这件事太难了,走错一步,就万劫不复,道森将从此成为千古罪人,被钉在现代企业史的耻辱柱上。

成理职责在身,先行一步:"当务之急是先将道森度假区封闭管理,不能让可能已经感染的游客外流。我会立刻让公安配合,关闭道森度假区。"

"安保的压力会很大,凭道森的安保团队,能否顶住来自三万人的压力,谁也不知道。"许立帷面色凝重,提醒韦荞,"这个压力最后一定会传导到你身上,首席执行官会成为众矢之的,你有心理准备吗?"

"这点准备都没有,当初我也不会回道森。"韦荞拿起手机,拨通电话,利落吩咐,"陈韬,即刻起,启动道森度假区一级安全预警。"

陈韬年逾四十,在道森度假区担任首席安全官十年,经历的风浪不算少,但从韦荞嘴里听见"一级安全预警"的命令还是头一回。

他下意识地确认:"韦总,是一级安全预警吗?"这是安全应急机制的最高等级。

韦荞确认:"是。"

陈韬脸色一变："我明白了，韦荞。"

为人下属，替人卖命，最要紧的是能办事。至于询问原因，那是以后的事。陈韬深谙韦荞的为人，从不怀疑韦荞的决定。

挂断电话，韦荞转向成理："二十分钟内，道森会全园不进不出。酒店、餐饮、安保、医疗垃圾清运等条件必须全部到位，道森需要行政力量介入。"

"这个自然，我来安排。"成理担心的反而是韦荞，"道森的安保压力很会大，很可能会乱，你有心理准备吗？"

韦荞点头："有。"

"不要低估群体性事件的破坏性。"成理有不好预感，"即便有行政力量介入，要取得三万人的同意，也很难。"

韦荞双手撑额，靠在桌面上沉思："我知道。"

人生总是这样的，永远没有"准备好"这一说。人生处处是考验，她想不想接、接不接得住，都不是人生会考虑的。她迎面而上，即便早已有以身殉难的觉悟，也依然会担心殉难之后的结局。是否会再次花开，值得她为之献身？

成理压低声音，对她讲一些隐晦之言："我力量有限，只能向上传达，而无法干预决定。但，有一个人可以做到。"

韦荞动作一顿，看向他。

后者接住她询问的目光，缓缓开口："韦荞，我建议你，找岑璋。"

中午，道森度假区游人如织。

东门附近有一处咖啡馆，安静清幽。三三两两散客在此处歇脚，无人在意道森首席执行官的忽然现身。

岑铭眼尖，小跑过去："妈妈！"

韦荞一把将他抱起。

岑铭正在吃冰激凌，小嘴上一圈奶油，他被韦荞扶着后脑往怀里一按，全擦在韦荞衬衫上了。

"妈妈，我弄脏你衣服了。"

"没事。"韦荞抱紧他。这是她的宝贝，而她即将令他陷入危机。

岑璋看了会儿，若有所思。他走过去，从韦荞怀里抱过岑铭，拍了一下他的小屁股："去坐在椅子上吃冰激凌，吃完记得用手帕擦一下手。"

岑铭不疑有他："哦，好的爸爸。"

小男孩乖乖坐下，韦荞看着这个小背影，心如刀绞。

她这个眼神没能瞒过岑璋，他抬手环住她的肩："发生什么事了？"

就在刚才，韦荞给他打电话，要他立刻带岑铭去东门咖啡馆。没等岑璋多问，她已经挂断，一通电话打得稀碎。

韦荞隐忍地，极度克制地说："岑璋。"

岑璋动作一顿。他甚少见韦荞这般模样。

韦荞咬紧牙关，痛下决心：她要犯天下忌讳了——

方才在办公室，当成理对韦荞提到"岑璋"时，她脸色大变，成理误会她为难，正欲解释，韦荞丢下他就走。成理一头雾水，丝毫不知韦荞瞬间的恐惧：她这才记起，岑璋和岑铭，今天就在道森度假区。

她匆忙跑向电梯间，拿起手机同岑璋打电话，穿着一双高跟鞋差点绊倒，被迎面走出电梯的许立帷一把扶住。他听见韦荞讲电话的声音："岑璋，带岑铭去东门。"许立帷瞬间懂了。

四目相对，韦荞内心的愧疚感喷薄而起。

"对不起。"被许立帷抓到现场，韦荞认了，"我没有办法。"

许立帷目光冷静，韦荞迎向他的凝视，破釜沉舟："等我办完事，任凭你处置。"

身后，成理正在到处找她："韦荞！人呢？"

许立帷没说话，一把将她拉进电梯。

大战将至，首席执行官成为众矢之的。许立帷眼风一扫，眼见成理追着她而来，他快她一步迅速按下电梯关门键，然后闪身走出电梯。

"韦荞，做你最想做的事，我只会帮你，不管对错。"电梯关门的瞬间，许立帷将责任担下一半，"我会想办法拦住成理，不让他跟来。你放心去，不会有人知道你去过东门。"

话音刚落，电梯门关闭，电梯载着韦荞急速下降。

她的愧疚感瞬间被许立帷打消。为了孩子，她愿意下一回地狱。她方才忘记说一声"谢谢"，韦荞知道许立帷不会要，而她也会一直欠着他这一声谢。他已经陪她到地狱，如果真有无法上岸的那一天，她会同他好好说一声谢谢的。

"岑璋，你听我说。"好不容易瞒过成理，韦荞没有犹豫，迅速向岑璋交代，"道森出事了，疾控中心和公安已经在赶来的路上。你马上带岑铭离开，去东门，我会给徐达打电话，让你们从东门员工通道离开。你带岑铭出去之后，离道森越远越好，知道吗？"

这很严重，韦荞知道，她的行为无异于背叛。

她要背叛道森，背叛三万名游客，只为她的孩子安然无恙。一道千古难题摆在她的面前：绝境之处，她是选择做一个大义牺牲孩子的妈妈，还是做一个虽然自私却能保护孩子平安的妈妈？

她下不了手选择前者。

"岑璋，带岑铭走。"韦荞痛下决心，推他走，"再晚就来不及了。"

岑璋扶住她的肩："韦荞，你冷静一下。"

韦荞一改平日的冷静，完全失去耐心："我叫你走！听到没有——"

尾音尖厉，忽地收声。

是岑璋。

他用一个拥抱，将她失控的理智险险拉回。

很多年后，韦荞仍然会想起这一天。阳光、林荫、咖啡馆，岑铭坐在一旁津津有味地吃香草冰激凌，而她和岑璋在拥抱。那些即将而来的风暴与战争，在一瞬间都不再令她胆战心惊。风暴而已，战争而已，都是人间常事，来就是了。

岑璋在她耳边说："我怎么可能丢下你，一个人带岑铭走？"

他抬手，指尖穿梭在她发间，另一只手顺势将她抱得更紧，要她明白他心意："韦荞，在我心里，你最重要。"

韦荞喉咙一紧。他的好意，她心领了。

但她过不去心里那一关，要同自己发狠赌一回："当年我已经错了一次，将岑铭害成那样。岑璋，我知道这是大忌，这步棋必输，但为岑铭，我愿意输。"

天下是非即对错，她一直以为她懂。

这一刻，韦荞忽然发现，她的立场也是可变的。

负天下人，保岑铭；还是牺牲岑铭，维护天下人的公道？正邪不两立，她最终选择决绝的那一条路：只要能保岑铭，负天下人又何妨？

"韦荞，这件事没那么简单。"

"你不用安慰我。"

"我不是这个意思。"岑璋附在她耳边，压低声音，"你听我说，商业竞争向来无所不用其极，道森这桩意外，如果是冲你来的呢？"

韦荞一愣："什么？"

"韦荞，如果对方意不在道森，而在你，那么你方才的举动，就恰好落入对方的圈套。"

岑璋用仅有他们二人能听见的声音对她道："在 32187 名游客被困道森度假区的危急关头，道森首席执行官却放走了丈夫和儿子。这个新闻能掀起的破坏力，远比道森度假区面临的公共危机要严重得多。公共危机有官方控场，会尽各方力量将破坏性降到最低。道森只要肯配合，事情就不会更严重。但是，首席执行官的所作所为，就完全是私人性质了，官方也保不了你。"

韦荞脸色骤变："会这样做的人，是谁？"

"我不知道，我也不打算现在去想这个问题。当务之急，是要认清现实，这件事很可能是冲你来的。那么，绝不走入对方为你而设的陷阱，才是首要事。"

韦荞一身冷汗，为名利场中无底线的斗争而愤怒："用公众安全来要挟我，实在卑鄙。"

自古人心最难，莫过于一个"斗"字。两点加一横一竖，就是写不好。与人斗，赢了输了都写不好一笔人生。

岑璋很珍惜不想写这个字的韦荞。

女人或男人，太会斗了，都不好。自己首先不快乐，一年如此，十年如此，百年不过是十个十年，忽然已是一生了。斗赢了又如何？人生横竖只剩两点，没意思透了。

所以，他来。

"没关系。"他将她按向胸膛，置于最安全的位置，"无论是谁想对付你，都算错了一件事。"

"韦荞，我会帮你。"

未等她回应，他快她一步，看透她心事："真的不打算用我吗？"

韦荞在他怀里微微一怔，瞬间搂紧他的颈项，没有说话。

岑璋笑了。韦荞从不求人，对他也一样。昨晚的一场欢爱历历在目，她颈后的红痕未退，令他记起她的倔强。她是无论被他诱哄还是折磨都选择咬牙沉默的人。每次两人抗衡，输的都是他。

岑璋抬手撩起她的长发，吻在她耳后，故地重游。他从来都是这样的，她连求人都不低头，那就换他来："我只有老婆一个宝贝，我不帮你我帮谁啊？"

韦荞低下头，有很多愧疚："这件事太严重了，我不想把你拖下水。"

"那你想把谁拖下水，许立帷？"

谈到许立帷韦荞可就不愧疚了："他不用拖，他已经被我按在深水池里出不来了。道森有他一份，要倒霉我也得拉他一起。"

"真讨厌啊。"岑璋连"能和韦荞一起倒霉"这种事都嫉妒，"你和许立帷能不能别那么要好？连这种重大危机都要一起，不就是同生共死的关系了吗？讨厌死了。"

"……"

韦荞实在佩服他，在这种紧要关头，他竟然还能抽空想起许立帷，许立帷听了都要震惊。

岑璋还在那嘀嘀咕咕地不痛快："你就觉得他厉害，是吧？快三十岁的人了除了会赚钱还会干什么？一无是处，就你宝贝他。"

韦荞放弃抵抗，冲他点头："好好好，你来，你下水吧，等下上不了岸可别怪我。"

"这还差不多。"岑璋满意了。

他就像一个小学生，硬要挤进韦荞和许立帷中间。好像前面等着他的是什么好事，他完全没有即将面对千难万险的恐慌。

人潮汹涌，韦荞升起些前途未知的命运之感。而她除了押上所有赌一把，也没有其他路可走了。

"岑璋，我该走了。"她望向他，眼里有很多舍不得，"道森很可能会很乱，你一定要小心。岑铭交给你，我很放心。"

"嗯。"岑璋点头。

他伸手，摸了摸她的脸，令她明白他是在郑重承诺："虽然我不喜欢道森，也不喜欢赵江河，但我喜欢你。韦荞，去保护你想保护的道森，去守护你想守护的人吧。我会一直在你身后，为你兜底的。你不用对我感到抱歉，如果你像名利场上的一些豪门太太那样，以丈夫和孩子为天，恐怕我也不会喜欢。我喜欢的，正是一往无前的韦荞。所以，你不用顾及我，去做你最应该做的事，去尽你最应该尽的责任。"

韦荞眼眶一热，喉咙好似被堵住。

来见他之前，她原本是有一肚子的话要说的。

我爱你。

对不起。

令你陷在这里，还要你解围。

可是现在，这些话她都不想说了。

大战将至，因为有了岑璋，她开始有了无限勇气。万山载雪，明月薄之，她要将一生中最好的一面干干净净地交付给他，不留遗憾。

韦荞倾身吻他，岑璋顺势扶住她后脑，缠绵深吻。情难自禁之际，他忽然道："哦，不过，刚才那段话我要加一句附注。"

韦荞问："什么？"

岑璋说："你保护谁都行，就是许立帷不行。如果许立帷遇到危险，你不许去救他，我去。"

韦荞："……"

她推了一下他的额头，满是亲昵："岑璋，你再讲下去，我都要怀疑你喜欢的人究竟是不是我了。"

岑璋："……"

两个月前，赵新喆找到韦荞，提出要调到东门当保安。许立帷当时在场，听到这请调意愿，当即对他建议："算了吧。"

赵新喆出师未捷身先死，一脸严肃："许哥，我是认真的！"

许立帷头也不抬："好啊，你在这间办公室里先站三小时。"

"啊？"赵新喆委屈着一张脸，"许哥，你别整我，我玩不过你的。"

"他不是在整你。"

韦荞解释："道森度假区保安岗实行严格的三班轮岗制，每周排班。每一岗八小时，站三小时，休息一小时，八小时内完成两次。这间总裁办公室里有空调、有地暖，冬暖夏凉，如果你在这里都站不了三小时，在度假区保安岗上能站得了？我提醒你，那里可没有空调和地暖。申南城夏季最高温可达 42 摄氏度，冬季低至零下 5 摄氏度，你自己想清楚。"

说完，韦荞起身，示意许立帷。后者会意，拿上资料同她一起离开办公室。那天他俩很忙，有项竞标要参加。几个竞标方大有来头，道森要拿下合同，压力很大。韦荞满脑子都是这事，根本顾不上赵新喆。

竞标会异常激烈，韦荞和许立帷联手，险险过关，在同行的嫉妒中拿下中标合同。两人走出竞标大厅，异常疲惫，那是精神高度紧张的后遗症，陡然松懈产生的崩溃之感。

事后，两人在路边的牛肉面馆里吃了两碗面。为了庆祝，许立帏还让老板多加了两个溏心蛋。记者一路跟踪，拍下照片，那两个溏心蛋还被拍了特写。隔日，周刊出街，引人遐想："道森最高管理层横扫对手，手握上亿合同路边共吃溏心蛋"。导致岑璋看到新闻后嫉妒得不行，韦荞半夜起来给他煮了两个同款溏心蛋，陪他吃完了，这才平息岑璋那点小情绪。

那天韦荞和许立帏吃完面，就分道扬镳。韦荞刚想回家，猛地福至心灵，想到赵新喆那个拖油瓶。

韦荞坐在车里，犹豫了一下。

虽然以赵新喆的脾性，不太可能真的在总裁办公室里站三小时。但这纨绔子弟时常会有奇思妙想，万一他今天就是呢？

韦荞还是开车回了趟道森。

赵新喆果然还在！

总裁办公室里，赵新喆站在办公桌旁，笔挺修长，一米八五的身高衬得他很有型，像一杆随时可用的枪。

看见韦荞回来，赵新喆眼睛一亮："荞姐！三小时到了没？这里有监控，你可以去看，我可没偷懒啊。"

韦荞看了他一会儿，点头："到了。"别说三小时，他站了整整四小时。

"呵。"赵新喆放心了。

他松了松腿，有点抽筋，韦荞没去扶他。赵新喆捏了会儿小腿，感觉又行了。顾清池敲门进屋，送来外卖，是韦荞点的。赵新喆打开餐盒，看见他最喜欢的牛肉滑蛋粥。他心里一喜，韦荞面上冷淡，对他的好一分没少。

就在那天，赵新喆向韦荞正式提出调任请求。他要去东门保安岗，做一个比徐达更出色的保安，让韦荞、许立帏、赵江河，还有更多人看看，他赵新喆也是一个有担当的人。

调令一经公布，引起不小震动。围观人士不少，徐达就是其中之一。

富二代下基层，徐达冷眼旁观，认定赵新喆是吃饱了撑的。隔日，他拿着保温杯走进保安室，看见赵新喆穿着一身保安服站在屋里，对他颇为挑衅地打招呼："早啊，赵队！"

徐达喝着枸杞茶，差点被呛死。

徐达根据领导指示，亲自带赵新喆站岗。几天下来他发现，这个富二代似乎是来真的。维持秩序、帮助游客、疏散交通，这三项工作赵新喆都干得不错。时间久了，徐达还发现，赵新喆在人际交往方面也特别厉害。

徐达很羡慕赵新喆这个长处。

徐妈从小向外人介绍徐达，总会说这孩子内向，不爱同人交往。其实，徐达知道，他不是内向，是没有外向的条件。同人交往是需要底气的，少不了要花钱招待。一个小孩子在最需要钱的时候没办法招待小伙伴吃零食、买玩具，其实就会很孤单，也会内向。

赵新喆和徐达不同，赵新喆天生就会发光发热，没几天就和保安室的同事处成了兄弟。再过几天，已经没人把赵新喆当公子哥看待了，他就是他们的兄弟。赵新喆经常给保安兄弟们带零食，大家围在一起吃特别有感觉，把保安室的气氛搞得热火朝天，下班都没人走。

久而久之，保安兄弟们也经常送他这样那样的东西，大多数都是家里人做的，比如腊肠、咸鱼，赵新喆都很欢喜地收下了。

只有徐达没送过他东西，赵新喆表面不在意，心里在意得不得了。有一天他逮着机会，问徐达："你为什么不送我点吃的？"

徐达冷冷淡淡："送不起。"

赵新喆热脸贴冷面："我又没要你送贵的，我就想吃你妈妈给你包的饺子。"

"我妈最近没包。"

"胡说！你今天中午还吃了，我看见了！你见我走进保安室就把饭盒藏桌子下面了！"

徐达没理他。他对赵新喆没什么好感。在徐达眼里，左不过就是一个富二代过腻了鱼肉日子，想要下基层换换口味，打发时间罢了。

徐达不知道，他那几只不值钱的手工饺子，在赵新喆眼里可值钱得很。那几只饺子，徐达请韦荞吃过，请岑璋吃过，请保安室的所有同僚吃过，甚至连岑铭都吃过，就他赵新喆没吃过！赵新喆在人际关系方面特别脆弱，他觉得自己被排挤了。

最后，赵新喆对徐达道："看着吧，我一定会让你送我饺子吃的。"说完，他很不服气地走了。

徐达看着他的背影，冷哼了一下："有毛病。"

周六，向来是客流高峰日。

下午，徐达正在道森度假区东门站岗。

韦荞忽然打来电话，沉声吩咐："徐达，你听好。道森度假区即刻起封闭管理，不进不出。公安和疾控中心已经前来支援，三分钟后到场。你的任务是，守住东门，在三分钟内不能放任何一个游客离开道森度假区。"

徐达心里一沉。

"徐达！"赵新喆在保安室门口喊他，"愣着干什么？封门啊！"

徐达迅速回神。

平时，他按部就班，工作干得不错，但大场面毕竟见得少，一时有些蒙。若非赵新喆那一声吼，恐怕他今日会误事。

道森的安保系统有两重，最重要的一道闸门由中控室控制，此时已被关上。保安室掌控着内层大门开关，两重门之间有员工通道，以供出入。徐达冲向保安室，按下内层大门控制键，沉重的铁门开始缓缓关闭。

徐达心跳失序。他盯着那道铁门，嗓子很干，门每关一寸，他的心跳就乱一分，等到铁门快要完全关闭，徐达已有些呼吸困难。

最镇定的人，反而是赵新喆。

他出身世家，见过大场面。几个叔伯带着手下人夺权抢公章那会儿，赵新喆才八岁。道森这点意外，吓不到他。

"没事，别担心。"他挤出笑容，安慰徐达，"荞姐说了，公安已经在赶来的路上，咱们只要坚持三分钟就行。这么短的时间，一下子就过去了——"

话音未落，保安室外，四面八方的汹涌人群就让赵新喆见识了什么叫作"坚持三分钟"的难度。

道森这次的事件尚未公开定调，谣言已在人群中四散发酵。

人们丧失判断力，惊恐万状。

"快跑啊！听说道森度假区有传染病！"

"看！道森封门了！想封住我们这些人！"

"门还没关上，大家冲出去！"

人群汹涌，几名保安试图安抚恐慌的游客。成千上万名游客一同涌向同一处大门，几个人的力量堪比以卵击石。几名保安被汹涌的人群迅速淹没，逆向的一名保安没有站稳，瞬间被人流冲撞在地。

"李哥！"徐达大喊一声，飞身冲出去。

赵新喆伸手一把拉住他，但还是慢了一步，连他的衣领都没拉住。他眼睁睁地看着徐达三两下奔向道森东门。

整个东门正在沦陷。

这种沦陷是毁灭性的。徐达从未见识过人群的力量，今天他见到了。巨大的人流如同奔流的江河湖海，汇聚成一股势，瞬时形成海啸，嘶吼着、咆哮着，冲击堤岸。如今，这股"巨浪"冲击的堤岸，就是道森度假区东门。

"李哥！抓住我的手！"

徐达跳进人流，拼命去拉李哥的手。李哥名叫李伟，是道森度假区的一名资深保安，在东门干了六年，人也不年轻了。徐达担心的就是他的"不年轻"，李哥被人流冲倒在地后就没爬起来，他正处于上有老下有小的年纪，若是出了什么事，就是全家的悲剧。

赵新喆在人墙外怒吼："徐达！快回来！"

徐达没有见识过人流的恐怖，赵新喆可是见识过的。他在大学鬼混过两年，是夜店常客。一次跨年夜，夜店里群魔乱舞，零点倒数计时，发生了啤酒爆炸的意外事件，无数人尖叫着逃离，夜店的窄门出口承受不了巨量人流，迅速酿成踩踏事件。赵新喆险险躲过一劫，从此改邪归正，再未踏足夜店。

而现在，道森度假区的东门现状，让他噩梦升级：这比他当年在夜店经历的人流量，要多数百倍！

"徐达！不能被人群撞倒！"赵新喆刚说完，猛地扎进人堆的徐达就立刻被人群淹没，赵新喆再也看不见他的身影。

他心下一冷：踩踏已经开始。

危机时刻，赵新喆本能控场。他转身冲向中控台，将音量调至最大，拿起麦克风大吼："向后退！去西门！大家不要往前冲！"

人们置之不理。

赵新喆陡然明白，对失去理智的游客而言，过长的语言都是累赘，他们是听不进去的。只有最简洁明了的口号式动员，才能精准击中人群。

东门广场，瞬间响起赵新喆惊涛骇浪般的口号声："向后退！去西门！向后退！去西门！"

混乱当道，赵新喆口号式的嘶吼声如同乱世清流，将陷入疯狂的人们重新拉回理智边缘。越来越多的道森保安加入呼喊，人们奔走疾呼，形成巨大声浪，盖过踩踏的脚步声，宝贵的秩序由此重见光明。

"向后退！去西门！"

疯狂的人群渐渐醒悟。潮头前浪的人们开始跟着一起嘶吼，很快，声浪由前向后，形成巨浪，将更多向东门翻涌的脚步阻止在原地。

一场悲剧，被险险扼杀。

眼见人潮退去，赵新喆跳下中控台，直奔东门广场。

"徐达!"他拨开人群,还是没有找到徐达。

像是有心电感应,一个嘶哑的声音忽然向他喊:"赵新喆!东门广场三点钟方向!直线距离五十米处!"

所以说,学好小学一年级数学是多么重要。

赵新喆根据指示,迅速找到徐达。徐达正匍匐在李哥身上,抬头见到赵新喆,毫不废话,把这个富二代当保安差遣:"快!联系道森医护小组!李哥晕过去了!"

"好!"赵新喆迅速打电话。

电话接通,医护小组那边乱成一团,说是送来救助的人太多,抽不开人手。赵新喆顿时火冒三丈,对着电话飙高音:"叫你们医护组长听电话!高组长,我是赵新喆,你现在立刻派人来东门,把李哥救回去!我们李哥要是有个三长两短,我让荞姐撤你的职!"

电话挂断,三分钟后,道森医疗救护车乌泱泱地过来了,迅速抬走李哥。高组长还想跟赵新喆说几句话,被赵新喆一挥手挡回去。高组长讪讪,只好先走。

徐达忽然发现,有个富二代朋友也挺好,关键时刻用着很顺手。

人流退去,尘土飞扬,徐达咳了一阵,边咳边问:"你把人引去西门,西门那边扛不住压力,怎么办?"

"你是不是傻,不会算啊?"赵新喆拍着他的背,让他咳得舒服点,"荞姐刚才不是说了,来支援的公安还有三分钟就到,从东门到西门,跑着去都要半小时,这点时间足够公安在西门完成部署了。有他们在,西门乱不了。"

徐达愣了一下。他看了眼赵新喆,重新审视他。

这一刻,赵新喆和他以为的纨绔子弟大相径庭。他在危急时刻的控场能力,令徐达刮目相看。

"哎!你别动,我背你。"见徐达站起来,赵新喆一把扶住他的肩,将他全身的重量担在自己身上。

徐达不欲麻烦他:"我没事,我能自己走。"

"你这叫没事啊？"赵新喆扫了眼他的左腿，"都流血了。"

"这点小伤，没大碍。"刚说完，他走了一步，就闷哼一声，人也跟着向后跌去，被赵新喆眼明手快地抱住了。

"别逞能了行不行？还嫌不够乱的啊？"赵新喆一只手扶着他的左手，另一只手扶着他的腰。徐达被他戗了一声，也不好意思拒绝了，任他扶着，一瘸一拐地跟着他走。

赵新喆扶着徐达，嘴也没闲着。他死性不改，对徐达笑："哎，你腰锻炼得不错啊。"

单纯如徐达，一时分不清他这算夸奖，还是什么。

刚历经劫难，赵新喆对徐达有种同生共死之感。他本来就随心所欲，死里逃生之后，更是嬉皮笑脸："刚才哥帅不？做保安队大队长没问题吧？"

徐达："……"

道森度假区突发公共安全事件，轰动全城。

媒体倾巢出动，各大电视台轮番报道道森紧急管理的新闻。

张有良看到新闻，让秘书把电视声音调高四个音量。他的妻子任敏延走过来，看见他手里拿着的文件材料，正是有关道森紧急管理的事件汇报，汇报人一栏赫然写着成理的名字。

"有良，你赶紧坐下。"

任敏延挽着他的手在沙发上坐下，递给他两片白色小药片，让他就着水吞下去："你刚从上东城调研回来，这两天还犯了高血压的老毛病，在飞机上差点出事，连医生都交代，你可要当心了。"

张有良抬手示意："别说了，我有分寸。"

他将手里的材料放在茶几上，眼神阴晴不定："道森出了那么大的事，波及范围会有多大，还是未知数。我们的态度代表申南城的态度，一言一行都要万分谨慎。"

"下午，卫生部已经代表官方召开新闻发布会了，成理亲自出面，对公众进行情况说明。有他在，乱不了。"

"差点酿成踩踏事故，还乱不了？"

"你也说了，是'差点'，道森及时控制住了。五人轻伤，没有重伤，真是好险哪。"

任敏延见过世面，不由得赞赏："当时公安力量尚未赶至现场，全靠道森的特保力量维持场面。三万多人哪，没有乱，局面被控制住了。作为一家民营企业，道森能做到这个地步，可见首席执行官有预见性，应急机制非常完善，启动得也很及时。"

张有良若有所思："韦荞，幸好有她在道森。赵江河手上有她这张王牌，这辈子也算赚大了。"

"可不是吗？"任敏延颇为不屑，"赵江河身为董事长，可是一句表态都没有呢，就一味躲在韦荞身后坐等年底分红吧。"

晚间新闻中，各路记者将道森度假区团团围住，长枪短炮对准现场画面，势要推测出事件的未来发展方向。

任敏延不免担忧："下午成理已经宣布了道森度假区全园封闭，三万多人在度假区酒店就地入住三天的决定。可是，群众的接受度有多高，不好说。这又是在道森出的事，换了是我，也会想质疑，你一家民营企业有什么资格让我就地入住三天。"

她看向丈夫，说出所有人都在想的那句话："还是要行政力量支持，分量才够。"

张有良摇手："不急。还可以再等一等。"

任敏延不由困惑："等什么？"

"等人。"

"谁？"

张有良望向妻子："韦荞现在已经被顶在枪口，所有的火力都对准了她一个人。她要是受点伤，赵江河可不会救。但，有一个人一定会出手，拼了命地去救她的。"

两人正说着，秘书匆匆走进来，递上电话："今盏国际银行，岑璋董事长找您。"

夫妻俩对望一眼，心照不宣。

张有良对妻子微微笑了一下："看，急着救韦荞的人，不就来了吗？"

张有良晾了岑璋一会儿，等任敏延和秘书走出书房，他才接起电话："喂？"

岑璋在电话那头中规中矩："张书记。"

张有良态度温和："岑璋，见外了。我现在在家里，你叫一声'世伯'就可以。"

岑璋没客气，从善如流："世伯。"

事实上，彼此心里都清楚，这声"世伯"并非客气，岑璋叫得起。

东南亚金融危机那一年，银行首当其冲成为风暴中心，无数中小银行破产清算，大银行亦自身难保。也就是在那一年，张有良原本一帆风顺的仕途遭遇重大考验，他一手规划的申南城工业园区项目，因为银行破产潮的关系，原先拟定的计划遭遇毁灭性破坏。项目已启动，张有良承诺给企业牵线贷款的银行却跑路了，导致为园区站台的张有良被钉在杠上，上头一度传出风声要将他撤职。

水深火热之际，拉了他一把的，是岑华山。

岑华山这个"拉一把"的决定做得非常冒险。金融风暴中，今盏国际银行亦未能幸免，短期内损失惨重。岑华山赌上全部家底险险将银行拉回正轨，在这当口还能挤出这么多现金给张有良救急，不得不说岑华山在具备一流的银行家能力之外，更具备一流的眼光：他赌的就是张有良的政治前途绝不会止步于此。

此后，随着张有良政绩越来越辉煌，今盏国际银行与申南城的关系亲不亲，就不用多说了。

岑华山意外失事，葬礼上，张有良亲自到场。站在家属位同他握手的，正是岑璋。那年，岑璋十八岁，张有良以长辈的眼光看待他，对他有诸多担心。世家多诱惑，岑璋过早失去岑华山这一层重要庇荫，人生艰难险阻，他能闯得过几关，实在难说。

然而多年之后，张有良的这层疑虑却在岑璋的婚礼上被彻底打消。

婚礼席开百桌，岑璋挽着新娘入场。任敏延同丈夫心有灵犀，相顾一笑，道："是韦荞呢。"

张有良扶着妻子的肩，点头评价："岑璋给自己上了一重千金难买的保险。"

申南城名利场中，韦荞名声很大。人人都知，韦荞情绪稳定，心性一流，几乎没什么人、没什么事，能够动摇她半分。

有她在，名利场上五光十色的诱惑，从此皆被挡在岑璋生命之外。

今晚，岑璋显然做过准备，一通电话打得滴水不漏："世伯，道森度假区是申南城民营经济的中流砥柱，每年的纳税大户总有道森一个。呵护和调动民营企业的积极性和创造性，历来是申南城'有形的手'服务目标之一。现在道森遭遇意外，还希望世伯呵护，让民企敢闯，全面推进经营主体的高质量发展。"

张有良表情深邃。他不疾不徐："岑璋，祸是道森闯的，韦荞作为首席执行官，是第一责任人。这一点，你否认不了的。"

他提到韦荞，攻心为上，岑璋果然沉不住气："世伯，您有什么话，尽管说。"

张有良就尽管说了："四北城以芯片制造业在地缘政治中占据先发优势，申南城在这方面整整落后一个周期，只能迎头追赶。今盏国际银行主导东南芯片控股项目，我希望让东南芯片即将新设的晶圆代工厂落地申南城。"

岑璋一听就头痛不已。他什么都不怕，就怕被差遣去招商引资。

何况，张有良要他去招的，还是芯片制造厂。全球芯片产业链风波不断，地缘局势相当动荡，全球疯抢芯片制造厂。张有良给他出这么一道难题，实在够狠。

"世伯，这宗项目目前很复杂，东南芯片的虹吸效应极强。恒隆银行进来了，蒋宗宁为了四北城的行业垄断地位，一定不会轻易让芯片制造业落地申南城。"

"所以啊，我才要你去。"张有良倒也痛快，"岑璋，别人办不到，你办得到的，我知道。"

岑璋没说话，暗自头痛。

岑铭感受到他微妙的情绪变化，抬起小手搂紧了他的颈项。

此刻岑璋正和岑铭一起，被封闭在道森度假区内。岑璋找了个僻静之地，避开人群，用一通电话与张有良正面交锋。全神贯注之际，岑铭埋首在他颈项处，软软的小身体给他无限力量。岑璋忽然勇气横生，真就点头同意说出一声："好。"

张有良心头一桩大事落地，亦同他爽快交换条件："一周后，我等你答复。"

六点，申南城官方召开新闻发布会，宣布对道森事件全面负责。官方承诺，对三万名游客在此期间的住宿、餐饮、医疗负责，同时向每一位游客提供官方盖章的三天特殊假期证明，可向公司出具，作为带薪假期的附件入账。

六点半，道森发布首席执行官致游客的公开信。

公开信全文八百字，阐述事实、诚恳致歉、良心赔偿。韦荞在公开信中提出三条补偿机制：第一，道森度假区终身免费游玩卡；第二，道森度假区终身酒店免费入住卡；第三，在此期间，在度假区酒店入住的每位游客将获得道森度假区终身会员权益。

许立帷通读公开信，愁得不行。这三条补偿机制非常能安抚人心，但问题是：钱从哪里来？

公开信由韦荞亲自发布，结尾处，韦荞坚定有力的声音通过中控台回响在道森度假区的每一个角落："今天，我的丈夫，我的孩子，也都在道森度假区。他们是我最爱的两个人，我会像保护我的丈夫和孩子那样，保护道森度假区 32187 名游客。请大家相信我，相信道森，谢谢。"

话音刚落，道森度假区直径两千平方米的烟火冲上云霄，在半空中瞬间绽放。

花火升腾，星河耀眼。惶惶不安的人心被骤然安抚。

中央广场上，岑铭拉了拉岑璋的衬衫袖口："爸爸，抱我。"

"好。"

岑铭自小独立，甚少要求大人抱。烟花升腾如群星璀璨，岑璋弯腰抱起他，小朋友瞬时被吸走全部注意力。

"好漂亮的烟花啊。"

"嗯。"

用漂亮都不够形容的，壮观二字勉强可以。

岑铭看得入神，抱着爸爸的脖子问："这是妈妈放的烟花吗？"

"是的。"岑璋看着漫天烟火，眼神温柔，有对妻子的全部感情。

他相信，若非韦荞首肯，一定不会有这场盛大的烟花。危机当道，浪漫不死，盛世遇见了凶年也断然不低头。毕竟见过丰登毓秀的人生，怎么肯轻易让道给死灰暮气？这是独属韦荞的大气。

火树银花不夜天，这是岑铭记忆中最好的烟花。很多年后，二十四岁的岑铭远赴拉斯维加斯，在势力纵横交错的这座城市一举拿下地下城牌照，拉斯维加斯上空为这位清冷贵气的岑家继承人燃放了一场盛大的烟花。岑铭波澜不惊，烟花倒映在无框镜片上，入不了眼底。说到底，他早见过最好的。

岑铭转头看向爸爸，问："刚才妈妈在广播里说的，'我的孩子'，指的是我吗？"

"是的。"

"'我的丈夫'，指的是你吗？"

"是的。"

"爸爸，妈妈当着这么多人的面，在广播里提到了我们耶。"

七岁的小男孩，尚未学会隐藏情绪，心里的骄傲都写在脸上。韦荞做妻子、做母亲、做首席执行官，都尽力做到"周全"二字。

"爸爸。"岑铭天性敏感，已隐隐察觉周围反应，"我听见，有人在骂妈妈，说妈妈把他们关在这里，不让他们走。他们好像很讨厌妈妈，妈妈会出事吗？"

"不会。"他以一个父亲的身份，对孩子郑重承诺，"爸爸不会让妈妈有事的。"

一封八百字公开信，威力惊人。

韦荞意在获得游客谅解，但金融市场显然不会对此有兴趣。

市场关注的，永远只有"利益"二字。

公开信一经发布，金融市场一片哗然。分析师连夜奔赴现场，一为认证消息虚实，二为预测未来：作为上市公司的道森控股，经此巨变，股价和盈利能力会如何变化？

血腥战场，争议四起。社交平台上很快充斥截然相反的两种声音，道森及时推出的三条补偿机制在让其获得公众同情之时，也令自身陷入现金流断裂的巨大质疑中。分析师通过翔实的理论推导，得出一个可怕的预测：道森将迅速陷入现金流危机，企业经营将面临异常困境。

晚间九点，外盘开市。受"道森事件"影响，相关概念股一泻千里。市场抛盘承压，形势凶险。一时间，人心惶惶，诸多猜测甚嚣尘上：外盘已是如此凶险，明日早盘正式开市的道森控股，是否从此会尽了气数？

面对新闻媒体的疯狂围堵，韦荞难得沉默，不给正面回答。

晚间十点，重磅新闻刷屏，带来最新进展。

今盏国际银行首席财务官梁文棠代表银行董事会现身媒体镜头前，正式以财务投资者的身份宣布对道森控股的战略扶持。

一时间，引起轩然大波。

申南城金融区号称"不夜城"，今晚，事态发展远超预期，整座"不夜城"为"道森事件"通宵不眠。市场坚信：你可以不相信道森控股，但绝对没有人会怀疑今盏国际银行。

事实上，连韦荞也措手不及。

她瞬间被电话淹没，两部工作手机撑不了半小时。股东、媒体、金融市场，对她围追堵截，要从她口中听到证实。

韦荞焦头烂额之际，许立帷走进办公室。他亲自将今盏国际银行的战略公告放在办公桌面上，证实了一切传闻是真的。

"就在刚才。"许立帷告诉她，"岑璋下场了。"

安排三万多人就地入住，是一项大工程。韦荞、成理、许立帷分工合作，将酒店转运、餐饮服务、医疗垃圾清运三大事项一一落实。所有工作安排得井然有序，超出预期。

另一边，岑璋迅速打电话给梁文棠，吩咐他草拟公告，以财务投资者的身份入局道森。

梁文棠刚从国外出差回家，时差倒得很失败，接这通电话时还有些头晕。听完岑璋三言两语，梁总监整个人都清醒了。

"岑璋。"连他都震惊，不禁多问一句，"你确定？"

岑璋忙了一晚，很烦再把话讲一遍："你是哪句没听懂？"

梁文棠迅速回神，他才不会去怀疑岑璋的决定。

凌晨，岑铭困了，搂住爸爸的颈项睡着了。岑璋左手抱着儿子，右手拿着手机同梁文棠开线上会议。

成理看见他时，是在酒店。

岑璋正打完电话，拿着房卡走向电梯间。人群折腾了一晚，难免有个别人激动，两个老太太同道森酒店的安保吵了起来，岑璋看不下去，忙里抽空还上前劝了个架。他长相好，嘴会说，出手还大方，两个闹事的老太太一下子就不吵了，瞟着岑璋的眼神有点像看未来女婿的意思。要不是看见岑璋抱着儿子，她们断不会打消给他介绍女朋友的心思。

全程围观了本次事件的成理："……"

岑璋这心理素质可以啊，一边带娃一边谈判。他谈完了也没闲着，转身就调动资金给道森救火，还能抽空深入群众劝个架，这业务能力也太全面了。

　　成理同他交情一般，都不禁想上前和他聊几句。

　　"岑董。"

　　岑璋忙得焦头烂额，冷不丁听见有人叫他，下意识的反应就是装作没听见。反正叫他"岑董"的人不会是熟人。岑璋装作耳聋眼瞎，朝电梯间走得飞快，完全不想搭理。

　　成理："……"

　　真是服了。

　　见过岑璋对韦荞的态度，再看他现在那样子，成理简直要被他气笑了。好歹他也是个部长，今晚为了道森累死累活的，岑璋不能这么无视他吧？

　　电梯门徐徐关闭的瞬间，被人伸手挡住，即将关闭的电梯门又缓缓打开。

　　岑璋一脸冷淡，没什么表情地望向门外。

　　成理双手环胸，冲他笑笑："岑璋，见到了，不打声招呼就走？"

　　岑璋常年坐谈判桌主位，一张嘴那是多么能说："成部长，你为人民服务，人民还需要朝你打招呼才能走的？"

　　成理："……"

　　成理平日的精神状态非常刻苦朴实，他和岑璋这类资本家完全不是一类人，冷不防被岑璋反唇相讥，一时还真就被撑住了。

　　好在他脑子不错，很快反应过来："你还在为当年韦荞那件事跟我生气呢？我是给韦荞牵线介绍过男朋友，但我真的不知道她那时已经有你这个男朋友——"

　　岑璋笑了笑，不阴不阳的。

　　于是成理明白了，他还真是记仇记到现在。

　　大三那年，韦荞和成理同时入选东亚代表队，参加世界数学锦标赛。比赛在新加坡举行，实行封闭管理。代表队里有三人来自申南城，韦荞、成理、袁颂，比赛期间三人同进同出，感情甚笃。

成理和袁颂住一间宿舍，不久他就看出了袁颂那点心思：他喜欢韦荞。成理为人仗义，抬手往袁颂背上猛地一拍就积极牵线："喜欢就去追啊！韦荞又没有男朋友！"

袁颂为人细致，不忘求证："真的吗？"

"这当然是真的！"年轻时的成理追求热血青春，办起事来异常主动，"韦荞整日埋头学习，哪里像是有男朋友的样子？你听见她提到过男朋友吗？"

袁颂认真想了想：确实，没有。

韦荞何止从来没提过男朋友，连异性朋友都没听她提起过。袁颂心里欢喜，"嗯"了一声，心里有了主意。

两周后，三人斩获团体第一的好成绩，袁颂也在那天对韦荞表白。三人夺冠那天，主委会安排了媒体采访环节。袁颂面对媒体镜头，当众对韦荞表达了心意。韦荞尚无反应，成理已在一旁烘托气氛，要她答应，一众媒体记者也跟着热烈响应。年轻人、夺冠、邂逅爱情，这类新闻最讨观众喜欢。

气氛热烈，韦荞忽然压低声音对袁颂快速说了几句私话，袁颂的表情明显一愣，随即他满脸通红。媒体眼尖，捕捉到现场这一幕，纷纷递上麦克风询问韦荞方才是否答应了，韦荞轻轻"嗯"了一声，袁颂如释重负，望向她的眼神中有感激之情。这一幕被媒体全数拍下，迅速成为头版新闻。袁颂那一道眼神被记者写成"表白成功的感动一刻"。

采访结束，热闹退去，袁颂对韦荞真诚致歉："今天冒犯了，对不起。还有，多谢你。"

韦荞微微一笑，意思是没关系。

只有袁颂知道，韦荞并未接受他。就在方才，她冷静且周到地，为他圆满解围。她告诉袁颂，她会在媒体面前接受他的表白，但她为的只是他今日不成为舆论笑柄，落人口舌，因为，她已有男朋友，两人感情很好。

一场误会，浅浅解开，袁颂对韦荞除了喜爱之外，更多了敬佩。媒体不知内情，采访结束后迅速将之抛之脑后，奔赴下一个新闻热点。

人群中有记者提醒，台下观众席的主位上，有人坐着，主委会理事长全程陪同，引人遐想。不显山露水的人物，才是大人物。很快，有资深记者扒出来：今年的世界数学锦标赛，今盏国际银行是最大赞助商。你说他是谁？他现身现场观赛，不是太正常了吗？

韦荞听见这话，动作一顿。她下意识地朝台下看去，就看见了把双手交握搁在腿上、全程看完她"接受"袁颂表白的岑璋。

后来好几年，成理都觉得"这两人迟早会分手"。在他看来，韦荞和岑璋不是不合适，而是根本就是两个世界的人。他们怎么可能结婚生子、天长地久？后来，两人果然以离婚收场。韦荞离婚后，成理见过她一次。就那一次，将他震住。韦荞心灰意冷，与以往判若两人，再不复当年在世界竞赛场上夺冠时的意气风发。那时，成理才明白，韦荞很爱岑璋，只是她从来都不说。

今晚，他将电梯门挡住，很想同岑璋谈几句。

"我听说了，你方才批了对道森的财务投资。出手这么阔，为了韦荞？"

"这应该不属于你的分管范围。"

"当然不属于。我出于私交过问一句，也不行？"

"我跟你有什么私交？"

"岑璋你真是——"

成理被噎得不轻，计上心来，要小小地报仇。

"好吧。"成理放下右手，在电梯关门前存心要他不痛快，"岑董，好好珍惜韦荞。袁颂手握华业芯片，至今未婚，仍然对韦荞念旧不已。"

岑璋："……"

岑璋刷卡进屋，照顾岑铭睡下。

眼见儿子睡熟，他才稍稍放心，转身去浴室。洗完澡，岑璋拿着毛巾擦头发，路过吧台顺手倒了一杯威士忌。

手机振动，他扫过去一眼，屏幕上显示：荞。

岑璋唇角一翘，放下酒杯时力道没收住，在桌面上碰出声响，泄露心事。和她当了这么久夫妻，接到她的电话，他还是会怦然心动。

电话接通，韦荞有些着急："岑璋？"

"嗯。"

"你和岑铭入住酒店了吗？"

"刚住下，岑铭已经睡了。"

"他还好吗？在度假区吹了那么久的风，我担心他感冒。"

"没事，我一直抱着他，不会冷的。"

韦荞握着电话，声音很低："岑璋，我给你添麻烦了。无论是岑铭，还是你批给道森的财务投资。"

今晚，梁文棠亲自致电她，就今盏国际银行以财务投资者的身份入局道森投资的事宜和她沟通细节。场面上的事项谈完，韦荞难得问他一句私话："这是岑璋的意思？"

"不然呢。"梁文棠笑了一下，"他绕开了董事会，一个人做的决定。"

韦荞听闻内情，冒出一身冷汗："岑璋会有大麻烦的，董事会追究起来，会弹劾他在行使自由裁量权时的决策。"

"没关系，他不会有事的。"梁文棠忙到半夜，终于将事情办完，一身轻松，难得对她多说几句，"今盏国际银行至今未上市，岑家握有绝对控股权。而大部分股权在岑璋手里。韦荞，懂我的意思吗？"

"什么？"

"意思就是，在今盏国际银行，岑璋说了算。"

韦荞低头笑了一下，给出中肯评价："真是嚣张——"

"嗯，他确实是。"梁文棠给她指条明路，"韦荞，你如果觉得他今晚给的财务投资数额还不够，只要你对他开口，他就一定会继续追加的，上不封顶。"

韦荞谢绝了他的好意："我不能这样做，我会去对岑璋讲清楚的。"

"你讲清楚什么啊？"梁文棠制止她，看透老板那点心思，"岑璋要是连自己老婆孩子都保护不了，他还能保护谁？"

一场危机，险险过关，韦荞终于有机会同他讲私话："岑璋，我欠你这么大一份人情，有机会的话，我会还的。"

"好啊，那你现在就还给我。"

"怎么还？"

"道森这件事结束之后，你不许再和成理有来往。"

韦荞一时没明白他的意思："啊？"

一杯威士忌见底，他又倒一杯。岑璋喝了酒，要借着醉意同她撒娇："我好讨厌那些人。当年，害你同我吵架——"

韦荞顿时明白他的意思，不由得笑了。

那是两人第一次吵架，吵得很凶。岑璋几乎是勃然大怒，他有那么带不出手吗？她竟然在媒体面前公开接受另一个男人的表白。

韦荞心里对他过意不去，耐着性子解释了一遍。岑璋完全不接受，反问她："你就会照顾别人的自尊，那我呢？我没有吗？因为我喜欢你，所以我在你心里就不值钱了？"

两人不欢而散，开启恋爱中的首次冷战。

年轻气盛，谁都不肯低头。

韦荞一尝被岑璋冷落的滋味，心里有气，就想同他算了。她本就对这段感情没有信心，岑璋的猝然发难，无异于分手。晚课期间，同学们三三两两地八卦她和岑璋分手了，韦荞被问烦了，痛快承认："对，分手了，分一周了。"一众同学惊呼又佩服，纷纷为她鼓掌：能把岑璋甩得干脆利落，了不起。

大学校园里无秘密，消息不胫而走，人人都在传韦荞、岑璋已分手。两小时后，晚课结束，韦荞背着书包走出教室，冷不防被人用力拖住右手，径直拉走。

那晚，壹号公馆内旖旎迷人。

哪有情人不吵架？冷战一周就被单方面分手，他又爱又恨，慌不择路，要来认输求和。韦荞没受过被他冷落的气，被岑璋一哄，心里那点气更是往负气的方向去了。她不由得顶他一句："别哄了，你在我这里不值钱。"

岑璋就是在她讲这句气话的时候从身后抱紧她，在她耳边讲"要哄的"。他动作强硬，态度却是软的。他对她同时进行占有和服软，韦荞在这地界是生手，很难应付。那个温柔的岑璋回来得熟悉又突然，那么以后呢？她知道世上好物不坚牢，尤其是感情，他又有多少耐心供他这样哄她几回？

其实，她是在意他的。和他说好了比赛结束他会来接她，她就退了主委会安排的机票，却在和他大吵一架后得知他当晚就乘私人飞机提前回了上东城。韦荞被他扔下，临时买不到机票，最早的也要隔天上午。她在机场坐了一晚，孤独得很，不明白自己拼尽全力赢了比赛，为什么等来的不是他的祝贺。

"就是不值钱。"二十岁的韦荞尚未练会日后不动如山的沉稳心性，被岑璋的冷落气到口不择言，一度想要激怒岑璋，同他一拍两散，"以后也不会值钱的，永远不值钱。你去找会把你当财神爷供着的人好了，初一、十五再给你上上香就更好了。"

"我错了好吗？我没有扔下你，飞机飞到一半我就后悔了，在中转站马上飞回来找你了。可是遇到极端天气，耽误了时间，等我到了才知道你已经搭第二天的早班机走了。你怎么能对同学说我们分手了？韦荞，你知道我没办法跟你分手的。"

岑璋吻着她，温柔律动，连哄她的声音都不敢太大。一整晚，他都在对她说"我们和好了"。

韦荞累了，枕着他的手臂沉沉睡去，连梦里都是岑璋在对她说："我不要你爱别人，因为，我一直都好爱你。"这个梦很好，韦荞舍不得醒，她不知道岑璋抱她一晚，真的在对她这样讲。

十年后，岑璋做到了当日的全部承诺，韦荞点头应和："知道了，我和成理在工作上没有交集，不太会见面的。"

"还有那个袁颂。"

"行，可以。"

"还有许立帷。"

韦荞抱臂："你这就夹带私货了啊。"

岑璋撇撇嘴，算是表一个不认同的态度："那，我要一个别的要求。"

"嗯。"

他仰躺在沙发上，左手搭在额头上，酒后讲情话："下次见面，你要先说想我。"

为情所困，聪明人亦累。但这是多好的累啊，真心从来不曾错付。

兵荒马乱之际，只有他还在将爱情放在第一位，韦荞都听笑了："叫你要听太太的话，没叫你这么听话。"

她为人一向公平，被他惯得厉害，习惯成自然，也在婚姻里学会骄矜。韦荞握着电话，声音温柔："岑璋，你这样，会吃亏的哦。"

KUWEI
酷威文化
图书 影视

名利场人

朝小诚 著

下

江苏凤凰文艺出版社
JIANGSU PHOENIX LITERATURE AND
ART PUBLISHING

Contents

目录

势均力敌，才有极限浪漫。
我爱你，我仰望你，我需要你。别人都不行，因为，只有你懂我。

她半生清冷，无缘热烈，
怕是会错过太多世间好
情感。承蒙上天不弃，让她
遇见岑骅，他们人、他
们感情都让她好喜欢。
尘敛两年，她回头，他还
在原地，不曾离开。

朝小诚

Ich liebe dich

第七章

理想主义

清晨，天蒙蒙亮，韦荞一夜未睡。

她和转运负责人核对数据，最终确认：32187 名游客，全部入住道森度假区酒店，无一遗漏。

韦荞放下数据表，重重靠向椅背。

大战初歇，她疲惫至极，神经绷紧到极致之后陡然放松，突有悬空之感。

六点，早间新闻轮番报道最新进展：道森度假区突发公共安全事件，引起轩然大波，凭借周到迅速的措施与应急响应，再次获得公众肯定。

许立帏拿来早饭，同她一起简单吃一点。

两个人都没什么胃口，清粥小菜最适宜。

许立帏喝着粥，中肯评价："安保、清洁、一日三餐、医废垃圾清运、医疗监测，还有，为了托底道森股价立刻实行的股权回购。哪项都是大额开支。"

他非常真诚地建议韦荞："对岑璋好点，家里没他，真禁不起这么烧钱。"

韦荞扫他一眼："有钱就能收买你了？"

"我不用这么多，再往下降一点，五千万也不是不可以。"

两人对视，一同笑了起来。劫后余生的感觉，一半好，一半坏。好的是，挺过一道鬼门关，他们还活着；坏的是，恐怕他们从此都会噩梦不断，终生被宿命感纠缠。

"我是说真的。"许立帷看向桌面上那份公告，手指在上面敲了敲，"公告上写得很清楚，这钱进来，不是战略投资，也不是商业贷款，今盏国际银行是以财务投资者的身份进来的。岑璋的意思都这么明显了，你懂吧？"

韦荞"嗯"了一声，缓缓点头："我知道。"

许立帷拿起公告，不由得佩服："如果是战略投资，今盏国际银行一定会谋求董事席，从今往后插手道森内部运营事项就是必然。如果是商业贷款，资金运用就会受到监管限制，贷款资金不能进入二级市场，道森就动用不了这笔钱用于股份回购。所以岑璋想到了财务投资者的身份，既不谋求董事席，道森的资金回购也不会受到监管，他只要求高额回报。这对于现在的道森来说，是最低风险的要求了。公告是即时发的，这么短的时间内，他把策略想那么周全，这家伙算是把金融那套玩法玩透了。"

韦荞喝了口水，顺口道："他本来就是银行家，在东南亚范围内都算顶级的，只不过私底下作天作地了点。"

她私心这么明显，许立帷难得笑话她："你真是骄傲死了啊。"

韦荞不置可否，这么明显的事实，她本来就骄傲死了。

许立帷放下公告："韦荞，我说真的，对岑璋好点。没有哪家银行肯做到这个地步的，岑璋为道森考虑得有多周到，他自己担下的风险就有多大。"

韦荞点头："嗯。"

许立帷喝完粥，擦了擦手："听说在今盏国际银行，岑璋一人独大，在董事会相当强势。我问过梁文棠，这件事是岑璋一个人拍板决定的。他现在没事，是因为他手上干净利落，镇得住场，将来一旦有把柄落在董事会那里，岑璋的日子不见得会好过。"

韦荞点头："我知道。"

她的声音很轻，许立帷知道，这是韦荞心怀愧疚的表示。

两人正说着，顾清池送来一份文件，封面标注机要等级：紧急。意思就是，只有韦荞和许立帏能看。

许立帏接过，支开顾清池。

打开文件，许立帏迅速扫视："是成理送来的检测数据。"

近江动物园误将一只医学实验用猴运送进道森度假区，人们一旦被传染，第一表征就是发烧。截至目前，酒店内共有十八名发烧患者，都已接受医学检测。经确认，有十七名患者是普通流感，被排除在感染范畴之外。第十八名发烧患者是今天清早刚起症状的新病人，尚待确认。

许立帏视线向下，看见患者资料。刹那间，他脸色骤变。

韦荞注意到他的不自然。许立帏闯过风浪，泰山压顶尚不变色。能让许立帏瞬间僵在原地的事，绝对不多。

韦荞看向他："怎么了？"

许立帏没说话。

她有不好预感："拿来我看一下。"

许立帏没动，文件被他拿着，韦荞抽了一下竟然没抽走。韦荞瞬间明白，这里面有事，而且，是很大的事。

她向他伸手："把文件给我。"

许立帏沉默地试图寻求一种周全对策，想要将对韦荞的伤害降到最低。最后他发现，他束手无策，毫无办法。

许立帏看向她，直言相告："最新发现的第十八名发烧患者，是岑铭。"

韦荞最害怕的，就是孩子发烧。

八个月大时，岑铭第一次发烧。凌晨两点，韦荞抱着他去医院看急诊。验血、看诊后，岑铭确诊是甲流。岑铭不舒服，却始终没有哭，呼吸异常粗重，像破了的风箱，听得韦荞心都碎了。

医生很负责，宽慰她没有大碍，开药之后叮嘱她按时喂孩子吃药。当晚回去，她就按医嘱喂岑铭吃药。她已经很小心，用滴管喂，确认他没有抗拒再继续喂。一顿药喂足半小时，看岑铭终于吃下后她刚松口气，岑铭就"哇——"的一声全吐了。

韦荞那时正抱着岑铭，被吐了一身，一向有轻微洁癖的韦荞竟一点都不在乎，心里牢记医生的忠告：万一孩子吐了，要立刻抱起，不能让他平躺，以防窒息！

甲流来势汹汹，岑铭高烧不退，韦荞和岑璋忙了一夜，不断拿冷水和毛巾为孩子物理降温。她握着岑铭小小的手，心里闪过发狠念头：如果能换来她的孩子永远健康，她这条命不要也无妨……

后来，岑铭痊愈了，韦荞却从此落下后遗症：她一生用来立足的冷静与果断，在孩子生病这件事上，永远无法做到。

道森总部距离园区不远，走路十五分钟。韦荞一路跑过去，全然忘记脚上穿着的高跟鞋。

入口处，负责人拦下她："韦总，请止步。"

"让开。"韦荞态度森冷，一把甩开上前拦截的人。对方没料到她真敢动手，一时怔住。训练有素的保安立刻上前，既怕伤到她，又怕她硬闯。

韦荞眼神冰冷，拿手机打电话。电话接通，韦荞语气不善："把你的人撤走，否则，我立刻让道森群龙无首。"

对方一阵沉默，然后清晰地回复："把电话给疾控中心现场负责人。"

韦荞冷着脸，将手机递给方才拦他的人。那人不明所以，接过电话，听了几句，立刻站直应声："是，我们立刻放韦总进去。不不不，我们没有为难韦总，也没有不礼貌……"

他话未说完，韦荞已拿走手机，直奔度假区酒店。

酒店大堂内，成理正等着她："我差人将那份报告送到道森总部，就知道你一定会来。"

他心下了然，对韦荞的突然出现并不惊讶。感情上，他理解韦荞，但公事上，他仍然有义务提醒她："道森没有你，谁负责接下去的工作？你别忘了，在这种时候，只要出一丁点差池，道森就将万劫不复。"

一路跑太快，韦荞喘得厉害。她靠着电梯墙，尽力让自己平静："我把道森交给许立帷了。有他在，道森乱不了。"

"韦荞，这件事没那么简单。你不在，我怕许立帷应付不了。"

"成理。"韦荞看向他，目光冷静，"对我而言，最重要的不是道森。"

寥寥数语表决心，她宁死也不负岑铭。

关心则乱，成理可以理解。他按下电梯键，对她让步："我带你上去。医生都来了，正在给岑铭做检查。"

屋内，两位医护人员正在给岑铭采样。

"小朋友，别害怕，张一下嘴，说'啊——'"

岑铭配合地："啊——"

"哎，好了。再把左手伸出来，抽个血。"

岑铭犹豫了一下。

岑铭性格偏冷，他很少表露喜恶，抽血是少有的例外。出生一个月时采足底血，岑铭回家哭了一整晚，声嘶力竭，吓得岑璋连夜把医生请来明度公馆。连医生都惊讶，这么小的孩子按理说不会有太大反应，很多宝宝采血时甚至在睡觉。韦荞那时就隐隐察觉，这孩子不喜见血。

母子连心，她的感觉是对的。

四岁那场意外，岑铭被反复推进手术室，他问韦荞："妈妈，你能让医生叔叔别再扎我了吗？我真的不想被针扎了。"韦荞说不出话，心如刀绞。她明明知道岑铭最怕什么，还是令他一再经历。

如今，她又一次尝到重蹈覆辙的滋味，自责不已。

"岑铭！"

卧室里，一屋子人同时抬头。

"妈妈！"

这一声"妈妈"听得韦荞心都化了。她健步上前，将孩子抱在怀里："对不起，妈妈来晚了。"

人类进化历经千万年，退化所有动物性，但始终保留着最后一样本能：爱子。这种本能仿佛通灵，深藏在意识最底层，危急时刻现身，必是为了救人：既救孩子，也救自己。她的本能告诉她，她要来，保护岑铭，也保护她对自己的饶恕。

孩子在妈妈面前总是不设防的，撒娇是本能。小男孩靠在韦荞怀里，软软地诉苦："妈妈，我有点难受。"

韦荞立刻抚上他的额头。手心传来滚烫的温度，韦荞皱眉，担忧不已："你发烧了，所以难受。"

岑铭喉咙哑得不像话："妈妈，我嗓子也好疼。"

"妈妈知道。"韦荞抱紧儿子，心急如焚，"爸爸没有照顾好你，是爸爸的错……"

岑璋："……"

真是人在酒店坐，锅从天上来。

老话说，儿子看见妈，没事都要哭三声。何况岑铭现在真的有事。

医生量了体温，声音沉重："三十九度了。"

岑璋："……"

这完了，岑铭大概率不会有事，可他一定会有事，韦荞会骂死他的。他很有自知之明，迅速搂住韦荞左肩安抚："小孩子发烧很正常，你不要太担心。"

韦荞心里有火，没理他。她转头问医生："孩子发烧多久了？"

医生不敢怠慢，立刻回答："三个多小时了。他病程进展很快，所以体温很高。"

三个多小时……

韦荞看向岑璋，明目张胆地迁怒："岑铭发烧这么久了，你为什么瞒我？你像话吗？"

岑璋俯下身，握了一下她的手，动作里明显有讨好的意思："我

304

不想你担心，所以才没告诉你。我哪知道成理直接把数据拿去你那里了？”

成理："……"

岑璋这人为了博韦荞同情而甩锅的伎俩是出了名的，他今天总算见识到了。

韦荞摸着岑铭身上各处，眉头越皱越紧："他真的好烫。"

"发烧是这样的，不要紧。"

"你除了'不要紧'还会说点别的吗？"

医生一见情况不妙，连忙上前替岑董挡枪："韦总，您别急。小朋友这个情况，按我们临床经验来看，更像是甲流引起的发烧，暂时不要紧的。"

韦荞对医生一向信服，而且岑铭得过甲流，有应对经验。她这才稍稍放心："医生，麻烦你，多照料这孩子。"

"韦总，您客气。"

连岑铭都忍不住替老父亲转移火力："妈妈，我可以抽血了，我不怕的。"说着，他主动挽起衣袖，把手凑上去给医生抽血。

韦荞看着，心都化了。这哪里是一个孩子在抽血，这分明是她的孩子迈向勇敢、坚毅的一大步！

所谓妈妈，就是对儿子有多满意，对儿子爸爸就有多嫌弃。韦荞一把推走岑璋想要和好的手，心有余悸："幸亏岑铭懂事，自己能照顾自己，否则还不知道会出什么事。"

岑璋："……"

好吧，他昨天辛辛苦苦带了一天一夜的娃算是白带了。

岑铭吃了药，很快睡着了，韦荞坐在床边陪他，伸手抚摸他的额头，果然还是很烫。小孩子发着烧，睡不安稳，岑铭的呼吸比平时粗重，脸颊泛红。

韦荞握着岑铭的手，心疼不已。记忆里很小的手，如今长大了些，但还是小，韦荞将其放在掌心轻易就能将整个裹住。许是感受到外力，岑铭蜷缩了一下手指。韦荞看着，不敢动。过了一会儿，岑铭重新放松下来，韦荞才稍稍松懈下来。

从前年轻，她也曾野心勃勃，要事业，要爱情，要在道森和岑璋那里都占有不可撼动的一席之地。她要的太多了，她每天拼尽二十个小时，时间还是不够用。越是如此，她越不肯认输，心里想着，她这一生必要大有作为。

后来，她才发现她错了。

世间一切，皆为背景，唯有"平安"二字是真正的大事。

韦荞陪了会儿岑铭，眼见孩子睡熟，呼吸平稳，才稍稍放心，起身走出房间。

客厅里，岑璋正站在落地窗前打电话。韦荞听了会儿，听出些意思，岑璋现在是分身乏术。今盏国际银行那么大的责任压在他身上，远不是一句"我说了算"就能轻易解决的事。怎么说，怎么算，都是大学问。岑璋嚣张的背后，权衡和思虑恐怕比谁都多。

岑璋挂断电话，转身见到韦荞。她走路不稳，有些异样。岑璋扔了手机，快步走过去扶她："脚怎么了？我看一下。"

"我没事。"

"你扶着我。"

"不用。"

"韦荞。"

岑璋一声名字喊出来，韦荞莫名心软。岑璋惯会这样叫她，无奈又无辜，不知哪里做得不对，但总想在她那里做得更好。

韦荞收敛情绪，感到些许抱歉："我不是针对你，其实我是——"

其实，她是害怕。

"我知道。"岑璋握了一下她的手臂，"我们不说这个。"

韦荞被他扶到沙发上坐下。岑璋迅速拿来医药箱，屈膝半跪，给她清理伤口。他抬起她的右脚，眉头皱得很紧。韦荞的脚后跟被高跟鞋磨破，血迹渗出来，将丝袜都染红了。他小心地替她脱掉丝袜，发现脚上血迹已干，丝袜和伤口处的皮肤粘在一起，韦荞皱眉，痛得不得了。

岑璋放缓力道，不忘抬头看她，观察她反应："这样呢，有没有好一点？"

"嗯。"

岑璋单膝半跪着，托着她的右脚，拿医用棉花消毒。伤口不浅，勒得深，他心里不好受，仿佛比自己受伤还要严重。

"岑璋。"

"嗯。"

"万一，检测结果显示——"

"韦荞。"岑璋按住她的肩，要她相信，"不会的。"

韦荞低下头："我知道，你想要安慰我。"

"我不是安慰你，我只是做了一个大胆的假设。"

岑璋拿着医用棉花，暂停手中动作，抬头看向她。他向来不爱插手道森内部事，本来有些话他是不想说的，但事已至此，不会再坏了，他多说几句也无妨："近江动物园敢在二次贩卖实验猴的犯罪生意上打主意，一定是有底牌的。最起码，它要能保证被贩卖的实验猴没有被感染，可以用于二次实验。如果这个条件不成立，这项生意是做不成的。实验公司可不傻，巨额研发费用投下去了，一旦出问题，他们报复的手段可不会少。所以我判断，道森度假区被感染的可能性为零。"

韦荞愣半天，有一瞬间甚至觉得他陌生："你——"

她咽下后面很多话，挑了个最不痛不痒的评价："岑璋，你很敢赌。"

"开银行的胆子能不大吗？"岑璋笑了一下，重新低头给她处理伤口，"我们赌预期，赌未来，赌局势，还有——"

他挑了个眼风过去，忙里抽空开个玩笑："赌你会不会爱我。"

韦荞："……"

对手太强，她打不过，不由得推了一下他的额头："好好做事，不要不正经。"

"对了，告诉你一件事，你听了会高兴的。"

"什么？"

"岑铭一直担心你怎么没和我们住一起。我告诉他，妈妈是为了整个度假区，在办公楼指挥大家工作，他听了，对你很佩服，说妈妈，很酷哦。"韦荞听了，一阵感动。

父母难为，谁人知道她也曾汹涌万千？

和岑铭相处，她从来都是一个不太成功的妈妈。

岑铭四岁时，母子俩一起看幼儿园的日常视频。视频里，岑铭和小朋友一起玩爬椅子的游戏。岑铭看着，忽然对她说："妈妈，我爬得最慢。"韦荞不知道该说什么，只听岑铭又说，"其他小朋友都比我快。"韦荞惊讶，四岁的孩子居然已经有竞争意识了。在她看来，四岁还是什么都不懂的年纪。她下意识地对岑铭说："没关系，最慢也没关系啊。"

那天，岑铭一直沉默着。

后来，是岑璋哄好了他。

岑璋陪小男孩又看了一遍视频，对他讲："你看，你爬椅子爬得最稳，最不容易受伤，很棒哦。"岑铭这才笑了。

韦荞那时才知，她并不了解岑铭。所有的"没关系"，前提都是承诺"下次再努力"。岑铭在妈妈这里得不到任何安慰，只能转投爸爸，寻求帮助。

韦荞用了很长时间，才有勇气承认：在亲子交往这件事上，她毫无天分，一败涂地。

她似乎天生就不是一个能跟孩子相处得很好的妈妈，她更像一个很难被定义的"半熟亲人"。和岑铭相处，她会紧张，故而疲于应对。而这样的紧张和疲于应对，反过来加剧了她在亲子交往上的困难和棘手程度。她变得尴尬，有时，甚至会令自己尴尬成一个局外人。

那时候，和岑璋离婚，更像是韦荞单方面的放弃。她不仅放弃了和岑璋之间日益破碎的感情，更重要的，是她放弃了和岑铭之间的亲子关系。

她从小听闻，在福利院长大的孩子多少会对亲密关系感到生疏。她一直倔强地认为，她没有。她品学兼优，能力极强，怎么会做不好这一点？离婚那一年，她才明白，有些事并不是努力就能做到的。亲子交往，她学不会，非常绝望。

未曾料到，她持续多年的绝望，也会有停止的一天。

岑铭讲：妈妈好酷哦。

一句话，治好她半生的"学不会"。

小时候在福利院，她听闻一个传说。福利院门口有一株合欢树，久不开花，每当有小孩和父母失散又团圆，一声"妈妈"，就能让满树齐开花。这个传说，是真的，很好；是假的，也很好。合欢合欢，合"家"欢。

现在，韦荞信了。岑铭一句"妈妈好酷"，枯树一夜醒，合欢花齐开。

岑璋就在眼前，她忽然很想对他做点什么。而她没有犹豫，真就这样做了，倾身上前在他唇边一吻："谢谢你，你对我好重要。"

结婚那晚，岑璋给过她很多誓言：会爱她，会保护她，会将荣华富贵和天长地久全都捧到她面前。

韦荞本性冷淡，尤其不信誓言。岑璋说发誓，她就听听，权当应景。她在福利院长大，自小对人性没有期待。有发誓，就有背誓，世上誓言不断，到处都有人背誓，她隔岸观火，心如古井。

和岑璋做了这么久夫妻，她才明白，这是多么好的人，给她的感情，他从来没想过要收回。

岑璋处理完伤口，抬头提醒："上次说好的，可不是这样敷衍一下我就行的哦。"

韦荞顺势搂住他的颈项，将他往沙发上带。岑璋一条腿跪上沙发，任凭她摆弄，韦荞将他拉近身，仰头就是一吻。

岑璋得了便宜，还要逗她："想我啊？"

"嗯。"

她想起何劲升对她说的，以她自己为中心，如何快乐如何来，其他一切皆不重要。原来，何医生是要她坦诚，不再内耗自欺。

韦荞搂紧他，心里明白，轻舟已过万重山："岑璋，我一直都好想你。包括，离开你的那两年。"

隔日，成理将岑铭的检测报告送至韦荞手中。

韦荞差点落泪。"虚惊一场"，这是人世间最好的词，多少人的喜怒哀乐都在这四个字里。

岑铭正在客厅吃早饭，门口动静挺大，他默默看了会儿，又收回视线，继续低头喝粥。桌面上，手机振动，岑铭拿起来看，是季封人发来的微信。

"恭喜你啊！岑铭！我找我家的丰爷爷给你算了一卦，卦象显示，你能活到九十八岁！"

"……谢谢。"

"你没事就好，你爸爸妈妈一定急坏了。"

"嗯。"

季封人年纪小，但很孝顺，不忘提醒岑铭："你也要好好安慰你爸爸妈妈才行，大人其实挺软弱的，有时候还没有我们厉害呢。"

岑铭：我也想的。

岑铭看了一眼门口，迅速又打下一行字：

　　可是我爸和我妈把我忘了，两个人在门口拥抱庆祝呢。

季封人："……"

舆论风向的转变，是从社交媒体开始的。

一位素人博主在社交网络上晒出道森度假酒店的日常，意外爆红。美食、礼物、人文关怀，还有道森度假区的浪漫烟火，共同助推这条内容一夜成名。有网友为此算了一笔账：道森提供的服务和补偿，单人价值就已是天文数字。而医学检测证明零风险的结果公布之后，更引发网友热议。

韦荞再次被推向舆论高峰。

媒体穷追不舍，韦荞躲不过。面对镜头，韦荞罕见发声："道森度假区是民众的本土文化桥梁，这座桥没有塌，靠的是 32187 名游客的力量。今后，道森会在增加税收、吸纳就业等社会责任方面尽全力履行义务，不负众望。"

一席话，迅速登顶热搜。

韦荞为道森赚足舆论优势，只有她自己明白，道森能有今天，岑璋那笔投资的托底力量不可估量。没有他在背后鼎力支持，她的那些"理想"只能是"理想"，永远没有"落地"的可能。对经济发展而言，实体是血脉，但金融才是活水。血脉离了活水，只有死路一条。

一周后，韦荞致电赵府管家张怀礼："请帮我约赵先生。"

张怀礼仍是恭敬地回绝："韦总，抱歉，赵先生近几日身体不太好，恐怕不方便——"

韦荞打断他："我周六过来。"说完，她径自挂断电话。

张怀礼一时难以应对。韦荞向来客气，张怀礼这才明白，她从前对赵家不是在客气，而是在克制她自己的不客气。

周六，韦荞驱车前往赵家府邸，张怀礼亲自迎接，领她去二楼。

赵家书房，韦荞来的次数不算少。古朴中式风，人一踏入就有安静祥和之感。书房正中央放置一张红木书桌，赵江河端坐于后，身上穿着一件羊毛背心。

"赵先生。"

"你来了，坐吧。"

赵江河拖着病躯已有好些年，时好时坏，他似乎也已经认命，不做长远打算了。作为企业家，赵江河接受命运的态度远比旁人豁达。而命运，大部分都是带有悲剧性的。

韦荞没有坐，还是站着："赵先生，道森突发的公共安全事件近日已尘埃落定。"

"当真是险。"赵江河懂这其中分量，不胜感谢，"道森能险险过关，全仰赖你。这么大的事，即便是我，也无此经验，只能凭直觉去闯一闯。"

韦荞垂手插在风衣口袋里，将事情汇报清楚："警方那边已经逮捕林清泉，顺藤摸瓜查出近江动物园贩卖实验用猴的犯罪事实。据说，抓的人不少。至于误进道森的那只实验猴，近江动物园和林清泉都否认是故意为之。林清泉供认了和近江动物园之间行贿受贿的犯罪事实，但绝不承认故意陷害道森。他在供词里表明，他意在敛财，在招投标环节有经济犯罪事实。"

"如此说来，这就是一宗意外了。"

"是。目前看来，确是意外。"

"道森做了冤鬼，终究是拖累你。"

"不会。首席执行官职责在身，没有拖累一说。"

"林清泉，呵，我倒是看错了他。"

"赵先生，您确实看错了他。"

闻言，赵江河抬头。两人对望，彼此都按兵不动。

韦荞先走一步棋："至少，您不该利用林清泉来压制我。"

她知道了。赵江河神情微动。他老来天真，竟以为能瞒过她。

"压制？"他一手栽培她二十余年，如今倒真有些摸不透她了，只能试探之后，再做打算。但韦荞已全无陪他玩的心态，在生死场上，成王败寇，从来容不下试探。

"林清泉当日提出新场馆计划，极力主张引入动物，他一反常态的肯定态度在那天就引起了我的怀疑。提议未上董事会，一切结果皆为未知，为什么林清泉能如此笃定？前几日，我在拘留所同他见了一面，终于，他亲口证实了我的怀疑。林清泉在提出提案之前已经将该计划私下给您过目，得到了您的首肯，所以他一早就知道这个项目在决策层一定会畅通无阻。"

"还有呢？"

"还有一些事，就不太好了。"

"哦？"

"因为后来，事情发展超出了您的预期。"

赵江河看着她，波澜不惊。或许这才是真正的赵江河，待人接物不分敌友，只看是否能为他所用，韦荞亦不是例外。

"当日，在林清泉向您呈上该计划的时候，您就已经猜到，他力主促成此事，一定是有利可图。林清泉重利，是收回扣的惯犯。对此，您是默许的。因为在您心里，有一个更大的计划，就是利用林清泉来牵制我。这个项目一旦做成，林清泉会是道森的大功臣，在道森的权力和威望都会水涨船高，这是您期待见到的。因为对您而言，林清泉收回扣这点事并不足以成为您的后顾之忧，您最大的后顾之忧，是我。道森如今在我一人执掌之下，这不是您想见到的。所以，利用林清泉牵制我在道森的话语权，就成为您最大的目的。"

从商，战争就成为必然。何况韦荞从来只是一枚棋子。

命运被明码标价，早已既定，她何须倾注感情，对赵江河感恩？是她的错，总对一些人抱有最后一丝期待。

"是因为赵新喆，对吗？"

韦荞声音平静，不怪谁也不恨谁。这是她的命，她认。

"一个郭守雄，差点成了您的心腹大患，您借我的手除掉他，万万不能再有下一个'郭守雄'。而在道森，可能成为下一个'郭守雄'的，就是我。所以您要先下手为强，扶持林清泉，助他成为能在道森与我抗衡的势力。鹬蚌相争，渔人得利，这是颠扑不破的道理。"

赵江河移开视线，自知有错在身。成王败寇，他输了，理应为寇。

"是。新喆无用，我不得不为他打算。"

他已年过七十，离生命终点不远了。赵新喆天真无能，赵江河一走，难保幼子命运。郭守雄、汤荣福，这些老奸巨猾的毒瘤，被他借韦荞的手除掉了，亦带来了新的问题。放眼如今道森，强手林立，韦荞、许立帷、林清泉、王文彦、高伟、陈韬，高层、中层，层层把控，哪个好惹？空有股份的家族继承人被职业经理人玩弄于股掌之间，其下场无异于被权相制衡的无能帝王。这一回，赵江河是自私了，但为了孩子，他只能自私。

韦荞懂了。其实她一直懂，只是不愿面对。亲人间撕下伪善的面具，亲者痛仇者快，人间事总逃不过这一幕。

"赵先生，您不仅侮辱了我，更侮辱了新喆。"

赵江河抬头看向她。

韦荞迎上他的目光："两个月前，新喆自请调往道森度假区东门，成了一名东门保安。这次公共安全事件中，东门的安保压力最重，游客冲击东门，差点酿成踩踏事故。是当时值守的新喆力挽狂澜，阻止了悲剧发生。他甚至在阻止踩踏事故发生的同时还拼命救出了两个同事。其中一名保安受伤，也是新喆及时送他去医院，才得到了救治。"

她对赵江河有很多失望。

"赵先生，这些年在道森，我很努力，新喆也很努力，我们一直对道森怀有最坚定的信仰。我们相信，道森值得，您也值得。直到今天，您亲手打碎我们的信仰。"

事已至此，她热血已冷，再拿不出昔日的一腔热情，盛情以赴。

"我会向董事会递辞呈。以后道森一切荣辱，皆与我韦荞无关。"

话音落，她转身离开，没有一丝犹豫。

"韦荞，对不起，你身后有岑璋。"

韦荞顿了一下动作，停住脚步。

赵江河自知有愧，但人心难测，他不得不做最坏打算："今盏国际银行吞并企业无数，纵然我有牵制你为新喆考虑的原因，但岑璋和今盏国际银行才真正让我不得不防。"

申南城名利场，今盏国际银行是一头巨兽。

被它盯上，死路一条。

　　韦荞懂了："是怕我和岑璋私下达成协议，联手将道森收为己有，是吗？"

　　赵江河点头承认："是。"

　　韦荞冷笑："可是最后，却是岑璋救了道森。"

　　赵江河沉默。事态始料未及，他错估了岑璋的品性为人，更错估了岑璋对韦荞的坚定信仰。

　　"韦荞，你很好，岑璋也很好。这一次，是我错——"

　　"不必。"韦荞转身，从此不再回头，"岑璋从未信任过你和道森。他会下场，无非是为我。"

　　"砰——！"韦荞用力关上房门，人刚转身，就与一道视线短兵相接。

　　许立帷不知何时来到这里，正靠墙站着，垂手插在裤袋里，将方才屋内的争吵全数听去。

　　韦荞看他一眼，没有开口，径自下楼离开。

　　许立帷追上来："韦荞。"

　　她不应。

　　他声调略略抬高："韦荞！"

　　她还是不应。

　　旋转楼梯从未如此狭窄过，竟容不下两人并肩。

　　许立帷追下楼，韦荞已快步走至庭院，他心里一紧，生平第一回尝到留人艰难的滋味。

　　他追上她，拉住她的左臂："韦荞，我们谈几句。"

　　"我没什么好说的。"她用力挣他的手，转身面对他，将意思全数讲明白，"我和赵江河之间的事，跟你没关系。你在道森是去是留，也和我没关系。我不会干涉你的去留，你放心。"

　　许立帷声音坚定："韦荞，你不能这样一走了之。"

　　"我不能？"韦荞冷笑，"赵家出钱培养我，我为道森卖命十年，当初连岑铭都不惜丢下不管，把道森控股的市值做到历史最高，该还的都还了，还要我怎样？"

"你考虑过岑璋吗？"许立帷正色，提醒她，"岑璋绕开董事会批了那么大一笔财务投资给道森，如果被市场知道你辞职，你知道岑璋会亏进去多少？"

岑璋亲自飞了一趟四北城。

蒋宗宁一看见他就头痛，被岑璋盯上的人，最后十之八九都会妥协，何况岑璋是为韦荞。恒隆银行被岑璋盯得不得安生，上上下下的人日子都不好过。蒋宗宁最后被他搞怕了，提了个条件："你过来，打一场，你赢了，我就退出东南芯片项目。"

岑璋不置可否，不痛不痒地去了。

地点约在蒋宗宁的嘉祥花苑，庭院内设比赛专用的网球场。岑璋开了辆法拉利，一身短袖短裤，下车拿了车里的网球包往肩上一甩，一副完成任务的模样去了。

蒋宗宁正等着他，穿着一身衬衫西裤，显然没打算要下场。他身旁站了个年轻女孩，扎马尾，白球鞋，一副大学生模样。她手里拿着网球拍，蒋宗宁正握着她的手教她抓网试力度。

小女孩很兴奋，不断求证："真的是岑璋吗？就是那个连续四年赢了'泰利斯'大学生网球公开赛的岑璋？"

蒋宗宁说："嗯。"

在大学生网球界，岑璋很有名，女孩不是例外，对岑璋很有点偶像情结："这么厉害的人，怎么肯陪我练球啊？我水平很菜的。"

蒋宗宁大言不惭："你拿他练手就是了，他有事求我，不会不来的。"

岑璋："……"

这年头做生意真不容易，他一把年纪了还要当人陪练。

两人正聊着，一侧身，就看见岑璋站在后面，表情复杂地来当陪练。

女孩明显一愣。

岑璋一张脸生得好，又是冷白皮，穿了运动服往阳光下一站就像个临近毕业的大学生。他身上完全看不到常年跟人斗死斗活的名利场之味。

小女孩看着他都有点脸红了，不确定地问："二叔，我要叫他'岑叔叔'吗？他多大啊？好年轻。"

蒋宗宁知道岑璋那张脸是出了名的具有欺骗性，但亲眼见识到还是别有滋味。他指指正从包里拿网球拍的岑璋，把岑璋的私人信息卖得很彻底："他儿子都七岁了，你说他多大？早就是当'叔叔'的年纪了。"

岑璋："……"

一场球，打足两小时。

业余大学生在岑璋面前的实力可以忽略不计，蒋宗宁心里清楚，岑璋应该挺无聊的。岑璋就是这点好，无论干什么事，一旦下场了，都会认真去做，很少会中途走人，不尊重对手。何况，对手是大学生，两人本身力量就不对等。岑璋看见她眼里有光，最后一球故意打偏，让她赢了。

女孩伸手欢呼。

他这放水的伎俩没逃过蒋宗宁的眼睛，完事后岑璋拿着球拍下场，蒋宗宁支开旁人，一声问："我不是告诉过你，你赢了，我才会退出项目吗？你为什么要输？"

"因为。"岑璋把球拍放进网球包里，觉得他很烦，"我从不毁人理想，尤其是不谙世事的大学生。"

蒋宗宁笑了。

当晚，蒋宗宁在协议上落笔签字，同意恒隆银行全面退出东南芯片控股项目。

岑璋对张有良有了交代，隔天一早就乘私人飞机回了申南城。

谁想，一宗意外正等着他。

这宗意外是由今盏国际银行股东袁肃挑起的。

袁肃六十有二，是股东会的老人了。袁肃和岑华山交情匪浅，一起在外汇市场闯过生死。他手里那点今盏国际银行的股份就是从那时攒下来的。岑华山故去之后，岑华桥接任董事长，得到来自袁肃的鼎力支持。两人年龄相仿，交情虽比不上袁肃何岑华山，倒也说得上话。后来，岑璋接任董事长，袁肃虽然为岑华桥可惜，但到底没有多话。他是拎得清的人，董事长之争听着严重，但关起门来不过是岑家的家事而已，外人还是不要多话为好。

袁肃对岑璋一向客气，岑璋这些年带领今盏国际银行走得很好，年底分红相当大方，作为股东，袁肃很满意。

直到前不久，道森那桩事发生。

财务投资落地，袁肃初初听闻，笑说"不可能"。今盏国际银行有严格的投资审核流程，何况是这么大数额的专项投资，绝非岑璋一句话的事。然而，他很快被现实打脸。

这就是岑璋一句话的事。

新闻铺天盖地，向他证实当红事件的真实性。袁肃看完晨间新闻，静坐许久，然后徐徐抬手，关了电视。

岑璋……不管不行了。

当日，袁肃提请召开临时股东会。

岑璋飞机落地回到银行，听闻此事，没有过多表态，点头说"可以"，底下人迅速去办了。

十日后，今盏国际银行召开临时股东会。

岑璋当然知道这意味着什么。意味着，他将面临来自股东会的集体弹劾。

袁肃开门见山，点名岑璋："股东会赋予董事会主席的自由裁量权，我认为有必要收回。"

几个字一讲，全场静默。

自由裁量权是一个极其敏感的话题，弄不好，就是权力政变。

还是岑璋打破沉默："袁叔，我明白你的意思。"

岑璋对自己人做事向来遵循直线原则，从不搞明争暗斗那一套。这是岑璋的气度：我不会主动害人，但你坚持要这么做，我也不是不会。

这也是袁肃虽然带头弹劾岑璋却从未想过要拉他下台的原因。

"银行向来讲数据原则，我们就用数据说话。"

岑璋示意，黄扬立刻领会，将早已准备好的资料分发至各位股东面前。

"我们不谈远的那些事，就谈近一点的，近三年的好了。"

他翻开资料，不疾不徐："袁叔，你弹劾我自由裁量权，我们就看一看这个。近三年，经过我手做出的财务投资落地，都在资料上。落地后的跟踪数据也在资料上，项目全部盈余，无一亏损。至于回报率和资金使用率，各位可以自行浏览。道森不过是其中一起，投资数额甚至不靠前，为什么单单这起引起袁叔不满？"

岑璋合上资料，大方承认："我和韦荞的关系不是秘密，我们之间的夫妻关系圈内共知。道森在公共安全事件中展现的魄力和组织能力，让我相信，这次事件会是道森触底反弹的拐点。钱不流向这里，要流向哪里？"

袁肃有些老派人的顽固："这不合程序，你连基本的尽调程序都没有。"

岑璋笑了一下："道森的首席执行官每晚待在我身边，我们夫妻之间能谈的，哪种尽调比得上？袁叔，你来告诉我呢。"

整间会议室寂静无声。

袁肃看得懂这静默背后的意思：在场诸位都是岑璋的支持者，在今盎国际银行，还是岑璋说了算。

他自然不会跟大势作对："岑董，有你这番解释，我没什么不放心的。"

一场弹劾，被重重拿起，轻轻放下，这是岑璋的本事。

散会，岑璋叫住最后一个离开会议室的岑华桥："二叔。"

岑华桥位列股东席第二位，手里的股份远不如岑璋。但今日股东会论程序要出席，他推辞不了，只得前来。一场弹劾，叔侄身份甚是敏感，岑华桥久经商战，看得懂其中的门道。整场股东会他一字未说，只坐着旁听，他的不表态就是对岑璋最好的支持。他表态了，反而会落得个被人说"不公允"的闲话。

岑璋懂这其中的利害："二叔，今天多谢你。"

岑华桥摆了一下手，不以为意："一家人，客气什么？"

岑璋亲自送他下楼。

两人步入电梯间，岑华桥对他提点："下次再有这种事，提前知会一声，免得落人把柄。"

"好。"

岑璋态度顺从，岑华桥不再多说，拍了拍他的背就离开了。

岑璋看着他的背影，若有所思。

今天的临时股东会虽说是"小插曲"，但最后岑华桥的那句提点，倒真让他有险险过关之感。若是今日岑华桥在股东会上对他质问，无论轻重，都难免伤和气。最重要的，是会让外人看到岑家有裂缝，觉得有可乘之机。

对世家而言，最大的风险莫过于此。一条心，则天下平；异心起，生可至死。

岑璋回到办公室，黄扬敲了一下门："岑董。"

岑璋不悦："我没叫你，进来干什么？"

黄扬低声道："袁董一直在门外等您，让我进来汇报一声。"

意料之中的事，岑璋不予置评。

黄扬继续道："他特地等所有人走了之后，再回来等您的。"

岑璋不打算应酬这个人："你去告诉他，今天的事我不会放在心上。再有下一次，我不会这么好说话。"

"是。"

岑璋今晚还有饭局，时间差不多了。黄扬打发走袁肃，立刻安排车，接上岑璋去赴宴。

岑璋下楼，袁肃竟然还没走。临时股东会让他看清了岑璋在今盎国际银行的地位：说一不二，有绝对的控制权。他心有余悸，自知从此在岑璋心里有了污点，十分不妙。

袁肃不得不为缓和两人关系而对岑璋低头，后者却不领情。岑璋坐进轿车后座，将等在一旁的袁肃冷处理，吩咐司机开车。

黑色轿车平稳驶离，岑璋的手机一阵振动。他拿起来看，屏幕上显示：许立帷。

岑璋二话不说按了拒听。

开什么玩笑？许立帷这个人他从头到脚都讨厌，还想让他接电话？搞笑。

今晚，许立帷却异常执着，连打四个电话。

岑璋被他打烦了，皱着眉接听，语气不善："干什么？"

许立帷一改平日的冷静，急问："韦荞找过你吗？"

岑璋握着手机的动作一顿。

许立帷迅速明白："没有的话就算了，我挂了。"

"你慢着。"岑璋脸色一冷，"韦荞怎么了？你说清楚。"

许立帷不想说，作势就要挂电话。

事关韦荞，岑璋向来不吝威胁："不说是吧？好啊，那我亲自去一趟赵家，当面问问赵江河。"

"韦荞不见了。"

"什么？"

"她和赵江河发生争执。"许立帷声音很急，"岑璋，韦荞向董事会提了辞职。"

韦荞第一次去会所，是在大二。

数学系学业繁重，韦荞每日都有晚课。岑璋约她三次，要她在周三翘课，让给他一晚上的时间，都被韦荞拒绝了。

韦荞拒绝起人来很直接，不给任何缓冲。男朋友在她那里一点特殊待遇都没有，岑璋有点生气，语气很冲地问她："是我重要，还是一节四十五分钟的《函数空间的无限维拓扑学》重要？"

韦荞一点犹豫都没有："你怎么会认为你会比《函数空间的无限维拓扑学》重要？你知道它有多浪漫吗？"

岑璋："……"

韦荞说到一半，忽然停了下来，眼含同情地看着他："好吧，你不能理解，这也正常。"

岑璋："……"

太过分了，她怎么能从智商高度这么赤裸裸地鄙视他听不懂？

在上东大学，数学系地位正统，而韦荞攻读的纯理论方向更是正统专业里的中坚力量，被誉为一切学科的基础。岑璋所在的金融系在韦荞这类完全靠智商取胜的数学系学生眼里，多少有点华而不实。韦荞平时不说，但偶尔不经意间流露出的"看不上"，每次都能把岑璋脆弱的自尊心打击得粉碎。

被她拒绝得彻底，岑璋情绪上来了，开车从她身边径直驶离，没再缠着她。

两个人就这样好几天没联系。

周三晚上，韦荞上完晚课，赫然发现等在教学楼前的岑璋，身边停着他常开的那辆车。他显然等了很久，正值初春，车顶落满玉兰花瓣。

韦荞抱着课本，想起两人正在冷战，正犹豫着是不是该上前和好，冷不防看见两个网球社的学妹正同岑璋热络地打招呼，立刻打消了想要和好的念头。

她绕开岑璋，转身走了小路回寝室，没走几步路就被岑璋健步上前，牢牢拽进怀里。

"我们和好了，可以吗？"岑璋已学会自省，同她在一起，总是他先低头，"是我不好，要你做坏学生。"

他怎会忘记，韦荞最不会做坏学生。她的人生、理想、价值观，都不允许她做坏学生，哪怕只是一次翘课。

学校小径上，两人隐在玉兰树下。他肆意地将她抱紧，在她耳边轻声诉苦："我等你一整晚。"

韦荞问："所以呢？"

"所以，我想你哄哄我。"话刚说完，他已经轻轻吻下来，在她唇间厮磨。他没有想要深入的意思，就想缠一下她，将这几日的分离一并抹去。

小径清幽，传来几声爽朗笑声。原来是同样结束了晚课的同学，正抄近路回寝室，三三两两地从台阶那边徐徐走来。韦荞下意识地就要推开他，被岑璋一把搂紧腰。他一改方才温存模样，顺势深吻。

岑璋就是故意的。

初春晚风好，轻轻拂过，树叶沙沙作响，月光下成片的树叶影子左右摇。背阴处，一场小小的吵架后和好的亲吻令韦荞手心都是汗，一点声音都不敢有。同学笑着从身边徐徐经过，韦荞心如擂鼓，总疑心自己被岑璋亲吻的模样全数被人看了去。等笑声走远，韦荞紧绷的神经终于放松。

"他们走了。"

岑璋咬耳朵，沙哑的声音里带着点即将要感冒的症状，那时候的韦荞还不懂这是一个男人拼命忍耐的模样。岑璋忍了又忍，把自己克制得差不多了，才敢去牵她的手："现在，你要和我走。"

她就这样被岑璋牵着去了翠石。

翠石，上东城名流会所的王牌，地位无可撼动。

那晚，丁晋周生日，他大手笔在翠石包场，遍邀圈内好友。岑璋和韦荞到得晚，丁晋周在翠石门口亲自等着他们。看见韦荞从岑璋车上下来，他才松一口气："韦荞，你总算来了。你不来，岑璋也不会来。"

韦荞问："为什么？"

岑璋正在停车，丁晋周看了他一眼，悄声告诉她："因为他知道，他一旦独自现身，会成为很多人的目标，岑璋不想被人缠上。"

当晚，岑璋直飞上东城。他现身翠石的时候，已是晚上十点。

看到吧台左数第二个位置，坐着一道熟悉的身影，岑璋悬空的心瞬间落下。

讲究逻辑的人，通常不会让人太担心，与生俱来的逻辑感赋予这类人无与伦比的秩序性。学生时代的恋旧情结，令韦荞认定的会所，只有翠石。

总经理张建明正在巡视内场，眼尖看到门口身影，立刻快步过来："岑董，好久不见。"

"嗯。"

"你今日再晚些过来，我就要摇电话给你，请你过来捞人了。"

岑璋会意，看向吧台："她今晚喝多少？"

"开了一瓶茅台，一个人喝到现在。"

不愧是韦荞，在上东城顶级会所视一众国外名酒为无物，只喝大国国宴品牌——贵州茅台。

岑璋和张建明浅浅交谈几句后，快步走向吧台。

吧台座椅拥挤，紧挨着左右，将人与人的距离暧昧化。岑璋脱下外套，递给侍者，西服一角被撩起，从她右腿轻轻滑过。

韦荞支手扶额，好似被打扰，抬头望过去一眼。看清来人，她不由得一怔："你怎么来了？"

"因为，老婆不告而别。"

韦荞浅浅一笑："谁是你老婆？"

"……"

她确实是醉了，还不轻的那种。

岑璋扫了一眼面前那瓶茅台，空了大半瓶，心里暗自估计这半瓶喝下去，起码有五六两。韦荞向来不好酒，这样的喝法还是头一遭。可见她伤了心，不惜用一回老祖宗的方法：破除万事无过酒。

"翠石独有的特调龙舌兰盛名在外，不试一杯？"

"呵，那种东西，打得过茅台？"

岑璋笑了。不愧是韦总，骨子里的大国文明情结，所向披靡。

韦荞抬手，将眼前的酒瓶转到背面，食指在瓶身上轻轻点了一下："这里，有我最喜欢的配料表。"

"哦？"

高粱、小麦、水——茅台酒配料表。

"世界上三种普通的食物，酿出了全球市值最高的酒。"韦荞眼神迷离，心却透亮，"而且，好喝。"

多么像她的理想主义。

极致的简单，酿造出登峰造极的辉煌。国人爱茅台，必有一层原因。

可惜，天不遂人愿，她既没有得到她想要的简单人生，也没有得到她想要的辉煌理想。天下茅台只此一家，她和道森，被双双出局。

"韦荞。"岑璋拿过她手里的酒瓶，阻止她倒酒的动作，"不喝了。"

"不喝这么好的酒，喝什么？"她扶额，心事太重，连声音都伤心，"喝赵先生专程给我准备的敬酒不吃吃罚酒吗？"

岑璋眼色一黯，左手悄然握紧，骨节作响。他起身，揽住她的肩，顺势将她揽进怀里。声音绕在她头顶上方，暗含煞气："赵江河敢负你，这笔账，我来跟他算——"

他声音不大，周围人仍是听得一清二楚。张建明给韦荞端来一杯醒酒茶，冷不防听见岑璋放狠话，面色不改，心脏着实一跳。到底是稳坐翠石头把交椅的人，他很快稳住自己，将醒酒茶放在两人面前。

"老祖宗的方子，放了乌梅和甘草，酒后喝一杯会舒服很多。"

"好。"岑璋端起茶杯，哄韦荞喝了几口。醉酒的滋味不好受，韦荞没有拒绝。她做惯好学生，连消愁都只借酒，不放纵。岑璋心里难受，世间人情冷暖，疾风苦雨，如果他能一力将之挡在心爱的女人生命之外，就算将她养成一朵温室花又有什么不可以？

岑璋扶住她的腰："我们回家了。"

黑色轿车稳稳停在壹号公馆前，岑璋将人扶进屋。韦荞醉了酒，体力也变差，旋转楼梯成为沉重负担。她一脚踩空，岑璋手疾眼快，将她牢牢扣在怀里，险险避免一场祸事。他不敢大意，拦腰将人抱起，万无一失。

　　卧室有好闻的香氛，满是岑璋的味道。大床柔软，她陷进去，有长眠不醒的欲望。然而本能占上风，人已醉得昏沉仍挣扎着起身要洗澡。岑璋哄不好，只能抱她去。浴池热水汩汩，雾气氤氲，岑璋替韦荞脱衣服，被她按住手。

　　他误会了，对她解释："我什么都不会做，你放心。"

　　韦荞还是没松手，他看她一眼，发现她眼里全无对他的在意。于是岑璋明白了，韦荞在意的，不是他。

　　他松手，韦荞从上衣口袋里拿出一张卡，放在浴室台面上。

　　那是一张限量版的道森年卡。

　　韦荞声音平静："它不能沾水，沾了水就不好用了。"

　　岑璋就是在这一刻明白，他在韦荞心里的位置，真的不会太靠前这件事。

　　寻常人随手放口袋里的，是钱包、手机、爱人或孩子的照片。只有韦荞，随身放着的，是一张道森年卡。

　　习惯从来不骗人，岑璋看得懂这张年卡的意义，它将韦荞的人生强势占据，让婚姻、爱情、家庭，全都无处容身。

　　"岑璋。"她靠在他胸口上，头抵在他的心脏处，"我做不到答应你的事了。"

　　那晚兵荒马乱，前途未卜，他和她默契地携手，共同将失控的局面险险拉回。人生何以值得？说到底，就这些。少年心动、成年担责，他们在各自的领域驰骋向前，在顶峰相见时你需要我，我同样需要你。强者从来不孤独，那些吃过的苦、受过的伤都是只有你我才懂的精彩。

　　"岑璋，我可能，要让你吃亏了。"

　　韦荞没有抬头，岑璋胸口处的衬衫迅速湿了一片。

强者低头，让人于心不忍。何况，韦荞还一身硬骨头，那样要强。

岑璋轻轻拥住她，拍着她的背："我在的。"

成年人的世界，语言的力量早已式微。漂亮话谁不会说？"没关系""会好的"。真的没关系吗？不见得。真的会好吗？谁说的？最亲密的爱人之间，不用说的，用意会。手法温柔，细心疗伤，她接得住，比说一万遍"没关系"都要好。

"如果，你是为了我那笔财务投资而愧疚，那真的不需要。我就当亏本做生意，这点量也不是亏不起。"

"那不是一点量，那是——"

岑璋笑了一下，没让她说下去。他收紧些力道，俯下身在她耳边轻声讲私话："你到底有多不关心我？都不了解'岑家三代人'的意思的吗？何况，"他一时未忍住，将心底所想全数告诉她，"如果用这点事就能将你从道森拉走，从此和那边一刀两断，你知道我有多赚吗？"

韦荞不想听见他这样讲，低声阻止："你别这样说。"

岑璋纵容着，将她抱紧。

成了夫妻，韦荞老给岑璋若即若离的感觉，是一种任性。不过是我有心事，要你来猜。也不是不可以自己说，但说出来，就没意思了。少了那份被人宠爱的优势，她如何与世间女子一争高下，彰显在他心里的特权？

"韦荞，我们说好了，不回去了，好吗？"

其实，他也在恐惧。恐惧他的真心在她那里，终究比不上道森。

何况，道森还有许立帷。

浴池的水不知何时已放满，没有了汩汩水声，浴室内顿时安静下来。岑璋等了很久，没有等来韦荞的正面回答。

岑璋突如其来的强硬姿态，令她想起白天和许立帷的争执。

两人站在赵家庭院里，许立帷同样有罕见的强硬态度。他紧紧拉着她的手臂不放，要她听进去："你以为，现代企业建立在什么基础上？追求和平，明辨是非吗？你我心里都清楚，它从来不是一个讲公平正义的地方，本质就为一件事：追求利润最大化。你很难要求一个企业家做好人，好人也根本做不了企业。你不是第一天认识赵江河，为什么要为他退出道森，将自己十几年的心血丢弃不管？"

她冷眼旁观："那你想怎么样？"

"夺权。"许立帷脸色平静，令她明白他真的不是在开玩笑，"道森离开了我跟你，根本不可能正常运转，这就是我们可以和赵江河谈判的最大筹码。我们两个，二十几年，学的、看的、听的、会的，全都围绕道森。将道森影业重新扶正，将道森度假区的文化品牌树立在东南亚，将道森制造的衍生商品拉回热销正轨，一切都在按照我们既定的路线发展，为什么要为赵江河的不仁不义而放弃我们的心血？"

她用力甩开许立帷的手，毫无兴趣："我不想参与这种事。"

"你以为你逃得过吗？"许立帷看穿她，"你就算离开道森，入职其他公司，你只要坐上了管理岗，就永远逃不开这种事。韦荞，哪里都一样，天下企业一般黑。赵江河还算是忌惮你的，他为了赵新喆会让步的，你换一家公司、换一个人，也许会遇见比赵江河更没有底线的实控人。"他看着她，问出最后一个可能，"还是，你想从此就放弃工作，安心做岑太太？"

她正在气头上，顶他一句："关你什么事？"

"韦荞。"许立帷知道她在说气话，但亲耳听见，仍然不是滋味。他放开她，站在两性立场讲私话给她听："男人最了解男人，岑璋是一个很慕强的人，你身上有他永远得不到的东西，对他才有致命吸引力。所以，不要把你的一身本事，浪费在岑璋给你的温柔乡里，不值得。"

忠言逆耳，她知道，许立帷不会害她。可是她能力有限，就不能允许她软弱一分钟吗？为什么一个两个，都要她当场拿态度。

韦荞忽然有片刻清醒，当即推开岑璋，低声说了句"不谈了"，转身就往浴池去，作势要结束今晚的谈话。

岑璋不肯。

她心底那点犹豫，根本骗不过岑璋。他掐着她的腰猛地将她禁锢在双臂间，低头深吻。韦荞倒退两步，想要推开他，反而被他抵在浴室的玻璃幕墙上。深吻燥热，后背冰冷，她深陷前后夹击，才明白冰火两重天的意思。

"韦荞。"

事已至此，他只想跟她摊牌了事，将从前想做却不敢做的事，一起做全了："如果你推开我，我现在就带你回道森，你不要拉着我和你一起自欺欺人。如果你接受我，我就当你同意了，从此你和道森一刀两断。"

韦荞想要推开他的手停在半空，下一秒，就被岑璋全数压下。

他急于取得她的同意，落在她唇间的吻很急。他感觉得到她的犹豫，她连承受他的深吻都在分神。

他向她求饶："韦荞，不要推开我。那样的话，我就真的不知道该怎么办了。"

强者示弱从来都是最大的诱惑，韦荞抗拒不了，在他再一次欺近时终于没有再拒绝。她始终垂着的手换了方向，搂住了他的颈项。

徐达最近有点困扰。

在道森度假区公共安全事件中，赵新喆受了点伤。左脚脚踝扭伤，伤势不严重。但赵新喆从小娇生惯养，哪里受得了这个痛？脚踝扭伤对他来说，不亚于天都要塌下来了。

那天，徐达送他去医院。拿到拍片结果，徐达冷嘲热讽："你别太离谱了，扭伤而已，休养几天就好了。"

赵新喆从善如流："好啊，那我去你家休养。"

好嘛，轮到徐达的天塌下来了。

他当场拒绝："为什么要去我家？不许去。"

"废话，我这脚是因为你才扭伤的啊。"

"你拉倒吧。"

说起来，这事还真有点不好说。

那天，东门受冲击最严重，连徐达都在人群踩踏中受了轻伤。纵观东门保安室，毫发无伤、全身而退的，只有赵新喆。可是架不住这人烦人，扶着徐达走回保安室还啰里吧唆，弄得徐达很不爽，抬起一脚就往他下面踢。赵新喆大惊，当即去护，一不小心往后栽跟头，脚踝就这样扭了。

徐达悔不当初。被赵新喆占点嘴上小便宜怎么了？！他怎么就这么沉不住气呢？现在好了，要被他占个大便宜了。

那天傍晚，在医院看完医生，赵新喆就被徐达扶着回家了。

一路上，徐达还抱着一丝侥幸心理：他的小出租屋只有一室一厅，住两个人很很勉强，再硬塞进来一个赵新喆肯定塞不下。就算塞得下，赵新喆这种公子哥也不见得肯屈尊将就。

反正到时候他肯定是要走的。

徐达这么想着，勉为其难扶赵新喆进屋。

谁想，赵新喆一脚跨进来，就再也不想走了。

徐妈操持家务的能力震撼了赵新喆，窗明几净、井井有条，三十平方米的出租屋硬是被徐妈操持成了简约风北欧小屋。温馨，绝对的温馨！对赵新喆这种从小缺乏家庭温暖的公子哥来说，这是最强大的力量。

徐妈很欢迎赵新喆，因为徐达告诉她："妈，他救了李哥，他的脚也是为了救我扭伤的。"

徐妈有恩必报，当即对赵新喆道："小赵，只要你不嫌弃，就放心在阿姨这里住着。阿姨每天给你煲汤，补身体，一定给你养好伤。"

于是，钉子户赵新喆就在徐达家扎根住下了。

徐达将徐妈拉到卧室，表示很为难："妈，咱们家住不下他啊。"

"住得下。"

徐妈操持家务的能力再次上场，沙发床被一分为二，徐达睡沙发，赵新喆睡地铺，刚刚好。徐妈把地铺弄得又软又暖，赵新喆躺下就再也不想起来了。

眼看赵新喆有往长期钉子户发展的趋势，徐达犹豫再三，对徐妈讲了实话："妈，我跟你说件事。"

"什么？"

"就是那个，赵新喆，他来头挺复杂的，一直住咱家不合适。"

"小赵不是你同事吗？"

"是，是我同事。但是，他还是道森的股东，他爸爸就是赵江河董事长。"

"那又怎么了？"徐妈数落他，"妈一直教你不能嫌贫爱富，但你也不能反着来啊，嫌富爱贫也不对。小赵这个脚是因为你才扭伤的，你就该对他负责。"

这顶大帽子扣下来，徐达闭嘴了。

这天，徐达上夜班回来，还未进门就闻到一股肉香。他推门进去，徐妈和赵新喆正围着厨房炖羊肉煲。见他回来，赵新喆踮着脚一跳一跳地去门口给他拿拖鞋换。

"你今天下班有点晚啊，快进来，咱妈今天炖了羊肉煲做夜宵，味道可好了！"

什么"咱妈"？那是我妈。徐达瞥他一眼，没说话。

羊肉煲确实好吃，如果赵新喆能不开口说话就更好了。

赵新喆拍马屁似的往徐妈碗里送了一块羊肉，一声"妈"叫得很顺口："妈，咱家还有没有闺女？能不能介绍给我当女朋友？"

徐达一口汤刚喝下去就被呛到，顺了半天气，转头匪夷所思地看着赵新喆："你疯了吧？"

"不是啊。"

赵新喆没生气，他这个人很少生气，何况是在徐家，徐达说什么他都不会较真："妈，我想过了，许哥说得对，我不能总是想着依赖许哥和莽姐，我也得好好努力才行。我想要成家立业了，找一个女朋友，能像你和徐达这样好好过日子的就最好了，然后努力工作，奋斗向上！"

他说得激动，徐妈很支持他："小赵，你有这个心是好的。不过，徐达是独生子，我们家没有女儿。"

赵新喆思路开阔："远房亲戚也没有吗？"

"你有病吧。"徐达戗他，"要找女朋友回你的圈子找，盯着我家干什么？"

"哎，以前那些，不是女朋友，就是一起玩得开心的朋友。"赵新喆给他夹了一块羊肉，嘴巴很甜，"再说了，我是真的觉得徐家家风真好，如果徐达有妹妹，我都想娶了。"

徐达："……"

这些公子哥占人便宜都是这么隐晦的吗？

徐妈倒是想起来了："说起来，徐达有个表妹，叫徐琳，年纪还比你小两岁，性格倒是和我们徐达很像，是很沉稳、很踏实的姑娘。"

"是吗？！"赵新喆眼睛一亮，他是行动派，听到这个好消息顿时连羊肉煲都不吃了，拿起手机就冲徐达道，"快把你表妹的微信推给我，我去加她好友。"

"你想都别想。"徐达不理他，"徐琳是个懂事的女孩子，跟你不是一路人，你别骚扰她。"

赵新喆吃了个闭门羹，转头就向徐妈求援："妈，就让我加个微信呗。"

"这个，你不要急。"徐妈是过来人，虽然她看出来了赵新喆本性不坏，但男女感情那点事要靠缘分，她也不欲牵扯过多，遂想了个折中的方法，"下个月，徐琳会来申南城探望我们，你到时候就能见到了。"

赵新喆挠了挠头："哦，好。"

既然徐妈都这样说了，他自然不会反对，迅速收起手机，继续吃饭。

徐达忽然叫了他一声："赵新喆。"

"啊？"

"你先把这些乱七八糟的事放一放，搞搞正事，行吗？"

"啊？什么正事？"

"荞姐辞职了，你知道吗？"

　　赵新喆愣住。他花了一点时间，才明白徐达的意思，当即霍地站了起来，饭都不吃了，筷子一拍放在桌上："你说什么？！"

　　徐达和徐妈被他这反应吓了一跳，徐达怕妈妈受惊吓，赶紧要他坐下。

　　"我也是听说的。"徐达把筷子重新往他手里一塞，要他别一惊一乍的，"大家都在传荞姐和你爸闹矛盾了。"

　　自那日后，韦荞赋闲在家。

　　赵江河亲自致电她三次。

　　韦荞掐断了前两通电话，第三通再打来，她到底无法做绝，接了起来。

　　电话里，赵江河对她说"抱歉"，声音郑重，有老派生意人给人登门致歉的模样。韦荞听着，挂断电话。

　　说"抱歉"，固然不容易，但听"抱歉"的人，难道就容易吗？

　　韦荞将电话关机。

　　周二，韦荞去了趟东亚大厦。

　　她的抑郁症已痊愈，但始终没有中断和何劲升的来往。她在生病的日子里养成了去心理诊所的习惯，每月会固定去看心理医生。有时何劲升忙，她也不急，在诊疗室小憩片刻，坐坐就走。何劲升不得空，见她要走，总会挽留，韦荞说"不要紧"。她是真的不要紧，她在这里获得平静的力量，这种力量的获得与何劲升无关，与她的心境有关。

　　这天，韦荞想起来，同何医生多谈了几句："一直想问你，诊疗室的香氛很好闻，什么牌子的？"

　　"岑董同款。"

　　韦荞一怔，望向他。

　　她蓦地想起，多年前，她来此处寻求救助时，何劲升递给她一份表格，要她认真填写。内容很细，日常所用香氛也是必填项。她没有用香氛的习惯，随手填了岑璋习惯用的品牌。没想到，竟有玄机。

韦荞不由得笑了："我以为，那是形式主义。"

何医生坦白告知："心理医生要你填的内容，都不会是形式。"

其实，他也是在赌。用学识赌，用人心赌。

"这是岑董同款品牌的香氛，但不是同款产品，有些许改良，但底色总是一样的。当日你第一次来诊疗，我尝试用了，发现你入眠情况很好，我就确信，你潜意识深处对这款香氛是有安全感的。所以，每次你来，我都一直用着。"

"我暴露了自己，是吗？"

"不是暴露，是无须欺骗自己。"何医生医者之心，温柔提点，"韦荞，你比自己想象中更在意岑璋。"

离开东亚大厦时，已是傍晚六点，韦荞照例在大厦对面的餐厅吃晚饭。

今晚却有意外访客。

一个男人拉开座椅，礼貌问询："韦总，我可以坐这里吗？"他直呼其名，可见有备而来。

韦荞扫过去一眼，当真来头不小。

杨智渊，美国沃尔什度假集团东南亚区总裁，将沃尔什度假区版图一力扩展至东南亚区域的商界强人。

韦荞不动声色："可以，请坐。"

男人身材高大，西餐厅的座椅竟显得有些窄小。他拉开些距离，脱下西服外套，交予侍者。

"韦总，这顿我请，就当是我不请自来的赔罪。"

韦荞不欲和他在这等小事上牵扯："杨总，你特地来堵我，恐怕堵不到你想要的。"

"不碍事。"男人声音洪亮，大方承认，"能堵到韦总，我已足够幸运。如今能见到韦总的人，可不多啊。"

韦荞开门见山："杨总找我什么事，不妨直说。"

"爽快。那么，我就照实说了。"

"好。"

"我们沃尔什度假集团有意邀请韦总，担任下一任东南亚区总裁。年薪八位数，韦总如果不满意，我们可以继续加码。"

闻言，韦荞抬头，看他一眼。

有意思，挖墙脚挖到她这里来了。

她前脚刚递辞职信，沃尔什后脚就找上门来。竞争对手做成这样，韦荞是佩服的。

"贵司的东南亚区总裁如今是你杨总在担任，请我接下位子，那杨总你呢？"

男人一笑，并不隐瞒："当然是高升了。"

"哦？"

"沃尔什全球合伙人的席位，我盯很久了。"

韦荞懂了："所以，说服我接下你现在这个位子，是你高升前的最后一项任务，是吗？完成这项任务，杨总你在沃尔什的功绩又多一笔。"

"是。请得动韦总，我面上好有光，恐怕沃尔什全球董事都会对我礼敬三分。"

不愧是纯粹的生意人，要什么，都在手里抓着，一一要来。

她以为离开道森就能磊落一生，怎么可能？连沃尔什都不会放过她。

"杨总，沃尔什凭什么判断我能胜任这个职位？"

"凭我个人的尽调。"

"你个人？"

"是的。此前，道森那桩轰动一时的公共安全事件，我也是见证人之一。托赖韦总，让我有幸在道森度假区酒店住了三日。"

韦荞脸色微变。竞争对手竟将触角伸到她眼皮底下，而她半点未察觉。韦荞后背一冷，始知商业权谋的厉害。

事情已过，男人坦率告之："那次，我是以私人游客的身份特地到道森度假区来观摩的。岂料，竟被我遇见百年难遇的公共安全事件。

还有比这更好的尽调机会吗？当然没有。所以，我很愉快地留了下来。而韦总，你没有让我失望。在你掌控下的道森，展现了惊人的事态控制效率。不仅制止了危机，还扭转了舆论。像韦总这样的首席执行官，我们沃尔什实在太需要了。"

三言两语，在韦荞那里，掀起惊涛骇浪。

"在三天里，道森收到国外游客的抗议信，威胁道森即将诉诸国际法，罪名是非法禁锢人身自由。这件事，是你做的？"

"是的。那名游客，就是我。"男人毫不否认，"我是美籍华人，以国际法诉诸，是我的合理权限。我想看一看，这么棘手的事件，韦总会如何处理。非常幸运，我目睹了全过程。韦总，你在道森部署了非常厉害的司法应对机制，你的律师团队没有辜负你，合理解决了我的诉求，保住了道森的颜面。"

韦荞看着他，没什么表情："在道森内忧外患的情况下火上浇油，不觉得卑鄙吗？"

"当然不会。"男人摊了摊手，冷酷又利己，"那只是对韦总的一点小测试。如果连这点小测试都通不过，韦总也不会是我们沃尔什想要的人。"

韦荞笑了下："杨总，你就没想过，你们看得上我，我未必看得上你们？"

"看不看得上，是要对比才知道的。"

"哦？"

"听说，道森的赵先生并不信任韦总，韦总还为他卖命的话，岂不是辜负自己？抱歉韦总，我说话难听，但事实就是如此。"

韦荞听着，眼里浑然没有情绪。

于是杨智渊明白了，眼前这位道森前任首席执行官，定力过人，他的那点挑唆，在她那里不过如此。

男人眼神幽暗。不碍事，他还留有最后一手。

"韦总，听闻你向董事会递辞呈的那天，许特助并没有和你共同进退，而是选择留下。道森人心不齐，连许先生和你都不是一条心，韦总你又何必留恋？"

离间计，向来毒辣，因为直刺人心最弱处，百试不错。

韦荞却不急："杨总，沃尔什全球合伙人的席位，如果你还想要，最好不要去打许立帷的主意。"

杨智渊没料到她竟然如此沉得住气，倒弄得他有些急了："什么意思？"

韦荞抱臂，大方揭秘："怎么，你不知道吗？你们沃尔什全球董事会的邹文嵩，是许立帷的至交好友。"

一瞬间，杨智渊的脸色难看至极。

邹文嵩，沃尔什全球董事会最年轻的董事，任职沃尔什首席财务官八年，为人稳妥，以风控著称，有全球首席 CFO（首席财务官）之称。他是为数不多由沃尔什董事会一手提拔，却又不受沃尔什掌控的年轻董事，这源于邹文嵩近乎严苛的自我管理。他有他的信仰，他的信仰就是财务制度。许立帷曾评价邹文嵩念错了系，邹文嵩是彻底的制度爱好者，如果读了法律，恐怕会更出色。就是这样一个人，掌控着杨智渊入主沃尔什全球合伙人席位的生杀大权。

韦荞很少亮底牌，一旦她亮了，就意味着，胜负已定。

"杨总，你连许立帷是什么样的人都不知道，就敢拿他来离间？我告诉你，许立帷会比我更想让你消失。"

杨智渊狼狈而走。

周六，明度公馆举行私人晚宴，主角正是岑铭。

上周，岑铭拿下申南城奥数竞赛小学组冠军，轰动南城国小。班主任张虹激动不已，本来学校组织这次比赛只是惯例，校领导严格贯彻"育人为本"的理念，禁止内部设定获奖绩效考核，因此张虹在收到岑铭的报名表时并没有给他很大压力。谁知岑铭不声不响，一路闯过了年级组、校际组、联赛组比赛，就这样杀进了全城决赛组，震惊全校。

张虹年逾四十，在教学岗位耕耘近二十年，为岑铭高兴之余算是看透了一件事：数学这东西，冲刺普通水平你还能靠努力，高端局打的都是命运牌，命里有就有，命里没有那就真的是五行缺数学，靠努力也没用。

岑璋和韦荞得知此事的时间有些滞后。

彼时岑璋正和张有良极限拉扯东南芯片那宗项目的后续事宜，韦荞又被沃尔什盯上。班主任打夫妻俩的电话，没一个接的。张老师本着职业精神，坚持不懈地每天致电，终于在三天后打通了韦荞的电话。张老师要求岑铭爸爸也一起过来听，告知岑铭夺冠的喜讯。

张老师拿出班主任权威，不惧强权，对一位董事长和一位前首席执行官做着严肃的批评教育："孩子取得好成绩，是非常不容易的事，何况岑铭取得的是南城国小建校以来的历史性好成绩，你们作为家长，太不重视了！这是非常漠视孩子进步的表现，作为班主任，我必须对你们二位进行批评。"

夫妻俩被班主任一通教育说晕了。

韦荞读书时的成绩，放眼学霸界都是一骑绝尘，在数学竞赛场上完全是横扫之势。韦荞后来不再参加国家级以下的任何数学竞赛，因为只要她出手，别人就没有活路。久而久之韦荞也感到很没劲，无敌的感觉就是这么寂寞。

至于岑璋，在见过韦荞读书的模样后，完全是压倒性地被吸引。他儿子那点水平在他眼里就算加了父爱滤镜，最多也就是个"还行"的水平。

但夫妻俩态度还是端正的，立刻对班主任保证三连：我们错了，我们重视，我们改正。

至于怎么改，夫妻俩南辕北辙。

韦荞买了一套《三年模拟五年上岸》作为礼物送给岑铭。岑璋则以钱开路，给岑铭办了一场庆功宴。

收到这两份礼物，岑铭内心也是很无语的。

周六，岑璋推了公事专心准备私人晚宴。园艺公司送鲜花过来，园艺工人按部就班，在庭院内布置私宴花材。韦荞则抱了一束鲜花，回客厅插起来。

她今日穿了一件私人定制款的白色连衣裙，剪裁得体，衬得整个人十分温柔，与平日里冷静果决的首席执行官模样相去甚远。一条锁骨链，泛着莹莹柔光。岑璋看了一眼，喉间微微发干。

日月清朗，百合香。

他从身后环住她的腰，握着她的手，同她一道将一枝百合插入花瓶中。晴日午后，两人有好兴致，一束鲜花在两双手里盈盈握着，花香袭人，剪花枝的人都有些微醺之意。

岑璋半拥半抱着韦荞，声音慵懒得不像话："好想'金屋藏娇'。"

韦荞手握一枝百合，朝他额头敲了一下。花粉扑簌落下，韦荞又抬手将他额前头发上沾的花粉拂去一点。

"年纪轻轻有这样的胡乱想法，还可以理解。你都三十了，还对这种事感兴趣，就会显得——"

"显得怎样？"

"比较傻。"

岑璋顿时就笑了。

"可是。"他埋在她颈窝处，半是说笑半是认真地说，"我真的好想把你藏起来，不再被门外那些坏人骗走。"

韦荞听懂他的意思，斜睨他一眼："你一天不谈许立帷你就浑身不舒服是不是？"

"可是他留你了，对吧？"

韦荞一时没回应，于是岑璋明白了："好吧，他果然留你了。"

"他留我不是正常吗？"韦荞不以为意，将一枝百合剪去些叶子，随口胡说八道，"老同事要走了，留一留，客气几句，现代企业脆弱的同事关系就靠这些仪式感维系了。"

"哦，普通同事——"岑璋拖长了尾音，为她敷衍的态度而不屑，"关系还很脆弱。"

他双手撑在韦荞身侧，意思是"就是不放过你"。两个人抱着闹了会儿，像一对大学生，怎样闹都闹不够。

不远处，这一幕被人尽收眼底。

蒋桥擦着手从厨房走出来，看了会儿，忍不住问："岑璋在家里就这副样子？"

林华珺点头，也有点看不下去："他是有点太腻人了。"

入夜，岑家私人晚宴灯火通明。

小伙伴悉数前来，苏珊珊今晚穿了公主裙，腰间系着一个蝴蝶结，可爱又漂亮，连岑铭都不吝赞赏："苏珊珊，这条裙子你穿好漂亮。"

岑铭性格偏冷，交好的女同学就那么一两个，不吝夸赞的话更是从来没有，苏珊珊可能是岑铭第一个开口说"漂亮"的女孩子。得到他这么高的评价，苏珊珊很高兴，大方接受："这条裙子是我爸爸买的，特地为了参加你的宴会。岑铭，祝贺你竞赛得第一！"

岑铭说："谢谢。"

很快，季封人也来了。这孩子一向随性，私人宴会的场合穿着校服、球鞋就来了。

他爸爸亲自送他，季封人跳下车，对他爸交代："你不准进来，不准跟着我，还有，等下要来接我。"完全是无理要求，也只有他敢这么讲话。

一群小伙伴见面，场面热络。一整晚，岑铭都在笑。韦荞站在一旁看着，觉得人生想要的，就是这样了。

人群里，岑铭唤她："妈妈。"

"来了。"

她快步走过去，只听岑铭请求："妈妈，我想和同学们拍一些照片留念，能帮我拿一下相机吗？"

"可以啊。相机在爸爸书房，妈妈去拿。"

说完，韦荞径直去书房。从展示柜拿了相机，她正要下楼，手机忽然振动起来。

"许立帷"的名字闪现屏幕，韦荞犹豫了一下，还是接起电话："什么事？"

"韦荞，赵新喆出事了。"

申南城，有一个地方，叫"锦流堂"。

表面上看，它是一座园林式会所。竹林掩映，小径通幽，会所大堂采用曲水流觞的地面设计，将红鲤鱼养在会所四周。客人踏入，步履的东、南、西、北，红鲤鱼都在脚下漫游。鲤鱼跃龙门，居于鲤鱼之上，岂非就是居于龙门之上？锦流堂有心，要在申南城跃龙门。

今晚，锦流堂迎来稀客，总经理王坤亲自迎客："韦总。"

韦荞下车。

天街小雨，她没有撑伞。王坤礼数周到，立刻向底下人使了个眼色，下面的人心领神会，一把龙头黑伞撑起，为韦总遮风挡雨。

"不必。"韦荞没什么表情，"里头的风雨才大，外面这些，遮不遮都无所谓。"

王坤懂了。

她不领情，那就算了。

他伸了一下手，命令人收伞。王坤做了个"请"的手势："韦总，里边请。"

一路曲径幽深，韦荞被带至内堂。

曲水流觞不愧为中式设计顶流，人不出府邸半步也可与一室红鲤鱼肆意相居。傅舅手拿鱼食，引得鲤鱼争抢。其中一条红鲤鱼甚具杀心，将另一条白色鲤鱼挤得无处觅食。两鱼相争，溅起水来，弄湿了主人的一双布鞋。

傅舅叫来人，吩咐："杀了。"

下人询问："傅舅爷，您指的是哪一条？"

"两条，都杀了。"

韦荞正是在这一句"杀了"落音之时踏入内堂的。

王坤上前，恭敬地告知："傅舅爷，韦总到了。"

"哦，是道森的大人物来了。"

男人转身，与韦荞遥遥相望。

他姓傅，名舅，五十有二，坊间尊称一声"爷"，连起来"舅爷"二字，傅舅倒也喜欢。申南城乃千年名城，有深厚底蕴，家族、辈分，是其中的重要一环。大家族里，舅爷大过天，是极具威望的名号。这个名号，傅舅喜欢。

韦荞垂手兜在风衣口袋里，礼貌致意："傅总。"

傅舅笑了。听闻道森韦荞向来反骨，他如今见了，倒是真的。一声"舅爷"都不肯叫，她的礼貌八分是冷淡，两分是不讨喜。

"韦总是申南城企业家翘楚，做的是正经生意，来我傅某这里，委屈了啊。"

韦荞不落圈套，浅交即可："傅总，我们谈一下赵新喆这件事好了。"

"看来，韦总是不欲与我傅某人打交道，寒暄几句都不肯。"男人放下鱼食，盯上她，"也好。今天韦总能不能从我这带走赵新喆，就看韦总的本事。"

韦荞站着，没有应声。

傅舅吩咐王坤："去把人带过来。"

"好的，舅爷。"

赵新喆很快被带至内堂。见到他，韦荞提着的心放下了；再仔细看一眼，放下的心又提了起来。

赵新喆身上有伤，不知被打了几回。素来听闻锦流堂行事凶狠，韦荞亲眼见了才明白，真狠。

韦荞不动声色："我要确认他现在的状态，听他自己说。"

傅舅向王坤使了个眼色，后者心领神会，撤去赵新喆嘴里的毛巾。

赵新喆听见韦荞的声音，立刻大喊："荞姐！"

傅舅摊了摊手，道："韦总，你看见了？他还活着，我们没把他怎么样，我们也和你一样，只做生意，不图其他。"

"他欠你们锦流堂多少？"

"不多。"傅舅伸出三指，意有所指，"对你韦总而言，区区而已。你身后有道森，还有今盏国际银行，这点小钱，属实麻烦韦总跑一趟。"

赵新喆嘴被堵着，急得嗷嗷叫，韦荞盯他一眼，厉色道："你闭嘴。"

赵新喆自知理亏，当即停了。

韦荞厉色得情有可原，这事赵新喆完全不占理。若非徐达打电话告知她这件事，韦荞至今料不到赵新喆捅了天。在韦荞眼里，赵新喆大小毛病不少，但总的来说还是一个本分的富二代，最多就是恋爱多谈了几段、零花钱多用了点。至于富二代最劣迹的一些行为，赵新喆是万万不敢去沾的。

然而，韦荞没想到，赵新喆就是有这个本事，干了更离谱的事：投资数字货币。

干金融的人都明白，如今"投资"二字声名狼藉，除了正经含义之外，它还和各种灰色事件紧密联系。而赵新喆干的数字货币投资，就隶属不正经投资中的一种。

那天赵新喆得知韦荞辞职的消息，直奔去找赵江河。父子俩话不投机，以大吵一顿收场。

赵江河骂道："我防着韦荞还不是为了你？你如果能有出息，独当一面，我需要为你制衡韦荞吗？"

当晚，赵江河心脏病复发，被送去医院抢救，昏迷不醒。

赵新喆听出了赵江河的言下之意。说来说去，赵江河还是嫌他没出息。

他觉得很委屈。明明，他已经在努力了。他在保安岗干得不错，成绩斐然、同事交好，这不就是在基层的最好历练吗？也许比起书荞、许立帷、岑璋这类精英继承人，他的起步晚了很多，但他还是在努力追上他们的脚步，不曾停止。

然而，这一切在赵江河眼里，分文不值。

赵新喆情绪消极，他心一横：不就是嫌他没本事、不会赚钱吗？他就赚一个试试！

懂得守业的生意人都明白一个道理：不怕孩子啃老，就怕孩子创业。而比创业更让人害怕的，就是赵新喆这款瞎创业的。

区块链甚嚣尘上，造富神话层出不穷。赵新喆不知搭上了哪条线，经朋友介绍，大举资金进入ICO（首次代币发行）。一顿操作猛如虎，一看结果二百五。疯狂的金融市场让赵新喆见识了什么叫"豪车进去、拖拉机出来"，当他离开ICO市场，陡然发现一个近乎让他癫狂的后果：他输掉的窟窿很难补上。

而且输掉的钱，还是他问人借的。

不是普通的借款，而是民间借款，出借人正是锦流堂傅舅爷。

傅舅爷讨债名正言顺："韦总，合同都在这，你要查，随时欢迎。这钱，加上利息，不还说不过去吧？"

韦荞扫了一眼桌上的合同，没有伸手去接。场面上的文件，拿得出手的，必定都是滴水不漏，她没有必要浪费时间。

她有兴趣的是另外一些事："傅总，这钱我会替他还。但在此之前，有一件事，我想好好问一问傅总。"

"韦总，你说。"

"到底是谁，将手伸向了赵新喆？"

傅舅眼中升起一丝兴致。

不错，不愧是韦荞，看问题，眼睛这么毒。可惜，他也懂江湖规矩，不该说的话绝不会说。

"什么意思？"

"傅总，我们就直说好了。我了解赵新喆，他的人际关系很单纯，对此可以说毫无了解，也根本没有机会涉足。如果不是有人特意将手伸向他，将他一步步引入锦流堂，这钱他断断拿不到。而我需要的，就是这个将手伸向赵新喆的人的名字。"

"抱歉，韦总，这不在我需要回答你的范围之内。"

"你就不怕我赖账？"

"韦总，你敢吗？"

韦荞表情淡漠："我和赵新喆，本质上来讲毫无关系。我无须为救他担这么大的风险。"

傅舅笑了，阴恻恻地说："好，韦总，我们试试。"

他阴狠地瞥向一边，身旁的王坤显然深谙此道，动作利落。

赵新喆脸色煞白，连叫都不叫了。他这才明白，真正恐惧的时候是发不出声音的。你看着恐惧袭来，束手无策，只能看着，这时的感觉，才叫惊恐万状。

赵新喆看着韦荞，眼眶红了。韦荞看懂了他眼里的意思，他不是在害怕，他是在认错：我错了，荞姐，你原谅我。

四目相接，韦荞就在这道目光里想起从前种种。

她想起中学暑假住在赵家，跟随赵江河学看财务报表。赵江河教学方式严酷，重压之下她开始失眠，是赵新喆每晚给她做夜宵送到她房间。她那时才知道，赵新喆从小一个人，想吃什么都会自己做，久而久之练就一身好厨艺。只要看见她房间半夜还亮着灯，他一定会过来。他从心底将她当成一家人，有时她心情不好，会迁怒他几句，叫他别来了，赵新喆也不会往心里去，晚上到点了他该来还是来。韦荞一向偏瘦，吃了赵新喆两个月夜宵，硬是圆了一圈，长胖了六斤。暑假结束，新学期开学，许立帷见到她，都竖起大拇指夸她圆溜溜的，可爱。

韦荞就在这些年少记忆里原谅了一切。

到底，人生三十年，只有赵新喆对她讲过"荞姐是自己人"。到底，他是为了她，不惜与父亲冲冠一怒。

"慢着。"韦荞沉声开口，"给我点时间。欠款我替他还。"

傅舅大手一挥，王坤立刻退下："好，韦总的信誉闻名申南城商界。我就给韦总半小时的时间，就在这里，我等着韦总。"

Ich liebe dich

第八章

爱是成全

深夜十二点，岑铭躺在床上翻了个身，揉了揉眼睛，声音困顿："爸爸。"

岑铭天性自律，作息一向规律，熬夜到这个点还没睡的次数可谓寥寥。事出有因，岑璋只好耐心哄着他："嗯，爸爸在的。"

"爸爸，妈妈什么时候回来？我还想吃一碗妈妈做的河虾汤面。"

"小肚子饿了吗？那爸爸下楼给你做。"

"不要。"

好吧，这家伙，哪里是想吃面，拐着弯打听妈妈什么时候回来才是他的目的。

岑璋拍了拍他的背，温柔地安抚："妈妈要晚一点回来，你先睡，不要等了。"

"我要等的，我不困。"说完，岑铭连打三个哈欠。

岑璋不疾不徐，将孩子哄好："妈妈现在有事，你闭上眼睛睡一觉，醒来妈妈就在了。爸爸答应你，明天让妈妈给你煮河虾汤面当早饭，好吗？"

这是一个已经学会权衡的孩子，他在父亲给的选项中左右估算。

岑铭想了会儿，也许是实在太困了，终于妥协："嗯，可以的。"

岑璋帮他盖上小被子，关灯睡觉。

岑铭翻了个身，他已困极，不久就响起均匀的小呼噜声。

岑璋轻轻关上儿童房的门，一个人去了书房，本想看会儿文件处理掉一些工作，谁想，一份文件拿在手里，他翻来覆去，半个字都没看进去。

韦荞今晚走得很急，接了通电话后匆匆下楼，拿了车钥匙就走，连他都没来得及和她打个照面。还是林华珺后来告诉他，韦荞下楼时撞见她，神色匆忙地对她交代了一声"赵新喆出事了，我去看下，你帮我和岑璋说一声"，他这才知道了她的去向。

岑璋没什么情绪，随手将文件丢在桌面上。

韦荞没回来，他心里总像挂了事，索性去吧台倒了杯酒。酒到唇边就要喝，他又想起韦荞平日对他的告诫，要他少喝点，尤其是晚上。岑璋心一软，一杯酒又被他放下了。

他被韦荞的突然离开弄得不上不下，正打算打电话给她，韦荞的电话倒是先来了。岑璋迅速接起来："韦荞？"

"嗯，是我。"

他松了一口气："你去哪了？"

韦荞没有正面回答，含糊其词："赵新喆出了点事，我过来看一下。"

岑璋自然不会去问"赵新喆出了什么事"，在他眼里，赵新喆那半吊子富二代出什么事都不足为奇。

"岑铭一直在等你，刚睡下。"他言不由衷，借着儿子的名义向她诉苦，"你不说一声就走，都不知道家里人会担心你的吗？"

"抱歉。"韦荞向来知错就改，"是我考虑不周，下次我不会了。"

岑璋神色缓和下来。

作为丈夫，岑璋向来好相处，韦荞在他那里稍微低个头，他什么都能原谅。

岑璋看了一下时间，十二点半了。他温柔地问："要我去接你吗？"

"不用——"

"那你办完事早点回来，我等你。"

见他好像要挂电话，韦荞叫住他："那个，岑璋。"

"嗯？"

电话那头，韦荞有少见的犹豫："就是，我这里有点事，可能需要你……帮一下。"

岑璋动作一顿，瞬间懂了："是你有点事，还是赵新喆有点事？"

电话里陡然无声，岑璋知道他猜对了。他像是早有预感，不愿折磨彼此，先退一步："赵新喆出了什么事？"

"他去做 ICO，欠下了一笔钱。"

岑璋冷笑："去沾这个东西，他有几条命够玩的？"

"是，他这次错得厉害，他自己也知道错了。"

岑璋懒得理，克制着自己才没挂电话。

他是内行人，一听这个词就能明白所有事。今盏国际银行历经三代人，盈利能力还是其次，最为人敬畏的还是它足够正统的出身，这绝非普通世家能做到。岑家始终将经营之道走在正轨上，靠的就是三代人的殚精竭虑和足够敏锐的眼光。

岑璋对赵新喆本就没什么好感，一听他去沾了金融市场的旁门左道，更是反感至极。可是没等他拒绝，韦荞就问了他一声："岑璋，你能不能帮他？"

不能。

他到底舍不得拒绝她，话到嘴边就变了："他欠多少？"听到确切数字，岑璋简直是被气笑了，"他不是挺厉害的吗？怎么不再多玩几把？"

韦荞知道他看不上，只出言嘲讽几句已经算是给她面子，都没把电话直接挂了。岑璋手握今盏国际银行一切决策的自由裁量权，排着队想要从他手里拿到贷款和投资的企业不计其数，多少中小企业的银行贷款都达不到赵新喆欠下的这个资金量。

韦荞没办法，向他解释："赵新喆和赵先生发生争执，赵先生进了医院，在 ICU 昏迷不醒，没有赵先生的签字，我动不了赵家的钱帮赵新喆还债。许立帷一直守在病房门口，等赵先生醒了，就可以转账。"

岑璋听懂了："所以，你需要这笔钱，去填补时间差？"

韦荞硬着头皮纠正他："不止这些钱，利息也要还的。"

岑璋："……"

韦荞迅速补充："只要赵先生醒了，就能马上把钱还给你，不会赖账的。"

"赵家和我毫无关系，我凭什么要帮赵新喆？"

"可是我，不能不帮。"

天幕沉沉，韦荞淋着雨。她不是不挣扎的，她在"求"和"不求"之间为难自己。

锦流堂只给她半小时，她没的选。她知道锦流堂吃定她和岑璋的关系，也明白锦流堂赌的就是岑璋会下场。她明明知道，依然束手无策。

电话里，淅淅沥沥的雨声不曾停过。岑璋就在这落雨的声音里，一再软了心："你那里下雨了？"

"嗯。"

申南城说大不大，说小不小。明度公馆在东，锦流堂在西，东西横跨九十公里，天气多变，东边艳阳西边雨，是常有的事。

岑璋握着手机，听着电话里的雨声，就知道他要认输了。

雨夜难挨。

前有赵家恩情要还，后有高额欠款横刀阻截，韦荞仁至义尽，他怎好为难她？

"好。"岑璋应声，一掷千金，"我从私人账户走，就当我个人垫资，帮赵新喆还这笔债。"

人人都有"人之初"的软肋，韦荞就是他的"人之初"。她性本善还是本恶，都不妨碍她成为让他理智模糊的一瞬地带。从此以后，他人生中所有身不由己的片刻，都是为了她。

"岑璋，谢谢——"

韦荞还没说完，只听王坤在她身后一声吆喝："还愣着干什么？给韦总撑伞啊！没见韦总淋着雨吗？"

几个五大三粗的手下一齐应声："是！"

一番动静甚大，顺着电话传过去，被岑璋听得一清二楚。

他脸色一变："谁在你身边？"

韦荞不想说。岑璋知道了，难保事情不会被他闹大。

可是事已至此，岑璋根本不打算放过她，他厉声问："韦荞，你还想要我帮赵新喆，你就不要想瞒我。说，你现在，在哪里？"

韦荞知道瞒不过他了："临川路 300 弄 1 号。"

"锦流堂？"

"嗯。"

岑璋抓了桌上的车钥匙就走："你等我，我马上来。"

九十公里说长不长，说短不短。岑璋一路开快车过去，高速上吃了好几张罚单。

他到的时候，已是凌晨一点多。锦流堂得知岑璋要来，郑重其事，门口等了十几个保镖，王坤亲自给岑璋撑伞。岑璋下车，甩上车门，没半点客气，径直朝内堂快步走去。

傅舅这会儿也一改方才嚣张的态度，五十几岁的人正在内堂试着同韦荞搭话。韦荞不理睬，傅舅大概也实在没什么话题好聊，冥思苦想之下索性介绍起了脚下的一池红鲤鱼："韦总，你看啊，那条斑点状的叫'小花'，它朝你游过来了。哎呀，真是和韦总你有鱼缘哪——"

岑璋就是在傅舅巴结着韦荞聊"鱼缘"的时候进来的。

内堂进门是一张四方红木桌，桌上放着一套陶瓷茶杯，茶壶是矮胖型，被低三下四地放在茶桌一角。岑璋走向傅舅时顺手一抄，往地面一砸，茶壶瞬间沦为一地碎片。

一池红鲤鱼被吓得四处逃窜。

屋内二人也受惊，还是傅舅率先回神，不怒反笑，客气地迎上去："哎呀，岑董，深夜劳驾您亲自走一趟，真是不好意思——"

岑璋理都没理，径直从他身边走过。傅舅伸出的一只手遭他晾着，傅舅一时下不了台，抬手搔了搔头自我解围。王坤见状，聪明地转过脸，走到屋外等着。

岑璋拉过韦荞，抓着她的手就往屋外走，经过傅舅身边时略做停留，森冷警告："你把我太太请到这里，问过我的意思吗？这点规矩都不懂，我看你是不想在申南城混了。"

什么"我太太"？你俩不是离了吗？傅舅有些悔不当初。

做生意，尤其是搬不上台面的生意，哪些人能惹，哪些人是生死线，得供着，他们需时刻谨记。他今日失算，以为岑璋和韦荞离婚两年，两人一定是桥归桥、路归路，万没料到事实并非如此。看今晚岑璋这反应，傅舅心中估摸，很大概率是韦荞看不上岑璋，把他甩了。

事已至此，他只能尽全力弥补失误。

傅舅亲自将人送出去，也不提欠款的事了。岑璋的身家实力摆在那里，傅舅知道这点数量对岑璋来说根本无关痛痒，就看他想不想帮而已。如今看来，岑璋一定会帮。

屋外，许立帷不知何时也到了，刚接上赵新喆，扶着他上车。

韦荞上前和许立帷快速聊了几句："赵先生怎么样了？"

"不太好，还没醒。"

"那医院那边，还是要你盯着。"

"我知道，我不会走的。"

韦荞语气不善，对他交代："让赵新喆也去医院待着，你给我看牢他，别再自作聪明搞点混账事出来，我不是每次都能让岑璋保他的。"

许立帷点点头："知道了。"

两人正说着，一辆黑车从后驶来，速度一点没慢下来的意思。眼见要撞上，许立帷下意识地往韦荞身前一挡。

黑车急刹车，稳稳停在两人面前。

岑璋开门下车，表情不太好。当着许立帷的面，他伸手握住韦荞左手，将她拉过来。韦荞知道他今晚不痛快，遂对许立帷道："你先走。"

许立帷点头："嗯。"

他向来有分寸，不欲和岑璋起冲突，从口袋里拿出车钥匙就走。

两人擦身而过，岑璋忽然道："韦荞不会回去了。"

许立帷脚步一顿。

他有一句话说得很对，男人最了解男人。他了解岑璋，岑璋也相当了解他。今晚之前，很多事岑璋并不打算摆在台面上处理，可是今晚他发现，他不把态度放在台面上，这些人一个两个都不会放过韦荞，这让岑璋彻底怒了。

"韦荞不会，再跟道森有任何关系。"岑璋盯着他，态度森冷，"包括你。"

"是吗？"许立帷轻轻一笑，一身反骨，"你好像还不够了解，我和韦荞之间，真正的私人关系。"

"……"

岑璋手里一紧，韦荞的左手被他紧紧握着，瞬间生疼。岑璋本来就对许立帷有诸多忌讳，许立帷要是跟他认真起来，岑璋就真的哄不好了。

韦荞很有危机意识，往许立帷背上重重一拍，冲他一通骂，要他快滚："你在胡说八道些什么东西？我跟你有什么私人关系？以前是普通同学，现在是普通同事，关系脆弱得很，你赶紧走。"

许立帷被岑璋那一通不阴不阳的威胁弄得很不爽，本来还想气岑璋几句，但韦荞开口了，他就算了，先退一步，开车走了。

韦荞暗自松了一口气。她晃了晃岑璋的手，哄他上车："好啦，雨这么大，还不走啊？"

韦荞说这话时的语气把她自己都恶心到了，矫揉造作得很，就为了哄岑璋不气不气。韦荞暗自想，有钱的确了不起，岑璋今天一声"好"，这么多钱说还就还了。韦荞怎么看他怎么顺眼，瞬间懂了那么多人想把岑璋当"财神爷"供起来的心情。

真是生活不易，韦荞卖萌。

岑璋还背对着她，不给她反应，韦荞搂住他右臂要他算了："别跟许立帷那种人间俗物一般见识。不生气了啊，我们回家了。"

岑璋忽然问："你是在心虚吗？"

韦荞蒙了："啊？"

岑璋声音都悲愤了："你明明心虚得语气都变了！结婚十年了，你用这么萌的声音对我讲过话吗？"

韦荞："……"

岑璋今晚走得匆忙，林华珺打他电话也不接，不由得暗自担心。等到半夜，听见庭院里传来引擎声，林华珺连忙披了外衣走出去看，果然是岑璋的车。她悬着的心终于落下，忙不迭地下楼迎接。

岑璋径自下车，用力推门步入玄关，林华珺迎上去："怎么弄得这么晚，都该饿了。我去给你们两个煮消夜——"

岑璋没接腔，走上旋转楼梯径直去了主卧，反手将门关得震天响。

林华珺："……"

气氛明显不太好啊。她看向韦荞："他这是？"

韦荞也不知该如何解释："他被人气到了。"

"哦，这样，那你赶紧去哄哄他。"林华珺深知岑璋那性子，一个劲催促韦荞上楼，"千万不能让他自己想一晚，他那个想象力丰富的，只会越想越气。"

好吧，这个家的人都很了解岑璋。

韦荞上楼，推门进屋，岑璋正在喝水。一杯冰水被他拿在手里，仰头大口大口地喝，要把心里那点火降下来。

韦荞对他有感情，到底不一样，见他喝那么冰的水都心疼，连忙上前从他手里拿过杯子，不许他这样："好了，别喝了，我去给你倒温水。你又不是不知道你的胃不好，还不对它好点？"

岑璋沉浸在许立帷今晚的那声威胁里，声音很冲："他那句话有说错吗？"

"什么？"

"岑铭的庆功宴，他一个电话就能把你叫走。你明明辞职了，还是和他有那么多联系。他说得对，我是看不懂你们之间真正的私人关系。我只知道，如果我敢让一个女人像他对你那样对我，你早就跟我离婚八百次了。"

韦荞被他震住，一时想不好该从哪个角度反驳他。

岑璋不愧是坐惯谈判桌主位的，最后那句假设实在太有杀伤力了。韦荞换位思考，顺着他的思路稍稍想了一下，不得不承认：岑璋讲得很有道理。

这让韦荞本就愧疚的心更过意不去了。

"今天晚上没来得及和你讲清楚，是我不对，下次我不会了。我不是因为打电话给我的人是许立帷才走的，就算是徐达打电话给我，我也会立刻走的，毕竟赵新喆被人打了，我不想他真的出事。至于联系，我哪有整天和许立帷联系？我没事给他打电话也很奇怪的好吗？"

韦荞说着，去拉他的手，岑璋不让她牵，他心里着实还有一桩事。

"沃尔什请你担任东南亚区总裁，你为什么不去？"

韦荞一愣。她很快反应过来：岑璋这信息渠道相当可以啊，她一个人都没告诉过，他都能从第三方口中得知此事。

韦荞抱臂："你怎么知道的？"

"申南城就那么大，我存心想要知道一件事，你以为真的瞒得了我吗？"

岑璋语气不善："申南城度假区业态早已是两强抗衡的局面，不是道森，就是沃尔什，其余的中小度假区你就算去了也没有太多余地可以发挥。何况，沃尔什开出的价码不低，外资企业的管理架构也更适合你。所以，你为什么要拒绝？"

韦荞一时未作声。

岑璋脸色很差，步步紧逼："是不是因为许立帷？"

"……"

"赵江河那样对你，你不可能对他放不下。就算这样你还是为了道森拒绝了沃尔什，是不是因为，许立帷选择了留在道森，所以你放不下他？"

他胸腔起伏，明显是动怒了。韦荞被他逼得紧，倒退两步。

她这个动作做出来，在岑璋眼里就是默认的意思了。岑璋一下被她震住，思维完全乱了，气急败坏地抓起她的右手："韦荞你——"

"我不是。"

"那你给我一个理由。"

"……"

"韦荞，那么大的决定，你连理由都给不出，你让我怎么想？"

韦荞沉默了会儿。

岑璋完全不能接受她在这个关键问题上的沉默态度，情急之下将她一把拉近身："你不准喜欢许立帷！不准放不下他！"

韦荞想要阻止，双手却被他缚住，动弹不得。岑璋又吻又咬，她的下唇很快充血，火辣辣地疼。

眼看事态就要失控，韦荞终于出声："岑璋。"事关她心里的柔软之地，韦荞原本谁都不想说，无奈岑璋逼得紧，她舍不得瞒他，终于还是说了，"我拒绝沃尔什，是因为，我不想帮外资品牌将本土文化的度假区业态踩在脚下。"

这个答案不在岑璋预料之内，他一时停了动作。

他的反应，韦荞看得懂。正因为懂，她才不想让他知道。岑璋不见得会认同她，也不会一票否决她。她知道在他眼里，她的商业理想幼稚得可笑，本质上并不适合成王败寇的现实世界。

"如果我去沃尔什，结局会怎样？我告诉你，沃尔什一定会赢。它是世界级的度假区业态，业务覆盖全球地域，单是风险分散这一条，只专注做申南城本土度假区业态的道森就不可能赢得了。可是我不想做这种事，以大欺小，没意思。我当初回道森，诚然是为岑铭，但其实，还有一个理由。我不想在我们自己的地方，看见外资品牌一家独大这种事发生。有我韦荞在，沃尔什在申南城就做不了老大。"

时移世易，名利场被称为现代战争的一线阵地，原因就在此。

经济、文化、话语权，哪个不靠抢？现代城市战争看不见的硝烟、炮火，从未消失。无数超一流的经济体和其背后殚精竭虑的企业家群体夜以继日地应战，撑起了现代城市文明的今日尊严。

岑璋声音软下来，很痛心："韦荞——"

韦荞打断他："你可以认为我不够理智，商业竞争的本质就是盈利，任何附加的美好愿景实质都是为盈利服务。但，岑璋，我本身是不认同这个理念的。如果把时间拉长，放在五千年的历史长河中去看，最后能推动文明向前发展的，一定不是胜败，而是更为坚固的东西，比如人性、文化、道德与正义。"

这些名词如此古老，几乎被现代人遗忘。但韦荞不会，她永远坚信，并且愿意赌上此生，付诸实践。

五千年历史，大开大合，多少帝王和名将一一掠影。扒开历史的缝隙，会发现常常是更多默默无闻的人，迸发的瞬间文明，一次又一次地险险拉回失控的历史进程。"两京十二部，独有一王恕"，韦荞年少时读到这类故事，荡气回肠。她从此终生为理想而活，绝不屈从这物欲人间。

和岑璋谈这类事，她其实是有点难堪的。放眼东南亚，岑璋是最顶尖的银行家，他的世界没有这么多空泛的幼稚理想，他足够清醒地了解这些理想并不适合存在于名利场。如今，还有比她的下场更具说服力的佐证吗？她被逐出局，终于成为一个理想主义的败将。

韦荞忽然有些羞愧。败将之姿，总是缺少些底气。她自嘲地笑了一下："不说了。林姨煮了夜宵，我下楼去看看。"

话还没说完，她转身就要走，岑璋健步上前将人一抱，韦荞没防备，一个踉跄就被他抱上了床。他欺身压下，亲热来得又快又急。韦荞以为他还在任性，没反抗，由着他去，左肩很快被他弄得红痕点点。

韦荞这下明白他不是在任性了，这家伙就是来真的。

岑璋很少这样，韦荞推着他："你别……等下林姨还要来。"

怕什么来什么，门口随即传来一阵敲门声，林华珺端着夜宵来叫他们："韦荞，我做了海鲜粥，你们两个都爱喝。"

韦荞就是在这声敲门声响起时捂住了嘴，只听着门外林华珺道："岑璋，我把餐车放门口了，你们两个记得吃一点。"

他就在门内哑着嗓音回应："好，我现在就吃。"

两个人结束一场欢爱，滚烫的海鲜粥已经凉透了。

余韵温柔，韦荞抱着他，轻声问："今晚的气该消了吧？本来就没什么事。"

"我有。"

"……"

"我不是气他一通电话就能把你叫走。"岑璋抱紧她，心里很难受，"我气的是，他既然把你叫走了，为什么不负责好好保护你，而让你一个人去锦流堂。"他低下头，心里有说不出的滋味，"我老婆这么好，一星期没有新衣服穿我都舍不得，不是为了让别人这么肆无忌惮地推出去用的——"

岑璋很少说这样的话，韦荞一时笑了："什么破举例？'一星期没有新衣服穿'，胡说八道……"说着说着，她心里一酸，说不上为什么，忽然就有盈眶热泪。

这就是，被人好好爱着的感觉吧？

她和许立帷一同长大，私交甚笃，也从来没有过这样的情义。他们很有默契，总是会朝着共同的目标努力，许立帷相信她会照顾好自己，她对许立帷同样如此。青春期，韦荞上体育课第一次来例假，不大舒服，许立帷在课间找老师要来一杯热水，放在她桌上，像很多男生那样对她说"多喝点热水"，然后两人就相顾无言了。韦荞挥挥手说没事，叫他快走，彼此都松了一口气。她知道，在学业、事业之外，她和许立帷谁都没有谈论过多私事的欲望，太私人的关心会让两个人都不适。

可是岑璋不一样。

韦荞从大二成为他女朋友开始，每月生理期，岑璋那辆车总会停在宿舍楼门口等她，将她带去壹号公馆住上一周。岑璋把主卧弄得很舒服，柔软温暖得不像话，她这么不爱躺平的人每次去了，裹着被子睡下去都不想起来。韦荞一到生理期胃口就不好，在学校时一天喝两碗粥就够了。岑璋知道了坚决反对，二话不说请来营养师当主厨，要把她过去这么多年对自己"随便养养"的习惯一刀斩断。

有一年寒假，韦荞睡午觉起来觉得有些冷，裹着被子随口叹气"冷成这样都不下雪，好没意思"，傍晚窗外就下起了漫天的雪，韦荞愉快不已。很多年以后，她才知道，岑璋每年花在人工降雪上的费用，一度令他成了定点服务公司的大客户。

他似乎天生就知道应该怎么对她好，从恋爱第一天起他就没有对她生疏过。她不是一个感情能动很快的人，答应做他女朋友也只是因为"不讨厌"。事实上答应他的那天她就后悔了，总感觉和他还不熟。后来，她的这点后悔很快就没了，因为岑璋足够好。他对她好得一度让韦荞深信，如果将来，两人没有缘分结婚，她也许会遇到更合适的丈夫，但再也不可能遇到会比岑璋对她更好的男人了。

毕竟，被人知过冷暖，就回不到从前了。

她忽然很想抱他。

韦荞搂住他的颈项，将他拉下，温柔一吻。

很清浅的吻，唇间厮磨良久，是独属夫妻的意会方式，将很多说不出口的话说好了。她向他保证："我会让自己很好的，你不要担心。"

岑璋没说话，伏在她颈间喘气。他心里疼着，不是为自己，都是为了她。

"我知道你对我好。"她动作轻柔，在他背上抚摸安慰，"没有人会比你对我更好，我都知道的。"

岑璋低声控诉："你知道个屁，都是哄我的。"

韦荞拍了一下他的后脑，轻斥："不许说脏话。"

岑璋就真的不说了。

他给足了自己安全感，韦荞深吸一口气，有一瞬间觉得，似乎天地辽阔，她真的什么都不怕了。职场那点事，再严重也不过只是一份工作，她的人生远不止这些。她为什么要为了人生中的一部分，去否定人生全部的意义？

"我明天去今盏国际银行接你下班，好吗？"

"嗯？"

韦荞心情转好："以前太忙了，一直没有机会，这段时间我有空，来接你下班。"

一听她要认真履行"岑太太"的责任了，这种百年难遇的机会他怎么可以放过。岑璋立刻得寸进尺："那只接我下班不行，你中午就得来。"

"我中午来干什么？"

"一起吃饭。"他想了想，又加一句，"再一起睡个午觉。"

这就有点胡说八道了。

韦荞推了一下他的脑袋，要他别异想天开："好好上班，不要偷懒。你老婆已经失业了，儿子的学费还要交，你现在养家糊口的压力比以前重了，知道吗？"

岑璋："……"

"还有。"韦荞搂着他，在他耳边讲私话，"没有新衣服穿了，买吗？"

岑璋喉间一紧，予取予求："买。"

闹了一整晚，两个人都累到了。

岑璋一觉睡到早晨八点，妥妥地迟到了。他走时韦荞还在睡，岑璋穿戴整齐连早饭都没来得及吃，但亲一下老婆倒是还来得及的。韦荞睡得昏沉，被岑璋一顿亲，硬是被他弄清醒了。她搂住他颈项稍稍回应了一声"嗯"，岑璋在她唇间的亲吻骤然深入。

最后，岑璋是被一通电话叫走的。

黄扬在电话里向他汇报，上周中心地块的地产交易资金量太大，运营会上没人敢拍板。岑璋一听就知道他被盯上了，他不去，下面的人也不敢轻举妄动。

岑璋在韦荞肩上趴了好几分钟，把"不想上班"的意思表达得淋漓尽致。韦荞摸了摸他的头，对他保证她中午会早点过去陪他吃饭的，岑璋这才不情不愿地去上班了。

他一走，韦荞也没什么心思再多睡。洗漱完毕后，仔细将自己收拾好。

岑璋昨晚没轻重，韦荞对着镜子看了会儿，拿了遮瑕膏勉强遮住一些痕迹。

上午时间短暂，韦荞稍稍收拾了一下，就开车去了今盏国际银行。

她到得早，才十点，岑璋还在开会。黄扬特地在大厅等她，为她带路。对世界级的银行而言，风控永远是第一要义，今盏国际银行层层设置安保，每张员工卡都有对应权限的进入区域。除了岑璋之外，没有人能在总部大楼畅通无阻。

董事长办公室独占第六十六层的顶楼，岑璋喜阳不喜阴，整层办公室四周皆为落地窗，将申南城全景尽收眼底，"云上帝国"的称谓由此而来。

这两年韦荞忙，很少来这里找岑璋，黄扬今天看见她来，比岑璋还高兴。黄扬殷勤招待，将她带至董事长办公室："韦总，这边请。"

韦荞四两拨千斤："我早就不是韦总了，不用客气的。"

黄扬场面人，从善如流："好的，荞姐，这边走。"

黄扬招待好韦荞，为她恭敬地带上门，就出去了。韦荞对这里不陌生，没生岑铭那会儿岑璋没少在这里对她这样那样。那时的岑璋还有种稚气未脱的模样，刚从学校到职场总是分外充满新鲜感，两个人在这里每次都把窗帘捂得严严实实，情难自禁时也不敢声音太大。有一回岑璋问她："难受吗？"韦荞凑在他耳边讲："不会，你听见就好。"

岑璋瞬间连命都想给她，韦荞实在太会了。

韦荞想了会儿私事，不禁有些热。

一定是昨晚岑璋太疯的缘故，害她在白天也乱想。

韦荞胡乱推责，很想找点事做，忘记刚才想起的那些事。她顺手拿起岑璋桌上的一份文件，翻开看了一下。

文件不是机要性质，是梁文棠报上来的今盏国际银行半年度福利院慈善捐赠统计，风险等级为最低，她看起来少了很多心理负担。

韦荞原本只想打发时间，谁想看了几页，倒真被她看出点别的来。她随手从岑璋办公桌上拿了支黑色水笔，圈圈画画，写了几个字。等岑璋开完会回到办公室，韦荞已经把文件完整地看了一遍。

岑璋看她一脸专注，顺口问："在看什么？"

"哦，这个。"韦荞看完最后一页，递给他，"你们半年度的福利院慈善捐赠统计。"

岑璋"哦"了一声，兴趣不大。这不是银行主营业务，锦上添花的事，他向来不太费心思，都交给梁文棠去做，他例行听一下报告就行了。

梁文棠也刚下会议，原本来这是为了对岑璋补充解释刚才会上的事，一见韦荞来了，顺水推舟做个人情："韦荞，这是岑璋的结婚'彩礼'哦。"

韦荞笑了一下。

其实梁文棠不说，她也知道。"仲仁福利院"每年获得的慈善捐赠高居申南城榜首，今盏国际银行是最大出资人。韦荞三岁那年，赵江河就是从这里将她带走的。坦白说，韦荞三岁前虽然生活清苦，但身心健康，没有受过伤害，这与仲仁福利院的悉心照顾密不可分。岑璋将之视为老婆娘家人那类角色，十年前坐稳董事会主席一职后迅速批了对仲仁福利院的长期慈善捐赠，就当彩礼。

气氛融洽之际，只听韦荞道："既然是'彩礼'，那就更要做好了。"

在场两人都是名利场常客，瞬间听懂韦荞客气的语调之下，一丝犀利的批评之意。

岑璋放下手头事，拿起那份文件："我看一下。"

这一看，不得了，韦荞做了好几处标注，黑色水笔写下的字迹在岑璋看来触目惊心。

韦荞知道他看得懂，也不欲多说，对他简单提示："数字错误的地方我已经用笔全部圈出来了。数字错了，报告也要跟着改，别忘了。这些虽然不是银行主责主业，但从社会责任角度看，意义就不一样了。慈善报告是要定期对外公布的，如果被公众发现错误，就算只有一处，都足以抹杀所有成绩。那样的话，今盏国际银行就会得不偿失了。"

岑璋翻了一遍，顺手将报告甩在梁文棠手里："我看你是不想干了，做成这样也敢拿过来。"

梁文棠后背汗津津，他忙不迭地拿起来看，果然错了几处数据。

他心里清楚，这事是他不对。慈善这事本就不是他的主责主业，他手上正事一堆，对这些锦上添花的事多少抱着点"差不多就行了"的态度。下面把数据报上来，他也没去核对，大致看了一下没太夸张，顺手往岑璋桌上送了。

哪里知道他会这么倒霉，竟然被韦荞撞见。

梁文棠拿了文件就赶紧逃："是我的问题，我审核不严，我现在就去再审一遍——"

岑璋没打算放过他："你这个月的绩效奖砍半。拿过来再是错的，就取消。"

梁文棠汗涔涔："好的，好的。"

他一身冷汗地连忙退出去，走到门外就碰上前来汇报的施泓安，后者问他："岑璋在里面吗？我进去跟他说点事。"

"你赶紧别。"梁文棠心有余悸地推他走，"你快走，韦荞在里面。"

施泓安一下来了兴致："哈哈，岑太太今天兴致这么好，来这里看岑璋？"

"什么岑太太？"梁文棠一脸严肃地纠正他，"那是韦总视察！"

施泓安："……"

梁文棠把文件甩在他手上，用自身沉重的代价传授他经验："你自己看，连我这么边边角角的数据都没逃过她的审查。她稍微心算了一下，就算出我的数据错误了。岑璋刚刚把我骂了一顿，绩效奖都砍半了。"

本来信心十足的施泓安这会儿也立刻决定不去了："是不能让韦荞看见，她是数学系的，拼不过拼不过——"

"就是，韦荞还是赶紧找个班去上的好，她要是天天来这里，那可太吓人了。"

两个人私交甚好，说话没太顾忌。梁文棠离开时心虚得厉害，连门都没关紧，一番吐槽被里面两个人全数听去。

韦荞都听笑了，也不打算再多留了，对岑璋道："看来豪门阔太的生活不适合我，我来看你一趟，就把你的首席财务官吓成那样。"

岑璋："……"

就在道森陷入首席执行官辞任事件的舆论风波时，作为竞争对手的沃尔什集团公开宣布：调整集团战略，将经营重心从北美转移至东南亚，申南城将正式成为沃尔什首要核心业务区域。

一时间，申南城万众瞩目。

沃尔什度假区对申南城的资源倾斜，带来一轮颇受瞩目的经济流量。围绕沃尔什度假区，乐园、周边、酒店、文旅、交通、餐饮等多行业的发展均有明显爆发。巨量的人流涌入再次彰显强大的经济效应，申南城度假区业态正式步入两强争霸局面。

对申南城而言，这一局面无疑十分理想。道森和沃尔什相互制衡，在白热化的竞争下带动申南城度假区业态的高质量发展。从品牌角度而言，申南城也乐于见到两强争霸的局面。论引入外资，有沃尔什这一强大的外资品牌；论本土崛起，有道森这一老牌门面担当。

韦荞从申南城官方态度中读出了严酷意味：未来，道森与沃尔什的正面竞争，将十分惨烈。

面对沃尔什的强势挤压，持稳发展的道森会怎样应对以保住市场份额，引人关注。赵江河历经半生风浪，在道森发展史中向来有"神来之笔"的美名，每次危机都险险过关。外界对其的应对之策，十分期待。

这一次，赵江河却令人失望了。

十一月，立冬那一日，赵江河病危。数小时之后，医生宣布其脑死亡的事实。执掌道森四十余年的董事长赵江河，就此与世长辞。

消息不胫而走，引起轩然大波。

人们对强者总是有更多期待。英雄持利剑而不倒，在凡人寸步难行的世界，英雄主义永远有狂热市场。自古如此，人性如此。

所以赵江河的溘然长逝，令世人无法接受——明明已经金鼓齐鸣，帝王怎可猝然退场？

啼笑皆非的一幕，在申南城名利场上古今无左其右。一个坐镇道森半生的人，到头来，倒下去的样子也只不过是街头巷尾的谈资而已。

真正伤心的人，也许只有赵新喆。他人高马大，趴在韦荞肩头号啕大哭时韦荞几乎被压垮。但她撑着，硬是接住了赵新喆。仿佛是一种预示，将来她也会一直这样，稳稳接着赵新喆。

比起许立帷，韦荞是有遗憾的。

那一日，许立帷比她更快一步到医院，在赵江河最后的清醒时刻推门进入 ICU，得以和赵江河有了最后一次交谈。交谈的内容外人已无从得知，许立帷说的最后一句话是："韦荞会来的。"

韦荞确实来了，但她来得太晚，只来得及和赵江河握一握手。

那竟然是她和赵江河之间做的最后一件事。

常听老人说，人死前会有片刻清醒，会做最想做的事，与爱人、子女拉一拉手，说几句话，再闭上眼，了无遗憾。而赵江河，最后做的事，就是握一握韦荞的手。

赵新喆、许立帷、遗嘱律师、赵府管家张怀礼，全都站在病床旁。赵江河直直拉住韦荞的手，用力一握。

韦荞就在这用力一握中，原谅了很多事。

赵江河走得突然，遗嘱律师如临大敌。虽然赵江河早在一年前就已经立下遗嘱，但真正故去后，赵家家大业大，赵家其他人不见得会放过赵新喆。毕竟赵新喆势单力薄，又无城府，实在好欺负。

隔日，遗嘱律师在一众关系人面前，当众宣布遗嘱内容：赵江河将手中的道森控股股份，无偿赠予韦荞、许立帷。

一片哗然。

他甚至没有给自己儿子留半分！

这意味着，韦荞将一举超越现任股东，成为道森名副其实的最大股东。许立帷紧随其后，成为仅屈居于韦荞之下的第二大股东。

屋内，赵家人吵翻了天。韦荞和许立帷冷眼旁观，率先离场。

韦荞终于懂了许立帷的当日之意："这份遗嘱，就是你'夺权'的成果？"

她话讲得难听，许立帷却没有辩驳，坦率承认："嗯。"

韦荞看向他："你怎么令赵先生肯的？"

"你有孩子，你不知道？"

韦荞一贯冷静，听他三言两语，也不禁一身冷汗。

终其一生，人类不过是在践行动物性。而动物性最原始的特征就是：爱子。她之于岑铭，赵江河之于赵新喆，都让韦荞看见父母对孩子的付出。这种付出让她为保岑铭差点做错事，赵江河同样可以为保赵新喆而将道森拱手相让。

而这一点，统统被许立帷拿去，做了最好的谈判筹码。

她一直都知道，真正的许立帷绝不像他表面的样子，和谐处事、与人为善。事实上，连韦荞都从未摸透过他。

"你用赵新喆威胁赵先生？"

"不是威胁，是等价交换。"许立帷向来不瞒她，将一桩你死我活的较量讲得云淡风轻，"我告诉他，我可以保护赵新喆一生无忧，但前提是，拿道森控股权来换。"

"他也肯？"

"他有选择吗？"许立帷踱步，一点焦躁和犹豫都没有，"他不肯，那我就按不肯的方式来了。要明抢也不是不可以，到时候，我不但不会保赵新喆，他们父子的死活也都跟我没关系。"

韦荞听了，停了一下脚步。

就在这停一下的瞬间，令她落后许立帷两步。许立帷很高，宽肩窄腰，韦荞和他并肩多年，从未意识到这是一个攻击性很强的男人。很多事，许立帷只是不想做，但不代表他不会。事实上，他不仅会，还相当精通。

她没有追上去，停在原地，看着他的背影问："为什么要拉上我？"

许立帷停下脚步，没有转身。

韦荞看着他："你明明可以自己一个人全盘接手道森，稳坐第一大股东的位置。为什么，要把原本属于你的股份让给我？"

许立帷没说话，看上去也不像是想要回答的样子。

韦荞忽然福至心灵，倒退两步和他保持距离，神情严肃地对他警告："许立帷，我有丈夫有儿子，夫妻感情好得很。你婚姻观给我立得正点，插足别人家庭的人是不会有好下场的。"

许立帷难得无语，转身没好气地刨了她一声："你放心，我对岑璋有兴趣都不会对你有兴趣。"

韦荞："……"

两个人各自无语了会儿，韦荞权衡了一下，感觉许立帷讲得很有道理。看他平时对岑璋的包容就知道了，许立帷对谁都没有那样包容过，岑璋当年那样整他，许立帷都没还过手。

韦荞放心了，追问他："那你是为了什么？"

"为了，不想再看见好人没好下场。韦荞，你在我这里，是一个符号。"

许立帷垂手插在裤兜里，直视她，眼神灼灼。只有他知道，他不止是在同她对话，更是在和心里的理想主义对话。

"这个世界不好的一面太多，好的一面太少。连我都算不上好，我也知道我能力有限，做不了理想中那样的好人了。可是韦荞，你一直是，这条路很苦，你也从未动摇。我成全你，就像成全理想中的我自己。"许立帷看着她，目光坚定，"韦荞，你就是我的理想主义，我希望你这样的人，能永远有好结局，不被人辜负。包括道森和赵江河，包括岑璋。赵江河对你不仁不义，我就将道森抢过来；如果将来岑璋敢对不起你，我同样会打断他的腿。"

赵江河的葬礼由道森治丧委员会承办，韦荞和许立帷同在治丧委员会负责人之列。葬礼办得十分低调，谢绝媒体，仅允许亲朋至交进入现场。

赵江川、赵江流的现身，引起一众不小私语。

从名字就能明白，这两人和赵江河的关系非同寻常。没错，这两位在赵家地位不菲，正是赵江河的亲弟弟们。

赵江河盛年之时，展露的商业天分放眼申南城都鲜少有人匹敌，赵家根本无人能抗衡。赵江河接手道森之后，开创了他一人的"道森盛世"，赵江川、赵江流屈居其下，半辈子都没在道森有过实质性机会。

这倒不是说这两人能力不行。世家兄弟，最怕的就是比较。赵江河是少见的商业强人，在天分面前，靠"勤能补拙"的弟弟们，怎么追都差点意思。

眼看道森没了赵江河，赵新喆天真无能，两个人长舒一口气，就等着名正言顺地接手道森。谁知赵江河一纸遗嘱，竟将韦荞和许立帷扶上大股东席位。两个人怎么肯？两人就在律师宣布遗嘱那日大闹律师事务所，最后被保安请了出去。

今日葬礼上，赵江川、赵江流各手持一束白菊花，一一上前放于灵堂前。韦荞和许立帷并肩站立一旁，几个人擦肩而过，赵江川心有不甘，低声讥讽："韦荞，你威风啊。"

韦荞面色沉静："哦？"

赵江川阴恻恻地:"别以为有一纸遗嘱撑腰,就能稳坐道森大股东席位。赵江河死了,赵家可没人会认你。下周六股东会,韦总,你还是好好准备的好——"

他心有不甘,还想说下去,赵江流拉了拉他的衣袖,低声制止:"二哥,不要说了。"

"怎么,连你也怕她?"

"岑璋来了。"

一句话,让赵江川立刻噤声。赵江流拽着他的衣袖,两人心有不甘地走了。

岑璋今日穿正装,一身黑色西服,一条黑色领带,腕表也特地选了全黑色。在媒体报道中,他今日是以给道森财务投资的银行家身份来此的。只有岑璋自己知道,他是为韦荞。

放下花,岑璋走到一旁,在她面前驻足。

自那晚赵江河离世,韦荞匆匆去了医院,岑璋就没见过她。赵江河用一份遗嘱,将韦荞推向舆论的风口浪尖。媒体不放过她,赵家不放过她,岑璋站在风暴圈外,看一眼都甚觉痛心。

公开场合,很多私话都只能眉目传递,不能宣之于口。岑璋伸手,将她额前的散发拢到耳后。一个动作,温柔如水,宣告两人亲密至极的夫妻关系。

"别太累。"他低声嘱咐,"我在家等你。"

"好。"

"下周六,岑铭生日,请了几个他要好的同学,在家里吃顿饭。二叔和二婶也会来,你会来吗?"

"当然会。"

"好。"

他拍了拍她的肩,用力抚慰。这个动作比任何安慰都有力量,韦荞就在他温热的掌心下得以松懈片刻。四目相对,情意涌动。

岑璋今天很忙,下午两场谈判会,傍晚六点还要参加一场座谈会。

他完全是硬挤出时间过来的，就为了看韦荞一眼。匆匆打过照面之后，岑璋就走了。

他一走，站在原地的两个人心照不宣，有志一同沉默。

还是韦荞先开口："你没话要对我说？"

许立帷没有犹豫，好似又回到从前无牵无挂的模样："没有。"

周六，明度公馆灯火通明。

从小到大，岑铭很少办生日宴。他性子偏冷，对热闹场合兴致缺缺，韦荞和岑璋为这事没少烦恼。

谁知一周前，岑铭破天荒地要求：今年生日他想举办生日宴。

夫妻俩十分意外。

岑铭又道："因为，季封人生日也叫上我了。"

岑璋和韦荞对视一眼，懂了。

在岑铭的生命中，已出现十分值得他珍惜的朋友。他不再孤单，像所有这个年纪的小男孩那样，想要友谊天长地久。

岑璋握着他的手，对孩子郑重承诺："好，爸爸会给你一个最好的生日宴。"

生日宴由岑铭主导，岑璋辅佐。岑铭在负责生日宴的过程中展现出的项目管理天分，令岑璋眼前一亮。这孩子，年纪这样小，就有步步为营的能力，将来入世怕是不可估量。

岑铭邀请的小伙伴并不多，苏珊珊、季封人、唐允痕，还有参加数学竞赛时认识的其他学校的竞赛同学，总共十二人。傍晚，小伙伴们陆续抵达明度公馆，场面顿时热闹非凡。

季封人羡慕不已："岑铭你好厉害啊，都有外校朋友了！"

在他们这个年纪，"跨校交友"可是一件十分时髦的事，连校服都成为争相比较的对象。苏珊珊就十分羡慕浅海国际的校服，非常帅气的运动装，女孩子穿上英姿飒爽。

生日宴大家欢聚一堂，岑铭和季封人在庭院里烧烤。岑铭在烤大明虾，一把三串，他间或撒些海盐和黑胡椒，一看就是个熟练工。他在道森度假区的那些野餐没白弄，手艺迷倒不少同学。几个女孩子站在不远处悄声讨论是岑铭比较厉害还是季封人更牛，最后她们选出了唐允痕。

季封人勾住岑铭左肩："我可跟你说好，你这手艺以后迷死别的同学都行。但我希望我在苏珊珊眼里最厉害。"

岑铭笑了笑，没应声。

季封人还在闹他："你答应嘛，你可不准不答应哦。"

"知道了。"岑铭嘴上敷衍，手里的动作一点没慢，烤好三只大明虾，顺势递给苏珊珊，"珊珊，给。"

苏珊珊高兴接过："是我最喜欢的盐烤大虾啊。"

季封人："……"他面无表情地掰过岑铭的脸，要他老实交代，"你什么时候知道苏珊珊爱吃盐烤大虾？我都不知道！"

"不告诉你。"

"岑铭你好讨厌啊——"

岑铭不予置评，又问他："季封人，你知道盐烤大虾怎么烤最好吃吗？"

季封人一时被问住："啊？不知道啊。怎么烤？"

岑铭将一串大虾放在他的餐盘里，声音慢条斯理："别人帮你烤的，最好吃。"

庭院里热闹非凡，几个小伙伴闹作一团，爽朗的笑声透过窗户传入室内。厨房里，韦荞听得清楚，她怔了一下，随即又低头，洗河虾。

林华珺看出她有心事，过来劝她："外面多热闹，你应该出去的，和岑璋一道，陪孩子们一起玩。"

韦荞没停下手里的动作。"没关系，岑铭爱吃河虾汤面，我还是做一点好了。生日吃面，也是好兆头。"

林华珺看出她心事重重，微微叹了口气，也不欲打扰，只能先让她一个人静静。

厨房里安静极了，只剩下水龙头出水淅淅沥沥的声音。

这是韦荞少年时就养成的习惯，每当她有心事，就会像现在这样，找一点需要重复劳动的事来做。她做的时候，心思全然不在手里的活上。围绕着心事，脑子里闪过无数种斟酌和可能。

她今日的心事，就在道森那里。

韦荞知道今天是什么日子。

赵江河、赵江流联合若干股东，公开质疑她和许立帷大股东身份的合理性，在今日下午一点提请召开股东会，双方正式宣战。而现在，已经十二点半。

韦荞明白这意味着什么。

这意味着，她的缺席，会被视为自动放弃赵江河无偿赠予她的道森股份，从此她想踏足道森，再无可能。这也意味着，许立帷同样会受到来自联合股东的集体弹劾，他是否能一人应对所有人，成为棘手考验。

韦荞不断看向手机，始终无人来电。

于是她懂了，许立帷当真说到做到，他只为她夺权，不为她做最终决定。

就在赵江河故去那天，她和许立帷之间有一场谈话。

她直直地问他："你就没想过，你给我的这些，我并不见得会想要吗？"

"没关系，这是你的事。"

"……"

许立帷转身向前走，了无牵挂："你可以选择留下，也可以选择不要，我不会干涉你，就像你从来不会干涉我一样。"

他甚至在葬礼那日也严格制止了赵新喆。

饶是赵新喆这样的人，也清楚股东会的分量，在当日仍想奋力一搏，挽留她："荞姐，周六你不能不来啊——"

他话未讲完，就被许立帷厉声制止："赵新喆！"

许立帷和韦荞不同，狠起来是下得了手的，赵新喆对此毫不怀疑。他如果真犯了许哥忌讳，许哥一定二话不说一个巴掌就上来了。赵新喆看见他怕得要死，许立帷一个眼神就能让赵新喆不敢动弹。

十二点四十分，仍是一通来电都没有。

韦荞丢下手里的一把河虾，心思全乱了。她有些焦躁不安，甚至迁怒起许立帷来："他这个疯子——"

话音未落，她的手就被人握住了。

来人温温柔柔的，有股平静的力量。他将她手里乱成一团的小河虾一一接过去，放在一旁的碗里。碗里盛了水，小河虾重获新生，游得欢快，将方才凌乱的模样全数抹去。

韦荞知道他会来。

她今日身为女主人，却连陪同孩子玩闹的心情都没有，她的缺位，令岑璋肩负的责任格外重。他需要将她的责任一并尽到，才能令一场生日宴完美无缺。

韦荞深吸一口气，鼓起勇气想要同他谈谈："岑璋——"

"没关系。"

她一愣，不明所以："什么？"

岑璋握着她的手。

这双手，他握过很多次。夫妻亲密的那些晚上，他最爱同她十指紧扣。这是一双吃过苦的手，摸上去粗糙得很，却分外有力量。他见过韦荞拿主意的样子：双手交握抵在唇边，心里万般权衡，全数流露在一双手上。她在做决定的时候，指节分明的手背线条绷得极紧，当她做完决定，一双手也会跟着柔和下来。

他在幼时听父亲讲名利场的那些传奇，无一不是以静制动的能人高手，他没有见过，甚为遗憾。直到遇见韦荞，他才明白，遗憾也可以有很多种，而他遇见的无疑是最好的那一种：他的遗憾成为憧憬，而他的憧憬在他的妻子身上，最终成为现实，熠熠生辉。

所以，他如何能不成全她？

"韦荞。"他将她的手小心地包裹在掌心里，温柔呵护，一如从前，"去吧，去你今天真正放不下的地方。现在过去，应该还来得及。"

韦荞眼眶一热，她心里都清楚："岑璋，我知道你不喜欢——"

岑璋抬手，将她额前的散发拢到耳后，手势和声音一样温柔。

"是，我是很不喜欢。"他纠正她，"但我不喜欢的，是赵江河对你没有底线的利用。而现在，你有机会站在道森权力的最高点，和过去已经完全不同了。控股权、经营权，全部集于一身，对真正想要带领一家企业走下去的人而言，还有比这更好的机会吗？不会再有了。所以，韦荞，去做你真正想做的事。我知道，你心里，还有很多未完成的事。"

夫妻一场，很多事她不说，也瞒不过岑璋。

沃尔什公布战略调整的那一日，韦荞神色如常。她接送岑铭，陪孩子写作业，还特地抽空去机场接出差回来的岑璋，把岑董高兴得当着黄扬的面搂过她的腰就是一顿亲热。夫妻数日不见，夜晚相拥而睡。岑璋半夜醒来，身边却是空的。

韦荞正在庭院里。

月光如水，一地清冷。韦荞对月独坐，找不到人生的解决之道。那一晚，岑璋没有下楼，站在二楼阳台上看着她的背影。他看见她的无能为力，痛彻心扉。他知道，韦荞快要孤独死了。

"一个人用三十年的时间，让自己成为有能力抗衡敌手的首席执行官，眼睁睁看着战争已至，却失去了下场的资格，这种感觉是很痛苦的。韦荞，我不想看见你痛苦。"

岑璋和谁都没说过，就在那一晚，他真的认真考虑了收购道森控股的事项。他甚至做了详细预算，在时间和资金两个维度，让自己有了底。后来，他得知许立帷比他快一步，将道森控股权拿了过来，岑璋这才收手，把预算资料锁进了书房抽屉。

"还是一往无前的韦荞我最喜欢了。"岑璋抚着她的后脑，"你经常和许立帷一起喊的那句口号是怎么说的？"

"生死看淡，不服就干。"

"呵，对，就是这句。"

韦荞埋在他胸膛上笑了。

常听人说，小孩子得到认同，笑容和落泪会一起至。而她真的笑着落泪了。

她从来都不是一个擅长表达的人，很多话，她宁愿放在心里。这个习惯很不好，她知道，她的沉默和不解释会让她错过很多人。就像大学时和岑璋恋爱那几年，两人吵架，她总是想还是分手算了。其实她不想算了的，她也很想像其他女孩子那样，服个软、撒个娇就过去了。可是她发现，她做不到。赵江河极其严酷的精英教育将她属于女孩柔软的一面彻底磨损，令她变成了精英既定的理想模样：足够冷静，也足够悲情。

是岑璋，将她被磨损的柔软一点点修补，令她开始有拥抱讲和的欲望，哪怕只是对他一个人。

"是，我放不下。我从来没有，真正放下过道森。"她紧紧抱住他，湿了眼眶，"我十八岁进道森，整整十二年，它早就是我人生中很重要的一部分。如果没有道森，不会有现在的韦荞，甚至，你也不会喜欢上我。所以岑璋，我没有办法去恨它，如果不是因为道森，赵先生就不会选中我，我会和许许多多福利院的孩子那样，只求温饱，草草一生，根本没有机会逆天改命。"

人间事，是非黑白说得清楚的，实在不多。成年人会明白，一句"都过去了"，要比争个对错好太多。

岑璋伸手替她擦掉眼泪，轻轻将她拥入怀中："因为道森而成为独当一面的成年人，这样的韦荞，不是很好吗？我从不毁人理想，何况是自己老婆的。"

他抱紧她，手指穿梭在她发间，以丈夫的身份给了她最大的自由："韦荞，你放不下道森，放不下人生重要的一部分，这都没关系。等你做完你想做的那些事之后，也稍微放不下我一点，这样就可以了。"

377

岑璋放开她，抬手将她脸颊的泪痕抹去，然后亲手将她推向理想彼岸："所以，韦荞，要赢哦——"

赵江河故去不久，遗嘱之争随即甚嚣尘上。

原因就在于赵江河生前的一个动作：修改遗嘱。

早在一年前，赵江河就已自知病情恶化，回天乏术，医生告诉他，半年或者一年，就这些时间了。赵江河心理素质过硬，没有告知任何人，连赵新喆都被他瞒着。他要充分利用这一年时间，力保独生子的余生平安。

赵江河随即立下遗嘱，约定在身后将股份全部转入赵新喆名下。同时，他开始在道森布局制衡韦荞的棋。在赵江河的构想中，道森将在几方势力的长期抗衡下维持动态平衡，而赵新喆稳坐大股东之位，完全可以置身事外，每年坐等年底分红就可以了。他要用生前最后一点时间，为赵新喆铺平道路，决不允许道森出现"一家独大"的局面。

可是他未承想，他失败了。林清泉被捕、韦荞出走，道森真正能拿主意的人，只剩许立帷。

就在生前最后一个月，赵江河修改遗嘱，正式将原本转给赵新喆的股份，转赠予韦荞和许立帷。

赵江川、赵江流抓住的就是这一点。

今日股东会，赵家兄弟带足人马，公开质疑许立帷和韦荞用不正当手段获得股份，赵江河修改遗嘱的举动并非出于本意，而是受到胁迫的非真实意思表达。

一场股东会，惊动媒体。周六下午十二点，距离股东会尚有一小时，道森总部门外已呈现全城蹲守之势。

赵家兄弟阵势颇大，律师、会计师、道森相关管理层，浩浩荡荡二十几人，对许立帷形成围剿之势。被围剿的人倒是淡定，许立帷吃完饭，骑了辆共享单车就过来了。媒体旁观，全都为他捏把汗。

下午一点，股东会如约进行。

相比赵家兄弟置人于死地的激进，许立帷的反应很让人摸不着头脑。他并没有反驳，也没有解释，而是不断反问"还有呢？"，就这么一句话，在对方看来不亚于引火。赵江川本就一肚子火要发，听见他问了，就像烧了引线，噼里啪啦一通输出，完全没有停下来的意思。

忽然，赵江川身旁伸来一只手，适时制止。

"赵总。"

这个声音很年轻，约莫二十七八岁的样子，还有种稚气未脱的模样。就是这样一个声音，一开口，就让许立帷眼神一黯。

今天他谁都不用防，除了闻均。

闻均在道森的任职非常重要：特许产品生产经营负责人。这是道森最大的盈利业务之一，赵江河把这块业务交给闻均，足以代表对他的信任。而这份信任里，隐含着赵江河对韦荞和许立帷同样的筹谋：和韦荞、许立帷一样，闻均也是赵江河助学基金的受资助人。

所有人始料未及，受赵江河照拂前半生的闻均，会在赵江河故去之后，迅速改投赵江川、赵江流阵营。他更在今日股东会上，和昔日好友许立帷正面对抗。

钱的魅力，在这一刻彰显得无比巨大。

"照拂前半生又如何？如今赵江川和赵江流开出更高的价码，就能买走我的忠诚。"赵江河葬礼那一日，闻均对许立帷如此表态。

"何况。"他看透许立帷，"赵先生的那份遗嘱，当真没有问题吗？你如何得手的，瞒得了别人，瞒不了我。我们不过是，各为自己罢了。"

许立帷听了，送上祝福："活得久一点，我们交手的日子不会远了。"

闻均求之不得。

同为道森助学基金受益人，他自问完全不比韦荞和许立帷差，却始终得不到机会同他俩并肩。赵江河将他压在生产管理这条线上，压得死死的，这么多年都将高级管理层的大门向他紧紧关闭。

"许立帷，靠你一个，还差一点。加上韦荞，或许还能一战。只不过，韦荞有了岑璋这座靠山，恐怕看不上道森这堆陈年旧货了。"

那天，韦荞和许立帷两人背道而驰。今日股东会上，闻均很兴奋。以下克上，向来是受多年屈辱的人最好的报复方式。

而现在，就是最好的时机。

赵江川被他忽然出声打断，不由得皱眉，很不满："闻均，你什么意思？"

"赵总，我的意思是，不要上了许立帷的当。"

"什么？"

闻言，在场所有人皆是一愣，除了许立帷。

许立帷按兵不动，闻均却分明看见他搭在桌面上的右手，一瞬间有青筋浮现，那是许立帷开始紧张的表现。

"赵总，许立帷一直让着你，引诱你讲更多，并不是因为他怕你，给你机会。而是因为——"闻均出手，断了对方所有计划，"因为，他要拖延时间，等韦荞。"

屋内一阵肃杀，墙上时钟沉默地走，声音刺耳，像极了倒数计时。

许立帷垂在桌面下的左手悄然握紧。他这点反应没能逃过闻均的视线，后者往椅背上一靠，明白今日目的已达，结果再无悬念。

赵江川和赵江流想要将许立帷和韦荞一同赶出道森，闻均却不然。他从一开始就明白，这场战争胜负的关键绝不在于许立帷和韦荞能否同时下台，而在于这两个人能否被拆散。韦荞和许立帷在申南城被称为"道森天选二人组"，谁离了谁都不行。韦荞辞职离开的那两年，许立帷在道森不也是举步维艰？

闻均拿起桌上的矿泉水，仰头喝了两口。

坦白讲，他和韦荞关系不差。韦荞为人公平，闻均尊重她，甚至有点喜欢她。这种喜欢和男女之情无关，和强弱有关。闻均敬佩韦荞为道森做出的卓越成就，从无僭越之心。

可是许立帷不一样。

闻均对许立帷的不满由来已久，如今有这么好的机会放在他面前，能令他一举取代许立帷在道森的地位，他没理由放过。他知道，只要将韦荞挡在道森门外，取代许立帷就只是时间问题。闻均在心里对韦荞升起一丝遗憾，他并不想为难韦荞，奈何命运弄人。

赵江川一掌拍在桌面上，怒极而起："许立帷！你竟敢玩阴的！"

"我有吗？"许立帷一脸平静，"是你自己要说，我可没逼你。"

赵江川被气到，立即向律师抬手示意。律师意会，当场向众人出示遗嘱相关条款："被赠予人无论以何种理由，在股东会结束前缺席第一次股东会，都被视为自动放弃，所持股份将以股东会决议形式重新分配。"

律师口齿清晰，说下去："现在是下午一点四十五分，距离股东会结束还有五分钟——"

许立帷坐着，纹丝不动。

就在他的面前，黑色笔记本下压着一份文件：一份有韦荞签名的代理意见书，全权委托许立帷代表出席股东会。

这份文件当然是假的。

浸淫名利场十几年，许立帷对股东会的弹劾并不陌生。他遭遇过，韦荞也遭遇过，两人早已练就本能般的应对反应：预判对手的预判。许立帷一早就猜到，闻均没那本事将他和韦荞同时拉下台，却很有可能令"道森天选二人组"从此成为过去式。

他能做的，无非是为韦荞尽力挽留。

就在昨晚，许立帷在代理意见书上一笔一画签下韦荞的名字。

这个举动很危险，他知道。胜负率，对半开。一旦被识破，他不仅保不住韦荞在道森的所有，还会失去他手上的所有，甚至面临牢狱之灾。

会议室里气氛凝重，所有人听着律师逐字逐句地朗读，等待最终审判的到来。

许立帷想起韦荞当日对他的反问："你就没想过，你给我的这些，我并不见得会想要吗？"

面临生死场，许立帷忽然有一瞬间的动摇，转头看向窗外。

晴日午后，有久违的阳光，昨晚一场初雪，令世界一夜柔和。这样好的下午，应该睡午觉、看书、做家务，而不是在道森第一会议室，和人谈论真真假假、生生死死。

他想起和韦荞在上东大学的日子，两个人同时用四年时间修完双学位。课程太多来不及上，遇到老师点名，两个人就互相模仿笔迹代签名。有一次许立帷开玩笑，如果韦荞收到岑璋情书没空回，他完全可以代回，没人看得出来。

那样的日子多好，为什么他会把人生过成现在这样？他和韦荞之间为数不多的学生时代乐趣，都不得不被拿来利用，沦为名利场的工具。

可是对韦荞，他真的舍不得。舍不得就这样眼睁睁地看着一身本事的理想主义者，从此成为利益倾轧的牺牲品。

许立帷转头，视线重新落在黑色笔记本下那份薄薄的文件上。

他尽力了。

手里一副牌，他打到了最后，终于无牌可打，命运如此，他不恨谁。今日就算没有闻均，也会有李均、王均，是谁都没差的，他手里没牌了。

律师开始下最后通牒："股份被赠予人韦荞小姐缺席本次股东会，按例——"

"慢着。"许立帷出声拦截。

他伸手，握住文件一角。他心里明白，一旦他将这份代理意见书甩上桌面，就是他拿命去赌的开始。

会后悔吗？

许立帷不知道。他抽出文件，心一狠，将生死推向台前去赌："其实韦荞——"

"砰——"

他话未讲完，被人强行打断。

"各位，我走没几天，这么热闹。"

韦荞推门直入，在场所有人皆是一愣。

闻均和许立帷也是，两人一同转身，向门口看去。

中央空调控制，会议室恒温，韦荞脱下大衣外套递给顾清池，后者躬身接过，迅速退出会议室。韦荞一身白色西服套装配窄裙，闻均揉了揉眼，确定自己没看错，这哪里是韦荞？分明就是韦总回来了。

除了赵家兄弟外，会议室众人纷纷起立，向门口方向恭敬致意："韦总。"

韦荞点头，意思是"坐下说话"。

众人默契地，又纷纷坐下。

赵江川、赵江流对视一眼，心情复杂。韦荞好大的台面，人刚到，就有这等威慑力。所有人都服她，没有一人反她。一人的服从叫服从，众人的服从就不是服从这么简单的事了，而叫"民意"。

两人暗自明白，韦荞在道森整整十年，"道森韦荞"的名号不是白叫的，这是韦荞用十年的时间和成绩获得的至高评价。

韦荞控场，路过许立帷身边时顺手抽走了他手里的文件。

许立帷坐着，纹丝不动。

一场祸事消弭于无形。

韦荞径自走向闻均，盯他一瞬："你长本事了，敢在道森砸场。"

闻均喉咙一下子哽住，发不出半点声音。

韦荞没打算跟他耗时间，甩下他，直直走向律师。台面上，正摊着厚厚一沓文件。韦荞没客气，一把抽走律师面前的文件。

王律师大惊："韦总，这是私人物品，您无权过目。"

"私人物品？"韦荞扫了一眼文件，扔回桌面上，"一份完整的将道森大股东从股东会除名的文件，是私人物品？"

王新民心如擂鼓，勉强压阵："韦总，您失约在先，未在规定时间内出席股东会，按照公司章程，您的这一行为已被当作对道森股份的弃权处理。"

韦荞不疾不徐："我失约多久？"

"两分零五秒。"

"没有机动时间？"

"没有。"

"如果发生了不可抗力性质的意外呢？"

"这……"

韦荞逼问："就在方才，在前往股东会的路上，我遭遇了一场车祸。司机险险避过，轻微擦伤。虽然人没事，耽误了我按时前往股东会却是事实。王律师，我已经吩咐我的律师启动对这宗车祸的调查。是人为，还是意外，我们静等分晓。我人没来，王律师却早已准备好将我除名的文件，王律师，你的嫌疑很大哦。"

事态急转直下，王新民后背起了一层冷汗："韦总——"

王新民年逾五十，韦荞话里的意思，他听得明白。

韦荞敢当着股东会的面放话，启动对车祸的调查程序，没点把握绝不敢这么干。王新民惴惴不安，手心全是汗。原本他接下这宗项目只是为了钱，毕竟赵江川和赵江流开出的价码不低。但如今，直觉告诉他，一旦站错队，对他绝没有好处。从韦荞走进会议室起王新民就看出来了，道森的人心在韦荞，她来了，一切也就有了结局，旁人根本掀不起风浪。

思此及，王新民正色道："韦总，按照公司章程，如果因为不可抗力的意外而导致股东无法按时对股东会履约，则股东会决议无效。另外，我在此想申明一点，我手里的这份将韦总从股东会除名的决议文件，并非我的真实意思反映，而是赵江川先生和赵江流先生的授意，吩咐我提前草拟的。"

赵江川大怒："王新民，你竟敢反水！"

"王律师，多谢你的申明。"

事已至此，韦荞毫不手软，吩咐道森律师团："立刻启动对赵江川和赵江流担任股东合法性的专项调查，如果必要，向经侦报案。"

"是。"

赵家兄弟瘫坐不起，明白功亏一篑。

韦荞在道森的业绩有目共睹，她用业绩说话，股东没有人会不服。韦荞每年给的年度分红摆在那里，是她给得起的回报，落袋为安，股东也只买她一个人的账。

两人败走，起身准备离开。

韦荞忽然道："慢着。"

所有人又都停了下来，看向她。赵江川心里打鼓：她还想干什么？

韦荞转身，直直走向闻均。

闻均明白今日败局已定，正收拾好资料准备走，抬眼看见韦荞朝她走来，一时停了动作。就在他还未反应过来时，韦荞抬手就是一巴掌。

"啪！"声音清脆，回荡在会议室，余音阵阵。

一时间，场面肃静，无人开口。

这不是韦总在教训人，这是道森顺位第一大股东在教训人，意义完全不同，如今没有人会想在道森得罪韦荞。

韦荞盯着闻均，态度森冷："你刚上大一，没有球鞋可以穿着去上网球课，是我买了第一双网球鞋送给你。大二你和寝室同学处不好关系，要求换寝室，晚上十一点寝室同学合伙将你所有东西扔在走廊上，是许立帷半夜三更过来帮你搬寝室。赵先生生前交代过，你比我们小两岁，要我们带着你，我和许立帷都听进去了。你呢？你不服这么多年只能在基层，所以你要反？好啊，我成全你。"

韦荞转头看向人事部门负责人，冷声吩咐："闻均从今天起被开除道森，按流程赔偿，离职手续今天务必全部办好，明天起不用来了。"

"是，韦总。"

韦荞看向闻均，断了他最后一条生路："你也不用想着还可以跳槽去沃尔什，我会打电话给邹文嵩，将你今天所做的事告诉他。你可以看看，有哪家公司敢录用你这种背信弃义、忘恩负义的人。"

闻均捂着被她打疼的脸，眼神很凶，终究一句话都不敢说，沉默地走了。

一场股东会险险结束，众人过来和韦荞寒暄，恭喜她的股东地位实至名归。韦荞应对了几声，推托说"还有事"，众人随即会意，纷纷先离开。

会议室安静下来，只剩许立帷安静收拾资料的声音。

韦荞一顿出手，精神高度紧张，这会儿才有时间稍稍松懈，拿起桌上一瓶纯净水仰头喝了半瓶。

许立帷埋头做事，两人谁也没说话，韦荞喝着水，看他半晌。

一瓶水见底，韦荞拧紧瓶盖丢进垃圾桶，顺手将方才从许立帷手里抽走的文件放进碎纸机。

文件右下角有一片水渍，韦荞知道，那是许立帷留下的。许立帷从来不是一个容易紧张的人，为了她将生死推出去赌，也会手心都是汗。

四下无人，韦荞问："这份代理意见书，我的签名是你写的？"

许立帷点头："嗯。"

"学得不错，差点把你自己都害死。"会议室只剩他们两个人，韦荞说话一下变得没顾忌，"你也是的，我服了你了。嘴上说得那么酷，你管你，我管我，结果呢？如果我没及时赶到抽走你手里这份东西，你知道你的下场会怎么样吗？今天我真的差点被你吓死，以后我绝对不允许你这样乱来了。"

许立帷兴致不高，胡乱应了一声："知道了。"

韦荞走过去，同他一道收拾资料，对他颇有些担心："你今天怎么回事啊？对赵江河都能那么横，控股权这么大的事，说抢就抢了。闻均那种人，你怎么会一点应对之策都没有？"

她说着，像是想到了什么，忙不迭地伸手往他额头抚摸了一下："发烧了？所以脑子反应也慢了？没有啊，这体温很正常啊。"

没等她收回手，许立帷忽然一把拉过她的左臂，猛地将她拉近身。

韦荞刚想挣开，只觉肩头一沉。许立帷俯下身，将头靠在了她的左肩之上，一双手倒是规矩得很，没有顺势抱她，而是插在裤兜里。

韦荞都被他一顿操作搞蒙了："你干什么？好的不学，学岑璋吗？"

许立帷没反驳她，头抵在她左肩上，沉默着。

韦荞想要推开他的动作陡然停住，许立帷真的有心事了。人人都有过不去的关，许立帷那么要强，但也会感到疲惫。

他声音很低："你怎么来这么晚？"

"你被赶出公司试试。"韦荞任他靠着，她明白这段时间，许立帷有多累，"再回来，总要允许我挣扎一下的吧？"

"我以为你不会来了。"

韦荞顿了一下，随即一本正经地回答他："你放心，有钱一起赚的事，我不会让你一个人独享的。"

"呵。"许立帷笑了。

韦荞刚想推开他，左肩传来一阵湿意。韦荞一时怔住，她怀疑许立帷哭了，可是她不敢证实。这件事挺大的，她能力有限，搞不定许立帷的。

韦荞低声道歉："不好意思，今天来晚了，拖累你了。"

"没关系。"

又是一阵安静。

左肩那阵湿意没有扩散的迹象，停住了。韦荞莞尔，明白这是属于人性的软弱一刻。许立帷再冷静，也逃不过人性那点事。

"许立帷。"她轻轻叫了他一声，以多年朋友的身份，对他讲从来没打算挑明的话，"不要把我钉在理想主义的道德标杆上，用我衡量你身边的所有人，你会很痛苦的。没有人是完美的，我也有很多问题，我也做过很多错事。但你的理想主义会将我美化，成为你既定的想象，你会将自己封死的。"

许立帷轻轻"嗯"了一声。

两人谁也没再说话，任凭时间安静流淌。对最缺时间的人来说，一起安静挥霍时间就是顶级安慰。

　　人是很容易孤独的。

　　许立帷口风最紧，韦荞永远不会知道在今天的股东会上许立帷发生了什么。但她明白，一定是有那么一瞬间令许立帷心灰意冷，让他忽然想停下来，试图放弃，只是他没有机会。名利场煎熬，大学时的许立帷是何等乐观，那一身松弛感几乎无可匹敌。所以也只有她才会明白，当下的许立帷真的累了，也会想在最安全的地方稍稍靠一下。

　　韦荞轻轻拍了一下他的背，把他当岑铭安慰："好了，没事了。你三十岁的人了，又是男孩子，坚强一点。"

　　两人正低声说着话，忽听门外传来顾清池惊喜的一声："岑董！您什么时候来的？怎么不进去啊？"

　　岑璋出门走得急，出去找韦荞是临时决定的。

　　林华郡问他去哪里，岑璋说放心不下韦荞，他去道森看看。他担心的是，韦荞势单力薄，别被赵家那帮人欺负了。林华郡拿着外套追出去，要他带上，天寒地冻的小心冷。岑璋心思完全不在外面的天寒地冻上，他穿着衬衫拿了车钥匙就走，连林华郡那声关心也没听见。

　　他这一走，就没再回来。

　　林华郡担心不已，等到深夜，也没等到岑璋那辆保时捷回来的引擎声。晚上十点，终于等到韦荞回来，林华郡松了一口气，连忙去玄关迎接，却仍是不见岑璋的身影。

　　林华郡和岑璋感情甚笃，虽然是雇佣关系但实则是亲人。这些年林华郡把岑璋当儿子对待，日常起居照顾得一应俱全。岑璋也懂事，从不以雇主的身份自居，明度公馆大小事都会按例向林华郡报备一声，尤其是他的出行。熟知岑璋的人会知道，找不到岑璋时打电话问林姨，肯定不会错。

　　今晚，林华郡不见岑璋踪影，自然是要过问一声的。

韦荞在玄关换鞋，声音很低："他去东欧了。"

这个虚无缥缈的答案让林华郡吃了一惊。岑璋做事极具计划性，大部分意外都被他用缜密的计算圈定在了预计事项的合理范围内，极少会出现需要岑璋立刻不远千里前往某地进行干预的突发性事件。

林华郡还想问，韦荞却不想回答了。她推托说累，先上楼休息。林华郡被她分神，顿时把岑璋忘在脑后，连忙从厨房端来燕窝粥，要她吃一点。韦荞不忍拂她好意，端了一碗，说是想回屋里去吃，林华郡自然不会阻拦，嘱咐她上楼慢点，记得要趁热吃。

韦荞上楼时脚步很沉，一步一步，很累。林华郡似乎从未见她这样累过，暗自猜测今天的道森股东会给她的压力不小，把她弄得一身憔悴。

韦荞推门进屋，搁下粥，反手将房门锁上了。

一瞬间，她像是用尽力气，再也没有多余伪装的力量，靠着门滑了下去。

岑璋从来没有像今天下午那样同她大吵。

韦荞不知道他何时来的，站了多久，听到多少。当顾清池的声音传来，她几乎是立刻推开许立帷。许立帷没有防备，被她推得一个趔趄。殊不知这些动作落在岑璋眼里，全是她欺骗自己的证据。

岑璋眼神冰冷，转身就走。

韦荞扔下许立帷当即追上去，两人一前一后，被电梯拦截。岑璋迅速按下关门键，韦荞伸手要拦，终究慢了一步。她焦急不已，不惜动用大股东的权力，通知总部所有安保部门，拦住岑璋。

可是她低估了岑璋的威慑力。

申南城名利场上，岑璋是一个符号，代表金钱、权力、三代银行人的世家背书。"财神爷"这个名号并非一句玩笑，这更多的是坊间在玩笑之外对岑璋手握银行董事会主席权力的敬畏与示好。

道森总部安保重重把守，见到岑璋，却无一敢上前拦截。

岑璋犹如出入无人之境，径直通过安保防线。他快步走下台阶，黑车安静地停在台阶下，岑璋拿出车钥匙，拉开车门就要走。

一只柔软的右手从身后伸过来，快速握住他的手，一齐搭在车门把手上，刚打开的车门又被险险关上。

韦荞紧紧握着他的手，不让他走。他们之间的心事从来不隔夜，她知道他误会了，韦荞从未像今天这样着急向他解释。他不想听，急于挣脱她，韦荞感受到他对她的反感，心里一急，声音都变了："岑璋啊——"她像极了一个女孩子面对情人怒极时束手无策的模样。

岑璋就在她这声音里停住了动作。他没有转身，径直问："你们刚才在干什么？"

韦荞从没有失语的时候，明明心里是这样想的，面对岑璋的质问时却又莫名气短。她看得出来，岑璋今天真的介意了。

"因为我的关系，许立帷在今天的股东会上受到不公正对待。"她轻轻解释，去拉他的手，指尖触碰到他的手指，被他立刻躲开。岑璋从不会这样冷落她，韦荞有些无措，只好收回手："他心里难受，所以……"

"所以，需要你那样哄他？"

"我不是哄他，我只是安慰一下而已。"

"韦总，你安慰下属都要靠抱的？"岑璋看向她，对她满是失望，"你说你放不下道森，我信了；你说你放不下理想，我也信了；你说你还有很多未完成的事要去做，我都信了。你呢？你为什么要拿着我对你的信任，这样子骗我？那天我就对你讲过了，我爱你，所以我从来不会让其他女人像许立帷对你那样对我，你懂我的意思吗？感情是双向的，我对你不是没有要求的，至少，我希望你和许立帷之间可以保持应有的距离。你觉得无所谓是吗？今天如果换成是你，看见我在今盏国际银行会议室里任由一个女人抱着，并且要我安慰，你会怎么想？你会听我解释，原谅我吗？"

韦荞急了，脱口而出："你怎么能这样类比呢？我和许立帷认识二十七年，许立帷根本不是你说的那样子的人啊。"

岑璋动作一顿，失声笑了。

她到这一刻，都在护着许立帷。

岑璋忽然不想争了。他认输了，青梅竹马的力量确实了不起，他空降于她和许立帷之间，从未真正拥有过韦荞。她和许立帷结成了这世间最坚固的同盟，不是亲人，胜似亲人，任何要求她同许立帷保持距离的诉求在这道同盟关系面前都会变得不合理。她在明度公馆之外开启了另一个"家"，这个家在道森，主事人从来都只有她和许立帷。岑璋明白自己过不去了，他就是介意，从前他想方设法讨她欢心留住她，今后他不想这样了。

"韦荞，你放不下的不是道森，是许立帷。我请你，不要再拿道森做借口，你让我的信任在你那里显得很愚蠢。"

他松开她的手，盛怒之下竟有些获得解脱的快感。他终于，终于可以不再对韦荞上瘾了，他痛下决心，要戒掉她了。

岑璋用力拉开车门就要走，韦荞见他脸色不对，心里一急，堵在他面前不让他走："你去哪里？不回家吗？"

岑璋没有正面回答。视线一扫，看见她扶着车门的左手，因太用力而指节泛白，无名指上的对戒也随着骨肉轻微颤抖。

他忽然又很没骨气地心软了一下。

这枚对戒是他们的结婚戒指，他们二十二岁结婚那年，在婚礼现场还闹了笑话。岑璋忙中出错，买的对戒连标签都忘记剪，到了互戴对戒的环节，现场高清摄像机镜头将对戒下方垂着的两枚高定品牌标签拍得清清楚楚，引起现场众人发出一阵善意的笑声。

一贯严肃的张有良也忍俊不禁，对身旁的妻子任敏延道："岑璋太紧张了。"

任敏延点头："听说韦荞犹豫过。"

张有良恍然："呵，怪不得，岑璋这是急着要把韦荞按在岑太太的位置上啊。"

年少相爱，看在二十二岁那年的情分上，他也要再原谅一次。

岑璋望向她，认真地问："我问你，如果我和许立帷同时落水，你救谁？"

韦荞："……"

虽然她一贯知道岑璋的浪漫主义思维非常极限，但每次遇到他冷不丁搞这一手，还是让纯理科思维的韦荞非常苦恼。

"我当然救你啊，我为什么要去救许立帷？"

岑璋听了，脸色稍缓，要她多哄几句："哦，许立帷淹死了怎么办？"

许立帷关我什么事——这才是岑璋心里的正确答案。

但这高难度的解题思路，韦荞没听出来。

真诚是最大的必杀技，韦荞一丝不苟地解释："许立帷会游泳的，大学时连续四年蝉联校际自由泳冠军。"

岑璋："……"

没有男人受得了老婆当面肯定别的男人，何况岑璋自尊心那么高，韦荞的一番实事求是的话在他听来就是对他宣告：你不行，还是许立帷行。

岑璋用力挣开她的手，气到脸色发白，刚才那点心软全都没有了："是！他游泳比我好，他哪里都比我好，你骄傲死了！是我妨碍了你们天下第一好的感情！我退出——"

韦荞："……"

她明明说的都是事实，怎么又惹到他了？

岑璋一贯心软，偶尔发脾气也像小孩子打闹，持续不了太久。这次属实是例外，韦荞从未见过他这样同她发火，一时不知该如何解释。当她反应过来时，岑璋已经坐上车，头也不回地走了。

跑车性能卓越，飞驰滑出去，留下一声轰鸣，很快就不见踪影。韦荞下意识地追了几步，到底追不上。

她停下来，靠在路旁栏杆上喘气不止。她在感情地界从来都是生手，想起方才岑璋说的，韦荞分辨不清那是气话还是出于真心。

她难受得很，很想问他一声："什么叫，你要退出啊……"

岑璋走得急，没留只言片语，韦荞担心着他，做不好任何事。她既不想回道森，也不想回明度公馆，取车时在车里坐了很久。

韦荞打电话给黄扬，询问岑璋的去向。黄扬接了她的电话，却支支吾吾没个答案。韦荞急了，黄扬才压低声音，讲了实话："韦总，岑董交代，不允许透露他的行踪，否则就开除我。岑董今天不太对，我从来没见过他那样发火……"

挂断电话，韦荞双手扶着方向盘，低头靠了很久。

她认识岑璋十年，岑璋对她从来都是不一样的。他从不用对外人的那一面对她，从一开始就对她温柔到了底，偶尔他生气，也很快会好，以至于她被他惯出了一种很错误的想法：她以为，岑璋就是那样的。

但其实，怎么可能呢？

顶级世家的那类人，有谁好惹？何况，他是岑璋。世家也分等级，清数顶端那类群体，岑璋也是有名有姓。这意味着，他有足够厚的底气，供他肆意妄为。

岑璋反其道而行之十年，无非是因为感情。

是爱就一句话也不用说。他低头向她，心里写满了自愿。

韦荞很想对他讲，不要把这份"自愿"收走。他不能在她不情愿的时候宠得她情愿，然后在她情愿的时候收回一切情愿，这样很残忍。

后来还是施泓安打电话给她，问她岑璋怎么了。韦荞这才知道，岑璋连夜去了东欧，短期内没有回申南城的打算了。

自那天起，施泓安三天两头打她电话，叫苦不迭。岑璋乘私人飞机连夜抵达东欧，直接进驻今盏国际银行东欧子公司，把银行业务上上下下整顿了个遍。

这两年东欧业务做得相当可以，盈利能力非常强悍。施泓安原本以为老板亲自过来是为了嘉奖他的，岂料完全相反，岑璋每天上午一顿骂、下午一顿批，从高管到基层都被他搞得战战兢兢。

施泓安大着胆子跟他争辩了一句，说这两年东欧业绩在总部排名应该也是靠前的，言下之意是他能不能别这么凶。岑璋听他讲完，直接把文件甩在桌面上，冷笑着反问他怎么这么有出息，只敢提总部排名，怎么不去跟上海分部比。施泓安一下被骂得没声了，上海分部那是什么地方？全球金融中心，一帮内地精英不要命地卷，每年上海分部的业绩在总部排名都是遥遥领先。他们在东欧这点地方，怎么卷得过？

　　一周后，施泓安实在受不了了，打电话给韦荞求援，问她能不能把岑璋领回去。

　　韦荞一时没领会精神："领回去？"

　　"对！赶紧把岑璋领回去！"

　　施泓安外表纯良，实则精明过人，不精明也根本坐不稳今盏国际银行的东欧区执行总裁之位。他观察几日，总算看出问题症结，岑璋这是和老婆吵架了。

　　施泓安也不跟韦荞客气，直奔主题："韦荞，你跟他认真什么啊？你又不是不知道，岑璋胃不好，他在这里每天就吃点面包，用豌豆配腌鱼，那是人吃的吗？"

　　韦荞握着手机，心里一阵不忍心，没听出施泓安是在胡说八道。岑璋是一个多么不会亏待自己的人，尤其是一日三餐。那么难伺候的一个胃，岑璋向来以钱开路，远在东欧也能请到申南城名厨煮海鲜粥。

　　施泓安鬼扯起来从不打草稿，全靠自由发挥，一通电话越说越上头："韦荞，你都不知道，岑璋每天吃不好，胃痛了三次，人都瘦了——"

　　韦荞终于坐不住了。挂断电话，韦荞直奔岑铭房间。

　　岑铭明天有考试，今晚认真温书，十点还没睡，韦荞进门也没打扰到他，他仍然在埋头钻研数学模拟卷的最后一道加分题。倒是韦荞有点不好意思，她把岑璋气走了，还得靠儿子把他哄回来，说出去都觉得难为情。

"妈妈？"岑铭抬头看见她，旋即误会，连忙解释，"最后一道加分题太难了，我再研究一会儿，很快就睡了。"

"哦，好，不急。"韦荞坐在他身边，母子俩关心的完全不是同一个主题，"你要不要给爸爸打一个视频电话？"

岑铭头也不抬："不要。"

"岑铭，不行哦，爸爸养家糊口不容易，要懂得对爸爸好。"为了能和岑璋说上话，韦荞对儿子开始了人生第一次胡说八道，"爸爸出差一周了，肯定很想你，你也应该打一个视频电话给他，爸爸一定会很高兴的。"

"不用打视频电话的。"岑铭边写草稿边说，"爸爸每天都给我发微信的，他在东欧，今天还去了酒庄视察，买下了一家八十年历史的葡萄酒酒庄。"

韦荞："……"

好吧。一时间，她还真有点不是滋味。岑璋那家伙，把她晾在一边，对儿子倒是一点都没忘。

岑铭写了一个"解"字，还是完全没有思路，不由得想到一个办法。他看向韦荞："妈妈，你帮我解一下这道题，我就听你的话，打视频电话给爸爸。"

韦荞立刻同意："好。"

她心里记挂岑璋，只想速战速决，完全没像平时那样为免伤害儿子自尊心而隐藏实力。韦荞扫了一眼题目，几乎没怎么思考，随手就在草稿纸上写下答案。

岑铭："……"

孩子小小的自尊心真的有受到一点暴击呢。

韦荞把答案递给他："你看一下，这道题不难的，是奥数基础题。"

小男孩又是一阵沉默。

岑铭继承了父母做生意讲诚信的品质，说话算话，走到一旁拿了手机就拨通了爸爸的电话。屏幕亮起，岑璋漂亮的侧脸出现，他望向他的小男孩，声音温柔："岑铭，这么晚还没睡，有事吗？"

"有的。"岑铭出其不意，把手机塞到韦荞手里，镜头对准了她，小男孩在镜头外详细解释，"爸爸，妈妈想你了，不好意思给你打电话，一定要让我打给你。"

韦荞："……"

岑铭说完，拿了草稿纸就跑了。他一心记挂数学题，完全没顾上他那尴尬的妈、沉默的爸，扔下一对父母隔着屏幕四目相对。

冷战一周，岑璋清瘦不少。

韦荞心里一软，打破沉默，柔声问："算算时间，你那里有七小时时差，你还没下班呢？"

岑璋没看镜头，有些心不在焉："走不了，我还有点事。"

韦荞努力找话题："什么事？需要我帮忙吗？"

岑璋的拒绝来得很快："不用，你忙你的。"

不等韦荞开口，他就抬手准备挂电话："不说了，在开会。"

韦荞一腔记挂，却迎面碰上他的冷淡，旋即误会："真的在开会吗？"

岑璋动作一顿，看她一眼，没懂她什么意思。

韦荞没被他晾过，心里难受，说话也一时有点冲："不想见我你可以直说，不用拿开会当借口。"

视频电话那头一阵沉默，岑璋不像是想要解释的样子，韦荞尝到被他冷落的滋味，情绪一下上来了："算我多事，以后我不会缠着你了。"

说完，她就要挂电话，只听岑璋讲："我真的在开会，没骗你。"

他话音刚落，镜头在他手上一转，对准了身边的人。

一会议室的人，正襟危坐，嘴角憋着笑，全都直直看向镜头，统一和她打招呼："韦总。"

韦荞："……"

梁文棠也在，就坐在岑璋右手边的位置，冲她眨眨眼："韦荞，原来你也会查岗？"

"呃。"事情发展始料未及，她没想到岑璋这个点还在开会，手心冒汗，正襟危坐地解释，"不好意思，刚才是误会，打扰你们……"

梁文棠右手拿着笔，顺势指了指岑璋："你放心，岑璋很乖的，连个女性下属都没有，每天和我们一群男人在一起，我会帮你看着他的，哈哈。"

韦荞："……"

她难得失误，不好意思再打扰，匆忙挂了电话。岑璋将镜头转向自己，发现屏幕已经黑了。他心里一沉，有些情绪，放下手机时没控制好力道，"啪"的一声，沉闷得很。

梁文棠觑他一眼，看出岑璋情绪欠佳。梁总监暗自给在座各位一个眼神，提醒各自小心。岑璋为人向来讲原则，除非和韦荞冷战。韦荞能影响岑璋的整个判断，令他从里到外判若两人。

韦荞今晚一通电话挂得急，挂断了才想起忘记问岑璋什么时候回来。她失眠到半夜，翻来覆去睡不着，打开床头灯坐了起来。她拿起手机，屏幕亮起，微信消息一大堆，就是没有岑璋的。她点进去，看了一会儿他的头像，一身的烦躁又被慢慢抚平。

岑璋的微信头像是他亲手拍的。

两个人，十指紧扣，他过于用力，手背上青筋暴起，手心一层薄汗。二十岁，初尝云雨，两个人汗津津的，一场欢爱尚未结束，已在心里舍不得。余韵温柔，他从身后将她抱紧，摸到丢在一旁的手机，顺势拍下一双紧扣的手。

后来，两人结婚，缠绵成了习惯。每每有人打岑璋微信电话，屏幕亮起来，看见头像上那双紧扣的手时，韦荞还是会暗骂一声"坏人"，岑璋总是会笑得很坏，同她心照不宣。风平浪静的照片之下，有抵死缠绵的回忆，看客在明，你我在暗，这才是属于夫妻间的顶级暧昧。

往事温柔，韦荞原谅了所有，一点都不想同他吵了。初尘拂晓，她靠在床头，像迎接天际微亮那样迎接同他之间的和好，放软语气和他发微信："你什么时候回来？"

　　等了十分钟，微信消息还是安安静静的，那声悦耳的"叮"的一声回复，迟迟未有。

　　夫妻之间的私话，明明没人看见，韦荞还是感到了一丝轻微的尴尬。清晨有些冷，她拉高一点被子，坐在床头对着手机屏幕做心理建设。

　　还是道歉一下好了。她这样想着，抬手将额前的散发拢到耳后，缓解忽然而来的小紧张。

　　对话框狭小，韦荞一双好看的手轻点屏幕，偶尔停下，她想一会儿，又继续敲字。夫妻关系经营长久之道，总离不开双向奔赴。她承认，这些年她已经习惯了岑璋低头迁就她，他忽然停止，她挺不习惯的。但，如今有这样一个契机，提醒她改变，韦荞也不认为这是坏事。

　　很快，一条微信从她指尖发送了出去："那天是我不对，让你误会，以后我会注意的，对不起。办完事早点回来好吗？我们和好了，小岑。"

Ich liebe dich

第九章

口是心非

韦荞重回道森，走马上任大股东兼首席执行官之位，迎面就撞上和沃尔什的正面战争。

　　十二月圣诞季，被沃尔什视为拿下年底业绩的收官之战。

　　总裁办公室，许立帷推门进入："你知道沃尔什请来了谁？"

　　韦荞正在看会议资料，一时顾不上他，话接得很敷衍："什么？"

　　"沃尔什如今的东南亚区总裁，你猜猜看，是谁。"

　　"杨智渊走了？"

　　"嗯，上周刚被调走，董事会把他调去了北美。全球合伙人这个位子，杨智渊算是彻底没戏了。"

　　"意料之中。这种人品和操守，也能入主合伙人的位子，沃尔什才算是真的没落了。"

　　"虽然我承认你说得对，但作为竞争对手，我不建议你下这类定论。"

　　"哦？"

　　"杨智渊走了，来了个更难缠的人。"

　　"谁？"

　　"阮司琦。"

　　闻言，韦荞动作一顿，从资料中抽离视线："深港海洋世界度假区的阮司琦？"

　　许立帷说："正是她。"

韦荞扔下钢笔，有不好预感："我们的大麻烦来了。"

深耕行业十年，韦荞非常明白，"阮司琦"三个字意味着什么。

深港海洋世界度假区原本只是马来西亚的一家小型海洋游乐园，隶属马来西亚沈氏家族，被平平无奇经营了二十多年，勉强盈亏平衡。沈家一度谋求转型，想要将其关闭。然而，这一计划却在阮司琦接手之后，被无限期搁置。那一年，沈家独生子沈承宁大婚，席开一百桌，轰动大马，新娘正是阮司琦。

沈承宁是大马名门之后，阮司琦却出身平平，母亲是小学教师，父亲是建筑设计师，勉强称得上小康之家，这一段婚姻一度不被外界看好。事实证明外界看法是对的，仅仅维持四年，沈承宁和阮司琦就离婚了。

然而，离婚那日，被赶出沈家的不是阮司琦，而是沈承宁。

嫁入沈家四年，阮司琦深受沈家宠爱。沈家家长沈信博不止一次对外界表示："司琦如果是我女儿，我此生无憾！"

能令沈信博如此偏爱，阮司琦靠的就是真本事：在她的经营之下，深港海洋世界度假区在四年之内完成蜕变，华丽转身成为冲出大马、布局东南亚的全球大型海洋世界度假区。有这样一个儿媳，用沈信博的话来说，就是天意如此，在给沈家谋生路。

韦荞和阮司琦交过手，在五年前，道森想要把触手伸向马来西亚的时候。

虽然在赵江河的授意之下，韦荞最终撒手，但这次交锋，让各界有了一个共同认知：如今东南亚的度假区业态，北有韦荞，南有阮司琦，接下来的十年，很可能就是韦荞和阮司琦一争高下的十年。

一语成谶，两人如今正面交锋，在所难免。

许立帷提醒她："沃尔什对今年的圣诞季势在必得，这也被视为阮司琦接任东南亚区总裁的首战。阮司琦能不能首战告捷，就看道森能不能阻止了。"

韦荞将一沓资料甩在桌面，盖棺定论："那自然是不能让她占上风的。"

赵江河的猝然离世，令道森蒙上阴影。本以为沃尔什趁此机会必定力压道森一头，韦荞的重归却令沃尔什的打算彻底落空。

沃尔什的圣诞季来势汹汹，宣传做得铺天盖地，黄牛将门票炒到一张破千元，分析师认为道森此次十分凶险。岂料韦荞先发制人，提早两天打响道森度假区的冬至季，把客流抢走不少。

人们赫然发现，道森虽有波澜却不弱，申南城度假区业态正式迎来韦荞和阮司琦的竞争。

连远在上东城的荣园也特地打电话来，为韦荞打气："'冬至祀先，冠盖相贺，如元旦仪'，冬至大如年的说法如今淡去不少。韦荞，我在新闻里看到你在道森布局的冬至日特别游园活动，小时候的那种感觉倒真的回来了。酿米酒、吃汤圆、煮饺子，哦对了，还有喝羊汤。道森的冬至日真的不错，年长的去了，像回到小时候，可以怀旧；年轻的去了，可以感受气氛，体会到我们传统节气里的冬至是那么有意思。对比之下，国外的圣诞节就差了点意思，毕竟不是我们自己的文化。"

韦荞接受鼓励："荣老师，谢谢。"

晚上十一点，许立帷经过总裁办公室，看见里面还亮着灯。他想了一下，抬手敲门。

韦荞应声："进来。"

许立帷推门进入。

韦荞正坐在办公桌后，戴着眼镜，手里拿着一沓资料，对着电脑做记录。

许立帷站在门口："还不下班？十一点了。"

"我不回去了。"韦荞顺手翻过一页文件，头都没抬，"下周，东亚城市大会的合作伙伴冠名权竞标就要开始了，沃尔什势在必得，道森也不能输，我还有很多事要做。"

许立帷垂手插在裤袋里，看了她一会儿。好似受到良心拷问，他走过去，提了私事："那天是我不对。我没有控制好情绪，抱歉。"

他顿了一下，继续："所以如果，岑璋因此误会你，我去向他解释。"

"许立帷。"韦荞从成堆的资料里暂时抽身，抬头看他，"在道森，我们不谈私事。"

"……"

"还有别的事吗？"她抬腕看表，不欲和他牵扯，"如果没有别的事，你先下班，我不留你。"

许立帷遂住口。

她回避谈岑璋的态度如此明显，他不好违她意思。

"对了，说起东亚城市大会，合作伙伴冠名权的竞标会很激烈。阮司琦已经公开向媒体表示，沃尔什保底要拿下一轮冠名权。"

"她有她的打算，我也会有我的计划。"

"可是她的打算里，有岑璋。"

韦荞动作一顿，钢笔划过纸面，留下一道歪歪斜斜的线。

许立帷看在眼里。她分明对岑璋在意死了。

"沃尔什将集团所有资源对申南城倾斜，用这个作为筹码，向申南城提出了希望获得资金支持的扩建方案。金融管理局上周召开座谈会，请申南城金融机构积极参与本城一级重大项目和重点工程建设。意思很明显，如今最重大的一级项目就是沃尔什度假区的扩建工程。据说金融管理局已经牵头成立银团，打算融资 250 亿支持沃尔什，今盏国际银行也是银团成员之一。岑璋是什么态度，目前还不知道。他手里的今盏国际银行太强了，多少人都盯着他。"

许立帷声音平静，将一些空穴来风的消息说予她听："听说，这段时间，阮司琦盯岑璋盯得很紧。岑璋这个月都在东欧，阮司琦为了堵他，特地乘私人飞机跟过去了。"

韦荞没什么情绪："是吗？"

许立帷点点头："沃尔什那笔 250 亿的银团贷款，今盏国际银行被视为最大资金来源。虽然有金融管理局组局牵线，但岑璋至今没表态。阮司琦对他着急上心，估计正是因为这个。"

韦荞默不作声。

她当然明白，沃尔什 250 亿的银团贷款，岑璋是最具分量的银行人。连阮司琦都不得不服软，问他要一个态度。

可是这些，和她又有什么关系？

那天拂晓，她发微信给他，满怀期待地等他的回复。她睁眼等了三小时，晴日当空，都没有等到岑璋的微信消息。她一等就是半个月，要说没有一点失望，肯定是假的。

韦荞气性高，心里再有诸多想法，面上仍是不露半分，那些整晚整晚的失眠和焦虑从来都只有她一个人知晓。

她扔下钢笔，对他交代："许立帷，商业竞争存在即合理，岑璋和阮司琦之间的任何交易，无论你和我，还是道森，都没有立场干预，清楚了？"

"嗯。"

许立帷原本的确没有想法要干预。

岑璋代表今盎国际银行，他有他的立场，在合理的商业竞争范围内，任何人都没有权力去干预岑璋的决定。直到昨晚黄扬一通电话打给他，许立帷才知道阮司琦把事情做得那么绝。她堵不到岑璋，得知岑璋这段时间都住酒店，竟然问酒店要了一套厨师服，半夜三更借客房服务的机会推着餐车进了岑璋的房间。

"岑董给了阮总半小时的谈话时间，她带着三百多页的商业计划书来的。"电话里，黄扬小声告诉许立帷，"她还带进去了一瓶葡萄酒，听说要一百多万，说是为岑董买下酒庄庆功。不过，岑董有没有喝我就不知道了，反正阮总喝了。"

许立帷当即告诫黄扬："这件事不能让韦总知道，懂吗？"

黄扬点头："嗯，我懂的。"

挂断电话，许立帷颇为不爽。

他当然知道，名利场上无自由，他和韦荞也有为利益身不由己的时候。但有一条，韦荞绝对严格遵守：她绝不踩两性红线，尤其尊重《婚姻法》。她宁愿输，也绝不会半夜三更拎着一瓶酒去跟已婚男人谈公事。

这才是韦荞入世名利场却始终能维持出世之味的根本原因。

一旁，韦荞看他站了半天还没走，不由得问："你怎么还不走？想什么呢？"

"我在想。"许立帷皮笑肉不笑，骂一声，"干过友商，不留活口。"

韦荞："……"

东亚城市大会，是东亚友好城市最高规格的国际会议，旨在加强友好城市间的对话与合作，提高地方对外开放水平。大会每两年举办一届，主办地点在各大友好城市中轮流。明年，将是申南城的主场。

合作伙伴冠名权的竞标，首当其冲成为企业间竞争的重要战场。

官方明白这么大一宗标，绝非一家企业能吞下，果断在数量上放开，不再设置独家冠名权。官方此番的开放态度，颇具诚意。竞标这天，丽璞酒店迎来申南城现下风头正劲的全体企业家代表。

韦荞到得早，不欲应付传媒，快步走入酒店。刚进大厅，她迎面遇见成理，后者大方招呼："韦荞。"

"成部长。"

韦荞没有成理那么大方，公众场合，她不爱携私，总是叫他"成部长"。

两人私交甚好，成理低声告诉她一些消息："听说，今天沃尔什方面，阮司琦会亲自来。你呢，你的打算是什么？"

韦荞四两拨千斤："到时候再看吧。"

"韦荞，你不厚道。"成理看透她那点小心思，"连我都防着。怎么，怕我泄露消息？"

"也不是不可能。"她看他一眼，"你是官方的人，立场是中立的，两边都讨巧才是你的平衡之法。"

成理大笑:"服你了。"

竞标会晚上七点开始。六点五十,阮司琦姗姗来迟,身旁陪着一个人:今盏国际银行,岑璋。

人群哗然,新闻媒体闪光灯亮成一片。

今盏国际银行向来不参与该类竞标,人人猜测岑璋今日现身的用意。他又和阮司琦一道出席,更令人遐想。

韦荞正低头看资料,忽闻人群骚动,她被打扰,跟着抬头看一眼。

岑璋正同阮司琦步入内场,两人在前排落座。岑璋今日很低调,不欲引起关注,坐下后支开前来招呼的主办方。阮司琦偏头同他讲话,他听着,偶尔点头,惜字如金。这样微不足道的回应,已令阮司琦满意至极。

韦荞收回视线。

成理看出她和岑璋之间的不对劲,试探问:"你和岑璋吵架了?"

韦荞没有回答。

成理顿时懂了:好吧,看来是吵架了,吵得还很凶。

"韦荞,你别多想。今天这个场合,岑璋和你保持距离,才对你有利。"

成理见不得韦荞沉默,韦荞是那种不会把情绪表现在脸上的人。

"沃尔什那笔银团贷款,上面给岑璋施压了。"成理看着岑璋的背影,告诉韦荞,"岑璋顶住压力到现在都没表态,估计还是在为你考虑。竞标会本来就是银团考察企业实力的一部分内容,四方都盯着,岑璋也算是给金融管理局面子。"

韦荞听着,点了一下头。

成理感觉她听进去了,松了一口气。他和韦荞朋友一场,很希望她和岑璋能一直好好的。

三轮竞拍后,"全球合作伙伴""友好合作伙伴""品牌合作伙伴"冠名权被逐一拍出。花落各家,竞拍价一度高达二亿三千万元,从侧面印证申南城如今的国际地位。

第四轮，正式开拍"东亚城市大会 TOP 合作伙伴"冠名权。这是本次竞拍最具分量的竞品。拥有这项冠名权的企业，可以参与各项官方活动，令企业形象贯穿城市大会的方方面面。

本场竞拍众星云集，申南城重金请来寥玉升当竞拍主持人。

寥玉升，得利佳拍卖行副总裁，拥有"全球首席拍卖师"的美名，其控场力无与伦比。在国际竞拍场上，流利的英文和融会贯通的中文底蕴令寥玉升无往不利。媒体评价，寥小姐端着最礼貌的笑容，敲着最高价的榔头，将优雅与市侩诠释得淋漓尽致。

竞拍开场，拍卖价呈直线飙升态势。

"两千万。"

"四千万。"

"八千万。"

"一亿五千万。"

"一亿八千万。"

寥玉升一袭曼妙青花瓷旗袍，斜倚拍卖台，笑容盈盈。她扫视全场，十分明白一亿八千万这个价位远远不够今日拍卖的胃口。

"现在已经一亿八千万，谁会给我下一次出价？"

"两亿五千万。"

全场哗然。

是道森，韦荞出手了。

韦荞行事向来低调，一旦出手，就是惊人之举。今天的拍卖会，她放下举牌，一次性追平今日拍卖最高价。如果没有意外，韦荞拿下竞拍是大概率事件。

"两亿五千万，道森的韦总目前出价两亿五千万。再加一千万，谁可以再加一千万？"

寥玉升话音未落，一个知性的女性声音给出了超出期待值的价格："两亿八千万。"

"哇哦！漂亮。"寥玉升指向第三排，笑容加深，"沃尔什的阮总给出了两亿八千万的价格。"

韦荞面色沉静，明白此次出手是她失策了。

前三轮，韦荞都没有出手，阮司琦拿下"友好合作伙伴"冠名权，最终竞拍价为一亿九千万。对企业而言，拥有两项及以上冠名权的意义不大。韦荞预估阮司琦志不在"TOP 合作伙伴"冠名权的竞拍，所以才会出手。一来，道森赢面大；二来，她并不想和阮司琦公开交恶。

然而后者并不打算放过她。

寥玉升优雅地询问："两亿八千万，目前阮总是两亿八千万，韦总，跟吗？"

韦荞出价："三亿。"

全场再次沸腾。

韦荞放下举牌，给场外的许立帷发微信："以后有寥玉升的场合，我们都回避一下。"

许立帷回复："明白。"

这实在是个能人，挑唆高价的能人。

韦荞知道今天这一轮绝不好过，寥玉升却能让她更不好过。

寥玉升优雅地转向一边，招牌笑容十分惹人好感。她做出一个邀请之姿："三亿，道森的韦总开出了三亿的价格，岑董，您要加入我们吗？"

会场内，一时寂静无声。

所有人都明白寥玉升的意思。

如果岑璋下场，游戏就提前结束了。没有人能够在现金流上抗衡得了今盏国际银行，岑璋也不会让自己的"财神爷"之名旁落。

韦荞冷眼旁观。寥玉升不愧是"全球首席拍卖师"，想把岑璋拉下场，无非是想提高竞拍价，事后分红也会更可观。

岑璋没有表态。

阮司琦倾身向他，两人低声密谈。岑璋说了几个字，阮司琦胜意满满。

下一秒，阮司琦举牌，一个报价随之出口："三亿五千万。"

寥玉升脸上的笑容瞬间回来了："三亿五千万！现在的价格回到了沃尔什的阮总，三亿五千万！"

一时间，场内哗然。

你猜沃尔什豪掷三亿五千万的竞标资金里，有没有今盎国际银行的暗中支持？如果没有，区区沃尔什，怎敢如此行事，一小时之内豪掷五亿四千万试图拿下两大冠名权？

寥玉升面向韦荞，煽动地询问："韦总，三亿六千万，要试试吗？"

韦荞没有回应。

寥玉升从她的表情里解读出些许惨败的味道。不只竞标，还有感情。

岑璋和韦荞的关系圈内共知，作为一个成熟的拍卖师，寥玉升当即结束这个话题："三亿五千万，还有没有毫不犹豫想要挑战的价格？三亿五千万——"

一锤定音之际，一个神秘报价突袭内场。

委托拍卖席上，电话报价师起身示意："十亿。"

全场震惊。

寥玉升见惯大场面，今日也要用力稳住情绪，才不至于失态："十亿！新买家入场！报价十亿——"

十亿，拉开三亿五千万整整六亿五千万的差距。金钱世界，数字游戏，连今日的两位当事人亦感震惊。韦荞纹丝不动，阮司琦亦是。在十亿资金的神秘报价突袭之下，沃尔什和道森输得心服口服。

寥玉升一锤定音："恭喜，'TOP 合作伙伴'的冠名权，竞价十亿！"

内场掌声雷动。

电话报价师起身，声音经过麦克风传遍全场："一分钟前，境外的委托人顺普先生表示，将东亚城市大会'TOP 合作伙伴'的冠名权，无偿赠予道森首席执行官——韦荞女士。顺普先生委托报价师对韦总留言，他敬重韦总对道森做出的卓越经营成就，恭祝韦总在申南城度假区业态永远独占鳌头。"

一席话，充满争议，在内场掀起一阵热议，瞬间盖过雷鸣般的掌声。

阮司琦脸色白了一圈，很难看。如此重要的官方场合，竟杀出一个程咬金，不仅将最重要的竞品无偿赠予韦荞，还当众留下狂傲至极的祝福。他恭祝韦荞独占鳌头，岂不就是在预言沃尔什的败局已定？阮司琦平白受辱，颇为恼怒。

寥玉升懂成人之美，当即转向韦荞："韦总，实至名归的大赢家，恭喜！"

韦荞点了一下头，表示回应。顺着视线，恰好看见不远处的岑璋正起身，阮司琦快步跟上去，两人低声交谈，一同离开内场。

韦荞看不懂他了。无名指上的对戒还在，他怎么就和她陌路成了这样？

竞拍结束，韦荞没什么心情应付成理，草草和他道别，去了趟洗手间。

五星级酒店设施齐全，水温冷热均匀。韦荞调到冰水档，洗了把脸。冰冷刺骨的温度，将她心底那点不为人知的情绪勉强压住。

韦荞扶着水池，低头沉默了会儿。

冰水顺着脸颊滑下来，不断滴落，将她额前的散发也弄得湿淋淋的。

过了半晌，韦荞抬手拿过一旁的手帕，将脸上的冰水擦干。

收拾好自己正要走，她一抬眼，就在镜中看见从门口走进来的阮司琦。这一幕也并不在对方的预料之中，阮司琦也是一愣，随即看见韦荞额前未干的散发，以及面前被调至冰水档的水温，精明如阮总，瞬间懂了：赢了今晚最大竞拍的韦荞，看起来，并没有胜利者的高兴之姿。

阮司琦体面地道贺："韦总，今晚恭喜了。"

韦荞接下："承让。"

韦荞不欲与之有过多交往，举步欲走，对方却并不想结束话题，两人擦身而过之际，阮司琦的羡慕之情溢于言表："韦总，我很羡慕你。前有岑董为你撑腰，如今亦有境外资本为你保驾护航。这等好运道，属实是我羡慕不来的。"

韦荞四两拨千斤，将话挡了回去："把分内之事做好，对得起天地人伦，自然会有人愿意同行，在有难处时帮扶一把。"

"当然，是这个理。"阮司琦顺水推舟，"我，或者沃尔什，都在遵从韦总这个理，所以，才打动得了岑董，今晚出手三亿五千万帮我。可惜，我们还是败给韦总。十亿报价，连岑董都心服口服。"

韦荞动作一顿，看向她："最后一轮报价，是岑璋的意思？"

"当然。"事实如此，阮司琦不欲隐瞒，"我已经砸下一亿九千万竞得一轮，再想竞得第二轮，现金流委实吃紧。我对岑董直言这轮竞拍对我很重要，希望他能出手帮我，他同意了，所以才会有三亿五千万的报价。虽然最后还是输给韦总，但境外资本在暗，我们在明，岑董不欲在这等境况之下显山露水，所以，这个结果我可以接受。"

韦荞听了，没有说话，举步欲走。

她的自控能力太好，阮司琦观察半晌，硬是未看出半分痕迹。

"韦总。"她在韦荞身后叫了一声，直白地试探，"听闻，你和岑董已经离了两年？"

韦荞停下脚步，没有转身："所以呢，你有什么想法？"

阮司琦一笑，被韦荞看出来了，她还真是有些想法的。

到了她们这个程度，做人、从商，都已是顶级玩法，想要什么、如何去要，都不必考虑对错，是否合自己心意才最重要。就好比她和沈承宁的婚姻，她借沈太太的身份打入顶端圈层，沈承宁则借她的经商天分为家族事业续口气。彼此不耽误，好聚也好散。阮司琦深谙游戏规则，平步青云。

她特地飞去东欧，对岑璋打的也是这个主意。

只要岑璋点头，她愿意和他做任何交易，付出能付出的，拿回想要拿的，对像岑璋这类顶级名利场人来说，干脆利落又食髓知味的两性关系，无疑是最合适的。

阮司琦没有想过，岑璋会没有兴趣。

他是真的没有兴趣，他只给她半小时的谈话时间，当中还抽二十分钟接了一通他儿子的电话，辅导了一下他宝贝儿子的作业。阮司琦就在那一刻感觉自己像个笑话，她对岑璋抱着不可说的目的来了，结果发现岑璋心里只有鸡娃。

那晚离开前，阮司琦破天荒地问了一声："岑董，你为什么没有直接把我拒之门外？"

她自己也知道，这是一个相当不明智的问题。她问出口，就等于给了对方羞辱自己的权力。

"送上门的，看看也无妨。"类似这样的回答，岑璋随便答一句，都会是最直接的伤害。

可是岑璋没有。

他垂手插在裤袋里，不见得喜欢，也没有恼怒，平静地对她道："因为，我太太为度假区业态奉献了半生心血，她深爱这个行业，所以，我尊重度假区行业里的每一个从业人员，无论好坏。"

阮司琦一下愣住了。

回神过来，她对岑璋竟有些啼笑皆非般的肃然起敬。

她和沈承宁的婚姻各取所需，她见过沈承宁身边女人不断的样子。她以为岑璋会更甚，毕竟他手里有的，是十个沈承宁都比不上的，岂料岑璋完全不是。阮司琦甚至对韦荞都有些怒其不争起来，你有这么好的机会，为什么不努力争取？她没有机会还拼命付出所有，用尽全力往上爬，韦荞凭什么能躺平？

韦荞猜得对，她还真就对岑璋有些想法了。

名利场上的人，什么都争，阮司琦从不玩虚的，明白告知："是，岑董很值得。所以，在有想法之前，我也很想弄清楚，自己的赢面有多大。"

韦荞点点头："我觉得，你赢面不大。"

阮司琦："……"

韦荞没什么情绪，又加了句："不过，岑璋现在是自由身，你想要他，加加油也许还有可能。"

韦荞这不按理出牌的态度把阮司琦一时都搞不会了。

阮司琦双手环胸，有些被韦荞这隔岸看戏的态度激怒了："韦总，听你的意思，你很吃得定岑董啊？"

"以前是。"韦荞态度坦荡，垂手插在风衣口袋里，脚步平静地走了，"不过现在，我能力太烂，已经出局了。"

韦荞离开酒店时，天色已晚。

她走出门口，就看见不远处的一幕。

台阶下，停着一辆黑色豪车，黄扬站在车门旁，恭敬地等候。韦荞顺着他的视线望过去，就看见了岑璋。他正站在不远处和人谈话，讲得不多，偶尔说几句，立刻引得对方频频点头。

韦荞收回视线，头也不回地走了。

申南城夜景磅礴，韦荞被人潮吞没，想起人生中的很多事。

她想起多年前，在福利院，她最喜欢的，就是午饭时的一碗竹笋排骨汤。福利院清苦，一碗竹笋排骨汤够她愉悦好几日。她虽清贫，但不困苦。说到底，这是小孩子的福气。

有一日，她排队打饭，人很多，她等了很久，终于等到一碗竹笋排骨汤，可是转身就被人撞翻在地。她不恼，站到队伍最后面，重新排队。轮到她时，食堂阿姨略带为难地对她说："韦荞，没有了，今日的竹笋排骨汤全都打完了。"

院长知她脾性，自己没有的，别人施舍给她，也断然不会要。院长仍是将自己的那碗竹笋排骨汤让给了她，小女孩果然倔强地说"不要"。院长对她道:"韦荞,拿好了。以后这种事,总还会有的。要懂得拿好,知道吗?"

很轻很轻的话,仿佛禅机。

禅机难悟,临到三十岁,她才参透一二。

孩子、丈夫、婚姻、爱情,成为她生命中的"竹笋排骨汤",她一直在排队,恐惧会失去。每临脱手而去,碗碎了,捞不起,她舍不得丢,就将碎片放在心里。碎片有棱有角,将她扎得千疮百孔。人心肉长,她挨得住一生吗?

其实她很爱岑璋,从很久以前就是了。他每一次靠近,她作势拒绝,其实都是在口是心非。就像拥有无忧童年的小孩子,过年吃巧克力,忘乎所以地快乐。他们明知总是要吃完的,最后总是会眼巴巴地问"还有吗",为的就是等大人那句"好,再吃最后一颗哦"。这最后一颗巧克力,就名为"宠爱"。

岑璋就是她生命中会给她最后一颗巧克力的人。

她是那样深信过他。

就像古时的人家,客堂里一定会有的那张四方红木桌,天长地久,迎来送往,沧海桑田不会改变。这张红木桌会一直在那里,地老天荒。岑璋在她心里就是这样,不会走的。

直到阮司琦告诉她,最后一轮三亿五千万的竞价,是岑璋出手了。韦荞心里的很多东西,"啪"的一声就那样断了。

她可以接受岑璋参与 250 亿银团融资,可以接受岑璋为考察银团融资而陪同阮司琦出席观摩,可是她绝对不能接受岑璋私下授意阮司琦的这一次举牌。

公对公,是行业规则;私对私,代表的就是他对她的立场了。他的立场换了人,不再向着她。

韦荞的眼泪忽然就下来了。

她的安全感是靠无数细节一点点撑起的,整整十年,很难的。她就像小动物筑巢那样,一点一点地捡树枝,在心里搭建起一个安全的角落，她坐进去，从此世间风雨都淋不到她。岑璋毁掉了她的小角落，令她无家可归。

人潮汹涌，韦荞泪落如雨。

为什么他要帮别人？为什么他不再向着她？为什么他对她视而不见？

一片水光，掉在屏幕上。韦荞伸手去擦，正巧电话进来，她不小心按下通话键，岑璋熟悉的声音瞬间传来："你一个人去哪里了？没见你回道森，也没回家，车也还停在酒店，我一直在门口等你。"

韦荞擦掉眼泪，又不断地掉下，她忍着，全然不让自己的模样被他听去："等我干什么？"

岑璋沉默了一下，放软语气："你在哪？我来找你。我们先回家，我有话对你说。"

"不用了。"韦荞拿着手机，不疾不徐地朝前走，全然不知东南西北，"电话里说，一样的。"

偏爱抽离的过程就像一场大手术，过后恢复得再好，也回不到从前了。韦荞感谢过去三十年的风雨，令她学会在人生任何境地都能冷静地控场。脸上已全是泪水，她声音依旧平静，不露半分痕迹。

"岑璋，我从吴镇回来和你和好那天，我对你讲过，我想慢慢来，看看我和你是不是真的适合在一起。这几天，我认真想过了，我想和你结束了。

"你总是要和许立帏比，也许你是对的。我和许立帏认识二十七年，我从没有后悔过认识他这个朋友。许立帏情绪稳定，懂得尊重，我们之间从来没有争执，这种关系很舒服，我不需要担心他会走，他也不用担心我会变。

"可是岑璋，你不一样，你让我好累。如果再来一次，大二那年，我希望我不会再选修《石油经济与地缘政治》，不会再意气用事和你辩论，我希望我自己，从来没有认识过你。

"不过还好，这些都过去了。我，韦荞，想要明明白白地告诉你，岑璋，我们结束了。"

不等岑璋回话，韦荞垂手挂断通话，泪如雨下。

她对自己说不要紧，要挺过去才可以。家里还有岑铭，她不能让孩子看见，她已经是一个失败的妈妈，从今往后还会是一个失败的妻子。

在韦荞的主导之下，道森新春季爆红。

客流量、销售额、净盈余，一系列关键指标的绝对值和增长率皆创新高。资本市场率先反应，对道森的成长性表现出热情追捧，道森股价一路走高，每股收益十分可观。

元旦跨年夜，道森全体高管留园，为游客送上新春祝福。凌晨一点，道森度假区结束新年狂欢派对，于盛情中闭园，销售额和话题度创下十年来的新纪录。

韦荞忙里抽空，还干了一件大事：她将岑璋对道森的那笔百亿财务投资，按照合同利率，连本带利一次性全部提前偿还了。

今盏国际银行方面，梁文棠亲自负责承接这项工作。韦荞对梁文棠的专业度还是很认可的，梁总监总是以一身西服示人，文质彬彬，公事包是银行人最常拎的"得力"方形袋。可就是这样一位掌控今盏国际银行财务生杀大权的高级管理人，在听了韦荞的一番打算后，也愣在当场。

梁文棠不得不动用私交，请其余人暂且离席。会议室里，只剩他和韦荞两人，梁文棠倾身向她，声音很担忧："你怎么会和岑璋吵成这样？"

韦荞公事公办，不做他想："我走的是正常业务流程，道森董事会也一致通过了，不会有问题。"

"韦荞。"梁文棠放软语气，"岑璋那时候是担了被董事会弹劾的风险给道森批了这笔财务投资的，你想要在公事上和他划清界限，未来不和今盏国际银行发生交易就可以了。岑璋在今盏国际银行也要做人的，他给了你，你还甩在他脸上说不要，岑璋会很难堪的，也会很伤心的。韦荞，岑璋最近不太好，连我都找不到他在哪里，岑璋从来不会这样的。"

韦荞坐着听，没有表态。半晌后，她抬头看向梁文棠，声音哑了："梁总监，还是要麻烦你，你帮帮忙。"

梁文棠分明看见韦荞已然红透的眼眶。他一时被震住，下意识地就点了头："好吧。"

道森新一季业绩报告出炉，强势增长的盈利数字成为韦荞的底气。新一届股东会，韦荞控场，全体股东心服口服。

结束股东会，韦荞回到办公室。与沃尔什的竞争徐徐展开，韦荞千头万绪，分身乏术。

这天下午，许立帷没有敲门，径直闯入总裁办公室。

韦荞还在开会，冷不防被打断，眉头一皱："你什么事？"

"韦荞。"许立帷脸色凝重，"岑璋出事了。"

一宗飞来横祸缠上岑璋，但源头在赵新喆，岑璋完全是被拖下水的。

《南财周刊》，申南城传媒界的龙头老大，十年来稳坐财经媒体的头把交椅。一篇深度财经专栏横空出世，作者知名不具。

专栏写得不长，总篇幅一千字，内容却十分了得。作者开宗明义，直指今盏国际银行董事会主席岑璋的私人银行账户混乱，与高额借贷活动关系密切。

文章贴出有力证据：深夜暴雨，岑璋下车，步入锦流堂的身影被高清镜头全数拍下，而岑璋私人银行账户的一笔银行转账，收款人也正是锦流堂。文章最后，作者发表评论表示，对于总资产规模超万亿的全球性银行而言，岑璋是否适合担任今盏国际银行董事会主席一职，值得打一个问号。

周刊出街，舆论一片哗然。

牵扯到钱的事本就十分敏感，当事人又是岑璋，令人不胜惶恐。

岑璋身份敏感，今盏国际银行在他一人掌控之下，此事一旦坐实，今盏国际银行的公众信誉将一夜崩盘。

金融，无非两件事：信用和杠杆。

银行信用荡然无存，金融崩溃就是必然。

久未露面的岑璋在第一时间召开新闻说明会，公布今盏国际银行财务报表，并请国际审计事务所介入。通过公开审计表明，岑璋和锦流堂之间的资金交往，完全出自岑璋个人资产，而与今盏国际银行无关，与储户资金更是毫不相关。

此篇财经报道严重失真，岑璋吩咐法律团队，启动对《南财周刊》的法律制裁，要求巨额赔偿。

然而，舆论发酵，颇为不利，因为公众总是更愿意相信恐慌的一面。

岑璋当日离城，飞赴北美、东南亚等商业中心城市。他再出现，已是在各大巨头的私人宴席上。调停周旋，是他的责任。岑璋人脉广、生意多，即使出了这等岔子，商界还是卖他面子。

但即便卖面子，酒他还是要喝的。

岑璋不好酒，又有轻症胃炎，商业应酬于他而言无异于酷刑。周刊见报，都是岑璋一杯接一杯仰头灌酒的样子。

事件愈演愈烈，韦荞的下场令新闻舆论再次发酵，推向风口浪尖。

当天新闻见报，韦荞心急如焚。此事完全因她而起，岑璋是彻底的受害人。事态凶险，她很清楚信用崩盘的恐怖程度。

岑璋被拖下水，险象环生。她打他电话，他不接；再打，他索性拒听。韦荞焦心如焚：岑璋自始至终，都没有将"赵新喆"和"道森"公之于众，一力承担了新闻事态的严重后果。

明明，他是那么讨厌赵新喆和道森。

人间百戏，暗室不欺，岑璋从来都有情有义。

隔日，道森召开新闻发布会，韦荞带赵新喆现身出席。

现场，韦荞对欠款事件澄清说明，赵新喆向公众鞠躬致歉。韦荞强调三点：第一，赵新喆的欠款和道森无关，是个人行为；第二，岑璋的资金介入，纯属私人资金，和今盏国际银行无关；第三，她身为道森首席执行官和大股东，对道森股东赵新喆没有尽到约束的责任，难辞其咎，同时，对拖累今盏国际银行卷入此次事件，深感抱歉。

新闻稿发布，舆论哗然。

韦荞深谙媒体之道。

在申南城，韦荞被媒体称为"自己人"，再大牌的记者见了她都会客气地喊一声"荞姐"。韦荞作风正，行事干脆利落，有钱一起赚，有好一起分，有时媒体官司缠身，韦荞还会把道森出了名的法律天团借过去用。这些年下来，媒体和她关系亲不亲，自不必说。

韦荞懂得进退，在该用媒体时绝不手软。她亲自约见各位传媒巨头，要求把岑璋那宗新闻事件的影响力降到最低，媒体看在过往情面上欣然配合。

一时间，岑璋和今盏国际银行的压力骤降。

凌晨，韦荞在总裁办公室里咬着手指来回回地走，觉得这样还不行。今盏国际银行和岑璋的金融信用是岑家三代人用百无败绩的成就换来的，如果毁在她手里，她以死谢罪都不够。

度假区业态面对数以万计的公众运营任务，韦荞练就一身危机公关的本事，关键时刻谁的手段都没她狠。韦荞艺高人胆大，为了岑璋和今盏国际银行的声誉决定把事做绝。你咬死岑璋是吧？我就把锦流堂干干净净地给你端出来看看！

可是问题来了：她和锦流堂完全不熟，人家凭什么听你话配合你？

没关系，申南城卧虎藏龙，她不熟，有的是人熟。

韦荞迅速拿起手机，打开微信，手指"嗖嗖"地下滑，找到一个群：南城国小小学部一年级（1）班宝贝守护队——其实就是班主任和家长的家校联系群。

消息停留在三天前，班主任张虹按例发提醒：

　　根据《关于2024年部分节假日安排的通知》精神，现将2024年春节放假安排通知如下，2月10日（下周六）起本校放假，请及时做好住校生的接送工作。各位家长，收到请回复。

　　下面是齐刷刷的一片"收到"。

　　那天凌晨两点，最后一条回复在群里跳了出来。季封人爸爸顶着一朵盛开的栀子花的中老年风格头像，规规矩矩地回复了一声"收到"。

　　韦荞第二天才看到。她很难把季封人爸爸和几年前闹得沸沸扬扬的遭遇反垄断调查的唐家主事人想成同一个人。

　　但这会儿，韦荞却从这条规矩的回复中看到了一线希望：一个人，不管来头多大，进了家长群，那些来头就都没了，所有人都平等地只剩一个身份——孩子的爸爸或者妈妈。

　　韦荞心一横，鼓起勇气向季封人爸爸发送了好友申请。

　　季封人爸爸没理她。

　　韦荞一夜没睡，握着手机等到天亮。隔日清早，"叮"的一声，一条微信消息跳亮了屏幕：好友申请已通过。

　　韦荞心如擂鼓，本着急事特办的规矩也不客气了，直接拨通了对方的微信电话。

　　很快，有人沉声接起："喂？"

　　韦荞精明地把一声"唐总"咽了下去，一开口就大幅度拉近和对方的距离："封人爸爸，不好意思打扰你，我是岑铭妈妈。"

　　唐律握着手机，动作一顿——这估计也是他第一次被人从这个角度套近乎、拉关系。

　　他适应得不错，接了韦总这单走后门的人情："有事吗？"

　　清晨，唐律正在庭院吃早饭，满庭院的栀子花，四季不败。季清规喜欢栀子花，喜欢到严重偏爱的程度。唐律有次跟季清规吵架，失手打碎了卧室床头柜上的花瓶，季清规伸手就去拦。她这个人很不怕死，摆烂起来也不是很想活，那天人一倒把整个轮椅都撞翻在地。季清规的头撞在床头柜上，流了血，可手硬是紧紧接住了花，一整个玻璃花瓶全砸在她手上，她的手事后被缝了十几针。唐律当场就跪下抱起她，疯了似的叫医生。

构建和谐家庭，任重道远。

庭院里，主厨推来餐车，将早餐一一端上桌，垂手道："太太，您的燕窝粥，请慢用。"

唐律分神一秒，拉了一下季清规的手，语气不善地对主厨道："凉好了再拿过来，把太太烫到了你负不起责任。"

主厨连连称"是"，迅速照做。

季清规不吃他这套，挣开他的手："打你的电话，别让韦总等久了。"

一番动静被韦荞全数听去，她心思一动，朗声道："封人爸爸，替我谢谢封人妈妈，上次封人生日会，多谢她陪岑铭下围棋，岑铭回来后一直念念不忘。"

一声"封人爸爸"，听得唐律很愉悦。季清规对他不冷不热了多年，但她再看不惯他，他也是她儿子的爸，这让唐律觉得一下子拉近了和老婆的距离。

唐律快人快语："韦总，你找我什么事？"

韦荞说："我想借柳惊蛰一用，陪我去锦流堂走一趟。"

唐律送她一次翻盘的机会："好，我让柳惊蛰来找你。"

当天上午，韦荞直闯锦流堂，和柳惊蛰一道把锦流堂的业务摸了个遍。下午她就领着国际审计事务所的人进驻锦流堂，向媒体放出风声说锦流堂有上市打算，要争做"互联网金融IPO（首次公开募股）第一股"。

傅舅站在一旁瑟瑟发抖，他业务内容其实很简单，守着一亩三分地混个温饱就挺好。冷不丁来了韦荞和柳惊蛰两座大山，逼着他进步，要他上市融资，做大做强。

他不怕韦荞，可是他很怕柳惊蛰，柳惊蛰早年在唐家很有手段，这一行很多做法都是柳惊蛰用过的。论年纪傅舅都能当柳惊蛰的爹，但傅舅见了柳惊蛰还是恭恭敬敬地喊一声"柳总管"。

傅舅被韦荞一通操作搞得战战兢兢，不禁问柳惊蛰："韦总这么搞不行啊，我们这点小生意，哪还能上市……"

"韦总叫你上，你就上，叫你下，你就下。"柳惊蛰规规矩矩地做生意多年，冷不丁被叫回来，上面有令，他不得不从，"韦总把关系都通到我老板那里了，你就受着吧，没办法。"

傅舅没话说了。

新闻见报，媒体纷纷用"误会"二字来总结岑璋的此次危机事件。这怎么能叫危机事件呢？这叫传统银行人和互联网金融的一次偶然合影！

风波过去，韦荞送走柳惊蛰，高度紧张的神经终于得以放松片刻。

韦荞打岑璋电话，岑璋还是不接。韦荞心里着急，坐在办公室里捏着钢笔想对策，几乎要把一支笔捏断。

许立帷推门进来："怎么样，岑璋有消息过来了吗？"

他不问还好，一问，正中韦荞心急之处。

韦荞担心岑璋担心得快疯了，连日来的焦虑正愁没地方发泄，许立帷撞在枪口上，迎面就遭到韦荞一顿痛骂："我问你，你那天吃饱了撑的，没事抱我干什么？岑璋对你介意得要死，你不知道吗？你财务自由又没有结婚，日子逍遥自在得很，你脑子进水了到底是哪点想不开，非要靠在我身上学人家十几岁青春期忧郁？你往我身上一靠，在岑璋眼里就跟我们俩好了没两样，你对得起我吗？对得起我当年替你上课替你签到，还给你去实验室送饭的恩情吗？岑璋要是有个三长两短，你赔得起吗？"

韦荞二十七年都没冲他骂得那么狠过，许立帷一时都被她骂晕了。虽然韦荞平时都不太顾岑璋死活，可要是岑璋受刺激太狠，韦荞就真急了。

"好好好，是我的错。你别急，千万别急坏自己啊。"许立帷端正态度，积极认错，"我去哄，我现在就去，一定把岑璋哄好回来。"

岑璋毕业于上东大学，和上东城的关系仅次于申南城，岑璋借上东城自由港的特殊地理位置将今盏国际银行的外汇业务重压在此。虽然韦荞借力将那件事压了下去，但巨头间的周旋还是岑璋的责任，他必须第一时间在顶层圈表态，打消他们的疑虑。

上东城人民酒风彪悍，号称"竖着进，横着出"，在这里进行商业周旋无异于酷刑。

晚上九点，许立帷径直步入铂骊酒店，乘电梯直上二十层。

会所包间外，黄扬看见从电梯里走出来的身影，猛地像看见救星，忙不迭地迎上去："许特助！你总算来了。"

许立帷边走边问："岑璋人呢？"

"在兴隆堂，岑董今晚做东，宴请银行间做外汇业务的几位世家。"

"他喝酒了？"

"嗯。"

"喝了多少？"

黄扬顿了一下，如实相告："岑董喝得不少。这一周他都是这么喝，比他过去十年加起来喝的都多。前天晚上他胃痛了好久，还不肯去看医生，自己吞了一把药对付过去了。他还不让我跟你们说，我说了他还要开除我……"

"你放心。"许立帷办着岑璋的事还不忘挖他墙脚，"他要真开除你，你来道森，我正好还缺一个助理。"

黄扬："……"

小黄刚才还视许立帷为救星，这会儿瞬间感觉这人也不是很靠谱，很像做得出"能救你一回也能捅你一刀"的那种人。

黄扬正直地拒绝了："许特助，谢谢你的好意，我还是想跟着岑董。"

许立帷笑了一声，顺手打了一下他的后脑勺："小鬼。"

两人说着，就到了兴隆堂。

上东城恪守遗风旧俗，对比申南城与世界接轨的摩登文化，这里很容易给人一种现代化进程只走了一半的感觉。许立帷抬头，看见写有"兴隆堂"三个黑字的朱匾悬于梁前正中，门口虎、狮分列镇场，取"虎啸狮醒，四海金坤"之意。

黄扬小声提醒："今天那帮人，不太好惹，难相处得很。"

"是吗？那正好。"许立帷推门入场，一脸期待，"水深水浅，我也摸个底。"

屋内，一群人正围着岑璋，老老少少都有，每人手中端着酒，轮流跟他喝。人多酒多，场面就有点失控了，有几个好酒的干脆一只手拿着杯子另一只手拿着酒瓶，喝光一瓶酒才肯放过岑璋。

岑璋今晚来者不拒，谁敬他都喝，有点摆烂的情绪。可是他这点情绪藏在心里，没人会懂，他表现出来的样子很容易让人误会，以为他也是好这口的。上东城全民爱酒，他们碰上岑璋这么玩得起的，可不得多敬几杯？

深夜，张婕渝一副都市丽人打扮，松松挽住岑璋左臂，表明来意："岑董，我是捷运国际的张婕渝，今晚岑董可要赏脸和我喝几杯哦。"

许立帷就是在这一刻进门的。

他进门的时候不算客气，抬脚用力一踢，大门大开，把包间里的老老少少全体吓了一跳。他眼风一扫，就看见了张婕渝挽住岑璋左臂的那只手，许立帷"噌"的一下就冒火了，抬手直指张小姐："你，把手给我放下来。"

张婕渝被他的气势震住，忙不迭地听话，放开岑璋。

名利场上，许立帷是熟脸，谁都知道道森除了韦荞，能拿主意的人就是许立帷。如今赵江河走了，许立帷和韦荞分列大股东席位，两人手里包揽的股份超过百分之六十，你就算把流通股全加上，也不过只有百分之四十。这意味着，只要韦荞和许立帷立场一致，从此再无人可撼动两人在道森的实控人地位。

众人对视一眼，明白此刻进来的，早已不是道森声名赫赫的高级管理人许特助，而是有底牌抗衡在座各位世家子弟的名利场人。

岑璋今晚喝了不少，人已不算清醒，许立帷进来的时候他还在跟人喝。许立帷大步流星地走过去，当即拿走他手里的酒，将左臂往他肩上一搭，声音温柔："好了好了，不喝了，我送你回家，来——"

岑璋尚未回神，有人可是看不下去了。

曹延霆年逾五十，五年前从曹氏信贷行退休，一边含饴弄孙，一边又续娶了妻子，家里室外都不耽误，日子过得羡煞旁人。他是好酒的，自然不会错过今晚的酒席。他看出来了，岑璋心里有事，今晚他是放开了去喝的，绝不会扫兴。曹延霆对今盏国际银行的印象很好，和岑璋的关系也不错，今晚就数他和岑璋喝得最多，但他倒还真不是为了为难岑璋，纯粹就是自己爱喝。岑璋从不轻易陪人喝酒，难得碰上他肯，曹延霆自然是要来尽兴的。

谁想，中途杀出个许立帷。

眼看他就要带走岑璋，曹延霆被扫了兴，脸一沉："今晚是岑董做东，酒还没喝完就率先离场，不太好吧？"

许立帷看向他，也不废话："那你想怎么样？"

"陪我喝完一瓶'凤王'，我就让你走。"

闻言，包间内一阵沉默。

人人有耳听、有眼看，曹延霆这是在为难人了。

曹延霆提到的"凤王"，是上东城的传统白酒，酒精度数相当高，酿造工艺至今是个谜。一瓶"凤王"只有三十毫升，和一瓶女士香水差不多，但就是这小小的一瓶，今晚在场的数十个人都喝不完。在上东城，"凤王"更多是做点缀起兴之用，大家意思意思喝一口，摆在台面上镇个场就行。

毕竟还有岑璋在，曹延霆也不敢太为难许立帷，给了他一个台阶下："慢慢喝，不着急，今晚我就在这里陪你了，就当交个朋友。"

"谁有空跟你交朋友？"许立帷撑起人来向来不给好脸色，顺手开了一瓶"凤王"，仰头就是一口闷。

全场起立！

曹延霆心里大惊，甚至起了"快叫医生"的想法。他本来只想为难下许立帷，万一把许立帷喝死了，那就真的出大事了。

许立帷一口闷完，"砰"，把空酒瓶倒过来放在桌上，瓶口没流出一滴酒。

全场肃然起敬！

当初韦荞对杨智渊提过一句警告："你连许立帷是什么样的人都不知道，你就敢去打他主意？"韦荞还真的不是在恐吓。

许立帷出入名利场十二年，形象非常斯文，谈完合作微笑送人的模样，尤其让人有好感。只有韦荞知道，许立帷抽烟喝酒样样精通。很多事他并不见得喜欢，也不常做，但不妨碍他会。而且许立帷没结婚、没家庭，上没老下没小，连只狗都没养过，是真正的"光脚的不怕穿鞋的"。他不像在座各位世家子弟，老婆、孩子、长辈关系一大堆，出不起半点意外。

许立帷稍微露了一手，曹延霆不再讲话，其他人就更不吭声了。

许立帷放下酒瓶，扶住岑璋的腰，语气一下软下来："能走吗？你扶着我点。"

岑璋这会儿终于缓过来了，当他看清眼前人是谁时，心里那点火全都上来了。岑璋一把推开他，近乎失控："许立帷你给我滚！"

室内，一片肃静。

岑璋为人向来冷静，尤其在公众场合更是擅长将情绪压着，不动声色。今晚这么反常的岑璋，把所有人看蒙了。连曹延霆都手一抖，当场洒了一杯酒，忍不住心想这下许立帷要发火了，说不定两人会打起来。

众目睽睽之下，许立帷欣慰地赞许："这就对了。"他压下岑璋指着他怒骂的手，许立帷这辈子对谁都没有对岑璋来得有耐心，"心里有火，就说出来。你一直放在心里不说，喝死自己都没用。"

岑璋一点都不想看见他，人都没力气了还在推他："你能不能放过我？你滚，你现在就给我滚！"

许立帷也不跟他生气，用绝对强大的心理素质包容一个发酒疯的岑璋："你看你，骂了两声，是不是好受多了？来，我扶着你，小心别撞到。"

从走廊到电梯，只有短短几步路。可就是这几步路的距离，把许立帷折磨得够呛。

岑璋本来就是个世家公子哥，没点脾气都不正常，再加上他喝多了，更是想发疯。许立帷连扶带拽，走得很艰难，那部近在眼前的电梯此刻就像一个幻景，他怎么都到不了。

"岑董，你就当可怜可怜我。"许立帷累得一身汗，就差求他了，"我今天不把你带回去，韦荞会骂死我的。"

他刚说完，下一秒就后悔了。

"韦荞"的名字在岑璋那里是禁词，岑璋完全听不了，诈尸般地清醒，一把推开许立帷："你走，我不要见她。"

许立帷："……"

岑璋靠在墙上，声音很痛苦："她说你游泳比我好，情绪比我稳定，待人处事比我会尊重人。她说你什么都比我好，她从没后悔认识你。"

"好了好了。"许立帷对韦荞没兴趣，这点表扬在他看来都是虚的，有个屁用，还不如给他涨点工资来得实际。他扶住岑璋的手，哄着他继续往前走："那是因为我没你有钱，没你有背景，也没你有世家的积累撑着，除了工作勤快点，做人上道点，我拿什么去跟人家拼？岑璋，你很不错了，真的，我要是有你这些东西，我比你差多了，肯定不会是个什么好东西。"

岑璋酒量很差，但酒品一直很好，不是个难哄的人。韦荞可从来没像许立帷今天这样哄过岑璋，和韦荞比起来，许立帷今天的态度到位多了，韦荞有他一半都不至于和岑璋弄成这样。

岑璋任凭他扶着走，倒没再抗拒。许立帷刚松了口气，只听岑璋道："许立帷，你能不能别再逃避了？"

许立帷对岑璋的浪漫主义式发散性思维大概是知道一点的，但他显然完全不了解岑璋发散的程度，这会儿还有耐心反问："我逃避什么了？"

"你逃避你的心。"

"哦，好吧，我的心。"

许立帷心里只有任务，只要能哄好岑璋，他顺着岑璋的话胡说八道都没问题，完全没想到他这种态度在岑璋眼里就是默认了。

岑璋很痛苦，他深陷这种痛苦已经很多年了，终于有勇气直面："有件事，你明明心里清楚，我也很清楚，我们就是装聋作哑了好多年，以为它会过去。但其实，它一直在，过不去的。"

"嗯，我听着呢，什么事，你说吧。"

"许立帷，我老婆她真的，真的很爱你。"

许立帷顿了一下，一脸看神经病的表情："什么鬼？"

"真的，我已经不想逃避了，你也别再逃避了。这是我老婆亲口跟我说的，她也不想再欺骗自己了。"

"韦荞说什么了？"

岑璋靠在他肩上，心都在流血："她说她很喜欢和你在一起的感觉，她说你不会离开她，她也不会背叛你，她说你们之间的关系让她很舒服。她还说，她嫁给我之后就很累，不舒服了。许立帷，我老婆真的很爱你，她一定等过你很多年，如果不是因为你是不婚主义，她也不会嫁给我。她在嫁给我之前，都是犹豫过的，你找她在清吧谈了一晚，她就不犹豫了，我知道你是为她好，要她对你死心，跟我好好过日子。许立帷，我真的很心疼我老婆你知道吗？她明明放不下你，又怕我难过，都不敢对我承认，只能借着担心道森的理由回到你身边守护你。她处处为你想，就算你永远不和她结婚，她还是会向着你、保护你、好好爱你……"

许立帷在电梯口停下，人已经麻木了："能不能别瞎说了？我的命也是命。"

两个人走进电梯时，已近晚上十点半。

许立帷将岑璋扶进去，安置在电梯的角落里。岑璋喝多了发疯的劲还没过去，就是要跟他对着干，死都不肯站角落，一定要站在电梯的镜子前。

许立帷随他去，皮笑肉不笑地送他几句风凉话："你要站你就站，万一电梯出个故障掉下去什么的，你可别说我没提醒过你——"

他话还没讲完，电梯"咣当"一声，就在半道停了。

"……"

今晚，许立帷注定不大容易。

他眉头一皱，迅速将岑璋拉到电梯角落安顿好。他刚要拿手机打电话，电梯里"砰"的一声灯全暗了，紧接着就"哐哐"两下连掉三四层。

两个人缓过神来，脑子都有点晕。

岑璋主要是喝多了头痛，许立帷则是站的位置不太好。他刚才用力把岑璋拉到角落安顿好了，没来得及安顿他自己，电梯掉下去的时候许立帷被震得头疼不已。

"咚"的一声，电梯又停了。

许立帷缓过来了，立刻走过去将所有楼层的按钮按了一遍，然后伸手扒了下门。门很结实，扒不开，他迅速放弃了，转而按下一旁的紧急求救按钮。很好，这条通道没坏，求救灯亮起，很快有人接起问："喂？喂？是被困在电梯里的人吗？"

"是。"遇到事，许立帷一向思路清晰，"电梯里有两个人被困住了，电梯现在停在十一楼和十二楼之间，我试过，门打不开，要从外面撬开，我们才能爬出去。"

说完，他还不忘推出岑璋给救援工作施加点压力，逼着他们搞快点："我跟你们说，现在被困在电梯里的两个人，其中一个是今盏国际银行董事会主席岑璋，他要是有个三长两短，你们都不好交代的。"

许立帷摸出手机想要打电话，就听岑璋道："没信号，我试过了。"

许立帷认命，收起电话："好吧。"

虽然境地堪忧，但他还是比较乐观的，还有空安慰一下岑璋："韦荞就在楼下，一直在酒店门口等着。她发现联系不上我，就会知道怎么回事了。有她在，没事的，韦荞一定会想办法救我们出去的。"

岑璋一愣，转而有些悲愤："我老婆也来了？她为什么不上来找我？为什么是你上来？"

"呵呵。"许立帷提醒他，"你让韦荞上来？你试试像刚才对我那样，对她发脾气骂两声'滚'看看，韦荞一定带着儿子就走，跟你离定了。"

岑璋喝得再多，原则性立场倒是一点都没忘："我会舍得对我老婆讲重话吗？我对她能像对你一样吗？"

这种严重双标一时都令许立帷找不到角度反驳，他打心底挺佩服岑璋："我谢谢你。"

电梯外，传来一阵吵吵嚷嚷的人群声，许立帷听了一下，明白救援队来了。

他松了口气，正打算就地坐下休息会儿，只听岑璋又喊他："许立帷。"

许立帷一听他喊就头疼："又怎么了？"

岑璋靠着墙，声音很淡："你们两个关系真好，我一直都好羡慕。"

岑璋他是真的羡慕，就像幼儿园小朋友，看着身边的小朋友们两两牵手，而他落了单。这样一瞬间的失落说大不大，说小不小，很多人三十岁了还会偶尔想起来，想要抱抱那样的自己。

许立帷沉默半晌，忽然问："你知道我为什么不想结婚吗？"

岑璋说："因为你喜欢韦荞？"

许立帷无语："你再这样我就削你了。"

岑璋："……"

两个人被困在电梯里，沉默干等也很诡异，说话是打破尴尬最容易的办法。很多话，许立帷原本这辈子都不打算说的，这会儿却觉得，对岑璋讲讲也无妨。反正岑璋喝醉了，明天睡醒起来也不会记得。

"男女交往，最吸引人的部分是什么？暧昧、牵扯、吃味、服软，少了这些，就没有意思了。可是我不会，这些一样都不会。所有在情人眼里最有趣的事，对我而言都是很重的负担。如果不能确定一个人百分之百不会离开我、会永远爱我，我都会活在随时失去的恐惧之中。要一个女孩子对我这样，不公平，我也不忍心，她会很累的。我知道自己是什么样的人，所以我不打算结婚，不要去害人了。"

岑璋听了，头更痛了。

许立帷长得好，能力强，人品也还行。就是这样一个人，孤孤单单只剩韦荞一个朋友。岑璋异想天开地想，如果许立帷六十岁了腿脚不方便，韦荞说不定还会接他来明度公馆养老。

他正胡思乱想得很痛苦，只听许立帷道："所以，岑璋，你对韦荞很重要。"

"什么？"

"韦荞曾经和我是一类人，从来不会花时间去哄人，如果一个人要靠哄才留得住，对我们而言，就意味着已经在失去了。既然会失去，那就算了。我们感受不到这类极限拉扯中的趣味，我们只会感到恐惧。也许，这就是留在我们生命中的印记，我们永远会以生存为第一本能，爱情、婚姻、家庭，对我们而言都太奢侈了。"黑暗中，许立帷靠墙坐着，看向他的位置，"可是岑璋，你不一样，你让韦荞变了很多。现在的韦荞，不再和我是一类人了。你给她的感情令她感到安全，你给她的婚姻令她感到幸福。所以这些年，韦荞一直是哄着你的，并且她自己也乐在其中。岑璋，我想告诉你的是，不要不满意这样的韦荞，你冷落韦荞，想要她更着急你，对韦荞来说会是酷刑。她觉得自己能力有限，已经在失去你了，她就会放弃你了。"

"还有。"许立帷微微叹气，对自己整天被迫卷入这对夫妻感情的事中感到很郁闷，"我和韦荞永远不会丢下对方不管，这是真的，但我们不是因为爱情。你知道一个人是'孤儿'意味着什么吗？意味着，他在毫无能力、最需要保护的时候，很可能会受到来自外界最可怕的伤害。韦荞很聪明，我也不差，我们很早就发现，一个人落单的话，很容易成为被欺凌的目标，所以我们在很小的时候就默契地成了同盟。坦白说，我们一路长大，不受到一点伤害是不可能的，但程度非常深的还真没有。很重要的一个原因就是，我们联手了，任何人想要对付我们其中一个人，就等于要对付两个人，这让很多人却步了。"

许立帷讲完，靠着墙面坐了很久。

他没有好的童年供他回忆，诚然是人生一大遗憾，但上天开出了"韦荞"这份补偿，许立帷可以接受。

他理解岑璋对他的介意，所以这些年无论岑璋对他做什么，他都没有还过手。这世界上没有人可以理解他和韦荞的关系，他也不希望有人理解。因为，一个人如果能理解，就意味着，他和他们有着共同的经历。这种经历太难了，有时许立帷回望身后路，连他自己都没有勇气再来一趟。下辈子如果还是这样天崩的人生开局，许立帷希望永远不要有下辈子。

一时间，两个人都没再讲话。

岑璋满脑子都是许立帷方才说的"童年的苦"，心里对韦荞那点不舍之情急速攀升，再加上喝多了，他更是口出狂言："我要把全世界最好的东西，全部捧到我老婆面前，我要让我老婆尽情拥有——"

许立帷："……"

像他这样的务实主义，有时候真受不了岑璋这种公子哥想一出是一出的跳跃式思维。

岑璋倒也没忘许立帷："还有你。"

许立帷疑惑："我？"

岑璋喝了酒后劲上头，心眼实诚："如果你六十岁腿脚不方便，有养老需求了，韦荞把你接来明度公馆，我不会赶你走的，我会罩着你的。"

许立帷说:"我真是谢谢你了。"

岑璋对韦荞一向心软,听了许立帷一番话,也开始反思自己:"还有,是我不对。韦荞对我道歉,发了三十六个字的短信,我气她发得太少了,想她再多发一点,就没回她消息。你说得对,是我不知足,胃口变大了。"

许立帷看向岑璋,这次没站韦荞:"这个是韦荞不对,三十六个字确实少了点。"

两人正说着,电梯里"砰"的一声,灯亮了。

陡然从黑暗中重见光明,两个人都觉得有些刺眼,抬手捂住了眼睛。

很快,头顶上方传来一阵轰鸣,救援队将电梯门一点点撬开,伸进来一只手。许立帷明白意思,立刻将岑璋往上一推:"你先上去。"

在危难境地中,岑璋从来不会抛弃朋友,哪怕许立帷是他老婆的朋友。岑璋对前来救援的人喊道:"先把许立帷拉上去,他刚才没站稳,脚踝扭到了。"

"哦,好。"救援队很配合,"许先生,拉住我的手。"

他俩在电梯里互相客气,有人已经忍不了了。

韦荞大喊:"岑璋!岑璋!"

岑璋一听是韦荞,热烈回应:"韦荞!我在下面!"

韦荞急疯了,在脑子里想了一晚上各种可怕的后果,这会儿终于听见岑璋的声音,再也等不了了,冲救援队吼道:"赶紧救人啊!"

许立帷面无表情,在电梯里冲她喊:"韦荞,我要跟你绝交。"

韦荞做事向来专注,任何人都影响不到她,一门心思指挥救援队。

很快,岑璋就被拉了上来。

韦荞见他满头满脑的灰,被拉上来时还被呛得咳嗽了几声。想到这样一个豪门公子哥从来没受过苦,跟她吵的这几天又是胃痛又是被困电梯差点出事的,韦荞眼泪都要下来了,舍不得极了。

"岑璋！"她捧住他的脸，把他从头到脚摸了个遍，"有没有哪里不舒服？在电梯里有磕到哪里伤到哪里吗？听说刚才电梯里的灯都短路烧掉了，在里面被困了这么久，你有没有被吓到？心慌气短这些有吗？我已经让医生过来了，等下上车就给你做检查。"

患难见真情，岑璋这辈子都没在韦荞这里有过这种待遇，顿时什么情绪都没了，所有旧账被一笔勾销。韦荞嘴巴上说跟他结束了，一旦他有难她比谁都冲在最前面，这是真心想跟他结束的样子吗？许立帷说得对，都是他岑璋的错，他把韦荞弄伤心了，他差点失去这世上最好的老婆。

韦荞还在他身上不停地东摸西摸，一改平时的寡言少语："你看你，衬衫都被划破了，袖子翻上去我看看。"

今晚岑璋喝了不少，人还晕着，左手被她拉了过去，他来不及阻止，就听韦荞音调一高："你手臂都被划破了啊！"

岑璋不甚清醒的意识被她这声高音吓了一跳。

韦荞满是担忧，声音都变了："都流血了，疼不疼？怎么都不说话啊？是不是哪里不舒服？你不要吓我啊，岑璋——"

岑璋猛地将她按进怀里抱紧。

他本来就一肚子委屈，觉得被韦荞亏待了。他简直委屈得不行了，没事都变得有事："老婆，我不舒服，全身都在痛——"

韦荞心急如焚，对他百依百顺，扶着他就往外走："岑璋，你别急啊。我带你去看医生，不管是要住院还是回家，我都不会离开你的，你放心。"

一众救援队手忙脚乱地送两人离开，留下一个还在坑里的许立帷。

队长和两名队员合力将许立帷拉上来。

许立帷刚才为了照顾岑璋，在电梯坠落时没来得及顾上他自己，在巨大的冲击力下左脚脚踝严重扭伤，这会儿肿了好大一个包。救援通道狭窄，他行动不便，被拉上来时也和岑璋一样，左臂被不锈钢门划拉了一道口子，流了血，把袖子都粘住了。他扯了一下，疼得直皱眉。

队长看了下他的情况，挺诧异地问："许先生，你这情况可比岑董严重多了啊，韦总怎么丢下你先走了？"

许立帷："……"

大概连队长也觉得他这被无情扔下的待遇实在太惨了，连忙扶住他，困难之际伸手帮他一把："许先生，韦总和岑董已经开车走了，我们送你去医院吧？"

"好的，谢了。"许立帷抹了一把脸上的灰，咳嗽了几声，累得连骂人的力气都没了，"还是你们为人民服务，心里有人民。不像那两个资本家，没心的。"

韦荞连夜带岑璋去医院，从内科到骨科，各科室都看了一遍。心电图、B超，能做的检查全都做了一遍。

医生将诊断报告拿给她，对她交代："手臂上那点伤没大碍，护士已经替他消过毒了，这几天洗澡别沾水，每天换药包扎，一周后差不多就能好了；倒是他那个胃，还是得好好养，这几天喝酒太多了可能会胃疼，有空还是要来医院做个胃镜才保险。"

韦荞一一记住，连声说"是"。

医生原本打算让岑璋住院，观察一晚，岑璋不肯，硬要回家。他清醒时就很不喜欢吃药住院，今晚喝醉了更是不肯。韦荞没办法，对医生说算了，反正壹号公馆也有家庭医生，随叫随到，问题也不大。

两人回到壹号公馆，时间已近凌晨。

韦荞扶着岑璋进屋，照顾他简单洗漱了一下，将他扶进主卧睡下。韦荞摸了一下他的额头，还好，没有发烧。她松了一口气，打算去浴室好好整理下自己，洗去一身疲惫。

谁想，她刚起身，就被人拉住了。

岑璋拖住她右手，用力将她往自己身上一带，韦荞怕弄痛他，没怎么挣，顺势就被他抱住了。岑璋在深夜一贯娇气，喝了酒更是变本加厉，将她按向胸膛伏在她耳边说："我要抱，没有老婆抱着睡我会死掉的。"

韦荞朝他胸膛轻轻打了一下："不准乱说。"

"就是会死掉的。"岑璋埋首在她颈窝处，就想要发酒疯，"那天听你在电话里说跟我结束了，我已经死掉了。你不要我了，老婆你怎么能那么狠心地说不要就不要我了？"

夫妻间最重要的能力是什么？是互补。

韦荞觉得这句话很对。她不会的事，岑璋都会，还会得很全面，撒起娇来比二十几岁小姑娘都会。

韦荞推了一下他的额头，不吃他这一套："那为什么要和阮司琦走那么近？三更半夜，还让人家拎着酒进房间。还谈公事，谈个空气。"

"我真的是为了公事，但不是为了那 250 亿银团融资。"

"那你为了什么？"

"我还能为什么？我为你啊。"

韦荞一愣："为我？"

"难道你真信当初道森那宗公共安全事件是意外？商业竞争哪有那么多意外，申南城的医学动物都有芯片跟踪，怎么可能会有这种大型意外？"

韦荞懂了："你怀疑是沃尔什下的手？"

"嗯。"岑璋人醉了，脑子还是一样好，该精明的地方时刻精明着，"阮司琦是最近才上任的东南亚区总裁职位，她绝对不会想和先前非她在任时的负面事件有任何关系。所以，她的话是可信的。再加上，她那晚带来了沃尔什未来五年的商业计划书，我从里面可以知道不少事。我看过了，沃尔什虽然发展节奏很激进，但和道森的发展路线有本质不同，同业竞争的边界其实还是有的，没什么直接证据表明它和道森的公共安全事件有关。"

韦荞听了，愣了半晌："你这个行为不太好吧？"

"那怎么办？"岑璋明知故问，坦然得很，"我只有一个老婆，我不帮你我帮谁啊？机会这么好，人家主动送上门了，我当然要看看。"

韦荞无奈："人家阮总主动送上门的好像不是商业计划书，你搞错重点了。"

岑璋匪夷所思："韦荞，你真的很大方啊。你都知道她打的是什么主意，你都不介意的？"

韦荞摇摇头："每个人都有自己的生活方式，自己选的，好坏都要自己受着。阮司琦还是有原则的，她邀请你，你拒绝了，她也没缠着你，还挺敬佩你，也不算没有道德。"

岑璋面无表情地指了指地板，问："你看这地上一片一片的是什么？"

韦荞不明所以："灰尘？"

岑璋一本正经："是我碎掉了。"不待韦荞反应，岑璋又指了指自己的心，"你看这里是什么？"

韦荞这回懂了："是你心里想我了？"

岑璋说："是心里不敢顶撞老婆。"

岑璋跟她来这套，韦荞完全不是对手。她打了他一下，有意放过他："你还是不要继续说了，你也禁不起我真的追究你。"

"怎么禁不起？"岑璋一下来了精神，直往枪口撞，"你说说，我怎么禁不起了？你倒是追究我啊。"

韦荞本来是不想说的，现在索性也不跟他客气了，居高临下地好好质问道："那天拍卖会，我总共才只有三亿预算，本来好好地顺利竞个标，你为什么要帮阮司琦抬我的价？三亿五千万啊，岑董，你帮着我的竞争对手把我往死里逼，你还问我为什么追究你？"

岑璋愣了一下，随即懂了："所以你就是为了这个，跟我在电话里提的结束？"

"不然呢，不结束难道我还等着恭喜你吗？"

"……"

见他一时没了声，韦荞当即误会，以为他有愧，没有理由再辩解。

事情过去这么久，韦荞不想再追究。她当然很生气，至今想起来，还是会忍不住气到睡不着。她自己知道，她不只是生气，更多是伤心，因为岑璋不再向着她。哪怕只有一次，也会在她心里留下长久的烙印。可是她没有办法不原谅岑璋，她还是爱他的。

所以后来她想，算了吧，不然还能怎样呢？夫妻之间关乎爱，必须讲清楚的话实在不多。

韦荞起身，不欲和他在这件事上深究："你睡吧，我去洗澡。"

岑璋猛地将她拉回来。他一改方才朝她服软的调调，手里用了劲，顺势就将她压在身下。韦荞刚想推拒，就被他压住了双手。

岑璋居高临下，有蓄势待发的征兆，声音都变了："韦荞，你没有心。"

三更半夜，韦荞不想跟他吵，态度很敷衍："没有就没有吧。"

岑璋一见她这摆烂的态度就气结："我那天打你电话都对你讲了，我有话要跟你说，你看不出来我有事要谈吗？"

"没有，看不出。"韦荞说着，顺势推开他，想要结束话题的意思很明显。她穿了拖鞋就往浴室走去。

韦荞手刚搭上房门，身后瞬间撞来一股力道。岑璋翻身下床气势汹汹地将她截住，今晚就是过不去了。

"那你现在看出来了吗？"

"你又想怎样啊？"

"你一通电话就能跟我提结束，也不问我一声，你考虑过我的心情吗？"

"事情是你做的，我还不能提了？"

"对，你不能！"岑璋掐着她的腰用力将她撞在房门上，眼底一片血红，"因为那天我知道三亿五千万的价格不会成交，因为我知道最终会有十亿报价进场，因为我从步入竞拍会看见你也在的那刻起，我就决定了，我一定会让你赢！"

今盏国际银行的领导班子声名在外，被媒体冠以"一董五副"之称，梁文棠即是其中之一。

梁文棠名片上的正经身份是：投资银行部首席财务总监。身居高位，他掌控着今盏国际银行财务事项的生杀大权。一般而言，普通财务周转动用不了梁文棠。除非，岑璋亲自指定。

岑璋的私事很少，只为韦荞。

那日，出差公干的梁文棠突然接到岑璋电话，岑璋要他以电话委托的形式介入东亚城市大会冠名权竞拍，匿名竞拍"TOP合作伙伴"冠名权，竞拍价直接锁定十亿。梁文棠虽觉突然但并未拒绝，很快以十亿天价拿下冠名权。

岑璋接下来的吩咐才令梁文棠愕然：拍下之后，立刻无偿赠予。

梁文棠问："给谁？"

岑璋说："韦荞。"

梁文棠恍然。也是，除了韦荞，岑璋从不为任何人下场。

一切办妥，梁文棠致电岑璋："其实，你在内场直接竞拍也完全不会有问题。韦荞为了道森，不会拒绝的。"

"我不方便下场。"岑璋声音很淡，面对知己好友才解释一二，"沃尔什的度假区项目是申南城重点项目，250亿的银团贷款又是由金融管理局牵头，我不能不给面子。沃尔什和道森在申南城已经杠上了，我不想让别人认为道森有今天，靠的是今盏国际银行，这对韦荞不公平。"

梁文棠懂了："你对韦荞一直是来真的。"

梁文棠说得对，他一直是来真的，可是韦荞，总是那么容易放弃他。他那天接完电话，听到她挂断电话的声音，完全蒙了。

"我刚砸了十亿帮你拿到竞标，转头就接到你的电话听你说许立帷哪哪都比我好，所以你要跟我结束了。"岑璋凑在她耳边，恨恨地问，"老婆，你这样好吗？"

确实，显得她很不上道。

韦荞从听闻真相的震惊中回神，一时也有点尴尬："你把事情搞那么复杂，谁能想到那么多？"

岑璋都被她气笑了："我搞那么复杂，资金进出的通道费都多付好几倍，我为了谁啊？我都是为你，为你和道森的声誉。我不想你遭受外界质疑，说你是靠我。因为我知道你的付出和努力，我比你更希望它们能够被外界看见。"

韦荞沉默了一会儿，难得一点辩驳的理由都没有。

她有点气短，去拉他的手："对不起啊……"

岑璋气极，才不要原谅她。韦荞承受着他的气愤，耳边都是岑璋的控诉。

"你怎么能那么容易就和我提分手？

"连一点解释的机会都不给我？

"老婆，你怎么可以？"

韦荞搂紧他的颈项，声音里渐渐有了求饶的意味："这次是我不对，对不起了啊……"

岑璋才不信她："如果不是因为那笔三亿的欠款出了意外，你是不是根本不会回头来找我？"

韦荞想了想，嘴唇一抿："嗯。"

岑璋认命了。他埋首在她颈肩处，呼吸很喘，他也在克制。很想要疯一次，不管是非对错："老婆你真的好样的，这种话都敢点头承认。"

韦荞搂住他："那我再告诉你一个秘密，补偿你。"

岑璋提前警告："气死我的事不要告诉我。你只有一个岑璋，已经被你气得差不多了，要省着点用，知道吗？"

韦荞笑了。

冷战够累，也够久，她从前十分要强，嘴也很快，话出口，但心里已在懊悔。不该这样讲，她偏偏要讲，像小孩子发脾气，要对最爱的人才可以。如今她却做不到了，心里有爱，又能要强到哪里去？

"那天，我是生气了。因为你对别人好，我不要你对别人好。其实，我也好没用。我在电话里对你说结束了，电话挂断时已经在想你了。"

她搂紧他，岑璋顺势抱起她，韦荞就靠在他的颈窝处深埋不起。

"我担心你喝酒胃痛，担心你像以前那样半夜吃药，疼得睡不着。我担心你太多了，再不像从前那样能说走就走了。岑璋，我都有点恨你了。"

韦荞"说走就走"的本事，岑璋领教过一回。

大四毕业季，两人大吵一架。

永新商贸董事会主席万永新是岑华桥的知己老友，为独生女万琦柔特地登门拜访。岑华桥半生混江湖，练就一双好眼，察觉万永新话中有话，就明白对方所为何事。

稳坐高位的巨头大佬，只有为孩子，才有可能再向人低头，万永新亦不是例外。

"琦柔同岑璋有三年中学同窗情谊，这孩子去英国留学四年，年年托我问岑璋好——"

岑华桥听了，心里透亮。

世家千金，哪里是问好？她分明是投石问路来了。

万永新无奈，大方承认："老岑，你要帮我，琦柔是我独生女，钟情岑璋四年，得不到回应，我心里亦痛。"

岑华桥暗自权衡，明白此事不好处理。但他并不想插手此事："永新，岑璋私事我向来不过问。叔侄有别，我做叔叔的，要懂得分寸。"

万永新却缠住他："老岑，你跟我见外，无须用此理由。申南城谁不知，为岑璋，你大方让出董事会主席一职。这份大恩，岑璋欠你的。你的话，他一定听得进三分。"

两人至交半生，岑华桥不好拂他面子，遂应声："好，我试试。"

岑华桥不知岑璋有女友，觉得只是试一试，应该无妨。他不想，却将岑璋推入水火境地。

新年，岑华桥做东家宴，岑璋按时到场。万永新夫妇携独生女万琦柔如约而至。岑璋站在二楼，看见万永新手里的黄金万两，顿时明白今日家宴原来是为他而设。百锭黄金元宝，取"黄金万两"之意，是定情定金的老城习俗。

温淑娴在他身旁耳语："万永新同你二叔多年至交，放下身段，亲自求你二叔的。你二叔不好拂他面子，遂同意约你回家，和万琦柔吃顿家宴。你就当为二叔留人情，吃顿饭。"

岑璋不肯让自己陷入这等境地，固执地拒绝："这可不是吃顿饭的架势。拿黄金万两来，要订婚事吗？这顿饭我不会吃。"

"他确实太急了。他拿来的那些，我同你二叔都会退回去，你放心。"

说话间，两人一同看向楼下。百亿身家的万永新哪还有平日的半分威严，赔笑间的小心翼翼，令温淑娴动容。

她轻声道："如果我有这样一个女儿，漂亮、温柔又勤奋，偏偏钟情一个男人，我也会像万永新一样，拼了命地成全她的心意。"

岑璋就在温淑娴的这句话里刹那心软。二婶今生的绝望与遗憾，令他服软让步。

申南城的名利场，向来引媒体竞相争逐。隔日，周刊出街，头版新闻皆为岑、万两家联姻事宜。岑璋和万琦柔在公馆家宴并肩而坐的照片传遍社交网络，两人身后大厅内，赫然摆放着万永新奉上的"黄金万两"。

"岑、万两家已定亲联姻！"交口相传的热议新闻，申南城为之沸腾。

从那天起，岑璋再未打通韦荞电话。

他急于解释，当晚直飞上东城。韦荞为完成毕业论文，留在学校过新年。岑璋遍寻不到，想起她有早起自修的习惯，在隔日清晨一间一间教室找人。当他在教研楼阶梯教室里看见韦荞端坐的身影时，竟有种死里逃生之感。

但，韦荞心意已变。她权当他是陌生人，要同他划清界限。

岑璋脸色骤变，不许她提"分手"二字，韦荞却是心意已决。

"学生情侣，毕业分手。这是规矩，你不懂？"

岑璋上前纠缠，韦荞情绪全无，收拾书包就要走。

岑璋低声央求要同她讲和："那天家宴，我可以解释——"

"不用。"她挣了挣，未挣开他的禁锢，索性断了他的念想，"你同你将来的太太解释就好，对前女友，不必的。"

"韦荞，不要同我冷战。"

"不是冷战，是分手。"她望向他，冷静盖过热情，一丝爱意都无，"岑璋，我已是你前女友。我单方面地不想同你再有任何关系。"

那日起，韦荞断绝与岑璋的一切联系。

她并不避讳他，教室里、操场上、食堂里，两人遇见，她同身旁的同学讲话，全然不再在意他。她将他从人生范围内去除，动作又快又好，不见半分犹豫。岑璋忽然明白，韦荞不是在对他发脾气，她是真的跟他分手了。

两人恋爱三年，岑璋从未想过会失去韦荞。

一周后，凌晨两点，韦荞在睡梦中被电话惊醒，一看手机屏幕：丁晋周。

韦荞挂断三通电话后，继续睡。下一秒，一条简讯传至。屏幕亮起，韦荞敌不过内心挣扎，起身去看——岑璋出事，被送至医院洗胃。

韦荞心惊，手机直直地掉落。

她赶至医院，与丁晋周碰面。后者神情严肃，告诉她："岑璋失恋，服下过量安眠药。"

"他不会。"她跑着过来，呼吸很喘，心里仍是清醒，不被这等损友伎俩骗去，"岑璋那样要强，绝不会为失恋这等小事拿性命开玩笑。"

丁晋周对她佩服至极：可以啊，韦荞，镇定控场、冷静判断。这是临危不乱的好手，换谁都心动。岑璋慕强，由"慕"中生出一往情深，丁晋周完全能理解。

"他洗胃是真。"他将化验单递给她，存心考验她，"能猜到理由吗？"

韦荞看着化验单，多日坚硬的外壳被人敲碎。她心里钝痛，那可是岑璋。

她看向丁晋周："他今晚喝了多少？"

丁晋周佩服，她全部猜对。他不瞒她，伸出左手示意："这个数。"

"在翠石喝的？"

"嗯。"

韦荞看一眼，这个数可不低。翠石坐拥上东城会所头把交椅，价格咋舌程度非常人能承受。

"年初二那场家宴，是他二叔做局，让他去的。家宴结束，他就对万琦柔挑明说了，他有稳定交往的未婚妻，不日即将成婚。"至交一场，丁晋周帮岑璋一把，"谁想过完年，他心里认定的'未婚妻'就将他甩了。他不知如何挽回你，把自己往死里喝。"

医生出来，韦荞上前问询，丁晋周陪到半夜，放心地走了。

她照顾岑璋一晚。

天色渐亮，韦荞在洗手间洗了把脸，洗去通宵未睡的疲惫。岑璋昏睡一夜，仍未醒。韦荞守在他床前，看他半晌。

"别人让你去的，可是，心软的是你，能怪别人吗？"

晨起有薄雾，似从心里长，看不清感情最初的模样。

他昏睡的寂静给了她勇气，她说给他听，也说给自己听。

"年初二，我也和人吃饭了。以前一同在福利院的朋友，她没有我这等好运被赵先生选中带走。现在，她在工地做工。时薪二十块，凌晨四点上工，晚上七点下工，除去吃饭休息，一天可赚两百多。她告诉我，这已算高薪。同她吃完饭，我回宿舍，打开社交软件，就看见你同万小姐在家宴上联姻的新闻。

"所以，我是真的想和你算了。不是同你置气，就是想算了。从赵先生给我机会起，我的运数已用尽，人生余下的，全靠自己搏。我的胜算不多，不想再多一重心碎。何况，你会同人心软——"

"我不会。"

韦荞动作一顿。

岑璋不知何时已醒，反握住她的手，牢牢拽着不肯放。一番真心话全被他听去，韦荞心里不痛快，甩下他就要走。

岑璋只是洗胃，并非病重。手里力道还在，韦荞被他握住就休想挣开。他用力，将她拉近身。她撑着左手，强行与他保持距离。

岑璋认输了："是我的错。韦荞，下次我不会了。"

"我像是会给你下次机会的人吗？"

她真的不会。冷他三个月，岑璋吃够苦头。

韦荞不与他争辩，岑璋被她的拒绝弄得很痛苦。直到林华珺告诉她，岑璋心思全无，三餐大乱，胃炎又加重，他半夜疼得睡不着，床头的药片一吞一大把。两相权衡取其轻，人间苦事多，她怎好一味仗势为难他，韦荞这才心软。

她终于再次踏入壹号公馆，半夜他再疼，药换成韦荞。她隔着睡衣揉在他胃部，揉得他一生都离不开她。清晨，薄雾渐隐，吹不散感情的湾。他在深吻中对她任性要求，要她做他一生的"韦医生"。

回忆杀，心事故人。

当年一介女友身份，韦荞也没有很在意，真要走也就走了。如今她成了他明媒正娶的妻子，到底是再也做不到。她反倒不如从前肆意，到底，是她没能管住自己，对他沦陷得够深。

韦荞鼻尖一酸，万般委屈从不轻易示人："以后你再一声不吭地就走试试看，这种事你也敢对我做？"

"那你要我怎么样啊？"岑璋声音很软，他对她一向是服软的，"我心里都是对你的打算，还被你不问一声地就甩了，我能怎么办？"

"不要让我猜，行吗？"她一直都不够勇敢。两人拥抱，总是他更用力，她心里再喜欢，搂一搂就好，怕抱得太紧，自己首先舍不得放开。

她凑近他，明明白白地对他要求："对我好，就堂堂正正地对我好。

不是好一天、好一年，是好一辈子。不要藏在心里让我猜你的心，你要让我知道，无论开心还是生气，你心里有我这件事都不会变。你只能向着我，不能偏心别人，哪怕只有一次，都不行。我要在你那里，拿到永恒的偏心。"

岑璋诧异："你怎么还会对我提这种要求？"

韦荞脸色一变："怎么，要求太高了？"

"高什么高？"岑璋理所当然，"这不是常规操作吗？我一直都是这样做的啊。"

韦荞："……"

是她小看岑璋了，这家伙的觉悟还是相当可以的。

"表现不错，值得奖励。"韦荞在他脸颊亲了一下，将他搂紧，"奖励你今天晚上抱着老婆睡，老婆不会让你死掉的。"

岑璋兑换奖励从不拖拉，倾身就吻："现在就是晚上，现在就要奖励。"

深夜，室内外有温差，她的手被他压在墙上，手心滚烫，在落地窗上晕出一圈雾气。她的手滑下来，在雾气里画出一条不规则的线。

岑璋一把抱起她就往床上放。他倾身压下，冷不防听见韦荞问："对了，许立帷人呢？"

两个人面面相觑，终于发现刚才手忙脚乱之际把许立帷不小心丢下了的事实。今晚许立帷受伤不轻，倒是将岑璋保护得好好的，岑璋这会儿也很过意不去，难得没介意韦荞突然提起他，顺手就将床头的手机拿给了韦荞。

韦荞坐起来，连忙给许立帷打电话。

电话接通，韦荞问了几声，许立帷心知肚明，把话挑明："怎么？良心突然发现想起我了？"

韦荞忍住了问他"你怎么知道"的冲动。

许立帷笑笑。作为一个男人，他太了解岑璋和韦荞了。两人吵了那么多天，好不容易和好了，怎么会想到他。

韦荞不跟他废话："你脚都肿了，身边没人照顾不行的。我开车过来接你，你这几天住壹号公馆好了。"

"开什么玩笑？不行。"岑璋一听就皱眉，冲电话警告，"许立帷你不准来我家。"

韦荞不跟他辩，迅速换了个方案："那我去酒店帮你开个房间，你每天要去医院换药，到时候我过来陪你去。"

这跟他俩一起住有什么差别？

岑璋一把拿过手机："许立帷你现在就到医院门口等着别动，我马上派司机过来接你，你不准和韦荞待一起，听到没？"

许立帷、韦荞："……"

两个人都很无语，韦荞挂断电话前对许立帷讪讪地解释："见笑了，这就是我那作天作地的爱人。"

岑璋："……"

Ich liebe dich

第十章

真相大白

新一季，韦荞正式将道森新场馆开放运营事项提上日程。

道森亲子场馆意外事件发生至今已过半年，不良影响被逐一消除，外界对新场馆的建设颇为关注。道森在韦荞的整顿下一致封口，媒体打探不到任何消息，反而引起坊间热议，单是韦荞悬而未决的态度就为新场馆蒙上了一层神秘之色。

媒体评论："道森能够死里逃生已属运气，要想全面消除负面影响，只有一个办法——用新场馆一鸣惊人。"

韦荞不置可否，只有许立帷默不作声，看出了点别的。

临近试运营，韦荞开了一次专人会议。

会议级别很高，只有三人参加：韦荞、许立帷、曹川硕。

在申南城商界，曹川硕名声很大，声名赫赫的第三方质检公司山川检验认证集团，正是由曹老板一手创立。此前，韦荞携巨量资金控股了山川检验。和谈当日，曹川硕意见不小。他本无意将控制权让人，韦荞上来就说要控股，曹川硕自然不肯。然而，和谈结束，曹川硕不仅没意见，态度还变得特别好，原因就在于，韦荞给开的价实在让他拒绝不了。

韦荞将曹川硕列入新场馆机要会议出席名单，曹川硕挺有荣誉感，一大清早揣着个公文包就来了。他这人就这点特别好，不执着，只要开价到位，公司控股权也可以是一件商品。他创业本就是为赚钱，如今钱到手了，韦荞也给足了他面子，他给道森打工也打得挺开心。

这天会议，韦荞对曹川硕提了唯一的要求：配合营销传播，将新场馆百分之百质检无误的新闻全面铺向市场。

曹川硕愣了一下，不由得确认："韦总，你想要全面铺开到什么程度？"

韦荞说："全民皆知的程度。"

曹川硕皱了一下眉。作为曾经的质检企业创始人，曹川硕很明白营销这把双刃剑的威力。对面向公众开放运营的度假区业态而言，未经受公众检验就意味着结果未落地，过度营销安全性能反而会适得其反。

他不禁想要劝说韦荞："韦总，是不是再考虑一下？"

"不用。"韦荞看向他，听出弦外之音，"曹总，我明白你的意思，照做就行了。"

曹川硕神色一正："是，韦总。"

夏至，吹东南风，白昼时间分外长。

凌晨，夜风似懂人心，拂面有暖意，驱散夜晚游园的寂寥。

韦荞拿上一支手电筒，独自走在园区里。新场馆赫然在眼前，韦荞倏然放缓脚步。她将手电筒微微朝上，光线一闪而过，许立帷抬手挡了一下光。

韦荞放下手电筒，并不意外："你还是来了。"

"嗯。"夜深露重，许立帷也不拐弯抹角，"明天，新场馆进行内部测试。按你的习惯，内测前一天，你都会亲自再看一遍。我今天没什么事，陪你走一趟。"

韦荞调侃："以前怎么不见你有这个觉悟？准点就下班，跑得比谁都快。"

"因为，今次不同。"

韦荞没有否认，朝他摆了摆手，不再和他玩笑："你回去吧，我一个人可以了。本身就不是确定的事，我也不过是试试。"

"试试的事，可大可小。"许立帷垂手插在裤袋里，看向她，"道森的事，我什么时候丢下过你？"

许立帷认定的事，谁也撼动不了。

韦荞看了他半晌，妥协了："好吧，一起一起。"

韦荞不与他辩，径自步入场馆。许立帷落后她一步，跟上去。两人并肩，这是她和他最熟悉的站位。从三岁到三十岁，他们一直都是这样，并肩前行。两人一路走来，不算顺遂，吵过又好，人生三分之一页竟就这样翻过去了。

经过亲子场馆事件之后，韦荞彻底改变度假区的传统运营模式，全面拥抱数字芯片技术。道森的新场馆运营计划，押下的筹码即是数字全息。

"用数字全息技术，配合互动等多种形式，将传统文化故事在度假区场馆内重现，这就是新场馆的运营计划，也是道森未来的运营主线。"当日，韦荞这样表态。

新场馆项目被列为道森最高机密，安保重重。韦荞依次通关密码、人脸识别、指纹识别三道防御体系，和许立帷一道进入。

一进场，许立帷即被震撼。

在数字全息技术加持下，高达二十米的巨型孙悟空赫然现身，四海千山皆拱伏，九幽十类除名。

两人置身于立体幻境中，亦真亦幻。巨兽匍匐身前，同韦荞对峙，赫然扑来，许立帷下意识地挡在她身前。

韦荞眼神一扫，尽是揶揄："你输了哦。"

许立帷伸手护她的动作停顿一秒，他大方承认："嗯，输了。"

场馆径深百米，有诸多暗室，峰回路转，在数字全息技术加持下将传统故事泼墨挥洒，以真情真性大杀四方。连许立帷一时都被骗了去，有置身虚实两界之感。

"今晚的保密检查，操作台是谁在负责？"

"徐达，赵新喆。"

"好。他们两个人不会有问题，用着放心。"

两人往前走，巨型孙悟空腾空而下，目送金光，雄浑厚音，不服天地管束："我老孙超出三界外，不在五行中，已不服他管辖，怎么朦胧又敢来勾我？"

他在天与地之间，打出一声棒喝。

那孙悟空自半空俯身冲下，一瞬间让人有和他对视之感。他又腾空跃起，大千世界任其行。

许立帷站立半晌，发自肺腑地评价："韦荞，道森有你，沃尔什在申南城就做不了老大。"

能将数字全息做到此等境界，好似神人一体，有立命乾坤之感。放眼全球度假区业态，道森都是翘楚。

韦荞环顾四周，仔细审视，顺口接下他的话："前提是，不被人害。"

许立帷听出她的意思，有些犹豫："韦荞，我不想你冒险。"

"不冒险，怎么办？"韦荞查看四处，顺势接下他的话，"人家就是盯上我了，我不还手，永远会任人鱼肉。我不知道他们是谁，目的是什么，但我总不能一直任人鱼肉下去。"

许立帷沉默了一会儿，这次没反对："嗯。"

两人往前又走了一段路，韦荞正想说什么，许立帷抬手示意："慢着。"

"怎么？"

"'火焰山'这里——"

许立帷口中的"火焰山"，正经名字很复杂，叫：度假区火焰山影视特效模拟控制集成系统。

这是新场馆的重点项目之一。

整个系统取材于《三借芭蕉扇》的故事，模拟孙悟空借来真假芭蕉扇之后，火焰山上的火从漫山小火变成熊熊大火最后被熄灭的过程。从而为游客普及电视、电影中这类场景的拍摄手法，用让观众身临其境的方式讲述《西游记》的故事。

"身临其境"，这是系统成功的关键。游客进入系统模拟室，即成为火焰山的一部分，可以近距离感受影视拍摄中的火光、燎原、天崩地裂等一系列被还原的逼真场景。

所谓特效，即是如此。

"'火焰山'的安全点在于，除了数字全息技术之外，它的特效展现用的是真火。"许立帷四处摸索，检查系统安全性，"即便我们按比例减少了真实的用火量，但它本质还是火。在自然界，火是最危险的元素之一。所以，谨慎一点总是好的。"

韦荞弯腰确认："所以，这里有什么问题？"

"说不上来。"

许立帷此刻正站在一块活动板上，活动板是用钢铁做的。这块三十平方米左右的活动板是整个集成系统的重要部件，游客进入场馆后，会集体站在活动板上，参观火焰山特效的制作全过程。当大火燃烧起来时，活动板会跟随震动，以创造出"天崩地裂"的观感。

韦荞确认各项安全流程："曹川硕的质检公司每日开园前都会例行检查，道森也有内部检查条例，应该没有问题的。"

许立帷未作声。这块活动板，许立帷检查过很多次。他来来回回走了几圈，总是感觉不对。

韦荞顺着他的方向，看出他的意图。两人配合向来默契，韦荞立刻拿起手电筒往许立帷的方向打光。

许立帷上前一步，翻越栏杆跳了下去："我下去看一下。"

韦荞叮嘱他："你小心一点。"

扩音器里，传来徐达例行公事的通知："倒数十秒准备——"

韦荞紧急叫停："等一下！"

徐达被吼得心头一震，忙不迭地应声："好。"

控制室内，徐达按下停止键，然而，程序却并未被停止。

赵新喆手疾眼快，朝扩音器大吼："荞姐！程序停不下来——"

话音未落，许立帷翻过栏杆，一把抓住韦荞右手。本能反应占据绝对上风，他拉着她头也不回地朝出口跑："走！"

韦荞会意，两人夺路狂奔。

场馆内，巨型孙悟空已再次出现，手中挥舞的如意金箍棒仿佛真有一万三千五百斤。全息影像呈压倒之势，冲两人俯身而来，口中话语巨响无比："西天取经，无神不保，无天不佑，三界通知，十方拥护！"

身后，一声沉闷的爆炸声，震耳欲聋。

韦荞没有心理准备，一个踉跄，被巨浪掀翻在地。

爆炸声由远及近，她被尘土包围，感到刺鼻且窒息。

"韦荞！走！"

身后一只手，重重将她向前一推。她就在这股强大的推力作用下，及时抽身，健步奔出馆外重见天日。

巨大的冲击力下，韦荞从台阶上重重摔下。

台阶最后一层，韦荞直直撞上去。她倒在地上头晕得厉害，毫无知觉。她缓了很久，才有力气再有动作。她抬手一摸，额头上全是血。她这才明白，她的痛感已经完全消失。

没事的，没事。她强迫自己冷静下来。

韦荞撑着坐起来，几乎有头颅开裂之感。她定了定神，猛地回头："许立帷！"

身后残垣断壁，哪里还有许立帷半分影子？

韦荞和许立帷曾经有一次人生解绑的机会。

高一那年暑假，许立帷心血来潮，决定去打零工。

他找到的第一份实习工作，就是在奶茶店做店员。每天的工作很机械：接单、做奶茶、对客人说"欢迎下次光临"。工资很少，按天结算，一个月到手的钱还不够十年后的许立帷在清吧喝一杯酒。

那个暑假，韦荞去看过他两次。

一次，是去提醒他，赵先生明令禁止资助生打零工；另一次，是在暴雨天许立帷来不及按时赶至时,韦荞替他打了半天工。

后来,果然有人将许立帷举报至赵江河处。

赵江河大怒。他不是善人,成立助学基金,为的就是二十年后道森能有他的可用之人。而这可用之人,就算是傀儡,也不是人人能当的。他费尽心机,不是为了培养废物。打零工,简直是浪费时间!

赵江河助学基金风险条款的第一条:因个人过错被基金会除名,需赔偿基金会损失,赔偿金额为十倍资助费。

生意场上的老手,从不让自己做亏本生意。

后来,将许立帷安全保下的,是韦荞。

韦荞用两句话令赵江河让步。

"打零工的不是只有许立帷,也有我,他缺勤那一日,是我顶替他做了一天。要除名,连我一起。

"听说是有人举报许立帷?这举报者有心了,将来入主道森,会是内斗的好手。赵先生,我拭目以待。"

韦荞谈判从来直击要害,一句威胁,一句反杀,足够了。

隔日,赵江河取消对许立帷的惩戒,同时,将举报者从基金会除名。

首席执行官必须精通的博弈与制衡这一课,韦荞初试牛刀,出手惊艳。

她和许立帷再次见面,是在暑假结束,高二开学后的围棋课上。

南城附中的体育选修课声名赫赫,尤其是围棋这一门,走出好几位知名国手。选修课是全年级盲选,报名人数众多。许立帷第一天上课,一眼就看见了韦荞。他看了她一会儿,在她后面一排落座。课上,两两组局对弈,教授一一报出组局选手。念到"韦荞"的名字时,许立帷心里停顿片刻,很快,他听见教授报出韦荞的组局对手——许立帷。

他松一口气,竟有很多愉快。

他终于在对弈时寻得机会,和她攀谈:"为什么要帮我?"

"你指哪次？"

"你知道的。赵先生找我谈话，我本已做好被除名的打算。"

"你就这么想被除名？"

"不知道。可能，也许，或者。坦白说，我也没有想好。"

许立帷一辈子都没什么叛逆期。就这一次，他浅尝辄止。

或许在那年夏天，许立帷是真正有过"想走"的念头的。他早慧，当年即已看透赵江河助学基金的本质，不过是要人卖命一生，做一辈子的傀儡而已。他觉得没意思，草草一生，遗憾得很。许立帷甚至想过要去打工偿还十倍赔偿金，可是最后，他没有再走。

因为，韦荞对他说："我帮你，是因为你上次月考比我高了两分，让我屈居年级第二。"

许立帷："？"

韦荞看着他，有种执着的天真："你的数学比我高了两分，我想了一个暑假，觉得这不可能。所以，在下次月考前，我不想让你走。"

冷静如许立帷，也无语半天。他猜到她心里所想："韦荞，是不是从来没人赢过你？"

"数学吗？"她点点头，"是的，你是第一个。"

许立帷笑了。他笑起来的样子不多见，韦荞看了一会儿，又低头下围棋。

许立帷就是在那天决定要和韦荞成为一生的朋友的。此前，他们更像"同盟"，而非朋友。许立帷忽然明白，他不会遇到比韦荞更适合做朋友的人了。知其白，守其黑，就像下围棋，她的一切都恰好令他想和她做挚友。

韦荞从来没告诉过许立帷，这场友情，她更像是那个获益者。如果没有许立帷，她不会有勇气和岑璋走到最后。

年少初恋，她有很多困惑。没有人能解惑，只有许立帷可以倾听一二。她心里清楚，没有人的口风比许立帷更紧。

"我不懂岑璋。"

月色朦胧，两人并肩走在上东大学的枫树下，她对月质问，亦是对自己质问。

"我不懂他的喜欢，我也不知道他的喜欢究竟能持续多久。"

少女心事，如果永远不会有，该有多好。

她说了不要喜欢他，却还是喜欢他。这样的感情，她平生第一次经历，全无经验，只剩孤勇。在岑璋那里，她从来不勇敢。

许立帷揽住她的左肩，就那么自然地，给出一个终生承诺："我不太信婚姻，这辈子也不打算结婚。所以，你这个朋友，会是我最重要的人。韦荞，不管你和岑璋最后会走到哪一步，在我这里，你永远都会是最重要的。我这样说，可以缓解岑璋带给你的压力吗？"

韦荞只当他开了一个无伤大雅的玩笑："那真是谢谢你了啊。"

后来她才明白，许立帷从来没有开玩笑，他说的都是真的。

她和岑璋好了又离了，那么多年，她伤心彷徨时，许立帷总会在那里，一如既往地陪着她。他陪她喝一杯酒，谈上三言两语，用工作令她振作，一次又一次给她复原的勇气，然后目送她再次回到岑璋身边。

人间太苦了，朋友是光，令我们来一趟人间，不至于太绝望。

韦荞撑着自己，一步步走上台阶。

钢筋和巨石倒下，堵住了场馆大门，扬起漫天灰尘，呛得韦荞眼泪直流。

她不顾一切，徒手将门口的巨石用力清除。可是她力量有限，巨石锋利，划破了她的手，依然纹丝不动。她不肯认输，用尽力气也不肯停——直到她看见一副眼镜。

"换眼镜了？很衬你。"

"嗯。半午前换的，戴着也习惯了。"

重回道森那天，许立帷长身玉立地站在楼梯口等她的样子历历在目，她从来没想过有一天，这个人会不在她身边。

而今那副眼镜就在不远处的地上躺着，镜片全碎，镜架断裂，大名鼎鼎的名牌镜片也挡不住致命伤害。

韦荞的眼泪忽然就下来了。

在名利场上走到今天，她终于被逼上绝路。她错算一步，竟将一生挚友推入生死之地。多日来的隐忍全面爆发，韦荞仰天怒吼，眼底一片火光。

岑璋今晚很忙。

道森新场馆试运营箭在弦上，韦荞分身乏术，照顾岑铭的重担全压在岑璋身上。岑璋今晚有越洋视频会，纽约、伦敦、新加坡三地的负责人轮流等着同他汇报，通宵加班在所难免。

岑璋将岑铭带去银行总部，陪他温书到晚上九点。岑铭沉迷做奥数题，不想睡，岑璋随他去。九点半，岑璋无缝切换，接入视频会议。

大宗商品行情不稳，市场扑朔迷离。今盏国际银行在全球大宗商品交易市场上的资金占比不低，今晚岑璋的重要工作就是听来自三大金融城的负责人汇报。

会议气氛不算好，岑璋欠奉态度，几位分区负责人颇有压力。岑璋在公事上向来爽快，他不给态度，通常就意味着他很不满意。

十点，岑铭还没睡，拎着作业本来找他，说题目不会做。岑璋暂停会议五分钟，替儿子把奥数题解了，然后继续开会。在场几位高管也都是做了父母的人，亲眼见到岑璋带娃的一面，心里的震撼可想而知——连岑董都免不了要在半夜带娃，如今为人父母是真苦啊……

凌晨，视频会议堪堪进入尾声。

岑璋翻过一页文件，做最后交代："大宗商品这块，今盏国际银行的一级风险评估要重做——"

他话音未落，"砰"，惊天动地一声响，黄扬径直闯入办公室。

岑璋随手将钢笔放下，表情很不悦："没叫你，进来做什么？"

黄扬手握电话，喘得不像话。他神情慌乱，一句话说得断断续续："岑董！医院，医院来电，韦总出事了——"

韦荞醒来是在救护车上。

她猛地坐起，脑中几乎有爆裂之感。两位医生忙不迭地扶着她，要她躺下。韦荞扶着额头，摸到厚厚的绷带。绷带上有血迹渗出，血腥味弥漫，在她的五脏六腑中横冲直撞。

"我这是在——"她仅说了几个字，嗓音就干哑得不像话，好似将死之人被险险拉回，尚未脱离垂死边缘。

刚才怎么了？她想不起来了。

一位医生慌张地扶她躺下："韦总，你有明显脑震荡迹象，请配合我们，千万不能有剧烈动作。"

救护车一路呼啸，停在医院门口。医护人员备好担架等候，径直将人送去急诊。

韦荞躺在担架上，直不起身。

她头晕得厉害，好似丧失机能的植物人，感官失去应有功能。她拼命睁眼，想看清眼前一切，却是徒劳。脑海里闪过重复性的记忆画面：医生、脚步声、刺眼的白光。原来，医院的天花板竟是白色的，聚光灯照在她头顶，与白色浑然一体。她被刺痛，睁不开双眼。

恍惚间，她听见凌乱的对话——

"另一个呢？"

"已在手术室。"

"主刀医生是谁？"

"张明华。今日当值最权威的就是张主任。"

"他资历尚浅，这台手术不好做，恐怕——"

好似心电感应，韦荞猛地坐起："许立帷！"

记忆碎片被一一捡拾，她想起今晚的噩梦，源于一场震天爆炸。

许立帷没有她幸运，下落不明，她再未见到他。

"许立帷！"

韦荞不知哪里来的力气，翻身下床，疯了似的跑去找他。其实，去哪里找，问谁找人，她是全然不知的。

"韦总！"医生护士大惊，纷纷要拦住她。

韦荞大怒："带我去见许立帷！听到没有！"

"韦荞！"一双手及时拉住她。

那人伸来左手，扶住她的肩，顺势将她拥入怀中。岑璋动作很轻，却坚定，任她如何挣都不行。

他拥紧她，在她耳边轻声告诉她："许立帷被送进了手术室，正在进行手术。我找了申南城最好的医生，在手术开始前，主刀医生已换人。如今在里面的，是申南城医学界实力最强的医疗团队。韦荞，你相信我，好吗？"

走廊窗户未关，凌晨一阵穿堂风，将噩梦暂停。

她一身狼狈，活像一个死里逃生的失败者。用绷带止血尚有血迹渗出，心里的伤口那么深，血汩汩喷涌，如何止得住？

大一那年，她和许立帷去看电影。屏幕上，斯皮尔伯格用一部《侏罗纪公园》横扫全球。许立帷忽然明白，向来对娱乐活动兴致缺缺的韦荞，为什么今晚会为一部电影隆重赴约。

"这部电影里有世界级的度假区概念。"

电影结束，她罕见地未从情绪中及时抽身，同许立帷在快餐店吃晚饭。也就是在那一天，韦荞对许立帷正式宣告她的理想。

"看见刚才的电影里，打造度假区特色运营模式的重要性了吗？"她像是说给他听，又像说给自己听，"未来，道森会超越。"

可乐喝了一半，她放下，对他发出邀请："许立帷，我们一起。"

那一双发亮的眼睛，烫得许立帷胸膛一热。

人间无趣，有人同行，比理想更重要。

就在那天，许立帷轻轻地"嗯"了一声，从此赴约，再没有离开她。

"他是为了救我。"韦荞捂住脸，泪水从指缝间奔涌。这一天她真的后悔了，这些年不该执着行事，将许立帷拖下水。

"他将我推出去，自己才没有来得及跑出来。"

她生命中最重要的那些人，一一被火伤害。先是岑铭，再是许立帷。岑铭的左臂被烧伤,烧得她多年心病未好,心里总是缺了一块,一碰就碎。如今许立帷为她,同样生死未卜,她要如何再能好起来?

"岑璋。"韦荞闭上眼,眼泪汹涌,"你救救他,救救我最好的朋友。"

韦荞情绪不稳,注射镇静剂后终于沉沉睡着。

隔日拂晓,手术室灯灭,许立帷被直接推入重症监护室。

主刀医生潘永年对岑璋交代,将话说得很隐晦:"许先生后背大面积烧伤,尚未度过危险期。"

岑璋脸色一变,正色地要求:"请务必救他,许立帷不能有事。"

"这个自然。"潘永年道,"岑董亲自开口,我们一定竭尽全力。但许先生伤得太重,实在是险,还是要靠他自身意志挺下来。"

"许立帷的意志不会有问题,他没那么软弱。"岑璋笃定地,再次要求,"这个人很重要,一定要把他救回来,拜托了。"

潘永年点头:"好,我知道。"

韦荞的状况也不太好。她受爆炸余震冲击,确诊脑震荡。住院一个月,她每日昏沉得厉害。有时难得清醒,她想下床走走,立刻呕吐不止。医生告诉岑璋,这是脑震荡的后遗症,她不能有任何活动,短期内只能以静养为主。

但,道森首席执行官的重责压在韦荞身上,她如何能静养?

媒体无孔不入,深挖道森凌晨突发事件真相。对世界级的度假区业态而言,安全管理永远是风控第一要义。就像韦荞说的,道森安全问题只能是零,否则,道森将万劫不复。韦荞在公共安全事件后对道森风险预警体系进行了全面升级,始终将新场馆置于隔绝外界的内测状态。媒体围追堵截,也只能捕风捉影。

外界喧闹,被岑璋一力挡在医院之外。

有记者在医院门口蹲守,黄扬遵照岑璋指示,恩威并施。他将岑璋的态度传达得很到位:要么,继续蹲守,法庭上见;要么,谈和走人,各自发财。

记者不约而同选择后者。

现如今，给谁打工不是打工？人要活，饭要吃。何况，今盏国际银行的律师团声名赫赫，放眼申南城名利场，都无人敢公然对抗。

当日，岑璋致电媒体高层。申南城就那么大，媒体话语权掌握在谁手里，岑璋一清二楚。他几句话，将立场摆上台面：继续为流量推波助澜，就是与韦荞为敌；与韦荞为敌，就是与今盏国际银行为敌。传媒大佬最懂隔盏听音，既然岑璋下场，这个面子当然要给。

深夜，药效退去，韦荞缓缓转醒。

岑璋扶住她，让她靠着床头坐起来。听她说饿，岑璋让她稍等，五分钟后随即有人推着餐车进来。南瓜粥、鲫鱼汤、鸡蛋羹，都是医生嘱咐的半流质食物。韦荞有了些胃口，吃得慢，还是吃完了，岑璋不由得松了口气。

撤走餐车，韦荞忽然道："我想去看许立帷。"

岑璋说："好。"

深夜，万籁俱寂。

住院部，走廊上亮着灯，间或有护士查房走动。

从住院部到重症观察室，有一段长长的走廊。韦荞伤未愈，走路有晕眩之感，岑璋扶她坐进推车，推她前往。对医院，韦荞一直有莫名的敬畏之感，每年体检亦有心要躲，常常借公事搪塞。若非有岑璋压着，她断不能做到定期体检。每年体检报告到手，她也不看，回回都是岑璋记得，替她看。

凌晨，韦荞穿行在医院里，药水味刺鼻，她忽然明白问题症结所在：她不是在回避，她是在害怕。

她有一个普通人对医院的本能恐惧。她恐惧一条性命，敌不过病痛、宿命、时间。

韦荞忽然一阵灰心，裹紧了岑璋披在她身上的羊毛毯。

重症观察室在走廊尽头，韦荞抬眼，一时怔住。

深夜，这里竟还站着一个人。

"丁小姐？"

韦荞声音沙哑，那人听见，也是一怔，仿佛也未想到会在这个时间还能遇到什么人。她徐徐转身，证实了韦荞猜想：正是世界著名小提琴家，丁嘉盈。

不远处，丁家公馆管家、保镖，一群人齐齐站着。看见韦荞，他们整齐地颔首致意。久闻丁家独生女，宠冠丁氏一脉。父母给足女儿底气，全力爱护女儿一生。丁小姐欢喜最重要，她半夜执意要来医院守一个许立帷，丁董事长和夫人也只成全，不拒绝，不惜派出那么多人保护，跟在她左右。

一时间，谁都未说话。

你为什么会在这里？这类话，是不用问的。一个人对另一个人好不好，有没有感情，全在动作里。

丁氏乐器行垄断申南城乐器市场三十年，《反垄断法》严格执行后，丁氏乐器行才交出部分市场份额。如今，随处可见的丁氏乐器连锁店依旧是这个老牌家族辉煌的象征。

自少年时代在小提琴演奏界崭露头角之后，丁嘉盈随即赴意大利深造，正式在世界级比赛中呈现横扫之势。毕业那年，丁嘉盈以人生首场演奏会跻身世界小提琴家名流之列。舞台、掌声、鲜花、追捧，放眼申南城名利场，丁嘉盈在一众名媛中都属翘楚。

但，就是这样一位大小姐，因许立帷丢了颜面。

一场商业合作，丁嘉盈记牢一个名字。从此，许立帷成为她人生中求而不得的败笔。她一再争取，他一再拒绝。大小姐心高气傲，自尊一败涂地。她将伤心和失望都变成迁怒。两人数年未见，未承想，再见面，竟会是在医院的重症观察室。

"他始终拒绝我，说不会喜欢我。我一直以为，这就是最坏的结果。现在我才明白，最坏的结果不是他不喜欢我，而是，这个世界上再没有'许立帷'这个人。"

二十四岁的年轻女孩看向韦荞，眼中有泪："没有他的话，我连喜欢的人都没有了。"

回病房的路上，韦荞想着这句话，眼眶微热。

两人进屋，岑璋抱起她，韦荞没来由地冲动，抬手搂住了他的颈项。

岑璋顺势将她抱上床，轻轻拥住："怎么了？"

"你要好好的，知道吗？"

"你是病人，该是我对你讲这句话才对。"

"岑璋，我是认真的。"她与死神擦肩而过，亲眼见证重症病房内外两隔的丁嘉盈和许立帷，韦荞才明白，生死之外无大事，这是真的。

"我听二婶讲过，你父母生前是想你好好选择世家女孩做妻子的。温柔大方，以家为重，没有那么多事业心，你的日子会好过很多。可是后来，你没有听从父母的意见。二叔二婶尊重你，也没有干涉过你的婚事。岑璋，我明白，这些年，我从来没有好好照顾过你——"

她未讲完，已被岑璋捂住嘴。

她的唇触到他的手心，比吻更缠绵。

"韦荞，我和你结婚，不是为了被你照顾的。"他话锋一转，存心同她玩笑，"林姨将我和岑铭都照顾得那样好，难道我也要娶？"

韦荞一怔，旋即打了他一下："林姨听见会骂你，不正经。"

"呵，是，林姨最大，明度公馆没她不行。"

深夜，浅浅的玩笑，将封存多年的难受都消散，这是夜晚独有的力量。

"所以，不要再那样讲，好吗？"他看着她，"我一直都好骄傲，我老婆是那么厉害的人。"

韦荞眼眶微热。她知道，岑璋是在以他的方式鼓励她。

现下的道森和韦荞，境地堪忧。扑朔迷离的意外，甚嚣尘上的猜测。人人有眼看、有心猜，道森怎么了？韦荞怎么了？只有岑璋不会怀疑她，还是会对她讲，我老婆一直都好厉害。

二十岁，婚姻最重要的，是相爱；三十岁，婚姻最重要的，是尊重。

无论你成功、失败、辉煌、潦倒，我永远会为你倾倒，起身为你鼓掌。

韦荞用力点头，满腔勇气重新回来："岑璋，你放心，我不会让自己倒下的。"

在韦荞的授意下，道森内测事件的消息被全面封锁。曹川硕成为警方重点调查对象。

据当日在控制室的两人——徐达、赵新喆，给出的口供来看，程序运营出现故障，无法停止，是事故发生的首要原因。而这项工作，正是山川质检的强势工作内容。

曹川硕被带走，接受审讯。

真相不明，坊间传言纷纷。人心不稳，股价率先反应。道森股价从最高位一路走低，罕见出现低迷走势。

扑朔迷离之际，一则重磅消息再次掀起市场哗然。

沃尔什在交易所发布一纸公告，公开宣布将对道森提出收购要约，以每股 32 元的价格收购道森 34% 的股权。

一时间，市场掀起轩然大波。

34%，非常敏感的数字：第一大股东韦荞的股权比例，也不过只有 33%。公告发布，沃尔什意图明显：取代韦荞，正式兼并在申南城的最大竞争对手——道森度假区。

公告发布当天，韦荞和阮司琦一跃成为风暴中心。阮司琦既然出手了，就意味着她一定会要。难点就在于，阮司琦要，不见得韦荞就肯给。

一场恶战，在所难免。

只有韦荞看出了点别的。

度假区业态不充裕的账面资金流，决定了沃尔什此项大额收购计划，动用的收购资金里必定有不菲的杠杆资金。

于是，一个问题昭然若揭：是谁，在背后力撑沃尔什的金融杠杆？

东南亚金融巨头寥寥，无非就是那几家。恒隆、汇林，还有，今盏国际。

身为局内人，很多事瞒不过韦荞。

韦荞是在一天晚饭后，当面质问岑璋的。

彼时，岑璋正陪着她散步。

医院后方有一处花园，曲径通幽。花园正中央有一片湖水，一池莲花盛放，香气袭人。韦荞每每经过，都会在湖边小坐片刻。

岑璋扶着她坐下，就听见韦荞一声轻问："沃尔什对道森发起的恶意收购，资金来源里，有没有今盏国际银行的份？"

岑璋没有说话，在韦荞身边坐下，用手扶着她的腰，时刻保护。

两人并肩坐了很久，岑璋点头承认："有。"

韦荞没有生气，转过脸，看着夜色下的一池莲花，懂了："阮司琦动用了，250亿的银团融资。"

作为东南亚经济重镇，申南城对引进外资这一工作责无旁贷，外商投资指标历来是衡量每任领导政绩的重要环节。沃尔什体量可观，落地申南城不仅能带来税收效应，还能辐射餐饮、交通、旅游等多行业。在金融管理局的牵头组局下，今盏国际银行最终承担起60%的银团融资金额，岑璋一次性到位150亿，给足面子。

同为世界级企业高层，韦荞明白游戏规则："250亿银团融资成立，按照惯例，金融机构负责资金融支持，有资金监督的权力，但没有插手经营权的权利。这是申南城对外商投资开出的政策优惠条件，即便是出资银行，也没有插手的余地。我没猜错的话，你们也是这样约定的，是吧？"

岑璋点了一下头："嗯。"

韦荞静默半晌。

名利场残酷，刺刀见红，有时也非本意。人生很多事都是这样的，你也不想这样，我也想不到会这样，但最后结局到了，登台亮相，没有赢家，我们都输了。

"岑璋。"韦荞轻声道，"你该怎么做就怎么做，你有你的立场，不必顾虑我。"

岑璋没有说话，扶在她腰间的手始终未放下，搂得很紧。他的态度从来不在话里，都在动作里。

他看向她："你不想问，我是怎么想的吗？"

韦荞笑了一下，人尚未痊愈，连笑容都少了很多力气。她轻轻展颜，很快就落下了，像力量全无，撑不到最后。

"好吧。那，你是怎么想的？"

岑璋看着她，将妻子的伤痕累累尽收眼底。他缓缓搂住她的肩，在她耳后轻轻一吻，低声倾诉决心："我和以前一样，只想……徇私。"

隔日，岑璋约见阮司琦。

晚上八点，金融区灯火通明，丽璞酒店挺拔矗立在城市中心地带，自有傲视之姿。

门口，一辆黑色轿车缓缓停下。酒店侍者恭敬地拉开后座门，阮司琦下车，径直走入酒店。标志性的黑色细高跟踩在大理石地面，声音清脆。今晚，她有贵客招待，是敌是友，全凭本事。

二十六楼会所，今晚被人大手笔包场。

会所全屋布置成新中式风格，餐厅中一张降香黄檀双层圆桌，上置园林桌花，中间摆放的奇珍异石尤其受名流喜欢。

阮司琦推门进入，先声夺人："岑董，当日我亲赴东欧，见你一面都好难。如今岑董亲自为我设宴，韦总的面子当真是大。"

岑璋正站在落地窗前，听闻质问，没有否认。

"既然阮总知道我为谁而来，我们就把话放台面上讲好了。沃尔什对道森的恶意收购，杠杆资金里，不能有今盏国际银行的份。"

一场谈话，兵不血刃，双方都在赌。

阮司琦有备而来，看住他，提醒一二："岑董，你来找找之前，想必一定已找过别人。"

双方都是老手，谁都明白博弈重点。

阮司琦猜得很准,沃尔什对道森的恶意收购要约一经发布,岑璋耗费的心力不比韦荞少。

他第一时间致电金融管理局,申明今盏国际银行对沃尔什的金融支持不能用于同业购并。"一把手"张闻天老谋深算,一听就明白了岑璋的言下之意。什么同业购并?能称得上是沃尔什同业的,也就只有道森。

岑璋这是在护短哪。

张闻天在公门三十年,步步高升岿然不倒的背后自然有他的厉害之处。他当即客气地表示:"岑董说得是,金融支持当然要着力畅通企业信贷、债券、股权等多元化融资渠道,为建设金融强国添砖加瓦。"

百不出错的言辞,放之四海而皆准。这就相当于将拒绝的态度摆在了桌面上:市场行为,只要在法律和道德的框架下运行,官方就不会轻易插手。

挂断电话,岑璋明白了张闻天的态度:他想要护短,但凭本事。

岑璋略作考虑,直接约见阮司琦。对方倒也爽快,当即同意。岑璋知道他师出无名,本着私心周旋调停,这场博弈不会太容易。

阮司琦亦非能被轻易拿捏之人,开门见山:"岑董,250亿银团融资,也不是今盏国际银行一方出资,你单单要我拿掉你的这份,目的会不会太明显了?"

"阮总,这不是我想考虑的问题。"岑璋态度强硬,"白纸黑字,我们按合同来。你想要用今盏国际银行的60%份额,作为杠杆资金撬动对道森的恶意收购,我不会肯。"

阮司琦脸色一变,提醒他:"岑董,按合同来,你想要提前撤资,违约金会高达50%。"

"50%而已,我连这点违约金都付不起,开什么银行?"

和岑璋硬碰硬,申南城没人会是赢家。

这个道理,你懂,我懂,阮司琦也懂。既然不能碰硬,那就只能来软的。坊间传言,岑璋对韦荞软硬都吃,对旁人则是软硬都不吃。

阮司琦想起这些传言，一时间颇为头疼。

她走一步算一步，以试探开场："岑董，你是为韦总？"

"不然，我为谁？"

阮司琦倒是没想到，他坦白至此，以公谋私的心态连装都不装。

阮司琦点头，予以肯定："夫妻之间，同舟共济，自是应当的。"岑璋未接腔，等着她的"但是"，阮司琦没有让他等太久，"但，岑董，沃尔什的年度计划里，其实并没有对道森的恶意收购这一项。沃尔什的突然提速，根源还在于道森。"她看住他，坦言，"是道森处处漏洞的经营，给了沃尔什赢的机会。"

话音落，岑璋脸色未变，一道视线盯着她，紧迫盯人。

阮司琦知道，方才寥寥数语，他有听进去。否则，你几时见过岑璋同人过不去，用视线盯人？

"岑董，韦总一腔心血，道森配不上。"她坐下，双手交握支着下巴，同他遥遥相望，"不如交给我，我来驯服它。"

话到此，彼此都知道再没有余地可谈。

"好。"岑璋没有犹豫，径直离开，甩下一声通知，"我和你，想要的，各凭本事。"

申南城的夏季很难熬。

高温天，像总也过不完似的，夹杂着雷暴，整座城市黏腻又沉闷。

夏秋之交，两宗重磅事件接连上演：周一，今盏国际银行宣布对沃尔什的银团融资违约，一夜撤走 150 亿支持资金，为此支付的违约金高达 50%；三天后，沃尔什宣布放弃对道森的恶意收购。

少了今盏国际银行的份，强势如沃尔什也顶不住现金流紧缺的压力，只能以收手结束。

媒体闻风而动。明眼人都看得懂：岑璋还是为韦荞下场了。

今盏国际银行董事会为此拍案而起。以袁肃为首，握有股权份额的董事们对此怒不可遏。

今盏国际银行挑起银团融资重担，沃尔什对道森的收购计划一旦落地，强强合并的效应下几乎可以预见市场对沃尔什的追捧之势。作为出资方的银行，回报率将相当可观。然而，岑璋强行撤回资金的举动，不仅令今盏国际银行赔付的违约金高达50%，更令沃尔什对道森的收购计划从此终止。可以说，岑璋的这一行为，将今盏国际银行、金融管理局、沃尔什、同业银行，全部得罪了。

袁肃本就对岑璋有诸多不满，在董事会上更是拍了桌子："一言堂，狂妄至极！"言下之意很明显，还不将岑璋弹劾撤职，要等到什么时候？

为平众怒，岑华桥再次被推向台前。

岑华桥苦思一晚，在隔日宣布，代表董事会给予董事会主席岑璋一个月的休假期，休假结束再返岗。

这才堪堪止住众怒。

岑璋罕见地没反对，平白得了一个月假期，岑璋收拾好东西当天就离开了银行。他有了时间，天天陪在医院病房，和韦荞形影不离。

夫妻俩心理素质过硬，同时遭遇职业生涯的重大变故，也没见异样。黄扬放心不下岑璋，特地拿了鲜花和礼物，到医院探望，推门进去看见他正在和韦荞玩叠叠高。黄扬的推门声令岑璋分神一秒，最后一块积木没搭稳，整座塔楼轰然倒塌，韦荞轻声道："大厦倾倒，你输了哦。"

黄扬就是在这一刹那鼻尖一酸，没忍住眼泪："岑董——"

夫妻俩一致看向门口，这才发现黄扬来了。

可是他来就来吧，一来就号啕大哭是什么意思？

黄扬伤心至极，抬手抹眼泪，声泪俱下："岑董，我知道你心里难受。就像韦总说的，大厦倾倒，但岑董，今盏国际银行里还有很多人支持你，一个月后你一定能回去的……"

岑璋、韦荞："……"

韦荞连忙抽了一张餐巾纸，走过去递给他："黄扬，我们只是在玩游戏，我刚才说的话没有影射谁的意思。"

黄扬情绪激动，忍不住抱着韦荞哭了会儿。这个时候，只有韦总能让他有安全感。

岑璋顿时就偏离重点了，拿了一张餐巾纸走过去，顺势把黄扬从老婆肩头拉开："你要哭就好好哭，不要抱着韦总哭。"

前有许立帷，现在有黄扬，岑璋就搞不懂了，怎么那么多人喜欢抱着他老婆哭？他老婆是什么止哭神器吗？

黄扬还在伤心，劲缓不过去，哽咽着声音："韦总，我不想岑董被弹劾离职，我还想跟着岑董……"

岑璋无语，多少觉得有点丢脸。韦荞带出来的顾清池是多么厉害，二十几岁的小姑娘叭叭喷火，到哪都是一副跩姐气势。黄扬同样跟了他七年，跟顾清池一比，简直差了十万八千里。

他还在跟黄扬胡说八道："好了好了，就算我不在了，我也会帮你安排好职位的，放心。"

黄扬听了，哭得更大声了。

韦荞推了一下岑璋的额头，示意他不要再胡说了，没见把人伤心成这样了吗？

黄扬哭得真情实感："韦总，岑董会下岗吗？"

等黄扬伤心的劲儿缓一缓，韦荞这才拍了拍黄扬的肩，安慰地道："黄扬，有我在，岑董不会下岗的，你放心。"

岑璋："……"

韦荞出院那天，大家集体来接她。

岑铭、赵新喆、徐达、徐妈妈、顾清池、黄扬，还有岑华桥和温淑娴，齐齐到病房探望。

桌上，放着一个水果蛋糕。一块巧克力铭牌插在蛋糕左上方，上面写着"妈妈身体健康"六个字。字迹不算漂亮，但工整。是一笔一画用心写的，这是岑铭的作风。

"妈妈，我等你回家等好久了。"

岑铭快步上前，韦荞弯腰俯身，母子俩浅浅拥抱。

温淑娴对这孩子心疼至极："可不是吗？你住院这两个月，岑铭在我那里，每天都在想你。每次来医院看你，回家后晚上都睡不着，孩子担心你呢。"

韦荞起身，衷心道谢："二婶，麻烦您和二叔这些天对岑铭的照顾，今天还特地跑这一趟来接我。"

"不麻烦。我们也一直想来，只是岑璋拦着，担心会影响你休息，所以我们也不好常来。"

说着，岑华桥递上一份文件："来探望病人，自然是不能空手来的。韦荞，如果你有需要，尽管写给我。"

韦荞不明所以，接过文件，打开，视线一扫，韦荞脸色一变："这是？"

"这是今盏国际银行的董事会提案。当然，是空白的。"岑华桥快人快语，"道森出了那么大一桩事，要用钱的地方不会少。如果你有需求，岑璋不方便的话，我可以帮你。今盏国际银行的董事席，我还是能说上话的。"

韦荞心下动容："二叔——"

论私交，韦荞和岑华桥并不熟稔，双方见面最多的场合就是周末的家庭小聚。而今，在她落难之际，岑璋不便做的，岑华桥代为做了，韦荞没有理由不对他心存感激。

岑华桥摇手，意思是"不用客气"。

"对了，许立帷怎么样了？"

"他好多了，下周就能从重症观察室转入普通病房了。医生说，他这几天就会醒。"提起这个，韦荞很欣慰，"只要他醒了，真相也就清楚了。"

屋内众人皆是一惊。

连温淑娴都好奇："什么真相？"

"那么严重的爆炸事故，离不开火药的分量。而火药，隶属材料的一种。"韦荞不疾不徐，昔日和许立帷联手闯过人生种种难关的感觉分明又回来了，"时至今日，还是会有很多人以为，许立帷是学金融或者管理出身的。其实，这是错的。生化环材，四大天坑专业，许立帷占了两个。他会受重伤，也是因为他要拿证据。实际，这件事上他才是专家。"

凌晨两点，医院万籁俱静。

住院部只剩走廊亮着灯，间或有护士换药，脚步声轻得几不可闻。在生老病死之处，发出声响都好似打扰。

岑铭四岁时，韦荞给他读过一本绘本，名字叫《12个人一天的生活》，讲述了一个小镇上12个人一天的生活。其中有一位叫沙拉小姐的护士，总是作息颠倒。

"那时候岑铭不懂，沙拉小姐为什么总是晚上工作，白天睡觉。我告诉他，因为沙拉小姐是护士，护士需要值夜班。岑铭又问，晚上的医院里就不会有其他人了吗？我告诉他，除了医生和护士，不会再有别人。现在我才发现，我错了。凌晨的医院，也完全有可能有其他人。比如，想要灭口的凶手——"

话音落，"啪"的一声，开关被按下，病房内，一室灯火通明。

韦荞长身玉立，正垂手站在病房门口，静静地看着病床前，一个阴冷背立的身影。

这身影不高，灯光大亮时，还略显沧桑，是一个很能引人好感的身影。当他背对你时，显得是那样可靠、慈祥、包容。

连韦荞都被这身影骗了多年。她沉声，揭开谜底："我说的对吗，二叔？"

岑华桥缓缓转身。

他友善、和蔼，一如从前，甚至还有好风度，凌晨也不忘同她寒暄："这么晚，你也来了？辛苦。"

韦荞忽然感到一阵滑稽。既在情理之中，又十足恐怖。

"这句话该是我来问才对。"她看向他,"二叔,你和许立帷非亲非故,凌晨两点来探望? 不合常理。"

"当然,不合常理。"他答得老实忠厚,活脱脱一副无辜老人模样,"我只是,来拿白天忘记在这间病房里的东西。离了它,我睡不着。"

说完,岑华桥落落大方,走到桌旁,拿起一个皮夹。

韦荞认得这个皮夹。

这是岑华桥的爱物,跟随他半生,是他的妻子温淑娴亲自做给他的。温淑娴出身世家,手工十分了得,岑华桥四十岁生日那年,温淑娴做了这个皮夹送给他。四十岁,男人最好的年纪。温淑娴在皮夹内层缝制了一个透明小袋,放置了一张合照。合照是岑璋拍的,普普通通的生活照,温淑娴在插花,岑华桥陪在一旁弹古筝。岑璋那时还在念书,加入了社团沉迷摄影,闲暇时顺手拍下这张照片,温淑娴喜欢得很。

一瞬间,韦荞觉得残忍。他竟然利用深爱他的妻子送给他的心爱之物,企图逃脱一身罪名。

"二叔,这间病房,有监视器。你的一举一动,都已被记录下来。"

岑华桥眼色一沉,但他很快稳住:"韦荞,按申南城法律,医院病房属于隐私空间,擅自安装监视器,是违法的。即便拿上法庭,也不能当作证据。"

韦荞垂手插在风衣口袋里,看他半晌。

生死局,岑华桥有备而来,她也是。

"二叔,我已向经侦做过报备。"

岑华桥脸色骤变:"你——"

"是,我设局,就是为等你。"

终局战争,不是你死,就是我亡。深夜凌晨,一样犹如光天化日之下。上战场,除了手刃,没有第二条路。

"坦白讲,在今晚你出现之前,我怀疑过很多人。"韦荞踱步进屋,声音徐徐,"我怀疑过阮司琦,她同我缠斗五年,从马来西亚打到申南城，始终未能在市场份额上更进一步；我怀疑过闻均，他心高气傲，手段毒辣，被我从道森辞退，难免心生怨恨；我怀疑过赵江川与赵江流，平白被我夺走了道森控股权，家族企业就此沦为被职业经理人全盘把控的现代制公司，他们有理由不服。我甚至，怀疑过岑璋。顶级的猎杀者，人生大部分时间都是善者模样，一生吃素，只为了最后一刀下去的时候，没有对手。我怀疑过岑璋想要将道森据为己有，毕竟，我在他的书房抽屉里找到过他测算收购道森的预算表。"她站定，同他当面对质，"二叔，我唯一没有怀疑过的人，就是你。"

岑华桥目光平静："你现在也不应该怀疑我。"

"是吗？"韦荞伸手一指，"监控器记录下了你的所有行为。你今晚来这里，是为什么？二叔，都到这时候了，我们彼此坦诚一点好了。"

岑华桥按兵不动："好啊，韦总，那我就听一听你的高见。"

韦荞收手，缓缓踱步："坦白讲，二叔，你很高明，每一步都算准了，你假借他人之手，混淆我的视线。你第一次对道森下手，就制造了亲子场馆公共安全事件。你知道近江动物园一直有在从事实验猴二次贩卖的生意，于是你买通内部人，置换了本应该送进道森亲子场馆的样本。这件事足以令道森万劫不复，可是，岑璋下场了，用百亿资金给了道森再一次的机会。这么大一桩意外，我当然怀疑有内幕，可是恰逢我识破赵江河利用林清泉牵制我的真相，所以，我被混淆了视线，偏了方向，没有再深究。你第二次动手，就将手伸向了赵新喆。三亿高利贷资金，赵新喆通过'中间人'的介绍与锦流堂搭上了线，就这样中了你的圈套。但你没想到，正是从这件事开始，我确定了有人在背后置道森和我于死地。赵新喆的人际关系网我很清楚，虽然杂，但并不乱。那么，这个'中间人'究竟是谁？虽然当时我完全不知，但这个幕后黑手就这样暴露了他'存在'的事实。你很谨慎，赵新喆事件之后，你沉默很久，始终没有再进一步行动。老实讲，坐立不安的人，是我。你在暗，我在明，无论如何我都处在下风。挡得住你两次，很难挡得住下一次。所以，我设局，引你出来。我利用新场馆数字全息项目，向外界全方位铺开道森质检 100% 安全的新闻。营销是把双刃剑，在安全性尚未落地之前即全面铺开，一旦发生任何安全事故，道森都将毁于一旦。所以，我赌的就是，你不会错过这个机会。果然，你动手了，可是我没有想到，你竟然出手这么狠，差点害死许立帷。事情到了这个地步，我也没得选择，只能将计就计，告诉你许立帷手上有证据，你终于坐不住了，深夜前来，就是为了亲手了结他。"

岑华桥笑了。

"很精彩。"他并不急着否认，话锋一转，"可是，你的推断里，有一个致命漏洞。那就是，我没有动机。"他笑容慈祥，浑然不似韦荞口中的凶手，"论公，我并不参与今盏国际银行的日常经营，同道森度假区更是没有业务往来。论私，我向来尊重岑璋私事，婚前婚后，我都从未插手他同你的关系。这两点，你不会否认吧？"

韦荞应声："当然不会。"

"这就是了。"他看向她，笃定地说，"我同你，公私皆分明。我为什么，要耗费那么多心思，去将道森和你置于死地？"

"因为，你的目标不是道森，也不是我。"

岑华桥脸色骤冷。

韦荞看透他："二叔，你的目标，是岑璋。"

"哦？"

"岑璋稳坐今盏国际银行董事会主席之位八年，要将他从这个位子上拉下来，无异于天方夜谭。所以，你想到了利用我，牵制岑璋，三番五次拖他下水，进而动摇岑璋在银行的地位。只有这样，你才有机会，联合董事会弹劾岑璋，罢免他董事会主席的权力。"

岑华桥骇笑："韦荞，你说什么呢？"他提醒她，"你别忘了，岑璋能坐上董事会主席的位子，是我一手将他抬上去的。没有我的打点，根本不会有今天的岑董。"

"是，八年前的二叔，含仁怀义。可是后来，架不住意外发生。"

"哦？"

韦荞看着他，眼神悲戚。这一刻，她忽然发现，她并不恨他。天下事，有果必有因。诚然凶手可恨至极，但追溯原因，很难不让人长叹一声。她不赞同岑华桥，但她能理解岑华桥。

"二叔，你背着二婶做的一些私事，瞒得过我这个外人，但瞒不了岑璋。"

重回申南城那一阵，韦荞公事缠身，加班加得厉害。

有一晚，顾清池小声告诉她："韦总，我连续三天都看见岑董晚上等在道森门口，但他总是站一晚就走，也不见他进来找您。"

韦荞一愣，心里疑惑。

她留了心，第四日，真被她堵到人。

道森总部不远处，隔一条马路的地方，停着一辆黑色轿车。

CZWITH522。

她的生日，他的名字，中间一个"和"字，像极了古时大婚那日，满窗满屋的"和"。

他不知何时到的，但显然已到多时。人倚着车门，手里一根烟，不紧不慢地抽。脚边一地烟灰，做足整晚烟鬼。

可岑璋，从来不是烟鬼。

没来由地，她心里一紧。她宁可见他饮酒，也不愿见他抽烟。岑璋心思重，又不爱倾诉，烟就是他的表达。烟味呛人，被他从嘴里吞进吐出，将他心里的痛苦和委屈都说予她听了。

月光那样好，也会突然下雨。

一场大雨突至，斜风吹打，雨水横着飘。昏黄路灯下，有一天一地的雨，连绵不绝好似天也在伤心，要在人间小泣一回，让别人看见它伤心。

她心里 紧，眉头深锁。

岑璋还在那里，斜靠着车门，半点姿势都未换过。好似雨从天降都同他无关，他抬头，望的不是天，望的是有她在的那间屋。

韦荞急匆匆地下楼，"砰"的一声撑开伞。她快步走过去，两人咫尺，她将伞移到他上方，顷刻间就同他有了一个小世界，风进不来，雨进不来，只有两人一体，多好。

"怎么一个人跑来这里淋雨啊？"

人生于寅，夫妻生于几时？恩爱不疑时。见他稍稍淋一场雨，她都舍不得，不怪他乱跑，要在心里怪雨。

"走吧，去我休息室，洗澡换套衣服再回家——"

她未说完，就被岑璋抱住了。

他仗着身高优势，将她牢牢扣在怀里，不许她转身。他低低垂首，深埋在她颈项处，贴着她的脸颊。雨水顺着两人侧脸滑下来，将一场小小的肌肤相亲隐匿在雨中。

"抱一下。"他在她耳边低声道，"我想抱一下。"

情话缠绵，她接不住，似有烧心之感。她以为他故态复萌，要对她浅浅撒娇。

岂料，他是在对她，万分抱歉。

"韦荞，对不起，我连累你，连累道森。"

她愕然，不明所以。

雨声哗哗，手里黑伞应声掉地，无人在意，无人去捡。她被他从身后抱紧，沉默良久。她就那样被他抱着，在心里告诉自己，一定是下雨的错。

岑璋在她耳边低声讲了什么。

韦荞听得分明，那是一个离岸银行账户。

"你想要的答案，就在这个账户里。"说完，他猝然放开她。

周身温度瞬间撤去，暴雨倾泻，浇透两人全身。方才他的胸膛抵着她的背，心脏和体温一样滚烫。一瞬撤去，暴雨归位，她接不住，好似掉落九重天，重归人间。人间最苦，爱没有回应，万劫沉流。

"知道岑璋给我的，是什么吗？"

"……"

"董事会主席的位子那么难坐，岑璋能坐稳八年。二叔，你以为，他还是当年那个稚气未脱的岑璋吗？你让他在三亿高利贷事件中吃了那么大的暗亏，岑璋会坐以待毙吗？他不会。只要他想，他就能办成任何事，也能追究任何事。"

深夜风起，走廊四下起声，好似呜咽，岑华桥心里一阵不喜。

他等着她摊牌。

韦荞如他所愿："岑璋给我的，是一个离岸银行账户。近四年，从这个账户出去四千万，每年一千万。而收款账户是：方金魏。"

岑华桥矢口否认："我不认识这个人。"

"你当然不认识。你认识的不是方金魏，而是他的妻子。"

岑华桥忽然怒目："韦荞——"

韦荞心下了然。原来，不动如山的岑华桥，也会害怕。战局已起，谁都没有退路了。

韦荞沉声，揭开游戏底牌："方金魏的妻子，就是林榆。"

"砰！"岑华桥一掌击在桌面上，好似忍无可忍，要她停下来，不准再说下去。

韦荞觉得讽刺："二叔，你也会害怕吗？背着二婶和林榆有孩子的时候，你害怕过吗？对，四年前，林榆生下的二胎孩子不是丈夫方金魏的，而是你的。他今年几岁了？四岁了。其实，你本来不想对岑璋下杀手，你最初的打算，是将岑璋变成真正的'一家人'，所以这些年你极力想让岑璋和方蓁在一起。方蓁是林榆的女儿，如果她和岑璋结婚，岑璋即便将来知道了你和林榆的丑闻，也很难宣之于口。可是，你万万没想到——"

岑华桥接下她的话："万万没想到，岑璋不肯，而你还在此时回来了。"

韦荞倏然仕口，等着他说下去。

岑华桥面目阴沉。

事已至此，他反而无所顾忌。真相大白，一拍两散，也不错，他本就从未打算要同她真正成为一家人。

"韦荞，你回来得……真是令我很生气啊。"

"是吗？"

"当然。就是因为你，岑璋再也不肯看任何女人一眼；也是因为你，让岑家有了岑铭这个麻烦。今盏国际银行只有一个，我当然不会拱手让给你的孩子。"

"所以，你要除掉岑璋，自己上位。然后等你的孩子长大，扶他坐上今盏国际银行最高权力人的位置。"

"为人父亲，当然要替孩子打算。我老来得子，定要为他做最好的打算。"

"二叔，我知你为人无耻，但万料不到，你竟能无耻到如此程度。"

岑华桥脸色挂不住，十分愤恨："你说什么？"

韦荞看着他，想起他的妻子，一股热流涌上心头。那是一个女人对另一个女人一生悲苦的深切同情。

"你对得起二婶吗？二婶这一生，爱你、敬你、护你，因为孩子这件事，更是对你一生愧疚。而你呢？竟然背着她和林榆有了孩子。为了这个孩子，还做出那么多伤天害理的事。你想过二婶一旦知道这件事，她会怎样吗？她会被你推向深渊。"

岑华桥昂首，病入膏肓的错，而他并不自知："我说过了，我完全不爱林榆，我爱的人永远只有我的妻子。但，我也爱孩子，这两者并不冲突。"

他一直是喜欢孩子的。结婚那晚，他就想过将来自己的孩子会是何种模样。可是天不垂怜，温淑娴大病一场，病好后再也不能生育了。他那时年轻，疼惜妻子胜过一切，以为不要紧，不过就是没有孩子，人生不至于过不去。可是后来，他老了。他渐渐发现，人生真的过不去。他什么都有，就是没有孩子。他每每见到岑铭，心里的痛苦就更甚。如果他有孩子，一定比岑铭更好、更聪明。哪个父亲不希望拥有一个聪明的好孩子呢？

所以后来，他会和林榆有孩子，是意外，又不是很意外。

那晚，温淑娴外出参加福利院慈善公益活动，走前和他吵了两句。连温淑娴后来都承认，那次是她不对，她太敏感了。

岑华桥只不过是叮嘱她一声"记得把美甲卸了，会划伤小朋友的"，温淑娴就有些激动地反问他："你就只关心孩子，不管是不是自己的都喜欢，对吧？"

岑华桥被她突如其来的指控骂得一愣，当即让步，服软说"不是这样的"，让她别多想。

其实温淑娴讲得对，不管是不是自己的孩子，岑华桥那时都喜欢。他没办法有一个自己的孩子，除了喜欢别人的孩子，他还能怎样？

温淑娴走后，家里只剩他和林榆。他心里不好受，喝了酒。林榆给他端来醒酒茶，见他醉酒难受，伸手替他松领带，被他一把握住手，事情就那样发生了。

事后，他悔恨很久。可当他知道林榆怀孕了，他所有的悔恨顿时烟消云散。这是多么好的一次意外，就像是上天在弥补他，让他一偿夙愿。

他办事果决，手段毒辣，很快用钱摆平林榆和方金魏，让他们夫妻俩好好抚养孩子。这四年，他每年往方金魏的离岸账户里汇入一千万抚养费，抽空亦会去看孩子。林榆夫妻都是懂眼色之人，尤其是方金魏，每次得知他要去，都会早早出门，避开同他打照面的机会。岑华桥觉得这是成年人之间顶好的关系，彼此有默契，彼此不为难。

如果没有韦荞，一切都会在他掌握之中，按最好的安排走下去。

岑华桥恨极："道森有难，岑璋绝不会坐视不理。只要他有所行动，就能成为我煽动董事会弹劾他下台的理由。他利用自由裁量权批给道森百亿财务投资，董事会弹劾他，被他侥幸过关。那时我想，不急。我令赵新喆欠下巨款，你果然坐不住了，央求岑璋保他无事。就这样，岑璋的银行记录就会留下一笔重要痕迹。可是我没想到，在你的出手干预之下，就这样让岑璋险险翻身，重塑公众信心。岑璋和你联手，比我想象中难对付得多。所以，我不得不冒险，对道森第三次下手。"

韦荞声音森冷："这就有了那天的内测爆炸事件。"

"是。"事已至此，他也不必再否认，"果然，很顺利，不是吗？岑璋为了你，撤回沃尔什银团融资，一举得罪所有人。我借机让他下台，终于可以，一偿夙愿。"

岑华桥冷眼望向她，有作恶不得的彻骨之恨："可是我没想到，这竟然是你和岑璋联手设下的局。"

韦荞看向他，眼神有些怜悯："二叔，你的计划天衣无缝，最先怀疑你的，不是我，而是岑璋。知道为什么吗？"

"……"

"当初，林榆生病动手术，你不该因为对她的愧疚，而让岑璋去医院照顾她的。"

岑华桥愣在当场。

韦荞转身："女人有了孩子，总会对孩子的父亲有异样的留恋。正是林榆提起你时的反常，引起了岑璋的怀疑。"

说完，韦荞举步就走，与他正式决裂。

名利场，生死局，从此各凭本事见红白。

当晚，岑华桥被经侦带走。韦荞随同公安前往，配合调查。

证据链完整，一宗商业大案浮出水面。

岑华桥在申南城银行界深具影响力，经侦慎重处理，对所有相关人员下指示，要求严格保密，尤其不能对媒体透露风声。

办案人员忙一晚，天际微亮，案件轮廓逐渐清晰。

分管经侦的局领导栗国梁亲自和韦荞交谈，了解案情细节。两人谈毕，已是晌午时分，栗国梁送韦荞离开。

两人走下台阶，刑侦支队队长严锋风风火火突至。严锋为人冷峻，这会儿跑着来急见，可见是有要事。

栗国梁率先开口，问："什么事？"

严锋看了一眼韦荞，欲言又止。

韦荞见状，随即避嫌："栗局，我有事先走，你们忙。"

栗国梁说："好。"

严锋开口："等等。"

严锋面向栗国梁，严肃汇报："十分钟前，东区那一带，突发一宗失踪案。"

栗国梁眼色一沉，严正指示："那你到我这来干什么？还不去现场？！"

严锋看向韦荞。

韦荞接住严锋抛来的眼神，心里一沉，有不好预感。

严锋知道，他给的暗示足够多了，韦荞在名利场多年，应该能在这一瞬间的缓冲时间里稳住自己。

严锋沉声告知："孩子失踪的地点，是阳湖府邸。失踪的人，正是韦总……您家的公子。"

从警局到阳湖府邸，自驾有二十分钟路程。严锋亲自开车，送韦荞过去。

在申南城，韦荞是名人，严锋听说过不少关于她的传闻。严锋对韦荞的浅表性印象很具代表性：名利场人，冷情冷性。

但这会儿，严锋改变了想法。

失踪的孩子是她的独生子，韦荞的表现不得不令严锋敬佩：冷静、缜密、果敢，没有哭天抢地，没有惊慌失措。

车上，韦荞略加思索，便开始问："谁带走了他？"

"方金魏。"

"是他——"

"韦总，你不意外？"

"当然意外，但，也在意料之中。"严锋还想问，韦荞快他一步，"等这件事解决，你们经侦的同事会给出更详细的答案。"

严锋明白了："保密原则是吧。"

韦荞未回应，表示默认。她又问："他的诉求是什么？"

"不知道，还未接到诉求电话。"

话音落，严锋罕见地在韦荞脸上看见焦虑和恐惧。一闪而过，转瞬即逝，几乎令严锋怀疑自己看错。他再想看，韦荞的表情已如古井，没有半分痕迹。

见她不说话，严锋轻轻咳了一声，见缝插针地将案件经过告诉她。他原本没有把握，毕竟涉及她的孩子。该把案件讲到何种程度，既对破案最为有利，又不伤害到一位母亲，十分考验严锋的办案能力。但，严锋最终改变想法，决定赌一赌。他赌韦荞有能力，可以稳稳接着已经发生的既定事实，然后用她的冷静和缜密，和警方一道破局。

严锋看了一眼后视镜，由衷地说："韦总，你是我见过的，最冷静的家属。我向你保证，我们携手配合，一定能将令公子安全带回来。"

韦荞说："好。"

昨晚，岑铭住在阳湖府邸。

身为独生子女的孩子，岑铭身上体现了一代人的"断亲"现象：除了父母，岑铭平日能走动的亲戚，只有阳湖府邸。自岑铭出生起，每逢周末，岑华桥都会接他来家里住两日。尤其是韦荞和岑璋离婚的那两年，岑铭在阳湖府邸住的日子不算少，这里完全可以算是半个家了。

昨晚是周六，岑璋带岑铭去阳湖府邸看望温淑娴。温淑娴老来怕寂寞，到了晚上，岑铭就被留下了。

"你二叔这两日有事不在家，我一个人安静得慌，就当让岑铭陪我。"

岑璋原本不肯。银行还有事，他今晚无论如何都要回明度公馆，断不能把岑铭一个人留下。听了温淑娴这句话，岑璋想要拒绝的话却怎么也说不出口。

自从识破岑华桥不为人知的一面，岑璋就对温淑娴心存愧疚，好似瞒着二婶也是他不对。可是要他如何开口说呢？何况他知道，经侦已经介入调查，在案件尘埃落定之前，他必定是要遵守保密原则的。

正是那一丝愧疚，让岑璋最后让了步。

而方金魏，正是隔日清早来的。

对阳湖府邸而言，方金魏是老熟人。林榆在此处担任主厨近二十年，方金魏陪她出入的次数不算少。在温淑娴眼里，方金魏是顶老实的那类人：不喝酒，偶尔抽烟，一包十八元的大前门，够他抽半个月。他平日爱穿工作服，上衣胸口处"××制造"的工厂名字也因洗涤次数太多，而变得模糊不清。

周日清晨，七点多，阳湖府邸有人按门铃。很快，保安打来内线电话，请示温淑娴是否认识一个叫方金魏的人，他提了一篮子农产品，说按例想要送给府上。温淑娴听了，不疑有他，吩咐保安让他进来。方金魏就这样进了阳湖府邸安保重重的大门。

温淑娴对方金魏的印象很好。林榆在岑家做事的这些年，逢年过节，方金魏时常会开着面包车来接她回老家。他从不进阳湖府邸，总是将面包车停在别墅群之外，然后远远地等。有一年林榆收拾得晚了，方金魏足等了两个多钟头，也没打来一个电话催过。有几次，温淑娴回家见到这辆面包车，请他去家里等。外头天寒地冻的，方金魏也只是腼腆地谢过，说不用了，他在外面等就好。

一个有分寸感的人，不论出身，都比较容易能博人好感。

"我如何能想到老方他今日会这样，像突然发疯了似的，进来后见到岑铭，直接带走了。我甚至还在厨房，吩咐人泡茶给他喝，作孽啊——"韦荞走进屋，温淑娴正同警方谈话，抬眼见到韦荞，一汪眼泪像在蓄水池中贮存许久，终于见着了人，滚落下来，"韦荞，我对不住你，没有照顾好岑铭。"

"二婶，我们之间，没有'对不住'这一说。"韦荞堪堪扶起温淑娴，然后看向岑璋，示意他去二楼："我有事要和你讲。"

"好。"

忽闻噩耗，岑璋来得并不比韦荞快。他从今盏国际银行一路飙车过来，也只比韦荞早到五分钟。

夫妻俩有默契，一前一后地走进二楼书房。

韦荞留了门，岑璋紧随其后，进屋时顺手将门反锁，隔绝尘世。

一个足够密闭的空间，他们才敢尽情释放被压抑到极致的恐惧。

岑璋健步上前，将人紧紧抱进怀里。韦荞没有挣扎，抬手搂紧他的颈项。压抑许久的眼泪顷刻间奔涌，恐惧、愤怒、焦虑、不安，她在他怀里失控，哪里还有平日半分冷静模样？

世上没有任何一个母亲，在孩子遭遇危险的时候还能保持绝对冷静，韦荞不是例外。

岑璋抱紧她："韦荞，我在的，你不要慌。"

韦荞紧紧揪住他的衬衫，眼泪浸湿他的前襟，她全然没有力气顾及，喉间哽咽着，急速喘气。她以为给自己一点时间，就可以控制好情绪，但试过之后才明白，她不可以，一点点都做不到。岑璋牢牢接着她，他想要她明白，没关系，她失控也没关系，将恐惧泄露人前也没关系，他会稳稳接着，为一切后果兜底。

"怎么可以……"韦荞恨极了，也恐惧极了，"那可是岑铭啊！怎么可以……"

在名利场多年，商业竞争的阴暗面她见得不少，本以为一颗心已练得够用一生，却总会有更逼仄的意外强迫她低头。听闻岑铭失踪的那一瞬间，韦荞真的想过认输，如果岑铭有什么长短，她赢得全世界又有何用？

"我们去求二叔，去求二叔好吗？他和林榆的孩子已四岁多，二叔和方金魏的关系一定是二叔处于掌控地位，否则方金魏怎肯心甘情愿地养这个孩子？如果二叔肯放过岑铭，方金魏一定不敢乱来。"

岑璋拍着她的背，要她冷静："二叔已被经侦控制，和我们处于鱼死网破的位置，他不会帮我们的。"

切莫病急乱投医。

韦荞不能原谅，因为利益，一宗商业犯罪不仅将她和道森、岑璋和今盏国际银行统统陷进去，现在连岑铭都不放过。不过就是为了利益，就仅仅是为了利益而已！道德、亲情、性命，统统沦为刀下魂。人活一生，究竟还能信什么？

"岑璋。"

韦荞伏在他胸口，额前的散发凌乱。岑璋抬手为她拢到耳后，看见她的眼神，心里一凛。韦荞双眼血红，那是一个母亲即将和人肉搏拼杀的信号。

"岑铭不能有事，绝对不能！"

她无能，在养孩子这条路上，做错的事不算少。

岑铭四岁那年有一日，韦荞带他去道森度假区玩。十二月，气温很低，韦荞在甜品店给他买了一杯热巧克力。岑铭拿着，一小口一小口地喝。他喝了半天，热巧克力还剩下一半。

小男孩忽然问："妈妈，喝完了还有吗？"

韦荞摸了摸他的头，对他道："喝完就没有了哦，一星期只能喝一杯。"

岑铭默不作声。过了会儿，他将热巧克力递给韦荞，说："我不喝了，妈妈放好吧。"

"好。"

韦荞不嗜甜，对热巧克力兴致缺缺。回家后，随手将纸杯放在餐桌上。岂料，第二日，韦荞一早起来，就看见岑铭光着脚捧着纸杯正在喝剩下的半杯巧克力。

"岑铭！"韦荞声音微怒，藏着恐慌和担忧，"这杯巧克力隔夜了，不能喝！会肚子痛。"

岑铭愣着，没有反应。他不肯放下手里的纸杯，过了一会儿，倔强地道："可以喝的，不会肚子痛。"

韦荞坚持："不可以喝。"

母子俩就此对峙。

最终，这场对峙以岑铭的哭闹结束。

岑铭哭了整整一天，重复无数遍："可以喝的，不会肚子痛。"

为此，韦荞心力交瘁。晚上，岑璋出差回到申南城，下飞机就接到林华珺的电话，让他尽快回家。今盎国际银行还有晚间会议等着他，岑璋当即改主意，缺席会议，直接回家。

岑铭见到爸爸，放声大哭。一张小脸上布满泪水，全擦在岑璋胸口。

韦荞冷着脸，转身去书房。

一小时后，小男孩被爸爸哄睡，终于不再哭闹。岑璋走进书房，韦荞戴着眼镜正在看资料。她心有郁结，笔记做得十分凌乱。岑璋摘下她的眼镜，对她安慰："好了，好了。"

韦荞冲他发火："你走开，不要碰我。"

岑璋当然不会听她的气话。他看得出来，她也很难受。韦荞只有在难受的时候，一手好字才会写得稀碎。

岑璋将她抱坐在腿上，告诉她："韦荞，你误会岑铭了。他昨天剩下半杯热巧克力，不是因为不想喝，而是因为，他舍不得喝。你对他讲，喝完这杯就没有了，所以他忍着喜欢，省下半杯今天喝。今天他那样哭闹，不是因为不听话，而是他觉得委屈。他才四岁，还不能够理解为什么你不允许他喝了。他的表达能力也没有那么成熟，所以他不知道该如何告诉你，他真正的感受。"

刹那间，韦荞悔恨不已。直至多年后，每每想起，她仍然会痛心。

"岑璋，我知道我不是一个好妈妈。"

岑铭从出生起，就和无数一线城市的孩子那样，成了"城市留守儿童"。韦荞早晨出门，岑铭还没醒；韦荞晚上回家，岑铭已经睡了。

韦荞像无数职场妈妈那样，在职场困境里熬了很多年：我想保护你，我就无法抱紧你；我抱紧你，我就无法保护你。岑铭也像天下无数孩子那样，从没有怪过她，越长大，越是理解妈妈、尊重妈妈、深爱妈妈。

韦荞失声痛哭，为自己的无能而悔恨不已："我已经很努力，还是将岑铭害成这样，是我的错——"

"韦荞，镇定一点，不要慌。"

换了流年，人未变。岑璋一直在她身边，负责在她恐惧的时候牢牢将她抱在怀里。

"这件事不是你能控制的，更不是你的责任。你要永远记得，你还有我。无论岑铭发生任何事，都有我和你两个人共同承担，所以，你不必将所有责任都揽在身上。何况——"他的声音骤然低下去，其实，他也在恐惧，"何况这件事，本质是岑家引起的。如果一早知道会有今天，你一定不会要我，更不会和我有孩子。"

"你是你，岑华桥是岑华桥。我和你结婚，跟岑家没关系。"韦荞没什么心情应付他，话说得很直白，"再说，你这么个大活人，我要都要了，难不成还能退货吗？"

岑璋死死抱住她，道歉和真心都在里面了："老婆，不可以退货的。"

同富贵，多简单，时间久了，瞧不出真心，好没意思。说到底，要能共患难，才是真夫妻。

韦荞就在他的一声声安慰里平静下来。

岑璋拍着她的背，要她深呼吸，尽力放松。阳湖府邸草木皆兵，警方在楼下层层戒严，只剩下这间书房成为避世之地，供她崩溃一场、自愈一场。

过了半晌，有人敲门。岑璋稍稍放开妻子，应声："进来。"

严锋随即推门进屋。

屋内未开灯，暗沉沉的，间或听见韦荞的吸气声。严锋心下了然，这对夫妻原来在这里拯救情绪失控的危机。从理性角度讲，严锋很佩服这两个人，他见多了受害人家属，不给警方添乱已是极限，还要控制自己失控的情绪，绝非易事。若非他们做惯银行家和首席执行官，断然不可能有全面掌控情绪的能力。

"岑董，韦总。"他告诉他们，"一分钟前，方金魏提了诉求。"

"他的诉求是什么？"

"他要岑董在今盏国际银行全部股份的股权转让书，还有三千万现金，方金魏今晚要一并带走。"

严锋讲完，韦荞瞬间明白："要带走三千万现金，应该是方金魏自己的意思。前面那个条件，才是二叔的指示，方金魏不过是一个办事人而已。"

严锋确认："你指岑华桥？"

"是。"韦荞点头，"从岑华桥想要对许立帷灭口开始，应该已经定下了全部计划。如果灭口成功，计划一；一旦失败，计划二。很显然，现在他们是在按照后一种方案行动。岑华桥已被经侦控制，方金魏就成了办事人，向岑璋夺取股权转让书。岑华桥还在为孩子在今盏国际银行的将来而赌命。"

人疯，无非为名利。

可是，岑华桥呢？他不是为自己，他是为孩子。

韦荞在一瞬间有对人性俯首称臣的冲动：为人父母，为孩子，究竟能做到哪一步？每一对父母在孩子出生那天都有相同的愿望——用我一世披荆护你一生无忧。问题就是，父母的披荆应该如何定义？孩子的无忧又该如何定义？

法律和道德的双重准绳，在人性面前再次显现至高无上的权力。若非如此，人类社会必将大乱。

岑璋打破沉默："三千万现金，分量可不轻，他想怎么带？"

"游轮。"严锋看向岑璋，"他知道你有一艘游轮，美轮 F747 号。方金魏指定，由岑董今晚九点携带三千万现金和股权转让书，驾驶游轮，驶离港口两小时后在东极岛附近交易。"

闻言，在场两人一阵沉默。

东极岛附近，是众所周知的公海区域，申南城警方亦无法公然介入。

严锋办案多年，明白风险："三千万现金，重量在 690 斤左右，又是在海上游轮搬运，女性不具备体力优势。方金魏指定要岑董去，而不是韦总，估计也是因为这个。方金魏天性鲁莽，只会逞匹夫之勇，打不了这么大的主意，也想不了这么周全，估计还是岑华桥一手策划的。我们警方已申请公海区域的国际警察组织介入，我们会全程在暗中跟随，请二位放心。"

韦荞斩钉截铁："岑璋不能去。"

严锋一怔："韦总——"

"我说过了，岑璋不能去。"她罕见地，固执一回，"岑家世代从商，三代人都是银行家，根本没有和亡命之徒殊死肉搏的经验。你让岑璋去和方金魏交易，无异于羊入虎口。如果一定要有人去，我去。"

她一直是心疼岑璋的。因为心疼，所以她舍不得让他只身犯险。

岑璋在她心里，一直有那么一点"贵"。出身世家，锦衣玉食，岑璋从小到大接受的都是最好的精英教育。他的战场是金融战、贸易战，谈判桌才是由岑璋控场的主战场。上兵伐谋，没道理要让这样一个人去改走"其下攻城"的最末等战术。

她那样爱他，怎好眼睁睁见他掉入显而易见的陷阱？

岑璋打破沉默，捏了捏她的脸："傻瓜，你当这是菜市场买菜，说不买就不买，说换人就换人的吗？"

岑璋握住她的手，要她冷静。方才，她有难得一见的激动，声音尖厉，胸腔起伏得厉害。你几时见过韦荞情绪失控？韦荞能为他失控一回，他觉得值得了。

"韦荞，你放心，我会很小心的。"

韦荞眼眶一热，冲他吼："我担心你啊！你知不知道——"

"嗯，我知道。"

"你以为自己很勇敢、很了不起吗？你根本什么都不知道！你有几条命去和亡命之徒斗？那是公海啊！你不是要太开游轮派对，你很可能是去送命你知道吗？！"

"好了，好了，没事了。"岑璋顺势将她拥入怀中，低声安慰。他的右手按在她的后脑上，手指从她发间穿过，动作轻柔地拍着她的后背，要她冷静。

严锋还有重要细节要部署，最后急忙走了。

"岑铭已经下落不明，再加一个你，我受不了。"韦荞嘴硬心软，有落泪冲动，"岑璋，我真的受不了。"

"所以，我会很小心，不会让自己有事的。"岑璋声音坚定，要她相信，"我不仅不会让自己有事，还会把岑铭安全带回来，我保证。"

"我不想你有危险。"同他好好说着话，眼里一酸，韦荞真就落泪了，"要有，我也情愿是我。"

她出生即被抛弃，不知父母是谁、家住哪里。三岁起被赵江河选中，成为基金会资助生。学什么、怎样学，她没有选择。直到她遇见岑璋，生下岑铭，方才像个人样，会去想自己是谁，将来的路又该如何走。她孑然一身，岑璋来了，她从此有了家。

"韦荞，对我勇敢一点。"

岑璋凑在她耳边，低声讲私话："我一直都好满足，结婚时可以对你讲那句承诺，'无论生死，荣辱与共'。两年前，你递来一纸协议，说不要我就不要了，那两年我过得真的很痛苦。我每天都在想，和你生死荣辱与共的机会都没有了，我该怎么办。如果不是因为岑铭还在我身边，我根本没有勇气面对没有你的人生。而现在，你回到我身边，我又有机会对你践行当初的誓言，这是好事，我从来都这样认为的。所以，韦荞，勇敢一点，不要哭。你知道一个男人有机会以丈夫和父亲的角色去践行誓言，他心里是什么感觉吗？他会非常骄傲，非常满足。"

生死关头前，想要渡人渡己，还是要靠感情。

名利、是非，诸法皆空，临到关头浑身都冷了，哪里再寻得一点热气？还是要往心里去找。心里有感情，才找得到热气，暖得了人。

韦荞眼眶一热，被他说服。

"你答应我，要平安无事，要安全回来。"

"嗯。"

"你和岑铭，谁都不准有意外。"

"好。"

一行热泪滚落，她要他记得回家的路："岑璋，我等你。我有门禁的，你晚回来，会被惩罚的，你记住。"

方金魏给的交易时间是一小时后，非常紧张的时间限度。

警方在岑璋身上绑好一系列追踪设备，与公海国际警队取得联系，共同护送岑璋前往。

出发前，严锋撤走手下人，给这对夫妻最后一点告别的时间。

"岑董，韦总，三分钟。"

严锋转过身，眼角余光扫到一对拥抱的身影，他知趣地转身避开。

三分钟，一百八十秒，能做什么？本能想要留人，但理智说该放手。于是韦荞放手，所有的拥抱都是为最后的放手而铺垫。

这很残忍，严锋想，一个是身价不菲的银行家，一个是将本土度假区推向世界舞台的首席执行官，还拥有那样聪明的独生子，偏偏飞来横祸，一家三口都要拿命去赌。

如果赌输了，怎么办？

严锋低头，抽完最后一口烟，熄灭烟头的时候他想，赌输了，那将会是一个彻底的悲剧，在申南城都过分突出。

三分钟，时间到。

严锋看见眼前二人拥抱的模样。那样的拥抱，专属于丈夫和妻子，好似两个半圆，合在一起就是喜闻乐见的大团圆。

岑璋正伏在韦荞耳旁说话，他的声音很低，严锋听不见。很显然，这些话他只说给韦荞听，她听进去了，脸上表情是严锋看不懂的那一种，似是震惊，又转瞬即逝，让人遍寻不到踪迹。

严锋上前提醒："岑董，该走了。"

一时间，无人回话。

还是韦荞先回神，拍了一下他的背，轻声道："我等你。"

岑璋紧紧拥抱妻子，然后用力放开。他要用这一瞬间，令她长久记得拥抱的感觉。如果她能有一点舍不得，一点留恋，就是他大赚了。

"说好了，你要等我。"

"嗯。"

"一言为定？"

"一言为定。"

几辆黑色轿车有序离开。

韦荞面沉如井，心绪平静。

恶战将至，银行家和首席执行官的本能再次占据上风。风暴已至，冷静至上，一切激越和倾泻都被摒弃在他们的情绪之外。像韦荞和岑璋这样的人，情绪失控是有边际成本的。即使怒火中烧，他们也绝不会在大雨中仰天怒吼，把栏杆拍遍。

他们不能被情绪左右，他们必须掌控情绪，这才是名利场人同世界一较高下的底牌。

送走岑璋，韦荞在客厅沙发上坐了很久。

客厅是警方在阳湖府邸主要的办公场所，摆放着各类跟踪仪器。几位老刑警进进出出，偶尔低声交谈，声音轻得几乎听不见。韦荞扶额坐着，闭着眼睛，有耳鸣征兆。她并不竭尽全力去听警察在说什么，他们都是有分寸的老手，知道什么话该告诉她，什么话不该对她讲。她不急，心里坚信，一定能等到岑璋和岑铭安然无恙的消息。

时间分秒流逝，她再抬眼，天幕沉沉，已是傍晚。

韦荞定了一下神，起身走去厨房。

温淑娴在厨房待了一天，洗菜、切菜、翻炒、端盘，不断地做饭，不断地收拾。没人要她这样做，事实上，也没人需要她这样做。警方严守规矩，不拿群众一针一线，吃饭都有盒饭。整座阳湖府邸能陪她吃饭的，只有韦荞。

见韦荞进来，温淑娴仍在忙，抽空招呼她："你来了？再等等，快好了，今天晚饭吃得有点晚了，你等急了吧？"

韦荞摇头："我不急。二婶，你慢慢来。"

"哎，这就好。"温淑娴糯糯地应着声，手也没闲着，又戴上手套去开烤箱门，里面正烘焙着一个蛋糕。

韦荞听着这个软糯的声音，心里就明白，这是一个被好好养在深闺很多年的女人。已过六十的女人，还能有像小女孩那样不谙世事的音调，原因只有一个：她一辈子都没和社会打过交道，同人交往凭的是动物性本能，而全然没有技巧。

说真的，韦荞有一丝羡慕。

人如何活，能算活好一生？像她那样，入世过深，练就一身本事，有时说人话，有时说鬼话，再也回不到幼年拿到一块巧克力就会开心的日子？这样的人生同好好将养的一生比起来，实在很苦。

若非无人撑、无人靠，谁会选择一世风雨都靠自己苦苦挨？苦苦挨的，都是没人疼的孩子。除了靠自己，再无出路。

温淑娴拿出蛋糕，切下一块，尝了一口："哎，有些太甜了，糖还是放太多了。要不，我还是重做一个好了——"

韦荞没有阻止。她明白，温淑娴不是在做饭。她是在用不停忙碌的办法，抵抗因岑铭失踪而产生的焦虑和恐惧。

时间一分一秒过去，天色暗透了，谁都知道这意味着什么。方金魏约的时间是今晚九点，现在已八点四十分。这意味着，岑璋那边的战争，即将开始。

第二次从烤箱拿出蛋糕，温淑娴被烫了手。高温令手指瞬间通红起泡，韦荞立刻拿来药箱，为她上药。

温淑娴全然感觉不到痛，只频频看向墙上时钟。

韦荞仔细为她包扎，拿着剪刀剪绷带："二婶，你是在担心岑铭吗？"

"对，当然……"

韦荞手法娴熟，将绷带打结："好了，注意这几天不要碰水。"

"好，谢谢你，韦荞。"

韦荞一贯客气，这回却未接话。她收拾好药箱，平静地开口："二婶。"

"嗯，怎么？"

"既然如此担心岑铭，为什么还要协助方金魏呢？"

温淑娴费了一点工夫，才听懂韦荞的意思。

一双苍老的手，搁在桌面上未搁稳，陡然垂下去。筋肉牵动伤口，伤口几乎裂开。温淑娴浑然未觉，看向韦荞，眼里满是惊恐。

韦荞觉得滑稽，世事无常。她从未想过，人生最大的对手，会是最无害的温淑娴。

"二婶，你很惊讶？不必的。一件事，无论好坏，只要做了，都会留下痕迹。"

她看向温淑娴，终于到了摊牌的时候："阳湖府邸有最严格的安保系统，今日在门口值班的保安却只有一个，平时都有五位。警方说，一早就找你调监控查看，结果却被告知监控已坏一星期。严锋向我出示了他们赶至这里的现场照片，几乎没有打斗痕迹。你给出的解释是，方金魏对阳湖府邸而言是熟人，你并未防备，所以亦未引起骚乱。但是二婶，你忘记了，岑铭是我儿子，他的安全教育是我从小教的，岑铭对陌生人的防备意识有多强，只有我知道。他是绝对不可能跟方金魏走的，所以只有一种可能，那就是你帮了他。"

温淑娴下意识地否认："不，我没有……"

韦荞忽然怒不可遏，猛地抓住温淑娴的左手，厉声质问："岑铭是你看着长大的，你怎么可以这样对他？"

温淑娴被养在深闺多年，面对韦荞的猝然发难，直觉反应令人啼笑皆非。她竟觉得韦荞不礼貌，太有失风度了。

温淑娴一把甩开韦荞的手："你放手。"

韦荞如她所愿。

韦荞做惯首席执行官，当场撂狠话："是二叔让你这么做的？还是，你为二叔主动这样做的？没关系，都不重要。二婶，既然你动手了，那么我也不会再客气了。"

一瞬间，温淑娴脸色煞白。她再无知，也听得懂韦荞话里的意思。

她怎能低估眼前这个人？在申南城名利场上，韦荞被称一声"韦总"，四方都服气，自然有她的道理。一个人，尤其还是一个女人，要做到能摆平各方的程度，得懂得拿捏尺度，才坐得稳"韦总"之位至今。

温淑娴被触到底线，终于撕破脸："你们害得华桥进监狱，还不够吗？"

韦荞失笑："你知道二叔背着你都做了什么事吗？"

"我知道！我……当然知道。"

韦荞一时失声。

温淑娴眼眶红了。枕边人，稍稍反常，她就能一窥全貌。

"一个月前，我就知道了。那段时间，他就隐隐察觉，他的作为引起了你的怀疑。他很恐慌，虽然他尽力表现得和以前一样，但我看得出来，他每天胆战心惊，吃不下东西，头发大把地掉。终于有一天，他告诉我，他其实还有一个儿子，四岁了。"

韦荞看不懂她了："岑华桥这样对你，你为什么还要帮他？"

"因为，是我对不起他。"

六十多岁的人了，说起一辈子的爱人，还是会忍不住掉泪，连声音都变得唯唯诺诺，全是亏欠。

"他喜欢孩子，我也是。从恋爱到结婚，我们的人生计划里都是有孩子的。所以你懂吗，当我被医生确诊再也不能有孩子的时候，我们两个人是什么心情？那一年，我才二十七岁啊。我不认命，看了无数医生，吃了很多药，打了几百次的针，最后还是一无所有。是华桥劝我放下，不要再执着了。是他劝我，没孩子也不要紧，我们两个人好好过，比什么都重要。韦荞，你根本不懂，就在他劝我'放下'的那天起，他就对我终生有恩。"

一个女人为了这样一个男人，如此执着于要一个孩子，甚至病态地认为是自己的过错。

是没有人理解她的，连时代也不能。

她苦闷多年，很多次想同人倾诉，连一句回应也得不到。换来的往往是旁人出乎她意料的羡慕：一个女人，有钱有闲，还有一个能力卓越的亲侄会照顾她一生，她还有什么不满足？

其实她自己也知道，她是有了心魔。她很想同人讲，"不能生"和"不想生"，本质上是两件事，她被困在了前者，走不出来了。

"二婶，很多事，不是这样的。"韦荞对温淑娴摇头。

学识、家世、教养、名利，温淑娴都有，这一生依然没能活出明亮堂堂的模样。没用的，一个人，如果自己不开悟，谁都救不了她。

"二婶，如果生不了孩子的人是岑华桥，你会抛弃他吗？你不会。你会认为你对他有恩吗？你也不会。因为，你爱他。真正爱一个人，所有选项都会处在'夫妻关系'之后。平等和自尊，才是夫妻之间最大的台柱。有了这些台柱，感情才不会垮，才撑得起婚姻的天长地久。你主动地将二叔放在'恩人'的位置，无非是想留住他。这样有用吗？没用的。夫妻关系最讲究强弱，主动将自己放在弱势地位，无异于交出兵权，任人宰割。"

"我心甘情愿的，可以吗？"温淑娴满是恨意，那是被人踩到痛处的反击模样，"林榆只是为他生下孩子，华桥并不爱她。既然我不能有孩子，那么有这样一个孩子，有什么不可以？"

韦荞看着她，一点辩驳的欲望都没有。面对眼前这人，她却恨不起来。一个可怜的人，做了一件很可怜的事，和韦荞这类常年行走在名利场上的人相比，两者行为处事的方式和思考能力根本不在同一维度。她连做韦荞对手的资格都没有。

韦荞拿起一张照片，放在桌上，递到温淑娴眼前："这样，你可以吗？"

温淑娴低头，扫过一眼，脸色骤然煞白。

韦荞知道自己很残忍。但揭开真相，都是残忍的。她本不欲这样做，但正是因温淑娴执迷不悟，所以她不得不如此。

她静静等了一会儿，等温淑娴足够看清照片上的人后，又拿出第二张照片，摆在温淑娴面前："还有，这样，你可以吗？"

温淑娴拿起照片，脸上已全无血色。

韦荞并不打算收手。既然她已动手，就不能半途心软。草草了事的后果，往往引发凶险危机。

她接连拿出剩下的第三、四张照片，一起放在温淑娴面前："还有，这两张，你可以吗？"

温淑娴猝然瘫倒在红木椅上，靠着椅背，脸色惨白，说不出一句话。

四张全家福照片，岁月静好。

上面只有三个人：岑华桥、林榆和孩子。孩子还很小，从一岁到四岁，都被父母好好地抱在怀里。父母坐在左右，为他的人生保驾护航。岑华桥脸上的满足，是温淑娴一生都未曾见过的。

每张照片背后，都用钢笔写着一行字：岑耀霖 X 周岁纪念，摄于 X 年 X 月 X 日。

温淑娴认得出，这是岑华桥的笔迹。

原来，这个孩子叫耀霖。

林深雨过鸟声鸣，清幽宛如仙境行。岑华桥有心抬举，要让林榆也一生富贵，来人间一趟不要历劫，要悠游似神仙。

韦荞垂手插在风衣口袋里，告诉温淑娴真相："四年，四张全家福，他们一家三口每年都会在孩子生日那天拍照留念。二叔当年和林榆有孩子，或许是无心之失。但这之后，他每年给林榆一千万的抚养费，是真的；和林榆一年比一年亲密，也是真的。"

温淑娴掩面落泪。

照片就在眼前，她怎么会看不出来？第一年，岑华桥和林榆尚生分，拍照也是中规中矩，两个人都坐得笔直，中间仿佛隔了银河万里。可是第四年，照片上的模样就全变了。林榆靠在岑华桥身边，他伸手搂住她左肩，两人一起抱着孩子，岑耀霖在父母的守护下开怀大笑。

说他们不是夫妻，谁信？那么温淑娴呢，她是谁？又算岑华桥的什么人？

"这四张照片，是岑璋给我的。"

温淑娴不可置信，抬眼看向韦荞。

韦荞声音淡淡，压抑着，心里满是对岑璋的不舍："二婶，岑璋一早就知二叔是如何对你，可是他始终没有对你讲这些。因为，他不忍心。即使到了今天，你协助方金魏，岑璋也还是没有将你供出来，告诉警方。他在离开的时候告诉我，他看出来了，你有参与。"

温淑娴掩面："岑璋他——"

"他重感情，讲良心，是一个很好很好的人。"

没有岑璋，就没有如今的韦荞。她相信，她对岑璋而言，也会是同等重要。所谓夫妻，感情是基础，步调一致才是本分。两个人经年累月地过日子，谁走得快了，另一个也不能太慢。否则拉开差距之后，两人高下立现，那时候再觉悟，就太晚了。

势均力敌，才有极限浪漫。我爱你，我仰望你，我需要你。别人都不行，因为，只有你懂我。

极限主义的具象，是为夫妻。

"二婶，女人不是靠孩子活着的。女人要活着，归根究底，还是要靠自己。"历经八年婚姻，韦荞习得沉重道理，"我和岑璋从恋爱、结婚，再到生下岑铭，几乎没有用太多时间。在外人眼里，我们很顺利，可是我和岑璋的婚姻，还是走到了尽头。有两年时间，我没有办法正常工作，也没有办法面对岑璋和岑铭，我甚至，不能面对自己。那时我去看了心理医生，诊断结果很不好，医生告诉我，'以你自己为中心，如何快乐如何来，其他一切皆不重要'。就是这句话，我记到现在，它让我又活了过来。"

初初听闻，温淑娴颇为震惊，好一会儿都缓不过来。

韦荞在她心里是无比强大的，韦荞的强大从不表现在身体力量方面，而在掌控情绪的能力。似乎谁都无法撼动她的决定，左右她的意志。就是这样的一个韦荞，人生竟也有那样惨烈的两年。温淑娴回神过来，有些古怪的安慰之感。似乎这样的韦荞，反倒同自己拉近了距离。

原来，谁的人生都不好过。

原来，谁都要靠自己渡劫。

"二婶，和二叔离婚吧。"

这样的话讲出口，连韦荞自己都惊讶。这些年，她和温淑娴关系较淡，不曾到推心置腹的地步。更何况，眼前这人还助纣为虐，将岑铭推入险境。

可是韦荞还是没有办法恨她。作为女人，韦荞永远不会为难女人，这是韦荞作为女性的永恒底线。

"二婶，你和岑华桥离婚，然后，好好地过日子。岑璋虽然没有和我开诚布公地谈过，但我明白他的意思。无论如何，他都想保你无事。既然这是岑璋的意思，那么我尊重他的决定。"

韦荞看向温淑娴，郑重地承诺："二婶，我和岑璋，不会为难你。"

温淑娴掩面，老泪纵横。

她无地自容。

她出身世家，一生富贵，在旁人尚在为温饱奔走的年纪，温淑娴已坐拥名利。她和岑华桥的结合，更像是那个年代的老派童话。父母包办，情投意合。她以为，她这辈子无风无浪，就能一直这样走到终点。直到现在，她才明白，人生可以求稳，但永远无法获得始终如一的"稳"。

丈夫在变，生活在变，婚姻、感情都在变，只有她固守牢笼，不愿走出几十年的旧天地，想要夫妻恩爱，甚至不惜包容外人。怎么可能呢？所以她输了。

还好，满盘皆输，尚有一丝弥补的余地。

温淑娴深呼吸，拭干净眼泪，往日的大小姐做派又回来了。她要得体、要稳重、要拿得起主意，也要放得下过去。

她拿起电话，拨通一个号码。

对方立刻接通，恭敬地询问："夫人？"

温淑娴气息很稳，用最后一个弥天大谎逆风翻盘："老方，停下吧。这是我和岑先生共同的意思……"

温淑娴最终选择自首。

当晚，她向警方承认这件事的始末。警方第一时间做出处理，将她带走。温淑娴弯腰坐进警车，隔着车窗看向韦荞，后者垂手站立，不怒不喜，目送她离开。这一刹那，温淑娴极度羡慕韦荞。泥泞人生，韦荞凭一己之力闯关上岸，从此无敌处事。

但其实，谁能真正无敌？

天下心法，韦荞能参透的，不到万分之一。

她坐立不安，在阳湖府邸来来回回地走，不知道自己还能做什么。她已经尽力，在阳湖府邸的战场上和温淑娴正面交手，赢了这一局，成功让温淑娴打电话给方金魏，要他倒戈。

这就是岑璋离开之前，在她耳边低声交代的事："我去负责摆平方金魏，至于二婶，就交给你。"

岑铭看似稳重，说到底，还是一个彻头彻尾的孩子。他是被父母拖累，才会成为商业战争的牺牲品。

这些年，韦荞从未惧怕过战争。名利场残酷，她的日常就是"斗"，和人斗、和时势斗、和运数斗。人生有什么输不起？人想通了，不过钱与权，没了就没了，风景岂止这两种。

只有今晚，她怕了。她输不起岑铭，也输不起岑璋。

有一瞬间，她理解了许立帷的不婚主义，无牵无挂，也就无欲无求，人生确实会好过许多。可是她过早地遇见岑璋，一早就失去了无欲则刚的可能。大学时两人吵架，岑璋被网球社学妹缠住，多讲了几句话，她撞见，心里都会介意。她对岑璋的要求远远大于岑璋对她的，她知道这不公平，但她要的就是不公平。不公平的感情里，才会有偏爱。

凌晨，天色暗透，韦荞等在门口，咬着指甲来回地走。今晚有好月光，照在她身上，拖长了影子，无端端令韦荞想起很多事。

岑铭出生那晚，也有这样的好月光。医生走出产房，将家属同意书递给岑璋，告诉他孩子生不下来，可能要上产钳。岑璋握不住笔，胡乱签字。那张同意书上的签名，是岑璋签过的最不像样的字迹。她生下岑铭被推出产房，岑璋一眼都没看孩子，扑上去就将她抱住了。他眼眶红透，不断摇头对她讲："不生了，以后我们再也不生孩子了。"

后来很长一段时间里，她都忘记了，家庭关系的主位不是她和岑铭，而是她和岑璋。她忽视岑璋，冷淡岑璋，最后拒绝岑璋，直到将岑璋完全抛弃。

那两年，她离开岑璋，救赎自己。就像在做一道附加题，连题目都未读懂，她就草草写下一个"解"，卷面只剩一片空白。她没有办法，被迫拾起读书时的习惯，理清思路，重新读题，去解人生这道题。

当岑璋低头，将她拥在怀里，告诉她，他一直在原地，从未走掉过时，她轻轻地"嗯"了一声，无声承认：其实，她也是。

心里"轰"的一声，旧世界从此翻篇。

"孔雀东南飞，五里一徘徊。"长长久久地流传下来，还要长长久久地流传下去。

两个人足够相爱，势均力敌，她才会有勇气在今晚接下这一局："好。方金魏交给你，二婶交给我。"

天下好夫妻，皆为生死之交，道理就在这里。

快零点了，还是没消息。

一位女警官安慰她："韦总，外面冷，您还是回屋里等吧。我们警方会一直守在这里，有消息的话一定第一时间通知你。"

韦荞知道她一片好意，但还是拒绝了。她心里有股淡淡的决绝，明白这一晚无论丈夫和孩子哪一个有事，她这一生都不会再好过。

女警官担心她出事，寸步不离地陪着她。两个人一前一后地走，间或聊几句。

"韦总，你们一家三口一定会平安无事，我还等着您重回道森度假区。"

"谢谢。"

"新场馆始终未正式开张，作为市民，一直期待着。"

"好。"

"韦总，您和岑董，真的很好，岑董一定会没事的。"

韦荞顿了一下，想起过往的桩桩件件。

道森有难，她受困，总是岑璋来，雪中送炭扶一程。这些年，她不是没听过风言风语，说她公私不分，利用岑璋，背靠今盏国际银行将道森一路做大。纵然岑璋为她撇清关系，对外解释金融支持实体责无旁贷，但扪心自问，她真的没有以私情绑架过他吗？

只有岑璋对她说，没关系，作为丈夫，他接着妻子，这是本分，无须向外人交代。

夫妻关系的迷人之处，就在于一对一的偏爱。在平等的域外两人开启了专属空间，我只爱你、信你、护你、疼你，旁人的指指点点和风言风语都只会让我对你更偏爱。

"韦总——"女警官还想说什么，警车呼啸，由远及近。

韦荞呼吸一滞，不顾一切地向门外跑去。

庭院外，警车依次停下，有序开门。

"妈妈！"岑铭猛地跳下后座，飞奔跑向母亲。

成长期的小男孩，体重不轻了，又是狂奔而来，力量冲击性更是大。韦荞俯下身，在岑铭冲向她的一瞬间将他牢牢抱住。

"岑铭，让妈妈看看你。"她迫不及待，要用手和眼睛，将孩子上上下下确认一遍。

岑铭浑身湿透，下车前裹着毛毯，跑向她的速度太快，毛毯掉在地上。韦荞握起他的手，手腕处的两道红痕触目惊心，伤口细碎，是长时间被绳子绑住后磨破留下的证据。

韦荞心都要碎了。她用力抱起孩子，将他按在颈肩处，在他耳边一遍遍地道歉："岑铭，对不起，妈妈没有保护好你。"

"没关系，妈妈，我现在很好啊！"

比起母亲，岑铭显然更为从容。他还小，不懂何谓生死，从未想过万一没得救他会怎样。他的父母给了他足够的安全感，在岑铭心里，无论发生任何意外，只要有爸爸妈妈，任何意外都将不是意外。

"妈妈，今晚爸爸好厉害。爸爸跳下海来救我，我看见他游向我，可惜我游起来不方便，否则我一定能和爸爸游得一样好。"

寥寥数语，从孩子口中讲出来，惊涛骇浪。这是她的孩子，和死神擦肩而过，韦荞感恩上天，几乎想立刻跪下。

岑铭今晚对爸爸超级崇拜，不断问她："妈妈，爸爸以前游泳没有那么厉害啊，可是今晚爸爸真的好厉害，为什么啊？"

韦荞以情动人："因为，爸爸着急你，所以被激发了潜能。"

岑铭低头沉思。遗传了母亲的理科逻辑思维让岑铭这一生注定不大容易受骗，小男孩当即否定："不会的，爸爸以前游泳很菜的，还没有我厉害呢。"

童言无忌，韦荞不禁笑了，也不打算瞒着儿子了："因为许叔叔游泳很厉害，爸爸想要超过他，所以请了教练，每天都在练习。"

母子俩正说着，严锋走过来，向她示意："韦总，医生来了。"

"好。"韦荞会意，将岑铭交给医生，做全身检查。

危机落幕，严锋亦有劫后余生之感。

"韦总，我们总算，不辱使命。"

"严锋，谢谢——"

"该说谢谢的人是我。"严锋坐镇指挥，对细节心知肚明，"如果不是韦总对温淑娴说的那段话，她也不会打电话给方金魏，让方金魏有了犹豫。就是那一瞬间的犹豫，给了我们机会。"

韦荞没有遗憾："不，严锋，我还是要谢谢你。如果没你指挥，我也没办法迅速冷静下来，更不可能配合你们。所以，我要对你说声谢谢。"

严锋摇手，向身后指了指："韦总，这是我们应该做的，你该谢的人不是我。"韦荞循声望去，严锋同她一道望向来人，"今晚多亏了岑董。没有人可以帮他，全凭他自己。方金魏是个硬骨头，岑董硬是在两小时对峙里动摇了方金魏，为警方争取到了机会。"

韦荞听得心里摇摇晃晃。

忽然，她扬起脸，有无限骄傲："你知道吗？那可是岑璋——"

笑着笑着，她眼泪就下来了，掉落在来人的衬衫前襟上。

岑璋将妻子紧拥入怀，声音温柔："十二点零五分，你的门禁时间到了吗？"

韦荞搂紧他，就埋在他的胸膛上失声痛哭。

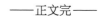

——正文完——

Ich liebe dich

番外一

珍妮贝儿

一宗经侦大案，尘埃落定。

出于安全性考虑，各方均有意控场，将负面影响降到最低。

道森新场馆延后开幕，传言四起。道森首席执行官成为众矢之的，遭遇媒体围追堵截。韦荞深谙游戏规则，对外界一律封口。媒体得不到想要的，只能静观其变。

一个月后，新场馆悄然上线。

对度假区业态而言，有一条不成文的铁律几乎成为行业共识：有形的、可见的新业务落地，最终的成功率，前期营销占一半。

韦荞反其道而行之，引起坊间热议。

周中，普普通通的日子，凌晨十二点，道森新场馆在官方软件悄然上线。

当晚，新闻上热搜，在社交网络上掀起刷屏热议。

有人说这是韦荞试水饥饿营销的前奏，有人说这是韦荞为安全性考虑而牺牲营销热度。道森根基在，无论韦荞出于何种目的，她都赢了这一开局。新场馆开业首日，客流量创下实时新高，道森首席安全官陈韬不得不启动安全预警，限流放行。

只有曹川硕看出来了，韦荞是因为许立帷。

两个人总是一道走的。一道闯关，一道将道森市值推向新高。功成名就之时，你却不在了，只剩我一个人，守着这堆功成名就占据你的牺牲。

曹川硕年过四十，粗中有细，早年也是从创一代杀出来的，很明白"并肩"二字的分量。名利场上真心难求，背叛和易主是常事，能一起走到最后的人都绝非"朋友"这么简单。那是真正的生死之交，人生从此无禁区，走的时候一起走，苦的时候一起苦，想的时候一起想。

因这层了解，曹川硕对韦荞比旁人更说得上几分话。创一代从无到有杀出来，很多东西可以心灵相通。有时候韦荞一个眼神，曹川硕就明白了，彼此之间无须多言，该怎么做全在心里了。

这也是为什么当初韦荞设局令岑华桥浮出水面，会单独将曹川硕拎进来。曹老板一通配合打得相当不错，还在经侦待了两天。尘埃落定之后韦荞亲自去接他出来，曹川硕挺有荣誉感，感觉经过这一遭，他怎么也能算是韦荞自己人了。

新场馆开门迎客，曹川硕压力不小。韦荞对道森安全性事故严防死守，曹川硕头一个被顶在杠上。每天闭园后，曹老板都拎着山川质检的一帮元老工程师干到凌晨。

但他们干得再晚，韦荞总会比他们更晚。

曹川硕每天下班都会习惯性看一眼总裁办公室，看见那里的灯还亮着，精神总会为之一振。这个世界上，有人比你厉害，比你勤奋，还会为你兜底，这样的人绝不多。你有幸遇见了，绝对是人生一大幸事。

本着这份感念，有一晚，曹川硕在凌晨下班时难得往总裁办公室拐了趟，对韦荞道："韦总，你放心，有山川质检在，道森的安全城墙必将固若金汤。"

韦荞从一堆资料里抬头，难得莞尔，点了点头道："好。"

当过最高执行官的人基本分两种，一种是韦荞这样的，腥风血雨我自岿然不动；还有一种就是曹川硕这样的，一喝就上头，放手就是干，五湖四海皆兄弟。

这会儿，曹老板就被韦荞一个点头肯定的动作弄得很上头，拍着胸脯道："韦总，你别怕，许特助虽然暂时不在，但还有我老曹，咱们三驾马车散不了，一定能稳住！"

韦荞动作一顿："'三驾马车'？"

曹川硕非常努力地想挤进"韦荞许立帷"这对申南城知名组合中，大言不惭地应声道："对啊！就咱们仨！"

韦荞笑了一下："曹总，那你可能还要排个队。"

"啊？"

韦荞整理好资料，不疾不徐："今盏国际银行的岑董，现在是天天问许立帷什么时候恢复，也不大离得开我。在肉眼可见的将来，我和许立帷干什么都得带上他。"

曹川硕："……"

在曹川硕听来，韦荞那番话很离谱。

今盏国际银行，董事长，岑璋。这三个关键词一眼望去，哪个都很能打。曹川硕实在想象不出，韦荞所形容的"岑璋一天都离不开韦荞和许立帷"是个什么场景。

事实上，韦荞还真不是在开玩笑。

自从岑华桥被经侦带走，认了所有事，岑璋就对许立帷满是愧疚。岑华桥和岑璋之间的叔侄内斗拖累韦荞和道森，还有说得过去的理由，拖累到许立帷那就是半点理由都没有了。许立帷和岑家一点关系都没有，还时不时被岑璋找麻烦，这些许立帷都忍了，谁想最后飞来横祸，还差点送走一条命。

主治医生潘永年下诊断："许先生手术很成功，性命之危倒是没有了。但，许先生后背被大面积烧伤，就算我们尽力了，也总是……"

潘永年停顿了一下，给彼此一点时间，尽力地措辞："也总是，会不大好看。"

岑璋听得懂这句话背后的意思。

岑铭四岁时被烧伤，就手臂上那么一点地方，他和韦荞费尽一切办法，都没能让孩子不留伤疤。何况如今，连潘永年都说了，许立帷后背是大面积烧伤。

岑璋心里不好受。他向来不喜欢欠别人，有一还一是本分。可是这一遭他就是欠了，欠的还不是别人，是许立帷，他要怎么还？

许立帷手术后昏迷了一段时间，岑璋记挂着，做事也没什么心思。他索性将公事推了出去，让梁文棠代为管理银行半个月。交代完工作，岑璋就去了医院，把护工都辞了。

韦荞当晚得知这事，一时都愣住了。她看向岑璋："你把护工辞了，谁来照顾许立帷？"

岑璋回答得干脆利落："我。"

韦荞："……"

作为一个世家公子哥，岑璋随心所欲惯了，爱恨都不需要理由，连韦荞也拿他没办法。韦荞看出来了，他是对许立帷内疚至极，急需一个发泄的机会，来弥补岑家内斗差点害死许立帷的过失。

韦荞也不跟他多说，吃过晚饭后拎了一桶温水，往地上一放，手里拿着一块毛巾，看向他："潘主任交代了，许立帷每晚要擦身，保持干净。现在没了护工，这事你来还是我来？"

岑璋站着没动，天人交战了会儿。

半晌后，他思想斗争完了，决定对人生发起冲锋："我来。"

韦荞不跟他抢，把毛巾递给他，老神在在地看他忙："好吧，你来。"

岑璋拿了毛巾，用温水浸湿，拧干水之后走到病床前，一毛巾下去就开始给许立帷洗脸。岑璋在照顾人这方面的水平是过硬的，看他那两年父兼母职把岑铭带得有多好，就知道岑璋一旦有心，照顾人这类事完全难不倒他。

岑璋替许立帷擦完脸，顺手解了他的上衣纽扣，解到一半才想起来韦荞就在一旁，当即抬头："你不准看。"

韦荞无语："我又不是没看过。"

岑璋震惊:"什么时候? ! "

"当然是在上东大学啊。"韦荞不以为意,"许立帷连续四年参加校际游泳联赛,赛前需要助手帮忙训练,都是我去的啊。"

事实上,韦荞还真的没说谎。

许立帷就读上东大学四年,人际交往非常窄,和岑璋这类风头很盛的明星学生完全不是一类人。按理说,许立帷成绩优异,名声在外,连政治经济系的丁晋周都知道材料系有这么个人,再加上他为人随和,理应长袖善舞。但其实,这些都是表象。

邹文嵩大一时代表申南理工大学和许立帷在游泳联赛狭路相逢。两人连续三年都在争夺冠军位的决赛场上厮杀,就这样都没能处出熟人感情。直到第四年邹文嵩因腰伤退赛,临走前特地找了趟许立帷,对他警告"你不准输给别人",许立帷点头"嗯"了一声,两人这才堪堪熟起来。

邹文嵩对许立帷有一句精准评价:许立帷在心里设了边界线,对私人关系严防死守。韦荞达到了许立帷对友情的全部标准,令他不再好奇,也不再有开疆拓土的欲望。

大学四年,许立帷爱好不多,游泳算一项。在连续四年蝉联校际游泳联赛冠军的背后,是许立帷异于常人的严格自我要求,他常常做实验做到半夜,然后去泳池游一小时。那时候经常在泳池边陪他的,就是韦荞。韦荞见缝插针,左手拿着秒表为许立帷掐时间,右手还不忘带一本德语单词书。两个人在学习上都是一把好手,许立帷拿了四次冠军,韦荞陪他训练,背完了四本单词书。

看了四年许立帷穿泳裤练习比赛的样子,韦荞早就习惯了:"他就在那里来来回回游了四年,有什么好看的?"

岑璋:"……"

他老婆竟然见过许立帷只穿短裤的样子,还看了四年!

岑璋没做好心理建设,猛地听闻此等惊人往事,手里的毛巾一掉,正好掉在许立帷脸上。

韦荞："……"

这样的贴身照顾，许立帷也不会想要。

韦荞忙不迭地拿起毛巾，不由得责怪："你小心一点啊，别把许立帷照顾死了，他还没醒呢。"

岑璋气血上涌："不擦了！"

韦荞随他去。

她习惯了岑璋想一出是一出的跳跃性思维，也不跟他辩，该干什么干什么。就在岑璋生气的那几分钟里，韦荞已经拿毛巾用温水替许立帷擦干净了上身。

岑璋生完气，转头一看，顿时急了："韦荞！你不许再往下碰他——"

岑璋喜欢叫她"老婆"，不太喊她大名，这会儿猛地一喊，音调还高得吓人。韦荞本来好好地擦着，冷不防动作一顿，左手偏了一下方向，不偏不倚刚好在许立帷三角地带搁了一下。

一瞬间，屋内静默。

还是韦荞率先回神，甩下毛巾也不擦了，面向床上昏迷的许立帷一本正经地道歉："不好意思，手滑。"

岑璋又惊又气，猛地拽过韦荞左臂，将她拉到自己身边，再也不许她去碰许立帷。两人拉扯间，岑璋迅速拿手机按下一个号码。电话接通，岑璋几乎是用吼的："李阿姨，603号房的病人还是需要你来照顾。什么？你已经定好了下家做护工？李阿姨，你这样，你马上违约回来我这里，我开给你更多护工费。"

韦荞："……"

许立帷醒的那天，韦荞在道森有整整一天的会议，岑璋则在上东城参加东南亚外汇业务高峰论坛。接到潘永年电话，韦荞在第一时间结束会议。送走合作客户后，她立刻驱车赶往医院。在地下车库停好车后，韦荞疾步走向住院部，等她一路小跑赶至603病房门口，赫然看见已经站在病房门口的岑璋。

韦荞对他来得如此迅速感到很惊讶，快步走向他："你不是在上东城吗？来这么快，什么时候回来的？"

"我私人飞机回来的，半小时前刚到。"

难得他如此上心，韦荞看他一眼。

岑璋垂手插在裤兜里，表情琢磨不透，看样子不像是想要推门进去的样子。

韦荞朝他示意："你站在门口干什么？许立帷醒了，快进去吧。"

岑璋站着没动。

韦荞误会他是对许立帷心存愧疚，不好意思进病房，遂牵起他的手。岑璋任凭她牵着，人还是没动。他忽然开口，不阴不阳地来了一句："这个骗子——"

韦荞："……"

凭借对他的了解，韦荞也知道岑璋这句话肯定不是对她说的。

她看向他，扶额问："许立帷又怎么你了？"

岑璋轻轻"哼"了一声，意思是许立帷确实怎么他了，但他不想说。

韦荞顺着他的视线看向病房。

许立帷醒了，人还躺着，病床前围了一圈人。除了主治医生和护士之外，其余都是负责保护丁嘉盈的丁家人。丁嘉盈正趴在许立帷胸口，紧紧抱着他的腰，放声大哭。从小看着她长大的老管家张士炎低声对许立帷道："我们小姐一直守在您身边。"

喊。屋外，岑璋很不爽。每天三班倒守在许立帷身边的不是他和韦荞吗？连高额护工费都是他出的！

许立帷刚醒，冷不防听见张士炎这声告知，心里怎么想没人知道。但许立帷涵养还是有的，迅速做出了一个不愧对女孩子的动作。

他抬手擦掉她脸颊上的泪水，低声安慰："不要哭。"

大小姐满腹委屈，哭得更大声了。

岑璋说："不知羞。"

韦荞："……"

她当场制止他这个不文明的行为："不许这样说女孩子，人家丁小姐对许立帷的感情是认真的。"

"我不是骂她，我骂的是许立帷。"岑璋对许立帷很不爽。

这个骗子！那天在电梯里对他讲了那么多，都是演的。什么"童年的苦""成年的痛""对爱情的恐惧""对婚姻的阴影"，都是骗他的！你看许立帷刚才那个样子，人刚醒就那么会撩，这像是有童年阴影的样子吗？

韦荞无语，一时都不知道该从哪个角度安慰岑璋。如果许立帷知道岑璋会对他这个样子，估计根本不想醒。

"许立帷不是在撩妹。"韦荞凭借对许立帷的了解，拍了一下岑璋的背，解释给他听，要他消消气，"许立帷是喜欢清静，听见女孩子哭他会头疼，所以才要丁小姐别哭了。"

韦荞批了许立帷半年病假。

阳春三月，草长莺飞。韦荞在道森正式开启五年战略规划冲刺阶段的工作，目标是在两年之内，将度假区业态的全线指标做到东南亚第一。

周五，韦荞开完会，抬腕看表已近下班时间。她走出会议室，迎面就看见顾清池飞速跑来，整个人兴奋得几乎要跳起来："韦总，许特助回来了！"

韦荞花了一点时间，才弄明白"许特助回来了"是什么意思。

就在刚才，许立帷忽然现身道森总部大楼。

周五，下班时间，许立帷来得很低调，脸上还戴了一只黑色口罩。许立帷不欲引人注意，但他显然低估了如今他在道森的人气。自媒体报道岑华桥涉案新闻之后，许立帷当日受重伤的真相被一并挖出。在新闻媒体人的笔下，他被形容为"为保护道森新场馆和首席执行官而毅然牺牲自我"的人。

现代社会，人心浮躁，媒体、公众、社会，都急需正面英雄形象来捍卫日益破损的理想主义。许立帷的适时出现，填补了这一空缺，他在很长一段时间内都受到了来自公众的热烈追捧。

那段时间和许立帷有关的任何新闻都能轻松登上社交网络热搜，公众的好奇心和窥视欲被激发到极致。虽然很多新闻已属于个人隐私范畴，但许立帷三十年人生清汤寡水，在"学习"和"工作"之间来回打转，完全禁得起深究。他本人不想理会，其他人就更无须理会了。

顺理成章地，韦荞和许立帷的关系被公众一并挖出。在极高人气的流量加持下，媒体下场，绘声绘色地形容两人是"决定道森未来发展的支柱""风雨同舟三十年的精神伴侣"。韦荞有高度敏锐的商业嗅觉，非常明白流量时代的话题度意味着什么。韦荞趁势宣传道森新场馆，公众闻讯而来，客流量一时间呈现激增态势，为道森第一季度业绩打下开门红。

为此，岑璋自我消化了好一段时间。

他可以理解韦荞，也可以理解许立帷，但他就是有点难受。

少了许立帷，韦荞独撑大局，在那段时间里忙得焦头烂额，根本顾不上岑璋。有一天晚上，韦荞回家，看见林华珺站在庭院门口，对她指了指庭院方向，脸上的表情意味不明。韦荞不解，看向林华珺的眼神里有一个问号。林华珺忍着笑，对她道："你快去看看岑璋吧。"

韦荞心下了然，估摸着大概率是岑璋有情绪了。

岑璋果然是。

他不仅有情绪，还把小情绪表现得很具体：一间帐篷被平地搭起，孤孤单单地矗立在庭院里，岑璋搂着儿子睡觉，岑铭枕着爸爸的手臂已经睡着了。一副父子俩相依为命的景象。

韦荞服了他。她弯卜腰，压低声音，略带调侃地问："你这又是哪一出啊？"

岑璋一本正经地胡说八道："你有你的精神伴侣，我当然只能搂着我儿子睡觉了。"

韦荞听出他的言下之意，笑着摸了摸他的脸："酸成这样啊？"

岑璋不理她，把儿子搂得更紧一点，现在只有儿子能给他安全感。岑铭被他抱得太紧都有些不舒服了，半梦半醒间将他左手甩了下去，小男孩情愿一个人跑到帐篷边上自己睡。岑铭的性格特征大部分遗传韦荞，对他的老父亲时不时要作这件事一向保持"不反对但很无语"的态度。

岑璋："……"

韦荞费了好大力气才没笑出声。

她连忙叫来林华珺，将岑铭抱去房间睡，及时给岑璋的自尊心解围。

韦荞脱下鞋，弯腰走进帐篷，居高临下地俯身给了岑璋一个吻。

岑璋正义凛然："糖衣炮弹，我不收的啊。"

"是吗？"

说话间，她搂住岑璋颈项，一吻缠绵。两个人深爱久了，任何步调都会惯性一致，亲吻时她稍稍偏一下头，岑璋立刻会意，扶住她后脑顺势加深这个吻。

韦荞抵在他唇间反问："你不是不收糖衣炮弹的吗？"

"看谁给。"

岑璋语气喑哑，说话间已伸手扣住她的腰，用力将她拉近身。她坐在他身上，长发披肩散落在他眼前，他撩起她额前的长发顺势抚上她的脸，将方才未完成的吻陡然加深："老婆给的，我当然要。"

许立帷现身道森时，已是数月后。

道森总部的保安队长见到那辆久违的车，就认出了许立帷。许立帷大学时迷恋"大黄蜂"，觉得为人朋友就应该像那个样子，勇敢、真诚、热情。毕业后进入道森，许立帷换过三辆车，无一例外全是这个牌子。韦荞私下就跟岑璋闲聊过，许立帷坚持不婚主义很大一部分原因就是他这个性格，太专情了，近乎偏执，你看他对友情、对车都是这个态度，何况是对婚姻。如果没有办法百分之百地强势拥有爱人，许立帷宁可不要。

保安队长当即立正招呼："许特助！"

许立帷透过车窗点了下头，算是回应。

他没把这件事放在心上，万料不到在如今的移动互联网时代，讯息的传播速度惊人。他刚和保安队长打完招呼，后者立刻在工作群里发了一条消息：各位同事请注意，许特助已回归道森，安保工作不得有误！

许立帷如今在申南城的形象非常正面。就在他昏迷的那段时间，官方还给他颁了个奖，称他是"为申南城度假区业态做出了卓越贡献"的年度行业人物。

颁奖那天许立帷还没醒，韦荞也不爱去这种场合，遂派了曹川硕去。曹老板创了一辈子业，人到中年公司被韦荞收购了，没想到还能作为代表去电视台领奖，并且还获得了发表五分钟获奖感言的机会。曹老板最爱干这种出风头的事，这不得好好表现？当晚，曹川硕一番五分钟的演讲，夸张了百分之八十的剧情，全场一片感动。他代表许立帷接过奖杯时，台下观众几乎把手拍烂了。

有了这些新闻铺垫，许立帷再想低调也低调不起来了。他趁着下班时间悄无声息回了趟道森，还是立刻受到了群众声势浩大的欢迎。

"许特助！"

"欢迎回道森！"

"我们爱你！"

许立帷一路从门口步入专属电梯，朝他热情招呼的同事不计其数。许立帷这么冷静的人都有些发蒙，没反应过来。在他昏迷的这段时间里，他明明什么都没干，群众基础怎么就这么扎实了？

韦荞推门进屋的时候，许立帷正在办公室里打打卫生。

他很爱干这类事，这就是一个男人长期单身的优势，家务能力接近满分。

韦荞站在门口，从容不迫地敲了一下门。许立帷循声望去，就看见了正倚在门口、老神在在地望着他的韦荞。

韦荞抱臂，眼里满是兴味："你的病假到本周日结束，下周一才正式上班，怎么今天提前过来了？"

许立帷手里拿着一块抹布，指了指到处是灰的四周："办公室这么久没人用，全是灰，总要过来一趟收拾一下的。"

"你放着吧，我让保洁公司来弄。你放心，一定会满足你洁癖的要求。"

"呵，不用。自己的地方，还是要自己来才行。"

韦荞中肯地评价："也对，是你的风格。"

许立帷放下抹布，看向她："那么，在正式回来之前，我想提前对你说——"他朝她走了两步，轻轻拥抱，"韦荞，我回来了。"

他抱得不紧，松松搂着。韦荞下意识地想要抬手搂住他的背，猛地想起他的伤口，双手抬到半空就这样停住了。她不知道还能不能抱他，不知道她这样抱下去，许立帷还会不会疼。

"已经没事了。"许立帷很高，声音从她头顶上方传来，韦荞一下红了眼眶，"韦荞，都过去了。从此以后，我们向前看。那些不愉快的事，不许再提了。"

韦荞压下热泪，重重点头："嗯。"

这一晚，韦荞推了公事，和许立帷一起将办公室打扫干净。两个人都特别喜欢这样的时光，对如今身处高位的他们来说，能够这样心无旁骛地打扫办公室，是一件很幸福的事。在名利场待久了，人会累，会特别想要歇一歇，做做重复性的机械劳动。韦荞是这样，许立帷也是。

顾清池隔着玻璃墙看见两位道森最高层在办公室，一个提着水桶擦书柜，另一个拿着吸尘器清理地毯。顾秘书基于职业操守，几乎就要冲进办公室撸起袖子说"我来我来！"在顾清池眼里，韦总和许特助哪是干这类事的人，他们把这时间用在名利场上，分分钟进账的钱都能请一辈子的保洁服务了。可是最后，顾清池停住了脚步。因为她看见，办公室里，韦荞和许立帷笑着聊天，不问西东，人生欢喜。

两个人打扫完卫生，时间已近七点半。

韦荞洗了一下手，提议去公司不远处的夜市吃顿简餐，许立帷点点头说"好"。韦荞很快打了通电话给岑璋，得知他刚开完会也还没吃晚饭，顺便叫他一起过来了。

许立帷很有自知之明，提醒她："你敢让岑璋看见我和你一起吃路边摊？"

"所以啊，我叫他一起过来了。"

韦荞经历坎坷，在维系夫妻关系方面已练就一身"死猪不怕开水烫"的本事："反正我的事，没有一件逃得过岑璋的眼睛。与其放着他一个人在家乱想，不如将他一起带上算了。"

许立帷想了想："这倒是。"

韦荞说："所以，你还是尽快做下心理准备。在将来很长一段时间里，我们身后都会有岑璋这个拖油瓶。"

许立帷："……"

夜市离道森不远，岑璋来得很快。

他今晚开车来的，没开他那辆常开的黑车，开了辆耀眼的火红色豪车，在夜市人群中格外扎眼。

夜市车位紧张，岑璋开了两圈没找到停车位，在路边稍稍停了一下，把左手搭在车窗上，喊了声："韦荞！"

敞篷跑车甚是惹眼，岑璋音调略高，猛地这么一喊，顿时惹得周围人群纷纷看向路边摊上的男女。

韦荞起身，快步走向他："怎么了？"

岑璋眨了眨眼，一脸无辜："找不到停车位。"

韦荞指了指前面："你停到道森地下车库去吧，再走过来也不远，十分钟就到了。"

"我才不去。"岑璋撑着下巴，不肯妥协，"一来一回起码二十分钟，等我到了，你和许立帷都吃好了，有什么意思？"

韦荞："……"

不远处，被点到名的许立帷正襟危坐。

有了上次惹恼岑璋最后被困电梯间的经验，许立帷着实怕了他。这会儿听到岑璋点名，许立帷立刻很自觉地放下筷子，走进店里和老板谈了几句。两分钟之后他就出来了，冲岑璋指了指后门："你从这边开进去好了，老板自己的私人停车位，借你用一晚。"

岑璋这才满意了，不紧不慢地将车开进去。

韦荞坐回去，递给许立帷一杯柠檬红茶："看到没有？他就这样，要人哄着才行。"

许立帷感同身受，多少有点庆幸，还好跟他没关系。

韦荞见他显然还没意识到问题的严重性，不由得提醒："你懂了没有啊？"

许立帷问："我要懂什么？"

韦荞说："你要懂，现在需要哄着岑璋的人，不仅是我了，他还要你也一起。"

许立帷："……"

岑璋停好车，走出来时韦荞已经替他看好了菜单。岑璋吃饭极端挑剔，平时家里的主厨都由营养师担任，重油重辣的饭菜岑璋从来不会碰。这会儿岑璋跟着他俩吃路边摊，肯定不能跟家里比，韦荞按照平时的标准将菜单过了一遍，勉强给他挑了点能吃的。

"这里的饭菜比较油，你可能吃不惯，吃面好了。牛腩清汤手工面，适合你，胃也不会难受。"韦荞将菜单递给他，问，"怎么样？"

岑璋接过菜单，顺手将车钥匙放在桌上，眼神没往菜单上瞟，倒是将他俩面前的两碗饭来回打量了数回："为什么不给我点和你们一样的饭？"

"你吃不惯的。"韦荞足够了解他，"我和许立帷今天吃的是猪油

524

渣拌饭，你也要吃？"

"要。"岑璋合上菜单，直接叫来服务员："和他们两位一样，猪油渣拌饭，谢谢。"

服务员微笑点头："好的，猪油渣拌饭一份。饮料要吗？"

"也和他们两位一样。"

"好的，一杯冰柠檬红茶，请稍等。"

服务员很快去下单，岑璋满意了。他倾身向韦荞，有些小傲娇："我要和你一样，你别想和别人一起孤立我。"

韦荞推了一下他的脑门，不轻不重。

岑璋说这话时没压低声音，许立帷听得一清二楚。作为岑璋口中的"别人"，许立帷很有自知之明地为自己洗净嫌疑，给他倒了杯水。

"开车过来口渴了吧？先喝口水。"许立帷放下水，把话题往最安全的公事方面引，"东南芯片的晶圆代工厂最近终于落地申南城，听说是今盏国际银行一手促成的，弥补了申南城在芯片制造环节的空白。很厉害哦，恭喜你了，岑董。"

岑璋喝了口冰柠檬红茶，简略回应："还好吧。"

许立帷唇角一翘，倒是对他有些侧目。

男人到了三十岁，很容易变质，在工作上有些小成就，更是不得了。他们谈政治、谈经济、喝酒吹水，言语间都是张狂。四十年经济腾飞太快，有人迎头冒尖，有人远远落后，时代的洪流在每个人身上留下深浅印记。很多人不得不用夸夸其谈的人生，来对抗自己在浮华人世中实质已被冠以"失败者"头衔的真相。

所以许立帷欣赏岑璋。

岑璋身上有真正能扛事的那一面，每临大事有静气。你看他平时好像离开韦荞就不行了，但一旦韦荞有难，哪次不是岑璋出手摆平？岑璋无论摆平多少事，事后都很少会提。这是独属岑璋的大气，最重要的是事情发生和被解决。事情结束了就是结束了，他不留恋成功，也不独愁失败。虽千万人吾往矣，顶级的企业家永远向前看，岑璋就是。

韦荞摸了摸他的脸，明显是偏爱的："许立帷夸你呢。"

岑璋傲娇："哦。"

"还不说一声'谢谢'？"

喊，他又不是没被人夸过。

岑璋就是不说，端起冰柠檬茶，径自和许立帷那杯碰了一下，算是回应。

"可爱。"许立帷拿起柠檬茶喝了一口，"岑璋，如果你是个女孩子，我一定会追你的。"

岑璋说："看不上，勿扰，谢谢。"

许立帷大笑。

韦荞随便他俩闹，席间又叫了一份清炖乳鸽煲汤，给岑璋盛了一碗，叫他趁热喝。

许立帷很自觉地不用韦荞帮忙，起身给自己盛了一碗。他端着一碗汤坐下，看到面前放了一份合同，是刚才岑璋顺势放下的。

许立帷放下碗，拿起合同："这什么？"

岑璋言简意赅："给你的。"

"不动产权证"几个大字跃入眼帘，冷静如许立帷也被震了一下。他顺手翻了下，后面还跟着一沓合同，产权人一栏赫然写着"许立帷"三个字。

"你这是——"许立帷翻完材料，有些不可置信，不由得再翻了一遍确认，"你送了上东城一栋楼给我？"

岑璋说："嗯。"

这声"嗯"，让许立帷深刻体会到了世家的实力。

这些世家公子哥面对这么高价值的人情往来，都是这么云淡风轻的吗？

岑璋送的不是普通的楼，他送的是"星地广场"的楼。上东城中心城区著名的"星系"三件套——星地、星月、星辉，历来是上东城黄金区域的象征。上东城经济疲软那一年，星地广场的前主人急于出手楼盘回笼资金，岑璋趁势收入囊中，没两年就靠租金回了本。岑家的主业不在地产这块，岑璋扫楼也只为多元化资产配置，从而达到分摊风险的目的。这几年岑璋没管过这块业务，全权委托给了资产公司，每半年看一下资产增值数据和运营报告就行。他二话不说把这块金字招牌的不动产资产无偿转赠给了许立帷，许立帷就算是个已经实现了财务自由的高级中产，也禁不住这么大的诱惑。

岑璋低头喝汤，径自解释："岑家的事，连累你，对不起。一点心意，算不上补偿。我明白，我也根本补偿不了你什么。"

许立帷大松一口气！

"你补偿得了。"他二话不说收下，将一沓文件收好，生怕岑璋反悔，"你这一栋楼送出来，不仅补偿得了我这次，补偿我三辈子都没问题。"

韦荞："……"

真是一个敢送，一个敢收。

韦荞向许立帷抬抬下巴："你物业费付得起吗？星地广场位于上东城中心地带，二十二层高，物业费可不便宜。"

"确实，这倒是个问题。"许立帷思路灵活，"那你还不给我涨点工资？"

韦荞呛了口柠檬茶。

许立帷解决问题的第一原则：为难别人就好，绝不为难自己。

两个人正闹着，被岑璋冷不防打断："物业费你不用交，那栋楼的物业公司是今盏国际银行控股的，我打电话吩咐过了，你那栋楼的物业费全免。"

一瞬间，这一张四方小桌子周围的寂静和夜市热闹的喧嚣气氛形成鲜明对比。

许立帷堪堪回神，看向韦荞，发自肺腑地问："你还和他复婚吗？他那么好，你干吗嫌弃他？换我，我觉得他怎么作都行。"

韦荞头都没抬，满口答应："好好好，你来，你试试。"

岑璋一把按住她的手，三连拒："你不行，你给我道歉，老婆你把刚才那句话重说，现在立刻马上说。"

韦荞拿勺子舀了一勺拌饭，喂到他嘴里，直接堵住他的嘴："你少说话，吃你的饭。"

三个人吵吵闹闹，一顿路边摊吃得热闹非凡。

岑璋吃完饭，感觉嘴里还是没味道，又叫了一份朱古力漏奶华。韦荞和许立帷都不嗜甜，岑璋一个人吃得津津有味。他向来有饭后吃甜点的恶习，饮食习惯在"极度健康"和"极度不健康"两者间反复横跳。

"对了。"岑璋看向许立帷，"你下周六有空吗？"

许立帷刚收了他一栋楼，服务态度相当好。本来他是没空的，当即改了主意："有。怎么了？"

岑璋说："我和韦荞去领证，你一起来。"

许立帷不能理解："你们夫妻俩去领证，我去干什么？"这种场合，他们不是应该叫上岑铭吗？领完证一家三口合影留念，夫妻俩顺便给儿子树立下正确的婚姻观，这才是正常节奏吧？

岑璋也不跟他废话，向许立帷一伸手："你去不去？不去就算了，把那栋楼的产权证还给我。"

许立帷立刻坐直了："我去啊，谁说不去了？我去的。"

韦荞看不下去了，冲许立帷拍桌子："你硬气点，就把产权证还给他，那栋楼不要了。"

"我不。"许立帷皮笑肉不笑地看她一眼，"韦荞，你别想套路我。我还给他，和还给你有什么两样？你就惦记着你们夫妻的共同财产吧。"

韦荞："……"

周五，韦荞推了应酬，准点下班。

528

明天就是领证的日子，韦荞牢牢记着。岑璋特别注重仪式感，韦荞和他处了十年，拿捏岑璋的经验非常丰富，在特殊日子里满足岑璋对仪式感的追求，岑璋就很好哄。

岑铭最近沉迷围棋，参加了学校的围棋社，每天晚上抱着电脑和围棋社成员在线上对弈。父母领证这件事对他的吸引力不大，反正他的老父亲都会十年如一日地缠着韦荞。在岑铭眼里，妈妈很不容易。母子俩都是喜静不喜闹的性子，所以岑铭很能理解妈妈。在明度公馆，只要岑璋在，韦荞就没有任何私人空间。

睡前，韦荞去儿童房看了一下岑铭，提醒他保护视力，不能看太长时间电脑。岑铭"嗯"了一声，棋局还没下完，他顺手点了"认输"。八岁的岑铭在胜负欲这件事上逐渐建立起了完整的自我体系，完全承袭了母亲的价值观：该执着时执着，该放弃时放弃。岑铭很少纠结，从不犹豫。

韦荞和他道"晚安"，顺手关灯，岑铭叫了她一声："妈妈。"

"嗯。"韦荞停下来，"怎么了？"

"妈妈，你早点休息，爸爸让你太累了。"

韦荞一时语塞，不知该从哪个角度解释。中文博大精深，"累"的意思有很多种。韦荞不确定，岑铭说的是哪一种。现在的孩子接触网络早，是互联网原住民，韦荞时常担心，岑铭会过早懂得成年人的一些事。

就在她踌躇之际，岑铭又道："爸爸总是缠着妈妈不放，妈妈都没有私人空间，太累了。"

原来是这样——韦荞松了口气，不由得暗骂自己想太多。

她走向床边，为小男孩盖好被子，耐心反问："那么，如果爸爸总是缠着的人不是妈妈，而是别人，你会喜欢吗？"

岑铭皱眉："不要。"

韦荞坐在床边，将世间最复杂的一种感情以孩子能理解的方式讲给他听："所以，这就是爸爸表达爱的方式。爸爸缠着谁，就代表他喜欢谁。"

"可是妈妈不喜欢。"

"嗯？"

小男孩侧身睡着，托腮看向她，为父母关系这道难题隐隐发愁：
"妈妈喜欢安静，爸爸太吵了。"

韦荞忍俊不禁。这可能是第一次有人评价岑璋"太吵"。

"嗯，有时候，爸爸的确太吵了。"韦荞没有否定，循循善诱，"可
是，这一面的爸爸，只有妈妈和你看得见。爸爸在明度公馆之外，可
不是这样的。你应该听过今盏国际银行的很多叔叔是如何评价爸爸的，
对吗？"

岑铭想了想，"嗯"了一声。

他从小跟在爸爸身边长大，跟着岑璋出入名利场，所见所闻绝不
少。岑铭过目不忘，记忆力非凡，就在成年人以为他还是个什么都不
懂的小孩子时，岑铭已将每个人、每句话、每件事都默默记住了。

"梁文棠叔叔说，爸爸不爱说话，尤其是开会的时候，他们很难揣
摩爸爸的意思，这让梁叔叔很头痛。还有施泓安叔叔，他说爸爸太凶
了，每年述职汇报那天，他都会被爸爸骂一顿。黄扬叔叔带我去野餐
的时候，我也经常听他小声批评爸爸，说爸爸不好相处，不喜欢理人。"

三言两语，听得韦荞颇有想法。

这孩子，你看他平时总是一副默不作声的样子，其实该记的和不
该记的，他都记牢了。以后她可得留意，不能在岑铭面前随便乱说。
就凭这记忆力，这孩子将来长大了，一旦有心起来，翻旧账的水平绝
不会比他爸低。

"所以，你发现了吗？"韦荞轻轻地抚摸孩子的额头，声音里有
无限温柔，"在明度公馆的爸爸，和在外面的爸爸，是完全不一样的。
这就是，爸爸在'家人'面前的样子。他不需要隐藏，只需要真实就
可以了。"

岑铭眼睛一亮，蓦地懂了："就算爸爸很吵，妈妈也很喜欢这样的

爸爸，对吧？"

"是的。"韦荞点头，"妈妈很喜欢这样的爸爸。非常，非常喜欢。"

岑璋今晚临时有急事，回家耽误了一些时间，到家时岑铭已经睡了。

韦荞虽然推了公事，工作手机还是随身带着。如今她不只是道森度假区的首席执行官，半年前还被力推为道森控股董事会主席，全面掌控道森控股集团。道森控股版图可观，旗下的道森度假区、道森影业、道森制造工厂，单独拎出来都是不可小觑的体量。韦荞身负重任，那半年几乎是咬牙撑过来的。直到许立帷病愈回归道森，为她担下一半重任，韦荞才稍稍松口气。

从那时起，她就落下一个后遗症：无论在哪里、在干什么，工作手机都绝不离身。

这一晚哄睡岑铭后，韦荞回主卧洗澡，惯性使然将工作手机放在浴室洗手台上。洗到一半就听见手机振动，韦荞匆匆关了水龙头，简单收拾了一下自己，推门走出淋浴间才发现忘记拿睡衣。她没多想，顺手拿了床上一件白衬衣穿上，然后接起电话。

岑璋进屋，不期然撞见的就是这样一幅画面——

韦荞正抱臂讲电话，身上套着一件他的白衬衫。岑璋的衬衣都是按照他的尺寸高级定制，穿在她身上大了一圈，衬衫下摆低低垂着。韦荞生养过，身体和未经人事的女孩子自然不同，平时被包裹在衣服下看不出来，这会儿一件宽大的男士衬衣，将其平日被隐藏的部分全数展露。岑璋只看了一眼，喉咙就隐隐发干。他很明白在这件衬衫下韦荞有的是什么，那是在历经世事沉浮后才会有的，独属女性刚柔相济的对人的致命吸引力。

电话是许立帷打来的，向韦荞汇报道森制造产能跟不上需求的问题。韦荞听得专注，眉心微蹙，完全没发现身后正朝她缓缓走来的岑璋。

直到腰间环来一双手，将她浅浅抱住——

许立帷听见电话那头的韦荞低声斥责了一声，下意识地停住："怎么了？"

韦荞说："没什么，不是在说你。"

许立帷瞬间懂了。

岑璋声音不高不低，明显没想瞒着："很晚了哦，你还要和他讲多久啊？"

电话里，许立帷听得一清二楚，明白岑璋这话就是讲给他听的。

他很识趣，立刻向韦荞话锋一转："情况就是这样，周一上班后到办公室我再跟你说。"说完，也不等韦荞回话，许立帷率先挂了电话。

韦荞听见电话里传来的忙音，斜睨了一眼岑璋："好了，许立帷被你赶跑了。"

岑璋不置可否，看样子是满意的。

韦荞方才急着接电话，一件衬衣穿得随便，扣子也没扣几个，领口敞开着，露出两截锁骨。她偏头看他："明天一早还要领证，还不早点睡？"

"本来是打算要早睡的。"岑璋点头承认，"但我精心准备的新衬衫就被你这样一声招呼都不打地先穿了，我要收费的哦。"

韦荞都被他这拙劣借口弄笑了："精心准备？就这件？"

"嗯。"岑璋如实告知，"特地为明天领证准备的，宝或高定的私人订制款，宋司彧亲自设计制作的，价格是这个数——"

他伸手比画了一下，韦荞倒吸一口气。

"不穿了，还给你。"

"晚了哦。"岑璋制住她解纽扣的手，声音陡然低下去，"而且，我今晚也没打算要你还我。"

韦荞一时愣住，什么意思？穿着衬衫睡觉吗？不会硌得难受吗？价格比较贵的衬衫硌起人来就会更丝滑一些吗？

她还在想着，岑璋深吻已至。

韦荞在那天明白了"夫妻"二字背后的欢愉。

在这方面，韦荞对岑璋足够信任。深夜，主卧风光旖旎，两人深陷一床柔软薄被里，韦荞抬眼看住他："你想怎样？"

岑璋居高临下，声音全哑了："我想……坏一次。"

两人放纵一晚的后果，就是在隔日领证的大日子里双双迟到了。

民政局八点半开门，许立帷八点就到了。他向来准时，这件事又是岑璋特意交代的，联想到这些年岑璋对他的介意，许立帷特地起了个大早，将衬衫、西服穿戴整齐，早早开车到达民政局门口等。

他这一等，就等了足足两小时。

初夏晌午，烈日炎炎，许立帷一身正装地等在门口，被热出一身汗。

民政局志愿者严格恪守"民政为民、民政爱民"理念，立刻为他端来一杯水，安慰他不要急："您是来领证的先生吧？这天热，路上又堵，新娘迟到也是有的，您别急啊。来，先喝杯水。"

许立帷接过水，仰头一饮而尽。高温天让他的耐心逐渐消失，语气很不耐烦："我不急，又不是我结婚。"

他不结婚，他一身正装地早早等在民政局门口干什么？这明显就是气话。志愿者耐心劝导："小夫妻吵架是有的，尤其新婚，先生要让着点太太啊。"

许立帷："……"

一杯水喝完，许立帷的视线透过镜片，总算看见了那辆姗姗来迟的黑色轿车。

许立帷抬腕看时间，冷声埋怨："还知道要来？"

他这不痛不痒的风凉话被周围人听得一清二楚。

本着"多措并举，提升婚姻服务质量"的宗旨，在门口服务群众的民政局志愿者立刻直击痛点，在车门打开时上前主动询问："您是今天来领证的新娘吧？"

韦荞点头："对。"

志愿者连忙拉着她的手，将她带到许立帷身边，扎实提升服务质量:"来,您家先生等您两小时了,可见他很爱您啊。俗话说,好事不晚,千里相会,我们祝你们二位新人婚姻幸福,百年好合!"

岑璋刚停好车,马不停蹄地走上台阶来找韦荞,猛地听到这句祝福,顿时脚步一停。他脸上的表情明显是"已经委屈了,马上要愤怒了"。

怎么会连民政局志愿者都误会他老婆和许立帷是一对?!他们站一起比较配是吗?!

许立帷心里害怕极了,岑璋对他介意了十年,也因为这个事对韦荞作了十年。他俩如今好不容易和解了,许立帷可再也不想蹚浑水了。

再说了,他刚收了岑璋一栋楼,实在也不想还回去。

"我不是,我是他们两位老板的下属。"许立帷脑子灵活,迅速将姿态放低,从身后抽出一个不知何时准备的婚庆礼花筒。他面向岑璋和韦荞的方向,俯身半蹲,热烈祝福:"岑董,韦总,我祝你们二位结婚快乐,百年好合!"

"砰!"

婚庆礼花筒名不虚传,瞬间绽放出无数彩色小纸片,镶着亮闪闪的碎片,漫天飞扬。周围群众纷纷驻足,本着"中国人爱看热闹"的本性鼓掌祝贺,沾沾喜气。

"恭喜啊恭喜啊!"

"看这对小夫妻,男帅女靓,天作之合啊!"

"旁边那个放礼花筒的伴郎,也很不错。"

岑璋刚才已经准备生气了,许立帷突然来了这么一手,岑璋心里那点生气莫名其妙地就没了。他就是这点好,从不跟群众作对,韦荞和许立帷哄不好的,周围群众哄一哄,岑璋就能被哄好。

十块钱的礼花筒分量很足,岑璋头上、肩上、衣服上沾满了亮闪闪的彩色小纸片。韦荞手势温柔地替他拭去,被岑璋轻轻搂住腰。

"老婆。"他拥住她,撒娇意味十足,"你要对我好,不许再丢下我了哦。"

韦荞拍了一下他的背，温柔地应声："嗯。"

民政局办事效率一流，十分钟就办好了结婚证。

两个人领完证，岑璋心情很靓，对韦荞道："我去开车过来，你在这里等着就行。中午我在衡山荟订了包间，现在过去时间正好。"

韦荞点头："好。"

两人走出门口，就看见了一个任劳任怨的许立帷。

许立帷正俯身半跪在台阶上，一层一层地收拾刚才漫天散落的礼花。这种气氛组道具，用起来是很好用，收拾起来也很要命，普通的扫把都扫不干净，要一点点捡起来才行。许立帷的家务能力是一绝，这是在长年累月的单身生活中练起来的。这会儿趁他俩领证的工夫，许立帷已经收拾得差不多了，身旁的垃圾袋里放着满满一袋彩色小纸片。

岑璋的良心又回来了，指了指许立帷，对韦荞道："中午吃饭带上他一起好了。"

韦荞饶有兴致地反问："你就没想过，许立帷根本不想和你一起去吗？"

以她对许立帷的了解，周末这样天清气朗的好日子，许立帷宁可在家看书、睡觉、做家务，也绝不高兴出门应酬。何况，应酬的还是岑璋这个申南城著名作精。

"我请他吃饭，他还不去？"岑璋眉峰一皱，转身就朝许立帷喊："中午衡山荟，我订了包间，你不许不来。"

许立帷头都没抬，本着"再忍忍马上就结束了"的心情，满口答应："好好好，知道了，我一定去。"

岑璋满意地朝韦荞抬抬下巴。

韦荞无语，拍了一下他的背："去吧，小岑，去开车过来。"

韦荞和许立帷都让着他，岑璋心情很靓，脚步轻快地走下台阶，活像个大学生。

见他走远，韦荞走下台阶，和许立帷一道并肩半跪在最后一层台阶上，收拾地上的碎屑。韦荞和他闲聊，对他满是佩服："你可以啊，哪里找来的礼花筒？一点彩色小纸片，把岑璋哄得高兴成那样。"

许立帷没转身，径自抬手朝身后指了一下："路边看见，顺手买的。"

韦荞顺着他指的方向投过去一眼。

马路对面，几个小女孩正三三两两地聚在一起，每个人手里挽着竹篮，吆喝叫卖竹篮里礼花筒。这些小女孩的年纪不大，都只有十几岁的模样，沿街叫卖的声音时高时低。货卖得不好，她们心里着急，声音就会在鼓足勇气之下增大些。但更多时候，独属于她们这个年纪的青涩令女孩们的吆喝声不甚从容。韦荞明白，她们要迎面挑战的，不只是生活的重担、柴米油盐的现实，还有独属青春期的敏感、羞意和脆弱。

就像曾经，她和许立帷在年少时一同经历的那样。

韦荞收回视线，看向许立帷，目光温柔："有没有人告诉过你，你很善良？"

"没有。"许立帷捡起最后一点碎屑，声音平静，"善良是要有本钱撑得起才行的。对面那么多小女孩，那么多礼花筒，我今天就算全部买下，明天、后天，也买不了这么多。所以，我能力有限，做不了理想中的善良的人。"

"可是，尽己所能，不就已经很好了吗？"两人一同捡起最后一片彩色小纸片，放入垃圾袋，韦荞起身，拍了拍手，拂去些手上的灰尘，同他并肩向前走，"许立帷，人生很多事，都不可能做到百分之百完美的。爱情、友情、善意、理想，这些都属于'人生很多事'这个范畴。我一直想告诉你，不要用百分之百完美的准则来严格要求自己，你会把自己封死的。在我眼里，就算只买一个礼花筒的许立帷也很善良。就是这样，好吗？"

两人一时无话。

良久，马路对面驶来一辆黑色保时捷，岑璋摇下车窗示意："韦荞，许立帷，上车——"这才令两人堪堪回神。

许立帷扶住韦荞的肩，如释重负般，轻轻"嗯"了一声。

周二，韦荞出席申南城企业研发与创新管理论坛。

在韦荞执掌下的道森控股表现亮眼，市值和每股收益均创新高。申南城企业研发与创新管理论坛是每年一次的盛会，韦荞不仅在受邀之列，还在主办方的恳请之下，负责二十分钟的开场演讲。韦荞极少出席这类场合，更遑论公开演讲，这次罕见地答应，主办方也十分欣喜。

出席前一晚，韦荞在衣帽间挑选适合演讲穿的衣服。

推门进去，韦荞当即一顿——整个衣帽间满满当当，原本宽敞的衣柜里挂满了各式成衣。走道上还停放着几辆移动衣架推车，同样挂满了各类高级定制。衣服都是未拆封的当季新款，连吊牌都没拆，以连衣裙和套装为主，一看就是岑璋喜欢的类型。

韦荞朝楼下喊了声："林姨。"

林华珺闻声而来，韦荞指了指衣帽间里夸张的阵势，问："岑璋搞的？"

"对。"林华珺对岑璋相当了解，早已见怪不怪，"道森新场馆开幕那天，你穿的那身连衣裙，和就任道森控股董事长仪式上穿的衣服一样，而且那件衣服的下摆有些开线。这件事被娱乐媒体拿来做文章，写了些不好听的话，被岑璋知道了。"

韦荞恍然，倒是没觉得这事有多大："那条连衣裙的下摆是有些开线，是在接任董事长的仪式中途被桌角勾住了，用力扯了一下扯坏了，后来就没再穿了。"

"可是岑璋不这么想。"林华珺笑笑，"他觉得你被亏待了，是他的责任。他那天就打电话给相熟的几个高定品牌，吩咐他们有新款就直接送到明度公馆，全是送你的。还有好几柜子的衣服放不下，三楼有房间空着，岑璋已经联系好设计师，也打算改成衣帽间。"

韦荞："……"

两人正说着，庭院里传来一阵引擎声，是岑璋回来了。

晚上八点，时间不早不晚，两人也不知道他吃晚饭了没有。林华珺忙不迭地下楼，刚要开口询问，岑璋从玄关进屋没看见韦荞，已经先问了："韦荞呢？"

他还真是十年如一日地离不开韦荞啊。

林华珺立刻指了指楼上："韦荞在主卧衣帽间，明天她有一场重要演讲，这会儿在选演讲要穿的衣服呢。"

"是吗？"他倒是没听韦荞说起过这事。

岑璋脱下外套，随手将西服和车钥匙抛在沙发上，脚步轻快地上了楼梯。林华珺从厨房探身叫住他时，他人已经往二楼去了。

"岑璋，你吃晚饭了没有？"

"还没有。"

"那我给你准备，等一下叫你。"

"好。"

岑璋推门进屋，就看见一个犹豫不决的韦荞。

她正拿着两套衣服，左右手各拿一套，站在落地镜前试效果。听见声音，韦荞没转身，看着镜子里的岑璋径直问："你回来了？正好，帮我选一下衣服。"

岑璋走过去："好啊。"

韦荞态度认真："明天的论坛会有很多重量级的要人前来，东南亚国际文旅发展联盟的负责人也会到场。虽然道森度假区目前深耕的区域是申南城，但将来会不会'走出去'，谁也说不准。正好有这个机会，给道森留条后路，也是不错的。"

岑璋环住她的腰，气息就往她颈项处去了。他细细轻吻一阵："这种算什么重量级要人？你还不如考虑在我这里留条后路算了。"

韦荞任他在颈项处一阵乱亲，斜睨他一眼："我不是正在留吗？"

"嗯？就这样敷衍我啊？"得逞的人还想要得寸进尺，满嘴指控。

韦荞被他打败了，推了一下他的额头，动作是无语的，但话一出口，怎么也掩饰不了她对他的偏爱："好端端的，你又乱来。"

一阵细碎缠绵，韦荞没反抗，看了一眼镜中对她肆意的人，轻轻提醒他："我穿哪件好？"

岑璋见她手里留了一件黑色连衣裙，覆住她的手，顺势将衣服丢在一旁："这件不好。"

"嗯？哪里不好？"

"虽然黑色确实是不会出错的颜色，但不适合明天的场合。太严肃了，会给人一种很强势的感觉。"

他放开她，走到一旁衣柜前，伸手拿下一件千鸟格连衣裙递给她："这件适合你，不会太严肃，也不会太轻佻，正适合明天演讲的场合。还有——"

岑璋顺手拉开衣帽间中央的首饰区，打开一个首饰盒，拿起一块腕表，低头细心地为她戴上："不要忘记左手戴一块腕表。首席执行官作为公司代表出席演讲，再名贵的手链也托不起庄重的身价。腕表就不同了，本身就被视为智慧和独立的象征。"

韦荞抬起左手。

这款腕表是岑璋送给她的高级定制，玫瑰色的表盘上镶嵌了 522 颗圆形切割钻石。一点钟和两点钟的位置之间设有日期圆环，圆环最外层刻有"CZWITH522"的浮雕字样。

两人领证后有一段时间，岑璋几乎天天送礼物给她，个个价值不菲，好像一天不送他就难受。岑璋的品味有目共睹，尤其对高级定制的腕表的挑选，深得韦荞心意。韦荞一句"喜欢"，在岑璋那里就是最好的回应，他送起来更是放肆，最后韦荞不得不制止他，不许他再送了。

岑璋在为老婆花钱这件事上向来没什么分寸，被制止时还很委屈地辩解了一声："要送的。"

韦荞一本正经地提醒他："我没有那么多钱回礼，你会亏本的啊。"

岑璋抵住她的额头，当即反驳："不会。"

"怎么不会？"

"我不要你回礼，我只要你做到另外一件事就可以。"

"什么？"

"我要你爱我。"

她永远会为一个男生对她坚定又青涩的求爱而心动，何况这个人是岑璋。

这块腕表从此在韦荞心里有了别样的意义。

衣帽间里，岑璋又一次为她戴上它，在白色射灯的映照下，表盘上 522 颗钻石璀璨生辉，像极了她和他的爱情。日月为你加冕，四海八荒永不落幕。

韦荞捧起他的脸："我有没有对你讲过，这些年，你一直都让我好喜欢？"

这次未等岑璋回应，她已经倾身向他，吻在他唇间。

楼下，传来林华珺的喊声："岑璋，晚饭准备好了，和韦荞一道下来吃——"

两人一同应声"好"，却是谁也没有动。

韦荞气息很喘，低声提醒："林姨在等了。"

"嗯，没关系。"岑璋重新覆上她的唇，声音沙哑得不像话，"林姨是过来人，她懂的。"

隔日，韦荞在论坛开幕式上的演讲登上实时财经要闻头版。

新媒体时代，信息传播近乎光速。韦荞在演讲中对道森"走出去"的战略规划和对申南城度假区业态未来发展的解析，被财经媒体以实时推送的方式报道在社交媒体平台上，一跃成为当天热点话题。

韦荞演讲从不带演讲稿，也从不用演讲台，领口处戴一只麦克风就足够。她从容上台，往那里一站，那里就自成中心，连追光灯都显得多余。从业十年，韦荞的演讲能力是一绝。媒体评价，在企业家个人 IP 越来越代表企业形象的今天，韦荞从容不迫的性格势必给道森带来前所未有的发展空间。

二十分钟的演讲，节奏很紧凑。韦荞以一句"永远相信理想主义正在实现"结束演讲，台下掌声雷动。

韦荞习惯了此类场合，向全场观众颔首致谢，随即走下台阶。

一束鲜花不期而至。

盛放的珍妮贝儿玫瑰，每一朵都在诠释独一无二的花语：我对你守护的爱。韦荞了然，她知道这是谁送的了。

负责送花的侍者恭敬地递上："韦总，这是岑董特意交代送您的鲜花。岑董留言，祝韦总见花如见人，万事顺心如意。"

韦荞接过，点了一下头："谢谢，辛苦了。"

这一幕不偏不倚跃入现场所有人的视线。

放眼如今申南城，岑璋的名字可谓家喻户晓。不久前，岑家的叔侄内斗一度甚嚣尘上，坊间传言四起，各自猜测事件最终走向。很快，岑华桥锒铛入狱的新闻见报。同一天，岑璋重返今盏国际银行召开董事会的身影被各路媒体拍到高清照片，一时全城哗然。所有人瞬间明白：这一局决胜局，最终赢家是岑璋。

从此，岑璋的今盏国际银行的董事会主席之位，再无人可撼动。

会场内，当韦荞手捧玫瑰在众人的簇拥下离开时，有眼色的老江湖们已心照不宣，各自心领神会："看见没有？从今往后，想有求于岑璋，找对道森韦荞这条路，才是真正可行的后路。"

韦荞行程很满，她结束最后一场酒会，抬腕看表已是晚上七点。石方沅提前五分钟将车开至酒店门口，垂手站在一旁等。见韦荞出来，石方沅拉开车门，分秒不差："韦总，请。"

这就是一个人跟久了韦荞，会有的做事模样。

许立帷不止一次说过，道森上下，韦荞带出来的人最好用，因为这些人都服她。教人做事，尤其上对下，靠嘴巴讲是没有用的，只能用"服气"二字。下属心里不服你，怎样都会反；一旦服了你，你什么都不用说，他全都看在眼里，迫不及待地会朝你靠拢。

黑色轿车平稳行驶在城区主干道。

韦荞今晚有些累，让石方沅直接开回明度公馆。石方沅点头："好的，韦总。"随即他将车开得四平八稳。

主干道左拐，车驶入民健北路。

民健北路在申南城很有名，多年前申南城率先开启"全民运动，全民健康"战略，成为探索公众体育运动热潮的开路先锋。民健北路就在当时被官方指定为未来全民运动健身的主要规划区域。战略实施以来，申南城公众运动场所数量迅速增加，在各项国际赛事的落地效应带动下，全民运动的观念逐渐深入人心。申南城市民的运动热情被点燃，这些年的公众健康指数不断呈现上升态势，民健北路因此成为申南城有名的"运动大街"。

有商机就有竞争，在市民免费运动场馆林立的核心区域，商业化的健身机构想要分一杯羹，难如登天。

道路尽头，坐落着一家刚开业不久的青少年游泳馆，门口稀稀拉拉地放着几篮开业鲜花，在经过几天的风吹日晒后也渐渐有了枯萎之色。几个年轻的销售人员正在街面上来来回回地走，如今生意难做，这支年轻的销售团队显然备受打击。沿街推销的声音越来越低，最后只剩下一人仍在卖力吆喝。

韦荞就是在这一刻听见对方同她搭话的声音。

前方红灯，石方沅稍稍停住车。小伙子见状，不肯放过任何一个机会，立刻见缝插针地上前，朝后座弯腰："你好，游泳健身了解一下？我们的教练组具备省队比赛经验，一对一教授十四岁以下的青少年游泳项目。"

隔着车窗，韦荞向外看了一眼。

这是一个非常厉害的小伙子，他知道红灯时间有限，必须在短短数秒内抛出最诱人的条件。而他也做到了，"省队""一对一""十四岁以下""青少年游泳"，作为一个母亲，韦荞非常明白这些关键词对有孩子的父母而言意味的分量。

石方沉正欲开车，忽听韦荞道："我有一个八岁的孩子，你有适合的教练推荐吗？"石方沉愣了一下，随即安静等待。在他的认知里，韦荞从不会对路边推销感兴趣。

车窗外，推销的小伙子也一时愣住。

车内的这个声音，他不仅认得，还相当熟悉。后座车窗被缓缓摇下，闻均对上了韦荞的视线。她正端坐于后座，望向他的眼神古井无波。

"如何？"韦荞意味不明，"有推荐吗？"

往日死敌狭路相逢，一个已经身处高位，一个沦落街边叫卖。此番韦荞的主动回应，是奚落、报复，还是讥讽、难堪？她是要令他记得当日教训？

不过，都没关系了。一个人经历过绝境，才会明白，奚落这些东西，其实不在于对方，只在于你自己的心。你心里难受，奚落就成立了；你没有感觉，它成立的条件就永远缺少一项，无法成形。

闻均公事公办，点头道："有。女士，你有时间的话，欢迎来我们游泳馆了解。新店开张三个月内，我们都有折扣优惠，最低五折起。"说完，他递上一张宣传单。

韦荞接过，并未多做停留。她摇上车窗，对石方沉吩咐："老石，开车。"

"好的，韦总。"

黑色轿车平稳地滑了出去，很快消失在街角。闻均站在原地，目送车子离开，直到看不见。

岑璋得知韦荞将岑铭送去游泳馆学游泳的消息，很是惊讶了一会儿。他知道的时候，岑铭已在游泳馆学了一周的课时。

睡前，岑璋不禁问："岑铭以前的游泳教练，你觉得不好吗？"

怎么可能不好？美国退役的游泳运动员，参加过奥运会，虽然最终在小组赛惜败没能打进决赛，但在同类竞赛赛道上也算佼佼者。他年轻爽朗，有美国西部运动员常见的阳光自信，岑铭总是喜欢叫他William。他不似寻常教练总要人喊一声"老师"才觉得被尊重。

韦荞刚洗完澡，拿干毛巾擦头发："不会啊，William当然很好，岑铭跟着他学了一年，我也很满意。"

"那你为什么要换掉他？"

"你指让岑铭去民健北路学游泳的事？"

"嗯。"

岑璋拿了吹风机，朝妻子腰间一搂就将她抱坐在腿上，抬手为她吹头发："我查了一下，民健北路上的那家'永胜'游泳馆，才刚开业，也不是业内有名的连锁机构。让岑铭去那里，我都不放心。"

"负责签约岑铭这单合同的销售顾问是闻均，有什么不放心的？"

闻言，岑璋手一停，头发也不吹了，音调也跟着一高："老婆，你用我们儿子去帮你前同事冲业绩？！"

韦荞："……"

这脑回路，服了。

"岑董，拜托你做事不要一惊一乍。"韦荞放下毛巾，朝他胸口拍了一下，要他别太夸张。

"我只是觉得，岑铭从小学游泳、奥数、德语等等，都是一对一教学，难免缺少些集体感。尤其是游泳这类竞技体育，同龄人之间如果边学边交流，有益无害。永胜那边我去看过，一对一教学之后有特定的课时用于团队合作和比赛。无论是 4×100 米接力赛，还是单人自由泳比赛，对岑铭来说都是和同龄群体交流的好机会。所以，我才会送他过去试一试。"

听了她一番解释，岑璋倒也没觉得有什么不妥。

他又重新为她吹了几下头发，心不在焉的，忽然想起更重要的事："你刚才说的闻均，是不是就是当初和许立帷在股东会夺权，最后被你赶出道森的那个人？"

韦荞挺佩服："你记性不错啊。"

岑璋吹头发的心思顿时全没了，扔下吹风机要她面对自己："老婆！你怎么能把我们儿子送到那种人手里去呢？他万一对岑铭打击报复怎么办？！"

"你放心，闻均不会。"韦荞要他别紧张，解释给他听，"闻均心有芥蒂的人只有许立帷，他对许立帷在道森受到重用这件事不服气。就连当初那场股东会夺权，他都是冲着许立帷去的。"

竟然是这样。岑璋一下气消了，很能理解："哦，那他还挺有个性，许立帷是挺让人看不顺眼的。"

韦荞："……"

有了这番解释，岑璋也就不再有异议。后面岑铭再去学游泳，韦荞没空送的时候，都是岑璋去送，和闻均也打了几次照面。闻均一向心高气傲，对岑璋倒是颇为服气。岑璋看得出来，闻均不是在对他客气，是在对韦荞客气。闻均不会为难韦荞，也就不会为难韦荞的家人。

周五傍晚，韦荞提前结束工作，带岑铭去游泳馆。一小时的游泳课结束，岑铭换好衣服出来，韦荞带他去吃晚饭。他们走到门口，和闻均迎面撞上。他正带着三个顾客进门，手里拿着销售传单，弯腰开门："女士，请这边走，我们'永胜'游泳馆每日都会采取国际标准对场馆进行消毒……"

话还没说完，他就看见了韦荞。韦荞目不斜视，牵着岑铭的手径直走了出去。闻均移开视线，脚步稍缓，未做停留。

待他走远，两个前台小妹咬耳朵讲八卦："闻均也是惨，90% 的销售业绩都是他一个人做出来的，还要被销售部集体排挤。你看他，天天忙得连晚饭都吃不上。"

这晚，闻均忙完已是晚上九点。送走最后一位前来考察的顾客，他才有时间歇一歇。游泳馆即将打烊，闻均走去员工衣柜处换下工作服后，一边往外走一边拿手机打开大众点评。他对吃饭很不挑，这是从小在福利院长大的后遗症，能吃饱就行。他正想就近找家面馆，就看见微信有一条未读信息。

发信息人：韦荞。发送时间：两小时前。

闻均心里晃荡了一下。他忙不迭地打开微信，看见韦荞的留言：

我在马路对面吃晚饭。

清汤寡水的九个字，看在闻均眼里却是一阵波澜。韦荞对人的态度，说好听点是惜字如金，说难听点就是惯会冷处理。闻均知道，这九个字对于韦荞来说，就是在邀请他了。

他没有犹豫，一路小跑穿过马路。

韦荞果然还在。

马路对面是一家海鲜大排档，岑铭遗传了岑璋爱吃海鲜的饮食习惯，最爱喝的就是海鲜粥。这家"德胜"大排档很有名，一对广东老夫妻在此处经营近三十年。店面不大，回头客不断，夫妻俩守着这家小店拒绝了无数个邀请入局的资本，踏实又知足地将一方小店开成远近闻名的海鲜大排档品牌。

韦荞坐在路边位上，看着闻均向她跑来。她说："我以前警告过你多少次，做事不要急，刚才又差点闯红灯。"

"我看着呢。"闻均不以为意，跑得有些喘，"还剩五秒，我跑得过来。"

韦荞不置可否，懒得说他。

她冲他抬抬下巴，眼神示意了一下对面的座位。闻均心领神会，自己拉开椅子坐下了。

"吃什么？自己点。"

"荞姐，那你呢？"

"我吃过了，刚才和岑铭一起吃的。"

"哦对，怎么不见小铭？"

"我让老石先送他回明度公馆了。"

闻言，闻均忽然福至心灵："荞姐，你是特地在这里等我的？"说完，他嘴角满足的笑容像是压都压不住。

韦荞没有回答，指指菜单："先点餐，少扯有的没的。"

闻均"哦"了一声，低头看菜单："我吃一份菠萝海鲜炒饭吧，够了。"

韦荞叫来服务员下单："再来一份滑蛋炒牛肉、一碗罗宋汤，男孩子只吃一碗饭怎么行？"

闻均没制止，合上菜单，把玩着面前的塑料水杯，掩饰一丝不自在的尴尬。

其实他也知道，就算他不说，韦荞该知道的都知道。当初他联合赵家兄弟公然向许立帷发起夺权计划，最终以失败收场。赵家兄弟怕韦荞报复，迫不及待地将闻均推出去送死，要和他划清界限，一纸诉状以"商业间谍罪"将闻均告上法庭。虽然最后庭外和解，但闻均在行业内的名声算是被彻底毁了。商业间谍罪是最容易莫须有也最为资本忌惮的一项罪名，任何人沾上了这条罪名，无论真假，都会令自身前途尽毁。

尝过走投无路的滋味，才会有现在的闻均。连一份最不起眼的游泳馆推销工作他都分外珍惜。

"知道自己错在哪里吗？"韦荞抱臂看他，"在这个世界上，光有做事的能力是活不下去的。做事谁不会？就算笨一点，天分弱一点，长年累月地做，也总有熟能生巧的一天。但，另外一些能力，就不是靠练、靠学，就能会的。"

"嗯。"

闻均从前对这类话不屑一顾。他对许立帷一直是不服气的。除了比他大两岁，许立帷其他方面并不比他更出色。从前在上东大学，后来在道森，他的各项成绩和许立帷相比都不相上下。可是赵江河、韦荞、道森，所有人都不肯给他机会。尤其是韦荞，他对她那样敬重，也换不来韦荞的另眼相待。赵江河将他死死压在基层的那些年，韦荞从未为他说过话。而许立帷，高一那年差点被赵江河开除基金会名单，韦荞却誓死力保，不惜以自身前途赌一把，也要和许立帷共进退。

"许立帷做事，有的时候……"闻均低着头，似乎在用力考虑措辞，

"不太上道。"

韦荞一针见血："你指不合规，是吧？"

"嗯。"

事已至此，闻均倒是坦然。

韦荞明白地告诉他："许立帷怎么做是他的事，但他也是有度的，有些只是你认为的'违规'。许立帷在道森做事十二年，能走到今天，你以为他是一个只会走捷径的人吗？他考虑的，远比你以为的要多得多。他做的每一项决定，都有百分之百的把握，既用最低的成本达到目的，又不会触及违规的警戒线。"

闻均不说话了，他承认韦荞说得对。

"还有，闻均，在道森，除了你之外，你见过有人不服许立帷吗？"

闻均颇有些负气地承认："没有。"

"你知道为什么吗？"

"他能力强。"

"不。"

"那是为什么？"

"因为，许立帷身上有'士为知己者死'的理想。"

韦荞看向他，眼底闪过一丝动容，很短，转瞬即逝，但还是被闻均捕捉到了。他在这一刻忽然理解了所有，韦荞、许立帷、道森。他一直以来看到的世界都只是单面的世界，在他未曾看见的那一面，侠义与热血的故事从未中断。

"那天，如果在许立帷身边的人不是我，而是顾清池、曹川硕、赵新喆，甚至是你，许立帷都会做出同样的选择。他会用自己的命，保全身边的人。这样的人，你会希望他有事吗？不会的。你会比他自己更希望他好，希望他幸福，希望他配得上这很苦很苦的人生给予他网开一面的回报。这也就是，你无论怎么追都追不上许立帷的原因。"

一个人要在社会立足，靠的无非是"为人处世"四个字。旧时候的智慧源远流长，四个字就能将这世上最难的部分讲成禅机妄言。禅机难悟，聪明如闻均，都要在走错道、做错事、摔得粉碎之后，才能真正悟得一二。

而他也终于明白，早早就靠自己开悟、明白此道理的韦荞和许立帷，才是真正的厉害。

闻均忽然勇气顿生，看向韦荞："韦总，我想重回道森度假区。"

"好啊，可以。"韦荞倒也爽快，拿起手机转给他一则招聘启事，"道森制造这一个月在招人，你可以去试试，我不会拦你。你能不能进，我也不会过问。"

很符合韦荞的风格。她只给你机会，而永远不会给你一步登天的捷径。

闻均点头："好。"

韦荞将路放在他面前，由他自己选："你有本事进来，再有本事一步步从基层重新做起，获得民心和肯定，我一定不会挡你向上的通道。这一点你可以放心。"

闻均重重应声："嗯！"

话已至此，韦荞将公事放在一边，催促他："快吃吧，饭都凉了。"

"好。"

闻均虽然只比她小两岁，但心性还是个小伙子，一碗饭五分钟就吃光了，也不讲究吃相。他捧起碗将罗宋汤全喝了。放下碗时眼尖地看见一辆熟悉的保时捷，他立刻挥手示意："姐夫，荞姐在这里。"

韦荞抱臂看他一眼，有些怀疑他是故意和岑璋套近乎。但韦荞再看一眼，这类阴暗的想法就被韦荞打消了。闻均在公事上的手段颇为锋利，有时甚至称得上不择手段，但在私生活上，他倒真是单纯如白纸。和许立帷一样，闻均也从来没谈过女朋友。但和许立帷不一样的是，闻均不是个婚主义，他纯粹就是对这方面没心思，平时想都不会想。岑璋对韦荞的坚定和专一放眼申南城都很知名，闻均看他很顺眼。

岑璋在路边草草找了个停车位，停好车三两步就过来了。韦荞站起来迎他："你怎么来了？"

"石方沉将岑铭送回家，没见到你一起回来，我就顺道问了一声。你的车被石方沉开走了，叫车不方便，我过来接你一趟。"

"哦，好。"

夫妻俩说着话，岑璋拉开椅子坐下。

闻均对岑璋一向有好感，在他看来，荞姐就得被这样的男人死死爱在心上才行。他们夫妻说话间，闻均已经给岑璋倒了杯温水："姐夫，喝水。"

"谢谢。"岑璋倒也没拒绝，仰头喝了半杯。

他对旁人完全没兴趣，径直看向韦荞："聊什么呢？这么久。"

韦荞还来不及回答，闻均已经听出了岑璋话里的意思——他这就是在赶人了。

闻均忙不迭地起身，打开微信就要买单："不好意思，今天耽误姐夫和荞姐了。"

岑璋被他那一声声的"姐夫"熨帖得很到位，原本心里那点不痛快很快没了。岑璋钱也不让他付了，扫码付钱时还多付了一笔小费，让服务生小妹开心不已。

闻均在"钱"这个事上向来分明："姐夫，让你付钱，这怎么行？"

岑璋眼也没抬："小事。"

他心里记挂的另有其他，暗自纳闷这小伙子做事怎么就那么不痛快？没看出来他这是在花钱赶人吗？这人赶紧走，别耽误他和韦荞过二人世界。

还是韦荞替他善后："闻均，你没事的话先走，我和岑璋还有事聊。"

"哦，好。"

"回道森前，记得去向许立帷道个歉。"

"嗯，我会的。"闻均打过招呼就走了，不一会儿又回来了，讪讪地问，"荞姐，我去许哥家道歉的话，拎一箱牛奶去够吗？"

"……"

这情商，全靠智商弥补短板。

韦荞话都不想跟他多说："你不拎都行，许立帷什么东西没有？"

闻均想了会儿，决定不听韦荞的："还是拎两箱去吧，道歉要有诚意的。"

韦荞朝他挥手，叫他快走，别在她眼前晃了。

闻均一走，岑璋收回视线，不由得对自己很满意："老婆，还是我最棒了，对吧？"

韦荞有一秒钟的死机："你这又是从何说起啊？"

岑璋业绩在手，得意死了："还是我道歉有诚意，要送就送一栋楼，你看许立帷都舍不得不要。"

韦荞无语："你赢了。"

周六，岑璋难得有空，抽出时间和岑家家庭基金管理人汪泰盈见了一面。

汪泰盈年逾五十，管理岑家家庭基金十二年，严格做到收支两条线，每笔账务都据实可查、井井有条。汪泰盈识人察色，十分明白对岑璋这样的人而言，让家庭基金保值、增值早已不是他的第一目的，如何令体量庞大的岑家收支账务分明、账实相符，才是岑璋的最大诉求。岑璋比谁都明白，当资金规模达到天量之后，"安全性"永远是第一要义。

下午一点，汪泰盈如约前来。

岑璋起身，亲自给汪泰盈倒了一杯茶："汪叔，坐。这么热的天过来一趟，辛苦了。"

汪泰盈从善如流："岑董，您客气。第二季度的月报时间到了，我一直想约您，知道最近您忙，不便打扰。前天接到岑董电话，说今天有时间可以见一面，我求之不得。"

场面话，三分客气，七分真心。这些年，岑璋对汪泰盈礼待有加，该给的尊重和回报一样不少。尤其是尊重，汪泰盈看得出来，岑璋的尊重完全是发自内心的，而非笼络人心的手段，这令汪泰盈心生敬佩。岑家家庭基金也在汪泰盈手中真正做出了"安如泰山、月盈圆满"之味。

"岑董，这是基金第二季度报表，请您过目。"说完，汪泰盈双手递上。

岑璋接过，大致看了一下。

汪泰盈做事周到，重点收支都会提前标记，令岑璋可以在最短时间内掌握重要信息。顶级的生意人最不缺的就是钱，最缺的就是时间，岑璋就是典型。汪泰盈深知为老板节省时间的重要性，把这项工作做得很到位。岑璋有疑问，汪泰盈立即解释，从不拖延。总的来说，这个人岑璋用得很满意。

报表后是一沓厚厚的附注，相当于完整的全文报告。岑璋今天还有事，大致确认了一下没有异常事项，就打算先放一边了。

"汪叔，你做事，我很放心。等有时间我会把报告看一下，今天就先到这里好了。"

"岑董，还有件事，我想跟您单独说一下。"

"什么事？"

"韦总的账户，两周前支出了一笔大额转账。"

闻言，岑璋抬头，显然这件事在他意料之外。

韦荞的收支以前一直是她自己打理的，没有被并入岑家家庭基金。领证后不久，韦荞提出将账户收支统一让汪泰盈管理，岑璋那时是反对的。

"岑家家庭基金放我那一份就好了，我父母留下来的也在里面，加起来的数目不算小。你自己的收入自己管理就好，不用合并到岑家基金这里。"说完，还在她脸颊亲了一口，向她保证，"老婆，你放心，我养得起你和儿子。"

韦荞服了他的想象力，不得不打断他："我不是怀疑你养不起，我是懒得管我自己的账户，想甩手丢给汪泰盈算了。"

岑璋："……"

好家伙，韦荞现在这么财大气粗的吗？

事实上，韦荞确实懒得管。自从被选举为道森董事会主席，韦荞的收入来源陡然增加了好几倍。除了基本工资和业绩奖金之外，管理层激励奖、分红、股权激励等等纷至沓来，收入总额也跟着翻倍。韦荞平时对道森的账务抓得很紧，对自己的账户收支着实没精力再管，这才萌生了丢给汪泰盈的想法。

岑璋听了，倒是没再反对。最后，他想了个折中的办法，将韦荞的账户收支一并交给汪泰盈，但和岑家家庭基金分开管理，两者不合并。这无形中给汪泰盈增加了一份工作量，岑璋相应地在当天就给汪泰盈涨了一倍工资，把老汪高兴坏了。

汪泰盈接了这摊活，每个季度都尽心汇报，一直没出过岔子。今天他向岑璋特别提出注意事项，还是第一次。

岑璋反问："她转给谁的？"

"韦总转给了一个离岸账户，属地在英国，账户名叫Frankish。"

岑璋眉头一皱："是男人？"

"对。"

岑璋丢下钢笔。

汪泰盈看出岑璋不痛快，连忙解释："岑董，是这样，这件事韦总本来让我保密，这是她账户上的事，不用向您汇报。但是，我在操作过程中发现这个离岸账户发生过法律纠纷，曾经被司法冻结过，账户解封后韦总就让我立刻汇过去。我怕韦总有资金损失的风险，提醒过她这事，但她示意我不用管。我认真考虑之后认为，韦总既然把她的账户交给我打理，我就有责任将风险告知。"

"汪叔，多谢你把这件事告诉我。"岑璋正色，"我会有分寸地去处理的。"

汪泰盈这才松口气："好的，岑董。"

这周韦荞很忙，道森的"出海"计划尚未落地，韦荞之前在论坛上的那番关于"出海"前景的预期演讲倒是先火了。海外的几大度假区严阵以待，几位世界级的度假区公司董事长组团来考察，韦荞不得不亲自迎接。

接受访谈、议事、陪同参观道森度假区，韦荞送走友商，抬腕看表已是晚上八点。她累得很，正想叫石方沅开车回家，就看见了总部楼下一辆保时捷正缓缓停下，对着她的方向响了两声。

"嘀嘀——"

车灯顽皮地眨了两下，像一双好看的大眼睛，韦荞脑中刹那间闪过岑璋的模样。岑璋也有一双漂亮的大眼睛，尤其在爱她的时候，眼里盈盈如水。

韦荞快步走过去："你怎么来了？"

"来接你下班，好不好？"说完，岑璋顺手递上一束鲜花。

一束精心组合的鲜花，有韦荞喜欢的松虫草、紫罗兰、马蹄莲，花束中央是盛放的珍妮贝儿。韦荞懂了，这束鲜花的搭配一定出自岑璋之手。只有岑璋，才明白她的全部喜好。

原本烦累的心情顿时烟消云散，她难得有兴致，站在车门前同他打趣："为什么，突然送花给我？"

下一秒，岑璋倾身向她，不由分说就将她拉上车。

"因为。"他将鲜花放入她手中，"老婆赏光坐我的副驾位，怎么能没有老婆喜欢的鲜花？"

一束鲜花满是情意，韦荞轻轻嗅了一下，花香袭人，有她最喜欢的温柔模样。心里泛起一阵涟漪，她转头看他，连声音都慵懒："今天好累，晚饭都还没吃。"

岑璋替她系好安全带，在她脸颊上亲了一下，欣然安排："我在'圆记'订了位子，现在就过去，大概二十分钟，你先睡一会儿。"

"好。"

韦荞这段时间偏好融合菜，尤其以圆记的菜为首。一道松茸花胶炖鸡汤，每次都能消除韦荞一天的疲惫。

岑璋做事周到，开车时一通电话打给当值经理，让他提前准备。韦荞今天很累，到这个点还没吃晚饭，岑璋怎么想怎么舍不得，一分钟都不想让韦荞多等。他们到的时候，经理已经备好一切。岑璋拉开椅子扶着妻子入座，一道道热菜分秒不差地就上桌了。

他支开侍应生，吩咐关上包间门。然后他挽起袖子，在她身边忙碌地服务。

"先喝碗汤，暖胃。

"龙虾家烧年糕，你喜欢的。我给你弄龙虾肉吃，年糕就先不吃了，胃不容易消化。

"柚子酪最后吃，太冰了，你吃不下饭的话，松茸粥总要喝一碗的。"

韦荞习惯了岑璋的悉心照顾，也没觉得意外，点头"嗯"了一声就由他照顾去了，浑然不知这一幕落在进出包间的侍应生眼里，生出了怎样的欣羡之味。在外人眼里，岑璋对韦荞的态度始终是个谜。他近乎无底线地溺爱韦荞，生怕自己做错一点。许立帷评价这是岑璋"被离婚"的后遗症，那次离婚令岑璋彻底明白：韦荞决绝起来，真的会走。岑璋心有余悸至今，绝不肯让自己重蹈覆辙。

韦荞喝着松茸粥，看出他今晚的不寻常，抬头问："你是不是有话要对我说？"

"没有。"

"不坦诚。"夫妻一场，彼此了解够深，韦荞颇有深意地瞥他一眼，"你有事要问我，就问好了。"她拿起身旁的鲜花冲他示意，"看在这束花的面子上，我一定回答你。"

岑璋不慌不忙，替她盛了一碗松茸粥。他将粥放在她面前，凑近她讲私话："那我问了哦。"

"嗯。"

"今晚陪我好吗？不许去书房加班。"

韦荞一愣："就这样？"

"嗯。"在岑璋心里，这就是最重要的大事，韦荞最近一阵子对他失约得厉害，岑璋的耐心已到极限，"你最近到底在忙什么？约你吃晚饭都约不到，周末也经常见不到你。"

闻言，韦荞抬手捏了一下他的脸颊，讨好他的意思很明显。

"没什么，就工作上那些事，不值一提。"她在他脸上亲了下，算是哄他，"晚上我陪你，不去书房加班了。"

"哄岑璋"这件事在韦荞看来不难，这是她十年来最擅长的工作之一。说点好话、亲一下，岑璋就能被哄得服服帖帖。

直到两小时后，韦荞才后知后觉地有了点危机意识：岑璋对她那一套早已免疫，今晚他来者不善，要她明白敷衍他的严重后果。

岑璋在她耳后低问："你最近真的只在忙工作？"

"嗯。"不然她还能忙什么？

他言不由衷，对她试探："忙工作，能忙到把我丢在家里不管？"

韦荞一脸无语："你这就是在胡说八道了。"

他身为今盏国际银行董事会主席，哪点像是会被老婆丢在家里不管的样子？虽然岑璋这两年出差的频率有意降低，但完全改变不了他还得每周飞赴全球各地洽公的日常。名利场认人，能代表今盏国际银行说话的人只有岑璋，商界也只认他一个人。这个重担压在他身上，他好意思摆出一副被老婆丢在家里的受害者模样？

今晚，岑璋还真是好意思了。

他在她耳边的亲吻和质问都没停："上上周六，我约你吃法餐，你答应了要来，我都到餐厅了才接到你电话说有事不来了。上周三，我约你看音乐会，你也答应了要来，最后又用一通电话打发我。前天，我约你观看岑铭学校的舞台剧演出，你说你去不了。这可是岑铭参演的舞台剧，你就算忙工作也要想办法去才对。何况，那天晚上你根本没工作——"

韦荞一顿，冷不防说漏嘴："你怎么知道我那天晚上没工作？"

她话音未落，岑璋突如其来的低头一咬就令她喘气收声。

他存心使坏："老婆，你有事瞒我哦，诈一诈就被我诈出这么多。"

她真是服了。她怎么能小看岑璋，以为他被随便哄哄就能骗过去？如果不是他不想追究，她以前那些不入眼的小把戏能在他身上用十年？

"好吧，我说。"她被他弄得无力招架，不得不搂住他颈项靠他的力道撑着，"我最近去办了一点私事。没别的，真的。"

"和谁的私事？"

"就是……一个普通朋友。"

"男的？"

"嗯。"

她有些为难，既不想骗他，又不想让他知道。这一幕落在岑璋眼里，就是她有小秘密的最好证据。韦荞从来都是有分寸的人，她不想说，一定有她的理由。他既舍不得逼她讲实话，又在意至极。最后他只能用一场酣畅淋漓的缠绵，找一找自己在她心里的位置。

他心里想要控诉她，开口就变了味，情话缠绵："你怎么会有这么多'普通朋友'？以前有'普通同学'，后来有'普通同事'，现在又多了'普通朋友'，我都要在意了。"

韦荞被他折磨出一层薄汗，有意退让："你在今盏国际银行有那么多普通同事，我也没管过你啊。"

"所以，这就更讨厌了——"岑璋声音一沉。

好汉不吃眼前亏，韦荞知道他对她起了疑心，只能尽力安抚。她攀上他的肩，双手搂住，被他抬起一抱。她顺势贴着他的胸膛，在他喉结处轻轻一吻。

岑璋心里一软，垂眸看她。四目相对，各自服软的两人有情意涌动。

"老婆，你又赢了。"

一场肆意缠绵，开了头就很难停下来。岑璋在这方面向来是"要质量也要兼顾数量"的，不尽兴绝不肯停。

隔天是休息日，两个人一觉睡到上午九点多。

　　韦荞的睡眠质量向来不算好，失眠是常态，明度公馆这间主卧被岑璋花重金设计得很舒服。床头手机振动半响，韦荞才稍稍转醒。

　　昨晚实在太累，韦荞头疼得很，一点都不想睁眼。她抬手摸索着去拿床头的手机。

　　右手尚未够到手机，腰已经被人搂了去。岑璋稍稍用力，就将她带进怀抱。韦荞没反抗，翻了个身顺势搂住他颈项，就着姿势枕在他手臂上，一顿好睡。

　　岑璋不甚清醒的声音沙哑透顶："休息日，这种电话别接了。"

　　"嗯。"

　　两个人难得达成一致，彼此都困得不行，将电话晾在一边，打算再睡一会儿。

　　这通电话却意外地很固执，连打三次。

　　第四次，电话再次振动，韦荞尚未有反应，岑璋先受不了了。他越过韦荞，长臂一捞，替她接起电话："喂？"

　　对面的顾清池狠狠一愣。

　　岑董接起韦总的电话已经让她很意外了，这个沙哑透顶的嗓音更是让顾秘书瞬间红透了脸：一对夫妻，睡到这么晚还没起，你说他俩昨晚干什么去了？！

　　"那个，岑董，韦总在吗？"顾清池小心翼翼，"我有点事找韦总。"

　　"你什么事？说吧，我告诉她。"

　　"呃，这个，这个不方便对岑董你说……"

　　"……"

　　二十几岁的小姑娘，保密意识还挺强。岑璋没多想，将手机放在韦荞耳边。

　　韦荞还想睡，堪堪打发一声："喂？"

　　"韦总！不好了！"顾清池夸张的声音瞬间响起，"你和 Frankish 在一起的事被八卦记者拍照了！今天所有八卦杂志写了这事，现在都上热搜了！韦总你快想想办法压新闻，千万别被岑董知道啊！"

"什么我和 Frankish 在一起的事……"韦荞惺忪着，下意识反问了一声。没等她问完，她整个人瞬间清醒。她猛地握住手机，抬眼看向岑璋。

岑璋还是那样松松地搂着她，眼神清明，含着一丝识破她的凉意，哪里还有方才半分惺忪？

放眼申南城娱乐媒体界，《申南娱乐》都是独占鳌头的存在。单凭能以这座城市名命名媒体公司简称，这一点就绝非普通媒体能做到。周家两代人深耕申南城娱乐传媒界，周巍从父辈手中接过公司，不仅将原本的主营业务做得风生水起，更拓展至电影、电视圈投资，把公司经营可谓蒸蒸日上、百花齐放。

和大众对传统娱乐媒体巨头"花衬衫、大金链"的刻板印象不同，周巍出入公私各类场合都习惯穿长袖衬衫，不像是申南城娱记的幕后老板，更像是青年一代搞实体的民营企业家。周巍继承了父辈刻苦坚毅的品质，没有"休息日"的概念，工作就是他最大的爱好。

这天，周巍在一宗电影投资项目评估会间隙接到韦荞电话。

韦荞这通电话打得不算客气，迎面质问："周老板，你做谁的生意不好，要做我的生意。说吧，要我给多少钱你才肯压新闻？"

周巍很给面子，立刻中断会议走了出去。

韦荞和周巍有点交情，当年韦荞和岑璋的婚礼媒体采访权，韦荞就是给了周巍独家。这个举动在周巍看来很有魄力，这类豪门婚礼通常都以"低调"为宗旨。虽然大家都知道，如今娱乐媒体手段了得，他们再想低调也是不可能的，最后的结果无非就是和稀泥，但韦荞主动授予媒体采访权的态度在周巍眼里很坦荡。周巍那时就明白，韦荞对自己、对岑璋，都有绝对的信任，禁得起媒体探究。

冲着这份交情，周巍在被韦荞戗了一顿后也没生气，温和地安抚："韦总，我怎么敢问你要封口费？不过就是一宗新闻。"

"一宗新闻？开局一张图，剩下全靠编是吧？把新闻给我撤了。"

韦荞甚少流露负面情绪，周巍连忙应和："韦荞，你都这么说了，我会不撤吗？但我要纠正一点，这宗新闻不是我们《申南娱乐》报的，也不是申南城其他娱乐媒体公司报的，而是境外记者报的。"

韦荞蹙眉："境外？"

"嗯。英国的娱乐记者在外网首先报出来的，你和Frankish在机场拥抱的高清照片被记者拍到了，Frankish还对记者公开承认了他的工作室能起死回生全靠你对他的资金支援。这种被当事人公开坐实的新闻，记者不写还写什么？之前媒体又疯传你打算将道森'出海'的第一站落地伦敦，坊间甚至在猜你是不是为了Frankish才将道森'出海'的首站定在伦敦。两件新闻都是风口浪尖的流量大事件，靠压是根本压不住的。"

韦荞头痛不已，完全没想到一桩朋友间的小事竟然被误解成这样。

她的沉默落在周巍眼里就是最好的证据，这件事太大了，连他都深感意外："韦荞，你放着岑璋不要，真和一个混血老外搞出事来了？我听说你私下给了那个男人不少钱。"

"能不能别胡说？"

"呵，不是就好。"

周巍松了口气。岑璋对韦荞的一往情深放在整个申南城都很有名，韦荞如果辜负岑璋，在周巍看来非常得不偿失。

"韦荞，好好安慰一下岑董。"周巍好意提醒她，"这件事闹得很大，不可能瞒得了岑璋的。"

周巍猜得很准，这事确实瞒不了岑璋。

那日中午，韦荞忙着和媒体周旋，再问起岑璋时才知道他已经走了。林华郡说岑璋在上东城有一宗外汇业务始终被他晾着没空处理，他这两天过去看一下。这个理由在韦荞听来完全不成立，他根本就是借公事冷落她。

韦荞当晚直飞上东城。

　　她本以为岑璋会在银行或者翠石，谁想都扑了空，最后还是黄扬打电话给她，告诉她岑璋在壹号公馆。挂断电话，韦荞松了口气，还能回家问题就不大，壹号公馆有她和岑璋最好的年少回忆，意义自是不一样。

　　韦荞驱车前往壹号公馆，特地绕了一下远路，去翠石打包了一份布朗尼。

　　岑璋口味挑剔，尤其嗜甜，他对甜品的要求更是苛刻。大二那年韦荞刚成为他女朋友，就听说岑璋经常出入翠石。因为这宗传闻，韦荞一度想要反悔两人之间的恋爱关系。一个成年男性出入高级会所已令韦荞不适，他还"经常"，真是岂有此理。丁晋周听闻这件事后，大笑着将她拉去翠石，正好撞见岑璋在打包布朗尼。一时间韦荞有些窘，倒是张建明看出了她的来意，顺水推舟立刻替岑璋解释："韦荞，我们翠石的布朗尼堪称上东城第一，岑璋最喜欢了，你也来一份试试？"

　　那晚是岑璋第一次发现韦荞对他很在意，她对他作为男朋友的要求相当高，首先就要他一心一意的爱。岑璋欣喜若狂，抱起韦荞就亲了好几口。

　　往事温柔，韦荞抬手将额前的散发拢到耳后，眼底溢满情意。

　　韦荞好一阵不来上东城，壹号公馆对女主人无比恭敬。车子驶入庭院，管家刘锦早已等在一旁迎接。韦荞熄灭引擎，刘锦连忙上前为女主人拉开车门。

　　"韦总，多日不见，您一切安好？"

　　"一切都好，谢谢刘叔。"

　　这就是韦荞喜欢刘锦的原因。世家身份森严，她和岑璋结婚后就连林华珺一开始都叫她"太太"，对这个称呼韦荞并不反感，但她有更喜欢的。第一个明白她心意的就是刘锦，大二那年韦荞第一次步入壹号公馆，刘锦就对她这位"岑璋的女朋友"留心了解。那时，刘锦称她"韦小姐"。韦荞接任道森首席执行官那天，刘锦第一个发信息祝贺"韦总"。韦荞感谢素昧平生的刘锦对她作为独立个体的尊重，这令韦荞一并对壹号公馆另眼相待。

"岑璋呢？"

"岑董在书房。"

"好。"

韦荞径直走向二楼，刘锦想了想，快步追上去补充道："韦总，岑董正在和人谈公事。负责今盏国际银行在上东城外汇业务的杜万菲，正在书房同岑董一起开视频会议。"

女孩子？韦荞脚步一顿。刘锦察言观色，赶紧替岑璋解释："韦总，他们不是单独在书房，黄扬也一直在里面。"

韦荞松了一下表情："好，那我等一下再去找岑璋。"

书房里，岑璋正在开视频会议。会议议题涉及外汇业务，杜万菲作为今盏国际银行在这块业务的重要负责人，负责对具体问题做出解释。黄扬站在一旁，提供补充数据。

两小时后，会议堪堪结束。岑璋摘下耳麦，交代完工作，不客气地赶人："今天就到这里，辛苦了。黄扬，送杜总回去。"

"是，岑董。"

杜万菲看穿他心思："怎么，还在为韦总那宗新闻伤神呢？"

岑璋心情欠佳，开不起玩笑："出门右转，不送。"

杜万菲和他交情匪浅，大笑道："韦总这么能干，喜欢她的人那么多，也很正常啊。你自己想开点，啊？"

岑璋甩下手里的一沓资料，力道有点重："你走不走？"

"行行行，你是老板，你说了算。"杜万菲让着他，不跟他计较，临走前冲他劝了句，"岑璋，开心点，知道了啊？走了。"

说着，杜万菲拉开书房门，冷不防迎来一道冷峻视线。杜万菲一时愣住，下意识地倒退两步。

"你是……韦总？"

杜万菲很漂亮。这是韦荞对她的第一印象。

韦荞识人无数，十分明白杜万菲的漂亮是与众不同的。这种漂亮不仅和容貌有关，更和时间、阅历、学识、气度有关。两人对视一眼，杜万菲就令韦荞见识了岑璋身边"普通同事"深不可测的层次与实力。一个美丽的女人，还很聪明，更能在深夜和岑璋在壹号公馆谈完公事后讲私话，这样的同事关系令韦荞措手不及。

她该介意吗？她已经介意了。

手里的纸袋掉落在地，韦荞转身就走。

书房里，岑璋抬眼看见她，健步上前就要留人。

"韦荞！"

他跑着出去，视线余光看见刚才掉落在地的纸袋。岑璋认出那是翠石打包甜品的专用纸袋，上面还有翠石独一无二的品牌标记，他瞬间明白这是韦荞特地买给他的。岑璋心里一软，紧追不放。

"韦荞！"

两个人一前一后下了旋转楼梯，韦荞几乎是用跑的，岑璋紧追其后。他仗着身高和腿长，在玄关一把拉住头也不回的韦荞。他心有余悸，将她整个人扣在怀里。

"为什么要走啊？"他将她牢牢抱紧，为她方才剧烈失控的反应而慌不择路，"韦荞，这里是我们的家，你怎么能说走就走？"

韦荞不说话，拼命挣。不似以往和他玩闹，韦荞今晚动了怒，要和他划清界限。

"韦荞，不可以。"她突如其来的决绝令岑璋眼色一冷，音调一变也陡然强硬起来，"不可以说走就走，不可以什么话都没有，就把我扔在一旁冷暴力。"

两个人在玄关闹得厉害，走廊昏黄的暖灯将两道影子照得很长，交缠在一起，难舍难分。

场面焦灼之际，罪魁祸首叫了一声："韦总。"

韦荞不愿在他人面前失态，停住挣扎的动作。

杜万菲盈盈地走向玄关，看了一眼事态发展，明白了：韦荞这是对她介意了，岑璋真是有福了。

她笑道："韦总，岑董从来没有在深夜让年轻女孩私下进出过壹号公馆。我今年六十啦！哈哈，五年前我就从今盏国际银行外汇交易部退休了，两年前又被岑董返聘，今天来这里也是为了开会。"

韦荞愣在当场。

六十了？

她条件反射看向眼前人：这么漂亮的女性，她以为至多三十五岁。都说上东城职场女性在保养方面有世界一流的技术和经验，韦荞一直以为是坊间传言，没想到竟然是真的。

岑璋搂紧她解释："这是今盏国际银行外汇交易部的杜总，五年前退休了，银行里没有人能将她手上的工作平稳接下来，所以我说服杜总退休返聘。"

韦荞杵在原地，礼貌称呼："杜总。"说完人就转身，还是要走。

杜万菲看出韦荞有些面子挂不住，不欲拆穿，抬腕看表："糟糕，都十点多了，我得赶紧走了。我还有两个外孙女等着我回去哄睡呢，她俩从小是我带的，没有我她们都不肯睡。韦总，岑董，我先走了。"

话音未落，杜万菲就跟着黄扬上车，一刻不停地催促黄扬开车走了。

玄关处，两人又较劲了一会儿。

岑璋有些气，才一日未见，韦荞的坏习惯就又来了。她随时随地对他置之不理，昨晚那些情话和缠绵她是全忘记了吗？

"你在气什么啊？"岑璋有些烦躁，"我刚才都已经解释过了，杜总在我眼里就和林姨一样，在银行是上下级，在私下是我的长辈。我还有哪里让你误会？"

说到误会，明明他才应该对她好好问一问："你的那宗新闻，连境外记者都报了，我有问过你吗？韦荞，你跟一个陌生男人私交那么好，私下还转给他六百万，我对这件事不是没有想法的，可是我从头到尾没有问过你。你还要我怎么样啊？"

韦荞的脸埋在阴影里，岑璋看不清她脸上的表情。韦荞一句回应都没有，置若罔闻，无动于衷。

岑璋最无法忍受的就是韦荞的冷暴力："韦荞，我们谈一谈。"

她别过头，将自己彻底埋进阴影里。岑璋一下动怒，强行要她面对他。两人拉扯间，他的手不经意抚上她的脸，意外地摸到一片湿意。

岑璋猛地停住动作。

韦荞用力打掉他的手，声音全哑了："走开。"

"韦荞——"岑璋的语气瞬间软下来。他声音是软的，动作却比刚才更坚定。他扶住她的肩，像抱着一件易碎品，一点一点将她从阴影里拉过来。

暖色灯光下，韦荞潸然泪下。

岑璋瞬间慌了神。

"老婆，怎么了啊？"他将她搂进怀里，他也是蒙的，"我说错话了，都是我不对。"

其实他也不知究竟是哪句说错了，但他知道，一定是他说错了话，才会将韦荞弄哭。

韦荞很少哭的。

他上一次见她这样哭，还是她二十六岁那一年，深夜面对林华珺痛哭失声，对林姨倾诉后悔和他结婚、后悔生下岑铭。那一晚，他站在屋外，同样泪落如雨。

阴晴圆缺，从来"晴""圆"不易。

他想起从前，瞬间服软认输。

深夜，万籁俱寂，庭院里偶尔响起低低的虫鸣声。

岑璋低头吻她，连哄人的声音都不敢太大："是气我今天忽然来上东城吗？还是气我没有给你打电话，和杜总在书房开会？"两人咫尺，他率性承认，"早晨，我是介意了。介意你对别人比对我还要好，介意你对我一句解释都没有。老婆，我的自控力没有那么好，我也会乱的。"

韦荞就在他这哄人的声音里哽咽了。她从来都是一个能"忍"的人。赵江河用无比残酷的精英教育将她浇铸，令她在成为一个像样的女孩前，首先成为一个像样的名利场人。她要冷静、要坚强，绝不能像普通女孩那样，碰到一点不痛快就软弱掉泪。

她明白，岑璋的出现令她有了一个巨大的缺口，他总能轻易令她难受。那不是一点不痛快，那是很多。同样，也不是一句"不痛快"就能概括的，那是伤口。

她很爱岑璋，爱到不能接受他有一点瑕疵。她对他的感情越来越深，随之对他的要求也越来越苛刻。她要岑璋懂她、让她、哄她、爱她，她要岑璋完完全全地属于她。

所以她没有办法想象，如果今晚在书房和他单独相处的人不是杜万菲，而是其他年轻女孩，她会怎么样。她对岑璋的十年信任会倾塌，她会像何劲升说的那样，很难再好了。

岑璋永远不会懂她方才那一瞬间的恐惧。

当杜万菲笑着对她解释清楚时，她在如释重负的刹那间心里狠狠一酸，这些年所有的委屈忽然喷涌，如潮水般灭顶而来。她接不住，眼泪忽然就下来了。

韦荞揪紧他的衬衫，将他胸前的衬衫都浸透。

岑璋慌了神，好像怎样都擦不完胸前滚落的泪水。

"老婆，是我不对，不要哭了啊。"岑璋手足无措，低头吻着她，在她耳边不断哄着。

两个人动静不小，刘锦原本在厨房里忙碌，这会儿也被惊动。他连忙擦干净手跑出来，就看见玄关那一幕。

"怎么了怎么了？"刘管家大惊，对岑璋一顿数落，"岑璋你真是太过分了，怎么能把韦荞欺负成这样？！"

韦荞还没缓过来，刘锦心急如焚。这可是韦荞！那么冷静的一个人，竟然哭成这样，一定是岑璋的错！

"韦荞，你别急啊，刘叔马上去给你做河虾汤面，吃饱一点，心情也会好。"刘锦是务实主义，想办法要韦荞开心，忍不住再拉踩一下岑璋，"韦荞，你放心，刘叔一定会照顾好你，不让岑璋欺负你。"

这个家的人，还真是谁都没把岑璋当雇主啊。

岑璋眼神幽怨，看向自己的老管家："刘叔，能不能别在我老婆面前拉踩我？"

"……"

韦荞本就不习惯情绪外露，被刘锦和岑璋围着安慰，负面情绪很快淡化："刘叔，那麻烦你，我还真的有点饿了。"

"哎！韦荞你稍等啊，我马上去做！溏心蛋要不要？"

"嗯，要。"

"好。"刘锦立刻去厨房忙开了。

岑璋搂住她的腰，试探问："站了那么久，腿都酸了，我抱你坐会儿，好吗？"

韦荞说："不好。"

她嘴上拒绝，动作却没太抗拒。

岑璋松了一口气。"口是心非"是韦荞的老毛病了，她根本不打算改。好在他早就习惯了，问题不大。

韦荞现在没什么情绪了："我上楼一趟，先去洗澡。"

"抱你去。"岑璋缠着她不放，韦荞兴致不高，由着他去。

浴室开了暖灯，橘黄色的灯光洒下来，晕染得一室柔和。岑璋放她下来，还不死心："我帮你？"

韦荞推他："我想一个人待一会儿，你出去吧。"

岑璋顶不喜欢她一个人待着，哄着她要她高兴："那，我在外面等你。上周三去了趟拍卖会，给你拍了套大海德堡粉钻之恋的全套首饰。你一直忙，都没时间拿给你，等一下给你看看喜不喜欢。"

韦荞不吃他这一套："你放着吧，有时间再看。而且，我更喜欢那场拍卖会的另一件展品，中世纪德语原版古书。"

"也拍了。"

"……"

"还有莱茵河系列的玫瑰金钻腕表，都拍了。"

"……"

岑璋无比庆幸他在花钱这件事上的果断。当时他在拍卖会上不确定韦荞喜欢哪件，就全扫货拍了下来。

岑璋抵着她的额头："如果花钱就能哄好老婆，那我的日子也太好过了。"

韦荞被他哄得没法再生气，浅浅应对，佯装不在意，拿了睡衣就将他推出浴室门外。

岑璋站了会儿，怅然若失。

刚才他那句总结讲得真是太对了，如果花钱就能将韦荞哄好，他的日子简直不要太好过。韦荞需要至高无上的安全感，这才是岑璋在婚姻中最难应对的部分。

还好他拍下了那套中世纪德语原版古书。

看样子，韦荞是喜欢的。岑璋总算松了口气。

他走去衣帽间，给自己换件衬衫。方才在玄关处闹了一场，他的衬衫前襟湿透了。岑璋脱下衬衫，眼前都是韦荞潸然泪下的模样。他顿了一下动作，不知在想什么。

岑璋换好衣服出来，就听见一阵手机振动的声音。

韦荞方才匆忙洗澡，随手将手机放在床头柜上。岑璋走过去，低头看了一眼。

屏幕上，一个名字震到他心底：Frankish。

究竟是什么样的私人关系，能让这个男人不避讳深夜时间，直接打到韦荞的私人手机要和她讲电话？

岑璋眼神微冷，垂眸片刻，长臂一捞拿起电话。

今盏国际银行所有人都知道，岑璋一旦做决定就绝不犹豫。他迅速按下通话键，附在耳旁接听。

电话接通，Frankish大松一口气："韦荞，你总算在了。我看到媒体报道，担心得不得了，立刻就打电话给你了。我的合伙人卷款跑路，害得我的心理工作室破产。幸好有你伸手帮我，借给我六百万救急。我真不知道怎么感谢你才好。"

没等对方回话，Frankish 继续说："对了，媒体乱报道的新闻没让岑璋误会你吧？韦荞，如果需要的话，我可以去对岑璋解释。不单是为了这宗新闻，另一方面，我也觉得，你应该把你三年前罹患抑郁症的事告诉他。让他知道你曾经为了他，经受了多少折磨——"

Frankish 讲了良久，发现对面始终没有回应，不禁询问："韦荞，你在听吗？"

下一秒，他就听见一道冷硬的声音，满是压迫感："韦荞三年前罹患抑郁症？"

Frankish 呼吸一室："你是？"

"今盏国际银行，岑璋。"主卧室，岑璋站在落地窗前，眼底一片幽暗，"我是，韦荞的丈夫。"

韦荞今晚淋浴的时间有些长。

她将水量调至最大，满头满脑的水淋得她睁不开眼，韦荞就在四下无人的浸没中获得片刻喘息。

这就是深爱一个人必须要承受的感觉吗？

这种感觉，如何形容呢？韦荞想对自己说没关系，想的时候却已经在委屈了。她告诉自己过去就算了，还是会在看到他的那一刻完全过不去。

她对岑璋的感情，都快让她变得不像"韦荞"了。

韦荞在淋浴间静静站了很久。她像是终于累了，抬手关了水，拿浴巾包裹住自己走了出去。

对她这样不爱倾诉的人而言，浴室就像一个小小的避风港。很多年以前，许立帷就曾对她讲，人结婚生育之后，私人空间的逝之必然，对很多人来说，下班回家前在车里坐一会儿，那短短的片刻时光就是成年人往后数十年人生中仅有的私人时间。那时，她并不认同许立帷，觉得他危言耸听，后来她才发现，许立帷没说错。她理解了许立帷，一并理解了他固执无比的不婚主义。

韦荞穿好睡衣，看了眼镜中的自己。

镜子里的韦荞双眼微肿，眉宇间总有些伤感挥之不去。这就是何劲升曾经担心的事吗？岑璋会令她判若两人，连她自己都不认得镜中这个脆弱易碎的人究竟还是不是"韦荞"。

韦荞转过脸，不再去看。

对她这样的人来说，不看、不想，是最后一个办法。

她拿起毛巾擦头发，无声安慰自己：深夜总是会放大情绪，也许，睡一觉就好了，明天一早起来她会发现，其实也没有很严重的事……

"砰！"

她正胡乱想着，浴室的门忽然被人用力撞开。

岑璋不是用推的，是用撞的。他手里力道未收住，玻璃门顺着这股力道反撞在墙上，发出惊天动地的巨响，把楼下忙碌的刘锦都吓一跳，询问了好几声。

岑璋置若罔闻，眼里只有妻子。

韦荞没有转身，抬眼看向镜中。岑璋径直冲她来，不由分说地将她抱紧。

"对不起，韦荞对不起。"他从背后收紧力道，深埋在她颈间，不断地重复一句话，"真的……对不起。"

韦荞以为他说的是今晚的事，拍了一下他的手："我们不说这个了，今晚我也有情绪，没控制好。"

"何医生告诉我了。"

"……"

"刚才，他打电话给你，我接了。"

韦荞呼吸一窒。

两人的话题南辕北辙，韦荞终于听懂他在说什么。她左手一垂，手里的毛巾掉落在地。

"韦荞对不起。"岑璋心如刀绞，一遍遍在她耳边道歉，"真的对不起，我竟然没有发觉，那时你病了。我没有在你一再地拒绝下坚持自己，我没有在你最需要我的时候抱紧你，我就那样签了字，看着你走了。这些年我一直以为，自己不敢说是一个好丈夫，起码会是一个合格的丈夫，今天我才明白，我是一个不及格的丈夫。我让我最爱的女人受尽折磨，我让我的妻子痛苦万分。韦荞，你那么好，竟然被我伤害成那样——"

韦荞怔怔地，心里轻轻地滑过一声什么。

很轻微的声音，像一个单音节，她在心底轻轻地"啊——"了一声，想：他知道了。

她的秘密，就这样，被他知道了。

在最痛苦的那两年里，她想过如果岑璋知道这件事，她会怎样。她会很痛快吧？她会抱着一种玉石俱焚的心情。不，她只会很难过。她那样爱过岑璋，最终却因他走到饱受抑郁症折磨的地步。他们之间的婚姻和感情，又算什么呢？

后来她幸运，痛苦万分之后，就这样在两年的小镇生活里落地生根，重新做回一个"人"。

那时她就想，算了吧，这样最好了。她追究什么呢？她要岑璋怎样呢？要他自责，要他痛不欲生，她就赢了吗？感情不讲输赢的，感情只讲"爱或不爱"。

她未承想，真的会被他知道的这一天。

那些她曾经以为会有的情绪，全都没有。她怔住，有些反应不及，心里就那样滑过一声轻微的回应：啊，他知道了。

如释重负，原来是这个意思。

她鼻尖忽然酸了一下，眼眶跟着迅速泛红，眼泪忽然就下来了。

那几年的委屈，原来一直都在。她想要被他看见，又怕被他看见，她靠一己之力拼命压着，压到连自己都信了。她以为不要紧，以为过去了，其实始终都在，过不去的。

我要你心疼我，我要你爱我。只有被你看见的委屈，才真正不再是委屈。

感情往深里讲，无一不是独断专行的。少了那份疯相，哪里配得上"情有独钟"这般古老的故事？

韦荞落泪："你知道了。"

岑璋低低地"嗯"一声。

夫妻做久了，语言会暂时失去它应有的功能。人类回归原始，以本能相交。目光涌动，耳鬓厮磨，比任何语言都要好。

"那两年，真的好难。"

多奇怪，她向来习惯靠自己，靠在他胸膛上也会想要任性，对他为所欲为，把所有受过的折磨和痛苦都拿给他看。

"如果没有许立帷逼我去看心理医生，我可能很难熬下去。那时候我真的好恨你，恨你这么早让我有了岑铭，令我的人生完全失控。我最恨的人，还是我自己。我恨我自己的矛盾，既想让你在离婚协议书上签字，又在看见你真的签字的时候，对你更加失望。我也不知道我到底想要什么，抑郁症将我折磨得面目全非。幸好还有许立帷，还有何医生，是他们救了我。你都不知道，我有多感激他们。"

"是我的错，韦荞。"他听懂了、明白了，从今往后，只想对她弥补。

"不会再有那样的事。韦荞，我不会再让自己愚蠢犯错，不会再让你难过。从今往后，我不会再让你有机会推开我，一个人去面对任何痛苦。如果我做得不好，你告诉我，我会改的。韦荞，我一直在学，学习成为一个令你满意的丈夫。你给我机会，好不好？"

这就是"真夫妻"的意思。在哪里走散，就在哪里重来，无缝接上。中间失去的光阴也只是故事，永远不会是结局。夫妻是讲一个"缘"字的，开笔就是缠绵不断的绞丝旁，百年好合都要从这丝线缠绵里生出来。

韦荞无声地点了一下头。一串眼泪随着她上下点头的动作就这样掉落在他手背上，她从泪光里再次升起无限勇气："好。"

岑璋笑了，眼底同样一层湿意。失而复得，这四个字说来简单，谁能懂最后一个"得"字前，有九九八十一难在压阵？

他和韦荞幸运，凭一己之力双双闯阵，谁都不曾辜负谁。

岑璋抬手拭去妻子的眼泪，她唇角最后一点泪痕，被他全数用吻吞没。

"韦荞，我好爱你，一直都好爱。"

Ich liebe dich

番外二

丁大小姐

许立帷出事那天，丁嘉盈正在意大利。

克雷莫纳，意大利北部名城，以制造高端小提琴闻名于世。周三，天清气朗，在大陆性气候的影响下，阳光有些晒。丁嘉盈戴着一顶赫本风小礼帽，正隔着手套描摹眼前一把好琴的曲线做工。

"斯特拉迪瓦里小提琴，现存在克雷莫纳最古老的一把琴，就是您眼前这把。"阿尔贝托垂手，恭敬地介绍。

身为克雷莫纳小提琴制造世家的第四代继承人，阿尔贝托声名显赫。来自全球的音乐人争相奔赴此地，只为约见阿尔贝托一面。有他点头，接下订单，他们才有可能拥有一把全球顶级小提琴。

对阿尔贝托而言，丁嘉盈是一个例外。在丁嘉盈面前，他是主动"奔赴"的那一个。

"我太太非常喜欢丁小姐的小提琴演奏，得知您即将在意大利举行个人演奏会，嘱咐我一定邀请您光临寒舍。"他用略显生硬的中文对贵客解释，然后立刻侧身，用流利的本土语言对一旁的太太乔吉娅翻译。

乔吉娅听完丈夫的话，眼里闪着光，微微上前一步，对丁嘉盈说了句什么。

她的语速很快，丁嘉盈还是听懂了。乔吉娅双手合十贴在胸口，她的肢体语言为她做了最好的诠释：她十分喜欢丁嘉盈和丁嘉盈的小提琴演奏，想要借此机会对丁小姐表达她的喜爱之情。

莫名地，嘉盈心襟微动。她不是为乔吉娅喜欢自己这件事，而是为阿尔贝托和乔吉娅之间的感情。

这是多好的一对夫妻，太太追求着自己的热爱，丈夫竭尽全力满足妻子的热爱。丈夫甚至不惜放低姿态求人，只为妻子展颜开怀。

嘉盈握住乔吉娅的手，郑重道谢："谢谢您，夫人。"

乔吉娅非常开心，一时激动，咳嗽了起来。

阿尔贝托连忙将她搂在怀里，拿起一旁的水杯让她喝水。待她喝完后，他轻拍她的背，不断在她耳边安抚。

"非常抱歉，请见谅。"男主人忙里抽空，对嘉盈解释，"我太太身体不太好，这些年一直在家养病，今天她是特地为了见您才和我一道过来的。"

竟然是这样。嘉盈看向这位柔弱的年轻太太，蓦地有一丝羡慕："请务必保重身体，夫人。"

身体有疼痛，固然是人生一大遗憾，但能得丈夫如此疼爱，这一丝遗憾也能缓解很多吧。嘉盈看得出来，阿尔贝托深爱他的妻子，连妻子的病痛也一并成为他深爱她的理由。

乔吉娅抬头，对丈夫说话。

阿尔贝托含笑点头，转向嘉盈郑重地道："丁小姐，我太太说，好琴配知音，她想把这把小提琴送给您，还请您务必接受。"

嘉盈下意识地婉拒："谢谢您和夫人的好意。太贵重了，我不能收下。"

"丁小姐，您客气。"阿尔贝托对这位声名赫赫的世界小提琴家十分了解，"我这把琴，和您二十岁那年为道森宣传片出镜演奏的名琴相比，还是不值一提了。"

陈年往事，在异国他乡蓦地被提起，尘封已久的记忆不期然被唤醒，嘉盈一阵刺痛。

原来，全世界都知道，她二十岁那年，为出镜道森宣传片，不惜奏响全球最名贵的小提琴。

谈及业内趣事，阿尔贝托兴致勃勃："拥有近三百年历史的全球最贵斯特拉迪瓦里小提琴，正是在那年的米兰拍卖会上，被丁小姐的父亲以溢价十倍的高价竞得，只为让丁小姐可以带着它出镜道森宣传片。业内人人都好羡慕，丁小姐对小提琴事业的高质量执着，以及丁董事长对丁小姐音乐事业的鼎力支持。"

嘉盈目光微动，没有纠正。

有一句话，他讲错了。

那年，她向父亲央求，要全世界最名贵的小提琴。她从小是父母的掌上明珠，一声甜甜的"爸爸妈妈"，父母什么都会满足她。可是那次，她欺骗了父母。

她奏响最名贵的小提琴，演奏出此生最完美的音乐篇章，不是为了音乐，而是为了……许立帷。

说真的，嘉盈有些恨道森。

二十岁那年，如果不是道森开出高价邀约，令她的经纪人大为心动，最终说服她接受出镜宣传合作，成为道森度假区广告片宣传大使，她就不会在那一年认识许立帷。

她对许立帷几乎是沦陷性的喜欢。

二十六岁的许立帷，为人处世超越常人地周全，令嘉盈怦然心动。

只有丁敬山劝过她："嘉盈，永远不要低估名利场人。"

丁敬山半生风浪，对"许立帷"之名当然有所耳闻。申南城名利场上，许立帷很有名。丁敬山就在这"有名"的风评背后，为宝贝独生女的情感陷落染上了一丝愁容。二十岁的嘉盈单纯、善良，还有一丝被父母惯坏的任性。她不会懂，像许立帷这类全凭一己之力杀出重围、站上权力高点的男人，"周到"只是他出入名利场的通行证，而绝不会是这个人真正的模样。

可是嘉盈不听。或许，她是有听进去的，可是，太晚了，她已经好喜欢许立帷了。

有一日拍摄结束，经纪人方文霏临时有事，无法送她回酒店。许立帷作为项目负责人，顺理成章成为代替方文霏履责的第一责任人。而他也爽快，当即点头应允。嘉盈没想到，就从那天起，她会对许立帷执迷到底。

两人回酒店，许立帷亲自开车。嘉盈坐在副驾驶，借着机会同他搭话："许特助，谢谢你送我。"

"不客气，应该的。"

"我以后，能不叫你'许特助'吗？"

"当然可以。"

"那，我能叫你'许立帷'吗？"

"也可以。"

"许立帷，你的副驾驶，有女孩子坐过吗？"

匀速向前的科迈罗缓缓停下，嘉盈瞬间明白了何谓逾越。

她刚才，就是在对他逾越了。

嘉盈握着安全带，手心汗津津的。她直觉就想对他道歉："我不该问这类私人问题的，抱歉。"

"不算私人。"许立帷不以为意，替她解围，"因为，没有人坐过。"

"呵。"嘉盈笑起来。

许立帷看她一眼，明白这是一个尚未学会隐藏情绪的小女生。

嘉盈高兴得有些忘乎所以，不自觉地问："那你怎么还不走？刚才你忽然停车，吓死我了，我以为我让你不高兴了。"

许立帷转头看她，搭在方向盘上的左手往前一指："红灯——"

嘉盈顺着他指的方向抬眼看去，脸颊瞬间红了。

对一个人有感情，原来，是这样的。越是想在他面前表现得更好，越是手忙脚乱，全然做不好。那一年，她二十岁，得到过很多表扬，"乖巧""聪明""漂亮""伶俐"。她就像一个好孩子求表扬那样，想把这些全都拿给他看。

她知道，许立帷并不在意。

无论她表现好坏，是有趣还是差劲，他都不在意。他提前将她放在了"责任"的位置，因为韦荞对他交代："丁小姐对道森很重要，你上点心。"

嘉盈靠在椅背上，怅然若失。

她还不懂，这种如柠檬般的酸涩，就名为"暗恋"。

两人到达酒店，许立帷缓缓停车。侍者走过来，向他恭敬地打招呼："许特助。"许立帷点头示意，将车钥匙交给侍者。侍者接过，替他将车开去地下车库。今日他的责任在照顾嘉盈，他不能离开她，哪怕只有一分钟也不行。

有时候，连韦荞都佩服许立帷对风险的临场应变能力。就在两人步入专属电梯的一瞬间，意外发生：一位狂热男粉丝突然出现，向嘉盈疯狂表白，要她做他的妻子。

嘉盈被吓坏了。将她护在身后的人，是许立帷。

嘉盈至今记得他护着她的姿势：一个半包围的保护性动作，右手挡墙，左手反搂住她的腰，他利用身高优势和墙壁之间形成的半封闭空间将她牢牢护在身后。

那天后来怎么样，嘉盈记不清了。她记得的，全是许立帷的好。

他在第一时间挡住狂热粉丝，按下电梯门，又在电梯行至十七楼时将她一把拉走。嘉盈怔怔反问，房间不是在二十七楼吗？许立帷换了部电梯，迅速按下向下键，没有回答。待电梯到，他用力将她推入电梯，反手关了电梯门，这才抽空回答她：刚才的狂热粉丝显然已知道她住这间酒店，迟早会查到她住哪间房，为保百分之百的安全，他必须立刻带她离开，换酒店入住。

嘉盈听愣了，一时有些后怕，原本靠在墙上的人软软地向下一坐。

许立帷眼明手快，一把扶住她。

她的音调带着不安，看向他说："我想要文霏姐。"

许立帷莞尔——真是小孩子。

她那么容易就感到害怕，害怕的时候只想要依靠最信任的大人。

就在那天，许立帷代替了方文霏，在电梯里将她拦腰抱起。他嗓音不轻不重地，仔细对她讲："我绝对不会让你有事的，我保证。"

走出电梯的瞬间，嘉盈揪紧了他胸口的衬衫，就在他的这句保证里开始了一场长达四年的怦然心动。

后来，嘉盈把这件事告诉了丁敬山。

丁氏父女感情甚好，嘉盈从不隐瞒爸爸。

"他说到做到，后来带我入住了道森度假区的酒店，直到项目结束他都住在我的隔壁房间里，全力保证了我的安全。"嘉湖公馆大小姐的卧室里，嘉盈抱着道森的毛绒周边玩具，眼里星光闪烁，对父亲讲，"许立帷真的很好啊。"

丁敬山抱了一下宝贝女儿，心有不忍。

他不忍心告诉嘉盈，许立帷做这么多，绝不是为她，而是为道森、为韦荞。申南城谁不知韦荞和许立帷是生死之交？在道森，更有一个不成文的规定广为流传：韦荞做出的承诺，许立帷永远会和韦荞一道，誓死达成。

丁敬山是对的。

就在那晚，结束合作的韦荞和许立帷在清吧浅浅喝一杯。韦荞问起当日之事，许立帷只"嗯"了一声，将那日狂热粉丝的意外讲得轻描淡写。韦荞听懂了，轻轻与他碰杯："幸好有你，否则丁小姐出任何事，道森都难辞其咎。"许立帷笑了一下，与她碰过之后端起酒杯一饮而尽，告诉她"我不会"。

他永远不会，令道森和韦荞身陷险境。

丁敬山怎会看不清这一层？

"嘉盈。"他以一个父亲的苦心，轻声劝慰，"许立帷很好。但你握不住他的。"

恋人之间，握不住对方的那个人，注定要承受更多。

他不忍心独生女走上这条情路，努力想要她明白。无奈，嘉盈已不打算听。

"爸爸，我喜欢他就好了啊，他没有回应也没有关系的。"

少女初恋，又是单恋，是这样的。她能看见他就好开心，根本不奢望他的回应。父母拉不回她的情窦初开，只能默默守护。

"嘉盈开心最重要，我们做父母的，就随她吧。一个许立帷而已，能构成多大隐患？嘉盈再长大一些，见过的男孩子再多一些，自然也就不喜欢了。"妻子钟悦琳这样劝丁敬山。

妻子最能说服他，丁敬山沉默片刻，豁然不少，也就不再过问。

很多年后，丁氏乐器行董事长夫妇才明白，他们错了。他们低估了女儿对许立帷的感情，更低估了许立帷对嘉盈的吸引力。

嘉盈发现，喜欢许立帷好容易，放弃好难。

她开始期待每天见到他。

嘉盈爱睡懒觉，那一个月却接连早起。有时天刚亮，人就醒了，穿戴整齐就下楼。方文霏不止一次惊呼："嘉盈，睡觉是头等大事，你睡得太少，等下拍摄要没有力气了。"

方文霏很快发现，她错了。

嘉盈精神奕奕，眼睛亮得发烫。方文霏误会她是为拍摄而精神振奋，完全没料到自己错估得厉害，嘉盈是为许立帷。

拍摄日，许立帷总是早早来现场。清晨，道森度假区有好风景，夏日微风拂过水面，带走燥热暑气，沁人心脾。许立帷会在所有人开工前视察现场，确保安全无虞后再去酒店吃早饭。

嘉盈每天早早地来到酒店自助餐厅，装作和他偶遇。

有一日，许立帷同她招呼："早，裙子好漂亮。"

嘉盈心如擂鼓，欢喜得要命。

她从此日日穿法式碎花连衣裙，就像那天穿的一样。

能和许立帷私下相处的机会不多，嘉盈总是寻着机会等他，和他一同吃早饭。许立帷很忙，常常吃几口就结束。一林黑咖啡、一碗清粥，他的食欲同他的人一样无欲无求。嘉盈借着机会和他搭话，他有空会陪她聊，态度温和，在很长一段时间里都让嘉盈误会这种温和就是他对她的温柔。

更多时候，他会在吃早饭的时候接电话。许立帷的私人时间很少，尤其在韦荞有事找他的时候。嘉盈发现，道森度假区上下所有人都对韦荞有着别样的感情，韦荞就是这里的"定海神针"，所有人都相信，道森只要有韦荞，就会安全无虞。

许立帷也是其中之一。

有几日，韦荞来酒店吃早饭，许立帷总能第一时间看见她，起身迎上去。借着同桌吃饭的机会，嘉盈听见他们谈话。

"你今天怎么会来？不在明度公馆吃好早饭再来？"

"我昨晚没回去。"

"又在办公室通宵了？"

"嗯。"

许立帷听了，没说话，拿走她眼前的黑咖啡，起身给她换了杯热豆浆："你不能再喝咖啡了，喝多了心悸。"

韦荞不以为意，随他去换，顺手拿起热豆浆就喝。

只见许立帷态度严肃，偏头向她："以后别再通宵了，回家去。你是有家的人，别一直晾着岑璋。"

韦荞神色平静，没有回答。

嘉盈就在对面二人的谈话里明白了很多事。

原来，许立帷真正把一个人放在心上，是这样子的。他会数落她、轻斥她，会在对她责怪之后立刻补偿她。他并不爱韦荞，但他比任何人都挂心韦荞。他希望韦荞好，比希望他自己好都要多。

嘉盈低下头，理不清心里的情绪。

父亲说得对，这不是一个她能握住的男人。他对她的周到，都是他同她陌生的证据。

项目结束那日，嘉盈还是向他表白了。许立帷的拒绝，在她意料之中。

明明只有数月时间，嘉盈却觉得自己已爱了他很久，久到表白这件事对她而言更像是一道必须要经历的形式，而非一定要有什么结果。

初秋，气温骤降。入夜后，晚风有了凉意。嘉盈从小怕冷，唯独那天不怕。她就穿着那条他说"好看"的碎花连衣裙，站在风里对他说出"喜欢你"。

从前听人讲，这三个字讲快了，发音听起来就像"悬溺"。可不是吗？她紧张又惶恐，一不小心就讲得好快，好似在对自己承认，她就是悬溺在对他的喜欢当中。

许立帷的拒绝来得很快，他几乎没有犹豫。

她是大小姐没错，放眼申南城都有世家之名撑她一生骄傲。可是这些在许立帷眼里，都是两人没可能的证据。

"丁小姐，你很好。但，我们不合适。"不等她争取，他连一丝挽留的机会都不肯给，指了指不远处的方文霏，就将她推出了生命之外，"你的经纪人在等你，我就送到这里，再见。"

嘉盈看着他转身离开的背影，心里滑过一丝回声：啊，他就这样拒绝她了。

回声阵阵，过了很久，才有眼泪流下来。

物理学教会所有人，光速超越所有速度。嘉盈流着泪想：这是真的，她在泪光中看着他渐行渐远，看了那么久，眼泪才来得及流下来，眼泪比目光慢多了。

她难过的是，她连落泪都忍不住去看许立帷。

数月后，这支由嘉盈出镜的道森宣传片大获成功。按照合同要求，后续一系列活动需要她本人现身配合，嘉盈照做了。

最后一场庆功酒会，久违地，嘉盈见到了许立帷。

她已经数月未见到这个人了。

他是聪明人，从得知她心意的那天起，就同她保持了距离。持续两个月的合同后续活动，他不再是负责人，也没有再现身。最后一场庆功酒会，他职责所在，端了酒直直朝她走过来，公事化地对她说"代表道森感谢丁小姐"。

两人轻轻碰杯，嘉盈仰头将一杯红酒一饮而尽。

除了父母，谁都不知道，这是她二十年人生中第一次饮酒。她不为别的，就为敬她的初恋，虽死犹荣。

　　隔日，嘉盈登上私人飞机，直飞意大利高等音乐学府深造学业，从此将道森拉入往来黑名单。

　　到底是大小姐，父母给足底气，她也要争气。喜欢了，表白了，被拒了，这样也很好，她没有遗憾。

　　四年，整整四年，"许立帷"的名字从她的世界消失殆尽。

　　嘉盈开始全神贯注于自身。

　　她努力学习，勤于练习，一把小提琴随身带，琴房里经常能见到她练琴练习一整天的身影。周末有邀约，她也不拒绝。世家独生女，只要她想，不缺挥霍人生的机会。她开始陪同母亲现身顶奢品牌晚宴，学会端坐在母亲身边欣赏高定走秀。父母给足她底气，每年她生日那天都一掷千金为她量身打造个人演奏会。她年少成名，如今日渐稳下来，更有位列世界级小提琴家阵营之姿。

　　嘉盈二十三岁演奏会那天，容卫第一个起身为她鼓掌，更在她谢幕时上台献花。

　　容卫是她的好朋友，两人从小认识，两家是世交。容家涉足船运业，家大业大。容卫这两年都远在纽约攻读能源经济学硕士，特地抽空现身捧场，彼此都对一些私事心照不宣。

　　丁敬山和钟悦琳十分待见容卫。

　　这样家世清白的男孩子做女婿，远比许立帷这类来路复杂的人要放心得多。

　　父母旁敲侧击，将一番意思说予嘉盈听。谁想，甚少对父母动怒的嘉盈，在那天生了好大的气。

　　"许立帷没有家世不清白。他靠自己，清清白白地从福利院受道森基金会扶持，走到今天的位置，他哪里不干净？"

　　丁敬山和钟悦琳愣在当场。

　　这样的嘉盈是陌生的，她真的生了气，脸色潮红，胸腔起伏，双手握得紧紧的。好似心里最重要的一部分被人恶意损害，她拼命用自己的力量去维护。

丁敬山当即软下态度："是爸爸不对，爸爸说错话了。"

钟悦琳也在一旁帮腔："妈妈也有错，妈妈向你道歉。"

父母跟女儿没有隔夜仇，一番谈话，将话题讲开，事情就过去了。丁家敞亮明理的家风，总是能令嘉盈受益匪浅。

那晚，嘉盈失眠。

她坐在床头，将一部手机握得滚烫。一腔心事无处可去，她最终还是拨通了三年前的号码。

这是许立帷在三年前给她的私人手机号码，项目结束后，这个号码就失效了。嘉盈拨过两次，都是转去自动答录机。她那时才明白，许立帷对私人疆域的固守有多严苛，他拒绝一切不相关人士的靠近，包括她在内。

凌晨，电话拨通，答录机的声音响起："你好，我是许立帷。我现在不在家，有要事请留言，我会尽快答复——"

暗恋一个人，听不到他的声音，连听到他录进答录机的自动回复都会舍不得挂断电话。她一直以为自己很勇敢，这一刻才明白她没有。她挂断又打过去，来来回回重复三次，就为了多听两遍他的声音。

嘉盈对着无人接听的电话低声诉说："我好没用，是不是？三年了，我以为自己忘掉你了，还是失败了啊。今天，听别人说你不好，都会好生气。我什么时候才能放下你，不做这些傻事啊，许立帷？"

一通无人应答的答录机电话，以她的无声落泪结束。她浑然不知这通电话的每一个字、每一声哽咽，都被人一清二楚地听了去。

千里之外，申南城商业区中心地段，兰生苑壹号5栋11楼1号，整间书房灯火通明。

公事千头万绪，许立帷在书房忙了一晚。

凌晨一点，电话答录机自动响起："您有一通电话留言，自动转接答录机。"

许立帷全神贯注地看文件，没去管。

"嘀"的一声提示音过后，答录机开启自动留言功能："我好没用，是不是——"

许立帷动作一顿，掀了掀眼皮，将视线从文件纸面抬了抬。

答录机里传来沙哑的声音："我听到别人说你不好，都会好生气。我什么时候才能放下你，不做这些傻事啊，许立帷——"

竟然是她——那位大小姐。

许立帷放下文件，徐徐转过半张椅子，看向书桌上的答录机。

电话那头，嘉盈哽咽半晌，忽地生出一团勇气，想在深夜无人之际，做些一直想做又不敢做的事。

"三年前在道森，天天听赵新喆叫你'许哥'，我好羡慕。羡慕他有任何事都能找你，羡慕他永远会有你为他操心。那时，所有人都说，你对他好凶。韦总也说，赵新喆看见你就怕。只有我，还是好羡慕。我看得出来，在道森，你只挂心两个人，一个是韦总，还有一个就是赵新喆。我不羡慕你和韦总之间的关系，我敬重你们两个人一起走过的路，我只羡慕赵新喆。我羡慕你会为他负责，羡慕他能叫你'许哥'。你都不知道，我也好想这么叫你……"

她顿了一下，轻声放纵一回："许哥，许哥哥。"

二十三岁的女孩子，声音低低软软的，原来是可以轻易醉人的，像出生不久的小猫咪躲在大人怀里，要你轻轻抚摸，好好宠爱她。

许立帷眼底一片深邃。他摸不清自己了，方才一瞬间生出的想要狠狠抱紧她，叫她别哭的欲望，到底算什么？

千里一别，天各一方，有情人亦能在深夜相守。

嘉盈在二十四岁生日前夕，推掉了各方邀约，专心准备个人演奏会。毕业在即，嘉盈想用二十四岁这一场演奏会，为自己的求学生涯画上圆满句号。

一日傍晚，她接到母亲的电话。丁家母女一向融洽，嘉盈正在客厅榨橙汁，声音轻快地接起电话："妈妈？"

钟悦琳应了一声，有些迟疑。

给嘉盈打这通电话，钟悦琳不是不犹豫的。昨晚道森的突发性意外已在申南城引起轩然大波，以道森如今的影响力，早晚会传遍国内外。与其到时候嘉盈措手不及，不如由她这个做母亲的，循序渐进地将事情先告知她。

毕竟，嘉盈那样深爱许立帷。

钟悦琳看在眼里，爱女之心大过一切，还是想要成全她，让她自己拿主意。

"嘉盈，妈妈有事告诉你。"

"嗯，妈妈，怎么了？"

"昨晚，道森度假区发生意外，许立帷也在现场——"

嘉盈呼吸一滞。

钟悦琳声音沉重，告诉她："听说，许立帷身受重伤，已被送进医院抢救……"

嘉盈手一垂，碰倒玻璃杯，橙汁顷刻间流得到处都是。

她的连衣裙被弄脏，湿了她一身，而她根本没有察觉。哪怕这是她最心爱的碎花连衣裙。

"妈妈，我要回申南城。"

她开口，眼泪瞬间就下来了，四年了，许立帷还是像四年前一样，名字闪过她的人生就能令她轻易落泪。

"我要去医院，我要去看他，妈妈——"

电话那头传来嘉盈泣不成声的哭声，钟悦琳心急如焚。女儿是她生的，她最了解嘉盈，女儿就是喜欢许立帷，远不是一次"远走他乡"就能忘记的。

"嘉盈，你别急，爸爸妈妈来想办法。"丁家父母为独生女，向来不惜动用大阵仗，"爸爸已经派私人飞机过来接你了，妈妈也派意大利分公司的张助理过来了，他人马上会到你的公寓，替你收拾行李。你跟着张助理回申南城，上飞机前记得给妈妈打电话，爸爸妈妈一起来机场接你。"

私人飞机效率惊人，当晚，嘉盈现身申南城医院。

隔着玻璃窗，她终于见到一别四年的那个人。

许立帷正躺在 ICU 病床上，全身插满医学仪器、针头。嘉盈几乎认不出他，不明白四年前那个果断拒绝她的人，怎么忽然就性命垂危了。

许立帷从来都不属于 ICU，他是她见过的最有意志力的男人。

"嘉盈，你放心，听说岑董请来了国内外最好的烧伤科医生，组成了专家医疗组，全体进驻医院，力保许立帷平安无事。"丁敬山陪她一道来医院，要她放心，"岑董就是今盏国际银行董事会主席岑璋，有他出面，许立帷就有最强的医疗团队为他治疗，一定会没事的。"

嘉盈抬手扶着玻璃窗，做了决定："我要在这里陪他，直到他醒。"

丁敬山和钟悦琳对视一眼，不禁有些担忧。

"嘉盈，坊间都知道，许立帷这次受重伤，是为保护韦荞平安无事。嘉盈，爸爸不反对你喜欢许立帷，但如果，他心里已经有了喜欢的人，爸爸还是想劝你——"

丁敬山未说完，就被嘉盈打断："他和韦总不是那种关系。"

嘉盈看向父亲，眼神灼灼："他们两个人是'家人'，就像我和爸爸、妈妈一样。如果爸爸妈妈有危险，我也会拼了命保护你们的。我相信，意外发生的那一瞬间，许立帷推开韦总，抱着的就是这样的心情。所以，我要留下来，守着他。这样的男人，才是值得我喜欢、值得我继续守护的人。"

她一直是柔弱的。至少，在父母眼里是这样。

她从小需要被保护，甚至是无微不至的呵护，以至于丁敬山和钟悦琳面对她方才那番话，一时竟听得有些失声。

他们的宝贝女儿，长大了。

好的爱情能让人迅速成长，就在一夜之间，能听见灵魂抽条的声音，细碎的、疼痛的，在心灵深处"咔咔"作响。等到生长痛过去之后，女孩忽然就长大了。

即便是单恋，也是爱情。许立帷足够好，嘉盈足够好，两个足够好的人，纵然是单恋，亦撑得起成长。许立帷的独立、冷静、果断、辩证，无一不被嘉盈好好看在眼里，有一分学一分。她就这样以单恋的名义，学着他的样子，令自己挺拔生长。

丁敬山和钟悦琳很感动，作为父母，没有比看见女儿的自我成长更高兴的事了。

丁敬山郑重地点头："好，嘉盈，爸爸会留张叔在医院跟着你。你有任何需求，都随时告诉张叔，爸爸和妈妈会全力满足你。"

许立帷昏迷多日，醒来已是数月之后。

这期间，嘉盈寸步不离。

岑璋和韦荞也始终都在，两人总不比嘉盈时间宽裕，工作电话也不断，但仍常常在病房里照顾着。日子久了，今盏国际银行和道森度假区都离不开最高执行人太长时间，岑璋和韦荞遂商量，两人一个白天来，一个晚上来。

只有嘉盈，白天、晚上始终都在。她将许立帷照顾得很好，连医生都说："这样好的照顾，哪里是护工能比得上的？"

时间久了，坊间少不了闲言碎语。说丁家独生女这么多年了还在倒贴，说她小提琴拉得再好到底还是没脑子，说许立帷摆明了不把她当回事，只有她还在执迷不悟。

这些话被韦荞听见，她脸色骤冷。

道森新场馆开业获得满堂彩，媒体见面会上，韦荞当着申南城全城媒体的面，公开感谢丁嘉盈："丁小姐是道森度假区创立至今最成功的品牌合伙人，我代表道森感谢丁小姐。今后，道森控股会在度假区、影业、制造工厂等各品牌条线，全面加强和丁嘉盈小姐的商业合作。"

一席话，瞬间引起轩然大波。

这不仅是道森首席执行官的表态，更是道森控股大股东和董事会主席的表态。韦荞的正面下场，令所有人明白：从今往后，道森会和丁嘉盈这一个人品牌深度绑定，谁和丁小姐过不去，就是和道森过不去。

多日闲言碎语被一夜摆平。

许立帷醒来那天，嘉盈收拾东西，离开了医院。

她在医院走廊上遇见韦荞，后者打量她一眼，瞬间明白了。韦荞挽留她，嘉盈拒绝了。

"我照顾他，是因为我想他活着，想他好好的，我不想用我的付出在道德上绑架他。现在他好了，我也好了。所以，我想离开了。"

韦荞一贯偏帮女孩，尤其是不谙世事容易吃亏的女孩子。她当即垂手表示："等许立帷好点了，我说说他。"

"韦总，不用的。"她经历生死考验，有豁然开朗之感，早已不复从前，嘉盈是真的觉得没关系。

"这世上，只要'许立帷'这个人一直好好地活着，我就有喜欢的人。喜欢一个人，就算不和他在一起，单单是想起他，就是一种快乐。所以，韦总，对许立帷，我没有遗憾。"

隔日，嘉盈登上私人飞机，重新前往意大利，将中断的个人演奏会继续。

毕业在即，她明白未来有诸多艰险。出了校园，父母再帮衬，她想要在社会上挣得一席之地，还是要靠自己。

嘉盈师从克里斯蒂安——意大利小提琴教父。在他的悉心指导之下，嘉盈决定将二十四岁小提琴演奏会作为序幕，正式开启小提琴家的职业生涯。

首演前一日，嘉盈接到许立帷电话。

他在电话里感谢她数月来的细心照顾，嘉盈说"不客气"。他又问她："你现在在干什么？"嘉盈听得一愣，这么私密的话题，是她和许立帷之间可以谈论的吗？

不知从哪里来的勇气，嘉盈忽然问："是韦总告诉你的吗？"

许立帷问："什么？"

嘉盈说："是不是韦总告诉你，我在医院是如何照顾你的，旁人是如何说我的？是不是韦总叫你给我打电话，要你补偿我？"

许立帷说："你在医院照顾我，有很多人说你吗？"

嘉盈："……"

论抓主要矛盾，许立帷向来是个中好手。

可是对嘉盈来说，这真的不重要，她在意的是其他。她不介意他和韦荞之间亲如家人的关系，可是她很介意他对自己的关心，并非出于他的真心，而是韦荞让他做什么，他就做什么。纵然这不是施舍，但对爱着他的嘉盈来说，这样的行为和施舍又有什么区别？

嘉盈挂断电话。

这通电话挂得匆忙，有头没尾，她几乎能想象出许立帷在电话那头对她无语的样子。嘉盈如释重负，对他丢脸的事做多了，这类事做起来反而不会太为难。

隔日，傍晚六点，丁嘉盈个人演奏会在那不勒斯圣卡洛剧院徐徐开场。

两小时之后，意大利媒体用"天才小提琴家"来形容丁嘉盈在世界小提琴舞台的初登场。

谢幕仪式上，容卫风度翩翩，照例担当了为嘉盈献花的重任。

演奏会后循例是庆功酒会，容家父母齐齐到场。嘉盈生性敏感，她在容家父母的只言片语里嗅出些异样信号：他们这是在把她当成未来儿媳对待了。嘉盈觉得不适，四两拨千斤地拒绝了。

酒过三巡，丁敬山和钟悦琳应酬商场朋友。容友成寻得同嘉盈单独谈话的机会，趁着薄醉将来意挑明："嘉盈，你要知道，我儿子容卫喜欢你，不计较你那些被传的事，你要懂得知足和感恩，明白吗？你仔细去打听一下，放眼如今的申南城圈内，还有谁不知道你倒贴人家都不要的事？"

嘉盈愣住了，从小对她笑脸相迎的容伯伯，怎会是这样的真面目？

容友成还在试图说服她："所以，对我们家容卫，你要懂得感恩，趁早和容卫结婚——"

嘉盈脚步一旋，转身就走。她这个反应不在容友成预料之中，他下意识地喊住她："丁嘉盈，你去哪里？"

嘉盈不答，径直走向酒会中控区。她拿起中控台的麦克风，转身面向全体来宾，声音清晰，一字一句："容友成先生，请您立刻滚出我的庆功酒会，我丁嘉盈不欢迎你这样的人弄脏我的主场。"

中控台声效卓越，通过扩音器把这段话循环播放至每一个角落。

容友成没料到嘉盈会有这一手，顿时恼羞成怒。

丁敬山和钟悦琳也不知发生何事，有片刻的惊讶。但父女、母女间的信任足以令二人做出最能保护女儿的反应。

丁敬山迅速叫来保安："把容家一家三口赶出去，我们丁家从此和容家断绝世交关系。"

钟悦琳挡在女儿面前，力撑嘉盈："一个容兆船运而已，我们丁氏乐器行还不放在眼里。"

容友成被激怒，撂下狠话："丁敬山，钟悦琳，你们两个等着瞧！谁不知道你女儿是倒贴的……"

他是混过的，人到半百，一口脏话骂得狠。

容友成今晚和丁家撕破脸，没打算客气。岂料他脏话才骂了一句，左臂就被人挟持住。来人力道强势，容友成不敌对方，被直直地拉转身，迎面就被打了一记响亮的巴掌。

许立帷这记巴掌打得很重，打得容友成偏过了头。

容友成看清是谁，怒火中烧："许立帷！你什么身份敢管我的闲事？"

申南城名利场上，许立帷一向以圆滑示人，几乎没什么人见过他本性外露的一面。只有上东城外汇世家的大佬曹延霆有一次同老友闲聊，说许立帷这个人是能狠的，轻易别惹他，把他惹火了他什么事都干得出来。

今晚，在场所有人都屏住呼吸，后知后觉地想：曹延霆那老家伙不愧是知道点内幕的人精，还真没说谎。

许立帷今晚没打算客气，容友成的脸肿得不像话。许立帷没去管容友成，拿起手机打电话。

意大利和申南城有七小时时差。千里之外，岑璋正在开会，接起电话时还未完全回神："怎么了？"

许立帷问："容兆船运的贷款，每年都是从今盏国际银行走的对吧？"

岑璋说："好像是。"又不是什么大客户，他哪会记得？董事会主席很忙的好吗？

许立帷声音冰冷："把它给我断了！今后你敢跟容兆船运有关系，我们朋友都没的做。"

岑璋蒙了一会儿，反应过来许立帷是在怒火中烧。岑璋抬手示意，立刻暂停会议。他走出会议室，仔细接他这通电话："断了就行了吗？不用我打电话给我儿子同学的爸爸，让他在港口方面一并封杀吗？能扼杀船运业的，除了银行贷款，大头在港口。没有港口让船靠岸，会很快黄的。"

"你说唐律是吧？你给我打。"

"没问题。"岑璋松了口气，"多大点事，你吓死我了。以后再有这种事，你好好说行不行？"

许立帷没理他，"啪"的一声挂了电话。

岑璋看了眼手机屏幕，无语得很。他不知道，千里之外的意大利，一屋子人正屏息凝神，谁都不敢说话。

许立帷这通电话打得光明磊落，一点声音都没压，所有人都听见了他和岑璋的对话。这通电话让所有人明白，许立帷铁了心想要治容兆船运，毫无难度。

容友成看清形势，一下子软了腿。

有钱人，最怕一夜之间被打回穷人生活。那种习惯了挥金如土的生活实在令人欲罢不能，单是一个"穷"字就能令这类人磕头认错。

"许先生，我刚才有眼不识泰山，你大人有大量……"容友成为了挽回局面，不惜开始自己扇自己耳光，最后腿软没站稳，摔坐在地。

"我今天，就是跟你们容兆船运过不去了。"许立帷居高临下，从口袋里掏出手帕擦了擦手，声音不轻不重，恰好令在场所有人听见，"丁小姐是我们道森的贵客，你也敢碰？"

一晚冲突闹剧，以容友成一家三口被强行带离宴会场结束。

将之强行带离的不是警察，而是许立帷带来的道森特保公司员工。道森特保业务在业内声名赫赫，韦荞当年开启大型民营企业反腐样板就是从这块业务操刀的。

许立帷这次来意大利是为公干。他来这边参加一项周边制造的授权竞标，临走前韦荞告诉他，派了当地特保分公司的人在机场接他，他在这里所有出入都会有特保人员跟着。许立帷当时摇手拒绝，他习惯了独来独往，韦荞给他搞那么大阵仗是要去干吗？

韦荞皮笑肉不笑地提醒他："意大利是什么地方？黑手党发源地，道森公然要去和当地企业竞标，还是当心被坑了的好。"许立帷顿时没声了，韦荞这层顾虑很现实，他没理由再反对。

谁想，竞标很顺利，他以公谋私跑来听了一场丁嘉盈的小提琴演奏会倒是听出事了。

今晚，许立帷在内场大发雷霆，亲自出手教训容友成。等在门外的特保人员不知出了什么事，面面相觑不敢轻举妄动。直到容友成被激怒扑向许立帷，一直静候的特保人员这才见准时机，齐齐冲进内场，训练有素地将人拿下。

许立帷那会儿正情绪上头，说话也没太顾忌："把他给我教训服帖，服到嘴没那么脏为止。"

"是，许先生。"一群黑西装匆匆进来，带人匆匆离开。

596

内场，一屋子人屏气凝神，不敢出声。

许立帷名声在外，谁都知道他上得了谈判桌，下得了刀山火海。这些年要是没韦荞在道森压着，他什么事都干得出来。韦荞和赵江河闹崩离开道森的那半年，许立帷不就夺了道森的控股权吗？

许立帷料理了容友成，径直走向嘉盈："有时间吗？我们出去聊两句。"

许立帷出入道森十二年，平时做惯了最高决策，思维很直线，做事从不废话，把嘉盈都看蒙了。嘉盈从小被父母保护周到，和社会几乎没有太深的接触，今晚和容友成的正面交恶已经算是她直面冲突最严重的一次了。许立帷的突然现身令她措手不及，方才他那一套熟稔又凌厉的制裁更是令嘉盈充满了陌生感。

以及，一丝隐隐的害怕。

这还是一个尚未学会隐藏情绪的小女孩，她眼底的惊骇许立帷看得分明。他当即明白她的意思，不愿吓到她，先退一步同她保持安全距离。

"刚才吓到你了，抱歉。我今天来，是想谢谢你之前在医院对我的照顾。将来如果还有人像容友成今天这样对你刁难，你告诉我，我来摆平。"

他态度磊落，将方才的一身暴力瞬间收起，仿佛从前她最熟悉的那个许立帷又回来了。两人之间也实在没什么能多讲的，许立帷在转身离开前真心祝贺她："今晚的演奏会很精彩，祝贺你，丁小姐。那么，再会——"

说完，他举步欲走。

嘉盈看见他转身的样子，那么熟悉的背影，他留给她最常见的模样就是这个背影。他可不可以不要再留下一个背影给她了？

嘉盈眼眶一热，小跑上前猛地拉住他的左手袖口："许立帷。"

许立帷有一瞬间的错愕，停下来，看向她："嗯，怎么了？"

"你刚才不是说，要和我聊两句吗？你就只顾着自己讲了，有给我机会讲吗？你走得这么快，我还有话要跟你聊呢……"

许立帏错愕半晌。他反应过来，明白大小姐是在找措辞留人。

许立帏很高，视线向下看向嘉盈。嘉盈不算矮，一米六，在许立帏面前却莫名地小。很多日子以后，许立帏会明白，为什么在他眼里的嘉盈永远这么小。这和身高无关，这和偏爱有关。

嘉盈仰头望他："还是，你已经不想和我聊了？"

许立帏温柔应声："当然没有。"

他单手一握，就那样自然地牵起她的右手。就在嘉盈愣怔间，许立帏已牵着她的手，走到她父母面前，同丁敬山夫妇寒暄，征求他们的同意，让他可以稍稍带走嘉盈片刻。

嘉盈脸很热，几乎没有听清许立帏和她父母的对话。这样的场合许立帏游刃有余，嘉盈听见他讲："我会好好护送丁小姐回来的，请放心。"

钟悦琳当即给了嘉盈一个会心的微笑，意思是"宝贝加油哦"，嘉盈忽然就松了一口气。

她的父母，永远会全力爱护她、支持她，给她一往无前的勇气。

这才是丁嘉盈能被申南城名利场人称为"大小姐"的最大原因。

离开宴会场，许立帏将嘉盈带去酒店。

两人下车，嘉盈在酒店门口踌躇半晌。

她不确定地问："我们，为什么要来酒店啊？"

下车前她抬腕看表，时间不早了，已近晚上九点。嘉盈直到二十四岁都是有门禁的，晚上九点在她的观念里就是"深夜"了。她深夜跟一个男人来酒店？就算这个男人是许立帏，嘉盈也过不去心里那道安全意识的关口。

如果，她就这样跟他进去了，许立帏会不会认为她是一个很随便的女孩子？

嘉盈很认真地问他："你刚才不是说'出去'和我聊两句吗？我以

为就是站在门口聊一下啊。"

许立帷："……"

他忘记了，成年人的说辞和小孩子的理解之间是有差距的。

"带你来酒店，是因为我没岑璋那么有钱，全世界到处买楼，哪里都有别墅和公馆住。"他揶揄一声，顺势牵起她的手走进酒店，"所以，我只能带你来这里聊两句了，因为我住这里啊。"

嘉盈听懂了他话里的揶揄之意，跟着他进酒店，嘴里还是反驳了一声："不许在心里偷偷笑话我。"

许立帷按下电梯键，将她拉进电梯后顺手刮了一下她的鼻尖："可爱。"

嘉盈偏过脸，又反驳了声："也不许逗我。"

电梯门开，三楼有人进来，宽敞的电梯一下子变得拥挤。许立帷这下没再说什么，居高临下地看着她，唇边的笑意越发加深。

嘉盈没有看见他那道炙热的视线，独自在心底默默地加了句解释：你不许逗我，因为，我会当真的。

许立帷住在高层，第六十六层的景观套房。电梯直上高层，嘉盈看了一眼电梯上跳动的数字，下意识地往许立帷身边靠了靠。许立帷看在眼里，带她刷卡进屋的时候问了句："你恐高？"

"嗯，一点点。"嘉盈想着措辞，"也不算是恐高吧，就是不喜欢住很高的房间。十一楼到十五楼，这种高度最好了，既能看到风景，又不算太高，我会感觉很安全。"

许立帷将房卡顺手放在玄关吧台上，从善如流："那下次我订十一楼的。"

嘉盈愣了一下。

他这是什么意思？

他订房间，还会考虑她的喜好的吗？

他们之间，像这样私下单独相处的机会，以后还会有吗？

她满腹心事，蒙蒙地跟着进屋。许立帷拿了一双拖鞋给她，她弯腰换鞋。许立帷又给她倒了杯水，叫她随便坐。

嘉盈在套房内环视了一圈。

这里很符合许立帷的风格，干净、整洁，透着一股想要和人世间所有关系一刀两断的利落感。他那件最常穿的西服外套，被他随意搭在沙发扶手上，嘉盈几乎可以想象他每次出门前垂手抄起外套挽在臂弯的模样。

她正胡乱想着心事，身后传来脚步声。嘉盈转身，就看见许立帷左手插在裤兜里，右手拎着一个礼盒，正直直地等着她。

"送我的？"

"嗯。"许立帷将礼盒放在客厅大理石桌上，"韦荞告诉我，如果没有你，她和岑璋那段时间在医院根本忙不过来，你让他们两个很好地平衡了医院和公事间的关系。我一直想对你好好说一声，谢谢你。"

他执意要谢她，嘉盈不再拒绝，抬头问："所以，这是你的谢礼？"

"嗯。拆开看看，喜不喜欢。"

嘉盈垂眼。

很漂亮的正红色丝绒礼盒，正中央系着一个漂亮的蝴蝶结。她偷偷地想，这么漂亮的盒子，可惜太大了，里面装的一定不会是钻戒。

这个念头抑制不住地闪过脑海，嘉盈有些羞愧。

她是成年人了，该懂得个体独立性的处事原则。一个人对另一个人再有感情，也不该拿这份感情作为筹码，要求对方同样付出。

"嗯。"她敛神点头，轻轻拆开礼盒。

打开的一瞬间，嘉盈笑了："好漂亮——"

没有小孩子能拒绝一套乐高模型。

许立帷唇角一翘：心性简单，她果然还是小孩子。

这是一套专属定制的乐高，独一无二。整套模型以道森度假区为基础，一比一微型复刻了道森度假区的全园风景。模型正中央是道森度假区引以为傲的中央舞台广场，每当有大型主题活动时，主舞台就会冉冉升起，成为万人瞩目的中心。

舞台上，站着一位公主。她身穿白色连衣裙，长发披肩，一把被做得精美无比的小提琴模型，被轻轻搭在肩膀上，这位公主正迎着微风拉响琴弦。

嘉盈目不转睛，被吸引了："这是？"

"是你哦。"许立帷大方承认，"去年，你和道森第二次合作的宣传片大获成功，这个模型还原的就是你在宣传片里出镜的中心画面。那天，你很漂亮哦。"

嘉盈脸色微红。女孩子，得人夸奖，总是会高兴的。何况这夸奖还是来自心上人，意义更是不一样。

嘉盈望向他，偏头一笑："谢谢。"

随着她偏头的动作，额前的散发落下来，遮住了眼睛。许立帷下意识地抬手，替她将散发拢到耳后。他的动作很自然，几乎到熟稔的地步，好似在心里练习了很多遍。隔着散发，他的手指拂过她的脸，沿着她的耳郭轻轻抚过。那一缕散发就这样听话似的，随着他的动作落在她耳后，乖巧垂下。

嘉盈怔住了。

他的手已经收回，指尖的余温留在了她脸颊上，一路蔓延至耳郭，连耳垂也红透了。

两个人没名没分的，嘉盈向他要一个说法："这也算是，你'感谢'我的一部分吗？"

许立帷声音有些哑："嗯。"

嘉盈没有听懂他声音里罕见的犹犹豫豫，那声"嗯"令她误会，瞬间将她拉回现实。

"下次不要了。"嘉盈耳郭上的潮红褪去，声音里带上了一丝指责，"我会困扰的。"

许立帷迅速冷静下来："好。"

其实，他也说不清他是怎么了。看见她额前的散发掉进眼角，她眼睛疼到皱眉，那一瞬间他没来由地就伸手了。想抚平她不舒服的表情，他想看见她平安无事。

室内一时寂静无声，有暗流涌动，两人谁都没说话。

嘉盈摸着礼盒，有些手忙脚乱，想要把模型收起来。她在紧张的时候就会这样，借着做事的机会让自己忙起来，看起来不那么无措。

许立帷上前："我帮你。"

两人的手碰在一起，嘉盈用力一挡。

"等等。"她俯下身，视线被角落里的一个人偶模型吸引了。

主舞台下方的广场右侧，站着一个人。小人偶一头黑发，穿衬衫西裤，正仰头望着主舞台上正在演奏的小提琴家。

嘉盈惊讶地问："这是……你吗？"

许立帷温柔应声："嗯。"

意大利夜色宜人，灯火景观是一绝。和申南城争分夺秒的功利不同，西西里的浪漫之风从未消失。深夜，晚风沉醉，眼前的女孩比他小六岁，还比他勇敢。许立帷涌起陌生情愫，想要同申南城那个功利心极强的"许特助"划清界限，同自己坦诚一回。

"那天，你在道森度假区拍宣传片，其实，我也在现场。"

他声音很低，望向她，眼里的情绪是连他自己都陌生的："方文霏告诉我，你在接受第二次合作前，对道森提出了项目负责人不能是我的要求，韦荞同意了。所以，我全程没在你面前出现过。但其实拍摄那天，我去了。就在模型里的这个位置，你看不见我，我能看见你。我看见你演奏小提琴的样子，明白这四年你真的有很努力，让自己成了一个很了不起的小提琴家。我在那里看着，很为你骄傲。"

"你为我骄傲？"

"嗯。"

"以什么身份呢？"嘉盈直视他，四年漫长的暗恋几乎将她的眼睛折磨得溢满水光，"为一个人'骄傲'，是很私人的情绪。父母同子女之间可以，夫妻之间可以，师生之间也可以。除此之外的关系，都会显得勉强。所以，你呢？你是以道森度假区大股东的身份，为作为品牌合伙人的我而骄傲吗？"

不能小觑女孩子，尤其，她是申南城公认的"大小姐"。三两句问话，就将谈判桌上无往不利的许特助问得哑口无言。

许立帷难得陷入被动境地，公式化地回应："是。无论是从盈利指标还是舆论口碑来看，你对道森的贡献都是不可估量。"

一番话，他说得冠冕堂皇，言不由衷。

嘉盈却当真了。

女孩子，喜欢一个人，又是初恋，就是这样的。他站在她面前，说什么她都会当真。

"谢谢，但，我不需要。"嘉盈扬首，有一瞬间忽然想要对许立帷这个人死心了。

申南城人人都知，丁嘉盈喜欢许立帷，许立帷拒绝了丁嘉盈。对于这个结果，嘉盈可以接受。四年过去了，她已同这段单恋和解。就像她在医院对韦荞说的那样，只要世界上还有"许立帷"这个人，他好好地活着，她就会觉得好。

所以现在，嘉盈才会难受至极。

许立帷不仅不喜欢她，还将她视为道森优秀的商业伙伴。嘉盈可以接受他不喜欢她，可是永远无法接受他对她表现出来的那仅有的一丝好感，也是基于为道森的利益考虑。

她将礼盒胡乱打结，红色的丝绒缎带凌乱地搭在礼盒上。嘉盈快要控制不住眼泪，想要逃离这个令她难过的人。

"谢谢你的礼物，我收下了。以后，你不需要再为这件事特地来找我了。"话音未落，她已匆匆要走。

嘉盈知道自己很失态。她从小接受的精英教育告诉她，这样的告别和离开都是下下策。她和许立帷之间，以后连朋友都没的做，从此和陌生人无异。

可是，她真的尽力了。

从二十岁到二十四岁，她都为这段感情尽力了。喜欢而不打扰，她克制着自己不逾越，不给他添麻烦。她唯一的失控还是为了他的安危。她知道以她申南城"大小姐"的身份，舆论不会放过她，她还是没有犹豫。她不为别的，就为他是许立帷。许立帷是丁嘉盈认定的这世上最"值得"的男人，他是那样好。

所以她今晚才会难过得不能控制自己。

那么好的许立帷，对她会有的一丝好感，也只有对利益的考量。

嘉盈伸手用力拉开房门，眼泪来不及收，扑簌掉下来。她没有顾及，身后有人紧随她而来，就在她伸手拉门的瞬间反手制住了她的动作。

"砰！"

一声沉闷巨响，刚被拉开一丝缝隙的房门被重新关上。

许立帷站在她身后，胸膛贴着她的后背。他健步上前，将右手覆在她手上，顺着她拉门的力道反手用力关门，嘉盈来不及收住的眼泪就这样全扑簌掉在他手背上。许立帷心里一软，想要对她示好，弥补对她过重的伤害。

"刚才那句话不是真心的。"许立帷没有收回手，顺势将她冰凉的右手紧紧包裹在掌心里。嘉盈偏过头，不要同他对视。他站在她身后，看见她的侧脸，分明已是一片水光。

许立帷低头，从她眼角一寸寸吻下去，声音沙哑得不像话。

"我为你骄傲，是以'自己人'的身份。我也不知道是从什么时候开始，对你就抱有这份心情的了。总觉得你不是'外人'，而是我的'自己人'。我这次来这边，名义上是为道森的一宗竞标，但其实，上周五竞标就已经结束了。拖到今天没走，我是为了你。你今晚举行二十四岁个人演奏会，我不想缺席，所以，一个人买了票，在台下看完了你整场演奏会。我知道演奏会结束后，你有庆祝晚宴。你没有邀请我，我也不想打扰你。心里还是想见你，就开车停在酒店外面，在车里坐了一晚。本来已经打算要走了，听到很多人在说你出事，我想都没多想就下车进去找你了。"

嘉盈怔在原地，哽咽问："所以呢，'自己人'，算是你的什么人？"

"意思是，想你做我一个人的大小姐。"他从背后搂住她的腰，陡然收紧力道，将她整个人抱在怀里。

许立帷俯下身，在她耳边一字一句地，郑重邀请："我们交往，好吗？"

嘉盈眼眶一热，误会他："是韦总对你提议的吗？"

许立帷问："什么？"

他的反应在她预料之内，嘉盈不愿接受同情。就算这份同情是来自韦荞和许立帷的双重好意，也不可以。

"在医院的时候，韦总对我讲过，等你好点了，她会好好说说你的。我知道你和韦总之间的私人关系无与伦比，她的话，你一定会听。许立帷，我想告诉你的是，我喜欢你是我的事，别人如何评价我，都跟你没关系，你不需要因为这个而同情我，甚至，觉得对我有责任。我妈妈对我讲过，喜欢一个人首先是为了自己快乐。喜欢你的这四年，我很满足，没有遗憾。"

"可是我有。"许立帷将她搂紧，胸膛贴着她，心脏因陌生的紧张感而有力跳动，彼此都听得一清二楚，"我很后悔，将你的这份喜欢晾了四年。"

他是喜欢她的。

从遇见她的第一眼，他就明白，这是一个很好很好的女孩子。良好的家世、精英的教育、父母的疼爱，将她浇灌成申南城最负盛名的大小姐。不缺爱的女孩子，天生就会坦荡爱人。她向他告白的那天，他亲眼见证她喜欢他的模样，那是他一生都不会有的明亮和无畏。那一双亮得发烫的眼睛，他放在心底记了很久。

四年里，她很少打扰他，偷偷在深夜给他打过几通电话，全都被自动转去了答录机。他没有告诉任何人，他将这几通留言都好好保存了。偶尔为公事焦头烂额而烦躁的时候，说不清为什么，他会打开答录机，任它循环播放。其实，他全然不在意她在电话里讲了什么，只是想听她的声音。她永远不会知道，她明亮又温柔的那些声音，在他每一个神经紧绷的深夜给过他多少安慰。

他承认，和她比起来，不够勇敢的那个人，一直是他。

在阴影下过久了，看见阳光，他会本能地想要抬手闭眼。阳光太好，他见过了，再回去阴影中，恐怕会有天翻地覆之险。

连韦荞都告诫他："你这样，会把自己封死的。"韦荞后面还跟着一句话，"人家丁小姐比你勇敢多了，被你晾了四年。"

男女两性，他陌生得很，不愿细想韦荞那句话的重量。直到意外发生，他从鬼门关险险回岸，睁眼看见的人就是嘉盈。听见她抱着他哭，他忽然明白了，为什么那么多人会讲，女孩子的眼泪可以流淌进男人心底。

他不愿见她哭。为了这个，他牺牲所有都可以。

这份心情，就名为"喜欢"吧？

他如释重负，有雨过天晴之感。他终于撤走在心里设防三十年的边界线，让所有对她的喜欢，喷薄而出。

"其实，我不想和你交往。"他吻着她的脸颊，全然没有发现，他已将她视为许太太在哄，"我想，和你结婚。"

嘉盈捂住嘴。

许立帷一点一点转过她的人，俯下身抵着她的额头，双手搂在她腰间。

"想你做我一个人的女孩子，想你从今往后完完全全地只属于我，想你继续喜欢我，一直喜欢下去。所以，结婚好吗？"

求婚的话刚出口，他就笑了，为这份三十年来只此一次的汹涌而有些自嘲："怎么办，丁嘉盈？我好像……已经迫不及待地想要拥有你了。"

嘉盈潸然落泪。

四年的单恋，一朝见光，她第一反应不是欣喜若狂，而是鼻尖一酸。所有的委屈如同闸口溃堤，倾泻而下。

单恋是一场不见天日的勇敢。

"许立帷 ——"她连名字都不敢叫得太大声，怕游园惊梦，惊扰了一场很美很美的梦。

许立帷缓缓将她拥入怀中，吻着她的耳垂，低声哄她："我在的。"

嘉盈抬手，轻轻搂住他的颈项。

这个人，离她好遥远的距离，如今终于低头就她，将她抱在怀里。

嘉盈滚落热泪，声音里都是女孩子受尽委屈的哭腔："许立帷……"

许立帷倾身向前，低头深吻，给她一遍又一遍的回应："我在的。以后，一直都会在。"

嘉盈和许立帷的交往，除了丁氏父母知道之外，两人没有告诉任何人。嘉盈是因为不好意思，许立帷则是没这个意识。他本就是孤儿，没有任何亲属关系，唯一称得上"亲人"的只有韦荞。但他和韦荞之间也只习惯谈公事，许立帷想了一下他特地跑去韦荞面前告诉她"我有女朋友了"的样子，那场面怎么想都很诡异。

许立帷做事一向清爽，谈起恋爱也是。他既不刻意告知，也不纯粹隐瞒。他该干什么干什么，波澜不惊。

中秋节，道森度假区举行夜场特别游园活动：逛灯会，猜灯谜，烟花秀。国潮风如火如荼，道森度假区此次夜场游园活动被视为文化宣传的重要阵地。在韦荞的主导之下，道森度假区先声夺人，距离中秋节两周时正式开票，两分钟内票源即告售罄，引起申南城全城哗然。舆论褒贬不一，有人说韦荞正式扛起了文化宣传的旗帜，也有人说韦荞靠饥饿营销必定走不长远。在甚嚣尘上的舆论风暴中，韦荞不受任何人影响，很有点"我自岿然不动"的定力，如期将道森中秋游园活动的热度带至巅峰。

韦荞连二连三的几次大动作，令道森风头全面力压沃尔什。面对韦荞这类强敌，不只阮司琦坐不住，连沃尔什全球董事会都坐不住了。邹文嵩代表沃尔什全球董事会，对韦荞提出合作邀约，韦荞同意了。

看热闹是人的本能，这份合作邀约被坊间视为"停战协议"，韦荞的态度更是让争议声四起。

韦荞私下只对许立帷详细解释过："'你死我活'的存量竞争时代过去了，如果能'共赢'，为什么不呢？道森风头再劲，也只局限于申南城，将来如果真的要将'走出去'的战略落地，势必要'借势'。在这一点上，道森不可能和布局全球的沃尔什抗衡。今天我给它面子，在申南城放它一马，来日在全球地界，我有事，它必定要帮。"

许立帷听得认真，点头同意："是。"

韦荞紧接着就是一句："所以，两天后的和谈会，你亲自去一趟。"

许立帷："……"

太过分了，她怎么能在他被她的一番解释弄得心头火热之际将他推出去？

韦荞表情玩味，毫不否认她那点私心："沃尔什方面确认了，两天后的和谈会邹文嵩会亲自来。你跟他关系那么好，比我出面好多了。"

许立帷才不上她的当："不行。你不去，道森没有说服力。"

"谁说我不去？"韦荞知道这事她躲不了，"我只是晚一点去而已。上午的和谈会你先去，我中午赶过来，已经约邹文嵩和阮司琦一同吃饭了，下午我和你一起进行下半场。"

许立帷朝她抬抬下巴："你上午干什么去？"

韦荞说："岑璋生日，包了半山山顶看日出，我要陪他在山顶公馆住一晚，第二天一早赶不过来。"

许立帷："……"

有时候他真的挺佩服岑璋，三十一岁的人了，还能整这出，永远作天作地都不腻。

"好吧。"许立帷点头答应，"我去。"

两日后，和谈很顺利。

韦荞和许立帷有一个心照不宣的事实：道森离不开韦荞，韦荞离不开许立帷。任何事，只要许立帷点头同意，他就会负责到底，负责到可以将韦荞肩上的重担全都挑过去的地步。

当韦荞中午赶至饭局，坐下略微和邹文嵩谈了几句，后者明里暗里的意思就令韦荞明白：这么大的一桩合作，许立帷已经谈妥一切。

人间偏安不易，她这一生哪里再去遇见第二个"许立帷"，可以为她做那么多？

她忽然很想敬他一杯酒，同他碰一次杯。

邹文嵩和阮司琦都在，太过私人的情绪韦荞不便表现。韦荞拿起手机，打开微信，翻到许立帷的头像点进去，手指飞快按键，点击发送："谢谢，辛苦了。"

下一秒，许立帷的微信进来："什么鬼，这么客气？"

韦荞笑了一下，放下手机。

酒桌隔开几个座位，许立帷正和邹文嵩谈话。两人音调不高，明显谈的是私事，邹文嵩一脸玩味地冲他说了什么，许立帷推开他手臂，笑骂了一声"你少来"。两人正说着，一旁手机振动，许立帷接起来："喂？"

电话那头传来一个略微紧张的温柔女声："许哥哥——"

在场几人都是一愣。

许立帷为人磊落，一通电话接得毫不避讳，和电话那头的女孩子亲密地讲了几句。挂断电话，许立帷饭也不吃了，当即起身："你们慢慢吃，我有点事，先回道森。"说完，他也不管在场几人什么反应，拿了车钥匙就走了。

韦荞、邹文嵩、阮司琦，申南城三位顶尖级别的老总齐齐震惊。

还是韦荞率先回神，下意识地看向邹文嵩，问："许立帷交女朋友了？"

"我不知道啊！他没跟我说过。"

"哦，那你们关系也很一般啊——"

邹文嵩难得被饿了一下，反饿回去："难道他跟你说了？"

韦荞不愧是定力过人的选手，被问到这份上依然能字正腔圆地答一句："没有。"

邹文嵩很难不损她几句："那你们关系也很一般啊。"

"这个，不能这么说。"韦荞诡辩起来，才真正是一绝，"许立帷不告诉你，也不告诉我，那就只能证明一件事。"

邹文嵩问："什么？"

韦荞说："他不厚道。"

邹文嵩："……"

好好好，谁说韦荞是申南城价值观最正确的首席执行官？韦总一本正经地胡说八道的水平才是一骑绝尘好吧？

一旁，连阮司琦都听不下去了："两位老总，别猜了，许立帷摆明了把你们两个人都没放在心上，难道你们不好奇他放在心上的那位究竟是谁吗？"

其余二人一阵沉默。

韦荞起身，也不废话了："走吧。再晚点，什么好戏都看不上。"

邹文嵩和阮司琦一同表示同意："有道理。"

就这样，申南城度假区业态的三位大佬决定齐齐跟上许立帷，一起吃个瓜。

嘉盈今天来道森是一个意外。

道森度假区的中秋游园活动如火如荼，嘉盈早早买了票，现在想和同学梅丽莎一起去。梅丽莎是嘉盈在意大利音乐学院的同学，主修钢琴，如今是意大利首屈一指的青年钢琴家。一周前梅丽莎远赴申南城举办钢琴演奏会，嘉盈作为特邀嘉宾和她同台合奏了《克罗地亚狂想曲》。演奏会落幕，一个合奏视频迅速在社交媒体上呈现病毒式传播态势，将两位合奏者推向新生代音乐家的实位。

演奏会结束，嘉盈邀请梅丽莎在嘉湖公馆住了两日。白天，嘉盈带梅丽莎游览申南城；晚上，两个女孩子在卧室通宵夜谈。回意大利前，梅丽莎听闻了道森度假区中秋游园会的盛名，兴致勃勃地想要和嘉盈一同前往，但被告知门票预售早已结束。嘉盈想把自己的票让给梅丽莎，又想起道森度假区向来是实名制购票，无法转让。一筹莫展之际，嘉盈想到了许立帷。

她当然不会要许立帷开后门带梅丽莎入园，嘉盈问得很含蓄："就是那个，道森有员工内部票吗？有多余的话卖给我一张好吗？就当，呃，我作为你的未来家属买……"

原来是为了这点事，许立帷顿时就笑了。

真是，可爱死了啊。

许立帷俯身一抱，嘉盈措手不及，抬手搂紧他的颈项。许立帷酷爱游泳，加班到凌晨都会游两圈再回家睡觉，这么多年练下来，手臂肌肉相当有劲。嘉盈这点分量，他松松一搂就将她抱坐在左臂臂弯上了。

嘉盈没被人这么亲密地抱过，脸颊瞬间红了："这里是大厅，好多人认识你的。"

许立帷抬手刮了一下她的鼻尖："刚才在电话里都告诉你了，我让顾清池来楼下接你，去我办公室等我，你还不要。为什么不要？"

嘉盈自有顾虑："工作时间去你办公室，对你影响不好，我在这里等你一下就好了。而且，道森对访客的招待很周到啊，让我在大厅沙发上坐着等你，还送了我一杯咖啡。"

"影响不好？"他搂着她的后背，作势要吻她，"那现在影响就好了？"

嘉盈："……"

许立帷不是一个喜欢逗人的人，除了自己的未婚妻。每每见到她，连他自己都说不清怎么了，就是喜欢欺负她。他想看她脸红无措的模样，想在她心跳加速的时候将她按在胸膛上抱紧，听她求饶叫他"许哥哥"。

嘉盈到底还记得正事："我是来问你买票的。没有的话，我就先走了。"

许立帷一笑，收起方才欺负人的念头，从西服口袋里拿出一张年卡递给她："这是道森的管理层年卡，有最高管理权限，能在任何时段任意进出道森度假区所有区域。而且，不用排队，从管理通道走就行。这样的年卡，道森有两张，我这里一张，韦荞有一张。我这张卡给你用。"

嘉盈听得愣在当场。这张卡瞬间变得异常烫手，嘉盈匆匆塞回他手里："我不要。"

"没关系。我给你的，有事我担责。"

"我不要你担责，我要你平安。"

她像是急了。她从来不是一个擅长说服人的人，何况她要说服的人是许立帷。嘉盈用力将他搂紧，埋头在他颈窝处深深靠着。

"许立帷，我不会让你为了我而承担失职风险。梅丽莎是我的好朋友，可是你是我好好爱了四年的人啊。在我心里，你最重要。"

她伏在他肩上，声音温暖得像一个吻："本来就不是什么要紧事，我也只是问一下你。如果有，我就买。如果没有，也没关系。下次再和梅丽莎一起来道森度假区玩就好了啊。如果为了这点小事，我都要你担责的话，就不配做你女朋友了。"

许立帷搂在她腰间的右手顿了一下。

二十六岁那年过年，他没有家庭要照顾，平白得了长假期，遂走遍名山大川，将自己归隐深山以求内心平静。山林寂静，偶遇一座无名古刹，他走进去，将双手虔诚合十。他一回头，就见一位垂垂老矣的僧人，正含笑望向他。

"天真无邪，得无量宝。"那日他离开前，老僧这样对他讲。

他那时年轻，参不透原委，一度错以为老僧是要他学会天真。他在心里叹息，此生他已定型，今生都与天真无缘了。

未承想，他会有参透心法的这一天。

原来，老僧是要他明白，他与天真无缘，也与天真有缘，他没有的，会有人有。这个人来到他身边，他及时学会珍惜，就能得无量宝。

二十六岁那一年，他遇见嘉盈，没有珍惜。幸亏她喜欢他，不计较他的不珍惜，好好爱了他四年。

天下心法无边，他心甘情愿，对她俯首称臣。

"跟我去办公室。"他同她咬耳朵，嗓音全哑了，"我拿给你普通卡。"

不待嘉盈拒绝，他已经抱着她走进专属电梯："我连两张普通卡都没权限给的话，也可以从道森辞职不干了。还有——"电梯关闭的瞬间，他倾身深吻，"晚上去我公寓。"

深吻缠绵，嘉盈发不出声音。她原本稍稍还有些推拒的双手很快松了力道，听话地搂紧。

两人旁若无人地离开，浑然不管这一幕被道森所有人看了去。

邹文嵩亲眼看到许立帷哄人的一面，半天回不了神。他看向韦荞："原来他喜欢乖乖的大小姐类型的女生啊。怪不得许立帷说不可能喜欢你，你离他那个标准确实有点差距啊。"

韦荞冷不丁被提到，扶额无语："来来来，把你刚才那段话录下来，拿给岑璋听，他太需要知道这种真相了。"

许立帷要结婚的消息很快传遍申南城。

岑璋对这类新闻向来不感兴趣，一看当事人是许立帷，态度又陡然一变，异常关心。

他每天旁敲侧击，要从韦荞那里套信息："他到底什么时候结婚？怎么还不结？"

韦荞要他冷静："这是许立帷的私事，我不过问的。"

韦荞每晚下班回家，身后都甩不掉岑璋，她到哪岑璋就跟到哪。韦荞被他烦得不行，直接将问题踢给他："你这么想知道的话，直接打电话问他好了。许立帷前不久才收了你一栋楼，不会不理你的。"

岑璋拒绝，不屑得很："谁要打电话给他？"显得他很关心他似的，搞笑。

"对了。"韦荞想起一些事，顺便告诉他，"许立帷将你送的那栋楼，无偿借给了仲仁福利院十层，解决了福利院一直头疼的扩建问题。另外十二层产生的租金收益，被他拿去成立了助学基金，是以赵新喆的名义成立的。坊间不知道这层关系，都以为是赵新喆的意思，倒是令这少爷的社会名声很好地提升了一把。"

岑璋不屑："他去管那个富二代干什么？闲得没事。"

韦荞拍了一下他的背，要他留点情面："许立帷答应了赵先生，会照顾赵新喆一辈子。许立帷答应的事，不会爽约的。再说，他也管得住赵新喆，赵新喆看见他怕得要死。"

岑璋觉得无关痛痒："哦。"

"倒是你，又平白给人用了一把。"韦荞推了一下他的额头，偏爱得很，"大学那会儿你就被许立帷哄去了六千六，他全寄给了小松当学费。现在又被他哄去一栋楼做慈善，你也是心大。"

"对，他是坏人。"岑璋本来就爱演，一听韦荞这偏爱的语气更是一秒入戏，"所以，老婆，你要对我好，你要保护我，不能让你那个青梅竹马欺负我。"

韦荞习惯了他的胡说八道，笑着拍了一下他的头。她公事一大堆，忙得很。她胡乱打发了一通岑璋，很快将他晾在一边。

韦荞在家很少戴眼镜，只有在深夜看资料的时候会戴。这副眼镜是前不久她和许立帷一起配的，许立帷先前那副眼镜被摔得粉碎，他病愈出院那天，韦荞第一时间拖着他去配眼镜。许立帷明白她的意思，韦荞是在尽力弥补对他的愧疚。那副摔碎的眼镜就像一道伤疤，横在她心里。许立帷昏迷不醒的那段时间，韦荞每晚被噩梦惊醒，梦里永远有一地破碎的镜片。

许立帷看破不说破，那天在店里狠敲了韦荞一笔，选了最贵的镜片，顺便给韦荞也配了一副。

两人走出眼镜店，许立帷别有深意地问："我们扯平了？"

韦荞懂他的意思，许立帷是要她放下，从此朝前看。韦荞终于坦然，用力点头："嗯。"

自那天起，韦荞就有了深夜看资料戴眼镜的习惯。同样的镜片，同样的金丝边眼镜，就像她和许立帷三十年的友情，步调一致，默契成全。

岑璋靠在书房门口，看她半晌。

韦荞戴眼镜的样子很好看，清冷得很。一双本就欠奉热情的眼睛被隐匿在镜片之后，让她更有一股拒人于千里之外的禁欲气息。

岑璋眼神渐深，喉咙发干。

他永远过不了韦荞这关，被她睐一睐，都能睐得他燥热难耐。

岑璋健步上前，抬手拿掉她正戴着的眼镜，俯身就是一道缠绵深吻："以后不许你戴它。"

韦荞一时不防，被他弄得毫无反抗之力。她任他欺压过来，整个人陷在皮椅里。她没怎么想反抗，抬手搂住他的颈项，声音里全都是对他的纵容："又怎么了啊，我的岑董？"

岑璋没停手，吻着她的耳垂对她质问："你老实说，你是不是舍不得许立帷结婚？"

"啊？"

"把我晾在一边，戴着他给你买的眼镜看资料，是怀念他吗？"

"这副眼镜不是许立帷买给我的，买眼镜的钱都是我付的啊，岑董。"

岑璋一时哽住。像他这样习惯把"给老婆花钱"当乐趣的人，猛地听闻韦荞和许立帷出去竟然是韦荞花钱，瞬间升起一股对许立帷的鄙视。

"有没有搞错？买两副眼镜他还让你花钱？"

"啊，不然呢？"韦荞难得有兴致，笑着道，"许立帷要赚钱养老婆的，我是他老板，难道还要我为老板花钱吗？申南城会为我花钱的人只有你，所以，岑董，要保持这个好习惯哦。"

似吻非吻，拨千斤。夫妻间的顶级深情，韦荞深谙其中之道。

岑璋余怒全消，一条腿跪上皮椅，吻着她的锁骨，在她肩头轻咬取悦："老婆，几天没有新衣服穿了？"

韦荞笑了，仰头承受他越加汹涌的热情，一声声回应："很久了哦，都五天了。岑董，是你的责任。"

岑璋托住她的腰："买。"

两个人公事缠身，许久没有在一起。缠绵一晚，连主卧都不想回去，就在书房的椭圆软沙发上睡下了。

凌晨，蒙蒙眬眬间，听见手机振动，半夜被吵醒，韦荞有些头疼。她刚伸手想拿手机，被岑璋一把拖进怀抱："不理它。"

这通电话却异常固执，停了几分钟又再次打来。

"算了，我接一下，可能有要紧事。"首席执行官职责在身，韦荞强撑着坐起来，拿起手机看了一下，是陌生来电。

韦荞接起来："哪位？"

对方的声音有些哽咽："韦总，不好意思，这么晚打扰您……"

韦荞一愣。

她这点反应没能逃过岑璋的眼睛，他缠上来搂住她的腰，问："谁啊？"

韦荞捂住听筒，低声告诉他："许立帷未婚妻。"

岑璋"哦"了一声，以过来人的经验中肯点评："被许立帷欺负了是吧？我就说嘛，许立帷那种要死不活的性格，把未婚妻欺负到哭简直太正常了。"

韦荞推了一下他的额头，要他别乱说话。

事实上，岑璋还真是猜对了。

嘉盈今晚有演奏会，在申南城国际大剧院。作为东南亚顶尖的音乐大剧院，在此地召开个人演奏会被视为音乐家正式迈入国际一线阵营的重要标志。这又是嘉盈回国后的首场个人演奏会，意义更是不一样。

演奏会很成功。

落幕之际，嘉盈走到台前，面对观众鞠躬致谢。

她今晚穿了一袭黑色礼裙，后脑松松绾一个髻，长发披肩。一袭黑色吊带礼服裙穿在她身上也全然没有性感，反而显得一身清新。

瓦伦蒂诺作为本场最具分量的嘉宾，第一时间从前排主位起身，上台为嘉盈献花。作为意大利国际音乐协会会长，瓦伦蒂诺的现身无疑是嘉盈跻身国际小提琴家阵营的重要背书。

两人用流利的意大利语做短暂交流，嘉盈收下鲜花说"谢谢"。瓦伦蒂诺捧住她的脸，在她唇边落下亲吻。

嘉盈怔了一下，下意识地看向台下。

观众席上，许立帷正坐着，抬着一双清冷眼眸，同她遥遥对视。

演奏会散场，嘉盈连心爱的小提琴都顾不上拿，麻烦方文霏替她收拾带走。她提着礼服裙摆，匆匆走下台阶。许立帷没有走，但也谈不上热络，公式化地对她祝贺。嘉盈挽住他臂弯，全然不顾媒体记者的镜头还在，仰头看向他。她一开口，声音里全是撒娇："好饿哦，请我吃晚饭，好吗？"

许立帷点头："好。"嘉盈又道："我想吃你做的，可以吗？"

许立帷这回没有立刻说"好"。

嘉盈察觉到他没来由的冷淡，声音有些不稳："不能去吗？"

许立帷视线一扫，看见嘉盈搂在他臂弯的手，指节因用力而微微泛白，那是她害怕被拒绝的表现。这还是一个尚未学会隐藏情绪的小女孩，许立帷原本一些冷淡的想法忽然就被瓦解了。

"怎么会？晚上去我公寓，请你吃晚饭。"

嘉盈从小在国外求学，对西餐情有独钟。这几年她在国外，一道鹅肝黑松露烩牛排尤其让她喜欢。

许立帷在厨房的手艺十分禁得起考验。

他爱干净，有轻微洁癖，尤其不爱吃外卖。他平时除了在公司食堂吃饭，就是在家自己做。韦荞在这方面就特别佩服他，道森深陷流动性危机的那一年，两个人常常在公司忙到深夜。下班后韦荞累得话都不想说，许立帷还能回家给自己做个三菜一汤的消夜。

韦荞那时就评价许立帷有种糟蹋自己的嗜好：他把自己打理得很适合结婚，却又谁都不要。

嘉盈以为自己会是他的例外。渐渐地，她却不那么认为了。

许立帷从厨房走出来，端了两份鹅肝黑松露烩牛排放在餐桌，然后转身去拿红酒。嘉盈盯着他的背影，几乎要落泪：这么好的许立帷，为什么就是不爱她？

这些日子，嘉盈是有感觉的。许立帷是喜欢她的，但那点喜欢，远远算不上"爱"。

爱一个人，怎么会时刻有所保留，若即若离？

两人订婚三个月，许立帷从未越过任何底线。两人私下相处，也总是嘉盈主动。她喜欢在他做饭时从他身后环住他的腰，许立帷会反手将她拖到眼前，扶住她的后脑倾身一吻。有一回，两人玩过头，许立帷没收住分寸，深吻之际猛地将她抱坐在中岛台上，低头一口吻在她的颈项上。痕迹浮现，嘉盈仰头叫了一声"许哥哥"，许立帷忽然就停住了所有动作。

那天后来，两人什么都没有发生。他替她整理好衣服，抱了她好一会儿，然后好好送她回了嘉湖公馆。嘉盈后来才明白，他长久无声的那一个拥抱，就是他冷淡的开端。

自那日后，许立帷再也不会在她环住他的腰时将她拉到眼前倾身吻。

他开始有意识地同她保持距离，送她回嘉湖公馆时，再见吻也变得清淡如水。许立帷会亲她的额头，薄唇浅浅地贴上，很快就放开。纵然嘉盈做他女友不久，也明白这样的亲吻绝不是男人对女人的意思。许立帷更像是一个她可以依赖的哥哥，她看不出半点他想和她结婚的意思。

今晚，也是这样。许立帷照顾她吃晚饭，洗好碗擦干净手后，又照顾她去洗澡。嘉盈洗完澡，看见许立帷正站在落地窗前，同她的父母打电话。她听见许立帷声音清冷地讲电话："明天一早我会好好送她回嘉湖公馆。丁董事长，您放心。"

嘉盈鼻尖一酸，莫名委屈。明明好好地，他为什么忽然就冷淡下来了？

许立帷很忙，找他的工作电话不断。他抽出时间将主卧整理了一下，照顾她睡觉。他真的将她当作小孩子，顺手就把前几天带回家的道森玩偶放在她床头："道森的新款周边玩偶，下周才上市，我替你预留了一个，看看喜不喜欢？"

嘉盈抱起玩偶，是一只毛茸茸的小猴子。它脸颊上顶着两坨红晕，正对她挥手。

嘉盈抱着玩偶："喜欢的。"

许立帷摸了一下她的脸颊，像哄一个小朋友："喜欢就好。"

他替她盖好被子，将她睡衣领口的扣子扣好，叮嘱她不要着凉。然后他拍了一下她的额头叫她"早点睡"，就带上房门离开了。两人心照不宣，他把主卧让给她，自己去睡客卧。

嘉盈抱着玩偶，将自己一点点埋进玩偶胸膛。

天下有哪个男朋友，会这样？你去问问今盏国际银行的岑董，他会吗？

韦荞这么冷静的人，半夜听闻此事也无语半天：岑璋确实不会，这种事只有许立帷干得出来。

嘉盈失眠整晚，眼底浮上一层湿意。

她看不懂许立帷。她能想到可倾诉的人，只有韦荞。

嘉盈握着电话，问出心里最害怕的事："韦总，许立帷他……是不是后悔？"

"丁小姐，他不是。"韦荞考虑着措辞，柔声安慰，"他那个人，有点纠结。"

作为这世上最了解许立帷的人，只有韦荞懂许立帷的意思。

"丁小姐，许立帷不想你后悔，他在给你随时反悔的权力。"

嘉盈懂了，挂断电话后，眼泪忽然就下来了。

这段感情，一直是她在主动，嘉盈不介意。可是为什么，每当她觉得他开始爱她了，他却又停住了，不肯向她再走一步？哪怕一步也好。

嘉盈抱紧玩偶，眼泪止不住地淌下来。

客卧就在隔壁，许立帏坐在床头，手里拿了一份资料。他看了一整晚，一个字都没看进去。他心里有事，今晚恐怕做不了冷静自持的"许特助"了。他将资料甩在一旁，正想关灯，冷不防听见一阵哭声——是嘉盈。

许立帏心里一沉，翻身下床时打翻了床头柜上的资料。他浑然不顾，健步上前拉开房门，匆匆去主卧。

他没控制好力道，推门进去的时候一时收不回手劲，"砰！"把嘉盈吓得一怔。她尚未回神，已被人用力搂过去。

许立帏俯下身，将她整个人抱起来。许立帏很高，嘉盈搂住他的颈项，趴在他的颈肩处，视线向下望着地面竟有悬空之感。

"怎么了，哭成这样？"他拍着她的背，在主卧来回踱步，让她平静下来，"做噩梦了？"

嘉盈没说话，轻轻摇头。

许立帏也不急着问，右手从她长发穿过抚在她后脑上，柔声轻哄："没事了，我抱一下。"

深夜，一室幽静。

许立帏一向有好耐心，对嘉盈更是。他的未婚妻在他眼里就像一个不谙世事的小女孩，难过会哭，高兴会笑。这是小孩子的本事，成年人已经失去它。就像他和韦荞，常年都只会以一种面目示人，七情六欲都不会上脸，很适合生存，唯独不适合快乐。

所以他珍惜嘉盈，见到她哭都会好舍不得，只想将她抱紧，搂在怀里哄。

"今晚的演奏会好成功，你站在台上漂亮极了，还哭啊？"

他不说还好，他提了，嘉盈无论如何都过不去。

"许立帷，为什么你总是要对我讲违心的话？"

"违心？"

"今晚的演奏会哪里成功？你明明很不开心，不是吗？"

看问题靠直觉，一针见血。这也是小孩子的本事。

许立帷停住脚步。

两人谁都没有说话，嘉盈有些底气不足。她正想打破沉默，只见许立帷抱着她坐在床沿上，扶住她的肩，将她紧搂的双手从他颈项上拿下来。

"嘉盈，我们谈一谈。"

他这个语气一出来，嘉盈当即误会。

"我不要和你谈。"她猜测着他的言下之意，无论如何都不肯，"谈着谈着，你就会想和我分手了。"

嘉盈眼眶红透，许立帷抬手拭去她眼角的泪痕，心软得不像话。

"傻瓜，谁要和你分手了？订婚都订了，你不先说不要，我是绝对不会和你分手的。"许立帷摸着她的脸颊，声音温柔，"嘉盈，我想和你谈的是，我们之间一些现实的考虑。"

她才二十四岁，几乎没有和社会深度接触的经验。可是他不同，十八岁进入道森做事，如今三十岁，十二年风浪里闯过来，该懂的、不该懂的，他都很好地懂了。嘉盈视而不见的一些事，他不能同样视而不见。那样的话，他就太失职，也太卑鄙了。

"嘉盈，我很了解我自己，我没有你想象得那么好。我对妻子，会有一些不合理的要求。比如今晚，你说得对，我是生气了。看见瓦伦蒂诺那样对你，坦白讲，我很难接受。我试图说服自己，这只是你所在的音乐圈的日常礼节性亲吻而已。可是我发现，我失败了，我永远都不可能接受这种礼节。所以，我们结婚的话，我该怎么办？你又该怎么办？这些问题不解决，你总有一天会明白，我们也许，并不适合结婚——"

嘉盈看着他，急了："你是在介意这件事吗？许立帷，那不是日常礼节性的亲吻，对我而言那就是骚扰，我当时就推开他了啊！"

许立帷怔了一下。

嘉盈气得脸色发红："演奏会结束，是会有日常礼节的。但通常都是贴面礼，轻轻抱一下，再亲密，也不过是脸颊碰一下，绝不会对着女孩子的唇吻下来。瓦伦蒂诺真的很过分，他甚至都不避讳，就这样亲上来了。我当时几乎就要伸手打他了，可是下一秒我就看见你在台下……"

她停了一下，声音瞬间有些哽咽："我看见你在台下生气了，脸色好差，我被你吓住了，不知道自己该怎么做才好。"

隔行如隔山，原来，事情竟然是这样。

对她的私人感情，更是影响了他多年冷静的判断力。

许立帷难得对自己无语，明白过来后有种哑然失笑的感觉。他自嘲地笑了一下，一把搂过她按进胸膛抱紧："来，我抱一下。"

他一只手穿梭在她发间，另一只手抚摸着她的后背，向她保证："抱歉，是我考虑不周，让你误会了。我应该更主动一点，弄懂你们这行的规则，就不会让你哭了。"

嘉盈搂紧他，有心结未解："只有抱歉吗？不够的。谁欺负了我，你不知道吗？"

"好。今晚的事，我来解决。"

许立帷精通名利场的规则，和未婚妻想的早已不是同一件事。和道森打过交道的人都会明白，惹谁都不要去惹许立帷，韦荞还会稍微讲点道理，许立帷完全不会。有一算一，恩怨分明，许立帷做事向来遵循这个原则。

"音乐协会离不开财团支持，敢在申南城对我的'大小姐'不规矩，我让他离不开申南城。"

嘉盈一怔。

许立帷说这话时的样子很平静，就好像在讲一件寻常事。嘉盈一直知道许立帷有她不了解的一面，这一面的许立帷被他很好地藏起来了，轻易不露面。嘉盈每每见着，都会因陌生而莫名惶恐。

"许立帷，你以为我想追究的人，只有瓦伦蒂诺吗？"嘉盈望向他，眼底湿意未干，"我最想追究的人，是你。"

许立帷会意："今晚是我不对。"

他这个态度摆出来，她就明白，他根本没有懂她的意思。

嘉盈用力推开他，生气了。

"你哪里不对？你所谓的'不对'，就是没有及时了解我们的'行规'，为我出手吗？许立帷，我在意的根本不是这个，我在意的你对我们这段关系的态度。订婚这么久，你就只会陪我练琴、陪我吃饭，把我照顾得不出一丝错。我知道你忙，抽空做这些已经很不容易，可是我要的不是这些。这些事，我爸爸妈妈为我做了二十四年，做得很好了，我不需要再有一个人把同样的事再做一遍。许立帷，你有把你自己当成我未来的丈夫吗？我不是你要负责养的小孩子，我是你的未婚妻。我一直在等，你会爱我，就像我这四年没有停止过爱你一样——"

话说出口，嘉盈就住了口。

她无地自容。

父母从小教导她要懂分寸，要守礼节，她一直做得很好。直到二十四岁这一年，她的分寸和礼节在许立帷面前全然瓦解。

嘉盈眼眶红了。

父母给足她安全感，她从来不爱哭。遇到许立帷之后，她却成了最爱哭的女孩子。这世上恐怕没有人会懂，许立帷对她的周到照顾，对她而言是一种多么微妙的冷暴力。他对她好，却始终同她隔着距离。嘉盈前半生的阳光，都在许立帷给的若即若离之中，变成了连绵阴雨。

"不爱我，就不要对我好。"

嘉盈对他、对自己，都很失望。她失望许立帷的驻足不前，也失望她自己的无可救药。嘉盈抬手指向房门，控制着想要抱紧他的冲动："你出去。"

她话音未落，动作就被人止住了。

许立帷缠上她，一气呵成，用右手将她抬起要他出去的手压下，左手扶住她的后脑。他偏头吻上她的唇，嘉盈后知后觉，下意识地想推开他。她知道以许立帷的性格，绝不会放任未婚妻在他眼前掉眼泪，他会竭尽全力弥补，止住她泫然泪下的模样。

可是这些，不是她想要的。

人生八十载，那么长的日子，靠弥补等他爱她，连她自己都会可怜自己。

她推的力道不算轻，眼前的人却纹丝不动。覆在她唇间的吻骤然深入，她没有见过这一面的许立帷，也不曾领会深吻的意思。她撑不住，喉间溢出一声很低的声音，声音被她压抑着，几不可闻。就是这样一声回应，令许立帷今晚本就不剩的理智被全数烧光。

主卧大床柔软，承受了两个人的重量，迅速凹陷下去。好似一张网，在深夜将一对男女困在网里，一晌贪欢。

"是我一直在忍好吗？大小姐。"

他一贯强大的自制力在她一再地数落之下全数瓦解，压抑许久的欲望有喷薄之势，声音哑得不像话。

"你不了解男人，也不了解我，可是我了解。我告诉你男人是一种什么样的生物，他会食髓知味，沾上一次就再也不会想戒掉。嘉盈，我一直在给你机会，反悔的机会、重新选择的机会。我想等你确认是我、确认不后悔之后，再对你宣示主权。你知道这两个月我是怎么过来的吗？每天晚上克制自己，送你回嘉湖公馆之后，我都只能让自己浸在浴室满池的冷水里冷静下来。我忍得这么辛苦，竟然还被你误会，真是不像话——"

深夜情话，连凶她都像是一种引诱。嘉盈全然没有力气反抗，任凭他对自己肆意妄为。

今晚，韦荞接起嘉盈的电话，听了几句就明白了嘉盈的意思。韦荞那会儿刚应付完岑璋的一顿折腾，累得不行，接起电话完全靠的是首席执行官的责任心。一听嘉盈要问的是许立帷私下那些事，韦荞这么冷静的人都被怔了一下。到底她手没那么长，管不了许立帷那么多，韦荞当即决定不管了。

她速战速决，径直问："丁小姐，你确定你喜欢许立帷，不后悔？"

嘉盈回答："嗯。"

韦荞说："那你就别担心那么多了。"

嘉盈："……"

韦荞接着说："许立帷有精神洁癖，只要他喜欢上一个女人，这辈子他就只会认定她一个人。这很好，也很坏。他一旦和你确立关系，他既不会允许他自己和其他女人再有关系，也不会允许你这辈子和其他男人再有关系。到时候，你再想反悔，他不会再给你机会。他会不惜一切代价，哪怕用说的、骗的、哄的，也会待在你身边一辈子。所以，丁小姐，你要考虑清楚，许立帷是落子无悔的人哦。"

嘉盈听得很震撼，频频点头："韦总，我不会后悔的。"

韦荞困得不行，整个人已经躺倒。她做惯首席执行官，说话时的语音语调练出了一副正经模样，论谁都听不出她是在胡说八道："那就行，你叫他一声'许哥哥'，他立马心软。"

韦荞嘴里的许立帷和嘉盈认识的实在相差甚远，嘉盈被韦荞忽悠得一愣一愣的，不由得追问："韦总，这样，这样行吗？"

凌晨一点多，韦荞实在拿不出精力应付许立帷的恋爱二三事。她毫无愧疚之色，乱扯一通："行。记住，别拖，能今天做的事就别拖到明天。许立帷身边诱惑不少，打他主意的大有人在。如果你主动了他还是没反应，那就证明这事跟你没关系，是他不好。丁小姐，真是他不行的话，你就跟他分了算了，没必要吃这种苦——"

一通电话结束，嘉盈就和被洗脑了没什么两样。

许立帷问清了来龙去脉，瞬间对韦荞升起一股无名之火。韦荞有没有搞错？讲不讲点道德了？她竟然把他未婚妻忽悠成这样！

许立帷冷笑："韦荞那个不负责任的家伙……"

韦荞用实力证明了首席执行官的画饼水平有多高，嘉盈这会儿对韦总深信不疑："不许你这样说韦总，韦总是为我好。"

许立帷用力将她搂紧，不让她被坏人骗走。

他的未婚妻不谙世事，是这世上最天真无邪的女孩子，哪里知道人间险恶？韦荞那种能在谈判桌上把人忽悠得心甘情愿拿钱出来的大老板，能是好人？你看岑璋那么难搞的人这么多年都被她画的饼忽悠成什么样了？

许立帷流连在她唇边，似吻非吻："你信她，还是信我？"

嘉盈对这一面的许立帷很陌生，不由得紧张，下意识地抬手搂紧他。

许立帷哪是会这么容易被哄过去的？他的未婚妻那么爱他，在他和韦荞之间竟然还会略微偏向韦荞，就算是许立帷这样平时躺得很平的人，也顿时被激起了胜负心。

"嗯？还是信韦荞？你信任的韦总，现在可不会赶来帮你哦。"他是存心的，不怀好意。

嘉盈呼吸一窒。

她是生手，没有此等经验，许立帷会的显然比她认为的要多得多。她气息不稳，好像瞬间明白过来，韦荞在电话里对她讲的和真正实施起来的，完全是两码事。

嘉盈有些后悔了："我不要跟你玩了。我，我想睡觉了。"

她仰头，用力将他拉下，躲在他怀里讨饶，要他心软："可以吗？许哥哥——"

许立帷眼色全黯。

欲念嚣张，无法无天。

"太晚了哦，宝贝。"他低声讲情话，一吻缠绵，"韦荞没告诉过你吗？落子无悔，我负全责。"

——全文完——

图书在版编目（CIP）数据

名利场人：全 2 册 / 朝小诚著 . -- 南京：江苏凤凰文艺出版社，2025. 5. -- ISBN 978-7-5594-9378-1

Ⅰ . I247.5

中国国家版本馆 CIP 数据核字第 2025LN0944 号

名利场人：全 2 册

朝小诚　著

责任编辑	项雷达
特约编辑	刘　彤　徐晨晓　刘雪华
装帧设计	衔　稚
责任印制	杨　丹
出版发行	江苏凤凰文艺出版社
	南京市中央路 165 号，邮编：210009
网　　址	http://www.jswenyi.com
印　　刷	天津旭丰源印刷有限公司
开　　本	880 毫米 × 1230 毫米　1/32
印　　张	20
字　　数	540 千字
版　　次	2025 年 5 月第 1 版
印　　次	2025 年 5 月第 1 次印刷
书　　号	ISBN 978-7-5594-9378-1
定　　价	69.80 元（全 2 册）

江苏凤凰文艺版图书凡印刷、装订错误，可向出版社调换，联系电话 025-83280257